Gloria Murphy wird nicht zu Unrecht als Erbin von Mary Higgins Clark bezeichnet. Die Autorin zahlloser Romane lebt heute in Oakland, New Jersey.

Von Gloria Murphy sind außerdem erschienen:

Der Fremde in meinem Haus (Band 60488)
Sommeralptraum (Band 60547)
Stimme des Blutes (60548)
Das Tunnellabyrinth (Band 60549)
Ein perfektes Opfer (Band 60550)
In Simons Bann (Band 60630)

Vollständige Taschenbuchausgabe März 1998

Umschlaggestaltung Agentur Zero, München
Umschlagfoto G+J Fotoservice, Hamburg
Druck und Bindung Elsnerdruck, Berlin
Printed in Germany
ISBN 3-426-60759-X

2 4 5 3 1

GLORIA MURPHY

Dachbodengeflüster

Verlassene Väter

Zwei Romane

Knaur

GLORIA MURPHY

Dachbodengeflüster

Roman

Aus dem Amerikanischen von
Gabriele Schönberger-Klar

Einzelband »Dachbodengeflüster«

Dieses Buch ist auch unter der Bandnummer 60546 erschienen.
Titel der Originalausgabe »Whisper in the Attic«

Originalverlag New American Library, New York

In Erinnerung an
Bruce H. White
1952–1982

Mein Dank gilt:

Alice Martell,
meiner klugen und kämpferischen Agentin...

Audrey LeFehr,
deren verlegerische Kompetenz diesem Buch erst
den richtigen »Biß« gab...

Joe Murphy,
dem heroischen Anwalt, der mir in der
Gerichtsszene als Vorbild diente.

Laurie, Julie, Sheryl, Billy, Danny Gitelman und
Kate Murphy, meinen Lesern, Helfern,
Kritikern ... meinen Kindern.

Prolog

Für eine Vierjährige wußte sie eine Menge, das sagte jeder. Meistens sperrte sie Augen oder Ohren gerade dann weit auf, wenn sie eigentlich nichts hören oder sehen sollte. Aber manchmal kamen Mommy oder Daddy zu ihr und fingen von sich aus zu erzählen an. Mommy erzählte ihr zum Beispiel bereits von dem Baby, das in ihrem Bauch wuchs, als ihr Bauch noch ganz flach war und niemand geglaubt hätte, daß es überhaupt dort hineinpaßte. Und obwohl sich keiner von ihnen über einen Namen für das Baby Gedanken gemacht hatte, nannte Daddy es von Anfang an nur sein Bübchen.

Doch die bedeutendsten Dinge ergaben den geringsten Sinn – so war es auch mit den Bestrafungen. Nicht, daß Mommy oder Daddy jemals mit ihr darüber gesprochen hätten, das taten sie nicht einmal miteinander. Und natürlich passierten diese Dinge auch nicht alle Tage, nicht einmal jede Woche, aber wenn sie passierten, dann traf es immer Mommy: Sie war die Böse. Und da Daddy der Größte, der Stärkste und der Klügste war, war er es, der ihre Verderbtheit immer als erster entdeckte.

So wie an jenem Tag, als das kleine Mädchen vom Spielen ins Haus zurückkam, er vor dem Fernsehapparat saß, statt draußen einen der alten Wagen zu reparieren, und von Mommy nirgends etwas zu sehen oder zu hören war: da wußte das kleine Mädchen, daß es wieder mal soweit war. Daddys Aufmerksamkeit wandte sich von der lärmenden Spiel-Show ab und der Tür zu, wo

sie stehengeblieben war, und er breitete beide Arme weit aus, um sie darin aufzufangen.
»Wie geht's Daddys Liebling?« fragte er und zog sie zu sich auf das Sofa; sie lächelte, umarmte ihn ganz fest, so wie er es gern hatte, und drückte ihm kleine, feuchte Küsse auf Gesicht und Hals. Sie wollte so gern wissen, was mit Mommy war, fragte aber nicht – er würde es ihr schon sagen, wenn er dazu bereit war. Und erst, als sie ein ganzes Marmeladenbrot und ein Glas Milch vertilgt und den Rest von der Show gesehen hatte, da sagte er: »Mommy ist im Schlafzimmer. Willst du ihr was zum Essen bringen?«
Sie nickte. Und er holte einen Teller aus dem Kühlschrank, auf dem bereits dünngeschnittenes Fleisch auf Salatblättern vorbereitet war. Er stellte den Teller auf ein Tablett, dazu Messer, Gabel, eine Serviette und ein niedriges weißes Glas, in dem dieselben Veilchen standen, die hinter dem Haus wuchsen.
»Paß auf, daß sie alles aufißt«, sagte er. »Mein Bübchen braucht es.«
Bereits die Erwähnung des Babys machte sie glücklich – eine richtige lebendige Puppe, die ißt und weint und die ihr ganz allein zum Spielen gehörte. Und vielleicht zum hundertsten Mal, seit sie wußte, daß das Baby unterwegs war, fragte sie: »Darf ich mich um das Baby kümmern, wenn es da ist, Daddy?«
Er lächelte und zeigte seine großen weißen Zähne – damit ich dich besser fressen kann. Aber wie immer gab er ihr das zur Antwort, was sie hören wollte.
»Wer sollte das wohl besser als seine Schwester können?«
Eins, zwei, drei... noch drei Monate, dann würde Bübchen zur Welt kommen, sagte sie sich, als sie das schwere

Tablett in beide Hände nahm und es zum Schlafzimmer ihrer Eltern trug. Vor der Tür blieb sie stehen, holte tief Luft, hielt den Atem an – denn sie wußte nie, welcher Anblick sich ihr bieten würde –, drehte langsam den Türknauf und stieß die Tür auf.

Mommy lag auf dem Bett, ohne Kleider und mit weit gespreizten Armen und Beinen, die mit ihrer zerrissenen Strumpfhose an die Bettpfosten gebunden waren. Sie war ziemlich mager, bis auf den Bauch, der rund und hart wie ein Basketball aufgetrieben war; obwohl sie die Augen geschlossen hielt, schlief sie nicht. Das kleine Mädchen betrachtete sie von oben bis unten – keine blauen oder schwarzen Flecken, keine Beulen, keine Schnitte, kein Blut. Jetzt stieß sie den angehaltenen Atem aus, beugte sich über sie und küßte sie auf die Wange.

»Hi, Mommy.«

Sie schlug die Augen auf und lächelte, als sie ihre Tochter sah.

»Wo ist der Boß?« fragte sie, Daddys Kosenamen benützend.

»Vor dem Fernseher.« Sie zeigte ihr das Tablett. »Er hat dir was zu essen gemacht.«

Die Frau musterte das Essen und schüttelte den Kopf.

»Du mußt was essen. Er wird nur wieder wütend auf dich, wenn du nicht ißt.«

»Ich kann nicht, du weißt doch, daß ich nicht kann. Ich muß mich sonst wieder übergeben.«

Das Mädchen schnitt ein Stück von dem hellen Fleisch ab, spießte es auf die Gabel und hielt es ihrer Mutter an die Lippen.

»Nur ein kleines bißchen«, bettelte sie.

Die Frau preßte die Lippen zusammen und drehte den Kopf zur Seite. »Ich kann nicht, ich will nicht. Bitte, zwing

mich nicht dazu.« Als sie sich schließlich wieder ihrer Tochter zuwandte, glitzerten Tränen in ihren großen, veilchenblauen Augen. »Könntest *du* nicht, Baby?«
Das Mädchen stöhnte kurz auf und starrte auf das Essen... sie hatte keinen Appetit, besonders nicht auf *so etwas*. Aber sie schob die Gabel in den Mund, biß in das zähe Fleisch, schluckte es hinunter, nahm noch einen Bissen und noch einen, bis alles weg war und sie glaubte, sie müsse gleich platzen oder sich übergeben, obwohl ihr keines von beiden jemals in ihrem Leben passiert war.
Als sie gehen wollte, streckte Mommy die Finger nach ihrer Hand aus und kitzelte ihre Handfläche.
»Was würde ich nur ohne dich tun, Baby?« flüsterte sie, den Tränen nahe.
»Darf ich Bübchen streicheln?«
Normalerweise mochte sie es nicht, wenn man ihren Bauch anfaßte, aber dieses Mal gestattete sie ihrer Tochter, daß sie ihr die Hand darauf legte und hin- und herfuhr, bis sie die Stelle gefunden hatte, wo die Füße des Babys zu spüren waren. Nachdem sie eine ganze Reihe Tritte abbekommen hatte, zog das kleine Mädchen die Hand zurück und hob das Tablett mit dem nun leeren Teller auf.
»Die Blumen«, sagte die Mutter, »vergiß nicht, dem Boß zu sagen, wie sehr sie mir gefallen haben.«
Schweigen.
»Oh, jetzt komm, sei nicht so. Er macht doch immer so nette kleine Gesten, um mir zu sagen, daß es ihm leid tut. Du kennst ihn doch, wenn es wieder vorbei ist, kauft er uns bestimmt irgendein dummes Geschenk und führt anschließend im Wohnzimmer einen Freudentanz mit uns auf. Außerdem ist es gar nicht so schlimm, wie es aussieht.«
Immer noch Schweigen.

»Er liebt dich... das weißt du doch, oder?«
Das kleine Mädchen nickte.
»Und mich liebt er auch, bei großen Leuten zeigt sich das nur anders.«
Es war schon spät an diesem Abend, als Mommy so laut zu schreien anfing, daß selbst Daddy Angst bekam. Er band ihre Arme und Beine von den Bettpfosten los, trug sie zum Wagen und fuhr sie ins Krankenhaus.
Das kleine Mädchen, das allein im Schlafzimmer zurückgeblieben war, untersuchte den blutigen Klumpen und schaufelte ihn anschließend mit bloßen Händen vom Bettuch in eine grüne Mülltüte, die sie oben zuband und im Wald vergrub.
Und danach sprach keiner mehr von Bübchen...

Kapitel 1

Wäre Paige – im zweiten Monat schwanger – nicht weniger als fünfzig Meter entfernt von ihrer Wohnung in Manhattan überfallen worden, wären sie nie auf die Idee gekommen, den Winter in Briarwood zu verbringen. Das Gebäude, in dem sich ihre Eigentumswohnung befand, war keine drei Straßen östlich vom Central Park gelegen; immer noch eine gute Wohngegend, wie ihre beste Freundin Brooke meinte. Aber für Paige schien es in der ganzen Stadt keinen sicheren Ort mehr zu geben. Und obwohl sie sich nicht zum ersten Mal mit Gewalt und Aggression konfrontiert sah – ihre Tätigkeit als Sonderschullehrerin an fünf Grundschulen im Distrikt erforderte es, daß sie oft in übelbeleumundeten Vierteln unterwegs war –, wurde sie schlagartig von Panik erfaßt, als sie die Stahlklinge aus dem Ärmel des Jungen hervorblitzen sah.

Sie schrie, trat um sich, schlug mit ihrer Handtasche nach ihm und reagierte genau so, wie ein Opfer in ihrer Lage den Ratschlägen der Polizei zufolge nie reagieren sollte. Aber sie überraschte ihn mit ihrem Verhalten immerhin so, daß er davonrannte und sie unverletzt entkam; sie zog sich nur einen oberflächlichen Schnitt an der rechten Schulter und beim Sturz auf den Marmorfußboden des rettenden Hauseingangs ein paar Schürfwunden und Kratzer an den Knien zu.

Doch die richtige Angst kam erst später, als ihr klar wurde, wie nahe daran sie gewesen war, auch dieses Kind zu verlieren; das Ergebnis waren Schlaflosigkeit, Alpträume, viel zu hoher Blutdruck und eine Schreckhaftigkeit, die täglich neue Nahrung erhielt durch die Horrorgeschichten, die sich überall in der Stadt ereigneten. Es war schließlich Dr. Lucas, ihr Frauenarzt, der sie dazu drängte, etwas dagegen zu unternehmen. »Tun Sie, was immer Sie tun müssen, um diese Belastung loszuwerden«, erklärte er ihr. »Aber wenn Sie so weitermachen, riskieren Sie nur eine Fehlgeburt.«

Inzwischen waren mehrere Monate vergangen; an einem Freitag nachmittag saß sie nun im Wagen und schaute aus dem Fenster, als sie gerade auf die Route 9 einbogen, die Straße, die den Hudson River entlang nordwärts zu ihrem Haus auf dem Land führte. Jason hatte es geschafft, sich noch rechtzeitig aus dem Büro davonzumachen, damit sie wenigstens nicht in den dicksten Verkehr kamen. Paige, die bei ihrer Größe von einem Meter siebzig zum Glück nicht sehr viel zugenommen hatte – was Jason zu verdanken war, der sehr darauf achtete, daß sie keine überflüssigen Kalorien zu sich nahm –, ließ sich in den weichen, ledergepolsterten Schalensitz zurücksinken, erleichtert, daß sie der Stadt wenigstens für eine Weile entronnen war.

»Ich fühle mich, als ob mein Blutdruck gerade um zehn Punkte gefallen wäre.«

»Schön... hoffen wir, daß der Arzt das auch bestätigen kann«, sagte Jason und setzte sich eine Kappe mit grünem Schirm auf sein widerspenstiges, kupferrotes Haar. »Du hast dich mit dem Arzt, den Dr. Lucas dir genannt hat, noch nicht in Verbindung gesetzt, oder?«

»Das eilt doch nicht so... aber wenn du willst, mache ich es gleich morgen.« Manchmal neigte Jason schon sehr dazu, sie herumzudirigieren, aber Paige sah stillschweigend darüber hinweg... denn viel wichtiger war es, daß

er einen aufmerksamen, ausgeglichenen, hilfsbereiten und verläßlichen Charakter hatte – alles Qualitäten, auf die Paige während ihrer chaotischen Kindheit verzichten mußte, in der ihre ganze Familie aus einer Mutter bestanden hatte, die sich nur dann um ihre Tochter kümmerte, wenn die Männer in ihrem Leben ihr Zeit dazu ließen.
Jason war zuerst strikt gegen den Umzug gewesen, da er befürchtete, Paige könne außerhalb der Großstadt medizinisch nur unzulänglich versorgt werden. Aber Dr. Lucas' Lobeshymnen auf das Gesundheitszentrum in Poughkeepsie, das nur zwanzig Minuten nördlich von Briarwood lag, ließen Jason schwankend werden. Die Tatsache, daß der hochqualifizierte Chefgynäkologe des Zentrums, Milton Barry, ein früherer Klassenkamerad von Jason war und sich – auf dessen Nachfrage hin – nur allzugern bereit erklärte, Paige als Privatpatientin aufzunehmen, überzeugte ihn schließlich doch. Aber eines machte Jason immer noch Sorgen, nämlich die siebzig Meilen, die er die nächsten fünf Monate nun zweimal täglich zur Arbeit und wieder zurück würde fahren müssen.
»Du wirst ziemlich einsam sein da draußen«, hatte er argumentiert. »Die meiste Zeit werde ich abends nicht vor acht Uhr nach Hause kommen... vielleicht wird es sogar neun werden, kommt ganz auf den Verkehr an.«
Obwohl sie mit ihren Nachbarn kaum Kontakt hatten – schließlich hatten sie sich von ihrem ländlichen Zufluchtsort in erster Linie Abgeschiedenheit und Ruhe ersehnt –, kannten sie vom Sehen ein paar der Leute in dem kleinen Ort. »Da sind immer noch die Beeders«, erinnerte Paige ihn. »Sie scheinen mir ein recht nettes junges Paar zu sein, sehr hilfsbereit... und sie wohnen schließlich nicht mehr als eine Viertelmeile die Straße hinunter. Wir müssen uns natürlich ein Telefon legen lassen, dann können wir noch

einen Wagen für mich mieten, und das Krankenhaus ist ohnehin recht nah. Außerdem kommt es immer nur im Kino vor, daß das erste Kind so überstürzt zur Welt kommt.«

So hatte sie Jason schließlich davon überzeugt, daß dies der richtige Schritt, die einzig logische Entscheidung war. Doch in Wahrheit war sie sich dessen selbst nicht so sicher. Obwohl Paige die Sache herunterspielte, hatte sie es immer gehaßt, allein zu sein, solange sie zurückdenken konnte; ganz im Gegensatz zu Jason, der sehr introvertiert war und, wenn nötig, auf jegliche Gesellschaft verzichten konnte. Es würde nicht leicht werden, in dieser Zeit ohne Brooke zu sein, die ihr eine enge Freundin geworden war, seit sie sich vor fünf Jahren im Haus nebenan eine Wohnung gekauft hatte.

Aber mittlerweile war sie dreiunddreißig und Jason fast siebenunddreißig, und sie wünschten sich nichts sehnlicher, als endlich eine Familie zu gründen. Wenn dieser Schritt also notwendig war, um ihr seelisches Gleichgewicht wiederherzustellen, dann würde sie ihn tun.

Das Haus – zwei Wohnebenen, ein Keller, ein Dachboden und eine Veranda, die sich an drei Seiten des Hauses entlangzog – glich einer trägen alten Kuh mit chronischer Heiserkeit und war die Sorte Haus, an der ein Hobbyschreiner wie Jason ewig herumbasteln konnte. Das Schönste daran war das weitläufige Grundstück – elf Morgen Waldland, die sich bis an die grasbewachsenen Ufer des Hudson erstreckten. In dem Augenblick, als sie in die lange, ungepflasterte Auffahrt einbogen, die in einem Bogen auf das Haus zuführte, wußte Paige, daß dies doch die richtige Therapie für sie war.

»Schau dir nur den Garten an, Jason... dieses Laub«,

sagte sie, als sie aus dem Wagen stieg. Ein plötzlicher Windstoß wirbelte die grellbunten Blätter auf und trug sie mit sich davon, während er gleichzeitig Paiges dickes, kastanienbraunes Haar um ihre Schultern wehte und es schließlich wie eine enge Kappe an ihren Kopf drückte. Mit den Fingerspitzen zupfte sie sich das Haar aus dem Gesicht und strich es sich hinter die Ohren. Obwohl ihr und Jason der Besitz schon fast zwei Jahre gehörte, waren sie bisher immer nur im Frühling und im Sommer hiergewesen – ganz selten im September oder gar im Oktober. Paige verschränkte die Arme vor der Brust, als sie trotz ihres dicken Wollpullovers ein Frösteln überlief.

»Wir hätten vielleicht jemanden wegen der Heizung herschicken sollen«, meinte sie.

Jason warf ihr über den geöffneten Kofferraumdeckel hinweg einen prüfenden Blick zu; seine Augen waren hinter dem glänzenden Schirm seiner Kappe verborgen. Er hob zwei schwere Lederkoffer aus dem Wagen und stellte sie neben sich ab.

»Der Gasmann war erst vor zwei Tagen hier. Die Heizung und der Wasserboiler sind in gutem Zustand. Gleich am Montag wird auch das Telefon angeschlossen. Und der nächste Autohändler unten an der Schnellstraße hat eine große Auswahl an Leihwagen. Wir fahren morgen hin, und du suchst dir aus, was dir gefällt... Was hältst du eigentlich von Eugene? Ein kraftvoller und doch einfacher Name.«

»Ich will ja deinem Vater nicht zu nahe treten, aber mit dieser Unsitte, Kinder nach Verwandten zu benennen, kann ich überhaupt nichts anfangen«, sagte Paige.

Eugene Bennett, ihr Schwiegervater, war noch bemerkenswert agil für seine fünfundsechzig Jahre und lenkte die Geschicke von Familie und Geschäft wie der Kapitän

eines Schiffes. Als bettelarmer junger Mann, der überhaupt nichts vom Geschäft verstand, hatte der mittlerweile allseits respektierte Patriarch angefangen und es geschafft, seine Farm in eine der größten Viehranchen im ganzen südlichen Illinois zu verwandeln.
Gemeinsam mit seiner Frau Callah hatte er außerdem vier Söhne produziert, die, bis auf einen, Farmer wie er geworden waren. Jason, der Jüngste und Kleinste – scherzhaft als Schmächtigster im Wurf bezeichnet –, der im Alter von siebzehn Jahren doch noch zu einer Länge von einem Meter fünfundsiebzig aufgeschossen war, konnte größenmäßig aber noch lange nicht mit seinen Brüdern mithalten. Aber Jason war derjenige gewesen, der der familiären Ranch den Rücken gekehrt hatte und nach Osten gezogen war. Er war auch der einzige Bennett, der jemals über die High-School hinausgekommen war.
»So etwas nennt man Kontinuität«, erwiderte er.
»Was soll das denn sein?«
»Wenn man ein Kind nach den Großeltern benennt. Das ist eine Möglichkeit, die vorhergehende Generation am Leben zu erhalten, wenigstens in der Erinnerung.«
»Da man die Umgebung, in der ich aufgewachsen bin, nicht gerade als Familie bezeichnen kann, ist mir der Wirbel vielleicht etwas fremd, den man um Namen macht. Aber eigentlich war ich immer der Meinung, daß Kontinuität mehr mit der Stärke einer Bindung zu tun hat.«
»Da hast du wahrscheinlich auch recht.«
»Und übrigens hat dein Vater bereits einen Sohn, der seinen Namen trägt, und noch einen Enkel... Außerdem hat man ja noch die Möglichkeit, einen zweiten Vornamen zu geben, oder nicht? Ich habe mir eigentlich vorgestellt, daß wir unserem Kind einen eigenen Namen geben, der seine Psyche nicht von vornherein belastet.«

Jason zuckte mit den Achseln. »Okay, du hast mich überzeugt. Aber soll das heißen, daß auch Jason Junior nicht in Frage kommt?«
Eine schmerzhafte Grimasse verzog ihr Gesicht. »Das meinst du doch nicht im Ernst, oder?«
Er lachte laut auf; sie packte eine Handvoll Blätter und bewarf ihn damit. »Ich hatte übrigens einen Jungen namens Eugene in der Klasse, der die ganze Volksschulzeit über in der Bank vor mir saß.«
Er schüttelte die Blätter aus seinem Haar. »Und?«
»Er hat am liebsten Wörterbücher gelesen und Insekten verspeist.«
»Was für Insekten?«
»Alles, was daherkam.« Sie griff durch das hintere Wagenfenster und holte eine Tüte mit Thunfischsandwiches und Flaschen mit kalter Milch heraus, die sie auf Jasons Drängen hin in dem letzten, noch einigermaßen anständigen Restaurant an der Straße gekauft hatten. »Jason, du hattest völlig recht, etwas zum Essen zu kaufen. Ob du es glaubst oder nicht, aber ich habe schon wieder Hunger. Wann habe ich dir eigentlich zum letzten Mal gesagt, wie intelligent du bist?«
Er überlegte einen Moment, ließ den Kofferraumdeckel zufallen und steckte die Schlüssel in die Tasche.
»Das ist mindestens schon ein paar Wochen her.« Er klemmte sich einen Koffer unter den Arm, nahm die anderen beiden und hob seine beladenen Arme. »Gar nicht so übel für ein schmächtiges Bürschchen, hmm?«
»Du bist doch gar nicht mehr schmächtig, das warst du vielleicht als Kind mal.«
»Aber ich komme mir immer noch so vor; so etwas vergißt man nicht so schnell. Nicht nach dem, was ich mir früher immer alles anhören mußte.«

»Na, dann mußt du dich eben auf deinen Verstand konzentrieren, was außerdem viel mehr bringt.«
»Dann denkst du also auch, daß ich schmächtig bin?«
Sie lief zur Eingangstür voraus, öffnete ihre Tasche und kramte darin herum.
»Du hast mir noch nicht geantwortet«, sagte er, als er hinter ihr die Stufen zur Veranda hochkam, geduldig wartete und ihr schließlich seinen Schlüsselbund gab.
Sie nahm ihn, suchte einen langen, glatten Schlüssel heraus und steckte ihn ins Schloß.
»Was soll's, du bist nun mal kein Hüne.«
»Nein?«
»Aber falls es dir hilft, für mich bist du in Ordnung, wie du bist. Du hast einen perfekten Körper. Ich möchte wetten, wenn deine Beine nur etwas länger wären, wärst du bestimmt einen Meter neunzig groß.«
»Das hast du von mir.«
»So, tatsächlich.« Sie drehte sich um und schaute ihm ins Gesicht. »Hör mal, meinst du, daß du Vaterschaftsurlaub nehmen und die ganze Zeit, bis das Baby kommt, hier oben bei mir bleiben könntest?«
»Was würden wir denn die ganze Zeit über machen?«
»Reden, essen, Scrabble spielen, spazierengehen...«
»Bumsen?«
»Wahrscheinlich auch... wenn du das möchtest«, erwiderte sie, aber ihre Unbeschwertheit war plötzlich wie weggeblasen.
Sie wich seinem Blick aus, öffnete die Eingangstür und trat in eine Art Vorraum, hinter dem ein Raum lag, der die doppelte Größe ihres Wohnzimmers in der Stadt hatte. Mehr als fünfundfünfzig Quadratmeter Platz, und als Blickfang des Ganzen ein wunderbarer, hoch gemauerter Kamin, der eine ganze Wand einnahm.

Zur Linken lag eine Eßküche, von der aus man in den Keller und zur Hintertür gelangte. Obwohl es in der Küche zu wenig Arbeitsfläche und noch weniger Stauraum gab, liebte Paige den Eßbereich mit dem Erkerfenster, das hinaus in die Wälder hinter dem Haus blickte.
Das Haus war mit einer Mischung aus den verschiedensten Stilen eingerichtet, die größtenteils einer späten Speicher- beziehungsweise einer frühen Flohmarktperiode entstammten. Sehr viel Rohrmöbel, Messing und alte Bücher ohne Schutzumschläge, die auf Bücherregalen standen, die Jason selbst gebastelt hatte. Paige machte ein paar Schritte ins Wohnzimmer, bückte sich über den farbenprächtig gemusterten Teppich, hob etwas auf, machte einen weiteren Schritt und bückte sich wieder.
»Das gefällt mir aber gar nicht«, sagte sie.
»Was?« fragte er, als er das Gepäck abstellte.
Sie streckte eine Faust in die Höhe und öffnete sie, um Jason die Eicheln darin zu zeigen. »Eichhörnchen?«

Ihre Schlaflosigkeit blieb ihr auch in dieser Nacht noch erhalten; der Gedanke an trippelnde kleine Tiere, die frei in ihrem Haus herumliefen, ließ sie kein Auge zutun.
»Geh die Sache doch mal logisch an«, sagte Jason, sobald sie im Bett lagen. »Du magst Eichhörnchen doch, oder?«
»Sicher, aber draußen in der freien Natur«, antwortete Paige. »Ich mag auch Ameisen, solange sie draußen bleiben; da habe ich überhaupt nichts gegen sie. Aber laß sie ins Haus, und sie verursachen mir Alpträume. Das gleiche gilt für Mäuse, Eidechsen, Spinnen und so weiter.«
»Was macht das für einen Unterschied, wo diese Viecher sind, wenn du sie siehst? Wichtig ist doch nur das Tier selbst. Solange du es nicht in die Enge treibst – und das tust du bestimmt nicht, wie ich dich kenne –, wird es sich

einfach umdrehen und schnurstracks davonlaufen. Und außerdem, wenn diese Eicheln tatsächlich von einem Eichhörnchen stammen sollten, dann ist das Tierchen inzwischen bestimmt schon längst aus dem Haus.«
Sie drehte sich zu ihm um und betrachtete ihn mißtrauisch. »Das sagst du doch nur, um mich zu beruhigen.«
»Nein, ganz bestimmt nicht.«
»Wie kommst du überhaupt auf die Idee?«
»Wegen des Lärms. Eichhörnchen haben – mehr als alle anderen Nagetiere – ein sehr gut ausgeprägtes Gehör. Sobald sie Stimmen oder Schritte hören, ergreifen sie die Flucht und laufen davon... In dem Moment, in dem wir im Vorraum das Licht angeschaltet haben, ist das Tierchen wahrscheinlich schon mit neunzig Sachen aus dem Haus geflitzt.«
»Wie ist es denn hinausgekommen?«
»So wie es auch hereingekommen ist. Diese Tiere haben so eine Art eingebauten Radar, der sie genau wieder dorthin zurückführt –«
»Das hast du doch alles nur erfunden, stimmt's, Jason?«
»Wenn du willst, dann bestellen wir für morgen einen Kammerjäger, der sich mal umschauen soll. Und falls es irgendwelche Öffnungen in den Grundmauern gibt, mach' ich sie zu. In der Zwischenzeit solltest du aber trotzdem etwas schlafen. Soll ich dir den Rücken massieren?«
»Danke, nein.«
Jason drehte ihr den Rücken zu, und so konnte sie nicht sehen, ob er wirklich gekränkt war, aber sie hätte wetten können, daß er es war. Und irgendwie war das auch verständlich. Noch vor ein paar Monaten wäre es ihr nicht in den Sinn gekommen, eine seiner köstlichen Rückenmassagen abzulehnen... Aber seit diesem schrecklichen Zwischenfall... Sie sah immer noch dieses verächtliche Grin-

sen, den dünnen, schwarzen Schnurrbart, die verfaulten Zähne vor sich; einer der unteren Schneidezähne fehlte ... Weshalb bekam sie dieses Gesicht nicht mehr aus dem Kopf?

Eindreiviertel Stunden später lag sie immer noch grübelnd wach, aber inzwischen war es ihr wenigstens gelungen, an etwas Erfreulicheres zu denken: an das Baby. Jason, der bisher friedlich neben ihr geschlafen hatte, drehte sich plötzlich um, und ein Teil der Steppdecke glitt zu Boden. Sie griff über ihn hinweg, packte einen Zipfel der Decke, deckte ihn und sich wieder damit zu und gab ihm einen Kuß auf die Wange.

Auch wenn es bei ihren momentanen Stimmungsschwankungen nicht so auffiel – sie liebte ihn sehr ... hatte es immer getan, seit sie in ihrem zweiten Jahr am City College irrtümlich in einen Kursus über Bürgerrechte geraten und ihr dabei der frischgebackene Anwalt aufgefallen war, der das Fach unterrichtete. Er war schlank und drahtig, nur wenige Zentimeter größer als sie, aber seine klugen blauen Augen und sein schiefes Grinsen erregten dermaßen ihr Interesse, daß sie seinen Kurs sofort in ihren Stundenplan aufnahm. Und seitdem war er Teil ihres Lebens.

Den Rest der Nacht brachte sie damit zu, immer wieder kurz einzunicken, um gleich darauf von einem Alptraum geweckt zu werden, der noch im Augenblick des Aufwachens bereits wieder aus ihrem Bewußtsein verschwunden war ... und von einem Kratzgeräusch, das vom Dachboden kam.

»Ich bin absolut sicher, daß ich dort oben etwas gehört habe«, rief Paige am nächsten Morgen über den Lärm ihres Haartrockners hinweg. Nachdem sie ihre Morgengymnastik absolviert hatten – Jason joggte, sie spazierte –,

wollten sie in einem Café im Ort frühstücken und anschließend im Dorfladen Lebensmittel einkaufen.
»Wenn du Angst hattest, dann hättest du mich wecken sollen«, sagte Jason.
»Was?«
»Wenn du Angst hattest –«
Sie schaltete den Fön aus. »Kein Grund, mich so anzuschreien.«
Er zögerte kurz und meinte dann ruhig: »Ich habe dich nur gefragt, warum du mich nicht geweckt hast.«
»Damit du mir das Gehirn wieder mit einem neuen Märchen aus dem Königreich der Tiere zukleisterst?«
»Wenn das eine Anspielung auf gestern abend sein soll –«
»Ist es.«
»Ich habe doch nur versucht –«
»Ich unterstelle dir ja nichts Böses, Jason.«
»Was ist es dann?«
Ein Seufzer, schließlich: »Es gefällt mir einfach nicht, wenn du mich wie ein schwachsinniges Kind behandelst.«
»Das habe ich doch gar nicht getan.«
»Doch, hast du.«
Jason nahm sich ein wetterfestes Sweatshirt aus der Kommodenschublade, zog es an und schlüpfte in ein Paar Trainingshosen. »Zieh dich jetzt besser an«, sagte er und ging zur Tür.
»Wo gehst du hin?«
»Hinaus.«
»Warte.«
»Warum? Ich will doch nur –«
»Verdammt. Warte doch mal 'ne Sekunde. Jason, was hältst du von Alexandra, abgekürzt Alie?«

Während sie auf ihre Honigmelone und die Vollkornwaffeln warteten, rief Jason bei den Kammerjägern in Klondike und Paige bei Barrys Sekretärin an, um einen Termin für Montag nachmittag auszumachen. Im Supermarkt des Dorfes erkannte Otis Brown, ein eckiger Mann mit einem flaumigen grauen Haarkranz um den Schädel, sie sofort wieder.

»Ihr seid heuer ja ziemlich spät dran, hab' ich recht?« meinte er, machte einen der Einkaufswagen los und schob ihn zu Paige hinüber.

»Na, eigentlich nicht«, erwiderte sie. »Wir wollen nämlich den ganzen Winter über hierbleiben. Wir haben gedacht, es wäre vielleicht schön, das Baby hier zu bekommen.« Himmel, dabei grinste sie wie ein dummes Schulmädchen und konnte gar nicht mehr aufhören.

Aber Otis ignorierte ihr Grinsen. »Brauchen Sie vielleicht eine Hebamme, Mrs. Bennett? Meine Frau ist wirklich große Klasse – die hat in den letzten Jahren schon jeder Menge Kinder auf die Welt geholfen ... da ist eines gesünder als das andere. Wenn Sie möchten, dann frage ich sie mal –«

»Vielen Dank, sehr freundlich von Ihnen«, mischte Jason sich schließlich ein. »Aber meine Frau wird in das Gesundheitszentrum nach Poughkeepsie gehen.«

Otis preßte nickend die Lippen zusammen.

»Das ist ein gutes Krankenhaus, wenn man krank ist, aber um ein Kind auf die Welt zu bringen ... ich weiß nicht. Es ist ziemlich weit weg von hier.«

»Zwanzig Minuten mit dem Auto«, meinte Jason.

»Na ja, wenn Sie volle Pulle fahren, und das auch nur bei gutem Wetter. Aber ich weiß nicht, wie das wird, wenn es schneit.«

»Aber die Straßen hier oben werden doch geräumt, oder

nicht?« fragte Jason, dessen Stimme eine Mischung aus Besorgnis und Verärgerung verriet.
»Aber natürlich werden sie das.«
»Wo liegt dann das Problem?«
»Komm schon, Jason«, sagte Paige und zog ihn auf die Seite. »Hilf mir beim Einkaufen.« Als sie im ersten Gang zwischen den Regalen mit Lebensmitteln standen, sagte sie: »Du hast ja ein Gesicht gemacht, als wolltest du ihn gleich verprügeln. Was ist bloß los mit dir?«
»Nichts. Ich habe nur versucht, hinter den tieferen Sinn dieser Unterhaltung zu kommen. Das klang ja so, als ob sie hier keine Schneepflüge hätten.«
»Jetzt beruhig dich wieder, Jason. Der alte Mann hat doch nur versucht, seiner Frau ein Geschäft zu vermitteln.«

Beim Autohändler schloß Paige einen sportlichen Mazda-RX7-Zweisitzer ins Herz, aber Jason bestand auf einem Nissan-Geländewagen.
»Hast du mir nicht erklärt, ich könne mir den Wagen selbst aussuchen?«
»Das war, bevor ich von dem Schnee hier wußte. Das ist ein Wagen mit Vierradantrieb, der ist genau das Richtige.«
Paige betrachtete stirnrunzelnd den Nissan. »Ich weiß nicht recht, er ist so groß und klobig.«
Jason legte von hinten den Arm um sie und drückte sein Gesicht in ihr Haar, so daß seine Lippen sie am Haaransatz kitzelten. »Du aber auch, Liebling«, flüsterte er. »Habe ich dich deshalb weniger lieb?«
Jetzt doppelt verärgert, entzog sie sich seiner Umarmung und unterdrückte den Impuls, über seine witzige Bemerkung zu lachen.
»Entschuldige, tut mir leid, ich konnte einfach nicht wi-

derstehen. Paige, wie wär's mit Robert? Ich weiß, den Namen habe ich schon mal genannt, aber –«

»Ich habe dir doch gesagt, daß ich diesen Namen hasse.« Sie verschränkte die Arme fest vor der Brust und vermied es, ihn dabei anzusehen. »Und außerdem tut es dir gar nicht leid.«

»Ich begreife es einfach nicht – wie kannst du einen Namen wie Robert nur hassen?«

Keine Antwort.

»Paige, ich habe dich doch nur aufgezogen. Warum bist du bloß so empfindlich? Hör mal, wenn ich dich gekränkt habe, dann tut mir das leid, ich schwöre es bei Gott. Außerdem siehst du einfach phantastisch aus, schwanger hin oder her.« Dann warf er einen Blick auf seine Uhr und meinte: »Wenn wir aber jetzt nicht bald nach Hause fahren, verpassen wir noch den Kammerjäger. Ich glaube nicht, daß wir ihn dann vor Montag noch mal erreichen, wenn er wieder wegfährt. Wer weiß, vielleicht wird es sogar Dienstag. Würdest du also jetzt bitte diesen verdammten Geländewagen nehmen?«

Sie warf erst einen Blick auf den einen, dann auf den anderen Wagen und schaute schließlich Jason an. »Und wenn nicht?«

Mit einem tiefen Seufzer fragte er: »Warum tust du mir das an?«

Jason fuhr hinter Paige her, um sich zu vergewissern, daß sie auch keine Probleme mit der Handhabung des Geländewagens hatte. »Also, was meinst du?« fragte er, als er die Wagentür öffnete und ihr beim Aussteigen half.

Sie zeigte mit beiden Daumen nach unten. »Und, wo ist jetzt dein Kammerjäger?«

»Der muß jede Minute kommen. Er hat mir versprochen,

um zwei Uhr hier zu sein. Sollen wir einen kleinen Spaziergang machen?«

»Und riskieren, daß wir ihn verpassen?«

Clyde, der Kammerjäger, sah zwar nicht älter aus als neunzehn, benahm sich aber, als würde er diese Arbeit schon seit Jahren machen. Er brauchte eine Viertelstunde, um das Haus gründlich zu durchsuchen – als er wieder in die Küche kam, schüttelte er nur den Kopf.

»Ich habe ein paar Mäuseköttel im Keller gefunden.«

»Oh, großartig«, meinte Paige.

Clyde steckte einen schmutzstarrenden Finger in sein langes, fettiges Haar und kratzte sich am Kopf.

»Ich habe ein paar Tüten mit Gift unten gelassen, in einer Woche sind die Mäuse bestimmt verschwunden. Wenn Sie dann noch welche sehen, geben Sie mir Bescheid.«

»Und das Eichhörnchen?«

Er zuckte seine schmalen Schultern. »Nichts zu sehen.«

»Ich habe Ihnen doch von den Eicheln erzählt.«

»Klar, ich kann mir das nicht erklären. Ich kann Ihnen nur sagen, was ich gefunden, beziehungsweise nicht gefunden habe.«

»Okay, vielleicht war es kein Eichhörnchen. Aber da war ganz eindeutig etwas auf dem Dachboden, ich habe es doch gehört.«

»Ich habe da oben ganz besonders sorgfältig nachgesehen, Ma'am. Wenn dort irgendein Tier gewesen wäre, dann hätte ich irgendwelche Kotspuren entdeckt. Ich kann nur wiederholen, da oben ist nichts.«

»Wollen Sie damit behaupten, ich hätte mir das nur eingebildet?«

Er machte eine beschwichtigende Geste und schüttelte den Kopf. »Hören Sie, ich sage doch nur, da oben ist kein Anzeichen –«

»Äh, hören Sie«, unterbrach ihn Jason, »da Sie nun schon mal da sind, könnten Sie doch auch auf dem Speicher etwas Gift auslegen. Falls da oben wirklich etwas sein sollte, wird es –«

»O nein, das geht nicht, Sir.«

»Wieso nicht?«

»Wissen Sie, eigentlich dürfen wir gar keine Eichhörnchen töten.«

»Aber Sie sagten doch, da oben ist kein Eichhörnchen.«

»Sicher, und dabei bleibe ich auch. Aber Sie verlangen von mir, daß ich da oben Gift auslege, um etwas zu töten, was ich nicht töten darf.«

Paige neigte den Kopf zur Seite und schüttelte ihn ungläubig.

»Das darf doch nicht wahr sein«, sagte sie.

Jason hob beschwichtigend die Hand.

»Nun mal ganz langsam, Clyde. Einmal angenommen, nur einmal angenommen, da oben wäre ein Eichhörnchen.«

Clyde nickte.

»Wollen Sie dann sagen, daß ich in Zukunft damit leben muß?«

»Nein, Sir, das will ich nicht.«

»Okay, wie sollen wir es dann loswerden?«

»Wir stellen eine Falle auf und fangen es. Dann nehme ich das Tier mit und lasse es im Wald draußen wieder frei.«

Schritt für Schritt tastete Jason sich vorwärts. »Okay. Haben Sie vielleicht eine dieser Fallen dabei?«

»Sicher, draußen im Lieferwagen. Aber die brauchen Sie nicht, weil Sie ja kein Eichhörnchen haben.«

»Ich fange gleich zu schreien an«, sagte Paige.

»Hören Sie, Clyde, ich möchte Sie trotzdem darum bitten, auf dem Dachboden eine dieser Fallen aufzustellen. Falls dort oben wirklich ein Eichhörnchen ist, werden wir es damit fangen. Und falls keines da oben sein sollte, haben wir doch nichts verloren, oder?«

»Na, zum einen, Geld. Das wird Sie 'ne Menge kosten.«

»Hören Sie, Clyde, ich zahle – Sie machen Ihre Arbeit.«

Clyde brauchte ungefähr zehn Minuten, um den Drahtkäfig aufzustellen – als Köder mußte Erdnußbutter auf italienischem Weißbrot herhalten.

»Wenn das Tier die Erdnußbutter riecht«, erklärte Clyde, »dann schlüpft es in den Käfig. Dabei muß es auf diese Wippe treten, die die Türaufhängung auslöst. Und päng – knallt die Tür zu!«

Clydes Handkante knallte krachend auf die Tischplatte und ließ Paige zusammenfahren. »Das ist alles«, sagte er, »es sitzt in der Falle. Dann brauchen Sie mich nur noch anzurufen. Aber ich glaube nicht, daß Sie mich anrufen werden. Wahrscheinlich wird es so sein, daß ich in ein paar Wochen, vielleicht auch in einem Monat oder zwei mal kurz vorbeischaue und den Käfig wieder mitnehme.«

Mit dem Gift für die Mäuse und dem Käfig für das Eichhörnchen belief sich die Rechnung auf einhundertfünfundsiebzig Dollar.

»Das war ein ganz gerissener Gauner«, sagte Paige später, als sie im Bett saß und ungesalzenes, ungebuttertes Popcorn verschlang.

Jason legte den Schriftsatz beiseite, in dem er gerade las, und gähnte.

»Ich vermute auch, daß er uns ein paar Dollar extra als Buße aufgebrummt hat, weil wir seinen Sachverstand angezweifelt haben.«

»Wir Stadtmenschen haben mit Sicherheit an allem etwas auszusetzen. Aber ich weigere mich, mich deswegen schuldig zu fühlen. Er hat es doch herausgefordert. *Du* glaubst mir doch, daß ich dort oben etwas gehört habe, nicht wahr, Jason?«

»Da oben ist jetzt eine Falle, das genügt doch, oder?«

»Du weichst meiner Frage aus.«

»Ich sehe nicht, was das für einen Unterschied –«

»Jason!«

»Natürlich glaube ich dir.«

Sie richtete sich mit einer so heftigen Bewegung im Bett auf, daß sie die Schüssel umstieß und sich das Popcorn über die Bettdecke verteilte. »Das tust du nicht. Verdammt, ich hasse es, wenn du so etwas nur sagst, damit ich endlich den Mund halte!«

Er hörte noch, wie ihre Füße die Treppe hinunter, hinaus auf die Veranda tappten. Seufzend zog er seine Jeans an, nahm ihren Morgenmantel, der an der Innenseite der Schranktür hing, und folgte ihr nach draußen.

»Bist du verrückt – du wirst dich noch erkälten«, sagte er vorwurfsvoll und hängte ihr den Morgenmantel um die Schultern.

Sie schüttelte ihn ab und ließ ihn auf den Boden der Veranda fallen. »Laß mich in Ruhe«, sagte sie.

Er lehnte sich an einen der Pfosten und steckte die Hände in die Hosentaschen.

»Ich kann nur verlieren, oder?«

Schweigen.

»Wir kommen hierher, damit du dein Gleichgewicht wiederfindest, und was passiert – du drehst bereits durch, weil du irgendein Geräusch auf dem Speicher hörst. Und wir beide können keine fünf Minuten zusammensein, ohne daß du mich gleich angiftest. Wenn ich mit einer Manisch-Depressiven zusammenleben will, dann kann ich das in der Stadt viel bequemer haben. Dazu muß ich mir nicht auch noch die zusätzliche Last aufhalsen, täglich hin und her zu pendeln.«

Es war die Sache mit dem Hinundherpendeln, die schließlich die Spannung löste, so daß sie – zu ihrer eigenen Überraschung – in schallendes Gelächter ausbrach. Sie konnte gar nicht mehr aufhören, und Jason stimmte mit ein.

»Ich hasse dieses Auto... diesen Lastzug, oder was immer das sein soll«, sagte sie, als sie schließlich wieder sprechen konnte.

Er nahm sie in die Arme, und sie ließ ihn gewähren, wie es in der letzten Zeit nicht oft der Fall gewesen war...

»Dann fahre ich eben damit, bis es anfängt zu schneien. Und du nimmst solange den Volvo.«

Sie legte ihren Kopf an seine Brust. Früher hatte sie keinen Gedanken an die Autos verschwendet, die sie benutzte; sie stellte keine großen Ansprüche, Hauptsache, sie brachten sie dorthin, wo sie hinwollte. Weshalb jetzt dieser Lärm um nichts? »Es ist wirklich nicht so wichtig«, meinte sie schließlich.

»Bist du ganz sicher?«

Sie nickte, aber als er ihr ins Gesicht sah, entdeckte er Tränenspuren auf ihren Wangen. Er legte ihr die Hand unter das Kinn und zwang sie, ihn anzusehen.

»Jetzt komm schon, Paige, raus damit.«

Sie holte tief Luft. »Ich habe Angst, Jason.«

»Wovor?«

»Daß ich das Kind verliere.«

»Aber das wirst du nicht.« Er beugte sich über sie, küßte sie...

Sie erwiderte seinen Kuß, aber sobald seine Hand tiefer wanderte und seine Finger tastend ihren Weg suchten, entzog sie sich ihm.

»Nein, Jason, bitte nicht.«
»Warum nicht?«
»Das Baby... Wir könnten den Fötus verletzen.«
»Aber der Arzt hat uns doch versichert –«
»Jason, ich bin fett, ich bin plump.«
»Das bist du nicht, und das weißt du auch ganz genau, nicht wahr?« Er machte einen Schritt in Richtung Haustür.
»Na gut, wenn du unbedingt willst...«
Er öffnete die Fliegengittertür, blieb kurz stehen und wandte sich dann zu ihr um. »Mache ich wirklich einen so verzweifelten Eindruck?«

Ihre Angst war völlig irrational... sie dachte darüber nach, als sie später wach im Bett lag. Auch wenn sie im Jahr zuvor eine Fehlgeburt erlitten hatte, so war das im ersten Schwangerschaftsdrittel geschehen, in einer Zeit, in der der Fötus am gefährdetsten ist. Jetzt war sie Ende des sechsten Monats, und aufgrund ihrer Amniozentese und der Ultraschall-Diagnose gab es nicht die geringsten Probleme; sie trug einen gesunden, gutentwickelten Fötus.
Und wenn das immer noch nicht Beruhigung genug war: Jetzt kam noch dazu, daß sie und Jason an einem Ort lebten, in dem es – einmal abgesehen von einer gelegentlichen Schlägerei, Alkohol am Steuer oder einem harmlosen Diebstahl – in den letzten zwölf Jahren nicht ein Kapitalverbrechen gegeben hatte. Doch trotz Jasons ständiger Beteuerung und ihres eigenen gesunden Menschenverstandes, die Angst war da – wie ein dunkler Fleck, der immer wieder auftaucht, gleichgültig, wie oft man auch reiben mag. Der Trick bestand darin, nicht daran zu denken, beschloß sie...

Ihre Gedanken wurden von einem schwachen Schaben über ihrem Kopf unterbrochen. Sie setzte sich auf und schaute zu Jason hinüber: Er schlief tief und fest. Nein, sie würde ihn nicht wecken, nicht deswegen. Morgen früh würde dieses Ding – was immer es auch sein mochte – in der Falle sitzen.
Päng…

Kapitel 2

Da sie wieder die halbe Nacht wachgelegen hatte, hörte Paige nicht, wie Jason sich am Sonntag morgen anzog und das Haus verließ. Aber als sie um neun Uhr aufwachte, fand sie einen Zettel auf seinem Kopfkissen: *8:00 Uhr, schlaf ruhig weiter – bin beim Joggen, bringe hinterher die Zeitung und ein paar Brötchen mit.* Die Bäckerei war in Kingston – also schätzte sie, daß es mindestens noch eine halbe Stunde dauern würde, bis er zurückkam.

Sie rollte sich auf den Rücken, richtete sich aber abrupt wieder auf, als ihr das Geräusch vom Dachboden einfiel. Vielleicht sollte sie mal nach oben gehen und sich selbst umsehen – nein, es war besser, auf Jason zu warten. Wenn dort *wirklich* etwas in der Falle saß, dann war es besser, wenn sie nicht allein war. Statt dessen ging sie auf die Toilette und konzentrierte sich darauf, wie schön es sein würde, wenn sie eines Tages nicht mehr zu jeder passenden und unpassenden Gelegenheit aufs Klo rennen müßte. Mein Gott, in der vergangenen Nacht hatte sie mindestens fünfmal laufen müssen. Sicher, das Ganze war etwas lästig, aber doch ein beruhigendes Indiz dafür, daß das Baby lebte und ... nun ja, auf ihrer Blase herumtrampelte.

Sie sehen also, Paige – dem Baby geht es gut, und das wird auch so bleiben ... Sie und Jason werden schon dafür sorgen. Wieder verzogen sich ihre Lippen zu diesem albernen Grinsen, und sie beugte sich zu dem Spiegel vor, der über dem Waschbecken im Bad hing. Ihr Gesicht war in der letzten Zeit etwas voller geworden, die zarten Züge – wie sie in ihrem High-School-Jahrbuch beschrieben waren – wirkten aufgeschwemmt. Und ihre dunklen Augen waren von tiefen Ringen unterlegt.

Wenn sie ein kleines Mädchen bekam, würde es dann wie sie aussehen? Nicht unbedingt... sie hatte ihrer Mutter überhaupt nicht geähnelt. Sie stellte sich lieber einen kleinen Jungen vor, der Jasons dünne Lippen, sein breites Kinn hatte. Obwohl das Geschlecht des Kindes bereits mit Tests ermittelt war, hatten sie und Jason beschlossen, es lieber nicht wissen zu wollen. Was natürlich bedeutete, daß sie sich auf zwei Namen zu einigen hatten – obwohl sie sich bisher noch nicht einmal auf einen einigen konnten.

»Bist du wach, Paige?«

Sie lief nach unten – mehr denn je war sie sich der Tatsache bewußt, wie ungraziös ihre Bewegungen waren – und fiel ihm direkt in die Arme.

»Hey«, meinte er und ließ dabei fast die Zeitungen und die Tüten fallen, die er in der Hand hatte. »Womit habe ich das bloß verdient?«

»Du hast dir den Oscar dafür verdient, daß du der geduldigste Mensch bist, den ich kenne. Wie hältst du es zur Zeit nur mit mir aus?«

Er ging ihr in die Küche voraus, und während sie sich an den Tisch setzte und ihm zusah, fing er an, das Frühstück zusammenzustellen.

»Schwangere Frauen sind ja berüchtigt für ihre Stimmungsschwankungen«, sagte er. »Es geht rauf, runter, die ganze Zeit über. Als meine Mutter mit mir schwanger war, weinte sie jeden Morgen, wenn mein Vater zur Arbeit das Haus verließ. Sie hatte Angst, sie würde mit den anderen Kindern nicht fertig werden, während er weg war.«

»Na ja, sie war schwanger und hatte noch zwei Kleine in den Windeln stecken, da ist das kein Wunder.«

»Aber sie ist mit allem fertig geworden, jedenfalls bis er heimkam.« Jason stellte eine halbe Grapefruit, ein Glas mit fettarmer Milch und ein getoastetes Brötchen mit etwas Frischkäse vor Paige hin.

»Hier, iß das.«

Sie betrachtete ihn nachdenklich, als er sich über sein eigenes Frühstück hermachte. »Hast du jemals Mutter sein wollen?«

»Seltsame Frage.«

»Ich will mich ja nicht davor drücken, aber du machst das verdammt gut.«

»Du wirst das auch gut machen.«

»Ich kann in meiner Arbeit gut mit Kindern umgehen, aber das ist vermutlich nicht dasselbe, oder?«

»Iß deine Grapefruit.«

»Ich weiß einfach nicht, wie man Kinder richtig bemuttert. Vielleicht bin ich zu egoistisch... Jason, glaubst du, daß ich zu egoistisch bin, um eine gute Mutter zu sein?«

»Nein, das glaube ich nicht.« Er nahm den Wirtschaftsteil der New York Times und gab ihr eine dünne Wochenzeitschrift. »Hier, ich dachte, vielleicht interessierst du dich für die Lokalnachrichten.«

Sie nahm die Zeitung, schlug sie auf der zweiten Seite auf und überflog flüchtig einige Artikel.

»Was soll das, versuchst du vielleicht, mir nur harmlose Nachrichten zuzuschieben? So aufregende Dinge wie Kirchenbasare, Straßenreparaturen, Verleihung von Verdienstorden an Wölflinge, die Zusammenstellung von Schulmittagessen?«

»Du bist endlich raus aus der Stadt, weg von den ganzen Verbrechen. Warum sollst du das jetzt lesen?«

»Was ist mit Buchbesprechungen, Reise –«
Wortlos sammelte er mehrere lose Seiten der TIMES ein, legte sie vor sie hin und griff wieder nach seinem Brötchen.
»Oh, das hätte ich fast vergessen – die Falle, Jason. Ich habe heute nacht wieder Geräusche am Dachboden gehört...«
Jason betrachtete das Brötchen in seiner Hand. »Könnte das vielleicht noch etwas warten?« Aber als er ihre angespannte Miene sah, legte er das Brötchen auf den Tisch und schob seinen Stuhl zurück. »Okay, bringen wir es hinter uns.«
Bis zur Speichertür blieb sie dicht hinter ihm, hielt sich dann aber zurück.
»Siehst du etwas?«
»Nein. Die Falle ist leer.«
Paige machte nun doch einen vorsichtigen Schritt in den stickigen Raum: Luft kam hier nur durch zwei kleine Fenster herein; beide waren geschlossen. Sie ging an dem Gerümpel vorbei – alte Möbel und Werkzeuge, die die Vorbesitzer zurückgelassen hatten – und trat näher an den Käfig heran; entsetzt schlug sie die Hand vor die Brust.
»Das gibt es doch nicht.«
Jason beugte sich näher vor. »Was ist?«
»Der Köder, Jason... wo ist er hin?«

Clyde, der auf Jasons Anruf aus der Telefonzelle vor Otis' Supermarkt hin sofort zu den Bennetts hinauskam, meinte nur: »Es ist völlig unmöglich, daß ein Eichhörnchen an den Köder rankommt, ohne auf den Hebel zu treten.«
»Ist Ihnen schon mal der Gedanke gekommen, daß die

Falle vielleicht defekt ist?« fragte Jason, als sie nebeneinander über den Käfig gebeugt standen.
»Sicher, aber das ist sie nicht. Hier, ich zeige es Ihnen.« Er tippte mit der Spitze eines Bleistiftes auf den Hebel und konnte gerade noch die Hand wegziehen, bevor die Käfigtür heruntersauste, den Bleistift verschluckte und zuschnappte.
»Was dann?« fragte Jason.
»War vielleicht irgend jemand hier oben und hat an dem Käfig herumgespielt?«
Jasons Augen folgten Paiges Blick zu der schweren Tür, die zu einer schmiedeeisernen Feuerleiter führte.
»Das können Sie vergessen«, sagte er und ging zu der Tür. »Das ist völlig unmöglich. Schauen Sie selbst, sie ist von innen verriegelt.« Er versuchte den großen, rostigen Riegel zur Seite zu schieben, aber der bewegte sich nicht. »Und außerdem ist der Riegel ganz verrostet. Ich hatte eigentlich vor, irgendwann mal in nächster Zeit das Schloß hier auszutauschen...«
»Das ist doch albern«, sagte Paige zu Clyde. »Natürlich hat irgendein Tier den Köder genommen. Ich glaube kaum, daß ein Einbrecher sich die Mühe machen würde.«
»Sicher, aber –«
»Jedenfalls hat die Falle nicht funktioniert«, schnitt Jason ihm das Wort ab. »Oder wir haben es mit einem superintelligenten Tier zu tun.«
Paige warf ihm einen fragenden Blick zu.
Er zuckte mit den Achseln und fing an, Wand und Dachpappe nach Öffnungen abzusuchen.
»Na, offensichtlich hat es einen Weg gefunden, den Hebel zu umgehen.«
Bevor Paige den Speicher verließ, schaute sie sich selbst

noch flüchtig um – in einem Blumentopf entdeckte sie noch mal ein halbes Dutzend Eicheln. Dann legten sie ein weiteres Brotstück mit Erdnußbutter als Köder aus, und Clyde stopfte zusätzlich noch feste Drahtwolle zwischen die Gitterstäbe des Käfigs.
Dieses Mal gab es kein Entrinnen.

Es war schon fast neun Uhr, als Paige am Montag aufstand und wieder einen Zettel neben sich fand: *Die Telefongesellschaft kommt heute und schließt das Telefon an. Habe nach der Falle gesehen – immer noch leer, sehe heute abend noch mal nach. Wie wäre es mit Richard ... kurz Richie. Was meinst du?*
Die leere Falle war keine Überraschung für sie: Da sie die ganze Nacht über nicht gut geschlafen hatte, hatte sie auf mögliche Geräusche gelauscht, aber keine gehört. Dabei war ihr ein Film eingefallen, den sie einmal im Fernsehen gesehen hatte: Er hatte von einer Ratte gehandelt, die so intelligent gewesen war, daß sie alle Versuche des Hausbesitzers, sie zu töten, vereitelt hatte. Und natürlich hatte diese Erinnerung nur dazu geführt, daß Paige sich ähnliche, schreckliche Szenen vorgestellt hatte ... Und kaum eine Viertelstunde, nachdem das Telefon angeschlossen war, wurde es von ihr auch schon mit einem Anruf bei Brooke eingeweiht.
»Klingt ja nicht gerade so, als würdest du endlich zur Ruhe kommen, wie du es dir vorgestellt hast«, meinte Brooke.
»Oh, das kommt schon noch. Zuerst müssen wir uns eben diese Intelligenzbestie von Nagetier vom Hals schaffen. Aber es ist wirklich traumhaft schön, warte nur ab, bis du selbst diese herbstliche Landschaft hier siehst. Wann kommst du denn mit Gary?«

»Als wir uns das letzte Mal darüber unterhalten haben, war das übernächste Wochenende im Gespräch.«
»Höre ich da einen düsteren Unterton heraus?«
»Ich habe seit zwei Tagen nicht mehr mit ihm gesprochen.«
»Darf ich fragen, warum?«
»Die Eintrittskarten für *Phantom*...«
»Oh, richtig, du warst ja am Samstag im Theater. Wie hat es dir gefallen?«
»Wahnsinnig gut. Selbstverständlich ist Gary erst in der Pause erschienen. Das ist jetzt das dritte Mal in zwei Wochen, daß er zu spät kommt.«
»Er ist Arzt.«
»Das erzählt er mir auch dauernd... Soll ich vielleicht ständig meine Staffelei mit mir herumschleppen?«
»Warum nicht«, sagte Paige und ging bereitwillig auf diesen Themenwechsel ein. »Hey, wie wäre es, wenn du Gary am Sonntagabend allein in die Stadt zurückschickst? Du könntest doch noch ein paar Tage bleiben. Nur du und ich – Jason kann dich ja wieder in die Stadt zurückfahren, wann immer du willst. Du kannst nach Herzenslust malen... ich werde dich bestimmt nicht stören.« Paige wußte Brookes strikten Stundenplan zu respektieren, die täglich von zehn bis drei Uhr arbeitete; und seit sie ihre eigene Arbeit an den städtischen Schulen aufgegeben hatte, hatte sie sich auch immer bemüht, ihr in dieser Zeit nicht in die Quere zu kommen.
»Soso«, schnurrte Brooke, und Paige sah deutlich ihren roten Schmollmund vor sich, der keinen Mann kalt ließ – das heißt, Gary bildete da gelegentlich eine Ausnahme. Dieser Schmollmund war sogar Paige aufgefallen, als sie – auf der Jagd nach einem Taxi – an jenem düsteren, verregneten Morgen Brooke über den Haufen gerannt hatte, die

an eben diesem Tag in das Haus nebenan zog. Was zur Folge hatte, daß Bild und Malerin mit dem Gesicht, beziehungsweise mit der Vorderseite voran im Dreck landeten. Und wie sehr Paige sich auch bemühte, die Leinwand zu retten, während ihre neue, in Tränen aufgelöste Nachbarin im Badezimmer unter der Dusche stand – das Bild war ruiniert. Trotz des stürmischen Anfangs wurden Paige und Brooke bald enge Freundinnen.
»Das klingt ja wirklich sehr verlockend«, sagte Brooke schließlich, »aber ich habe eine Auftragsarbeit – ein Porträt, das in drei Wochen fertig sein muß. Darf ich vielleicht später noch mal auf dein Angebot zurückkommen?«
»Darüber läßt sich reden.«
Als Paige den Hörer auf die Gabel legte, lächelte sie in freudiger Erwartung des Besuchs. Bis dahin war dieses verdammte Eichhörnchen aber besser verschwunden. Es geschah, als sie den Sicherheitsgurt des Nissan um ihren Bauch legte und sich für die Fahrt zum Arzt fertig machte, bei dem sie um vier Uhr einen Termin hatte … da sah sie es, das heißt, sie sah ein unbestimmtes Etwas. Es bewegte sich sehr schnell – wie ein Blitz oder ein Schatten; was man eben so wahrnimmt, wenn man blinzelt.
Sie starrte noch lange auf denselben Fleck, auf den Fuß der Feuerleiter, wo jetzt nur noch ein Streifen trockenen Grases zu sehen war, der vom Haus weg in den Wald führte. Dann ließ sie ihren Blick hinauf in den ersten Stock zu dem schmiedeeisernen Balkon vor ihrer verschlossenen Schlafzimmertür wandern, um gleich darauf ihre Aufmerksamkeit dem Dachboden im zweiten Stock zuzuwenden: Die Tür war von innen verriegelt und so zugerostet, daß man sie nicht mehr aufbekam … das hatte sie mit eigenen Augen gesehen.
Das mußte das Eichhörnchen gewesen sein. Natürlich.

Erst kletterte es die Feuerleiter hinauf und kroch dann durch ein von außen nicht sichtbares Loch in den Dachboden. Sie und Jason würden gleich heute abend noch einmal alles nach irgendwelchen Öffnungen untersuchen.

Dr. Milton Barry trug eine billige Hornbrille, die Art von Fassung, wie man sie normalerweise im Ausverkauf findet: Kaufe zwei, bezahle eine. Seine glänzenden, ausgebeulten Hosen unter dem kurzen, zerknitterten Kittel spiegelten seine absolute Achtlosigkeit modischen Ansprüchen gegenüber wider.
Als die Untersuchung vorüber und Paige wieder in Straßenkleidung war, nahm sie in seinem Sprechzimmer Platz. Er gab ihr eine Lamaze-Broschüre – sie schaute nur flüchtig darauf und steckte sie in ihre Handtasche. Dabei fiel ein rosa Zettel heraus.
»Was ist das?«
»Die Einladung zu einem geselligen Treffen, glaube ich. Meine Sprechstundenhilfe Lenore – sie leitet den Kurs – organisiert mit ein paar Frauen aus jeder neuen Gruppe immer ein Treffen für die ganze Familie. Normalerweise findet alle paar Monate eines statt. Sie werden sehen, die Leute hier sind sehr freundlich.«
Sie lächelte. »Schön. Oh, bevor Sie anfangen, möchte ich Sie bitten, mir das Geschlecht unseres Kindes nicht zu verraten. Jason und ich wollen uns lieber überraschen lassen.«
»Einverstanden. Nun, dem Baby geht es gut, Sie haben ja selbst seine Herztöne gehört.«
Sie nickte.
»Und was Sie betrifft... nun, Ihr Blutdruck ist wirklich höher, als es mir gefällt. Außerdem sehen Sie aus, als könnten Sie etwas mehr Schlaf vertragen.«

»Deswegen bin ich ja aufs Land gezogen.«
»So?«
Sie zuckte mit den Achseln. »Geben Sie mir etwas Zeit.«
»Okay, aber wenn Sie mit jemandem darüber reden möchten... Manchmal hilft das.«
»Da gibt es nichts zu reden, wirklich. Ich bin nur der Typ Mensch, der sich ständig über alles mögliche Sorgen macht.«
»Ja, worüber denn?«
»Worüber machen sich schwangere Frauen wohl Sorgen?«
»Nein, nein, hier stelle ich die Fragen.«
Sie machte eine kurze Pause: »Ob das Baby gesund ist.«
»Das habe ich Ihnen doch bereits bestätigt.«
»Aber es kann doch alles mögliche passieren, Sie sind schließlich nicht Gott.«
»Wollen Sie, daß Gott das Kind entbindet?«
»Arbeitet er hier im Krankenhaus?«
Er lächelte; sie mochte sein Lächeln... und ihn auch.
»Hören Sie, ich möchte mich nicht beklagen«, sagte sie schließlich. »Es ist nur so, daß... Haben Sie sich schon jemals so auf eine Sache gefreut, daß Sie glaubten, das könne unmöglich gutgehen? Das wäre zu schön, um wahr zu sein, als daß es tatsächlich passieren könnte?«
»Haben Sie das Gefühl, daß mit dem Kind etwas schiefgehen könnte?«
»Mit ihm oder mit mir. Sie haben ja meinen Krankenbericht gelesen – ich hatte eine Fehlgeburt, und vor ein paar Monaten bin ich von einem Jungen überfallen worden, der völlig zugedröhnt war und mich mit einem Messer bedroht hat. Das Baby hätte getötet werden können.«
»Wurde es aber nicht.«
»Aber es hätte passieren können. Alles hing an einem seidenen Faden. Woher wollen Sie wissen –«

»Sie wissen es auch nicht. Und das war Ihnen schon vor dem Überfall klar.«
»Ja, sicher, natürlich.« Sie lachte, seufzte. »Ich muß ja ziemlich einfältig klingen.«
Er schüttelte nur den Kopf und stützte sein Kinn auf die Hand.
»Der Mensch ist nun mal so, aber wir neigen dazu, bestimmte Dinge zu verdrängen. Jedenfalls, solange nichts auf dem Spiel steht.«
»Meine Ehe steht auf dem Spiel.« Wie aus heiterem Himmel war sie mit dieser Feststellung herausgeplatzt, die nicht im geringsten Zusammenhang zu ihrem Gespräch stand. Er machte eine ermutigende Geste, daß sie doch fortfahren möge.
»Ich meine damit unser Sexualleben«, sagte sie, nachdem sie beschlossen hatte, daß sie es ebensogut aussprechen konnte. »Ich habe zur Zeit einfach nicht dieselben Bedürfnisse, und ich weiß nicht einmal genau, warum das so ist. Außerdem habe ich Angst, Angst um das Baby und irgendwie auch um mich, glaube ich. Jedesmal, wenn mir seine Berührungen zu weit gehen, ziehe ich mich zurück.«
»Bei diesem Überfall, hat der Junge versucht –«
»Nein, nichts dergleichen. Außerdem hatte er keine Gelegenheit, überhaupt etwas zu tun. Ich habe ihn nur gesehen und bin auch schon ausgeflippt ... habe um mich getreten und geboxt wie eine Verrückte, bin davongelaufen; ich kann mich kaum noch daran erinnern. Warum reagiere ich dann aber jetzt so ablehnend? Normalerweise«, fuhr sie lächelnd fort, »nun, früher hat Jason mich immer eine Rakete genannt.«
»Ich könnte Ihnen jede Menge Gründe für Ihr plötzliches Desinteresse nennen, der wahrscheinlichste dürfte Ihre

Schwangerschaft sein. Während die meisten Frauen keine Probleme damit haben, den Verkehr weiterhin zu genießen, während sie ein Kind austragen, finden andere es unmöglich – und das aus den unterschiedlichsten Gründen. Einigen scheint ihr schwangerer Körper einfach nicht sexy genug zu sein, und eine Frau hat mir mal erzählt, daß in ihren Augen der sexuelle Akt die Reinheit des Gefäßes verletzt, das den Fötus trägt.«

»Ich kann mir nicht vorstellen, daß in meinem Unterbewußtsein so ein Unsinn ablaufen sollte, aber... Glauben Sie, ich brauche einen Therapeuten?«

»Nun, vielleicht würde ich Ihnen sogar dazu raten, wenn es nicht noch ein paar Monate bis zur Entbindung wären. Mir scheint«, sagte er, und dabei umspielte ein Lächeln seine Lippen, »da wir es hier mit einer anscheinend besonders ausgeprägten Libido zu tun haben – da sollte doch alles wieder von selbst ins Lot kommen.«

Als sie die Praxis des Arztes verließ, war es grau und regnerisch, und trotzdem glühten ihre Wangen. *Oh, was habe ich nur für ein loses Maul.* Was war nur in sie gefahren, als sie ihm sagte, daß Jason sie immer eine Rakete nannte? Versuchte sie vielleicht allen Ernstes, ihre momentane Unzulänglichkeit mit großartigen Worten wieder auszugleichen?

Auf dem Weg nach Hause hielt sie am Supermarkt an und kaufte sich ein Taschenbuch von Jackie Collins, eine Schachtel mit gezuckerten Doughnuts, ein Pfund Hershy-Schokoladenküsse und eine Packung Kartoffelchips. Jason war schließlich nicht da, um ihre Diät zu überwachen. Und was war schon dabei, wenn sie und das Baby Lust hatten, mal über die Stränge zu schlagen?

Der Besen ist ja lebendig, und wie! Ein langer, kräftiger, knorriger Körper und ein rundes, gelbes Gesicht, das die Dielenbretter küßt. »Hör auf mit dem Krach, steh auf und stell dich auf die Hinterbeine«, rief sie, aber er wollte, konnte nicht mit dem Fegen aufhören. Das war doch nichts, worüber man sich Sorgen machen mußte, oder? Das ist albern, Paige... albern und dumm, vielleicht sogar bloß ein Traum. Sie strengte sich mit dem Denken an und bemühte sich, ihr Gehirn auf Trab zu bringen, aber es klappte nicht so recht.

Sie beugte sich vor, versuchte den Besenstiel in die Hand zu bekommen, wollte dem Unfug ein Ende bereiten, aber das Gesicht aus Stroh verwandelte sich in sein häßliches Gesicht, und seine heiße Zunge schnappte nach ihren Knöcheln, leckte sie, verbrannte sie. Sie wollte schreien, aber ihre Stimme blieb irgendwo tief in ihrem Hals stecken. Sie wurde nach hinten gefegt, immer weiter und weiter... sie schwankte, stolperte über ihre Füße. O Gott, paß auf das Baby auf, laß mich nicht stürzen!

Ihre Hände breiteten sich schützend über ihren Bauch, ihre Augen bemühten sich, die totale Dunkelheit zu durchdringen. Aber sie bewegte sich nicht, sondern konzentrierte sich auf die fegenden Geräusche, die von oben kamen... vom Dachboden. Ihr Herz hämmerte, sie setzte sich auf, suchte tastend die Lampe, schaltete sie an. Dann sah sie sich um: leeres Schokoladenpapier und Doughnuts-Krümel auf der Matratze, auf dem Nachttisch die Packung mit den Kartoffelchips und das Taschenbuch, die Uhr... Es war erst halb sieben abends – es würde noch eine Weile dauern, bis Jason nach Hause kam.

Schließlich hob sie langsam die Augen und starrte an die Decke. Irgend etwas war da oben... sollte sie hier unten bleiben und warten, ohne je zu erfahren, was es war? Oder sollte sie wie eine vernünftige Erwachsene nach oben gehen, die Tür aufmachen und nachschauen? Wenn

sie sich dann noch bedroht fühlte – nun, das Telefon funktionierte –, dann konnte sie immer noch Clyde anrufen.
Mit einer Taschenlampe bewaffnet, stieg sie die Stufen hinauf, verharrte kurz auf dem Treppenabsatz und riß schließlich, an ihrer Unterlippe nagend, die Tür auf. Obwohl der Lichtstrahl voll auf den Käfig gerichtet war, konnte sie nicht hineinsehen... Sie machte ein paar Schritte näher heran: leer, und wieder war der Köder fort. Erschrocken wirbelte sie herum, und ihre bebenden Hände schickten den hellen Lichtstrahl unsicher zitternd über die Wände und in alle Ecken. Nichts... Und das merkwürdig fegende Geräusch – war es möglich, daß es auch aufgehört hatte?
Langsam und zögernd durchsuchte sie den Raum. Als das Licht auf einen Tisch neben der Innenwand fiel, hörte sie eine Bewegung. Erschrocken fuhr sie zurück und verlor kurz das Gleichgewicht. Als sie sich wieder gefangen hatte, versuchte sie mit fahrigen Bewegungen, die Ursache des Geräusches mit der Taschenlampe aufzuspüren. Plötzlich sprang etwas Großes unter dem Tisch hervor, flog durch die Luft und landete mit einem dumpfen Aufprall auf dem Boden. Dann hüpfte es hoch und rannte quer durch den Raum. Obwohl Paige den schnellen Bewegungen mit dem Lichtstrahl zu folgen versuchte, gelang es ihr erst, als das Ding vor dem winzigen Fenster ohne Gitter stehenblieb, es so weit wie möglich aufstieß und verschwand. Paige rannte zu dem Fenster, beugte sich hinaus und leuchtete mit der Taschenlampe nach unten.
Mittlerweile war das Ding schon fast die Feuerleiter hinuntergeklettert, und Paige war überzeugt, daß es ein Kind war.

Sie nahm sich gerade noch die Zeit, die Packung mit den Kartoffelchips in die Tasche ihres gelben Regenmantels zu stecken, und lief dann mit der Taschenlampe in der Hand in die Dunkelheit hinaus. Der heftige Schauer war zwar mittlerweile in einen dünnen Nieselregen übergegangen, aber es war ein Wind aufgekommen, der das nasse Laub gegen ihre Knöchel klatschen ließ und ihr Efeuranken ins Gesicht schlug, wenn sie sich zu bücken vergaß. Sie hatte keine Ahnung, wohin sie sich wenden sollte, aber einem plötzlichen Impuls folgend, ging sie Richtung Fluß.

Paige glaubte zweimal, das Kind gesehen zu haben, aber gleich einem Tier, das sich in seiner eigenen Umgebung mit absoluter Leichtigkeit bewegt, tauchte es in Sekundenschnelle hinter einen Baum oder einen Busch und war verschwunden. Vernünftiger wäre es gewesen, die Polizei anzurufen und ihr die Suche zu überlassen. Als sie sich eben zu diesem Entschluß durchgerungen hatte und schnell wieder Richtung Haus zurücklaufen wollte, spürte sie, wie sie ein harter Gegenstand am Kopf traf. Sie sank zu Boden …

»Paige, Paige, hörst du mich, Paige?« Jedes Wort klang näher und lauter als das andere und brachte sie schnell wieder auf den nassen Waldboden zurück. Sie schlug die Augen auf und sah Jason, der sich mit einer Laterne über sie beugte.

»Bist du in Ordnung? Was ist denn eigentlich passiert?« fragte er.

»Ich weiß es nicht genau.« Sie faßte sich mit der Hand an den Kopf und fühlte eine Beule, so groß wie eine Kastanie. »Ich habe einen Schlag auf den Kopf bekommen, glaube ich.« Sie deutete auf den Baum neben ihr. »Es war wahrscheinlich ein Ast.«

»Was treibst du überhaupt hier draußen?« Sie wollte sich

aufsetzen, aber er hielt sie zurück. »Warte, vielleicht sollte ich –«

»Nein, mir geht es gut, ehrlich. Hier, hilf mir hoch.« Sie stützte sich auf seinem Arm ab, zögerte einen Moment und stand dann mit der Taschenlampe in der Hand auf. »Jason, hier draußen ist ein Kind.«

»Was für ein Kind?«

»Ich weiß es nicht, das vom Speicher.«

Er warf ihr einen merkwürdigen Blick zu. »Vielleicht solltest du zum Arzt gehen.«

»Ich brauche keinen...« Sie steckte eine Hand in die Tasche, und als sie sie leer wieder herauszog, leuchtete sie mit der Lampe die Stelle auf dem Boden ab, wo sie gelegen hatte. »Die Chips sind weg, Jason.«

»Du redest wirres Zeug.«

»Nein, tue ich nicht, du kannst mir bloß nicht folgen. Ich meine Kartoffelchips. Ich habe sie eingesteckt, weil ich mir dachte, daß ich es damit vielleicht anlocken kann.«

»Ist hier wirklich ein Kind?«

»Das versuche ich dir doch die ganze Zeit zu erklären.«

»Wenn hier wirklich ein Kind in der Nähe ist, warum ist es dann nicht stehengeblieben und hat dir geholfen?« Ohne eine Antwort abzuwarten, legte er ihr den Arm fest um die Schultern und führte sie Richtung Haus. »Komm, du bist ja völlig durchnäßt und voller Dreck, gehen wir zurück.«

»Aber was ist mit –«

»Wir rufen die Polizei an.«

Jason rief zuerst bei der Polizeistation in Briarwood an, die aus einem Sheriff und einem Hilfssheriff bestand. Dann erklärte er Paige: »Schätzchen, du solltest diese Beule besser einem Arzt zeigen. Warum springen wir nicht ins Auto, fahren kurz hinunter zum –«

»Ich habe dir doch gesagt, daß es mir gutgeht und daß ich nirgends hingehen werde. Das heißt, vielleicht unter die Dusche.«

»Du hast mir aber immer noch nicht erklärt, was du da draußen getan hast.«

»Ich habe das Kind aus dem Dachboden davonlaufen sehen.«

»Und das war der Grund, warum du mitten in der Nacht und bei diesem Wetter aus dem Haus bist?«

»Was hätte ich denn deiner Meinung nach tun sollen? Einfach ignorieren, daß ich etwas gesehen habe?«

»Nein, es wäre mir nur lieber, wenn du zuerst an dein Wohlergehen denkst. Du hättest telefonisch Hilfe holen können.«

»Das schien mir nicht nötig.«

»Na, wunderbar. Du machst dir doch sonst solche Sorgen um dein Baby, oder?«

»Was soll das heißen?«

»Ich will dir damit nur klarmachen, wie unvernünftig es war, mitten in der Nacht und bei diesem miserablen Wetter in den Wald zu laufen. Du hättest dir irgend etwas holen oder dich ernstlich verletzen können, vielleicht hätte dich sogar ein Tier angefallen... Ganz zu schweigen von der Heidenangst, die du mir eingejagt hast: Ich komme fix und fertig heim, finde das Haus hell erleuchtet wie einen Christbaum vor, die Türen stehen sperrangelweit offen, das Bett liegt voller Süßigkeiten, und meine schwangere Frau ist nirgends zu finden. Was soll ich denn da denken?«

»Okay, was ist es?«

»Bitte?«

»Für welche Sünde soll ich Buße tun – dafür, daß ich mich im Regen herumgetrieben, Energie verschwendet oder

Junkfood gegessen habe? Wer weiß, vielleicht hängt das ja alles zusammen. Weißt du was, ich gehe jetzt unter die Dusche. Wenn der Sheriff kommt, dann ruf mich. Ich begleite ihn besser.«
»Wozu?«
»Ich weiß nicht, vielleicht kann ich helfen. Jason, da draußen ist ein kleines Kind ganz allein.«
»Junge oder Mädchen?«
»Das habe ich nicht gesehen, aber ist das wichtig?«
»Nein, ich bin nur neugierig. Es ist kaum zu glauben, daß sich ein Kind auf unserem Speicher aufgehalten hat und wir keine Ahnung davon hatten. Soviel zum Thema Eichhörnchen.« Ohne eine Antwort abzuwarten, schüttelte er nur den Kopf und hob einlenkend die Hand: »Paige, ich werde jetzt deinen Gynäkologen anrufen. Soll er entscheiden, ob er dich sehen will oder nicht.«
Sie stieß einen tiefen Seufzer aus. »In Ordnung, wenn du unbedingt willst. Aber dann sag ihm auch, daß ich mich gut fühle... ich habe weder Schmerzen, noch fühle ich mich benommen oder schläfrig, und schlecht ist mir auch nicht.«
Dr. Barry traf eine diplomatische Entscheidung – obwohl er es nicht für nötig hielt, daß Paige gleich zu ihm kam, sollte sie doch sofort anrufen, falls irgend etwas Ungewöhnliches eintrat, falls ihr übel wurde oder falls Blutungen auftreten sollten. Auf jeden Fall hielt er es für vernünftig, wenn Paige den Rest des Abends im Bett verbrachte.
Aber es war gar nicht nötig, dieses Thema noch länger auszuführen – als Paige aus der Dusche kam, war sie selbst schon von Zweifeln befallen: War es vielleicht *möglich*, daß dem Baby bei ihrem Sturz etwas passiert war? Sie war zwar nicht sehr fest gestürzt – das Laub hatte ihren

Sturz abgefedert, und die Beule an ihrem Kopf, die zwar definitiv von einem harten Gegenstand stammte, war nur unbedeutend...

Die eigentliche Frage war jedoch, wie das geschehen konnte. War ein niedrighängender Ast gegen sie geschnellt? Nein, das bezweifelte sie. Hatte das Kind sie vielleicht niedergeschlagen? Was für ein Kind würde... *Dumme Frage, Paige – ein verängstigtes Kind natürlich.*

Und dennoch überlief sie ein leichtes Frösteln. Wenn das Kind sie einmal angegriffen hatte, würde es das auch ein zweites Mal tun? Der zweite Überfall in wenigen Monaten, obwohl man diesen Vorfall kaum mit dem anderen vergleichen konnte: Dieses Mal war sie die Verfolgerin gewesen, und das Kind war davongerannt in dem Versuch, einer fremden Erwachsenen zu entkommen. Hätte sie als Kind nicht ebenso reagiert? Doch zunächst einmal hatte sie nichts dagegen einzuwenden, daß Jason ihren Pyjama holte, die Krümel aus dem Bett wischte, das Laken und die Steppdecke glattstrich und ihr eine Schüssel voll dampfender Hühnerbrühe brachte.

Sheriff Bulldoon kam tatsächlich, aber ohne seinen Deputy. Nachdem er sich angehört hatte, wie Paige das Kind aus dem Speicher hatte davonlaufen sehen, brachte er fast den ganzen restlichen Abend damit zu, das Grundstück zu durchsuchen, und läutete erst gegen halb zwölf wieder an ihrer Tür. Jason ließ ihn herein, bestand aber darauf, daß Paige im Bett blieb.

»Und?« fragte sie, als Jason wieder zurückkam.

»Er hat die ganze Gegend durchgekämmt, den Weg bis zum Fluß und wieder zurück, hat aber nicht das geringste entdeckt. Er vermutet, daß du das Kind verjagt hast und daß es woandershin ist.«

»Aber was ist das für ein Kind?«

»Er hat nicht die leiseste Vermutung.«

»Ich begreife das nicht – wie kann ein kleines Kind vermißt werden und die Polizei nichts davon wissen? Ich meine, wenn wir hier in der Stadt wären, okay, dann ja... Aber hier draußen?«

Er zuckte mit den Achseln, schaltete die Lampe aus, legte sich ins Bett und zog die Decke über sie.

»Hast du über den Namen nachgedacht – Richard?« fragte er.

»Ja, aber ich mag ihn nicht.«

»Wieso?«

»Ich weiß nicht, aber das war jemand, den ich nicht mochte. Ich glaube, er hieß Richie, nein Rich. Aber ich kann mich nicht mehr erinnern, wer das war oder woher ich ihn kannte. Schau, selbst jetzt macht es mich noch ganz nervös, wenn ich versuche, mich daran zu erinnern.«

In der Nacht stand Paige mehrmals auf, trat ans Fenster und spähte in die Dunkelheit hinaus. Nicht, daß sie etwa erwartete, etwas zu sehen... oder etwas zu hören. Bestimmt kein Kratzen oder Fegen mehr... Das Kind war irgendwo da draußen, fror sicherlich, hatte Hunger und schreckliche Angst; nicht einmal in den Schutz eines warmen Dachbodens konnte es sich flüchten.

Sie dachte auch noch mal über den Namen nach – Rich...

Sie konnte sich an zwei Jungen namens Richard von der High-School erinnern, keinen von beiden hatte sie gut gekannt. Und dann war da noch der Supermarktverkäufer in der Stadt. Aber keiner von denen hätte so ein ungutes Gefühl in ihr auslösen können...

Kapitel 3

Als sie die Brottüte leer vorfand, entschied sich Paige für Bran Buds und Milch. Während sie aß, schaute sie zum Küchenfenster hinaus, dachte an den vergangenen Abend zurück und fand es aufs neue erstaunlich, daß tatsächlich ein Kind bei ihnen auf dem Dachboden gewohnt hatte; ein Kind, das sich freiwillig für Unbequemlichkeit, Einsamkeit, Staub und Spinnweben entschieden hatte, statt bei dem zu bleiben, was er oder sie zurückgelassen hatte. Wie lange war das Kind wohl dort oben gewesen, und wo würde es hingehen, jetzt, da Paige es verscheucht hatte? Obwohl der Sheriff es nicht hatte finden können, wäre Paige bereitwillig jede Wette eingegangen, daß es noch in der Gegend war.

Wenigstens hatte es zu regnen aufgehört; es war zwar noch kühl, aber die Sonne würde bald etwas Wärme spenden... Laut Wetterbericht vom Vorabend würden die Temperaturen dann am späten Nachmittag wieder sinken. Seltsam, gestern waren noch drei Brötchen in der Brottüte gewesen, das war ihr aufgefallen, als sie die Küche aufräumte, bevor sie zu ihrem Termin beim Arzt fuhr. Hatte Jason die alle gegessen?

Sie ging zur Hintertür und drehte am Knauf – es war abgeschlossen. Nicht, daß eine verschlossene Tür schon ein Beweis gewesen wäre: dieses Kind schien sich besser im Haus auszukennen als sie und Jason. Paige wanderte suchend umher: Sie schaute auf dem Speicher, im Keller, in den Schränken, Regalen, in jedem Spalt und selbst unter den Betten nach... Froh, daß sich niemand im Haus versteckt hielt, drehte sie eine zweite Runde und verriegelte dieses Mal alle Türen und Fenster.

Schließlich holte sie die Kühltasche aus der Armeekiste in einem der oberen Schlafzimmer und trug sie in die Küche. *Na, Paige, wie wär's mit einem einsamen Barbecue mitten im Oktober? Zieh dich warm an und nimm dir was zum Lesen mit.* Sie hielt einen Moment inne, als ihr die Beule auf ihrem Kopf einfiel, ging dann entschlossen zum Wandschrank auf dem Gang und holte ihren Tennisschläger heraus. Eine kleine Schutzmaßnahme wäre vielleicht nicht so schlecht.

Sie wartete noch bis ein Uhr, verließ dann das Haus und bezog Posten unter einer Trauerweide, die ungefähr fünfunddreißig Meter vom Fluß entfernt stand, an einer Stelle, wo die Bäume und Büsche noch genügend Sonne durchließen. Und obwohl sie nur eine mittelmäßige bis schreckliche Köchin war – Jason war auf dem Gebiet viel besser als sie –, hatte sie sich die Mühe gemacht, einen Kartoffelsalat zuzubereiten. Als jetzt die Kohlen auf dem kleinen tragbaren Grill, den sie mitgebracht hatte, weiß zu glühen begannen, legte Paige zwei Frankfurter Würstchen auf den Rost.

Sie schob ihre Sonnenbrille auf den Nasenrücken, legte sich auf die Decke und schlug ihr Taschenbuch auf...

Erschrocken fuhr sie hoch, weil sie nicht einmal das leiseste Rascheln der Blätter gehört hatte... nur eine flüchtige Bewegung, die einen Schatten auf ihr Buch warf, hatte sie aufmerken lassen. Sie drehte sich gerade noch rechtzeitig um, um die bloße rechte Hand zu sehen, die erst das eine, dann das andere Frankfurter Würstchen vom Rost holte.

»Paß auf!« rief Paige noch im Aufstehen.

Das Mädchen lief wieder in den Wald zurück, und obwohl

Paige ihm instinktiv hinterherlaufen wollte, blieb sie nach wenigen Schritten wieder stehen: das würde ihr nur noch mehr Angst einjagen. Unter einem Baum stehend, lauschte sie in den Wald hinein: Es war nichts zu hören. Das Mädchen – groß, mager, vielleicht zehn, elf Jahre alt – war auch stehengeblieben und spitzte mit Sicherheit ebenfalls die Ohren.

»Ich heiße Paige«, sagte sie schließlich. »Paige Bennett. Und ich wollte dich nicht erschrecken. Du hast mich nur überrascht, und ich hatte Angst, daß du dich an dem Grill verbrennen könntest.« Nach einer Weile fragte sie: »Hast du dich verbrannt?«

Sie wartete: nichts.

»Die Hot Dogs waren ohnehin für dich gedacht, wenigstens einer davon. Aber wenn du beide willst, kein Problem. Ich kann mir vorstellen, daß du ziemlich hungrig sein mußt, wenn du hier draußen lebst.«

Es war immer noch nichts zu hören. Paige wartete weiter, wurde aber plötzlich von einem unheimlichen Gefühl beschlichen und kehrte deshalb wieder auf ihre Decke zurück. Ihre Kehle war ausgetrocknet sie mußte sich räuspern, als sie die Hand ausstreckte und sie fest um den Griff des Tennisschlägers schloß.

»Ich hatte eigentlich die Absicht, ein kleines Picknick zu veranstalten. Hast du schon mal an einem teilgenommen? Ich dachte mir, das ist vielleicht eine ganz gute Gelegenheit, sich näher kennenzulernen, weißt du – alles mögliche zu essen und ein kleines Schwätzchen von Frau zu Frau.« Sie ließ den Tennisschläger los, griff statt dessen nach der Kühltasche und machte den Reißverschluß auf. »Mal sehen, ich habe Kartoffelsalat, kaltes Root Beer, Obst und jede Menge Erdnußbuttersandwiches mitgebracht.«

Nach einer längeren Pause fuhr sie fort: »Du denkst jetzt

bestimmt, daß ich aufdringlich bin, hmm? Das liegt wahrscheinlich daran, daß ich wirklich ein bißchen verzweifelt bin. Du mußt nämlich wissen, daß ich neu hier in der Gegend bin und noch keine Freunde habe – das heißt, bis auf Jason natürlich. Aber das ist mein Mann, und er ist fast jeden Tag in der Stadt, so daß ich dauernd allein bin. Außerdem hatte ich mir eher eine richtige Freundin vorgestellt, ich habe nämlich keine.«

Paige seufzte. »Jetzt denkst du bestimmt: ›Du meine Güte, was redet die denn alles daher!‹ Habe ich recht?«

Sie blieb noch eine Viertelstunde ruhig sitzen. Schließlich stand sie auf, leerte den Grill, häufte Erde über die noch glimmende Glut und trat sie zusätzlich mit den Sohlen ihrer Turnschuhe aus.

»Ich wünschte, du würdest mir ein wenig vertrauen«, sagte Paige, als sie die Decke zusammenlegte und sich die Henkel der Kühltasche über einen Arm hängte. »Sicher, ich bin eine Fremde für dich, vielleicht ist es noch zu früh und zuviel verlangt... Aber wenn du aus deinem Versteck kommen und mit mir reden würdest, dann verspreche ich dir, daß ich dich zu nichts drängen werde, was du nicht tun willst.«

Immer noch nichts. »Na ja, dann lasse ich dich jetzt wieder allein und gehe ins Haus zurück... aber falls du deine Meinung doch noch ändern solltest, dann weißt du ja, wo du mich findest. Ich meine, du kannst jederzeit vorbeikommen. Klopf einfach an die Tür oder läute...«

Beide Arme schwer beladen, schlug Paige den Rückweg zum Haus ein; sie war erst ein paar Schritte weit gekommen, als sie fühlte, wie von hinten jemand an der Tasche mit dem Essen zerrte und wie sich zwei starke Arme um ihre Knöchel legten... Sie stolperte – Grill, Decke, Tennisschläger und Tasche fielen ihr herunter, als sie die Arme

nach vorn riß, um sich irgendwo abzustützen. Ihre Hände fanden schließlich Halt an einem Baum, der einen Sturz verhinderte.
Sie drehte sich gerade noch rechtzeitig um, um zu sehen, wie das Mädchen die Tasche hochheben wollte. Ohne lange zu überlegen, beugte Paige sich vor, schnappte sich die Tasche, riß sie dem Kind aus der Hand und schleuderte sie in den Wald. Dann packte sie das Mädchen am Arm und zog sie zu sich her: Zwei blaue Augen starrten sie an, die so dunkel waren, daß Paige völlig fasziniert das Mädchen beinahe wieder losgelassen hätte.
Aber sie ließ die Kleine nicht los, sondern erwiderte fest ihren Blick und betrachtete dabei das übrige Gesicht des Mädchens – seine feingeschnittenen Züge waren so verzerrt, daß die angespannte Haut jeden Augenblick wie Pergament zu zerreißen schien. Und dann dieser Schmutz. Paige hatte noch nie ein so verdrecktes Wesen gesehen, selbst die geschwungenen Augenbrauen des Kindes starrten vor Schmutz, auch sein langes Haar, das mit einem Gummiband zurückgebunden war und in einem verfilzten Zopf über seinen Rücken fiel.
»Was soll das«, sagte Paige. »Warum hast du das getan, ich hätte hinfallen können. Ich hätte dir doch etwas zu essen gegeben, wenn du mich darum gebeten hättest!«
Schweigend wurde sie angestarrt.
»Sag doch etwas.«
Die Kleine riß sich los und trat wild um sich – ihr zerfetzter Turnschuh traf zweimal Paiges Bein –, aber Paige wich den Tritten und Boxhieben aus, schaffte es sogar, hinter das Mädchen zu kommen, und umklammerte mit aller Kraft ihre kleinen Hände. Sie ließ die Picknickausrüstung liegen, wo sie war, und steuerte das Haus an,

wobei sie weiterhin ihre ganze Kraft aufbringen mußte, damit die Kleine sich nicht wieder losriß.

Fünfzehn Minuten später und keine sechs Meter von der Hintertür entfernt, blieb sie völlig außer Atem stehen und schaute das Mädchen an.

»Ich habe jetzt schon mein Wort gebrochen, stimmt's?«

Keine Antwort.

»Ich habe gesagt, ich würde dich zu nichts zwingen, und jetzt schleppe ich dich wie eine Jagdbeute hinter mir her. So bitter nötig werde ich es ja wohl kaum haben, eine Freundin zu finden, oder? Außerdem hast du gewonnen, mir reicht es. Du bist so stark wie eine Wildkatze, und ich bin müde. Kaum zu glauben, nicht wahr? Ich bin richtig erschöpft. Na gut, wenn du Hunger bekommst, das Essen liegt dort, wo ich es hingeworfen habe. Das findest du bestimmt wieder – das heißt, falls du nicht lieber mit mir ins Haus kommen und an einem Tisch essen willst.«

Paige ließ die kleinen Hände los – das Kind blieb stehen und schaute ihr hinterher, als sie sich umdrehte und ins Haus ging.

Sie hatte nicht übertrieben, als sie sagte, daß sie müde sei. Obwohl ihr eigentlich klar war, daß sie den Sheriff anrufen und ihn bitten mußte, zu ihr zu kommen, das Kind zu suchen und es in seine Obhut zu nehmen, ließ sie es sein. Was konnten ein paar Stunden mehr oder weniger schon schaden? Paige stieg die Stufen zum Schlafzimmer hinauf und ließ sich auf das Bett fallen. Aber irgendwann mußte sie es melden, da blieb ihr gar nichts anderes übrig. Sollte sie vielleicht weiter Katz und Maus mit einem verängstigten kleinen Mädchen spielen, das draußen auf ihrem Grundstück herumlief?

Bald würde es kalt werden, viel zu kalt, und solange die

Kleine nicht wieder einen Weg ins Haus fand... Außerdem mußte das Mädchen ja irgendwo hingehören, irgend jemand mußte sie doch vermissen... *Ganz ruhig, Paige, was ist nur in dich gefahren? Warum machst du dir solche Sorgen, du mußt doch nur die Behörden informieren?* Bald würde sie alle Hände voll zu tun haben, sich um ihr eigenes Kind zu kümmern... Und wenn sie etwas bei ihrer Arbeit mit Kindern gelernt hatte, dann, wie schwierig sie manchmal sein konnten. War sie selbst nicht einmal von zu Hause weggerannt? Aber damals war sie viel jünger gewesen, wahrscheinlich war sie einfach zu weit weggelaufen... und wie üblich hatte ihre Mutter nicht auf sie aufgepaßt.

Sie mußte schon länger wachgelegen haben, aber ihre Augen waren noch geschlossen, und in ihrem Kopf spukten unzusammenhängende Gedankenfetzen umher, als sie plötzlich etwas spürte oder hörte – sie war sich ihrer Wahrnehmungen nicht sicher. Paige schlug die Augen auf: Da stand das Kind, mit dem Rücken zur Schlafzimmerwand, und beobachtete sie... Wie lange hatte es schon dagestanden? Und alle Türen und Fenster waren verriegelt, wie war es nur ins Haus gekommen? *Langsam, ganz langsam, beweg dich nicht zu schnell, sag nichts Falsches oder sprich nicht zu laut. Mach ihr keine Angst.*

Langsam und geräuschlos richtete sie sich im Bett auf, zog die Beine an den Körper und überkreuzte sie im Schneidersitz, was ihr allmählich große Schwierigkeiten bereitete.

»Es wird immer schwieriger für mich«, sagte sie und deutete auf ihren gewölbten Bauch. »Der kleine Mensch hier drin scheint mir allmählich in die Quere zu kommen.«

Paige bekam keine Antwort, als sie auf die Uhr und dann wieder auf das Mädchen schaute.

»Ich muß wirklich müde gewesen sein, ich habe fast zwei Stunden geschlafen. Wie lange bist du denn schon hier?«

Paige stand auf, ging ins Badezimmer und auf die Toilette, wusch sich die Hände und kam wieder heraus. Das Kind stand immer noch auf demselben Fleck. »Ich gehe jetzt nach unten und mache das Abendessen«, sagte Paige. »Möchtest du mitkommen?« Sie wartete nicht lange eine Antwort ab, sondern ging einfach voraus; dabei bemerkte sie, daß ihre verängstigte Besucherin ihr im Abstand von zehn Sekunden folgte.

In der Küche ging sie zum Kühlschrank, holte frisches Gemüse heraus, ging damit zum Spülbecken und wusch sich noch mal die Hände.

»Möchtest du dir auch die Hände waschen?«

Statt einer Antwort rannte das Kind zu ihr und griff sich eine rohe Karotte von der Küchentheke. Paige packte das Mädchen an der Hand, als es wieder zurückweichen wollte.

»Warte, die Karotte ist doch noch voller Erde, ich will sie erst abschaben.« Behutsam löste sie die Finger, die um das Gemüse verkrampft waren, und in dem Augenblick fielen ihr die Blasen am rechten Daumen und auf der Handfläche auf.

Oh, Mist...

Nachdem Paige das Mädchen lange bedrängt hatte, erlaubte es ihr, daß sie seine Hand wusch, die Brandblasen mit einer antibiotischen Salbe bestrich und einen Verband anlegte. Obwohl sie sich weigerte, sich weiter säubern zu lassen, trottete sie Paige jedoch ins Bad hinterher, setzte sich dort auf den Deckel der Toilette und schaute ihr beim Duschen zu.

»Als ich noch klein war«, erzählte Paige hinter der Glastür

der Duschkabine, »noch viel jünger, als du jetzt bist, habe ich immer gerne zugesehen, wenn meine Mutter sich zum Ausgehen fein gemacht hat – wenn sie sich geduscht, Make-up aufgelegt, die Fingernägel lackiert und sich angezogen hat, das ganze Drum und Dran eben. Ich habe es zwar gehaßt, wenn sie mich allein ließ, aber irgendwie habe ich verstanden, daß sie sich schick machen und an schicke Orte gehen wollte. Wir waren arm, so arm, daß unser Bauch oft leer war und vor Hunger weh tat.«

Paige trat aus der Dusche, schlang ein Handtuch um ihren Körper und wickelte ein zweites wie einen Turban um ihren Kopf.

»Ich vertraue dir so viele Dinge über mich an, und dabei hast du mir noch nicht einmal deinen Namen genannt. Ich will mich ja nicht beschweren...« Sie zuckte die Schultern. »Du hast bestimmt gleich gemerkt, daß das gelogen war. Okay, ein bißchen will ich mich schon beschweren, du mußt ja nicht hinhören.«

Zum Abendessen gab es Salat und Spaghetti mit einer Fertigsauce. Es war schon nach sechs Uhr, als das Mädchen zu Ende aß, den Teller in die Hand nahm und ihn sauber ableckte – nichts als Effekthascherei in Paiges Augen; doch immerhin ließ sie sich auf ihr heftiges Drängen dazu überreden, sich mit einer Serviette wenigstens Mund und Kinn zu säubern. Schließlich zog Paige ihren Stuhl näher heran und beugte sich zu dem Mädchen vor.

»Um dir die Wahrheit zu sagen, ich muß herausfinden, wer du bist. Ich meine, *ich* muß das nicht unbedingt wissen, aber die Polizei. Weißt du, es wäre einfach falsch, wenn ich gar nichts machte. Es gibt bestimmt Leute, die verzweifelt überall nach dir suchen – deine Mom, dein Dad?«

Das Kind preßte die Augen fest zusammen, hielt sich die

Ohren zu und weigerte sich, ihr zuzuhören. Paige ließ ein paar Minuten verstreichen, ehe sie ihre Hände löste.
»Na, dann eben irgend jemand anders. Du mußt doch zu jemandem gehören. Hör mal, du brauchst dir keine Sorgen zu machen – natürlich müssen wir deine Familie finden, aber das heißt noch lange nicht, daß du auch wieder dorthin zurück mußt. Nicht, wenn irgendwelche Gründe dagegen sprechen. Es gibt Gesetze zum Schutz von Kindern, man wird dir die Entscheidung überlassen. Bitte, vertrau mir.« Das Kind, das startbereit ganz vorn auf der Stuhlkante saß, sah zu, wie Paige aufstand und zu dem Telefon an der Küchenwand ging. Würde die Kleine davonlaufen? War es dumm gewesen, sie zu warnen?
Vielleicht... aber Paige war trotzdem nicht auf das vorbereitet, was geschah, als sie zum Telefonhörer griff. Das Kind sprang vom Stuhl hoch, warf sich auf den Boden und umklammerte mit beiden Armen fest Paiges Beine.
Paige ließ den Hörer fallen, sank auf die Knie und versuchte, die Hände des Kindes unter Kontrolle zu bringen, die wie wild um sich schlugen und sich mindestens verdoppelt zu haben schienen.
»Hör auf! Ich sagte, hör auf damit!«
Als es des Spielchens überdrüssig wurde, ließ das Mädchen los.
»Ich kann dich nicht hierbehalten, das ist nicht so einfach, es gibt Gesetze, und ich muß mich nach ihnen richten.«
Die Augen des Mädchens füllten sich mit Tränen, und obwohl sich Paige noch nie zuvor von den Problemen oder Tränen eines ihrer Schüler emotional hatte einfangen lassen, fühlte sie dieses Mal ein so schmerzhaftes Ziehen in der Brust, daß sie es kaum ertragen konnte. Sie streckte die Arme aus, und das Mädchen schmiegte sich an sie, vergrub seinen Kopf an Paiges Brust, fester und fester, als

versuchte es, in Paige hineinzukriechen. Dabei murmelte es etwas vor sich hin... Nach ein paar Minuten ließ Paige die Kleine los, holte ein Frotteetuch und wischte mit einem Zipfel die Tränen und den Schmutz aus dem Gesicht des Kindes.
»Und jetzt sag das noch mal, damit ich es auch verstehen kann.«
»Wer etwas findet, darf es behalten«, sagte das Mädchen.
Wer etwas findet, darf es behalten; der Verlierer hat das Nachsehen: Paige fiel der kleine Spottvers aus ihrer eigenen Kindheit wieder ein. Die Kleine meinte damit, daß Paige sie gefunden hatte und deshalb auch behalten durfte. Sie schaute in diese weitaufgerissenen blauen Augen, und ihr Herz schmerzte.
»Hallo, hier Vermittlung, kann ich Ihnen helfen?«
Paige betrachtete seufzend den Telefonhörer, der an einer gedrehten Schnur hing und hin und her baumelte; im Aufstehen nahm sie ihn hoch und legte ihn wieder auf die Gabel.

Paige stellte dem Mädchen einige Fragen, die sie alle nicht beantwortete, nur ihren Namen nannte sie – Lily. Als Jason gegen neun Uhr nach Hause kam, hatte Paige das leere Schlafzimmer neben dem ihren hergerichtet, Lily ein Nachthemd gegeben und sie ins Bett gebracht. Aber erst als Jason zu Abend gegessen hatte, rückte sie mit ihrer Neuigkeit heraus.
»Es gibt etwas –«
»Hey, was hältst du davon, wenn ich an einem der kommenden Wochenenden ein paar Tomaten kaufe, ganz frisch vom Stock, dazu etwas frischen Knoblauch, und einen ganzen Topf Spaghettisauce koche«, sagte

er. »Vielleicht an dem Wochenende, wenn Brooke und Gary kommen –«
»Okay.«
»Nicht, daß das hier nicht gut geschmeckt hätte, aber –«
»Bitte, Jason, Fertigsaucen machen nun mal keine großen Umstände, und hausgemacht klingt wirklich sehr verlokkend, aber würdest du mir jetzt bitte mal zuhören?«
»Entschuldige, rede weiter.«
»Sie ist hier, Jason. Sie ist von sich aus gekommen. Natürlich bin ich heute nachmittag in den Wald, um sie zu suchen – ich dachte eigentlich, sie würde freiwillig mitkommen –, aber sie hat sich zuerst gewehrt, und so habe ich –«
Er ließ die Gabel sinken und hob die Hände.
»Hey, warte, ganz langsam. Redest du von dem Kind auf dem Dachboden?«
Paige nickte. »Genau von dem. Es ist ein Mädchen und heißt Lily und hat die dunkelblausten Augen, die ich je gesehen habe. Und sie hat etwas an sich, Jason, etwas so Verletzliches.«
Er schaute sich suchend in der Küche um, wippte mit dem Stuhl und warf einen Blick ins Wohnzimmer.
»Okay, ich gebe es auf. Wo ist sie?«
»Momentan schläft sie in dem leeren Zimmer neben dem unseren. Ich hätte ja gerne gehabt, daß du sie noch siehst, aber sie konnte kaum mehr die Augen offenhalten. Da dachte ich mir, daß du sie morgen auch noch kennenlernen kannst.«
Er schüttelte den Kopf, als wollte er seine Gedanken zurechtrücken.
»Fang noch mal von vorn an. Wie ist das alles passiert?«
»Nun, das ist etwas kompliziert. Man könnte sagen, wir sind schnell Freunde geworden.«

»Woher kommt sie?«
»Das weiß ich nicht.«
Er nahm seine Serviette vom Schoß und warf sie auf den Teller. »So übereilt getroffene Freundschaften sind oft nicht die besten. Und was hat der Sheriff gesagt?«
»Nichts.«
»Wie, nichts?«
»Nun, wie ich schon sagte, die Sache ist etwas kompliziert. Ich hatte den Eindruck, daß die Kleine nicht unbedingt gefunden werden will, falls jemand nach ihr sucht. Es könnte sich eventuell um einen Fall von Kindesmißhandlung handeln. Ich halte das sogar für sehr wahrscheinlich.«
Feine Linien huschten über Jasons Stirn, um gleich darauf wieder zu verschwinden. »Du hast den Sheriff gar nicht angerufen, habe ich recht?«
Sie nickte.
Er stand auf, ging zum Telefon und nahm den Hörer; sie folgte ihm, griff über seine Schulter hinweg und legte den Hörer wieder auf die Gabel.
»Warte damit noch, bitte. Was kann ein einziger Tag schon ausmachen? Außerdem ist mir nicht aufgefallen, daß der Sheriff sich besonders besorgt gezeigt hätte; er hätte ja auch von sich aus heute zurückkommen und sich erkundigen können, ob sie wieder aufgetaucht ist.« Paige nahm Jason bei der Hand. »Komm mit nach oben und schau sie dir an.«
»Was gibt es da groß zu sehen?«
»Bitte, komm doch mit.«
Sie hatte ein kleines Licht brennen lassen, und so sahen sie sofort, daß das Bett leer war.
»Großartig«, meinte er und wollte wieder hinausgehen.
»Warte, psst«, sagte sie und legte ihre Finger auf die Lip-

pen. »Schau.« Sie deutete in die Ecke, aus der sie ein Geräusch gehört hatte. Lily hatte sich dort zu einer Kugel zusammengerollt – das heißt, nur ein dünnes Bein ragte aus dem Knäuel heraus und wischte wie der Zeiger einer Uhr über den Boden.

Leise gingen sie näher heran – Paige nahm die Steppdecke vom Bett und deckte das Kind damit zu. Sie erinnerte sich vage, daß sie als Kind auch mal auf dem Boden geschlafen hatte. In einem winzigen Zimmer und auf einem sehr harten Fußboden... Das war alles, woran sie sich noch erinnern konnte.

»Was ist mit ihrer Hand?« flüsterte Jason.

»Sie hat sich verbrannt.«

»Wie ist das passiert?«

»Bei dem Picknick. Sie hat die Hot Dogs vom Grill genommen.«

»Mit der bloßen Hand?«

Seufzend nickte sie.

»Himmel, ist sie schmutzig.«

»Morgen.«

»Was –«

»Psst.«

Sie nahm ihn am Arm und führte ihn wieder aus dem Zimmer.

»Was ist mit morgen?« wollte er wissen, sobald sie im Gang draußen waren.

»Nichts. Aber vielleicht hat sie dann genügend Vertrauen zu mir, daß ich sie baden kann.«

»Und wenn nicht?«

»Ich weiß nicht, dann wird sie eben noch einen Tag so schmutzig bleiben.«

»Stammt diese Therapie aus einem deiner alten Lehrbücher über Wasserphobien?«

»Haha, ich sterbe vor Lachen.« Sie ging in ihr Schlafzimmer, und Jason folgte ihr.
»Was geht hier eigentlich vor? Täusche ich mich, oder willst du mir jetzt gleich vorschlagen, daß wir dieses Kind behalten sollen?«
»Ich will nichts dergleichen vorschlagen. Aber was können ein paar Tage schon –«
»Halt, warte. Morgen werde ich den Sheriff anrufen, ohne jedes Wenn und Aber. Denn wenn wir es nicht tun, machen wir uns eventuell zu Komplizen eines jugendlichen Straffälligen, das ist ein Vergehen.«
Sie schaltete das Licht im Schlafzimmer an.
»Damit habe ich kein Problem, so weit kann ich auch noch denken.« Sie legte die Hände in einer beschützenden Geste über ihren Bauch. »Schließlich haben wir bald ein eigenes Kind. Aber wer weiß, vielleicht brauchen sie ja jemanden, der eine Zeitlang auf sie aufpaßt, während die Polizei versucht, ihre Eltern oder einen Vormund aufzutreiben.«
»Aus diesem Grund gibt es doch Kinderheime. Warum sollten unsere schwerverdienten Dollars für etwas verpulvert werden, das dann nie zum Einsatz kommt?«
Sie drehte sich um, zog ihre Bluse, ihren Büstenhalter aus und durchwühlte die Schublade ihrer Wäschekommode, bis sie einen Pyjama gefunden hatte. Jason stellte sich hinter sie und streichelte über ihre nackten Schultern und ihren Nacken.
»Na gut, Paige, dann hast du eben eine Schwäche für das Kind, das ist doch kein Problem. Aber du darfst auf keinen Fall vergessen, wie wichtig es ist, daß du dich nicht aufregst, damit dein Blutdruck nicht wieder steigt.«
Sie nickte. »Du hast ja recht, das weiß ich. Vor ein paar Minuten habe ich selbst noch darüber nachgedacht, wie

schwierig Kinder oft sein können, besonders in ihrem Alter.«

»Und besonders solche, die aus einer kaputten Umgebung stammen, aus einer Welt, die sie dazu zwingt, davonzulaufen, sich etwas zu essen zu stehlen, in fremde Häuser einzubrechen und auf Fußböden zu schlafen.«

»Das mußt du mir gar nicht erst sagen. Mir ist schon klar, um was für ein emotional gestörtes Kind es sich hier handelt.«

»Sicher, du hast an der Schule mit solchen Kindern zu tun gehabt, aber nur in deiner Eigenschaft als Lehrerin und nur in einer Umgebung, die darauf spezialisiert war, unterstützt von einem ausgeklügelten System, das nur dazu da war, das Kind im Gleichgewicht zu halten. Und wenn die Stunde aus war und es geläutet hat, konntest du gehen. Du solltest dir jetzt nicht auch noch diese Last zumuten, Liebling, vor allem nicht in deinem momentanen Zustand, der nicht sehr stabil ist. Deine erste Sorge muß unserem eigenen Kind gelten. Komm, laß mich mit ihm reden.« Er legte die Arme um sie und fuhr mit den Händen liebevoll über ihren Bauch.

Sie konnte spüren, wie sie allmählich lockerer wurde. »Hör auf, es immer als *er* zu bezeichnen«, sagte sie schließlich.

»Er, sie, egal. Aber leg das da weg, ja?« Er nahm ihr den Pyjama aus der Hand, warf ihn zu Boden, drehte sie zu sich herum und wollte gerade ihre Brust streicheln, als er abrupt innehielt.

»Was ist das?« fragte er.

Sie schaute an sich hinab und entdeckte ein großes dunkelrotes Mal auf ihrer Brust. »Sieht aus, als ob ich mich gestoßen hätte.«

»War ich das?«

»Nein, natürlich nicht.«
»Wie ist das dann –«
»Ich weiß nicht.« Bevor er noch mehr sagen oder tun konnte, bückte sie sich nach dem Pyjamaoberteil, zog es an und stellte sich ein paar Schritte weiter weg. »Ich war gestern übrigens beim Arzt. Bei der ganzen Aufregung gestern abend bin ich noch gar nicht dazu gekommen, dir davon zu erzählen.«
Er reagierte nicht gleich darauf, sondern ging erst zum Schrank, wo er mit einer Hand das Hemd aufknöpfte und seine Krawatte lockerte.
»Ach ja, das habe ich selbst ganz vergessen. Und, was hat er gesagt?«
»Es ist alles in Ordnung, nur mein Blutdruck ist noch etwas zu hoch. Jason, ich habe mit ihm über unser... über mein Problem gesprochen.«
Jason zerrte an seiner Krawatte, bis sie unter seinem Hemdkragen hervorschlüpfte; er hängte sie an ihren Platz innen an der Schranktür, drehte sich um und schaute sie fragend an.
Sie hob entschuldigend die Hände. »Du weißt schon. Mein plötzliches Desinteresse an Sex.«
»Du hast mit ihm über *uns* gesprochen?«
»Eigentlich habe ich über mich, nicht über dich gesprochen. Der Arzt meinte, daß es nicht ungewöhnlich für schwangere Frauen ist, so eine Phase durchzumachen, in der sie sich nicht gerade sexy fühlen.«
»Und was hat das zu bedeuten?«
»Daß alles wieder normal werden wird, sobald ich das Kind bekommen habe.«
»Ich verstehe. Na, wenn er das sagt...«
»Was soll das, glaubst du das etwa nicht?«
»Ich weiß nicht, was ich zur Zeit noch glauben soll, Paige.

Ich weiß nur, daß du erst seit diesem Überfall so bist.« Er musterte sie einen Augenblick und sagte dann: »Paige, hat dir dieser Mistkerl mehr angetan, als du mir erzählt hast?«
»Nein, Jason! Wie kommst du nur darauf, daß ich dich deswegen anlügen könnte?«
Er schüttelte den Kopf. »Vergiß, was ich gesagt habe.«

»Scheiße, Pisse, Abschaum, Arschloch, Scheißkerl, Nutte... Scheiße, Pisse, Abschaum, Scheißkerl, Nutte –« Die zarte Stimme des kleinen Mädchens drang unter der Bettdecke hervor; offensichtlich waren diese Worte nur für ihre Ohren bestimmt. Paige schlich auf Zehenspitzen leise von der Tür weg; Lily mußte ja nicht unbedingt wissen, daß sie das gehört hatte.
Sie war wieder auf der Toilette gewesen, das zweite Mal in dieser Nacht. Als sie ins Schlafzimmer zurückkam, hatte Jason das ganze Bett mit Beschlag belegt. Vorsichtig schob sie erst seinen Arm, dann sein Bein zur Seite – er grunzte freundlich, als sie seine Gliedmaßen dazu zwang, auf seiner Seite der Matratze zu bleiben – und legte sich neben ihn. Als sie den Kopf auf das Kissen bettete, spürte sie einen schmerzhaften Stich in ihrer Brust.
Ihre Brüste waren extrem empfindlich, wie es während einer Schwangerschaft normal war. Lily hatte es ganz bestimmt nicht böse gemeint, als sie Paige so heftig umarmt und ihren Kopf so fest gegen sie gedrückt hatte, daß sie ihr einen blauen Fleck gemacht hatte. Aber angesichts Jasons Einstellung Lilys Anwesenheit im Haus gegenüber bezweifelte sie, daß er die Sache so leicht nehmen würde.
Doch im Grunde genommen hatte Jason recht. Selbst für kurze Zeit – und mehr stellte Paige sich auch nicht vor –

würde Lily viel Zeit und Geduld erfordern, vielleicht mehr, als sie zu geben bereit war. Kinder, die große emotionale Probleme hatten, konnten oft sehr besitzergreifend sein; man mußte seine ganze Energie aufbringen, und selbst dann drang man manchmal immer noch nicht zu ihnen durch... Ihrem Vokabular nach zu urteilen mußte Lily sehr viel Wut mit sich herumschleppen.

Kapitel 4

Paige wachte von dem Geruch von Spiegeleiern auf, und als sie aus dem Bad zurückkam, stellte Lily gerade vorsichtig ein Frühstückstablett auf ihren Nachttisch. Sie drehte sich zu Paige um und streckte ihr die Hände entgegen, um ihr zu zeigen, daß sie sie gewaschen hatte. Paige schmunzelte und schaute sich an, was Lily ihr gebracht hatte.

»Donnerwetter, ich bin beeindruckt von diesem fürstlichen Mahl. Wer hat dir solche Sachen beigebracht?«

Lily zuckte nur mit den Achseln, nahm eine Gabel und hielt sie Paige hin, während sie sie gleichzeitig ins Bett zurückdrückte.

»Diese Spiegeleier sehen toll aus und riechen auch so. Normalerweise versuche ich ja, nichts Fettes zu essen –«

Lilys Mundwinkel fielen nach unten, und Paige nahm ihr die Gabel aus der Hand. »Na, einmal wird es mir schon nicht schaden.«

Lily zog sich an die Wand zurück und glitt dort zu Boden, wobei sie Paige nicht aus den Augen ließ.

»Was ist mit dir, willst du nichts essen?«

»Ich habe schon gegessen.«

»Aha.« Paige nickte; sie freute sich, daß das Kind endlich auf sie reagierte und ihr eine Antwort gab. Sie aß einen Bissen, noch einen Bissen, und dann fiel ihr ein, daß Jason den Sheriff anrufen wollte, es wahrscheinlich schon getan hatte. Sie warf erst einen Blick auf die Uhr, dann auf Lily. Sie würde es ihr sagen müssen, bevor der Sheriff kam, bevor... Da läutete das Telefon.

Erschrocken sprang Lily auf die Beine, und Paige packte den Hörer. »Hallo.«

»Paige, Liebling... ich bin es.«

»Das war ja Gedankenübertragung.«

»Was?«

»Nichts. Hast du schon?«

»Ja, ich habe«, erwiderte Jason. »Der Sheriff überprüft bereits seinen Computer nach vermißten Kindern aus dieser Gegend. Er wird bald bei euch sein, um mit ihr zu reden.«

»Ich bezweifle, daß sie –«

»Daß sie was?«

»Du weißt schon... reden.«

»Ist sie da, hört sie uns zu?«

»Das könnte man sagen.«

»Nun, auch wenn sie sich weigert, ihm zu helfen, so kann er sie doch immerhin beschreiben und ein Foto von ihr machen, um es dann weiterzuleiten. Übrigens, ob du es glaubst oder nicht, aber diese Gemeinde hier hat nicht einmal ein zuständiges Kinderheim.«

»So?«

»Na ja, normalerweise – wobei so etwas natürlich nicht so oft vorkommt – versuchen sie, eine Art Übergangszuhause für so ein Kind zu finden. Der Sheriff ist überzeugt, daß sich bestimmt eine der Frauen aus dem Ort dazu bereit erklären wird. Falls es aber zu lange dauert, dann wird der Staat –«

»Wenn es eine der Frauen aus dem Ort machen kann, warum dann nicht ich? Das wird mich auf Trab halten, und ich höre vielleicht auf, mir ständig Sorgen um das Baby zu machen. Und außerdem bin ich dann auch nicht die ganze Zeit über allein.«

Erst eine Pause, ein tiefer Seufzer und schließlich: »Ich bin nicht gerade begeistert von der Idee, aber das weißt du ja. Hör zu, Paige, wenn du es unbedingt machen willst, dann los, mach es. Es sieht ohnehin so aus, als würde meine einzige Hoffnung darin bestehen, daß der Sheriff weiß, wo das Kind hingehört. In diesem Fall wäre unsere ganze Diskussion natürlich rein hypothetisch.«

Paige legte den Hörer auf; sie hatte versucht, vorsichtig mit ihren Worten zu sein, da sie wußte, daß Lily ihr zuhörte. Doch offensichtlich war sie nicht vorsichtig genug gewesen, denn Lily stürzte auf sie zu, packte sie bei der Hand, zog sie vom Bett hoch und zerrte sie verzweifelt Richtung Tür.

»Hey, warte, hör auf damit«, rief Paige, aber Lily ließ sich nicht beirren. »Was treibst du da?« Schließlich gelang es Paige doch, sich von ihr loszureißen; sie nahm das Mädchen fest bei den Schultern, drückte es aufs Bett und zwang es, ihr in die Augen zu schauen. »Hör mir zu, Lily, ich will, daß du dich entspannst. Ich will, daß du jetzt tief Luft holst... hörst du mich, du sollst tief und fest Luft holen.«

Lily tat, wie ihr geheißen.

»Braves Mädchen, und jetzt noch mal...«

Nach einer Weile konnte Paige sehen, wie sich Ruhe auf dem Gesicht des Mädchens ausbreitete. Konnte sie wissen, daß der Sheriff auf dem Weg zu ihnen war? Paige hatte nichts gesagt, was darauf hingedeutet hätte... Aber trotzdem mußte sie es ihr sagen, bevor... Wieder läutete das Telefon, und Lily sprang auf.

»Ist schon in Ordnung, Lily.«

Paige nahm den Hörer und meldete sich... Jemand wollte mit einer Susan Lewis sprechen... Sie ertappte sich dabei, wie erleichtert sie war, daß jemand eine falsche Nummer gewählt hatte. Sie wollte Lily jetzt noch nicht gehen lassen, nicht jetzt, da sie gerade anfingen, Fortschritte zu machen.

Es war schon merkwürdig – ehe sie Jason vorhin am Telefon den Vorschlag gemacht hatte, das Kind doch eine Weile bei sich zu behalten, war sie sich dessen gar nicht so sicher gewesen. Natürlich, die Idee stimmte ihn nicht gerade froh. Aber er konnte murren, soviel er wollte, wenn sie bei ihrem Entschluß blieb, dann würde er schon wieder zurückstecken; das war normalerweise immer so. Und dieses Mal würde sie hart bleiben. Was war schließlich so falsch daran, das Mädchen eine Zeitlang bei sich zu behalten?

Sie hätte gern jemanden um sich, für den sie sorgen konnte, jemanden, der ihr die Einsamkeit vertrieb und sie davon abhielt, ihren eigenen düsteren Gedanken nachzuhängen. Und sie hatte schließlich viel Erfahrung mit Kindern, wahrscheinlich mehr als jede andere Frau am Ort... Außerdem, was waren schon ein paar Tage, im Höchstfall eine Woche? Ganz bestimmt würden die Nachforschungen der Polizei rasch etwas über ein Kind dieses Alters ergeben.

Sheriff Frank Bulldoon war ungefähr fünfzig, hatte einen breiten Brustkorb und einen kurzen, dicken Hals, der unsichtbar irgendwo in seiner braunen Wildlederjacke steckte. Paige fragte sich, ob der »Bulle« in seinem Namen wohl an Ochsenfrosch erinnern sollte, denn genau so sah er aus.

Er folgte ihr ins Wohnzimmer und schaute sich forschend um.

»Wo ist sie?«

»Oben. Ich wollte zuerst mit Ihnen allein reden.«

»Nun, Ihr Mann hat mir gesagt –«

»Sheriff, ich würde sie gern hierbehalten. Ich meine, nur für eine Weile natürlich, bis Sie herausgefunden haben, wo sie hingehört.«

»Das klingt aber ganz anders als das, was Ihr Mann mir heute morgen erklärt hat.«

»Jason neigt nun mal dazu, sich Sorgen um mich zu machen, was in diesem Fall gänzlich unbegründet ist. Da ich schwanger bin, hat er Angst, ich könnte mich dabei überanstrengen, wenn ich mich um das Mädchen kümmere.«

»Ich bin auch eher seiner Ansicht. Das kleine Mädchen ist wahrscheinlich eine Ausreißerin, und die sind normalerweise rotzfrech; manchmal werden selbst die eigenen Eltern nicht mehr mit ihnen fertig, was wahrscheinlich auch der Grund dafür ist, warum sie überhaupt weg ist. Auf jeden Fall nicht gerade die Art von Kind, die eine Dame sich als Hausgast wünscht.«

»Ich bin Sonderschullehrerin, das heißt, daß ich Kinder unterrichte, die Lernschwierigkeiten haben, Kinder, die körperlich oder geistig behindert sind. Aber was viel wichtiger ist, Lily und ich sind bereits auf dem besten Weg, Freunde zu werden.«

»Lily, soso?« Er nahm ein Notizbuch heraus und schrieb sich den Namen auf. »Kennen Sie ihren Familiennamen?«

»Nein, aber wenn Sie mir noch mehr Zeit lassen, wird sie ihn mir bestimmt sagen. Das ist auch der Grund, warum ich erst mit Ihnen reden wollte. Ich halte es für besser, wenn Sie nicht versuchen, sie mit Fragen zu bombardieren. Sie ist verängstigt, und in diesem Zustand neigt sie zu extremen Reaktionen. Aber eines ist sicher: Auf Ihre Fragen wird sie Ihnen keine Antwort geben.«

»Wollen Sie damit vorschlagen, daß *Sie* diese Befragung durchführen?«

»Ganz genau. Sobald ich etwas erfahre, werde ich Sie selbstverständlich sofort benachrichtigen.«
»Wie wäre es dann wenigstens mit einer Beschreibung? Die bräuchte ich dringend. Und ein Foto von ihr wäre auch sehr hilfreich.«
»Im Augenblick ist sie ziemlich unansehnlich, das heißt, total verdreckt. Ich werde ihr einen Handel vorschlagen – ich schicke Sie wieder weg, und sie steigt dafür in eine heiße Badewanne. Wenn sie erst einmal abgeschrubbt ist und saubere Wäsche anhat, bin ich sicher, daß sie nichts dagegen hat, wenn ich ein paar Fotos von ihr mache. Ich verspreche Ihnen auch, daß ich Ihnen noch heute nachmittag eines davon im Büro vorbeibringe.«
Er strich sich nachdenklich übers Kinn, nickte aber dann.
»Okay, sieht so aus, als würden Sie tatsächlich ziemlich viel von Kindern verstehen. Wenn Sie glauben, daß es so besser geht, dann probieren wir es aus. Besorgen Sie mir auch noch ihr ungefähres Gewicht, ihre Größe, besondere Kennzeichen und so weiter.«
»Das dürfte kein Problem sein.«
»Ich hoffe nur, daß es auch Ihrem Mann recht ist, ich meine, nach dem, was er heute früh am Telefon gesagt hat... Aber es ist Ihr Mann, Sie kennen ihn wahrscheinlich am besten.«
Paige begleitete den Sheriff hinaus und ging dann nach oben. Dort versuchte sie Jason anzurufen, um ihm Bescheid zu geben, aber laut Auskunft seiner Sekretärin Pat war er noch beim Mittagessen. Also hinterließ sie nur eine Nachricht, daß er sie zurückrufen solle, und ging dann ins Bad, um ein Schaumbad vorzubereiten; sie war sich ganz sicher, daß noch etwas von dem Erdbeerbad im Wäscheschrank sein mußte.
Freu dich, Lily, das macht dir bestimmt Spaß.

Es war die Akte Bernstein, und er war überzeugt, sie irgendwo in ihrer Stadtwohnung gelassen zu haben – nur wo, das wußte er nicht mehr. Ohnehin schon genervt von der Aussicht, daß das Kind länger bei ihnen bleiben würde, stimmte es ihn auch nicht gerade heiterer, als er sich jetzt durch das Chaos in ihrer Wohnung kämpfte – das Produkt von Paiges dubiosen hausfraulichen Fähigkeiten.

Er durchforstete Dutzende von Zeitschriften und losen Blättern auf Paiges Kommode, dann die auf seiner Kommode und schließlich das Bücherregal im Arbeitszimmer. Es war das erste Mal, daß er eine Akte verlegt hatte. Kein Wunder, erst der Umzug, dann die Ereignisse dieser Woche, genauer gesagt, der ganzen letzten schrecklichen Monate... Verdammt, das war einfach nicht fair.

Als sie frisch verheiratet gewesen waren, hatte Paige noch keine Kinder gewollt – und obwohl er gern welche gehabt hätte, hatte er verstanden, daß sie noch etwas Zeit brauchte. Sie hatte ja erst mit dreiundzwanzig mit dem Studium am College begonnen – ganz zu schweigen von einem richtigen Beruf – und hatte gerade mal ein paar Dollar auf die hohe Kante gelegt.

Im Gegensatz zu Jason hatte Paige als Kind um alles kämpfen müssen; nicht einmal ein simples Fahrrad hatte sie gehabt. Als diese aufregende Studentin aus seinem Bürgerrechtskursus ihm das bei ihrer ersten Verabredung bei einer Tasse Kaffee anvertraut hatte, war er schockiert gewesen. In Springfield, Illinois, hatten selbst die Kinder aus dem ärmsten Viertel ein Fahrrad. Es war vielleicht etwas übertrieben von ihm, ihr gleich bei ihrer zweiten Verabredung ein Zehn-Gang-Rad zu schenken, aber er hätte einen Handstand mitten auf der Fifth Avenue gemacht, nur um noch einmal jenes reizende, verführerische Lächeln auf ihr Gesicht zu zaubern, das ihm seitdem nicht mehr aus dem Kopf ging…

Als Jason endlich das Geräusch an der Wohnungstür bemerkte, war aus dem leisen Klopfen bereits ein lautes Hämmern geworden. Er eilte zur Tür und riß sie auf. Draußen stand Brooke, einen Henkelkorb am Arm. Sie trug ausgebleichte Jeans und ein schwarzes Bustier unter einem offenen Baumwollhemd… ihre langen, glatten blonden Haare fielen offen über ihren Rücken. Sie rauschte an ihm vorbei in die Wohnung und stellte den Korb auf dem Boden ab.

»Hey, was soll das?«

»Bekomme ich keinen Begrüßungskuß?«

»Aber natürlich.« Er lächelte, beugte sich vor, küßte sie auf die Wange und fragte: »Wie geht's, wie steht's, Nachbarin, wie geht es Gary? Und woher wußtest du überhaupt, daß ich hier bin?«

»Fragen, nichts als Fragen… Ich habe dich vom Fenster aus gesehen und mir gedacht, daß du mich vielleicht besuchen wolltest. Aber als ich dann vor deiner Tür stand und mir die Finger wundgeklopft habe, kam mir der Verdacht, du hättest dich vielleicht schon wieder durch die Hintertür verdrückt.«

»Arbeitest du nicht normalerweise um diese Zeit?«

»Schon, aber ich halte mich nicht immer so streng an meinen Stundenplan, schließlich gibt es ja so etwas wie mildernde Umstände.«

»Nun, wie du selbst siehst, ist Paige nicht da. Ich bin eigentlich nur auf einen Sprung vorbeigekommen, um eine Akte zu holen, die ich bis jetzt allerdings noch nicht gefunden habe.«

Sie ließ sich wie ein Kind auf den Boden sinken, packte ihn an den Händen und zog vorsichtig daran. »Komm, setz dich.«

»Was tust du da?«
»Wir zwei machen jetzt ein Picknick.« Mit diesen Worten deutete sie auf den Korb.
»Das ist doch nicht dein Ernst, oder?«
»Würde ich dich wohl je nicht ernst nehmen? Schau her…« Sie klappte den Deckel des Korbs zurück, holte eine kleine, rotweißkarierte Tischdecke heraus, die sie auf dem Fußboden ausbreitete, dann eine Schachtel mit Hähnchenkeulen, zwei Frühlingsrollen, kaltem Reis mit Schweinefleisch, süß-saurer Sauce, scharfem Senf…
»Chinesisch esse ich am liebsten.«
»Aha. Gibt es bei euch auf dem Land überhaupt ein chinesisches Restaurant?«
»Nicht daß ich wüßte.«
Sie lächelte und packte weiter eine Flasche Wein und zwei Kristallgläser aus. »Na dann, nimm Platz –«
»Wein! Nein, ich glaube nicht – da passe ich lieber. Ich muß schließlich wieder ins Büro zurück.«
Sie zog ihren berühmten Schmollmund… »Mußt du denn so entsetzlich steif sein?« Sie stemmte die Arme nach hinten und verlagerte ihr Gewicht. »Was du brauchst, mein Junge, das ist ein kleines Feuer, das dich anheizt.«
Pause, dann: »Was ich brauche, ist diese Akte.«
»Jason, es ist doch nur ein Lunch. Iß, und ich verspreche dir, hinterher diese Akte mit zu suchen.«
»Im Ernst? Ich werde dich daran erinnern.«
Mit dem Finger zeichnete sie ein Kreuz auf ihre Brust. »Großes Ehrenwort… Aber jetzt komm.«
»Muß das eigentlich unbedingt auf dem Fußboden sein? Ich meine, wir haben doch auch einen recht passablen Tisch –«
»Jason, wirst du dich jetzt wohl endlich hierhersetzen!«

Jason schlüpfte aus seiner Anzugjacke, lockerte seine Krawatte und rollte seine Hemdsärmel zurück... »Na gut, aber nur ein Glas Wein.«
Sie aßen und unterhielten sich, in erster Linie darüber, wie hart diese letzten Monate für ihn gewesen waren: Ausgerechnet jetzt, wo er und Paige endlich auf dem Land waren, mußte ihnen dieses Kind ins Haus schneien und noch mehr Unruhe in ihr Leben bringen. Als sie ihr drittes Glas Wein geleert hatten, fuhr sich Brooke mit der Zunge über die Lippen und schlüpfte aus ihrem Hemd; und als wäre es die natürlichste Sache der Welt, legte sie ihr Bustier ab und warf es zur Seite.

Erst jetzt, als Paige sie aus der Wanne holte und ihr das Haar trocknete, hatte sie Gelegenheit, sie richtig zu betrachten. Natürlich war sie ein hübsches kleines Ding – das war sogar schon durch die zentimeterdicke Schmutzschicht zu sehen gewesen... Aber frisch gewaschen, wie sie jetzt war, fielen ihre natürlich schimmernden rosigen Wangen und Lippen auf, die im starken Kontrast zu ihrer weißen Haut standen... und ihr Haar war nicht einfach blond, sondern von jenem Goldton, der sich selten länger als bis zum dritten Lebensjahr hält.
»Du riechst so gut«, sagte Paige, während sie die Schubladen durchwühlte, um etwas zum Anziehen zu finden, das Lily in etwa passen würde. Sie war zwar recht groß, aber Paige war doch noch etwas größer... Also suchte sie in ihrer normalen Garderobe nach einem Stück, das für alle Größen paßte. Da fielen ihr Jasons Trainingsanzüge ein. Obwohl er ein paar Zentimeter größer als sie war, hatte er kürzere Beine. Und wenn sie sich recht erinnerte, dann hatten seine Trainingshosen verstellbare Kordeln in der Taille und um die Knöchel.

»Und, wie gefällt es dir?« fragte Paige später, als Lily vor einem mannshohen Spiegel stand: von Jason hatte sie die Trainingshosen an, von Paige ein Hemd. Lily betrachtete ihr Spiegelbild, als ob sie es noch nie zuvor gesehen hätte oder sich nicht mehr daran erinnern konnte.

»Na ja, etwas zu schlabbrig, um richtig schick zu sein, hmm? Da muß ich dir recht geben. Ich würde vorschlagen, sobald wir die Fotos gemacht haben, kaufen wir dir etwas Richtiges zum Anziehen.«

Lily machte einen ziemlich nervösen Eindruck, als Paige sie fotografierte, so, als ob auch das eine völlig fremde Erfahrung für sie wäre. Ein Foto steckte Paige in einen Umschlag, den sie auf ihrem Weg zum Einkaufen beim Sheriff vorbeibringen wollte.

Paige hatte eigentlich nicht vorgehabt, auf eine Peperonipizza Halt zu machen, aber nachdem sie so lange herumgelaufen waren, mußten sie sich unbedingt irgendwohin setzen und ihre Beine ausruhen, und der Duft, der aus der Pizzeria drang, war noch bis in den entferntesten Winkel des Einkaufszentrums zu riechen. Als sie mit mindestens einem Dutzend Tüten beladen zu Hause ankamen, war es bereits sieben Uhr, und Jasons Wagen stand schon in der Auffahrt.

»Wo warst du?« fragte er, und seiner Stimme war die Verärgerung deutlich anzuhören.

Paige stellte ihre Tüten auf die Anrichte im Wohnzimmer, nahm Lily den Rest ab und stellte ihn ebenfalls dorthin.

»Ich habe dich noch nicht so früh zurückerwartet.«

»Trotzdem dachte ich, daß du hier sein würdest.«

»Es ist doch erst sieben Uhr, Jason, nicht Mitternacht.«

»Du hättest wenigstens eine Nachricht hinterlassen können.«

»Ich dachte eigentlich, daß ich noch vor dir wieder zu Hause bin. Wie wär's, wenn ich dir etwas zum Abendessen herrichte?«

»Nein, nicht jetzt. Ich würde erst gern mit dir reden, deswegen bin ich auch eher heimgekommen.« Er warf Lily einen Blick zu, die sich in die Küche verdrückt hatte und ihn von dort aus mißtrauisch anstarrte.

Paiges Augen wanderten zwischen ihr und der Anrichte hin und her.

»Lily, warum bringst du die Tüten nicht hinauf in dein Zimmer? Vielleicht möchtest du deine neuen Kleider ja schon mal anprobieren, bevor du sie weghängst.«

Sie mußte zweimal gehen, und Jason wartete, bis Lily das zweite Mal oben verschwunden war, ehe er sagte: »Waren das meine Trainingshosen?«

Sie zuckte nur mit den Achseln.

»Sieht ja aus, als hättest du den ganzen Laden aufgekauft.«

»Wahrscheinlich habe ich etwas übertrieben. Aber es hat mir soviel Spaß gemacht, Jason. Weißt du, ich hatte noch nie Gelegenheit, in einem Geschäft für Mädchenkleidung einzukaufen, nur so darin herumzuwandern und auszusuchen, was mir gefällt.«

»Nie?«

»Die paar Dinge, die ich hatte, hat meine Mutter immer in irgendeinem Second-hand-Laden im Village gekauft. Sie sahen fürchterlich aus und paßten nie.« Paige hatte sich tatsächlich nie selbst etwas zum Anziehen kaufen können; erst als sie alt genug war, um zu arbeiten und eigenes Geld zu verdienen, hatte sie dazu Gelegenheit gehabt. Zu der Zeit aber war sie bereits den Kindergrößen entwachsen und kaufte selbst in Discount-Läden ein.

Er nickte begreifend. »Ich möchte deiner guten Laune

wirklich keinen Dämpfer versetzen, aber je mehr ich darüber nachdenke, desto mehr komme ich zu dem Schluß, daß es keine so gute Idee ist, das Mädchen hierzubehalten. Ich weiß nicht, ob das nicht gefährlich ist.«

»Gefährlich? Sie ist diejenige, der man weh getan hat.«

»Du vergißt, sie hat dir schon mal weh getan... an diesem ersten Abend im Wald, als sie dich auf den Kopf geschlagen hat.«

»Aber das wissen wir doch nicht sicher.«

»Doch, wir beide wissen es. Nicht wahr?«

Paige nickte. »Okay, aber da hatte sie Angst.«

»Das ist noch lange keine Entschuldigung.«

»Natürlich ist es das, die beste Entschuldigung überhaupt. Wenn man Angst hat, handelt man irrational, manchmal tut man Dinge, die einem normalerweise nicht im Traum einfallen würden.«

Sie bemerkte, wie er leicht die Stirn runzelte. Also war er nicht ihrer Meinung – trotzdem war sie nicht in der Stimmung für eine Diskussion. Sie setzte sich neben ihm auf das Sofa.

»Genug über Lily. Worüber wolltest du mit mir reden?«

»Was?«

»Du wolltest doch mit mir reden.«

Er schüttelte den Kopf. »Nein, das ist jetzt nicht mehr so wichtig.«

»Bist du sicher?«

Er war sich sicher. Was hätte er denn schon sagen sollen: daß er sie an diesem Nachmittag betrogen, daß er in ihrer eigenen Wohnung mit ihrer besten Freundin geschlafen hatte? Das heißt, eigentlich sogar zweimal, um die Enthaltsamkeit der letzten drei Monate wieder wettzumachen. Und jetzt quälten ihn jede Menge Gewissensbisse... Und deswegen suchte er einen Anlaß, ihr etwas von seinem Kummer aufzuladen...

Eine Viertelstunde später stellte sie eine Schüssel mit Salat vor ihn auf den Tisch.
»Was ist los?« fragte sie.
»Nichts, warum?«
»Ich weiß nicht. Du machst so einen nachdenklichen Eindruck.«
Er schüttelte nur den Kopf und breitete eine Serviette über seinen Schoß. Dann nahm er die Flasche mit dem Dressing, schraubte den Verschluß ab und schüttete etwas davon über den Salat. »Sieht gut aus«, meinte er und warf einen fragenden Blick auf ihr leeres Set. »Was ist mit dir und dem Kind?«
»Wir haben unterwegs schon gegessen.« Sie zog sich einen Stuhl heran und setzte sich. Er mochte es vielleicht nicht zugeben, aber irgend etwas machte ihm ganz eindeutig Sorgen. Konnte das immer noch mit Lilys Anwesenheit zu tun haben? Sie beugte sich vor und legte ihre Hand auf die seine. »Du hättest ihr Gesicht im Restaurant sehen sollen, Jason«, sagte sie, »und erst im Geschäft. Ich glaube, es war das erste Mal für sie.«
»Wie ich sehe, hast du sie in die Badewanne bekommen, sie sieht wirklich viel besser aus. War sie heute etwas gesprächiger, ist sie vielleicht aufgetaut und hat dir ihren Familiennamen verraten oder woher sie kommt?«
»Ich habe erfahren, daß sie elf Jahre alt ist. Sie hatte am sechsten September Geburtstag. Sie ist recht groß für ihr Alter, findest du nicht?«
»Tatsächlich?«
»Ich bitte dich. Es kann doch nicht so schrecklich sein für dich, ein bißchen entgegenkommender zu sein. Du hast

ihr gerade einen richtigen Schrecken eingejagt. Und wenn du es nur aus Höflichkeit tust – sie ist schließlich *Gast* in unserem Haus.«
»Ich habe doch gar nichts zu ihr gesagt.«
»Das ist ja das Problem. Sie ist sehr sensibel, sie hat sofort begriffen, daß du etwas gegen sie hast. Sie sieht in dir wahrscheinlich eine Bedrohung.«
»Ich bedrohe sie?«
»Sie ist doch noch ein Kind. Sie faßt deine Haltung eben so auf.«
»Okay, okay, ich habe begriffen. Ich werde darauf achten.«
Das Baby bewegte sich – Paige lächelte, ergriff schnell seine Hand und legte sie auf ihren Bauch. »Fühl mal. Nein, warte«, sie fuhr schnell mit seiner Hand über ihren Bauch, um die Stelle zu finden, wo die Beinchen des Babys verschwunden waren... »Genau hier.«
Er wartete einen Moment und strahlte dann über das ganze Gesicht, als er eine Bewegung spürte.
»Mensch, das hat ja ganz schön gestrampelt. Irgendwie ist das Ganze schon recht mysteriös, findest du nicht auch? Ich meine, daß er da in dir drin ist.«
Obwohl sie bereits seit einiger Zeit die Bewegungen des Kindes spürte – jedesmal, wenn das Baby um sich trat oder seine Lage veränderte –, war sie doch immer wieder aufs neue überrascht und erstaunt. Sie lächelte. »Falls es übrigens ein Mädchen sein sollte, mein lieber Jason, dann kann ich keine Garantie dafür übernehmen, daß es nicht mit einer Mordswut auf dich auf die Welt kommen wird. Ich meine, wie oft hast du von unserem wunderbaren ungeborenen Kind als einem ›Er‹ gesprochen? Und immer sind dir nur Jungennamen eingefallen.«
»Seltsam, daß ausgerechnet du das sagst. Mir ist nämlich

aufgefallen, daß du bisher nur Mädchennamen vorgeschlagen hast.«
»Ich habe doch nur versucht, ein gewisses Gleichgewicht zu erhalten.«
»Aha, ich verstehe. Nun, falls ich unser Kind gekränkt haben sollte, dann keinesfalls mit Absicht. Vielleicht fällt es mir tatsächlich leichter, mir einen Jungen vorzustellen. Unser ganzes Haus war immer voll davon. Mädchen dagegen waren diese fremden Wesen, die wir nur in der Schule zu Gesicht bekamen: zerbrechlich, gefühlvoll, verschwörerisch und sehr, sehr kompliziert.« Er beugte sich vor, küßte Paige, stand auf, nahm sie bei der Hand und zog sie neben sich. »Komm mit und leiste mir Gesellschaft, wenn ich die Kleine anständig bei uns willkommen heiße.«
»Meinst du das im Ernst?«
»Wofür hältst du mich bloß, für unhöflich?«
Als sie oben auf dem Treppenabsatz standen, legte er den Arm um sie und hielt sie zurück. »Hör doch.«
»Ficken, Scheiße, Nutte, Arschloch, Pisse –«
»Das ist sie«, sagte er.
»Ich weiß.«
»Dann hast du das schon mal gehört?«
»Sie ist wütend, verängstigt, sie tut es nur, wenn sie allein ist oder glaubt, allein zu sein. Kinder fluchen oft, das ist nichts Ungewöhnliches.«
»Aber nicht so, und nicht normale Kinder.«
Das stimmte zwar so nicht ganz, aber wieder wollte sie vermeiden, daß deswegen eine Diskussion zwischen ihnen entbrannte.
»Bitte, Jason«, sagte sie deshalb.
»Okay, okay.«
Lily saß auf dem nackten Fußboden neben der Schrank-

tür, und die Tüten standen ungeöffnet auf der Kommode. Als sie unter die Tür traten, richtete sie sich auf und schaute von einem zum anderen.

»Hi, ich bin Jason«, sagte er. »Paige hat mir erzählt, daß du eine Weile bei uns bleiben wirst, zumindest, bis wir deine Familie ausfindig gemacht haben.«

Schweigen.

»Kennst du irgendwelche Spiele?«

Schweigen.

»Na ja, ich auch nicht.«

»Wie steht's mit Scrabble?« meinte Paige.

Jason nickte. »Sie hat recht, Scrabble kann ich spielen.«

Das Telefon läutete – Lily schoß in die Höhe.

»Ich gehe schon ran«, sagte Jason und zog sich in das Schlafzimmer zurück.

Paige überredete Lily, ihr dabei zu helfen, die Tüten auszupacken, die Preisschilder daran zu entfernen und die neugekauften Kleider in die leeren Schubladen einer Kommode einzuräumen. Als Jason nach fünf Minuten immer noch nicht zurück war, ging Paige ihm nach. Er saß auf dem Bett und telefonierte nicht mehr.

»Wer war das? Warum bist du nicht wieder zurückgekommen?«

»Setz dich«, sagte er.

»Ist irgend etwas passiert, mit deinem Vater?«

»Nein, es geht um sie.« Er deutete mit dem Daumen auf das Zimmer nebenan. »Es war der Sheriff. Er weiß, wer sie ist.«

»So schnell schon?«

»Offensichtlich hat sie ungefähr hundertfünfzig Meilen nordwestlich von hier gewohnt, in Laurel Canyon. Ihr Verschwinden hat ziemlich viel Aufsehen in der Öffentlichkeit erregt.«

»Wieso hat er dann nicht gleich gewußt, wer sie ist?«
Er zuckte mit den Achseln. »Er hat nicht gleich den entsprechenden Schluß gezogen. Inzwischen haben nämlich alle angenommen, daß sie tot ist.«
Eine plötzliche Kälte überzog sie, und sie verschränkte beide Arme fest vor der Brust. »Wie sind sie bloß auf die Idee gekommen?«
»Ihr Vater war Maynard Parks. Sagt dir das nichts?«
»Nein, sollte es?«
»Die TIMES hat die Geschichte damals gebracht; ich kann mich erinnern, sie gelesen zu haben. Den Nachbarn zufolge muß der Vater so eine Art Monster gewesen sein, der die Mutter regelmäßig grün und blau geschlagen hat. Anna Parks hatte keine Freunde, aber die Leute, die sie vom Sehen kannten, mochten sie offensichtlich. Außer daß sie unfähig war, ihren Mann zu verlassen, hatte niemand etwas Negatives gegen sie vorzubringen. Den Krankenblättern im Krankenhaus war zu entnehmen, daß die Frau in dreizehn Jahren fünfzehn Knochenbrüche erlitten hatte. Na, wahrscheinlich hat sie dann irgendwann beschlossen, endlich zurückzuschlagen, vermute ich. Sie hat ihm etwas Gutes zum Essen gekocht... und während er aß, hat sie ihn umgebracht.«
Paige hielt den Atem an.
»Auf ziemlich scheußliche Art und Weise übrigens.«
»Wie scheußlich?«
»Sie hat dazu eine Sichel benutzt. Sie hat ihm den Kopf abgesäbelt, Arme und Beine abgetrennt –«
»Das reicht. O mein Gott. Und Lily hat das mit angesehen?«
»Es scheint so.«
»Wann war das?«
»Willst du das wirklich wissen? Das war vor fast einem

Jahr. Es geschah während eines heftigen Schneesturms, und das Kind rannte in die Nacht hinaus davon, ehe noch Hilfe eintreffen konnte. Die ganze Stadt hat tage-, wochenlang nach ihm gesucht, erst als die Schneeschmelze einsetzte, hat man die Suche eingestellt... In der Zwischenzeit ist die Mutter zu einer Gefängnisstrafe von fünfundzwanzig Jahren verurteilt worden.«

»Das scheint mir übertrieben viel angesichts dieser besonderen Umstände.«

Er zuckte mit den Achseln. »Soweit ich mich erinnern kann, hatte sie irgend so einen jungen Schnösel als Verteidiger – so einen Pflichtverteidiger für Mittellose, der wahrscheinlich geradewegs von der Uni kam. Er plädierte von vornherein auf ›schuldig‹ und lieferte sie damit voll dem Ermessen des Gerichts aus; außerdem hat er sich nicht einmal die Mühe gemacht, alle rechtlich zulässigen Mittel auszuschöpfen – sie bekam keine Verhandlung, geschweige denn eine Verhandlung vor einem Geschworenengericht.«

Paige schüttelte den Kopf; es dauerte eine Weile, bis ihre Stimme ihr wieder gehorchte. »Jason, wo, glaubst du, ist Lily gewesen? Meinst du, sie war die ganze Zeit über auf unserem Speicher?«

Er zuckte nur mit den Achseln.

»Und dieses Ungeheuer, Jason, was hat er *ihr* angetan? Sie war damals ja noch keine zehn Jahre alt.«

Es war schon spät, als sie endlich schlafen gingen. Sie hatten erst Lily ins Bett gebracht, und dann hatten sie und Jason sich noch lange unterhalten... Obwohl ihr der Entschluß nicht leid tat, Lily eine Weile bei sich aufzunehmen und alles für sie zu tun, was in ihrer Macht stand, hatte die Neuigkeit des Sheriffs sie wirklich erschüttert. Und obwohl Jason wesentlich mehr gegen Lilys Anwesenheit im

Haus einzuwenden hatte, mußte zu seinen Gunsten gesagt werden, daß er seine Bedenken nicht äußerte. An diesem Abend tat sie den beiden nur unendlich leid.
Ihr nächster Schritt würde eine Fahrt ins Frauengefängnis in Albany sein: Gleich am nächsten Morgen würde Jason Anna Parks besuchen, ihr von Lily erzählen und sich nach eventuellen Freunden oder den nächsten Verwandten erkundigen. Nach einem Menschen, dem sie ihre Tochter anvertrauen konnte.
Die Aussicht, die nächsten fünfundzwanzig Jahre im Gefängnis zu verbringen – was mußte das bloß für ein Gefühl sein? Vielleicht war es ja gar nicht so schlimm, da sie annehmen mußte, daß ihr Kind tot war. Aber jetzt würde es bestimmt schlimm werden – zu wissen, daß Lily heranwuchs, ohne daß sie es miterleben durfte. Aber das Ungeheuer würde es auch nicht miterleben... das würde Anna Parks als Genugtuung reichen müssen.
Fünfzehn Knochenbrüche in dreizehn Jahren... *Was geschah an jenem Abend, Anna? Was unterschied diesen Abend von den anderen?*

Kapitel 5

Wie es ihm seit ihrem Umzug nach Briarwood zur Gewohnheit geworden war, lief Jason drei Meilen, duschte sich und verließ dann kurz vor sechs das Haus; doch an diesem Morgen fuhr er in die entgegengesetzte Richtung nach Albany. Gegen halb neun hatte er unterwegs bereits gefrühstückt und in seinem Büro angerufen, um seine Termine verlegen zu lassen; dann hatte er über Sheriff Bulldoons Büro alle nötigen Arrangements getroffen, um noch vor den üblichen Besuchszeiten mit Anna Parks reden zu können.

Da er kein Strafverteidiger war, hatte er noch nicht viele Gefängnisse von innen gesehen, aber die paar, in denen er bisher gewesen war, hatten klaustrophobische Anfälle bei ihm ausgelöst. Dieses hier schien nicht sehr viel anders zu sein, und das trotz seines guten Rufes als beste Frauenvollzugsanstalt im Staat. Die Wachbeamtin führte ihn durch einen tunnelartigen Gang in ein kleines Zimmer mit einem einzigen Fenster, in dem ein einzelner Holztisch und zwei unbequeme Stühle standen. Anna Parks saß bereits wartend da. Die Wächterin zog sich zurück und verließ das Zimmer.

Jason betrachtete aufmerksam die Frau, während er auf sie zuging und ihr gegenüber Platz nahm. Sie hatte blondes, krauses Haar und gewöhnliche Gesichtszüge. Er schaute sich ihre Hände an; sie sahen rauh und grob aus, unschöne Hände, die oft genug fest zugepackt hatten. Da er die Zeitungsberichte über den Fall im Kopf hatte, wußte er, daß diese abgearbeiteten Hände eine große Menge Kraft entwickeln konnten, die ausreichte, einen Mann von der Größe Maynards zu töten.

Obwohl sie nicht viel älter als Paige sein konnte, strahlte sie eine Erschöpfung aus, die sie doppelt so alt erscheinen ließ. Jason fragte sich, wie sie wohl früher ausgesehen hatte, bevor sich diese haarfeinen Linien um ihren dünnlippigen Mund eingefressen hatten. Bevor sie eines Morgens aufwachte und beschloß, ihren Mann zu töten...

»Mein Name ist Jason Bennett«, sagte er schließlich. »Ich weiß nicht, was man Ihnen schon erzählt hat.«

Sie schüttelte den Kopf. »Eigentlich nichts. Sind Sie ein Anwalt?«

»Das bin ich, aber ich bin nicht in dieser Eigenschaft hier.«

Sie wartete ab.

»Meine Frau und ich leben in Manhattan, aber wir besitzen noch ein Haus in Briarwood – das ist ungefähr zwei Autostunden von Ihrem ehemaligen Wohnort in Laurel Canyon entfernt. Vor nicht allzulanger Zeit sind wir für den Winter in unser Landhaus gezogen. Nun, um es kurz zu machen, dabei haben wir entdeckt, daß Ihre Tochter bei uns auf dem Dachboden haust.«

Sie hielt den Atem an, und ihre Augen weiteten sich – sie hatten dieselbe dunkelblaue Farbe wie Lilys Augen, nur ohne deren strahlenden Glanz. Erregt beugte sie sich vor und legte ihm eine Hand auf den Arm.

»Wie geht es meinem Baby?«

»Als wir sie fanden, war sie ziemlich verdreckt und verängstigt... Sie hat immer noch Angst, und sie redet nicht sehr viel. Aber wenn man bedenkt, was sie durchgemacht hat, hat sie sich bewundernswert gut gehalten. Wir haben in diesem Sommer zwar viele Wochenenden in dem Haus

verbracht, aber sie hat ihre Spuren immer geschickt zu verwischen gewußt. Ich könnte mir vorstellen, daß sie ab und zu etwas hungern mußte, aber im großen und ganzen hat sie sich relativ gut durchgeschlagen.«
»Oh, ich wußte doch, daß sie es schaffen würde. Sie ist wirklich zäh, ganz anders als ihre Mommy.«
Er wußte nicht, was er darauf antworten sollte – offensichtlich hatte Annas Zähigkeit jahrelang brachgelegen, um dann in einem Akt der Gewalt hervorzubrechen.
»Meine Frau... nun, wir kümmern uns um sie. Das ist natürlich nur für eine Übergangszeit möglich, wir wollten zuerst herausfinden, wohin sie gehört.«
»Und jetzt glauben Sie, ich kann...«
»Nun, nicht Sie, aber Familienangehörige vielleicht. Schwestern, Brüder, Cousins, Großeltern?«
»Es gibt niemanden.«
»Nicht einen einzigen Verwandten oder vielleicht einen guten Freund? Ich meine, wenn Sie sich wegen der Entfernung Sorgen machen, das braucht Sie nicht zu belasten. Wir würden gerne jeden Flug –«
»Es gibt niemanden, Mr. Bennett. Ich würde es Ihnen wirklich sagen –«
Er lehnte sich zurück und fragte sich, wie, zum Teufel, er nur in diese Sache hatte hineinschlittern können – wie, das wußte er, er sollte sich besser fragen, warum? Offensichtlich konnte sie seine Gedanken nicht lesen, denn sie fragte ihn: »Gibt es nicht eine Möglichkeit, daß Sie und Ihre Frau sie behalten? Mein Baby ist ein starkes Mädchen – sie putzt, kocht, kann sogar Schnee schaufeln. Außerdem ist sie klug, ein klügeres Mädchen finden Sie nirgends.«
»Warten Sie, mal ganz langsam.« Er schüttelte den Kopf. »Ich bin überzeugt, daß das alles auf sie zutrifft, wahr-

scheinlich kann sie sogar noch mehr, aber das kommt überhaupt nicht in Frage. Wir erwarten selbst in ein paar Monaten ein Kind. Und entschuldigen Sie bitte«, fuhr er fort, »aber ich finde es irgendwie unglaublich, wie schnell Sie bereit sind, Ihre Tochter fremden Menschen zu überlassen. Ich meine, Sie kennen mich doch gar nicht... oder meine Frau, und Sie haben auch nicht die leiseste Ahnung, wie Lily über die Sache denkt.«

»Oh, sie will bestimmt bei Ihnen bleiben, oder ist es Ihre Frau, bei der sie bleiben möchte? Einer von Ihnen beiden, vielleicht Sie beide.«

»Wie kommen Sie darauf, so etwas zu sagen?«

»Weil sie bei Ihnen ist. Sie hätten sie nie entdeckt und erwischt, wenn Lily es nicht gewollt hätte.«

Jason musterte die Frau ein paar Sekunden lang, ein bißchen erstaunt, welch großes Vertrauen sie in ihr Kind hatte. Aber trotzdem, warum bot sie ihm Lily so direkt an?

Er fragte sie nicht. Statt dessen sagte er: »Ich werde mich nach anderen Möglichkeiten für sie umsehen. Wenn eine Entscheidung getroffen ist, wo sie bleiben soll, werde ich dafür sorgen, daß Sie verständigt werden.«

Sie nickte mit Tränen in den Augen: »Sagen Sie ihr, sie soll sich keine Sorgen um mich machen, es macht mir gar nichts aus, hier zu sein. Einige der Frauen sind ziemlich böse, auch gemein, genauso böse und gemein wie viele Männer, die ich gekannt habe, aber wenn man sich um seine eigenen Angelegenheiten kümmert, kommt man ganz gut durch.«

»Möchten Sie sie sehen?«

Sie holte tief Luft und meinte dann: »Nein, das will ich nicht. Was kann schon Gutes dabei herauskommen, wenn sie mich hier eingesperrt sieht?«

Jason stand auf, ging zur Tür, kam aber noch mal zurück. »Wieso hat Ihr Verteidiger auf ›schuldig‹ plädiert?«
»Weil ich schuldig bin.«

Paige war Lily gegenüber nicht ganz ehrlich gewesen – obwohl die Kleine wußte, daß der Sheriff ins Haus gekommen war, wußte sie nicht, daß das Polaroidbild, das Paige von ihr gemacht hatte, für ihn bestimmt gewesen war. Wie sollte Paige ihr nun erklären, daß polizeiliche Nachforschungen ergeben hatten, wer sie war? Vielleicht war es besser, damit zu warten, bis Jason mit ihrer Mutter gesprochen hatte, bis Paige ihr Konkreteres sagen konnte...

Diese Gedanken gingen ihr durch den Kopf, als das Aroma von frisch gebrühtem Kaffee sie nach unten lockte. Sie schaute auf die Uhr – es war schon elf Uhr. Seit sie verheiratet war, hatte sie nicht mehr so lange geschlafen, und wenn sie es sich recht überlegte, fühlte sie sich ausgeruht wie seit Wochen nicht mehr.

Lily sah sie nicht die Treppe herunterkommen, sie war viel zu sehr beschäftigt, mit einem kurzen Staubsaugeraufsatz über den Bezug des Sofas zu fahren. Paige – eine jener Hausfrauen, die immer nur oberflächlich über alles hinweghuschen – konnte sich nicht daran erinnern, dieses besondere Staubsaugerteil überhaupt jemals benutzt zu haben. Als Lily bemerkte, daß sie ihr zusah, trat sie mit der Ferse auf den Knopf und schaltete den Staubsauger aus.

»Das Wohnzimmer sieht ja großartig aus«, sagte Paige und schaute sich lächelnd in dem großen Raum um. »Ich weiß deine Hilfe wirklich zu schätzen... aber du mußt das nicht machen.«

Schweigen.

»Rieche ich hier vielleicht Kaffee?« Sie wollte Richtung Küche gehen, aber Lily rannte ihr voraus, holte einen Teller, der mit Folie abgedeckt war, aus dem warmen Herd, nahm die Folie ab und stellte den Teller auf den Tisch. »Würdest du bitte damit aufhören? Du verwöhnst mich ja nach Strich und Faden. Ehe du dich's versiehst, werde ich mich in eine dicke, fette Faulenzerin verwandeln, die den lieben langen Tag nur herumsitzt und auf ihr Essen wartet.«

»Hat *sie* dir auch was zum Essen gebracht?«

Das war Lilys erster Versuch, eine Unterhaltung in Gang zu setzen, eigentlich ihre erste Frage. »Sie . . . wer?« fragte Paige.

»Du hast doch gesagt, deine Mutter ist abends immer ausgegangen und hat dich hungrig zurückgelassen, richtig? Und, hat sie dir hinterher etwas zum Essen mit heimgebracht?«

»Nun, eigentlich nicht.«

»Warum nicht?«

Paige zuckte mit den Schultern. »Wahrscheinlich hat sie nicht daran gedacht.« Paiges Gedanken wanderten zu ihrer Mutter zurück, was sie gar nicht gern hatte. Adele Adler, die vor vier Jahren an der Alzheimerschen Krankheit erkrankt war, lebte in einem Pflegeheim in Hyde Park. Obwohl Paige für ihre Pflege aufkam und sie zweimal im Jahr besuchte, geschah das nur aus reinem Pflichtgefühl. Außerdem erkannte ihre Mutter sie nicht mehr; nicht ein einziges Mal während all dieser Besuche war das geschehen.

»Was ist mit deinem Vater?« wollte Lily wissen.

»Wie bitte?«

»Wieso hat er dir nichts zu essen gegeben?«

»Das konnte er nicht, er war nicht da. Er ist abgehauen, als ich noch sehr klein war, vielleicht drei oder vier. Ich kann mich auch gar nicht mehr an ihn erinnern.«

Drei, vier – noch vor dem Kindergarten . . . Sie konnte sich an die alte Dame auf der anderen Straßenseite erinnern, die ihr immer Kräcker mit Erdnußbutter in einer Zellophantüte geschenkt hatte. Sie konnte sich an das puertorikanische Mädchen weiter unten in der Straße erinnern, das immer so lustige Gesichter geschnitten und sie zum Lachen gebracht hatte, wenn sie an ihrer Veranda vorbeikam . . .

Aber an ihren Vater, an den konnte sie sich nicht mehr erinnern . . .

Jason überraschte die beiden in der Küche. Lily reagierte wie üblich, zuckte zusammen, lief ein paar Schritte weg von ihm und zog sich schnell zurück, dieses Mal auf den Gang.

»Lily«, rief Paige ihr nach, aber da war sie schon die Treppe hinaufgelaufen und nicht mehr zu sehen.

»Ich dachte mir, ich erzähle dir schnell, was ich erfahren habe«, sagte er. Als er den Teller mit Essen vor ihr stehen sah, meinte er: »Himmel, Paige, warum machst du es dir nicht einfach und pumpst dir das Cholesterin direkt in die Arterien?«

Paige warf einen Blick auf die Reste aus Eiern und Kartoffeln und schob den fettigen Teller zur Seite.

»Ich gebe es ja zu, ich war unartig. Aber ab morgen heißt es wieder Getreideflocken, Obst und all die anderen gesunden Sachen. Jason, du solltest sehen, wie Lily sich um mich bemüht. Sie kocht, hilft im Haushalt . . . Glaubst du, daß sie das macht, weil ich schwanger bin?«

»Ich weiß es nicht, vielleicht. Hör zu, ich habe nicht viel Zeit, möchtest du hören, was ich erfahren habe?«

Nach einer kurzen Pause: »Natürlich. Wie ist ihre Mutter?«

»Niedergeschlagen, allein, sie wirkt, als hätte sie nicht viel gehabt von ihrem Leben. Ihrer Aussage nach hat sie keine Familie, keine Freunde. Aber ich nehme ihr das nicht ganz ab. Die meisten Leute haben irgend jemanden.«

»Vermutlich.« Sie klang aber so zweifelnd, daß Jason sich fragte, ob sie dabei nicht an ihre eigene, nicht existierende Familie denken mußte.

»Auf jeden Fall«, fuhr er fort, »dachte ich mir, daß ich das überprüfen werde.«

»Weshalb sollte sie dich deswegen anlügen?«

»Vielleicht hat sie ja tatsächlich das Gefühl, daß sie niemand mehr kennen will. Ich habe Pat bereits gebeten, sich bei den entsprechenden staatlichen Stellen zu erkundigen, welche Alternativen es für Lily gibt, falls wirklich niemand dasein sollte. Der Sheriff meint, daß nichts dagegen spricht, wenn ich mich darum kümmere.«

»Und was ist mit ihr, mit Lilys Mutter?«

»Ihrer Meinung nach hat Lily sich uns gezielt ausgesucht. Oder zumindest dich.«

»Tatsächlich, wieso das?«

»Wenn sie nicht hätte gefunden werden wollen, wäre sie auch nicht gefunden worden.«

Paige schüttelte den Kopf. »Das ist aber merkwürdig, daß sie so etwas sagt. Außerdem stimmt es nicht. Wir haben sie nur deshalb gefunden, weil sie ihr Bein im Schlaf immer ausstreckt. Und wegen dieser dummen Eicheln.«

Sicher, die Stelle, an der sie geschlafen hatte, befand sich direkt über ihrem Bett. Das dürfte Lily eigentlich nicht entgangen sein, wenn sie sich tatsächlich schon so lange auf dem Dachboden aufgehalten hatte, wie er annahm.

An diesen langen Wochenenden im Sommer – war es möglich, daß sie sie da belauscht hatte?
Was soll dieser Verfolgungswahn, Jason?

Noch an diesem Nachmittag erhielt Paige vier Anrufe von verschiedenen Zeitungen, darunter auch von der New York Times. Es schien so, als erregte Lilys unerwartetes Auftauchen in Briarwood großes Interesse bei ihren Mitmenschen. Trotzdem weigerte Paige sich, irgendwelche Erklärungen, Fotos oder Interviews zu liefern, die Lily betrafen, da sie der Meinung war, daß großes Aufsehen Lily nur schaden könnte.
Um den ständigen Störungen zu entkommen, machten Paige und Lily schließlich einen Spaziergang im Wald. Als sie fast am Fluß angekommen waren, nahm Paige Lily fest bei den Händen – die verbrannte Hand war immer noch voller Blasen, aber nicht mehr bandagiert – und sagte: »Jason hat heute morgen deine Mutter besucht.«
Sie riß den Mund auf, ihr Körper verkrampfte sich.
»Bevor du dich gleich fürchterlich aufregst, laß mich erst mal erzählen.«
Lily legte ihre Hand auf die Brust. »Wie denn?«
»Ich habe dem Sheriff eines deiner Fotos gegeben; ich habe das getan, weil es sein mußte. Natürlich hat er damit nicht lange gebraucht, herauszufinden, wer du bist. Offensichtlich haben sich eine Menge Leute Sorgen um dich gemacht und dich auch lange gesucht. Deine Mutter –«
»Sie hat ihn umgebracht, Paige, ich hasse sie!« Sie schlug beide Hände vor den Mund.
Paige legte den Arm um sie, zog sie an sich und ließ sie erst nach einiger Zeit wieder los.
»Ich weiß, daß du das nicht so meinst, Lily. Das, was du in dir drin fühlst, das sind Wut, Schmerz, vielleicht auch

Entsetzen, jede Menge schlimmer und wirrer Gefühle. Deine Mutter hat der Polizei bereits gestanden, was sie getan hat.«

»Tatsächlich?«

Paige nickte.

Nach einem langen, peinigenden Schweigen fragte Lily: »Was haben sie mit ihr gemacht?«

»Sie ist im Gefängnis von Albany. Das ist gar kein so schlimmer Ort, verglichen mit anderen Gefängnissen.«

Sie schluckte hart. »Wie lange werden sie sie dort drin behalten?«

»Du meinst, das Urteil? Eine Weile, Lily, eine ziemliche Weile.«

Ihre Augen füllten sich mit Tränen, und sie preßte die Lippen fest zusammen.

»Was ist mit mir?«

»Komm her, setz dich, und dann reden wir darüber.« Sie setzten sich unter einen Baum, und Paige legte den Arm um das Mädchen. »Jason und ich, wir werden ein Zuhause für dich suchen, Lily. Ein wunderschönes Zuhause bei Leuten, die sich um dich kümmern werden.«

»Nein, das will ich nicht, ich will bei euch bleiben.« Ein paar vereinzelte Tränen liefen über ihr Gesicht, aber Lily drehte den Kopf zur Seite und rieb sie mit der Faust weg. Paige mußte selbst mit dem Ärmel über ihre Augen wischen.

»Schau mich bitte an, ja? Jetzt muß ich auch schon weinen. Lily, es tut mir wirklich leid, aber wir können dich leider nicht bei uns behalten.« Sie legte eine Hand auf ihren Bauch und holte tief Luft. »Das Baby kommt in knapp drei Monaten zur Welt.«

»Ich würde ihm doch nichts tun.«

»Oh, nein, natürlich würdest du ihm nicht weh tun, das

habe ich damit auch nicht gemeint. Was hältst du davon, wenn wir einfach nicht daran denken, daß du uns wieder verlassen mußt? Es wird sowieso eine Weile dauern, bis wir das richtige Zuhause für dich gefunden haben. Also denken wir nicht daran und freuen uns, daß wir zusammen sind. Apropos Spaß, als ich in der Zeitung vom Sonntag geblättert habe, ist mir aufgefallen, daß ein Film mit Goldie Hawn im Kino am Highway läuft. Ich weiß ja nicht, wie es dir geht, aber ich muß immer über sie lachen. Aber allein lachen, das ist nur halb so schön. Wie wär's, wenn du und ich –«

»Paige?«

»Ja, Schätzchen?«

»Wieso kann Jason mich nicht leiden?«

»Was gibt es eigentlich noch für mögliche Alternativen, Jason?« fragte Paige an diesem Abend während des Essens, nachdem sie sich bei ihm über die aufdringliche Presse beschwert hatte – inzwischen hatte sie noch weitere Anrufe bekommen, und ein Reporter war sogar vor ihrer Haustür aufgetaucht. Lily hatte schon früher gegessen und war mit drei Comicheften, die Paige nach dem Kino für sie gekauft hatte, nach oben verschwunden.

»Ich weiß es wirklich nicht, aber morgen dürfte Pat schon ein paar Informationen für uns haben. Hast du Lily von meinem Besuch bei ihrer Mutter erzählt?«

»Ja, heute nachmittag. Eigentlich wollte ich damit noch etwas warten, aber dann habe ich mich nicht getraut, dieses Risiko einzugehen. Denn es würde mich überhaupt nicht wundern, wenn sie im Fernsehen darüber berichteten.«

»Wie hat sie darauf reagiert?«

»Sie ist wütend auf ihre Mutter, aber das ist nur verständlich – so schlimm die Dinge auch stehen mögen, ein Kind wird es sich nie wünschen, daß seine Familie auseinanderbricht. Und obwohl Lily weiß, daß letztendlich ihr Vater an den Ereignissen schuld war, war es doch ihre Mutter, die schließlich die Initiative ergriffen hat.« Paige schüttelte den Kopf. »Lily sagt, wenn sie nicht bei ihrer Mutter leben kann, dann will sie bei uns bleiben.«

»Das überrascht mich nicht.«

»Oh, Jason, du kannst ihr doch keinen Vorwurf daraus machen, daß sie so fühlt. Aber du kannst beruhigt sein, ich habe ihr gesagt, daß das nicht möglich ist. Ist sie nicht sehr aufgeweckt für ihre elf Jahre, Jason? Sie ist auch so verständig.«

»Vermutlich. Aber was willst du mir damit sagen? Daß du froh bist, daß sie hier ist, daß du dir wünschst, sie könnte für immer bleiben? Nun, du mußt mir schon verzeihen, aber so sehe ich das ganz und gar nicht. Wir haben bald selbst ein Kind, unser erstes, auf das wir jetzt schon seit fünf Jahren hinarbeiten. Ist es denn so falsch, daß ich die Zeit der Vorfreude auf unser Kind in vollen Zügen genießen will?«

»Lily nimmt dir doch nichts weg.«

»Selbst wenn sie nur zeitweilig bei uns bleibt, wird sie sehr viel Aufmerksamkeit erfordern. Bist du dazu bereit?«

»Okay, du hast recht, sie hat die Hölle auf Erden erlebt, das will ich gar nicht bestreiten. Aber wenn man bedenkt, was sie durchgemacht hat, dann ist sie gar nicht so verkorkst, wie man vielleicht erwarten könnte.«

»Aber sicher doch, jedes Kind flucht wie ein Lastwagenfahrer.«

»Jetzt mach aber mal halblang, wir werden sie doch nicht deswegen verurteilen, weil sie so viele Schimpfwörter kennt, oder? Ich meine, bis jetzt hat sie noch keines gebraucht, das ich nicht auch kennen würde. Aber bei dei-

ner gewählten Ausdrucksweise ist das natürlich etwas anderes!«
»Na gut, vergiß es. Aber trotzdem, Paige, du brauchst doch nur einen Blick in deine alten Lehrbücher zu werfen, und dann weißt du, daß kein Kind so ein traumatisches Erlebnis ohne ernstliche Adhäsionsprobleme übersteht. Sie hat mit angesehen, wie ihre Mutter immer wieder verprügelt wurde. Und schließlich ist sie Zeugin geworden, wie diese Mutter den eigenen Vater mehr oder weniger zerstückelt hat. Außerdem hast du es selbst gesagt – was mag dieses charakterlose Ungeheuer *ihr* alles angetan haben, seiner eigenen Tochter?«
Ja, Jason, das ist alles gut und schön, aber um so mehr Gründe, warum wir sie nicht einfach allein lassen können. Aber das sprach sie nicht laut aus – statt dessen sagte sie: »Ich weiß ja, daß du recht hast. Aber Tausende von Kindern werden mißbraucht und mißhandelt, und nicht alle laufen mit einem Schild auf der Brust herum. Wenn du schon so weit gehen willst, dann habe auch ich eine ziemlich erbärmliche Kindheit hinter mir. Und hat es mit mir vielleicht ein tragisches Ende genommen?«
»Du kannst dich doch nicht mit ihr vergleichen.«
»Das Komische daran ist, daß ich im Augenblick überhaupt niemanden habe, mit dem ich mich vergleichen kann. Was schlägst du denn vor, was wir mit ihr tun sollen. Sie aus dem Haus werfen?«
»Nein, selbstverständlich nicht. Ich habe nur laut ausgesprochen –«
»Das kannst du dir sparen, Jason. Ich bin nicht taub, und Lily ist es auch nicht.«

»Bin ich daran schuld, daß Jason so wütend ist?« fragte Lily offen heraus am nächsten Morgen, als sie im Wald spazierengingen. Es war tatsächlich so, daß Paige seit dem Streit beim Abendessen kein Wort mehr mit ihm gesprochen hatte.

»Wieso fragst du das?«

Lily zuckte nur mit den Achseln, blieb stehen, kniete sich hin und hob eine Handvoll trockene Blätter auf.

»Wenn Jason und ich miteinander streiten, dann betrifft das nur uns, nicht dich. Es bedeutet, daß *wir* uns nicht einigen können. Worüber wir uns nicht einigen können, ist dabei nicht so wichtig, das ist nur unser Problem.«

»Wirst du ihn wegwerfen?«

Paige blieb stehen und schaute sie ungläubig an. »Menschen werfen einander nicht weg, besonders nicht diejenigen, die sie mögen.«

»Magst du mich?«

Sie nickte. »Aber natürlich.«

Lily schloß die Hand um die Blätter, zermalmte sie und ließ die winzigen Partikel davonfliegen.

»Dann kannst du mich auch nicht wegwerfen, richtig?«

»Richtig.«

Sie blieben lange Zeit so stehen, bis Paige sagte: »Lily, ich weiß, daß dein Vater deine Mutter viele Jahre lang mißhandelt hat... Was ist mit dir? Hat er dir jemals irgend etwas –«

Lily drehte den Kopf weg. »Ich will nicht darüber reden. Bitte, zwing mich nicht.«

Paige nahm die Hand des Mädchens in die ihre, und so gingen sie weiter.

»Ich würde dich nie zwingen, darüber zu reden, Schätzchen. Aber falls du deine Meinung ändern solltest und von dir aus reden möchtest, dann denk daran, daß ich immer für dich da bin.«

Paige hatte an diesem Abend nicht einmal gemeinsam mit ihm gegessen. Jetzt, da sie beide in ihrem Bett lagen, hatte sich jeder so weit wie möglich von der Mitte der großen Matratze weg an den Rand seiner Seite zurückgezogen. Nie zuvor während ihrer Ehe war es soweit gekommen, daß sie nach einem Streit nicht mehr miteinander gesprochen hatten; sie wußte zwar nicht, wie es in ihm aussah, aber sie fühlte sich ausgesprochen schlecht.

Entschlossen rollte sie sich auf die andere Seite, aber er drehte sein Gesicht von ihr weg. Sie streckte die Hand nach ihm aus und streichelte seinen Nacken.

»Jason, wir müssen miteinander reden.«

Schweigen.

»Mir ist da etwas eingefallen. Eigentlich gestern schon, und seitdem geht es mir nicht mehr aus dem Kopf.«

Er drehte sich zu ihr, stemmte den Ellenbogen ins Kissen und stützte seinen Kopf auf der Handfläche ab. »Nur zu, ich höre«, sagte er.

»Was wäre, wenn wir ihr ein Zuhause, ein gutes Zuhause suchten?«

»Aber das versuchen wir doch, oder nicht?«

»Eigentlich nicht. Pat wird nur das herausfinden – wenn sie es nicht bereits getan hat –, was wir beide schon längst wissen. Lily ist nicht adoptierbar, jedenfalls so lange nicht, solange ihre Mutter nicht auf ihre Rechte verzichtet. Aber selbst wenn das nicht so wäre, so ist eine Elfjährige keine sehr geeignete Kandidatin für eine Adoption. Die Leute wollen lieber Babys, kleine Kinder, die sie nach ihren eigenen Vorstellungen formen können. Sie wollen kein Kind mit einer Vergangenheit, besonders nicht mit so einer, wie Lily sie hat.«

Er schüttelte den Kopf. »Ich will ja gar nicht behaupten, daß es einfach ist, einen Platz für ein älteres Kind zu fin-

den, das ist es ganz bestimmt nicht. Aber ab und zu gelingt es doch. Außerdem gibt es immer noch die Möglichkeit, sie zu Pflegeeltern zu geben.«
»Ach ja, die guten alten Pflegeeltern. Das ist ein System, bei dem die Kinder wie Kleiderbügel von einer Stelle zur anderen herumgereicht werden. Weißt du eigentlich, wie viele Leute das nur wegen des Geldes machen? Oder aus noch perverseren Gründen, die ich hier wohl nicht extra erwähnen muß?«
»Na, jetzt wirst du aber ziemlich unfair.«
Er hatte recht, sie *war* unfair. Durch ihre Lehrtätigkeit hatte sie jede Menge Kontakt mit dem Sozialamt, inklusive der Abteilung für Pflegestellen, und wußte, daß die meisten Leute, die sich als Pflegeeltern zur Verfügung stellten, alles versuchten, aus schier ausweglosen Situationen das Beste zu machen. Trotzdem würde sie ihre Meinung, die sie sich als Kind gebildet hatte, nicht so schnell ändern.
»Als ich noch klein war, hatte ich eine Freundin, die bei Pflegeeltern lebte«, sagte sie. »Sie lebte nur ein paar Häuser weiter. Die Leute waren Vollalkoholiker. Es wird mir immer ein Rätsel bleiben, wie sie sich jemals als Vormund für eine Siebenjährige hatten qualifizieren können. Marie lief jeden Tag nach der Schule gleich nach Hause, um das Haus sauberzumachen; entweder das, oder es setzte Schläge.«
»Du hast bisher noch nie von ihr erzählt.«
»Was gibt es da schon groß zu erzählen? Sie ist nur ein knappes Jahr dort geblieben. Nachdem sie einmal besonders schlimm verprügelt wurde, ist sie im Krankenhaus gelandet. Dann ist sie an irgendeine andere Stelle weitergereicht worden, und ich habe sie nie mehr gesehen.«
»Das ist ziemlich übel, Paige. Aber das heißt doch noch

lange nicht, daß es nicht auch anständige Leute gibt, die Kinder bei sich aufnehmen.«
»Da hast du bestimmt recht, es gibt sie mit Sicherheit. Aber da ist immer noch die Frage, wie geeignet sie sind, einem Kind die leiblichen Eltern zu ersetzen? Besonders bei einem Kind wie Lily, die es mehr als nötig hat.«
Schweigen, dann: »Du sagtest, du hättest eine Idee.«
»Wie wäre es, wenn sie bei Anna leben würde?«
»Bei ihrer Mutter?«
»Nun, wer käme wohl besser in Frage? Die Leute sagten doch, daß sie in Ordnung sei und daß ihr einziger Fehler der war, daß sie sich nicht von Anfang an gegen dieses Ungeheuer zur Wehr gesetzt hat. Und außerdem ist sie Lilys Mutter. Sicher, Lily ist wütend auf sie, aber tief in ihrem Innern liebt sie sie.«
»Die Sache hat nur einen Haken. Ihre Mutter ist zu vierundzwanzig Jahren Gefängnis verurteilt; auch wenn sie vorzeitig entlassen werden sollte, bleiben immer noch zwölf. Lily ist bis dahin zweiundzwanzig Jahre alt.«
»Ich hasse es, wenn du so tust, als würdest du mich nicht verstehen. Ich will darauf hinaus, daß du Berufung einlegen und Annas Fall erneut vor Gericht bringen sollst. Hast du nicht selbst gesagt, daß ihre Verteidigung mehr als schlecht war? Es gibt doch jede Menge guter Gründe für das, was sie getan hat, oder?«
Jason nickte. »Den besten und ältesten aller Gründe – Notwehr. Dazu kommt noch, daß sich die Gesetzgebung im Falle von Gewaltanwendung in der Ehe zugunsten der Frauen geändert hat, die von ihren Männern mißhandelt werden.«
»Wie sieht das jetzt aus?«
»In der Theorie sieht das so aus, daß eine Frau, die regelmäßig von ihrem Mann geschlagen wird, keine akute Miß-

handlung mehr nachweisen muß; sie muß lediglich beweisen, daß sie mißhandelt wird und daß ihr Leben sich in konstanter Gefahr befindet. Außerdem braucht das Hindernis, das sie davon abhält, dieser Situation zu entfliehen, nicht unbedingt mehr in physischer Gewaltanwendung bestehen, es genügt schon, wenn psychologischer Druck auf sie ausgeübt wird.«

»Wenn Anna Parks auf Notwehr plädiert hätte, wäre sie also durchgekommen, richtig?«

»Das ist möglich, genau kann das natürlich keiner sagen.«

»Wenn sie einen guten Anwalt gehabt hätte, einen, der wenigstens gekämpft hätte... Aber das hat er ja nicht... Ist das nicht allein schon Grund genug für eine Berufung?«

»Damit so etwas von einem Gericht als Grund für eine Berufung anerkannt wird, müßte ein Anwalt schon einen schwerwiegenden Fehler gemacht haben oder nicht zurechnungsfähig gewesen sein... Und dann ist da immer noch die Frage, ob der Ausgang des Falles ein anderer gewesen wäre, wenn der Fehler nicht gemacht worden wäre. In diesem Fall, wer weiß? Wichtig ist allein, daß sie ihren Mann getötet hat.« Er überlegte einen Moment und fuhr dann fort: »Außerdem tut das ein Anwalt einem anderen nicht gern an.«

»Das kann ich mir denken, aber was ist mit Anna? Sie ist jahrelang geschlagen worden, man hat ihr die Knochen und ihren Widerstand gebrochen, hat sie ihrer Würde beraubt, und sie hat nicht einmal die Gelegenheit bekommen, ihre Geschichte vor Gericht zu erzählen. Wo bleiben ihre Rechte?«

»Sie hat sie verspielt, indem sie sich schuldig bekannt hat. Es sei denn... hör mal, ich bin kein Strafverteidiger.

Ich habe seit dem Studium nichts mehr in dieser Richtung gemacht, und damals habe ich auch nur zweimal sechs Monate als Praktikant beim Staatsanwalt gearbeitet.«
Paige schob sich neben ihn und legte ihre flache Hand an seine Wange. »Das ist doch völlig egal, du bist einer der klügsten Menschen, die ich kenne... und wenn es darum geht, bei Gericht Berufung einzulegen, dann weißt du besser als jeder andere Anwalt in der Stadt, wie man das macht. Wenn jemand ein Haar in der Suppe findet, dann du.«
»Hast du das von mir?«
Sie beugte sich über ihn und küßte ihn. »Nun ja... aber auch aus anderen Quellen. Jason, du hast vorher gesagt, sie habe ihre Rechte verspielt, weil sie sich schuldig bekannt hat. Dann hast du weiter gesagt, es sei denn... Es sei denn, was?«
»Ich wollte sagen, es sei denn, sie war gar nicht in der Lage, so eine Entscheidung zu treffen.«
»Du meinst, daß sie unzurechnungsfähig war?«
»›Unzurechnungsfähig‹ wird wohl herhalten müssen, solange uns kein besserer Ausdruck einfällt.«
»Aber das war sie nicht, oder?«
Er schüttelte den Kopf und zuckte mit den Schultern. »Ich weiß es nicht. Wie viele geistig gesunde Menschen würden eine Leiche wohl so zurichten?«
»Ich glaube, daß Menschen im Zustand extremster Angst zeitweilig völlig ausrasten können.«
Er rieb sich die Stirn. »Ich muß das unbedingt mit jemandem besprechen, der kriminologische Erfahrung hat.«
»Dann wirst du es machen?«
»Ich werde mich mal damit beschäftigen.«
»Kann ich es Lily sagen?«
»Nein.«

»Du hast recht, weshalb ihr Hoffnungen machen? Jason, kann ich sie in der Schule anmelden, nur für jetzt?«
Er seufzte. »Aber ich will, daß sie regelmäßig zu einem Therapeuten geht.«
»Ich werde gleich jemanden suchen, und außerdem möchte ich, daß sie von einem Arzt untersucht wird.«
»Und falls sie dir Ärger, zusätzliche Arbeit oder sonst irgendwelche Probleme macht, dann mußt du mir versprechen –«
»Falls sie mir zuviel abverlangt, dann werde ich jemanden für ein paar Stunden täglich einstellen, aber – und du kannst mir glauben – das wird nicht nötig sein. Sie hilft mir beim Kochen, bei den Hausarbeiten, leistet mir Gesellschaft und, was das Wichtigste ist, ich habe sie gern um mich.«

Jason legte sich mit hinter dem Kopf verschränkten Armen auf das Kissen zurück. Es war der erste Abend seit diesem Vorfall mit Brooke, daß es ihm möglich war, dieses Ereignis zu verdrängen.
Statt dessen dachte er über den Fall nach: Was war schon dabei – dann würde er eben ein bißchen unentgeltliche Arbeit für ein Kind leisten, dem das Leben bisher noch nicht viel geschenkt hatte. Er hatte im Verlauf seiner Karriere bis jetzt ziemlich viel Glück gehabt, war es da nicht an der Zeit, daß auch er seinen Beitrag für die Gesellschaft leistete? Obwohl er nicht viel Erfahrung auf dem Gebiet der Strafverteidigung hatte, konnte er sich aber noch erinnern, daß es ihm immer gefallen hatte. Wenn die Bezahlung im Büro des Staatsanwalts nicht so miserabel und *er* nicht so geldgierig gewesen wäre, dann wäre er vielleicht sogar noch länger dabeigeblieben. Und außerdem, wenn er zusätzliche Informationen benötigte, so

brauchte er sich nur an seine Kollegen in der Kanzlei zu wenden.

Wenn es ihm nur nichts ausmachen würde, daß Lily bei ihnen lebte. Ließ man mal außer acht, daß die getroffene Regelung nur für eine Übergangszeit gültig sein sollte, sah es ganz danach aus, als würde sie wahrscheinlich noch bei ihnen sein, wenn das Baby kam, vielleicht sogar noch, wenn sie im April in die Stadt zurückkehrten. Ob es ihm nun gefiel oder nicht, er mußte das Beste aus der Situation machen. Morgen war Samstag, eine gute Gelegenheit, für ihn und das Kind eine gemeinsame Basis zu suchen.

Brad ... Bradley, das war vielleicht eine Idee ... nein, je länger er darüber nachdachte, desto weniger gefiel ihm der Name.

Kapitel 6

Es war sieben Uhr früh, als Jason aus der Dusche kam, sich anzog und auf Zehenspitzen in Lilys Zimmer schlich, wo er ihre Decken und Laken unberührt, sie aber zusammen mit dem restlichen Bettzeug auf dem Boden vorfand. Sie setzte sich auf und drückte ihre Steppdecke mit dem Blumenmuster fest an sich.

»Tut mir leid«, sagte er. »Ich wollte dich nicht erschrekken –«

Keine Reaktion.

»Hör mal, ich habe mir überlegt, ob du nicht Lust hättest, mit mir zu joggen. Normalerweise laufe ich morgens immer ein paar Meilen.«

Immer noch keine Reaktion.

»Später können wir dann zusammen frühstücken.«

»Was ist mit Paige?«

»Nun ja, Paige schläft zur Zeit morgens gern länger, und das ist auch gut so. Da sie ein Kind bekommt, schadet es ihr gar nicht, wenn sie sich etwas ausruht. Ich dachte mir, daß es außerdem auch eine gute Gelegenheit wäre, uns etwas besser kennenzulernen. Sieht ja ganz so aus, als würdest du eine Weile bei uns bleiben.«

Sie stand auf, drückte die Steppdecke fest an sich und blieb auf der Schaumgummiunterlage, über die ein Flanelltuch gebreitet war, stehen.

Er deutete auf die Unterlage. »Gar nicht so übel als Bett, wenn man gern auf dem Fußboden schläft. Hat Paige das so für dich hergerichtet?«

Sie nickte.

»Sie ist schon eine tolle Frau, was?« Wenigstens eines hatten sie gemeinsam – Paige.
Wieder nickte sie.
»Wenn wir zurückkommen, dann können wir zusammen Frühstück machen, wenn du magst, und es ihr ans Bett bringen.«
Lily bückte sich, um ihre Jeans vom Boden aufzuheben.
»Zieh doch Trainingssachen an. Ich bin sicher, daß Paige dir welche gekauft hat.« Er zog die oberste Schublade der Kommode heraus, schaute sich an, was darin lag, entdeckte einen hellblauen, zweiteiligen Trainingsanzug und warf ihn ihr zu. »Hier, zieh das an, damit fühlst du dich wie ein richtiger Crack.«
»Ein richtiger Crack?«
»Na, echt eben. Wie eine echte Läuferin, eine richtige Sportlerin.« Er ging aus dem Zimmer und hob die Hand. »Ich warte unten auf dich. In fünf Minuten, ja?«
Es dauerte keine zwei Minuten, bis sie unten war, woraus er schloß, daß sie sich die Mühe gespart hatte, ihre Morgentoilette zu machen. In der Küche ging sie als erstes zu dem Hängeschränkchen über dem Geschirrspüler, machte es auf, streckte sich, zog eine Tüte mit Keksen herunter, steckte die Hand hinein und holte eine Handvoll davon heraus.
»Hey, was machst du da?« fragte er und nahm ihr die Tüte weg. »So etwas solltest du nicht essen, am allerwenigsten zum Frühstück. Wo hast du denn das überhaupt her?« Er schaute in den Hängeschrank und entdeckte zwei weitere Tüten mit Keksen und eine Schachtel voller Kartoffelchips. Dann nahm er ihr die Plätzchen aus der Hand, warf sie in den Abfalleimer und schob sie Richtung Tür. »Komm, nach dem Joggen gibt es etwas Anständiges zu essen.«

Aber sie riß sich von ihm los und rührte sich nicht vom Fleck.
Reglos starrten sie einander an. Schließlich drehte er sich um und ging zur Tür hinaus; es dauerte ein paar Minuten, ehe sie nachgab und ihm folgte. Sie hatten bereits mehr als eine halbe Meile schweigend zurückgelegt, als Jason seinen Lauf verlangsamte und sich zu ihr umdrehte; sie wirkte atemlos, und so blieb er stehen.
»Möchtest du eine kleine Pause machen?«
Er ging zu einem Baum und setzte sich; sie tat es ihm nach und lehnte sich an einen anderen Baum.
»Treibst du gern Sport?«
Schweigen.
»Das ist wahrscheinlich eine dumme Frage. Die meisten Kinder treiben gern Sport, ohne daß es ihnen überhaupt bewußt ist. Wie hättest du wohl sonst den ganzen Weg von Laurel Canyon bis hierher zurücklegen können, nicht wahr?«
Immer noch Schweigen.
»Du willst nicht mit Informationen herausrücken, wie? Na ja, ich könnte mir denken, daß du per Anhalter gefahren bist, zumindest einen Teil der Strecke, aber ich möchte wetten, daß du auch viel gelaufen bist. Weißt du, was ich gerne wissen möchte? Was du hier die ganze Zeit über gegessen hast. Im Frühjahr und in den Sommermonaten haben wir vielleicht ein paar Lebensmittel dagelassen, aber als wir das Haus für den Winter verschlossen, da haben wir auch die Schränke ausgeräumt. Mehr als eine Tüte Weißbrot für die –« Er hielt inne und lächelte. »Aha, du hast also den Vögeln ihre Brotkrumen weggegessen, aber damit kann man immer noch keinen ganzen Winter überleben.«
»Ich habe mir schon was zu essen besorgt.«

»So, und was?«
»Warum willst du das wissen?«
»Ich bin einfach neugierig, und ich will wissen, wie clever du bist. Deine Mutter scheint dich ja für ein richtiges Genie zu halten.«
Sie starrte ihn kurz an und stand dann auf. »Komm mit, ich zeige es dir.« Dieses Mal lief sie voran, in Richtung auf den Fluß zu. Bei einer großen Eiche am Flußufer blieb sie stehen.
»Du hast geangelt, hmm?«
Sie bückte sich: Unten um den Baumstamm herum verlief ein dickes Seil. Sie nahm das lose Ende und zog daran... immer mehr Seil kam zum Vorschein, das sie an Land holte. Und Jason sah, wie die Oberfläche des Wassers aufgerührt wurde, als ein Gegenstand immer näher ans Ufer kam.
»Jetzt bin ich aber wirklich beeindruckt. Was ist das, eine Falle? Für Hummer, Krabben, Flußkrebse?«
Ein Käfig kam zum Vorschein – es war eine Falle aus Draht, ganz ähnlich der, die sie auf dem Dachboden aufgestellt hatten, nur daß diese hier aussah, als ob Lily sie selbst gebastelt hätte. Sie bückte sich, hob sie aus dem Wasser und stellte sie ins Gras. Kein Hummer, keine Krabben und auch keine Flußkrebse waren darin, sondern zwei Eichhörnchen und drei schwarze Ratten.
»Das begreife ich jetzt nicht ganz.«
»Ich fange sie, ertränke sie und esse sie auf.«
Auf dem Weg zurück zum Haus hatte keiner ein Wort gesagt. Als sie in der Küche waren, holte Lily Kartoffeln, Butter, Eier und Zwiebeln aus dem Kühlschrank.
»Wenn du dich ungesund ernähren willst, von mir aus, aber tu mir einen Gefallen und mach nichts für Paige.«
»Warum nicht?«

»Weil ich es sage.«
»Aber es schmeckt ihr.«
»Ich habe gesagt, nein.«
»Du unterdrückst sie.«
»Das ist doch lächerlich, ich unterdrücke niemanden. Aber ich habe nicht die Absicht, darüber mit dir zu diskutieren... Belassen wir es einfach dabei – da das hier mein Haus ist, hältst du dich an das, was ich sage.«
»Jason!«
Er drehte sich um, Lily auch, aber Paige schaute nur ihn an.
»Was ist hier los?« fragte sie.
»Gar nichts.«
»Ganz offensichtlich war doch etwas –«
Er verließ die Küche, durchquerte das Wohnzimmer und ging zur Vordertür hinaus. Sie lief ihm nach und holte ihn am Fuß der Veranda ein.
»Jason, würdest du bitte auf mich warten?«
Er verlangsamte seinen Schritt, und sie gingen nebeneinander her. »Was war da drinnen eben los?« wollte sie wissen.
»Du wirst nicht glauben, was sie die ganze Zeit über gegessen hat.«
»Wann?«
»Im vergangenen Winter natürlich.«
»Oh. Okay, was hat sie gegessen?«
»Sie hat Eichhörnchen und Ratten verspeist.«
Ihre Augen weiteten sich vor Überraschung, um ihn gleich darauf ungläubig anzustarren. »Oh, jetzt komm aber, Jason. Woher willst du das denn wissen?«
»Sie hat es mir selbst erzählt, sie hat es mir auch gezeigt – ein paar Nagetiere, ersäuft in einem Käfig am Fluß unten.«
Ein plötzliches Ekelgefühl ließ sie erschaudernd zusam-

menfahren, aber sie schob alle Schreckensbilder beiseite und konzentrierte sich auf den praktischen, rationalen Aspekt der Angelegenheit.
»Ist das alles?«
»Ich kann es nicht fassen, wie du so etwas fragen kannst. Dreht sich dir denn nicht der Magen um bei dieser Vorstellung?«
»Aber sicher doch. Aber sie mußte doch überleben, oder? Um zu überleben, sind Menschen auch schon zu Kannibalen geworden.«
»Sicher, man tut alles dafür. Aber hier in der Nähe ist ein Fluß, was ist mit Fischen?«
»Vielleicht hatte sie keine Angel.«
»Sie hat immerhin eine Drahtfalle mit einem Schnappmechanismus zusammengebastelt. Wenn sie so etwas fertigbrachte, dann hätte sie mit Sicherheit auch eine simple Angelrute zustande gebracht.«
»Vielleicht mag sie Fisch nicht, die meisten Kinder mögen ihn nicht.«
»Nein, aber Ratten mögen sie.«
»Jason, du reagierst völlig unvernünftig, das sieht dir gar nicht ähnlich. Korrigiere mich, wenn ich etwas Falsches sage – du stimmst mit mir doch darin überein, daß es für sie um Leben oder Tod ging, und trotzdem regst du dich auf, weil sie es vorzog, Ratten statt Fisch zu essen?«
Er blieb stehen, faßte sich an den Hals und massierte eine Stelle am Nacken.
»Das Ganze klingt doch reichlich absurd, nicht wahr?«
»Gott sei Dank siehst du das ein.«
»Es war nicht so sehr das, was sie sich als Nahrung ausgesucht hat, Paige, das hat mich nicht so erschüttert. Aber sie hat direkt eine Art perversen Gefallen daran gefunden, als sie sah, wie schockiert ich war.«

»Reagieren wir nicht alle mal so? Mir zum Beispiel macht es großen Spaß, dich aus der Fassung zu bringen. Ich sehe so gern deine erstaunte Miene.«
Er schnitt eine Grimasse. »Die hier?«
»Nein, das ist dein Idiotenausdruck.« Sie lief ihm davon, und er jagte sie die Auffahrt hinunter, quer über den Rasen auf die Straße zu, bekam sie aber noch rechtzeitig am Kragen zu fassen, bevor sie sie überqueren konnte.
»Okay, Gnade, Jason!« Lauter: »Jason!«
»Paige?«
»Ja?«
»Du mußt mit ihr mal ein Wörtchen über Ernährung reden.«
Die Arme immer noch zum Angriff erhoben, sagte sie: »Ich bin sicher, daß sie keine Ratten mehr verspeisen wird.«
»Nein, das natürlich nicht, aber sie ißt gern ungesundes Zeug, und mir ist aufgefallen, daß du ihr dabei nicht ungern Gesellschaft leistest.«
Mit einem Seufzer ließ sie die Arme sinken.
»In Ordnung. Oh, Jason, was hältst du von dem Namen Brittany?«
»Nee, der ist viel zu trendig«, sagte er. »Wie wär's mit Michael?«
»Als Alternative?«
»Gott, wie schlau.«
Sie schlenderten schweigend zum Haus zurück, als sie sagte: »Meine Mutter hatte mal einen Freund namens Michael.«
»So?«
»Ich habe mich gerade gefragt, was wohl zuerst passiert ist – daß mein Vater uns verlassen hat oder daß meine Mutter Freunde hatte.«

»Hast du sie denn nie danach gefragt?«
»Doch, aber sie hat nie mit mir darüber gesprochen. Vergessen wir Michael.«
»Okay, dann keinen Michael.« Er legte den Arm um sie. »Hör mal, du mußt mir wirklich versprechen, daß du mit Lily redest, okay? Ich möchte nicht, daß unser Baby schon zuckersüchtig auf die Welt kommt. Und ich will nicht, daß du dick und fett wirst und verhärtete Arterien bekommst.«

Zu Hause verzog sich Jason gleich in irgendeine Ecke, wahrscheinlich um ihr Gelegenheit zu geben, allein mit Lily zu reden. Sie fand sie in der Küche, wo sie das Frühstück zubereitete. Paige schaltete das Gas unter der Bratpfanne aus und nahm Lily bei der Hand.
»Komm her, Schätzchen, ich muß mit dir reden.«
»Bist du sauer auf mich?«
»Nein, warum sollte ich?«
»Wegen Jason.«
»Jason ist nicht wütend, jedenfalls nicht im Augenblick.«
»Ich habe gesehen, wie er dich draußen herumgejagt hat.«
Pause, dann: »Hast du uns beobachtet?«
»Ich mußte doch aufpassen, daß er dir nicht weh tut.«
Verglich sie vielleicht ihre harmlose Rauferei im Garten mit den Kämpfen ihrer Eltern? Obwohl ihr Gerangel mit Jason auch nicht im entferntesten gewalttätig war, war Lily vielleicht einmal Augenzeugin einer ähnlichen Szene gewesen, die dann tatsächlich ins Gewalttätige umgeschlagen war.
»Wir haben doch nur herumgealbert, Lily. Außerdem würde Jason mir nie weh tun... oder dir. Das heißt aber

nicht, daß er nicht manchmal außer sich gerät und ab und zu etwas laut wird. Das tun wir alle mal.«

Das Kind deutete auf die Pfanne am Herd. »Er will nicht, daß du das ißt. Stimmt's?«

»Er hat recht damit. Fettes Essen ist nicht gut für mich.«

»Aber du magst es doch.«

»Oh, natürlich mag ich es. Leider mag ich eine Menge Dinge, die nicht gut für mich sind.«

»Ist es auch schlecht für mich?«

»Zuviel davon ist für keinen gut. Aber irgendwann einmal kommt die Zeit, da muß man sich entscheiden und anfangen, sich gesünder zu ernähren. Besonders dann, wenn man ein Baby mitzuernähren hat. Deshalb besteht Jason auch darauf.«

»Wann?« fragte sie.

Paige sah sie fragend an.

»Das Baby«, meinte Lily. »Wann kommt es?«

Sie war also doch neugierig auf das Baby. Paige lächelte und forderte sie auf, doch näherzukommen. »Möchtest du mal fühlen?«

Anfangs war sie etwas skeptisch, aber dann ließ sie sich von Paige an der Hand nehmen und die Hand über deren Bauch führen. Da wurden ihre Augen rund und groß, und sie machte ein andächtiges Gesicht, als sie spürte, wie sich das Kind unter ihrer Hand bewegte.

»Es soll am siebten Januar kommen.«

Lily verharrte ein paar Minuten in dieser Haltung, bevor sie ihre Hand wieder zurückzog... und das auch nur wie Paige den Eindruck hatte – sehr widerwillig. Dann ging sie entschlossen zum Herd, nahm die Bratpfanne vom Gas, trug sie zum Abfalleimer und leerte sie dort aus.

»Lily, das hättest du nicht tun müssen, du hättest –«

»Nein, nein, wenn du es nicht willst, dann will ich es auch nicht.«
Daraufhin ging Paige zum Schrank, holte zwei Schüsseln heraus und füllte beide mit Kleie und Milch. Eine stellte sie für sich auf den Tisch, die andere schob sie Lily hin.
»Hier, probier mal.«
Lily nahm einen Löffel voll.
»Und?« fragte Paige, während sie selbst davon aß.
»Es schmeckt scheußlich.«
Paige lachte, schluckte es schnell hinunter – etwas zu schnell vielleicht – und hielt sich eine Serviette vor den Mund, da sie gar nicht mehr zu lachen aufhören konnte. Schließlich holte sie tief Luft und sagte: »Das finde ich auch.«
»Du magst es also auch nicht?«
Sie nickte. »Ich weiß auch gar nicht, warum ich es überhaupt esse. Ich kaufe es für Jason, und es ist immer im Haus... Wir schauen heute nachmittag mal im Supermarkt, ob wir nicht ein Müsli finden, das etwas besser schmeckt und das vielleicht sogar noch gezuckert ist. Aber du mußt vorsichtig sein, wenn Jason in der Nähe ist, mußt du dieses Wort sofort vergessen.«
Lily lächelte. Es war das erste Mal, daß Paige sie lächeln sah.

Brooke rief an diesem Abend gegen neun Uhr an.
»Wo steckst du nur die ganze Zeit?« fragte sie Paige.
»Hier, wieso?«
»Weil ich seit Montag nichts mehr von dir gehört habe.«
»Ich habe mir gedacht, wenn ich mich nur lang genug nicht mehr rühre, dann rufst du mich schon an. Es ist Samstag abend, wieso bist du nicht unterwegs?«
»Gary mußte für einen anderen Assistenzarzt einsprin-

gen, du weißt doch, wie das so läuft, eine Hand wäscht die andere. Aber er schaufelt sich das nächste Wochenende frei, damit wir euch besuchen können. Ich darf mich also nicht laut beklagen. Apropos Besucher, ich habe erfahren, ihr habt bereits einen Gast.«

»So, und wer hat dir das erzählt?«

»Jason, ich habe am Dienstag mit ihm gesprochen, vielleicht war es auch am Mittwoch.«

»Hat er dich angerufen?«

»Nein, ich habe ihn draußen vor dem Haus getroffen.«

»Aha. Und, was hat er dir erzählt?«

»Nur, daß es sich um einen weiblichen Gast handelt, der schrecklich schmutzig ist und flucht wie ein Bandit.«

»Zum Teufel mit ihm.«

»Hat er etwa gelogen?«

»Nicht, was die Tatsache betrifft, daß unser Gast weiblich ist und mittlerweile übrigens gebadet wurde. Dabei hat es sich herausgestellt, daß sie in Wirklichkeit eine Schönheit ist.«

»Tatsächlich? Wie lange bleibt sie denn bei euch?«

»Hat Jason dir nicht mehr erzählt?«

»Gibt es noch mehr?«

»Nachdem sie jahrelang von ihm mißhandelt wurde, hat ihre Mutter ihren Vater umgebracht. Als Lily das mit ansehen mußte, ist sie auf und davon gerannt.«

»O je, das ist ja entsetzlich.«

»Es kommt noch schlimmer. Die Mutter hat ihn nicht einfach umgebracht, sondern hat ihm regelrecht Arme, Beine und den Kopf abgehackt.«

»Mein Gott! Hältst du es wirklich für klug, das Kind bei euch zu behalten?«

»Glaubst du, es wäre bei uns, wenn ich anderer Ansicht wäre? Jason und ich sind nicht ganz so dumm, wie es dir vielleicht manchmal erscheinen mag. Woher kommt es eigentlich, daß alle Leute sofort eine ganz bestimmte Haltung einnehmen, sobald sie davon erfahren haben?«

»Wer denn noch?«

»In erster Linie die Presse. Die rufen hier dauernd an und stellen mir die dümmsten Fragen.«

»Was wollen sie denn wissen?«

»Na, zum einen, ob ich mir Sorgen mache wegen des Einflusses, den ihr Milieu auf sie gehabt hat.«

»Was hast du geantwortet?«

»Gar nichts, ich habe aufgelegt.«

»Aber was hättest du geantwortet?«

»Nun, natürlich mache ich mir deswegen Gedanken. Es ist gar nicht möglich, daß all diese Ereignisse keine Spuren bei ihr hinterlassen haben. Sie wird eine Therapie brauchen... und das ziemlich lange, glaube ich. Aber wenn du mit der Frage gemeint hast, ob sie sich eines Tages an dem Verhalten ihrer Eltern orientieren wird, dann lautet meine Antwort nein. Kinder sind erstaunlich widerstandsfähig – besonders solche, die so zäh und klug wie Lily sind. Und sie reagieren auch erstaunlich gut auf Freundlichkeit und Fürsorge. Ich werde dafür sorgen, daß sie beides davon in ausreichender Menge bekommt.«

»Ja, aber du mußt doch zugeben, daß die Sache mit ihrer Mutter sehr erschreckend ist.«

»Dann kannst du dir ja vorstellen, wie das für Lily war, die schließlich alles mit angesehen hat. So oder so, du kannst sie nicht für den Fehler ihrer Mutter verantwortlich machen.«

»Entschuldige bitte... Fehler? Habe ich richtig gehört, du hast das einen Fehler genannt?«

»Ihr Mann hat ihr in dreizehn Jahren fünfzehnmal die

Knochen gebrochen. Würdest du nicht auch sagen, daß das reicht?«
»Aber was ist dann bloß passiert, daß sie sich endlich gewehrt hat?«
Paige erzählte Brooke nicht, daß Jason für Lilys Mutter Berufung einlegen würde. Sie wollte es ihr das nächste Mal sagen, wenn sie miteinander sprachen, da sie annahm, Brooke würde bis dahin bestimmt ihre Einstellung geändert haben und nicht mehr allein das Opfer für alles verantwortlich machen.

»Was hast du denn im Nachbarhaus gemacht?« fragte Paige später an diesem Abend, als sie nebeneinander im Bett lagen.
»Woher weißt du überhaupt, daß ich dort war?«
Mit verschwörerischer Stimme und ebensolcher Miene erwiderte sie: »Ich habe meine Spione.«
»So?« Er rutschte unbehaglich hin und her, drehte sein Kissen um, knüllte es zusammen und strich es wieder glatt.
»Es war Brooke. Sie hat mir erzählt, daß sie dich draußen getroffen hat.«
Schweigen.
»Willst du es gar nicht wissen?«
»Was?«
»Ob Gary und sie jetzt kommen?«
»Und, kommen sie?«
»Ich hatte schon den Eindruck.«
Noch längeres Schweigen.
Sie hob den Kopf und schaute auf seine Seite hinüber.
»Jason, hörst du mir überhaupt zu?«
»Natürlich habe ich dir zugehört – schön, großartig. Dann mache ich die Spaghettisauce.«
»Okay«, sagte sie. Aber so leicht wollte sie es ihm nicht

machen. Wieder auf ihre ursprüngliche Frage zurückkommend, meinte sie: »Also, raus damit, was hast du dort gemacht?«

»Wo dort?«

»Wieso habe ich nur das Gefühl, als würde ich ein Selbstgespräch führen? In der Wohnung, was hast du dort gemacht, Jason?«

»Oh, das. Das war wegen einer Akte. Ich habe die Bernstein-Akte auf dem Tisch in der Diele liegen lassen.«

»Jason?«

»Ja?«

»Was ist, wenn Annas Fall noch nicht abgeschlossen ist, wenn wir im April wieder in die Stadt zurückkehren?«

»Ich hoffe doch, daß er bis dahin abgeschlossen sein wird. Ich habe nämlich die Absicht, ein bißchen Dampf zu machen und darauf zu drängen, daß der Fall Lilys wegen rasch entschieden wird.«

»Aber einmal angenommen, er ist es nicht?«

»Dann werden wir für Lily eben ein anderes Zuhause suchen müssen. Und zwar schnell. Übrigens, Anna Parks hatte zwei Geschwister.«

»Hatte?«

»Der Bruder ist tot. Die Schwester, Nora Kalish, wohnte im Nachbarort, in Windy Creek – wenigstens bis zu dem Mord. Kurz danach ist sie weggezogen, hat nicht einmal die Verurteilung ihrer Schwester abgewartet.«

»Das ist doch seltsam, findest du nicht?«

»Noch seltsamer ist, daß Anna leugnet, eine Schwester zu haben.«

»Vielleicht sind sie nicht gut miteinander ausgekommen. Oder vielleicht schützt sie sie.«

Jason hob den Kopf und schaute sie fragend an. »Wovor soll sie sie denn schützen?«

»Vor der Öffentlichkeit, der Presse. Ich habe ziemlich schnell am eigenen Leib erfahren, wie erbarmungslos und arrogant diese Leute sein können.«
»Aber das erklärt immer noch nicht, warum sie nicht will, daß ihr einziges Kind bei Verwandten aufwächst.«
Ein Seufzer. »Das weiß ich auch nicht«, antwortete Paige. »Vielleicht war meine erste Theorie gar nicht so falsch, daß sie nicht gut miteinander auskamen. Aber warum hast du mir das nicht schon früher erzählt?«
»Ich dachte mir, daß ich sie vielleicht erst mal suche.«
»Und wenn du keinen Erfolg hast, Jason?«
»Dann bleibt das Kind eben hier, schätze ich.«
»Und wenn wir Lily mit in die Stadt nehmen?«
»Das schlag dir lieber gleich aus dem Kopf, kommt überhaupt nicht in Frage. Wir haben sechs Zimmer, davon haben wir aus einem gerade ein Kinderzimmer gemacht. Selbst wenn wir dazu bereit wären – was ich *nicht* bin –, würden wir keinen Platz für sie haben.«
Sie schaute ihn nicht an und gab ihm auch keine Antwort; natürlich hatte er recht, was den Platz anging. Er war zwar so klug, es sich nicht anmerken zu lassen, aber er war ganz eindeutig erleichtert, daß sie anscheinend so widerstandslos darauf eingegangen war.

»Vergiß nicht wegen heute nachmittag«, erinnerte Paige ihn, als er am nächsten Morgen auf Zehenspitzen aus dem Zimmer schleichen wollte.
Er blieb stehen und drehte sich um. »Was ist heute nachmittag?«
»Das Lamaze-Picknick.«
»Um wieviel Uhr?«
»Um zwei.«
»Was ist mit Lily?«

»Was soll mit ihr sein?«
»Wollen wir sie hier allein lassen?«
»Das Treffen findet doch zu dem Zweck statt, daß alle Familien sich untereinander kennenlernen. Dazu gehören normalerweise auch die Kinder.«
»Okay. Gut, ich bin bald wieder zurück.«
»Holst du die Zeitungen?«
»Nach dem Joggen.«
»Wie wär's, wenn du Lily mitnehmen würdest? Sie ist sicher schon wach.«
»Nein.«
»Warum nicht?«
»Weil ich mich entspannen möchte.«
»Und das kannst du nicht, wenn sie dabei ist?«
»Kaum zu glauben – du hörst mir doch tatsächlich endlich zu.«

Das Picknick fand auf einer Farm zwischen Poughkeepsie und Briarwood statt; Jason behauptete hinterher, einschließlich der Kinder fünfundsechzig Köpfe gezählt zu haben. Lily klammerte sich anfangs an den Ärmel von Paiges Strickjacke, als ob sie Angst hätte, sich von ihr zu trennen. Es waren ungefähr fünfzehn Frauen anwesend, die sich alle in verschiedenen Stadien der Schwangerschaft befanden. Zusätzlich zu den drei Grillplätzen im Freien, auf denen Lendensteaks, Hamburger und Frankfurter Würstchen vor sich hin brutzelten, waren in einer großen alten Scheune noch Tische aufgestellt, die sich bogen unter der Last von Kartoffeln, Nudelsalat und allen möglichen Brot- und Käsesorten.
»Der reinste Cholesterin-Himmel«, flüsterte Jason.
»Psst. Jason, was hältst du von Brooke?«
Er mußte gleich zweimal schlucken. »Wieso fragst du mich das?«

»Ich dachte mir, das ist vielleicht ein guter Name. Was, hast du vielleicht gedacht, ich wollte deine Meinung über Brooke wissen?«

»Ich weiß nicht, was ich gedacht habe. Es hat nur so geklungen...« Er hielt inne und fuhr dann fort: »Und der Name, na, den finde ich nicht schlecht.«

Sie ergriff seine Hände. »Mir gefällt er. Vielleicht sollten wir ihn auf unsere Liste mit den Namen setzen, die eventuell in Frage kommen.«

»Sie sind Paige Bennett, nicht wahr?«

Paige musterte neugierig die Frau, die vor ihr stand. Sie hatte dunkles, kurzgeschnittenes Haar, das sie wie ein Kobold aussehen ließ, ein Stil, den Paige seit Jahren nicht mehr gesehen hatte. Ihre vollen, rosigen Wangen wurden noch runder, wenn sie lächelte.

»Hallo, können Sie sich noch an uns erinnern? Wir sind ihre Nachbarn. Ruthanne Beeder, und das ist mein Charlie«, sagte sie und legte ihren molligen Arm um einen hochgewachsenen, dünnen Mann mit schütterem Haar, der neben ihr stand. »Wir haben uns mal auf der Post getroffen.«

»Hallo, wie geht es Ihnen?« fragte Paige. »Das ist Jason.« Während die Männer Hände schüttelten, legte Paige die Hand auf Ruthannes Arm. »Tut mir leid, daß ich Sie nicht gleich erkannt habe.«

»Na, wer würde das schon in meinem Zustand«, meinte sie kichernd. »Ich sehe doch aus wie Elsie, die Kuh.« Sie stellte sich so hin, daß Paige sie von der Seite sehen konnte, und strich das Strickoberteil über ihrem sich stark wölbenden Bauch glatt. »Da sehen Sie mal, fünfundvierzig Pfund. Aber das steckt nicht alles hier drin, fürchte ich.«

»Wann ist es denn bei Ihnen soweit?«

»In drei Wochen; es können auch ein paar Tage mehr oder weniger sein.«
»Da sollte man eigentlich annehmen, daß Sie Ihren Lamaze-Kurs bereits hinter sich haben?«
»O ja, die letzte Lektion haben wir schon lange hinter uns. Ich bewege mich nur gern in Gesellschaft schwangerer Bäuche, da komme ich mir weniger bizarr vor. Obwohl Sie nicht gerade gut für mein Ego sind – man sieht Ihnen kaum an, daß Sie ein Kind erwarten.«
»Nun, ich bin erst im siebten Monat. Aber ich versuche wirklich aufzupassen, oder besser gesagt, Jason tut es. Sie sind bestimmt schon ganz ungeduldig, daß es endlich zu Ende geht. Manchmal habe ich das Gefühl, daß es bei mir nie vorbeigehen wird.«
Ruthanne lachte. »Sie werden noch voller Wehmut an diese Worte denken, wenn Sie nachts zum Stillen aufstehen.«
»Wir sind schon so gespannt, daß uns selbst diese Vorstellung nicht schrecken kann.«
»Das klingt ganz danach, als würden Sie zum ersten Mal Mutter werden.«
Bei diesen Worten lächelte Paige versonnen und schaute auf Lily hinab; aber als sie sie gerade vorstellen wollte, meinte Ruthanne: »Oh, das muß das kleine Mädchen sein, das Sie in Ihrem Haus gefunden haben, richtig?«
Paige warf Jason einen Blick zu.
»Hah, das war aber ein Blick«, meinte Ruthanne tadelnd. »Aber ich fürchte, wir sind hier nicht in Manhattan. Hier passiert nur wenig, was dem örtlichen Klatsch und Tratsch entgeht. Natürlich wird nicht immer alles vollständig oder gar wahrheitsgetreu wiedergegeben – zum Beispiel hat mir keiner gesagt, daß Lily so wunderschön ist. Oh, ich würde alles geben für diese Haare.«

Paige mußte lachen – sie wußte zwar nicht genau, was sie erwartet hatte, aber Ruthannes direkte Art war eine angenehme Überraschung für sie. Lily jedoch stand reglos neben ihr und schaute so düster wie immer drein.
»Möchtest du nicht meinen Sohn kennenlernen«, schlug Ruthanne vor. »Er ist zwar ein bißchen jünger als du, aber... Charlie, schau doch mal schnell, wo Roger steckt, damit wir die beiden hier miteinander bekannt machen können.«
Roger, der erst neun Jahre alt war, war ein ganzes Stück kleiner als Lily, hatte aber mindestens fünfzehn Pfund mehr auf den Rippen als sie. Dazu grinste er ebenso breit und freundlich wie seine Mutter. Nachdem man sie miteinander bekannt gemacht hatte und einige Worte von beiden Seiten gewechselt worden waren, verschwanden die Kinder zum Spielen.
»Der wird mal bestimmt Verteidiger bei den Giants«, meinte Jason kopfschüttelnd, als der dunkelhaarige Junge mit Lily weglief.
»Bei seiner Geburt hat er über zwölf Pfund gewogen«, erzählte Charlie.
»Ach du meine Güte«, sagte Paige zu Ruthanne. »Kaiserschnitt?«
»Norm.«
»Ich will lieber nicht wissen, wie es Ihnen da ergangen ist.«
»Nun, die Lamaze-Methode hat mir schon geholfen, deswegen habe ich jetzt auch den Auffrischungskurs mitgemacht. Aber eine anständige Betäubung wäre mir natürlich viel lieber als jede noch so gesunde Atemtechnik. Doch in unserer heutigen Zeit sind die Geburtshelfer nicht mehr so schnell mit Betäubungsmitteln bei der Hand.«
Paige schmunzelte. »Und ich dachte allmählich schon,

daß die Frauen hier in der Gegend einen weiten Bogen um jedes Krankenhaus machen.«
»Tatsächlich, wie sind Sie denn auf die Idee gekommen?«
»Otis Brown, der Lebensmittelhändler –«
»Das reicht, er ist ein alter Schwätzer, und seine Frau ist genauso. Das einzige Kind, das sie meiner Erinnerung nach jemals entbunden hat, war das Baby ihrer Tochter, das als Notfall vor zehn Jahren in einem Wagen zur Welt kam, als diese Tochter noch keine vierzehn war. Aber wenn man ihn reden hört, dann könnte man meinen, sie hätte die Hälfte aller Kinder in der Gemeinde auf die Welt gebracht.« Ruthanne warf einen Blick zu den Grills hinüber, vor denen sich allmählich eine lange Reihe Wartender bildete.
»Hören Sie, ich weiß ja nicht, wie es Ihnen geht, aber dieser Duft ist einfach zu verlockend. Ich hole mir jetzt einen Teller –« Sie unterbrach sich und deutete auf eine Gruppe, die sich neben dem Hühnerhaus versammelte. »Hmm, was dort wohl los ist«, meinte sie.
Auch Paige schaute in diese Richtung, aber noch ehe sie Lily in der Menge entdecken konnte, hörte sie ihre Schreie. Sie lief auf sie zu, gefolgt von Ruthanne und den Männern. Nachdem sie den Rand der Gruppe von Leuten erreicht hatte, bahnte sie sich einen Weg hindurch: Lily stand zitternd und allein mit blutverschmierter Kleidung in der Mitte und wehrte mit beiden Armen die Erwachsenen ab, die ihr helfen wollten. O gütiger Gott, was war da nur passiert?
Als sie Paige – Jason war gleich hinter ihr – kommen sahen, wichen die Erwachsenen zurück. »Das Blut –« setzte Paige an, als Jason Lily auf den Arm nehmen wollte . . .
»Hey, das ist schon in Ordnung, Mister«, meinte ein un-

gefähr dreizehnjähriger Junge und trat vor. »Das ist nicht ihr Blut.« Er deutete auf eine Henne, die mit umgedrehtem Hals auf dem Boden lag.

Paige schnappte nach Luft und trat noch näher zu Lily. »Schätzchen, wie ist das passiert?«

Sie bekam keine Antwort.

Jason warf einen fragenden Blick auf den Jungen, der jetzt etwas aufgeregt schien und den Eindruck erweckte, als wäre es ihm nun doch lieber, wenn er den Mund gehalten und sich aus der Sache herausgehalten hätte. Paige war froh, als sie sah, daß Jason ihn nicht so ohne weiteres davonkommen ließ.

»Na komm schon, raus mit der Sprache«, forderte er ihn auf.

Nach einer kurzen Pause, in der er von einem Bein auf das andere trat, meinte der Junge schließlich: »Zwei Kinder haben das getan.«

»Was waren das für Kinder?«

»Ich weiß nicht, wie sie heißen, aber ich habe sie schon früher hier gesehen. Die sind oft im Playland, in der Video-Spielhalle drüben im Einkaufszentrum. Die sind ungefähr vierzehn, fünfzehn.«

»Kannst du sie mir zeigen?«

»Nein, die sind davongelaufen. Ich glaube, daß die beiden gar nicht hierher auf die Party gehört haben.« Dabei warf er einem Jungen am Rand der Menge einen fragenden Blick zu, der daraufhin zustimmend nickte.

Jason seufzte. »Okay, erzähl mir, was passiert ist.«

Wie zwei Gummibälle hüpften die runden Schultern des Jungen nach oben, um dann wieder nach unten zu sinken. »Ich habe nur mitbekommen, daß sie sie übel beschimpft haben. Sie wissen schon, mit so Schimpfwörtern eben, die sich auf ihre Familie bezogen haben.«

Paige, die jetzt den Arm um Lily gelegt hatte, drückte sie fester an sich, als würde das ihren Schmerz lindern. *Welche Schimpfwörter, Lily?* Woher wußten sie überhaupt, wer sie war? Ruthanne hatte es auch gleich gewußt, oder? Warum nicht auch die anderen? Aber woran lag es nur, daß Kinder immer so verletzend sein und so tief in alten Wunden herumstochern mußten? Sie waren wie Fledermäuse, die Blut rochen.

»Und?« fragte Jason.

»Sie ist in das Hühnerhaus gerannt, um vor ihnen davonzulaufen, aber sie sind ihr hinterher und haben sie dabei beschimpft. Dann habe ich nur noch gesehen, daß sie wie die Wilden wieder herausgeschossen kamen, so, als hätten sie etwas wirklich Schlimmes angestellt und wollten unbedingt weg.« Er deutete mit dem Kinn Richtung Lily. »Und sie, sie stand unter der Tür und schrie wie am Spieß.«

Paige entdeckte Roger in der immer größer werdenden Menge; er sah aus, als wollte er gleich in Tränen ausbrechen.

»Kinder!« meinte Ruthanne nur, als Jason das schweigsame Mädchen auf den Rücksitz des Wagens packte – Paige setzte sich daneben und legte den Arm um sie. »Werden die heutzutage tatsächlich immer sadistischer, oder bilde ich mir das nur ein?«

Sie saß in der Mitte eines Karussells ... es drehte sich so schnell, daß sie keine Bewegung mehr wahrnahm – nur daß die Leute, die außen im Kreis herumstanden, sich drehten. Und diese Leute waren so häßlich; sie fragte sich, ob man sie nicht in eines jener schrecklichen Spiegelkabinette gesperrt hatte, wie man sie in Vergnügungsparks findet.

Sie streckten ihr die Arme entgegen, weiter und immer weiter ...

wie die Plastikmenschen in einem alten Comicheft. Das einzige, was sie tun konnte, war, sich darauf zu konzentrieren, reglos auf dem winzigen schwarzen Kreis in der Mitte zu verharren, damit ihre krakenhaften Hände sie nicht erreichten. Sie verschloß ihre Ohren vor dem Klang ihrer tiefen Stimmen, aber ihre Münder verzerrten sich und nahmen groteske Formen an. Da wußte sie, daß sich aus den Tiefen ihrer Seelen das Böse aus diesen Mündern ergießen würde...

Plötzlich kam der eine mit dem fehlenden Schneidezahn mit solcher Gewalt auf sie zugeschossen, daß er ihr das Genick brach! Das Blut, o Gott, das Blut!

Paige schoß ruckartig im Bett hoch.

»Nein! Nein, nicht!«

Jason wachte davon auf und versuchte verzweifelt, ihre wild um sich schlagenden Arme zu fassen zu bekommen...

»Was ist los, Liebling?« Mit einer Hand schaltete er die Nachttischlampe an... »Was ist los, Paige – das Baby?«

Sie schüttelte nur den Kopf und holte lang und tief Luft.

»Nein, nein. Nur ein Alptraum.«

»Möchtest du mir davon erzählen?«

»Ich weiß nicht, ich kann mich nicht erinnern.«

»An gar nichts mehr?«

»Irgendwann im Lauf des Traums hat mir jemand das Genick gebrochen, glaube ich...« Sie fuhr sich mit der Hand an die Kehle und umfaßte sie. »Ich schätze, es waren die Ereignisse dieses Nachmittages, die mir so nahegegangen sind.«

Sie waren auch Jason nahegegangen... in doppelter Hinsicht. Jetzt, da Paige wieder schlief, er aber hellwach dalag, dachte er intensiver darüber nach. Als er ungefähr sieben Jahre alt gewesen war, hatte er mit angesehen, wie ein

Junge von der High-School eine Katze tötete; er hatte das junge Tier in eine Plastiktüte gesteckt, wo es erstickte – das war ein wirklich krankhafter Sadist gewesen.
Als sie nach Hause gekommen waren, hatte Paige alles versucht, Lily zum Sprechen zu bringen und den Anblick dieses toten Huhns aus ihrem Gedächtnis zu streichen ... Aber Lily hatte sich verschlossen wie eine Auster und sich in ihr Zimmer zurückgezogen, weil sie allein sein wollte. Doch Paige hatte sich nicht davon entmutigen lassen; sie glaubte fest daran, daß sie mit der Zeit zu ihr durchdringen würde. Und jetzt wurde sie sogar von *ihren* Alpträumen geplagt.

Kapitel 7

Gleich am Montag morgen rief Paige bei der Schulbehörde in Laurel Canyon an, berief sich auf Sheriff Bulldoon und bat darum, daß Lilys Schulakten und Gesundheitsunterlagen an die Hauptschule in Briarwood überstellt wurden. Danach rief sie Ruthanne an und fragte sie nach dem Namen eines guten Kinderarztes.

»Die meisten Eltern in der Gegend bringen ihre Kinder zu Doc Healy in Waring, das liegt ungefähr zehn Meilen südlich von hier. In den letzten zweiundvierzig Jahren hat er sich um fast jedes Kind in der Stadt gekümmert, das mit Halsschmerzen, Mittelohrentzündung oder Bauchweh zu ihm gebracht wurde.«

»Du meine Güte, wie alt ist er denn?«

»Schon fast siebzig. Aber lassen Sie sich davon nicht abschrecken, er ist noch ganz rüstig. Von ihm sind sogar eine ganze Reihe Artikel in medizinischen Fachzeitschriften erschienen. Was ist los, ist Lily krank?«

»O nein, ihr geht es gut, ich werde sie heute sogar in der Schule anmelden. Es wäre nur beruhigend für mich, wenn sie mal von Kopf bis Fuß untersucht würde. Sie war seit fast einem Jahr bei keinem Arzt mehr. Und außerdem kann es nicht schaden, daß ich hier jemanden kenne, wenn das Baby kommt.«

»Gut, dann stelle ich schon mal das Teewasser auf, und Sie kommen bei mir vorbei, wenn Sie Lily in der Schule abgegeben haben.«

»Nun, ich weiß nicht –«

»Oder haben Sie schon etwas Besseres vor?«

»Nein, eigentlich nicht...«
»Dann müssen Sie kommen, ich bestehe darauf.«
Paige legte auf und betrachtete Lily, die nach der Packung mit dem Müsli griff und ihre Schüssel füllte. Mit ihren Jeans, dem lila Angorapullover über einem blauen Rollkragenpullover, den knöchelhohen Turnschuhen und dem schwingenden blonden Pferdeschwanz sah sie aus, als wäre sie geradewegs einem Modemagazin für Teenies entstiegen. Was für ein Unterschied zu dem dreckigen, verängstigten kleinen Mädchen, das sie noch vor einer Woche gewesen war. Paige schaute auf die Uhr.
»Was meinst du, bist du fertig?«
»Muß ich wirklich dorthin?«
»Ja.«
»Sie werden mich nicht mögen.«
»Wer – sie?«
»Die Lehrer, die anderen Schüler.«
»Warum nicht?«
Sie zuckte mit den Schultern.
»Ich weiß nicht, sie werden mich eben nicht mögen.«
Trotzdem ließ sie sich ihre Unsicherheit nicht anmerken, als sie in der Schule war: Obwohl sie seit ihrem Verschwinden vor einem Jahr keinen Unterricht mehr gehabt hatte, waren sowohl die Schulberaterin als auch Paige der Ansicht – und Lily war ebenfalls einverstanden –, daß sie am besten bei Kindern ihres Alters in der sechsten Klasse aufgehoben sei, um so Gelegenheit zu haben, das Versäumte nachzuholen.
Und als eine hübsche Schülerin namens Heidi ins Sekretariat kam, um Lily in ihr Klassenzimmer zu holen, verschwanden die beiden zusammen, und Paige schaute ihnen noch lange nach. Es gab bei Kindern ganz bestimmte Anzeichen – Körpersprache und solche Dinge –, die Paige

als Lehrerin sehr genau zu deuten gelernt hatte. Als die beiden Mädchen am Ende des langen Korridors angekommen waren, wurde Lily – obwohl sie nicht mehr als ein paar Sätze gesagt zu haben schien – von ihrer Begleiterin bereits mit bewundernden Blicken bedacht, und sie redete mit einer Heftigkeit auf sie ein, als ob sie Lily beeindrucken wollte. Mit Sicherheit nicht das Übliche bei einer Neuen in der Schule.
Paige konnte sich ein Schmunzeln nicht verkneifen – wenn doch *sie* mit elf Jahren nur diese Art natürlicher Ausstrahlung gehabt hätte.

Es war durchaus nicht so, daß Jason von Anna Parks erwartete, sie würde ihm vor Freude um den Hals fallen – jedenfalls nichts Dramatisches dieser Art –, aber irgendeine positive Reaktion hatte er sich schon dafür erwartet, daß er ihretwegen Zeit und Mühe investierte. Statt dessen wies Anna Parks seine Hilfe als Anwalt glattweg zurück, nachdem sie ihn angehört hatte.
»Lassen Sie alles so, wie es ist«, sagte sie. »Ich will nichts ändern.«
»Warum nicht?«
»Ich sagte Ihnen doch, ich bin schuldig, reicht das nicht? Ein Mensch sollte sich für seine Taten verantworten.«
»Aber in Ihrem Fall gab es mildernde Umstände. Begreifen Sie das nicht? Ihr Mann hatte nicht das Recht, Sie all die Jahre über immer wieder zu schlagen. Da haben Sie irgendwann einmal einfach die Nerven verloren. Es passiert manchmal, daß ein Mensch jahrelang ein bestimmtes Verhalten hinnimmt, das ihn dann aber plötzlich und über alle Maßen wütend macht. In dieser Zeitspanne verliert er die Kontrolle über sich und tut unaus-

sprechliche Dinge, an die er sich später vielleicht nicht einmal mehr erinnern kann.«

»Ich wußte genau, was ich tat.«

»Er ist vielleicht sogar auf Lily losgegangen.«

Sie schlug die Augen zu ihm auf, und plötzlich waren ihre Gesichtszüge so verhärtet, als ob sie eben erfahren hätte, Maynard sei noch am Leben.

»Was meinen Sie damit?«

»Ich meine, wenn er Sie geschlagen hat, warum soll er dann nicht auch Lily geschlagen haben? Hat er es?«

Seufzend preßte sie die Lippen zusammen, schloß die Augen und schüttelte den Kopf.

»Nein, das, Gott sei Dank, nicht.«

»Aber Sie hatten Angst, er würde es tun, nicht wahr? Ich meine, was sollte ihn schon davon abhalten, auch auf sie loszugehen? Und was hätten Sie schon tun können, um sie davor zu schützen?«

»Hören Sie, ich habe Ihnen doch schon gesagt – bitte, warum können Sie mich nicht in Ruhe lassen? Lassen Sie mich in Frieden.«

Er stand auf und sammelte die Abschriften und Akten wieder ein, die er aus dem Gerichtsarchiv bekommen hatte.

»Was ist mit Ihrer Schwester?« fragte er.

Erschrocken hob sie den Kopf. »Was reden Sie da, ich habe keine –«

»Bitte sparen Sie sich diesen Unsinn. Ich weiß, daß Sie eine Schwester haben, ich weiß nur nicht, wo sie ist.«

Sie schwieg lange und meinte dann: »Ich möchte nicht, daß Sie nach ihr suchen.«

»Warum nicht?«

»Weil wir nicht mehr miteinander reden. Ich weiß nicht, wo sie ist, und ich will es auch nicht wissen.«

»Hat das etwas mit Maynards Tod zu tun?«
»Nein, es hat damit zu tun, daß wir uns nicht ausstehen können. Wir hatten noch nie viel füreinander übrig, nicht einmal als Kinder. Und eines kann ich Ihnen jetzt schon sagen: Ich will nicht, daß mein Kind bei ihr lebt... unter keinen Umständen! Haben Sie mich verstanden?«
Jason nickte, etwas überrascht über diesen Ausbruch, den die bloße Erwähnung ihrer Schwester hervorgerufen hatte.
»Hören Sie, ich gehe jetzt«, sagte er schließlich. »Aber ich wiederhole es noch mal: Sie haben sich vor Gericht auf einen lausigen Handel eingelassen, und ich würde wirklich gerne einen besseren für Sie herausholen. Lassen Sie sich Zeit, und lassen Sie sich mein Angebot durch den Kopf gehen. Und während Sie darüber nachdenken, täten Sie vielleicht gut daran, etwas weniger an sich selbst und etwas mehr an Lily zu denken. Sie steht ganz allein in der Welt mit ihren elf Jahren und versucht, sich wie eine Erwachsene zu benehmen. Wenn Sie ihr sonst schon nichts schuldig sind, so doch wohl, daß Sie sich wenigstens angemessen darum bemühen, hier wieder rauszukommen. Lily braucht Sie. Die Damen hier drinnen kommen dagegen ganz gut ohne Sie aus.«
»Aber ich kann nicht, ich meine...«
»Wie ich schon sagte, denken Sie darüber nach.«

Paige war immer noch guter Laune, als sie bei Ruthanne eintraf, die ihr in einem weiten, wehenden Umstandskleid entgegenkam.
»Wie hat sie sich denn an ihrem ersten Tag gemacht?« fragte Ruthanne, als sie Paige das Badezimmer und, auf

deren Drängen hin, auch das Kinderzimmer zeigte, wo sie die Tapete mit den Zeichentrickfiguren von Walt Disney bewunderte.

Schließlich kehrten sie wieder in die große Wohnküche mit den gestärkten rot-weiß karierten Vorhängen vor den beiden Erkerfenstern zurück. Auf dem Tisch standen bereits das Teegeschirr und ein Teller mit Blätterteiggebäck. Ruthanne goß den Tee ein, und nachdem Paige gebührend das Gebäck bewundert hatte, entschied sie sich für ein Erdbeer-Quark-Törtchen.

»Sie hat sich ganz toll benommen, obwohl sie das nie zugeben würde. Lily neigt dazu, sich selbst zu unterschätzen – ich glaube zum Beispiel nicht, daß sie überhaupt den Hauch einer Ahnung hat, wie hübsch oder liebenswert sie ist.«

»Na, das kann mein Roger bezeugen. Er ist ganz vernarrt in sie. Er ist sogar so von ihr hingerissen, daß er sie gestern in sein Nachtgebet mit eingeschlossen hat.«

Paige lachte und fuhr dann aber in ernsterem Tonfall fort: »Ruthanne, kennen Sie vielleicht eine Hillary Egan?«

»Hillary? Aber natürlich. Ihre Farm grenzt sogar direkt an das Haus meiner Eltern. Mein Vater ist zwar mittlerweile tot, und meine beiden Brüder sind in der Armee, aber Mom will sich trotz der Größe des Hauses nicht von hier fortbewegen. Ich denke, das dürfte auch für den alten Mr. Egan gelten.«

»Erzählen Sie mir etwas über Hillary.«

»Nun, die Egans haben sie adoptiert, als sie vier, vielleicht fünf Jahre alt war. Die beiden waren damals bestimmt schon weit über vierzig, möchte ich wetten, und konnten wahrscheinlich keine eigenen Kinder bekommen. Hillary und ich, wir sind zusammen zur Schule gegangen; wir waren zwar keine dicken Freundinnen – sie war zwei

Jahre älter als ich, kein sehr hübsches Mädchen, aber unglaublich klug. Sie hat immer irgendwelche Medaillen oder Preise gewonnen; ihre Familie, die Schule und der ganze Ort waren verdammt stolz auf sie. Warum fragen Sie?«

»Die pädagogische Betreuerin der Schule hat mir ihren Namen genannt. Ich hatte sie nach einer Kinderpsychologin gefragt – ich hätte nämlich am liebsten jemanden hier in der Nähe, damit Lily nach der Schule allein hingehen kann. Offensichtlich beschäftigt die hiesige Schulbehörde keine eigene Psychologin, aber bei den seltenen Gelegenheiten, bei denen es nötig war, hat man bis jetzt immer auf Hillarys Dienste zurückgegriffen. Jedenfalls hat man mir gesagt, daß sie eigentlich nicht auf Kinder spezialisiert, sondern eher eine Generalistin ist – was mich etwas skeptisch macht.«

»Was ist denn nicht in Ordnung mit Lily? Der grausame Vorfall gestern hat sie doch nicht so mitgenommen, oder?«

»O nein, das nicht. Es gibt eigentlich keinen bestimmten Anlaß. Wir möchten nur, daß sie regelmäßig mit jemandem Kontakt hat – mit einem anderen Erwachsenen außer Jason und mir –, dem sie sich vielleicht auch mal anvertrauen mag. Sie wissen doch sicher Bescheid über ihr Leben in Laurel Canyon. Und obwohl sie sich angesichts dieser Erfahrungen erstaunlich gut macht, sind solche Dinge nicht einfach von heute auf morgen verschwunden.«

»Vielleicht ist das der Unterschied zwischen euch Großstadtmenschen und uns Landbewohnern. Solange es keine konkreten Probleme gibt, die direkt nach einer Lösung schreien, solange neige ich gern zu der Annahme, daß es überhaupt keine Probleme gibt, und mache einfach so weiter, während ihr euch sofort darauf stürzt, eventuelle Probleme zu suchen.«

»Mit anderen Worten, ich bilde mir nur etwas ein.«

»Das habe ich nicht gesagt.«

Paige lachte. »Ist schon in Ordnung, ich fürchte, zur Zeit passe ich ganz gut in diese Schublade. Zu hoher Blutdruck, Alpträume, Angstzustände, die ganze Palette – vor ein paar Monaten bin ich unten an unserem Haus in der Stadt entlanggegangen ... und von einem Jungen mit einem Messer bedroht worden.«

»O mein Gott!«

Paige hob beschwichtigend die Hände. »Nein, ist schon in Ordnung, wirklich. Er hat mir nichts getan – jedenfalls nicht körperlich. Ich leide nur noch unter den psychischen Nachwirkungen. Und das ist auch der Grund, weshalb Jason und ich beschlossen haben, aufs Land zu ziehen.«

Ruthanne schüttelte den Kopf. »Ich begreife einfach nicht, wie die Leute bei den vielen Verbrechen heutzutage überhaupt noch in der Stadt leben können. Ich hätte schon Angst, nur einen Fuß vor die Tür zu setzen.«

»Früher habe ich mir darüber nie Gedanken gemacht, und hoffentlich gelingt es mir, mich wieder in diesen glücklichen Zustand zu versetzen. Aber was Lilys Therapie betrifft, so ist das eher Jasons Wunsch als meiner. Aber bei dem, was Lily durchgemacht hat, kann es bestimmt nicht schaden.« Sie deutete auf das angebissene Törtchen in ihrer Hand. »Ruthanne, wo haben Sie nur diese Blätterteigsachen her, die sind phantastisch.«

Ruthanne lächelte. »Die habe ich selbst gemacht.«

»Sie meinen das nicht im Ernst.«

»Doch, doch. Ich werde Ihnen das Rezept geben.«

»O nein, das können Sie sich bei mir sparen. Wenn es

theatralischen Geste. »Bringen Sie zu ihrer Verteidigung vor, was immer Sie glücklich macht.«
Jason mußte zugeben, daß das sehr vernünftig klang. »Könnten Sie mir für die psychiatrischen Gutachten vielleicht noch jemanden empfehlen?«
Helmut griff sich ein großes Buch von einem der oberen Regale, ließ sich damit auf einen Stuhl fallen und legte die Füße auf einen überfüllten Schreibtisch.
»Gehen Sie zu M. C. Wendell, der hat so viele Diplome, daß er gar nicht weiß, wohin damit. Er ist als Berater für acht psychiatrische Kliniken tätig und hat mit besonderer Auszeichnung an Top-Universitäten graduiert. Und was am besten ist, weibliche Geschworene bekommen bei seinem Auftritt immer feuchte Höschen.«
Jason nahm einen Kugelschreiber und einen Notizblock aus der Tasche und notierte sich den Namen.
»Einmal angenommen, die Mandantin ist zu keiner Zusammenarbeit bereit?«
Helmut schlug das Buch auf seinem Schoß auf, überflog die Inhaltsangabe und meinte dann: »Warum sollte sie so reagieren?«
»Im Augenblick scheint sie sich an ihrer Schuld regelrecht zu ergötzen. Ich habe zwar vor, ihr das auszutreiben, aber die Frage ist doch, kann ich in ihrem Namen vorgehen, ohne dafür überhaupt ihre Zustimmung zu haben?«
»Sie tun, was Sie tun müssen. Und falls Sie ihre Meinung tatsächlich nicht mehr rechtzeitig ändern können, dann bleibt Ihnen immer noch die Möglichkeit, sie bei der Anhörung nicht auftreten zu lassen.«
»Ich soll ohne sie dort antreten?«
»So etwas kann ohne weiteres arrangiert werden.«
»Ich kann Ihnen nicht ganz folgen...«

Er lächelte. »Das ist doch ganz einfach. Provozieren Sie einen Nervenzusammenbruch.«
Offensichtlich war Jason seine diesbezügliche Naivität deutlich anzumerken.
Helmut tat seinen Einwand für den Augenblick als unwichtig ab, und Jason wollte das Thema auch nicht vertiefen, da er sich nicht an Ravins undurchsichtigen Manövern beteiligen wollte. Wenn die Zeit für den Termin vor Gericht gekommen war, würde Anna Parks einfach damit einverstanden sein müssen, um ihre Freiheit zu kämpfen.
Helmut klappte das juristische Fachbuch zu, zog seine Füße vom Tisch herunter und stand auf – für ihn war die Diskussion offensichtlich beendet.
»Ich denke, ich habe Ihnen genügend Tips gegeben, damit Sie die Sache in Schwung bringen«, sagte er.
Jason verspürte einen fast unbezähmbaren Drang, dem arroganten Typ ins Gesicht zu schlagen. Doch statt dessen bedankte er sich bei ihm für seine Hilfe – denn, um die Wahrheit zu sagen, eine Hilfe war er ihm tatsächlich gewesen. Sein Vorschlag, sich direkt wegen einer Wiederaufnahme des Verfahrens ans Gericht zu wenden, war wirklich eine interessante Idee. Nicht, daß seine Chancen deswegen allzugut gewesen wären – so wie die Sache stand, war es einfach nur ein Versuchsballon. Doch selbst wenn dieser abstürzen sollte, würde er hinterher immer noch genügend Material haben, um damit in Berufung gehen zu können. Und was natürlich noch besser wäre – ging die Sache nicht schief, dann würde er sich damit eine Menge Zeit ersparen, Anna vor Gericht zu bringen.
Er würde sich gleich mit Wendell in Verbindung setzen, damit dieser ein psychiatrisches Gutachten erstellen konnte ... Am besten war es, Anna in dem Glauben zu las-

sen, das sei Teil des üblichen Gefängnisprotokolls, zumindest bis er ihre Zustimmung hatte. Und was den Pflichtverteidiger betraf, der bei Anna Parks Verteidigung so entsetzlich versagt hatte... je länger er über dieses Fiasko nachdachte, desto überzeugter war er, daß er dem armen Teufel eine Bloßstellung nicht ersparen konnte.

Hillary Egan nützte immer die freie Stunde, in der die Physiotherapeutin mit ihrem Vater beschäftigt war, um die neuesten Ausgaben psychiatrischer Fachzeitschriften zu studieren. In dieser Stunde und zu den Zeiten, wenn Otis Brown zum abendlichen Schachspiel mit ihrem Vater vorbeikam, konnte sie sicher sein, daß der verdammte Summer nicht in ihren Ohren dröhnen würde. Als nun gegen Viertel nach zehn das Telefon läutete und sie aus ihrer Konzentration riß, reagierte sie ziemlich unwirsch und konnte ihre Verärgerung auch nicht so schnell aus ihrer Stimme vertreiben.

»Ja, hallo.«

»Ich hätte gern mit Hillary Egan gesprochen«, sagte die Stimme.

»Am Apparat.«

»Oh, hallo. Mein Name ist Paige Bennett. Es tut mir leid, aber habe ich etwa einen schlechten Zeitpunkt erwischt?«

Kannte sie den Namen? »Nein, nein, das ist schon in Ordnung«, sagte sie schließlich. »Was kann ich für Sie tun, Mrs. Bennett?«

»Nennen Sie mich doch bitte Paige. Ich brauche eine Psychologin. Man hat mir zwar gesagt, daß Sie momentan keine Praxis haben, aber ich dachte mir, vielleicht... An der Schule hier hat man mir erzählt, daß Sie ein paar Gutachten für sie erstellt haben.«

»Richtig, das habe ich getan. Brauchen Sie mich selbst?«
»Nein, bei der Patientin handelt es sich um ein elfjähriges Mädchen, sie heißt Lily.«
»Dann für Ihre Tochter?«
»Nein, eigentlich auch nicht. Vielleicht könnten wir uns mal treffen, dann könnte ich Ihnen das besser erklären.«
»Nun, eigentlich... Könnten Sie jetzt gleich vorbeikommen?«
In dem Moment, in dem Hillary den Hörer auflegte, fiel ihr ein, woher sie den Namen Paige Bennett kannte. Von Otis natürlich. Schon der bloße Gedanke an die aufdringlichen Blicke und verstohlenen Berührungen des alten Mannes machte sie verlegen – wenn Vater nicht so auf Otis' Besuche angewiesen wäre, hätte sie ihn schon vor Monaten vor die Tür gesetzt. Aber so versuchte sie, höflich zu sein. Sanft schob sie jedesmal wieder seine feuchte Hand weg, als ob sie ein Insekt wäre, das sich auf ihrer weißen Baumwollbluse niedergelassen hatte – vorsichtig, damit sie es nicht zerdrückte und es keinen Fleck hinterließ. Und dann mußte sie auch noch so tun, als wäre sie an dem Klatsch aus seinem Lebensmittelladen interessiert.
Doch diese Neuigkeit war kein simpler Klatsch – darüber hatte sogar die Lokalzeitung auf der ersten Seite berichtet, und einen oder zwei Tage später war auf der Seite sieben der TIMES darüber zu lesen gewesen; diese Neuigkeit hatte ausnahmsweise sogar Hillarys Interesse erregt. Die Bennetts waren das Paar, das jedes Jahr den Sommer im Ort verbrachte und das kleine Mädchen auf ihrem Dachboden gefunden hatte. Die Kleine hatte vielleicht schon ein ganzes Jahr in dem Haus gewohnt, ohne daß irgend jemand etwas davon gewußt oder auch nur einen

Verdacht gehabt hätte. Und dann noch ihr tragischer familiärer Hintergrund... Gott, was mußte da für ein Gespinst aus Angst und Schrecken im Kopf dieses Kindes zu finden sein.

Was würde Hillary nicht alles dafür geben, die Chance zu bekommen, mit diesem Kind arbeiten zu dürfen...

Die Sportlehrerin hatte zwei Mädchen zu Anführerinnen der Softball-Mannschaften bestimmt. Lily war an zweiter Stelle ins Team der Blauen geholt worden, aber das nur, weil Heidi – das Mädchen, das Lily in der Schule eingeführt hatte – als erste gewählt worden war und dafür gesorgt hatte, daß Lily als nächste genommen wurde. Sobald die beiden Teams gebildet waren, nahm Heidi die Anführerin ihres Teams beiseite und bat sie, Lily werfen zu lassen.

»Kommt gar nicht in Frage, ich werfe selbst«, sagte Sandy und schwang ihren dicken, langen, roten Zopf nach vorn auf die Schulter.

»Laß sie doch werfen, sie ist noch neu.«

»Und? Ich weiß ja nicht einmal, ob sie überhaupt richtig werfen kann.«

»Sie sagt, sie kann es.«

»Das kann jeder sagen. Es gibt hier keine, die nicht gern werfen würde, bis auf Cricket vielleicht, die lieber zuschaut. Was ist denn so toll an der Neuen?«

»Habe ich das vielleicht behauptet?«

»Na, du benimmst dich jedenfalls so. Du hast ja schon Himmel und Hölle in Bewegung gesetzt, damit ich sie in unser Team wähle.«

»Sie ist eben neu, das ist alles. Es tut doch keinem weh, wenn man etwas nett ist.«

Sandy fingerte an den glatten Enden ihres Zopfes herum.

»Ich war heute schon nett zu ihr«, sagte sie. »Und deswegen werfe ich selbst.«
»Jetzt kommt schon, Mädchen, beeilt euch, ja!«
Die andere Team-Führerin stand wartend da, die Arme in die Hüften gestemmt, und ließ sich deutlich ihre Ungeduld anmerken. Sandy drehte sich schnell um, schwang ihren Zopf über die Schulter zurück und ließ ihn auf dem Rücken baumeln.
»Okay, beruhig dich wieder«, rief Sandy zurück. Sie ließ Heidi stehen und erteilte ihre Anweisungen: Die Neue wurde als Rightfielder abgestellt und bekam die Nummer neun auf der Schlagliste. Sandy entging nicht der haßerfüllte Blick, den sie dafür erntete... Na, die hatte vielleicht Nerven, für wen hielt die sich denn?

Paige hatte nur fünf Minuten bis zu Hillarys Farm gebraucht. Ruthanne hatte recht, Hillary war wirklich nicht sehr attraktiv, aber sie schien auch nicht sehr viel Wert darauf zu legen: Nickelbrille, nicht die Spur von Make-up, dazu glattes, braunes Haar, so kurz und unregelmäßig, als hätte sie es in einem plötzlichen Anfall von Überdruß selbst zurechtgestutzt.
»Nennen Sie mich doch bitte Hillary«, sagte sie, deutete auf einen Stuhl gegenüber und bat Paige, Platz zu nehmen. »Ich möchte gleich vorausschicken, daß ich Bescheid weiß, jedenfalls bis zu einem gewissen Grad. Zuerst war mir das nicht klar; erst als ich aufgelegt hatte, ist mir wieder eingefallen, daß ich vor ein paar Tagen von der ganzen Geschichte gehört habe. Ich fürchte, an diesem Ort hier passiert kaum etwas, über das nicht in irgendeiner Form getratscht wird.« Sie legte die flache Hand auf ihre fast ebenso flache Brust. »Aber Sie dürfen nicht denken, daß ich jemals –«

»O nein, machen Sie sich da bloß keine Sorgen. Ich käme nie auf den Gedanken, daß Sie etwas mit der Tratscherei im Ort zu tun haben könnten.«

»Es ist eben nur so, daß die Leute hier einfach nicht begreifen, daß es so etwas wie Intimsphäre und Professionalität gibt.«

»Nun, in der Stadt arbeite ich als Sonderschullehrerin, und deswegen kann ich mir ganz gut vorstellen, wie es Ihnen damit geht. Aber sagen Sie doch«, meinte Paige, die mehr über Hillarys beruflichen Hintergrund erfahren wollte, »haben Sie schon mit vielen Kindern gearbeitet?«

»Als ich noch in Boston praktizierte, bestand ungefähr ein Drittel meiner Patienten aus Kindern. Aber da Sie ja selbst mit Kindern arbeiten, werden Sie vielleicht verstehen, wenn ich sage, daß die Intimsphäre, von der wir eben gesprochen haben, auch auf diesem Gebiet von großer Bedeutung ist. Ich kann das gar nicht oft genug betonen, der junge Patient muß spüren, daß sein oder ihr Geheimnis gut bei mir aufgehoben ist. Verstehen Sie mich bitte nicht falsch, ich bin jederzeit bereit, mit Ihnen über Lily zu reden, aber dann nur in allgemeiner Form, ohne näher auf Details einzugehen. Mit anderen Worten, ohne die Zustimmung des Mädchens kann und werde ich nichts von dem weitergeben, was sie mir anvertraut.«

»Aber das ist doch kein Problem, wirklich. Lily und ich kommen ganz gut miteinander aus, wenn man bedenkt, wie kurz wir uns erst kennen.«

»Gut. Dann ist sie also offen und empfänglich.«

»Nun, das kann ich nicht so genau sagen. Sie sieht in mir eine Freundin, ob sie eine Therapeutin auch so sehen wird, weiß ich nicht.«

»Überlassen Sie das ruhig mir. Sobald sie begreift, daß ich in der Zeit, in der sie bei mir ist, nur für sie dasein werde und überhaupt nicht die Absicht habe, mich auf die Seite von Autoritäten und Gegnern zu schlagen – normalerweise ist das für ein Kind ein und dasselbe –, dann wird sie schon ruhiger werden. Sie wären überrascht, wenn Sie wüßten, daß es auch bei Erwachsenen nicht sehr viel anders ist: Auch sie brauchen das Gefühl absoluter Loyalität.«

Paige war überrascht, als sie hörte, wieviel Leidenschaft und Engagement in Hillarys Stimme mitschwang. Aber gegen das, was sie vorgebracht hatte, war nichts einzuwenden. Im Gegenteil, sie fragte sich sogar, wie eine Therapeutin mit soviel Hingabe an ihren Beruf es ertragen konnte, ihre Praxis zurückzustellen, um zu Hause ihren alten Vater zu pflegen.

»Dann werden Sie sie also nehmen?« fragte sie schließlich.

Hillary hielt inne, legte erneut die flache Hand auf die Brust, lächelte und nickte. »Das wollte ich damit eigentlich zum Ausdruck bringen. Selbstverständlich müssen Sie mir erst noch alle Informationen über sie geben, die Sie haben. Ja, und dann überlegen wir uns, wann wir mit ihr anfangen.«

»Was glauben Sie, wie oft sie kommen soll?«

»Ich würde sagen, zweimal die Woche, wenn es sein muß, vielleicht auch öfter. Aber falls das –«

»Nein, das ist schon in Ordnung, ganz wie Sie meinen. Aber mir wäre es lieb, wenn sie gleich nach der Schule kommen könnte.«

»Aber natürlich... Überlegen wir mal, die Schule ist um halb drei Uhr aus, zu Fuß braucht man zehn, fünfzehn Minuten bis zu mir, heute geht es nicht mehr – also würde ich vorschlagen, sie soll jeden Montag und Mittwoch um drei Uhr zu mir kommen.«

Als Paige ging, war es bereits nach elf Uhr; die Physiotherapeutin war bereits weg, und Vaters Summer hörte nicht mehr auf zu dröhnen. Doch selbst diese Last konnte Hillary nicht aus ihrer Hochstimmung reißen, in der sie sich im Augenblick befand. Bis jetzt hatte sie ganz bewußt jeden Gedanken an mögliche Konflikte beiseite geschoben, die mit Vaters Pflege und den Sitzungen des Kindes auftreten konnten, aber als sie dann nach Vater gesehen hatte und wieder nach unten gegangen war, setzte sie sich mit Block und Bleistift an den Küchentisch und ließ sich das Problem in aller Ruhe durch den Kopf gehen.
Nur zu gern hätte sie eine Hilfe angestellt – das war ihr ursprünglicher Plan gewesen, nachdem Vater erkrankt und sie nach Briarwood zurückgekehrt war. Doch bereits die bloße Vorstellung, daß fremde Menschen ihn baden, füttern und seine verschmutzten Windeln wechseln könnten, brachte Lester Egan an den Rand eines Herzinfarkts. Seit dem Tod von Hillarys Mutter und dem Schlaganfall, den er drei Jahre zuvor erlitten und der ihn mit einer Lähmung der rechten Körperhälfte und einer Sprachbehinderung zurückgelassen hatte, war es einzig und allein Hillary, die er um sich haben wollte. Keinen Ersatz oder jemanden, der mal einsprang.
Vielleicht wäre es einfacher für sie gewesen, sich seinen Ansprüchen zu widersetzen, wären er und Mutter nicht so wunderbare Menschen gewesen, die sie aus der Sterilität eines Waisenhauses gerettet hatten: Niemand außer ihnen hätte wohl hinter ihre Fassade geschaut, hinter das blasse Gesicht, die verhärmten Züge und den mageren Körper des einsamen kleinen Mädchens. Oder wenn sie Hillarys rasche Auffassungsgabe nicht gefördert, keine Freude an ihren Fortschritten empfunden und nicht für ihre siebenjährige Ausbildung und eine Auslandsreise an-

läßlich ihres Studienabschlusses bezahlt hätten... Doch all das hatten sie getan, und während oben auf dem Dachboden ihre mit Auszeichnung bestandenen Psychologie-Diplome einstaubten, war sie sich schmerzhaft einer Tatsache bewußt: Sie ließ es zu, daß ihr Vater ihr unrecht tat und daß sie bereits anfing, deswegen Haß gegen ihn zu empfinden. Aber wie dem Ganzen ein Ende setzen?
Doch aus heiterem Himmel bekam sie nun die Chance, das zu tun, was sie am meisten liebte, und diese Gelegenheit durfte sie sich nicht entgehen lassen – um ihretwillen nicht, und um Vaters willen auch nicht. Ihre einzige Möglichkeit war, den Summer abzustellen – wenigstens für diese eine Stunde zweimal die Woche; in der Zeit war er ohnehin damit beschäftigt, die Lokalzeitung zu lesen oder sich irgendwelche Serien am Fernsehen anzuschauen. Und außerdem steckten nie irgendwelche gesundheitlichen Probleme dahinter, wenn er nach ihr rief...
Im Gegenteil, als man Vater das letzte Mal untersucht hatte, war sein Blutdruck stabiler als der ihre gewesen.

Es war zum ersten Mal, daß sie zu dritt beim Essen saßen. Paige übertraf sich selbst und bereitete ein ganz besonders köstliches Abendessen zu, wobei ihr Lilys Kochkünste sehr halfen. Sie hatte bereits mit Jason telefoniert, damit er über die Arrangements Bescheid wußte, die sie mit Hillary Egan getroffen hatte, und sie hatten beschlossen, eine geschlossene Front zu bilden und Lily gemeinsam beim Essen davon zu erzählen.
»Das Hähnchen ist ja köstlich«, sagte Jason. »Was ist das für eine Sauce?«
Paige lächelte. »Das ist ein Geheimnis. Lily hat mir das Rezept gegeben.«
»Die Zutaten sind doch hoffentlich eßbar, oder?«

»Jason!«
Er grinste und tätschelte kameradschaftlich Lilys Arm. »Was ist denn los mit euch Mädchen? Habt ihr denn gar keinen Sinn für Humor?«
»Den haben wir reichlich. Du mußt nur einen Witz machen, dann lachen wir auch darüber«, erwiderte Paige.
»Oh, das wird dich bestimmt freuen. Lily war heute nachmittag beim Arzt, und es ist alles in Ordnung mit ihr.«
»Das habe ich doch gleich gesagt«, meinte Lily.
»Nun, manchmal ist es besser, solche Sachen einem Experten zu überlassen«, sagte Jason. »Apropos Experte –« er warf Paige einen auffordernden Blick zu, die zwar die Stirn runzelte, aber auf sein Stichwort reagierte.
»Lily, ich habe mich heute mit einer Frau namens Hillary Egan getroffen, sie ist Psychologin hier am Ort.«
Lily hörte zu kaufen auf und betrachtete sie.
»Jason und ich haben lange darüber nachgedacht und sind zu dem Schluß gekommen, daß es eine gute Idee wäre, wenn du zu ihr gehen würdest.«
»Warum?«
»Weil es schön ist, wenn man jemanden zum Reden hat.«
»Ich habe doch dich«, sagte sie, wobei sie Jason bewußt ignorierte.
»Natürlich hast du das. Aber wenn du mir etwas erzählst, dann gehe ich voreingenommen an die Sache ran. Mit anderen Worten, du bist mir so wichtig, daß meine Fähigkeit, eine unabhängige Meinung zu äußern, unter meiner Zuneigung zu dir leidet. Wenn man sich dagegen einer Therapeutin anvertraut, dann ist das anders. Sie kann das, was du sagst, objektiv analysieren, ohne daß ihr irgendwelche Gefühle in die Quere kommen. Und

diese Objektivität könnte vielleicht sehr nützlich für dich sein.«
Lily wandte sich an Jason. »Du denkst, ich bin verrückt, nicht wahr?«
»Ich denke, daß du in deinem kurzen Leben bisher schon sehr viel schlimme Dinge erlebt hast, und keiner, der so etwas hinter sich hat, hat das jemals ohne Alpträume überstanden. Auch wenn du vielleicht anders darüber denkst.«
»Ich will aber nicht zu ihr.«
»Lily«, mischte Paige sich ein, »ich möchte, daß du Hillary kennenlernst und ihr wenigstens eine Chance gibst. Ich glaube nämlich, daß du sie mögen wirst.«
Schweigen.
»Okay?«
»Ich werde ihr gar nichts erzählen, ich werde mich einfach nur hinsetzen.«
»Das ist deine freie Entscheidung. Aber falls du deine Meinung ändern und Vertrauen zu ihr fassen solltest, dann wird sie Jason oder mir nichts von dem erzählen, was du ihr anvertraust.«
»Warum nicht?«
»Weil sie deine Privatsphäre respektiert. Sie ist deine Ärztin, nicht meine oder Jasons – was immer du ihr auch erzählst, es bleibt strikt unter euch.«
Lily überlegte und nickte dann.
»Gut, dann reden wir jetzt über etwas anderes«, sagte Jason. »Wie geht's in der Schule, wie kommst du zurecht?«
»Okay.«
»Was sind denn deine Lieblingsfächer?«
Sie dachte eine Minute nach. »Mathe und Sport.«
»So, und warum?«

»Weil ich da gut bin.«
Jason nickte. »Gegen diese Logik komme ich nicht an.«
Lily wandte sich an Paige. »Die Sportlehrerin hat gemeint, wir sollten ein Deodorant, Seife, Fußpuder, ein Badetuch und einen Trainingsanzug mitbringen. Wir sollen nämlich jeden Tag nach der Turnstunde duschen und das Handtuch und den Trainingsanzug einmal in der Woche zum Waschen nach Hause bringen.«
»Was macht ihr denn momentan im Sportunterricht?« fragte Jason.
»Softball. Heute hat ein Mädchen verrückt gespielt.«
»So?« fragte Paige.
»Nach dem Spiel, beim Duschen. Sie hat geheult und geschrien, so laut, daß die Lehrerin sie sogar noch im Geräteraum gehört hat. Sie mußten sie auf die Krankenstation bringen.«
»Wie schrecklich. Hat sie sich mit jemandem gestritten?«
»Nein, sie war allein in der Dusche.«
»Meinst du, daß es etwas mit Drogen zu tun hatte?«
»Nein. Ich habe versucht, etwas zu sehen, konnte aber nicht. Die anderen Kinder standen mir im Weg.«
»Vielleicht hat sie sich mit heißem Wasser verbrüht.«
Lily zuckte mit den Schultern. »Als ihre Mutter kam, um sie abzuholen, habe ich das Mädchen zum Wagen laufen sehen. Dabei ist mir aufgefallen, daß ihr Zopf ab war, als ob ihn jemand abgehackt hätte. Paige, warum sollte sie so etwas mit ihrem Haar machen? Glaubst du, daß sie verrückt geworden ist?«

»Irgend etwas an der Art, wie sie bestimmte Dinge erzählt, gefällt mir nicht«, sagte Jason an diesem Abend im Bett zu Paige. »Ist dir das auch aufgefallen?«
»Ist mir was aufgefallen?«

»Die Art, wie sie uns von diesem Kind erzählt hat, das durchgedreht ist. Fast so, als würde sie nur irgendwelche Nachrichten herunterleiern, die keine Menschen aus Fleisch und Blut betreffen. Und wenn doch, dann sind sie ihr offenbar völlig egal.«

»Oh, Jason, du weißt doch, wie herzlos Kinder sind, solange sie das Opfer nicht persönlich kennen – und in diesem Fall wissen wir überhaupt nicht, was wirklich passiert ist; Kinder haben nicht sehr viel Mitleid. Und dabei unterscheiden sie sich nicht sehr von Erwachsenen. Auch wir errichten einen Schutzwall um uns herum, und Lily hatte weiß Gott mehr Grund als viele von uns, ihre Gefühle zu verdrängen.«

»Vielleicht hast du recht.«

»Das ergibt doch Sinn und ist einer der Gründe, warum die Idee mit der Therapie gut ist.«

»Willst du damit sagen, daß ich mal eine gute Idee hatte?«

Sie lächelte. »Daß dir das nur nicht zu Kopf steigt. Oh, und denk bloß nicht, mir ist nicht aufgefallen, wie sehr du dich heute abend um sie bemüht hast. Meiner Meinung nach hat sie positiv auf dich reagiert, meinst du nicht auch?«

»Doch, ja, aber ich würde trotzdem nicht gleich allzu optimistisch werden. Ihr wäre es immer noch lieber, ich würde meine Koffer packen und ausziehen. Mein Besuch bei Anna Parks heute ist übrigens nicht so gut verlaufen.«

Sie richtete sich im Bett auf. »Wieso, was ist passiert?«

»Zum einen will sie nicht, daß ich sie vertrete.«

»Warum nicht?«

»Sie hat diese fixe Idee im Kopf, daß sie ihre gerechte Strafe auf sich nehmen muß.«

»Und was hat Lily mit ihren Ambitionen, sich als Märtyrerin zu profilieren, zu tun?«
»Genau das habe ich auch versucht, ihr klarzumachen. Aber ich werde auch ohne ihre Zustimmung mit der Sache weitermachen. Bis der Zeitpunkt der Verhandlung endlich gekommen ist, hoffe ich, daß sie mit mir zusammenarbeiten wird. Ich habe sie übrigens nach ihrer Schwester Nora gefragt.«
»Und?«
»Sie weiß nicht, wo sie lebt, es ist ihr auch egal... offensichtlich gab es hier sehr viel böses Blut. Und sie hat mir deutlich zu verstehen gegeben, daß Lily auf keinen Fall bei ihrer Schwester aufwachsen soll.«
»Nun, ich schätze, wir werden ihre Wünsche in der Beziehung respektieren müssen. Vielleicht weiß sie etwas über ihre Schwester, das wir nicht wissen.«
»Was zum Beispiel?«
»Vielleicht ist sie ein böser Mensch mit einem gemeinen Charakter... vielleicht, ich weiß es nicht, Jason.«
»Viel... leicht?« sagte er gedehnt, während er seine Hand auf ihren Nacken legte und seine Finger zärtlich über ihre Haut streichelten... Sie machte die Augen zu, fest entschlossen, an nichts zu denken, sich zu entspannen und sich ganz diesem Gefühl hinzugeben. Sie spürte, wie seine Lippen ihren Hals berührten und wie zwei gemurmelte Versprechen über ihre Haut tanzten... Ein Schauder zog ihren Magen zusammen, als seine Zunge über ihren Hals und ihre Brust strich und plötzlich kühle Luft an ihre Brüste wehte, als ihr Nachthemd gehoben wurde...
Da sprang die Tür auf. »Paige.«
Beide griffen sie schnell nach der Steppdecke und deckten sich zu. Paige richtete sich auf und strich sich das Haar aus dem Gesicht.

»Lily, hast du uns erschreckt. Was ist passiert?«
»Was soll das, Kind. Hast du noch nie gehört, daß man anklopft?« schimpfte Jason und warf einen gereizten Blick zur Zimmerdecke.
Paige stieg schnell aus dem Bett und brachte Lily in ihr Zimmer zurück. Dort verstaute sie sie unter der Decke und setze sich neben sie auf den Bettrand.
»Was war los, Schätzchen, hattest du einen Alptraum?«
Sie schüttelte den Kopf. »Nein, nicht. Aber ich hatte Angst, du könntest einen haben.«
»Ja, aber wieso denn?«
»Ich habe gehört, wie du gestern nacht geschrien hast. Also habe ich heute abend ganz fest gelauscht und mir gedacht, ich komme lieber selbst und –«
Paige überlegte, und dann fiel es ihr wieder ein. »Ich glaube, ich hatte gestern nacht tatsächlich einen Alptraum.«
»Was denn für einen?« fragte Lily, und ihre riesigen blauen Augen leuchteten im Halbdunkel.
»Ich habe schon fast vergessen, daß ich überhaupt einen Traum hatte, und auch, was darin passiert ist. Du weißt doch, wie so etwas ist; man hat den Traum schon oft in dem Moment bereits wieder vergessen, in dem man aufwacht.«
»Du hast das alles vergessen?«
Paige nickte.
»Ich möchte wetten, der Traum hatte was mit Daddy zu tun.«
»Mit *deinem* Daddy?«
»Nein, sei nicht so dumm. Mit deinem natürlich.«
Paige betrachtete sie aufmerksam; vielleicht machte sie sich nur lustig über sie. Aber obwohl in dem Halbdunkel Schatten über das Gesicht des Kindes huschten und ihre

Züge verzerrten und verfälschten, war Paige sich sicher, Besorgnis auf Lilys Gesicht zu erkennen.
»Wie kommst du nur auf einen solchen Gedanken?«
Sie zuckte mit den Achseln. »Weil du ihn haßt, deshalb.«
»Das stimmt nicht, Lily, wirklich nicht. Er ist mir überhaupt nicht wichtig. Er hat mich und meine Mutter im Stich gelassen. Es ist vielleicht möglich, daß ich immer noch wütend auf ihn bin, weil er davongelaufen ist, aber wie kann man jemanden hassen, an den man sich nicht einmal mehr erinnern kann?«
Jason versuchte, sie wieder in Stimmung zu bringen, als sie zehn Minuten später ins Bett zurückkam, aber jede Leidenschaft, die sie in sich erzeugt hatte, war plötzlich wie weggeblasen. Und auch wenn er nichts sagte – aber das war auch nicht nötig, ein Blick auf sein Gesicht genügte –, so war Jason doch sehr wütend auf Lily, die sie gestört, und auch auf Paige, die dies zugelassen hatte.

Kapitel 8

Jason hatte ihr am nächsten Morgen keinen Zettel auf dem Kopfkissen dagelassen, wie er es sonst oft tat, besonders dann, wenn er wütend eingeschlafen war. Nun, Paige hoffte, daß er wenigstens hatte schlafen können, denn sie war dazu nicht fähig gewesen – sie hatte sich fast die ganze Nacht im Bett gewälzt und hin und her geworfen und an Lily und an ihre Unterhaltung über ihren Vater gedacht, die sie immer noch sehr beunruhigend fand.

Sobald sie Lily für die Schule fertig gemacht hatte, rief sie in Jasons Büro an, wo er aber noch nicht eingetroffen war. Daraufhin rief sie bei Brooke an, und es dauerte nicht lange, und die Unterhaltung war bei Lily angelangt.

»Na, dann mach was dagegen«, sagte Brooke.

»Was denn, zum Beispiel? Ich wünsche mir doch nur, daß er sie nicht dauernd kritisiert. Er vergißt ständig, daß sie noch ein Kind ist.«

»Vielleicht passen sie vom Charakter her einfach nicht zusammen. So etwas gibt es bei Menschen.«

»Nein, so einfach ist das nicht. Er ist einfach kindisch und stur und gar nicht er selbst.«

»Na gut, dann übertreibt er eben. Hat er nicht auch ab und zu das Recht dazu?«

»Soll das heißen, daß ich normalerweise übertreibe?«

»Ach Gott, habe ich das vielleicht behauptet?«

»Wieso hältst du eigentlich immer zu ihm?«

»Hör mal, Paige, ich erwarte ja gar nicht, daß du auf das

hörst, was ich dir sage, aber wenn ich einen Mann hätte, der so verliebt in mich ist wie Jason in dich, dann würde ich ihm Tag und Nacht um den Bart gehen.«

»Du meinst wohl, mit einem scharfen Rasiermesser, so wie du es bei Gary machst. Und Gary liebt dich natürlich auch nicht, oder?«

»Natürlich liebt er mich. Der Unterschied ist nur, daß ich bei ihm immer erst an zweiter Stelle nach der Medizin komme.«

»Wie kommst du nur auf die Idee?«

»Weil es nun mal stimmt. Gut, er rennt nicht rum und bumst mit der Konkurrenz – aber glaube mir, er würde, wenn er könnte. Nur das macht die Konkurrenz nicht weniger bedrohlich. Und trotzdem würde ich lieber jeden Tag gegen eine Frau antreten... auf dem Gebiet kenne ich mich wenigstens aus.«

»Das kannst du laut sagen.«

»Miau, miau...«

»Nein, nein, mein Kommentar beruht schließlich auf Beobachtungen. Ich habe mit angesehen, wie die Männer beim Anblick deiner Reize reihenweise über ihre eigenen Füße stolperten. Was soll man da noch sagen – ich bin beeindruckt.«

Ein tiefer Seufzer. »Ach Paige, warum schaust du nicht einfach, daß du das Kind los wirst?«

»Wie kannst du nur so gefühllos sein? Sie ist doch noch ein Kind, Brooke, noch dazu eines, das bisher ein ganz miserables Leben geführt hat. Wäre es dir lieber, wenn ich sie einfach mit einem Fußtritt vor die Tür setzte?«

»So ist sie doch auch hineingekommen, oder?«

»Du kannst von Glück reden, daß ich dich nicht ernst nehme.«

»Was ist mit deiner Beziehung zu Jason, wie ernst ist es dir damit?«

»Darüber brauchst du dir keine Sorgen zu machen. Ich komme mit meiner Beziehung zu Jason auch ohne Hilfe von außen klar, vielen Dank. Er ist vielleicht nicht gerade begeistert davon, daß Lily hier lebt, aber er ist nicht der gefühllose Eisklotz wie viele andere Leute, die ich so kenne – er sieht ein, daß es im Augenblick keinen anderen Platz für sie gibt. Er hat sich sogar bereit erklärt, für ihre Mutter Berufung einzulegen, und will versuchen, sie freizubekommen.«

»Toll. Vergiß nicht, mir mitzuteilen, wo die nette Dame sich niederläßt, wenn das Gericht sie freigelassen hat. Sollte das bei mir in der Nähe sein, kaufe ich mir ein Schießgewehr.«

»Ich hasse dich. Sehen wir uns Freitag abend?«

»Wahrscheinlich eher Samstag morgen.«

Zuerst war Paige empört über das Gespräch, aber nachdem sie länger darüber nachgedacht hatte, wurde ihr klar, daß das eben Brookes Art war: immer leidenschaftlich, manchmal auch brutal, ohne alle Hemmungen, die sie davon abhielten, zu tun oder zu sagen, was ihr gerade in den Kopf kam. Aber während Paiges tragischer Fehlgeburt im vergangenen Jahr, der darauffolgenden depressiven Phase und nach dem Überfall kürzlich war Brooke immer für sie dagewesen.

Und sie mußte zugeben, daß Brooke in ein paar Punkten auch noch recht hatte: Bei all der Sorge, die sie sich um Lily machte, vernachlässigte sie Jason sträflich. Er tat sein Bestes, um mit Lily auszukommen, und das tat er in erster Linie auch noch für sie. Sicherlich, er stand dem Kind unmäßig kritisch gegenüber, aber das bedeutete noch lange nicht, daß er gefühllos war. Nicht jeder schloß ein Kind wie Lily so leicht ins Herz... Sie jedoch schon...

Paige durchforstete ihr Gedächtnis und kramte in einem vergessenen Winkel ihrer Erinnerungen nach dem Gesicht, das zu ihrem eigenen Vater gehört hatte. Das sollte ihr doch eigentlich gelingen, oder? Aber das einzige Gesicht, das vor ihr auftauchte, gehörte diesem verdammten Jungen, der sie in Manhattan überfallen hatte – wütend wischte sie das Gesicht mit dem Schnurrbart und den schlechten Zähnen beiseite.

Paige holte Lily nach der Schule ab und nahm sie mit zu ihrem Termin beim Frauenarzt; Lily setzte sich solange in Dr. Barrys Wartezimmer, während Paige von ihm untersucht wurde. Als die Untersuchung vorüber war, zog Paige ihre Straßenkleidung wieder an und ging dann in das Sprechzimmer des Arztes, wo dieser auf sie gewartet hatte. Es war zum zweiten Mal innerhalb von sieben Tagen, daß ihr Blutdruck gesunken war.

»Also, was soll ich machen? Soll ich für Ihren Mann so etwas wie ein Attest schreiben?« fragte er schmunzelnd.

»Na ja, nicht gleich ein Attest, aber schreiben Sie doch einfach meine Werte auf einen Ihrer Notizzettel mit Ihrem Briefkopf, damit Jason die guten Neuigkeiten direkt von Ihnen erfährt.«

»Er scheint zur Zeit wohl nicht viel Vertrauen in Ihre Worte zu haben, hmm?«

»Na, wie ich schon erklärte, nicht, wenn es um die Frage geht, ob es klug ist, Lily bei uns wohnen zu lassen. Aber sie tut mir gut. Ich meine, was will er denn sonst noch für einen Beweis?«

»Ganz ohne Frage, Sie sind viel ruhiger, Ihr Blutdruck ist entschieden niedriger, der systolische Wert ist sogar schon wieder ganz normal. Sie scheinen auch wesentlich gelöster als bei den letzten Besuchen zu sein. Also, wenn dieses kleine Mädchen in irgendeiner Weise dafür verantwortlich ist, dann kann ich nur sagen, daß wir uns bei ihr dafür bedanken müssen. Aber ich hoffe, Sie werden mir nicht gleich den Kopf abschlagen, wenn ich Ihnen den Rat gebe, Ihrem Mann vielleicht doch etwas mehr Aufmerksamkeit zu schenken.«

»Wie bitte?«

»Wenn ein Kind kommt, dann passieren viele Dinge. Die Frau geht auf in der Pflege für das Neugeborene und vernachlässigt darüber möglicherweise ihren Mann. Und obwohl ich wirklich kein Ehespezialist bin, scheint mir dies doch Teil Ihres Problems zu sein, so, wie Sie es mir beschrieben haben.«

»Seltsam, daß Sie das sagen, ich habe mir heute genau dasselbe gedacht. Aber eifersüchtig... Jason?«

»Ist Ihnen das noch nicht aufgefallen?«

»Nun, nein, eigentlich nicht, zumindest habe ich es noch nicht von dieser Seite betrachtet. Aber vielleicht sollte ich das wirklich mal tun.«

Er schrieb Paiges Blutdruckwerte auf einen Block und gab ihr den Zettel. »Oh, übrigens, sie ist *wirklich* eine kleine Schönheit.«

Paige nahm den Zettel und schob ihn in ihre Tasche. »Wer?«

»Lily natürlich.«

»Haben Sie sie gesehen?«

Er lehnte sich im Stuhl zurück. »Und ob ich das habe. Während Sie sich wieder anzogen, hatte ich Besuch. Sie ist doch tatsächlich zu mir gekommen und hat an die Tür meines Sprechzimmers geklopft.«

Ihr blieb vor Verwunderung fast der Mund offen, aber sie faßte sich schnell und verzog ihn zu einem Lächeln. »Tatsächlich? Was hat sie gesagt?«

»Sie hat sich mir artig vorgestellt und ein paar Fragen über

Sie und das Baby gestellt. Sie klang wirklich interessiert und scheint es kaum mehr erwarten zu können, daß das Kind auf die Welt kommt.«

»Der Doktor hat mir übrigens erzählt, daß du dich mit ihm unterhalten hast«, sagte Paige auf der Heimfahrt.
Lily schaute sie forschend an. »Bist du jetzt wütend?«
»Nein, nur neugierig. Was wolltest du denn genau von ihm wissen?«
»Ob das Baby gesund ist.«
»Und?«
»Das ist es.«
»Was sonst noch?«
»Wie groß es ist. Ich meine, ob etwas passieren könnte, falls du es früher bekommst.«
»Ich verstehe. Und, hat der Doktor dir die Frage beantworten können?«
»Er hat noch mehr getan, er hat mir ein Bild von ihm gezeigt.«
»Von ihm?«
»Von dem Baby.«
»Du meinst, meine Ultraschallaufnahme?«
»Ich glaube...«
»Und du konntest sehen, daß es ein Junge war? Jason und ich haben die Bilder auch gesehen, aber wir konnten nichts darauf erkennen.«
»Oh, ich konnte das auch nicht, aber es stand auf dem Zettel, der daran festgemacht war.«
Paige preßte ihre flache Hand auf die Brust. »Den Bericht, du hast ihn gelesen?«
Sie nickte. »Dort stand gleich in der ersten Zeile, daß es ein Junge ist. Hast du das nicht gewußt?«

Sie konnte nicht wütend auf sie sein. Schließlich hatte sie nichts davon gewußt. Also, eines nach dem anderen – Paige ließ Lily schwören, daß sie den Mund halten würde, damit sie es Jason noch am selben Abend selbst erzählen konnte, dann lehnte sie sich zurück, um die Neuigkeit erst mal selbst zu verdauen. Ein Junge, ein kleiner Junge, wie würde Jason sich freuen! Obwohl er es bisher nicht laut geäußert hatte, war es ihr durch ihr kleines Namensspiel deutlich klargeworden; sie hätte taub, blind und dumm sein müssen, um nicht zu wissen, daß er sich einen Jungen wünschte.

Paige gab Lily an diesem Abend mit Absicht früher zu essen und schickte sie dann zum Hausaufgabenmachen nach oben. Zärtlichkeit und Zuwendung – wenn es das war, was Jason brauchte, dann würde sie in dreifacher Hinsicht dafür sorgen: ein Dinner bei Kerzenschein, das gute Porzellan, Stoffservietten – sie wühlte sogar so lange in ihrem Kleiderschrank, bis sie den knöchellangen seidenen Morgenrock mit dem Paisley-Muster gefunden hatte, den er so besonders mochte... Erst als jemand sie sanft wachrüttelte, wurde ihr klar, daß sie auf dem Sofa eingeschlafen war, wahrscheinlich schon vor einer ziemlichen Weile...

»Jason, wie spät ist es?«

Er schaute auf ihren zerknitterten Morgenrock. »Halb elf.«

Immer noch benommen, setzte sie sich auf. »Wo warst du so lange?«

»Im Büro. Ich habe Überstunden gemacht.«

»Und ich habe uns etwas zum Abendessen gemacht«, sagte sie, stand auf und lief zum Herd. »Ach du meine Güte, das muß ja schon –« Sie öffnete das Backrohr – es war kalt und leer. Sie ging zum Kühlschrank und schaute hinein – offensichtlich hatte Lily das Hähnchen herausgenommen und in Folie gewickelt. »Sieht so aus, als ob Lily noch rechtzeitig gekommen wäre. Ich kann es dir noch warm machen, das dauert nur –«

»Laß es, ich habe schon gegessen.«

Sie nickte und machte den Kühlschrank wieder zu.

Mit einer Geste wies sie auf den Tisch – es war für zwei gedeckt, sogar die Kerzen standen da. »Da hast du meinen raffinierten Plan ja ganz schön durchkreuzt, Bennett.«

»Falls du damit eine deiner üblichen Nörgelorgien einleiten willst, dann habe ich –«

»Ich will doch nicht –«

»Dann ist es ja gut.« Er nahm seine Aktenmappe und ging nach oben.

Sie folgte ihm. »Jason?«

»Ja?«

»Was hältst du von Craig?«

»Was?«

»Na komm, als Vorname für einen Jungen.«

»Nicht schlecht. Hör mal, können wir das auf später verschieben?«

»Ich dachte doch nur –«

»Verdammt, Paige, ich bin nicht in der Stimmung für so etwas!«

Sie ging erst nach ihm ins Bett. Als sie schließlich doch ins Schlafzimmer kam, schlief er bereits oder tat wenigstens so. Sie zog ihren seidenen Morgenrock aus und ihren Flanellschlafanzug an und schlüpfte leise neben ihn ins Bett.

Sie hatte ja versucht, ihm zu sagen, daß es ein Junge war, aber er hatte sie einfach nicht zu Wort kommen lassen. Das Baby schien ihn überhaupt nicht mehr zu interessieren. Aber das ergab doch alles keinen Sinn: Erst hatten sie

sich jahrelang bemüht, daß sie schwanger wurde, hatten die Trauer und Enttäuschung einer Fehlgeburt gemeinsam durchlitten... Und irgendwie hatten sie das auch überstanden. Und jetzt, da in ein paar Monaten das Kind kommen sollte, sollten sie sich eigentlich freuen.
Doch statt dessen konnten sie nur aneinander herumnörgeln.

Er hatte es eigentlich gar nicht gewollt. Er hatte sich sogar geschworen, nie mehr allein in die Nähe ihrer Wohnung zu kommen – aber alle guten Absichten waren über Bord geworfen, als er gegen fünf Uhr im Foyer von Brookes Haus stand und läutete. Insgeheim hoffte er, er würde Garys Stimme über die Sprechanlage hören, und das wäre es dann gewesen. Nur ein kurzer Überraschungsbesuch von einem Freund, mehr nicht. Aber wie es nun mal war, hatte Gary Nachtdienst im Krankenhaus und wurde nicht vor Mitternacht zu Hause erwartet.
Dieses Mal hatten sie sich nicht lange beim Wein aufgehalten.

Hillary hatte Paige darum gebeten, daß sie Lily nur kurz bei ihr abliefern und dann sofort wieder fahren sollte, um den Eindruck zu vermeiden, daß sie im Zimmer nebenan auf das Mädchen warten könnte. Wie die Beziehung, die Lily zu ihrer Therapeutin aufbauen würde, auch immer geartet sein mochte, es mußte eine unabhängige Beziehung von der sein, die sie zu Paige hatte.
Hillary hatte ein großes Eckzimmer im Parterre vorbereitet, das Zimmer, das – seit sie sich zurückerinnern konnte – immer Mutters Nähzimmer gewesen war; bis auf die Jalousien, den Teppich und den großen Wandspiegel hatte sie alles ausgeräumt.

Nachdem sie den ganzen gestrigen Tag damit zugebracht hatte, es neu einzurichten und auszustatten, befanden sich jetzt ein Schreibtisch, ein Aktenschrank – der niedrige Aktenschrank mit den Familiendokumenten –, drei Stühle, ein Liegesofa, eine Schaumgummimatratze, zwei Decken und ein Kartentisch, den sie vom Speicher geholt, abgestaubt, abgewischt und aufpoliert hatte, in dem Raum.

Dank Otis, der auf Vater aufgepaßt hatte, während sie am Abend zuvor ins Einkaufszentrum gefahren war, waren als Neuerwerbung eine Tafel, eine Staffelei mit Farben, Zeichenpapier, Farbstifte, eine Schere, diverses Bastelmaterial, ein voll eingerichtetes Puppenhaus, eine Metallkiste mit Vorhängeschloß und zwei große Pappkartons dazugekommen, in denen sich Puzzle-Spiele, Autos, Lastwagen, Tiere, ein Holzhammer, Bauklötze und sogar eine aus sechs Handpuppen bestehende Familie befanden. In der obersten Schublade von Hillarys Schreibtisch war ein Tonbandgerät versteckt, mit dessen Hilfe sie unauffällig ihre Sitzungen aufnehmen und anschließend ihre eigenen Kommentare und Beobachtungen auf Band sprechen konnte.

Hillary würde als Lilys stummer Beobachter fungieren, als ihre Vertraute, ihre Lehrerin, ihr Gewissen, ihr Echo, vielleicht sogar als ihre Freundin. Sie würde alles und jedes sein, was Lily in ihr sehen wollte. In diesem Raum sollte es nichts geben, was Lily nicht sagen, tun oder ausagieren konnte – das heißt, mit Ausnahme von körperlichem Schmerz, den sie weder sich selbst noch Hillary zufügen durfte.

Im Gegenzug dafür sollte sich die Patientin ganz in Hillarys Hände begeben, damit sie gemeinsam die dunklen Ekken ihres Bewußtseins ausloten konnten... Hillary hatte sich immer gewünscht, daß einer ihrer Fälle veröffentlicht wurde. Vielleicht würde es dieser Fall sein.

Jason hatte tags zuvor die Mühlen der Justiz in Gang gesetzt. Er hatte einen Termin vor dem Bezirksgericht von Laurel Canyon beantragt, sich dabei als Annas ordentlichen Rechtsvertreter ausgegeben und daraufhin die Gefängnisverwaltung von Albany verständigt, daß Doktor M. C. Wendell ein psychologisches Gutachten der Strafgefangenen Anna Parks erstellen würde.
Als er die Abschrift ihrer Akten ein zweites Mal durchlas, machte er eine mehr als interessante Entdeckung: In Anna Parks Fall war es versäumt worden, ein sogenanntes *voir dire* anzuberaumen; das heißt, weder das Gericht noch ihr junger Pflichtverteidiger hatten sich die Mühe gemacht, den formalen Bedingungen Genüge zu tun und nachzuprüfen, ob Anna Parks überhaupt in der Lage war, dem Verfahren zu folgen, oder sie über die Folgen aufzuklären, wenn sie sich schuldig bekannte. Angesichts dieses Formfehlers stiegen Jasons Chancen auf eine Aufhebung von Annas Schuldbekenntnis erheblich – wenn schon nicht vor dem erstinstanzlichen Gericht, dann sicherlich in der Berufungsverhandlung.
Sein größtes Problem war jetzt Anna selbst. Denn was nützte ihm das alles, wenn sie sich zu gegebener Zeit weigerte, ihr Schuldbekenntnis zurückzunehmen?

Hillary hatte sich eine ganze Viertelstunde dafür Zeit gelassen, sich Lily vorzustellen und ihr die Grundregeln einer Therapie zu erklären. Dann steckte sie die Hand in ihre Schreibtischschublade und drückte auf den Aufnahmeknopf des Bandes. Schließlich ließ sie sich in den Stuhl zurücksinken und versuchte, sich an die Stelle des Kindes zu versetzen: Würde diese seltsame Erwachsene wirklich nur still dasitzen und ihr alles überlassen? Oder würde sie sich wie andere aufdringliche Erwachsene benehmen und gleich anfangen, sie mit neugierigen Fragen zu löchern, sie zu manipulieren und ihr eigene Meinungen und Wertvorstellungen aufzudrängen, ohne danach gefragt worden zu sein?

Normalerweise fingen Kinder immer damit an, daß sie zu der Schachtel mit den Spielsachen gingen und sich etwas suchten, um ihre Hände und ihren Kopf zu beschäftigen. Sie waren noch nicht soweit, sich zu öffnen, und da war alles besser, als herumzusitzen und auf irgendeinen nur schwer zu durchschauenden Erwachsenen zu starren. Aber Lily war nicht zu den Spielsachen gegangen – jedenfalls nicht sofort; und als von oben durch die Decke das knarzende Geräusch erklang, fragte sie gleich: »Wer ist der alte Mann dort oben?«

»Woher weißt du, daß dort oben ein alter Mann ist?«

»Als Paige und ich ankamen, hat er aus dem Fenster geschaut.«

»Ich verstehe. Nun, das ist mein Vater.«

»Du hast ihn dort oben eingesperrt?«

»Nein, wie kommst du auf so eine Idee?«

Lily zuckte nur mit den Achseln, legte dann den Kopf auf die Lehne des Sessels und schloß die Augen. Sie schlug sie erst wieder bei Ende der Sitzung um vier Uhr auf – als ob ein Wecker in ihrem Kopf geklingelt hätte. Dann stand sie auf, ging zur Tür und drehte sich zu Hillary um, die Hand um den Türknauf gelegt.

»Kann ich dich was fragen?«

»Selbstverständlich, was du willst.«

»Du bist eine häßliche alte Fotze, hast du das gewußt?«

Hillary hielt die Luft an – das war ein Test, nur ein Test.

Obwohl der Fußweg nach Hause nicht länger als eine Meile war, holte Paige sie dieses eine Mal ab.
»Wie war es?« fragte sie, als sie vor dem Haus abfuhr.
»Gut.«
»Was hältst du von Dr. Egan?«
»Sie ist nett.«
»Siehst du, ich habe es dir doch gesagt.«
»Wo fahren wir hin?«
»Ich dachte mir, zu Ruthanne. Hast du was dagegen?«
»Nö. Ist Roger zu Hause?«
»Ja. Ich glaube fast, du hast ihn auch so gern wie er dich.«
»Tut er das?«
»Ruthanne sagt es jedenfalls.«
»Da täuscht sie sich bestimmt.«
»Wieso sagst du das?«
»Weil die Leute mich nicht sehr mögen.«
»Das ist aber komisch, den Eindruck habe ich überhaupt nicht. Im Gegenteil, ich glaube, daß die meisten Leute dich recht schnell in ihr Herz schließen.«
»Jason nicht.«
»Jason steht da allein. Ich kann dir mindestens drei andere Leute nennen, die dich ganz toll finden – Ruthanne, Roger und Dr. Barry. Und obwohl ich noch nicht mit Hillary, deiner Lehrerin oder einer deiner Klassenkameradinnen gesprochen habe, kann ich mir vorstellen, daß es denen ebenso geht.«
Schweigen.
»Weil wir gerade von deinen Klassenkameradinnen sprechen, Lily, was ist denn eigentlich aus dem Mädchen geworden, von dem du mir erzählt hast? Wie hieß sie gleich noch?«
»Sandy? Oh, die, von der hört man nicht viel. Die ande-

ren Kinder sagen, daß sie noch nie so ruhig war, erst seit sie so verrückt gespielt und ihren Zopf abgeschnitten hat.«

»Hast du erfahren, warum sie das getan hat?«

»Sie will nicht darüber reden.«

»Nun, irgendeinen Grund muß es doch geben, und wenn ich an deiner Stelle wäre, würde ich darauf drängen, daß sie es mir erzählt – besser raus mit der Sache.«

Lily zuckte mit den Schultern. »Dr. Egan hält nicht viel davon, jemanden zu bedrängen.«

»So? Nun, dann hat sie wahrscheinlich recht. Aber ich zweifle, daß ich die Geduld aufbringen könnte oder das Temperament für eine gute Therapeutin hätte.«

Schweigen.

»Ich habe sie heute als First Base eingesetzt.«

»Wen?«

»Sandy. Sie hat mir leid getan.«

»Warst du Team-Führerin?«

»Nein, das war Trish, aber sie hat mir die Einteilung überlassen.«

»Tatsächlich? Welche Position hattest du?«

»Werfer.«

Paige lächelte. »Aber natürlich, das hätte ich wissen müssen.«

Es war sehr ermutigend, zu hören, daß Lily offensichtlich so gut mit ihren Klassenkameradinnen zurechtkam; es klang sogar so, als sei sie bereits sehr beliebt. Soweit Paige das beurteilen konnte, bestand Lilys größter Fehler darin, daß sie zuwenig Selbstachtung besaß. Es würde viel Zeit und Liebe brauchen, um ihr zu mehr Selbstvertrauen zu verhelfen.

Obwohl Paige die feste Absicht gehabt hatte, Jason endlich davon zu erzählen, daß es ein Junge war, wollte sie es nicht tun, solange die Stimmung zwischen ihnen noch so angespannt war. Also bemühte sie sich an diesem Abend darum, in bessere Stimmung zu kommen, was gegen zehn Uhr jedoch erneut daran scheiterte, daß sie nicht mehr länger warten wollte und sich deshalb Makkaroni und Käse auf einen Teller häufte und allein aß, dazu ein Stück knuspriges italienisches Weißbrot. Jason kam erst gegen elf.

»Wo bist du gewesen?« fragte sie, als sie ihren leeren Teller ins Spülbecken stellte.

»Ich bin um die Häuser gezogen.«

Sie starrte ihn wortlos an.

»Was glaubst du wohl, wo ich gewesen bin?«

»Du hättest wenigstens anrufen und sagen können, daß du später kommst.«

»Ich dachte, das hätten wir alles schon vor unserem Umzug hierher durchgekaut. Ich habe dir schließlich von vornherein gesagt, daß ich immer lange unterwegs sein würde.«

Sie drehte sich um. »Hast du schon gegessen?«

»Ich habe mir unterwegs ein Sandwich gekauft.«

Sie seufzte, deckte die Kasserolle mit Folie ab und schob sie in den Kühlschrank.

»Was ist mit dir?« fragte er.

»Ich habe schon gegessen, ich konnte nicht mehr länger warten.«

»Wo ist das Mädchen?«

»Sie schläft.« Sie ging zu ihrer Tasche und holte die Notiz des Arztes heraus. »Ich dachte mir, das interessiert dich vielleicht.«

»Was ist das?«

»Mein Blutdruck. Er ist wieder gesunken.«
Er nickte nur und legte den Zettel wortlos auf die Küchentheke.
»Ist das alles?«
»Was erwartest du? Soll ich es dir vielleicht noch einrahmen? Hey, das ist gar keine so schlechte Idee, warum nicht damit angeben?« Er zog die Küchenschublade auf und wühlte darin herum. Als er Nagel und Hammer gefunden hatte, nahm er den Zettel, ging zur Wand und nagelte ihn fest. Paige trat hinter ihn und legte ihre Hand auf seinen Arm. »Was ist los, Jason?«
»Los, was soll los sein? Wie kommst du auf die Idee? Ich habe bloß den Zettel aufgehängt, das ist doch nichts Besonderes.«
»Bist du betrunken?«
Er drehte sich um und hauchte sie an. »Und, genehmigt?«
Sie sagte nichts; sie schluckte nur den immer größer werdenden Kloß in ihrem Hals hinunter.
»Hör mal«, sagte er schließlich, »du wirst mir helfen müssen, Lily davon zu erzählen, was ich für ihre Mutter tue.«
»Ich dachte, du wolltest nicht, daß sie sich Hoffnungen macht.«
»Das will ich auch nicht, aber mir bleibt möglicherweise gar keine andere Wahl. Bis jetzt will ihre Mutter ja nicht, daß ich sie vertrete. Ich habe die Sache ohne ihr Wissen in Gang gesetzt, aber letztendlich muß sie mich dazu autorisieren, sie zu vertreten. Bis wir vor Gericht gehen können, muß sie bereit sein, ihr Schuldbekenntnis zurückzunehmen.«
»Möchtest du, daß Lily mit ihr spricht?«
»Falls es nötig ist.«

»Mir gefällt der Gedanke nicht, sie ins Gefängnis zu lassen.«
Er seufzte. »Vielleicht ist es auch nicht notwendig, vielleicht genügt es ja, wenn sie mir eine Nachricht, einen Brief an ihre Mutter, mitgibt. Mir geht es nur darum, daß Anna Parks endlich begreift, wie wichtig es für sie ist, um ihre Freiheit zu kämpfen.«
»Weiß sie das denn immer noch nicht? Was ist nur los mit dieser Frau? Manchmal frage ich mich wirklich, ob wir das Richtige für Lily tun.«
Jason nahm die Hände in einer abwehrenden Geste nach oben und ging zur Treppe.
»Wenn nicht, dann will ich nichts davon hören.«
Wie, in aller Welt, war es nur möglich, daß ihr Blutdruck gesunken war? Im Augenblick stand sie kurz davor zu platzen. Sie ging zum Schrank und holte eine Schachtel mit Mohrenköpfen heraus.

Es war am nächsten Abend, am Donnerstag, als Jason bereits um sieben nach Hause kam, sichtlich besserer Laune und Stimmung. Unzählige Male hatte sie in den vergangenen paar Tagen versucht, ihn aus der Reserve zu locken, aber nie hatte er darauf reagiert.
An diesem Abend jedoch schickte er Paige mit einem Stapel Zeitungen aufs Sofa und verkündete, daß er und Lily abwaschen würden, während sie sich ausruhen sollte. Das war offensichtlich seine Art, ihr zu sagen, daß es ihm leid tue, und obwohl sie zunächst darauf einging, war die Sache für sie damit allerdings noch nicht erledigt. Erst, wenn sie wüßte, was vorgefallen war. Doch in der Zwischenzeit würde sie mitspielen – sie hatte keine Lust, einen erneuten Stimmungsumschwung zu riskieren. Als das Telefon läutete, nahm Ja-

son den Hörer ab, meldete sich und wollte das Telefon an sie weiterreichen.
»Wer ist es?« flüsterte sie.
»Brooke.«
»Und ich dachte, es ist irgendein Vertreter.«
Er hielt sich den Hörer wieder ans Ohr. »Ich werde hier am Ende der Leitung gerade für mein unsoziales Verhalten getadelt.«
Gelächter drang durch den Hörer.
»Wie ich höre, werden wir am Wochenende also das Vergnügen deiner Gesellschaft haben.« Kurzes Zögern, dann: »Hat Paige erwähnt, daß wir überlegen, das Baby Brooke zu nennen?« Am anderen Ende war offensichtliche Begeisterung zu hören, dann: »Ja, natürlich noch nicht sicher. Hier, ich gebe sie dir mal für weitere Einzelheiten.«
Obwohl Paige während des Gesprächs heftig verneinend den Kopf geschüttelt hatte, um ihn davon abzuhalten, das Thema Baby-Namen anzusprechen, hatte es nichts genützt. Jason hatte plötzlich einen völlig verwirrten Eindruck gemacht, als wüßte er überhaupt nicht mehr, wohin mit sich. Da er ganz offensichtlich das Gespräch beenden und wieder zu seinem schmutzigen Geschirr zurück wollte, nahm sie ihm den Hörer aus der Hand.
»Brooke, ich komme allmählich zu dem Schluß, daß du meinen Mann nervös machst«, sagte Paige und lächelte Jason verschwörerisch dabei zu. Wieder an Brooke gewandt, fuhr sie fort: »Aber ich warne dich, wir wollen nichts davon hören, daß ihr eure Pläne ändert.«
»Na ja, eine klitzekleine Veränderung gibt es schon, die euch hoffentlich aber gefallen wird.«
»Okay, laß hören.«
»Wir kommen schon morgen abend statt Samstag mor-

gen, immer vorausgesetzt natürlich, ihr habt noch nichts anderes vor.«

»Und wenn wir schon etwas anderes vorhätten, würden wir unsere Pläne mit Freuden über den Haufen werfen. Was ist denn nur in dich gefahren, weißt du denn nicht, wie sehr ihr zwei uns fehlt?« Lautlos formte sie mit den Lippen ein »Sie-kommen-morgen« zu Jason hinüber.

Er nickte nur und wandte sich wieder seinem Abwasch zu.

Brooke lachte. »Ich freue mich über deine Begeisterung, es ist schön, wenn man so geschätzt wird. Ist Jason auch dieser Ansicht?«

»Mußt du da noch fragen?«

»Dann erzähl mir mehr über ein kleines Mädchen namens Brooke.«

»Oh, das ist nur einer von vielen Namen auf einer langen Liste mit Vorschlägen.«

Lily wartete, bis Paige ihren Satz beendet hatte, und spülte erst das letzte Glas, ehe sie mit leiser Stimme zu Jason sagte: »Brooke ist aber wirklich ein dämlicher Name.«

Er nahm das Glas, trocknete es ab und stellte es umgekehrt auf das Küchenregal.

»Ja, meinst du?«

»Das weiß ich sogar genau. Die anderen Kinder werden nur lachen.«

»Um dir die Wahrheit zu sagen, ich bin auch nicht sehr begeistert darüber. Aber ich glaube nicht, daß jemand deswegen lachen würde. Ich glaube, das ist ein ziemlich angesehener Name.«

»Für ein Mädchen.«

»Selbstverständlich. Hast du vielleicht gemeint, wir hätten ihn für einen Jungen gedacht?«

»Warum solltet ihr euch über einen Mädchennamen Gedanken machen?«
»Warum nicht?«
Sie verzog ihren Mund zu einem kleinen Lächeln und meinte dann achselzuckend: »Ich schätze, weil Paige keines bekommt.«

Paige war immer noch am Telefon, als sie sah, wie Lily die Treppen nach oben stürmte und Jason sich vor ihr aufbaute, die Arme vor der Brust verschränkt. Die beiden Adern an seinem Hals traten gespannt wie zwei Violinsaiten hervor. »Jason... Ich muß jetzt Schluß machen, Brooke«, sagte sie schnell ins Telefon. »Ja, jetzt... bis morgen.« Sie legte den Hörer auf und wandte sich an Jason: »Mir gefällt dein Blick überhaupt nicht, was ist denn los?«
»Kannst du dir das nicht vorstellen?«
Sie schüttelte den Kopf.
»Lily hat mir eben die freudige Botschaft mitgeteilt. Ein Junge, hmm?«
Sie hielt die Luft an. O Gott, von allen Möglichkeiten, wie er es erfahren konnte...
»Und?«
»Ich wollte es dir ja sagen, dauernd wollte ich... Heute abend zum Beispiel.«
»Ich verstehe.« Er fuhr sich mit der Hand durchs Haar, trat ein paar Schritte zurück und kam wieder näher. »Also, ich will ja nicht zu neugierig sein, aber wann habt ihr Mädels das denn erfahren?«
»Alles war so schrecklich verworren... Ich wollte damit warten, bis du –«
»Seit wann weißt du es?«
Sie stieß einen tiefen Seufzer aus. Wieso hörte sie sich ei-

gentlich an, als ob sie ihn hintergangen hätte? Das war doch überhaupt nicht der Fall. »Dienstag«, sagte sie schließlich. »Ich habe es erfahren, nachdem ich am Dienstag die Arztpraxis verlassen hatte.«

»Nachdem?«

»Lily hat es mir gesagt, sie hat den Bericht gelesen. Aus Versehen.«

Er schüttelte verwirrt den Kopf. »Bericht, welchen Bericht?«

»Der an meiner Ultraschallaufnahme hing.«

»Sie hat deine Krankenblätter gelesen?«

»Das hat sie nicht, ich meine, der Arzt hat es ihr gezeigt –«

»Himmel, würdest du mir bitte mal erklären, was hier eigentlich vor sich geht! Unser Arzt diskutiert deine Ultraschallaufnahme mit Lily, einem elfjährigen Mädchen, das gar nicht zu unserer Familie gehört?«

»Warte, hör auf damit! Gib mir eine Minute, damit ich alles erklären kann, und hör auf damit, mich so inquisitorisch zu befragen, als ob wir beide etwas Verbotenes getan hätten. Dr. Barry hat ihr eine Aufnahme des Babys gezeigt, weil sie Fragen bezüglich der Größe des Fötus gestellt hat – das war alles vollkommen unschuldig. Sie ist einfach nur interessiert und macht sich Sorgen um das Wohlergehen des Babys.«

Das Schlimmste daran war diese unbezähmbare Wut. Er war wütend, obwohl er und Paige eigentlich feiern sollten. Himmel, ein Junge! Auch wenn er sich nicht beklagt hätte, wenn es anders gekommen wäre – er hätte doch lügen müssen, wenn er behauptete, er habe sich nicht immer einen erstgeborenen Sohn gewünscht. Und genau das sollte jetzt passieren. Warum war es dann so schwer,

diese negativen Gefühle beiseite zu schieben und sich nur auf das Wesentliche zu konzentrieren?
Aber hatte das wirklich so wenig zu bedeuten, daß Paige es ihm nicht gleich erzählt hatte, nachdem sie durch *Zufall* selbst davon erfahren hatte? Statt dessen hatte er es aus dem Mund eines fremden Kindes erfahren müssen, das sich in ihrem Leben breitgemacht hatte und das er nicht einmal leiden konnte.

Kapitel 9

Ihr seid reich«, sagte Lily, als sie auf Paiges Bett saß und ihr zuschaute, wie sie sich das Haar bürstete.

»Wie kommst du auf die Idee?«

»Ihr habt doch zwei Häuser, stimmt's? Eines hier und eines mitten in New York City.«

»Stimmt, aber das heißt noch lange nicht –«

»Aber das ist doch reich. So reiche Leute habe ich vorher noch nie gekannt.«

Paige dachte darüber nach. »Wahrscheinlich sind wir schon irgendwie reich... Ich habe bestimmt mehr Geld und Kleider und andere Sachen, als ich es mir früher je vorgestellt hätte. Ich habe in vielen Punkten Glück. Ich habe einen Beruf, den ich mag, Jason... natürlich, bald kommt noch ein Baby, und dann –«

»Ist schon in Ordnung, du mußt nicht von mir reden.« Paige streckte die Hand aus, aber Lily ließ sich schnell zu Boden gleiten. »Aber ich möchte es –« sagte Paige.

»Es wäre gelogen, weil du mich ja gar nicht richtig hast.«

Paige saß einen Augenblick unschlüssig da, betrachtete Lilys Hinterkopf und sah sich selbst in diesem Alter. »Als ich klein war, habe ich immer gedacht, ich sei adoptiert worden«, sagte sie. »Nun, vielleicht habe ich nicht wirklich daran geglaubt, sondern es mir nur gewünscht. Ich habe meiner Mutter nicht sehr ähnlich gesehen und war auch sonst ganz anders.«

»Ich wette, du warst die gute Prinzessin, während sie die böse war.«

»Du hast wohl selbst deinen Part in einem dieser Märchen gespielt.«
Lily drehte sich zu Paige um und schaute sie an. »Nur daß ich die böse Prinzessin war.«
»Oh, komm, das kann ich kaum glauben.«
»Das liegt nur daran, weil du eine der guten bist.«
»Weißt du was, Lily, ich denke, daß viele Kinder diese Art von Tagträumen haben und sich wünschen oder vorstellen, jemand anderer zu sein, als sie in Wirklichkeit sind. Obwohl ich bis jetzt noch nicht viel darüber nachgedacht habe, bin ich sicher, daß meine Mutter auch ihre guten Seiten hatte, Seiten, die mir an ihr nicht aufgefallen waren, weil ich viel zuviel damit zu tun hatte, mich auf die schlechten zu konzentrieren. Kein Mensch ist nur gut oder nur böse.«
»Was ist mit deiner Freundin in New York, die, die zu Besuch kommt?«
»Lily, verstehst du überhaupt, was ich dir sagen will?«
Sie nickte. »Ich schätze schon, aber ich will nicht über meine Mutter reden. Ich möchte über deine Freundin reden.«
Paige seufzte, streckte die Hand aus und zerzauste ihr das Haar. »Brooke? Na ja, was soll ich sagen ... sie ist schön, einfach umwerfend.«
»So wie du?«
»Ich?«
»Ja.«
»Aber ich bin doch nicht –«
»Doch, das bist du.«
Paige lachte. »Hat dir schon mal jemand gesagt, wie stimulierend du für das Ego einer Frau bist?«
»Ich sage das nicht nur, damit du mich magst. Du bist schön. Hat dir Jason das noch nie gesagt?«

»Nun, ja, ich meine, nein.« Sie lachte, seufzte, beugte sich vor und führte die Bürste durch das lange, seidige Haar des Kindes.
»Erzähl mir mehr über Brooke.«
»Noch mehr?« Paige richtete sich wieder gerade auf. »Okay, schauen wir mal, sie kann Kinder nicht ausstehen.«
»Im Ernst?«
»Das sagt sie jedenfalls, und ich wüßte nicht, warum ich ihr das nicht glauben sollte; sie sagt immer, daß sie nicht die Absicht hat, jemals welche zu bekommen.«
»Ist sie böse?«
»Überhaupt nicht. Es gibt eben Leute, die keine großen Ambitionen haben, Eltern zu werden. Und ich schätze, es ist auch besser, wenn man so etwas vorher zugibt, als einfach ein Kind in die Welt zu setzen und erst hinterher herauszufinden, daß man nicht die Geduld hat und ... Nun, du hast schon verstanden, was ich meine.«
»Und sie schlägt, ist es das, was du meinst?«
Sie nickte. »So etwas in der Art. Lily, hat dein Daddy dich je geschlagen?«
»Muß ich darüber reden?«
»Nein, natürlich mußt du das nicht. Aber ich möchte dich daran erinnern, daß ich immer ein offenes Ohr für dich haben werde, falls du mal darüber reden möchtest. Und Dr. Egan natürlich auch. Nütz das aus, Schätzchen. Es ist viel besser, wenn man seine Gefühle herausläßt und über sie spricht, statt zuzulassen, daß sie sich in einen dunklen Winkel verkriechen, wo sie sich selbständig machen und man die Kontrolle über sie verliert.«
»Hast du das getan, Paige?«
Eine kurze Pause, dann: »Wenn du mich das noch vor einem Monat gefragt hättest, sogar noch vor ein paar Wo-

chen, hätte ich nein gesagt, absolut nicht. Aber vielleicht habe ich manchmal auch so reagiert...«

»Als du noch klein warst?«

»Ich schätze.«

Beide sagten eine Weile nichts, während Paige eine andere Bluse anzog, die besser zu ihren schwarzweißgestreiften Hosen paßte. »Lily, da wir gerade davon sprechen...« Lily schaute zu ihr auf – ihr Blick war so klar und rein, als ob er direkt aus ihrer Seele käme. »Schätzchen, was würdest du dazu sagen, wenn du wüßtest, daß deine Mutter vielleicht die Chance hat, wieder nach Hause zu kommen?«

Lily schluckte schwer und fuhr sich mit der Zunge über die Lippen. »Hat sie die?« fragte sie mit einem Stimmchen, das Paige kaum verstehen konnte.

»Nun, das ist nicht sicher. Du weißt doch, daß Jason Rechtsanwalt ist, oder?«

Sie nickte.

»Na, er arbeitet daran, sie aus dem Gefängnis zu holen.«

»Wie kann er das?«

»Nun, man nennt so etwas ein Wiederaufnahmeverfahren. Jason möchte einen Antrag stellen, daß ihr Schuldbekenntnis nicht anerkannt und das Urteil aufgehoben wird.« Paige bemerkte die Verwirrung des kleinen Mädchens und versuchte es noch mal. »Die Sache ist die, deine Mutter hatte nie eine richtige Verhandlung... sie hat sich einfach schuldig bekannt und sich einsperren lassen.«

»Und das hätte sie nicht tun sollen?«

»Nun, sie hatte ja auch etwas zu sagen, und sie hätte sich hinstellen und ihre Sicht der Dinge erzählen sollen. So etwas nennt man Verteidigung, und darauf beruht unser Justizsystem. Es ist nur selten so, daß alles entweder ganz richtig oder ganz falsch ist; meistens gibt es Umstände, die jede Situation einmalig machen. Überleg doch, Lily, sie ist doch nicht plötzlich eines Morgens aufgewacht und hat beschlossen, deinen Dad umzubringen. Das ist doch erst nach Jahren voller Mißhandlungen, Tränen, blauer Flekken und gebrochener Knochen passiert. Aber du kennst die Geschichte bestimmt besser als ich.«

»Dann hatte sie also recht, ihn zu töten?«

»Das ist keine Sache von Recht oder Unrecht. Es gibt so etwas wie Notwehr, und Jason ist der Meinung, daß die Tat deiner Mutter unter diesem Gesichtspunkt betrachtet werden könnte. Doch zuerst muß er den Richter überzeugen, daß sie noch mal von vorn anfangen darf, weil sie nämlich beim ersten Mal vor Gericht geistig gar nicht in der Lage war, sich zu verteidigen.«

»Soll das heißen, daß sie verrückt war?«

»Das soll heißen, daß sie unter Schock stand und nicht Herr ihrer Sinne war, als sie sich schuldig bekannte, das Verbrechen begangen zu haben. Und wenn Jason das beweisen kann, dann kann er auch beweisen, daß der Mord an sich aus Notwehr geschah ... Lily, deine Mutter könnte wieder frei kommen oder zumindest ein milderes Urteil erhalten. Das ist natürlich nicht sicher, und ich will auch nicht, daß du das denkst ... aber wenn es eine Möglichkeit gäbe, daß es dazu kommt, was würdest du davon halten?«

»Ich schätze, das wäre gut. Wirklich gut.«

Paige lächelte und umarmte sie.

»Dann schreibe ihr doch einen Brief und sage ihr das. Weißt du, Lily, ein Problem mit deiner Mutter ist, daß sie sich selbst der strengste Richter und die strengsten Geschworenen in einer Person ist. Sie ist nicht bereit, sich selbst zu vergeben und um ihre Freiheit zu kämpfen. Es liegt also an dir, sie zu überzeugen, daß du sie liebst und sie brauchst und daß sie nach Hause kommen muß, um wieder mit dir zusammenzusein.«

Brooke und Gary kamen abends um sechs Uhr – zwanzig Minuten vor Jason. Nachdem allerseits Küßchen und Umarmungen ausgetauscht worden waren, begleitet von spitzen Schreien, Ächzen und den üblichen dummen Bemerkungen über schwangere Frauen, stellte Paige Lily vor und lobte sie sehr für die bunte und geschmackvolle Platte mit Appetithappen, die sie auf dem Couchtisch angerichtet hatte.

Gary – groß, mit sandblondem Haar und feinen Gesichtszügen – bediente sich bereits am Büfett und goß sich großzügig weißen Chardonnay ein, damit der kleine Teller mit den Häppchen besser rutschte, den er sich zusammengestellt hatte.

»Sie ist eine hervorragende Köchin und überhaupt ein prächtiges Mädchen. Wie alt ist sie, die kleine Dame, sagst du? Elf?« Er drehte sich um und ließ seine blauen Augen auf Lily ruhen. »Hey, du suchst wahrscheinlich keine gutbezahlte Stellung in der Stadt?«

»Vergiß das lieber, das wäre ein schlechter Tausch«, sagte Brooke, während sie sich Wein in ein langstieliges Glas goß. »Dieser Angeber hier arbeitet selbst nur für einen Hungerlohn.«

Er zwinkerte Lily zu. »Ah, aber das erzähle ich doch nur *ihr*, und das geschieht nur zu ihrem Besten, muß ich hinzufügen. In Wirklichkeit ist diese Frau da nämlich wahnsinnig und leidet an einer Geisteskrankheit, die sie jedes Mal hyperventilieren läßt, sobald sie auch nur in die Nähe eines grünen Kittels kommt.«

»Zum Glück bin ich nicht auf ihn angewiesen, wenn ich mal krank bin – vielleicht sollte ich aber doch lieber schnell

mein Testament aufsetzen. Warte«, sie streckte einen Finger in die Luft, »ist das nicht der Herr, der den einsamen Rekord hält, die wenigsten Punkte im Ärztekollegium zu haben, oder war das einer von seinen doofen Kumpels?«
Paige stand auf. »Lily, warum gehst du nicht nach oben und fängst mit dem Brief an, über den wir gesprochen haben?« Lily ging, und Paige verschränkte die Arme vor der Brust und blickte entschlossen von einem zum anderen. »Würdet ihr euch bitte etwas zusammenreißen? Ihr seid gerade erst angekommen und schon mitten im schönsten Streit.«
Brooke deutete auf die Treppe.
»Na, es ist ja nicht so, daß die Prinzessin nicht an ein bißchen harmloses Geplänkel gewöhnt wäre.«
»Harmlos, von wessen Standpunkt aus? Außerdem will ich nicht, daß du Lily wie eine deiner Bühnenrequisiten behandelst. Also, als Motto dieses Wochenendes ist angesagt, mit dem eigenen Partner so gut wie möglich auszukommen. Wer das am besten fertigbringt – das heißt, ohne den Veitstanz oder andere schreckliche Gebrechen zu bekommen –, der hat gewonnen.«
Von der Tür ertönte Klatschen. »Bravo, das war wunderbar. So wunderbar, daß ich mir überlege, ob wir das nicht für immer einführen sollen. Am Wochenende ist jeder Streit strikt verboten, so lauten doch die Regeln, oder?«
Paige schaute Jason fragend an. »Hast du getrunken?«
»Nichts, worüber du dir Sorgen machen müßtest.« Er hob eine braune Papiertüte in die Höhe, steckte die Hand hinein und holte eine riesige, grellrote Tomate heraus. »Das, meine Freunde, ist eine im eigenen Garten gezogene Tomate«, verkündete er und hielt sie allen unter die Nase.
»Von wessen Garten ist hier eigentlich die Rede?« fragte Gary.

»Das ist doch egal. Warte nur, bis du die Spaghettisauce probiert hast, die ich morgen daraus machen werde.«
»Hierher«, sagte Brooke und streckte die Arme aus. »Alles der Reihe nach, wo bleibt mein Begrüßungskuß?«

Trotz der späten Stunde, zu der sie ins Bett gekommen waren, standen Gary, Jason und Lily am nächsten Morgen früh auf und weckten auch gleich die anderen. Erst wollten sie ein wenig laufen und dann irgendwo unterwegs frühstücken, wurde beschlossen. Während also Gary und Paige zusammen über den Kiesweg schlenderten und sich unterhielten, liefen Jason, Brooke und Lily den Pfad entlang durch den Wald und zum Fluß hinunter.
»Wir treffen uns in, na sagen wir mal, einer halben Stunde am Wagen«, schlug Jason vor.
Jason und Brooke legten zwanzig Minuten später, als sie zum dritten Mal am Fluß vorbeikamen, eine kleine Pause ein. Lily war bei der Trauerweide zurückgeblieben, wo sie sich mit beiden Händen an einen niedrigen Ast hängte und hin und her schwang. Jason, verlegen, daß sie nun beide allein waren, bückte sich und ließ flache Kieselsteine über das Wasser hüpfen, während Brooke sich in die Betrachtung der großen Eiche vor sich vertiefte. Plötzlich kletterte sie Ast für Ast hinauf, bis sie auf einem langen, knorrigen Zweig stand, der sich ungefähr drei Meter über dem Boden befand. Dort oben ließ sie den Stamm los und breitete beide Arme weit aus, so daß sich ihr Strickhemd hob und ihre nackte Taille entblößte.
»Schau dir das mal an.«
Er drehte sich um und schaute. »Hey, paß auf, setz dich wieder hin, das ist ziemlich hoch.«
»Keine Bange, mir geht es gut«, sagte sie, reckte das Kinn, streckte ihren langen Hals und atmete tief ein. Schließlich

setzte sie sich und stützte sich dabei mit einem Arm am Baumstamm ab.

»Was für ein herrlicher Ausblick. Ich muß hier unbedingt zum Malen heraufkommen.«

»Was macht denn die Kunst?«

»Der geht es gut. Ich verdiene sogar etwas Geld damit, so daß wir nicht nur auf Garys mageres Einkommen angewiesen sind. Ich hasse es nun mal, mir nicht alles leisten zu können, was ich will. Das ist eben eine meiner kleinen Marotten.«

»Noch ein paar Jahre, und Gary wird soviel Geld scheffeln, daß du es gar nicht so schnell ausgeben kannst.«

»Das würde mir bestimmt nichts ausmachen. Und bis dahin bleibt mir nichts weiter übrig, als mich mit den langen Stunden voller Einsamkeit, aber mit wenig Entgelt abzufinden.« Sie drehte sich Richtung Trauerweide und deutete mit einem Nicken darauf. »Wie macht sich denn unsere kleine Prinzessin?«

»Wir sind nicht gerade eine glückliche Familie, wenn du das meinst.«

»Ich habe mein Bestes versucht und mit Paige geredet. Aber –«

»Nein, ich kann mir nicht vorstellen, daß man an diesem Punkt mit Reden noch etwas bei ihr ausrichten kann. Sie hängt schon viel zu sehr an ihr. Es war ein Fehler, hierherzukommen.«

»Nun, das ist schwer zu sagen. Vergiß nicht, Paige war ziemlich fertig, als sie aus der Stadt weg ist. Sie konnte nicht mal hundertfünfzig Meter von der Wohnung weggehen, ohne sich gleich von jemandem bedroht zu fühlen oder ähnliches. Entweder real oder eingebildet.«

»Ja, natürlich war das eine Weile ziemlich schlimm, ich wünschte mir nur ... Schau dir das mal an –« Er machte ei-

nen Schritt auf das Wasser zu und steckte vorsichtig die Hand hinein.
»Was ist da?«
»Warte.« Mit beiden Händen holte er eine Schildkröte heraus und hob sie in die Höhe. »Schau dir nur mal die Größe von dem Ding an!« Er drehte sich zu der Trauerweide um und rief: »Hey, Lily, schnell, komm her.«

Lily kam mit Brooke und Jason im Schlepptau aus dem Wald gerannt.
»Wartet nur, bis ihr gesehen habt, was Jason gefunden hat!« rief sie.
Die Schildkröte, die dieser trug, war die größte, die Paige je gesehen hatte – der schwere, grünlichbraune Panzer hatte einen Durchmesser von zwanzig, vielleicht fünfundzwanzig Zentimetern.
»Beißt sie, Jason?« fragte sie und musterte die Augen des Tieres, die fast völlig von dickhäutigen Lidern verborgen waren.
»Nur wenn du ihr den Finger direkt vors Maul hältst. Lily, geh doch mal in den Keller, dort ist ein Waschzuber aus Blech. Hol ihn her. Der müßte eigentlich groß genug für dieses Ding sein, für eine Zeitlang wenigstens.« Als Lily mit der Blechbadewanne angerannt kam, hob Jason die Schildkröte hinein.
»Wo willst du sie halten?« fragte Lily.
»Nun, ich weiß nur, wo *du* sie nicht halten wirst, nämlich nicht im Haus.«
»*Ich*, sie gehört mir?«
»Du mußt natürlich für sie sorgen, das heißt, sie füttern und ihren Käfig sauberhalten.« Er deutete auf die Badewanne. »Sie wird einen größeren Behälter brauchen, vielleicht können wir nach dem Frühstück –«

»Ich hatte noch nie ein Haustier, noch nie in meinem ganzen Leben!« Sie sprang auf ihn zu und schlang – ohne lange darüber nachzudenken – ihre Arme um Jason, wich aber sofort wieder zurück, als ihr klar wurde, was sie da getan hatte. »Vielen Dank, Jason«, sagte sie und setzte zu einem Spurt Richtung Haus an.
»Was ist, wo läufst du hin, Lily?« rief Paige ihr nach »Wir wollten doch …«
»Bin gleich wieder da, nur eine Sekunde. Ich hole Wasser, eine Schildkröte braucht doch Wasser!«

Jason und Lily entschieden sich für eine feste, zweigeteilte Sandbox aus Plastik, die ungefähr zweieinhalb Meter lang war und einen dreißig Zentimeter hohen Rand hatte. Und da es draußen bereits kalt wurde – frisches Wasser würde schnell gefrieren –, war Paige einverstanden, daß die Schildkröte im Keller blieb. Da die Waschmaschine und der Trockner bequemerweise in der Küche standen, kam Paige nicht oft nach unten.
»Aber du wirst sie doch sauberhalten?« fragte sie Lily.
»Das verspreche ich dir.«
Als sie aus dem Ort zurückkamen, füllte Lily die beiden Abteilungen mit Sand und verteilte anschließend Salat, rohen Spinat, Brokkoli, Steine, Stöcke und Kieselsteine darauf. Aber dann nahm sie die Schildkröte doch mit nach draußen.
»Die meisten Kinder mögen Hunde und Katzen«, meinte Brooke, als sie ihre Malsachen zusammensuchte.
»Und die meisten Maler ziehen es vor, mit beiden Beinen fest auf der Erde zu bleiben«, sagte Paige.
»Oh, das, komm doch raus mit mir. Dann wirst du schon sehen, daß es gar nicht so gefährlich ist.«
»Ich kann nicht, ich bin nicht mehr so beweglich. Ich bin

kein Partygirl mehr, das die Nächte durchtanzt.« Sie tätschelte lächelnd ihren Bauch. »Ich befördere hier drin kostbare Fracht, die nach sofortiger Ruhe verlangt.« Sie stieg ein, zwei Stufen die Treppe hoch und drehte sich dann noch mal um. »Trotzdem, Brooke, ich habe Angst um dich, wenn du mit dem ganzen Zeug, das du zu tragen hast, so hoch auf einen Baum kletterst. Vielleicht sollte jemand mitkommen –« Sie schaute erst Gary, dann Jason an. »Würdest du vielleicht?«

»Du legst dich hin«, sagte Jason, »und ich begleite sie zum Fluß und helfe ihr beim Aufstellen ihrer Malsachen.«

»Ich muß noch ein paar Anrufe ins Krankenhaus erledigen«, meinte Gary.

»Du hast versprochen, du würdest –« setzte Brooke an.

»Psst«, sagte Paige. »Denkt an die Spielregeln, kein böses Wort, kein Streit, kein Genörgel.«

Es geschah, als Jason den Baum hochkletterte, um Brooke die Leinwand zu reichen – sie nahm sie ihm ab, lehnte sie vorsichtig an den Baumstamm, beugte sich vor und überraschte ihn damit, daß sie schnell und erfahren ihre kühle Hand unter seine Jeans gleiten ließ. Und das nächste, was er wußte, war, daß er sie küßte, berührte ... Aber das dauerte nur ein paar Sekunden, denn plötzlich hielt er inne, riß sich los und sprang zu Boden.

Er wich ein paar Schritte zurück und betrachtete sie, wie sie da oben saß: mit weit geöffnetem Hemd, das ein dunkles Muttermal zwischen ihren winzigen nackten Brüsten mit den steifen rosa Brustwarzen enthüllte. Er schüttelte den Kopf. »Ich kann nicht.«

»Warum nicht, zum Teufel?«

»Ich würde sterben, wenn ich sie verlieren würde, Brooke, und das meine ich auch so.«

»Aber wer soll es ihr denn sagen? Du glaubst doch wohl nicht, ich –«
Pause, dann: »Verstehst du das denn nicht, es liegt an mir, ich kann sie nicht weiterhin belügen ... sie vertraut mir, und plötzlich kann ich es kaum mehr ertragen, sie anzusehen. Diese Frau bedeutet mir alles, und sie trägt mein Kind unter dem Herzen. Und ich habe deshalb Angst, sie richtig anzusehen, weil ich befürchte, daß sie mich auf den ersten Blick durchschauen wird.«
»Kein Grund zur Sorge, das klingt mir ganz nach einem simplen Fall von sogenanntem ›schlechten Gewissen‹. Und dabei habe ich mir immer gedacht, diese ganz besondere Krankheit sei in den Fünfzigern zusammen mit Bürstenschnitt und weißen Wildlederschuhen ausgestorben. Du benimmst dich wie ein Pennäler. Hier, ich zeige dir mal was.« Mit diesen Worten zog sie ihr Hemd aus, ließ es zu Boden fallen und stieß sich langsam vom Baumstamm ab ... »Du solltest mich besser auffangen.«
Völlig überrascht fing er sie auf, konnte aber nur ihren Sturz dämpfen. Zusammen fielen sie zu Boden, sie blieb auf ihm liegen. Ohne lange zu zögern, fing sie an, ihn zu kitzeln und zu streicheln, aber er schob sie zur Seite und stand wieder auf. Schließlich bückte er sich, hob ihr Hemd auf und warf es ihr zu.
Sie setzte sich auf, holte tief Luft, zog ihr Hemd an, zögerte, als wüßte sie nicht, was sie als nächstes tun sollte, und fuhr sich schließlich mit der Hand durchs Haar. Er hatte inzwischen beide Daumen in die Taschen seiner Jeans eingehakt und starrte zu Boden, während die Spitze seines Turnschuhs wütend in der Erde wühlte. Wieso kam er sich plötzlich wie ein dummer Teenager vor, der bis über beide Ohren in der Klemme steckte?
»Wir sollten das hier nicht überbewerten und mehr darin

sehen, als eigentlich passiert ist«, meinte Brooke schließlich. »Wenn es dir die Sache leichter macht, dann schieb ruhig mir die ganze Schuld in die Schuhe.«
»Hör zu, ich suche niemanden, dem ich die Schuld... Aber wie wär's, wenn wir versuchten, so zu tun, als ob nie etwas passiert sei?«
Sie nickte und kletterte wieder auf den Ast. Er hob ihre Palette und eine Kiste mit Kreide, Ölfarbe, Zeichenkohle, Pinseln und Leinwand in die Astgabeln der Eiche hinauf und half ihr noch, sie dort zu befestigen.
Brooke schaute auf ihre Uhr. »Sag Paige, daß ich gegen drei, spätestens halb vier wieder zurück bin.«
Er fühlte sich immer noch ganz benommen, als er sich auf den Rückweg machte, sonst hätte er sicher Lily bemerkt, die oben in der Trauerweide auf Beobachtungsposten saß.

Sie hatten erst für Lily Abendbrot gemacht und nun bis acht Uhr warten müssen, ehe Jasons Sauce endlich fertig war.
»Hier, versuch mal«, sagte er und streckte Gary den dampfenden Kochlöffel entgegen.
Gary goß sich zuerst Rotwein ein und probierte dann die Sauce.
»Die ist gut, die ist wirklich so gut, wie du behauptet hast. Warum hast du die nicht schon früher für uns gemacht?«
»Das hat er doch, Schafskopf, zweimal. Aber beide Male bist du wegen eines Notfalls ins Krankenhaus gerufen worden«, antwortete Brooke.
»Nein, nein, keine bösen Worte«, schimpfte Paige, goß sich selbst Mineralwasser ein und überlegte, wie umwerfend Brooke in diesen schwarzen Leggings und dem dünnen roten Oberteil mit dem breiten Gürtel aussah, der ihre schmale Taille noch schmaler erscheinen ließ. Paige

konnte sich nicht erinnern, je eine solche Taille gehabt zu haben – jedenfalls nicht nach ihrem zwölften Lebensjahr.

»Na, du kannst Brooke ja auf jeden Fall das Rezept geben.«

»Es gibt kein Rezept«, sagte Paige und mischte sich in ihre Unterhaltung ein.

»Was soll das heißen?«

»Du weißt doch«, sagte sie und reichte die Teller mit Spaghetti an Jason weiter, der die Sauce über die Nudeln goß. »Ein bißchen dies, ein bißchen das.«

»Ich sehe schon, du hast sie gut abgerichtet, Jay, alter Knabe. Aber wenn du schon so ein Geheimnis um die Zutaten machst, dann solltest du dein Rezept besser gleich urheberrechtlich schützen lassen.«

»Na ja, ich könnte schon alles mal abwiegen und zusammenschreiben.«

»Zu mir hast du das noch nie gesagt. Wieso eigentlich?« fragte Paige, als sie die zwei fertigen Teller Jason aus der Hand nahm und sie an Gary und Brooke weiterreichte.

»Gut«, sagte Gary, als er mit der Mühle Pfeffer über die dampfenden Nudeln mahlte. »Wenn du das wirklich tust, dann kannst du auch Brooke eine Kopie geben.«

»Warum bist du denn so still?« wollte Paige von Brooke wissen, als sie sich ein Stück warmes Knoblauchbrot nahm und dann den Korb weiterreichte.

»Aus keinem besonderen Grund, ich genieße den Wein. Ich komme nur nicht dahinter, was das für einer ist.«

»Ein Chianti«, sagte Gary. »Darf ich dich daran erinnern, meine Liebe, daß du ihn selbst aus dem Weinregal genommen hast?«

Lily kam aus dem Keller herauf. »Sie kriecht dauernd wieder heraus«, sagte sie.

»Was ist los?« fragte Paige.

»Die Schildkröte, sie steigt über den Rand des Kastens.«
»Dann laß dir was einfallen«, sagte Jason.
»Was soll das heißen?«
»Denk dir was aus, damit es nicht mehr passiert. Mit anderen Worten, stell etwas auf, das sie davon abhält, eine Barriere, irgend etwas. Außerdem sind wir gerade beim Essen – und wenn ich dich daran erinnern darf, du hast bereits gegessen, jetzt sind wir an der Reihe.«
»Brrr, wenn Blicke töten könnten«, sagte Brooke, während Lily wieder nach unten verschwand.

»Ist dir auch aufgefallen, daß Brooke sich seltsam benimmt?« fragte Paige, als sie und Jason im Bett waren.
»Nein, eigentlich nicht, wieso?«
»Ich weiß nicht, sie schien mir launisch, besorgt, nicht ganz sie selbst.«
»Vielleicht hat es mit Gary zu tun.«
»Vielleicht. Aber ich hatte nicht den Eindruck. Ich meine, wenn man bedenkt, wie die zwei normalerweise miteinander umgehen, dann kommen sie momentan bemerkenswert gut miteinander aus.« Sie drückte ihre Lippen auf seinen Hals. »Und wenn ich an die letzte Woche denke, wir beide auch. Denkst du nicht auch? Ich weiß, daß es unverzeihlich von mir war, dir nicht gleich von dem Baby zu erzählen, aber ich schwöre dir, das war nicht meine Absicht, Jason. Es lag soviel Ärger und Gereiztheit in der Luft, daß ich eigentlich nur auf den passenden Augenblick, die richtige Stimmung gewartet habe, um es dir zu sagen ... Aber bevor ich noch wußte, was los war, waren zwei Tage vergangen, und ...«
»Sprechen wir nicht mehr davon.«
»Dann verzeihst du mir also?«
»Hast du es sonst noch jemandem erzählt?«

»Nein, natürlich nicht. Aber ich glaube, jetzt können wir... Du freust dich doch darüber, oder?«
»Wie kannst du so etwas nur fragen? Wenn der Ärger etwas nachläßt, denke ich an nichts anderes, nur daran, daß du unseren Sohn trägst... Dann kann ich gar nicht beschreiben, wie aufgeregt, wie froh ich bin.« Er schaute ihr in die Augen, streckte die Hand aus, fuhr mit den Knöcheln über ihre Wangen, ließ seine Hand aber wieder sinken und wandte die Augen ab.
»Aber der Ärger kommt immer wieder hoch, ist es das?«
»Er wird schon wieder vergehen. Ich konnte ja noch nie lange wütend auf dich sein.«
»Was ist mit Lily?«
Schweigen.
»Sie mag diese Schildkröte wirklich sehr.«
»Ja, sieht ganz so aus.«
»Warum dann so negativ? Sie ist ganz verrückt danach, und ich fand es toll, daß du sie ihr gegeben hast.«
»Ist ja schon gut.«
»Tut mir leid, ich wollte dich nicht bedrängen. Abgesehen davon, daß Brooke ein bißchen launisch ist, läuft das Wochenende doch wirklich gut. Besonders mit dir und Lily und dieser Schildkröte... Vielleicht täusche ich mich ja, aber ich habe das Gefühl, als hättet ihr beide Waffenstillstand geschlossen.« Sie fuhr mit der Zunge in sein Ohr. »Jason, ist dir aufgefallen, daß ich dich heute abend beobachtet habe? Dabei habe ich mir gedacht –«
»Es ist schon fast drei Uhr, Paige. Ich bin müde.«

»Äpfel pflücken? Es soll doch regnen.«
»Aber erst heute abend. Komm schon, das wird bestimmt lustig, Jason«, sagte Paige. »Die Obstgärten sind

einfach traumhaft schön um diese Jahreszeit. Soweit ich höre, hat Gary nichts dagegen einzuwenden.«

»Das liegt nur daran, daß ich überhaupt keine Gelegenheit dazu hatte, etwas einzuwenden. Wann habt ihr überhaupt abgestimmt, und wo war ich zu der Zeit?«

»Wahrscheinlich waren deine Gedanken viel zu sehr damit beschäftigt, das Viertelpfund Schnittlauchkäse auf diesem Brötchen zu verteilen, das du gerade verspeisen willst«, meinte Brooke. »Jason, warum erzählst du mir nicht mehr von eurer Absicht, dieses süße kleine Baby Brooke zu nennen?«

Paige warf Jason einen Blick zu.

»Vergiß es«, meinte er achselzuckend. »Sieht so aus, als würden wir nun definitiv einen Jungen bekommen.«

»Hey, meinst du das im Ernst? Großartig!« rief Gary.

»Warte mal, ich dachte, wir sollten uns überraschen lassen, was es wird, und –« Brooke schaute erst Paige, dann Jason fragend an. »Was ist hier los?«

»Nichts«, erwiderte Paige. »Bei meinem letzten Arztbesuch haben wir es durch Zufall erfahren.«

»Okay, dein Termin war am Dienstag, ich weiß noch, daß du mir davon erzählt hast, Paige –«

»Stimmt.«

Sie wandte sich an Jason. »Warum hast du mir dann noch gestern gesagt, daß –« Sie hielt inne und fügte nur noch hinzu: »Hoppla, jetzt halte ich wohl besser den Mund.«

»Was ist jetzt mit eurer Äpfelpflückerei, Mädchen«, sagte Gary, um ihr über die peinliche Situation hinwegzuhelfen. »Was glaubt ihr, wie lange das dauert? Wir müßten nämlich spätestens um vier wieder zurück.«

»Kein Problem«, meinte Paige. »Es dauert nicht länger als eine Stunde, um zwei Körbe zu füllen.«

»Ich sehe jetzt schon unseren Kühlschrank voller verfaulender Äpfel vor mir«, sagte Gary.
»O ja, ehe ich es vergesse«, warf Paige ein und tippte Brooke auf die Schulter. »Zeig mir doch mal das Bild.«
»Welches Bild?«
»Du weißt schon, das vom Baum.«
»Oh, das. Da wirst du noch etwas warten müssen, du weißt doch, daß ich unfertige Sachen nicht so gern herzeige.«
»Wann wird es denn fertig sein?«
Sie zuckte mit den Achseln.
»Warum bleibst du dann nicht noch ein paar Tage und malst es zu Ende?« schlug Gary vor. »Du kannst dann mit Jason wieder in die Stadt zurückfahren, sagen wir mal, Mittwoch früh. So bleiben dir noch zwei Tage. Da kannst du in aller Ruhe malen und mit Paige alle Leute durchhecheln.«
»Aber sie hat doch eine Auftragsarbeit zu machen«, meinte Paige.
»Die wurde doch wieder abbestellt, nicht wahr, Liebling?«
Brooke zuckte mit den Achseln. »Ja, aber ich weiß nicht, ob der Zeitpunkt so gut ist. Ich müßte wirklich zurück.«
»Falls du dabei an mich denken solltest, mich kannst du gleich vergessen«, sagte Gary. »Ich habe morgen und am Dienstag bis drei Uhr nachts Dienst.«
»Okay«, sagte Paige. »Und wo liegt das Problem?«
»Na, nirgends. Aber was ist mit Jason, der muß morgens doch gar nicht in die Nähe der Park Avenue –«
»Er kann dich ja an einer Bushaltestelle oder an der U-Bahn herauslassen. Wieso bist du nur so... Jason, sag ihr doch bitte mal, daß das kein Problem ist... Huhu, Jason Bennett, weilst du noch unter uns?«

»O ja, sicher... Nein, sie hat recht, das ist kein Problem.«
»Okay, dann ist es abgemacht, du bleibst noch.«
Brooke zuckte die Achseln in einer Was-kann-ich-schon-dagegen-tun-Geste, was offensichtlich Lilys Interesse erregte, die ihre Augen nicht von ihr ließ. Paige beugte sich vor und tippte Lily auf die Schulter.
»Junge Dame, das ist aber ein strenger Blick. Was ist denn los, Schätzchen?«
Brooke schaute hoch und hatte ein seltsames Gefühl, als ihr Blick dem des Kindes begegnete. Schließlich wandte Lily ihre Aufmerksamkeit Paige zu.
»Ich habe nur nachgedacht, das ist alles...«
»So, worüber denn?«
»Über das Äpfelpflücken. Wenn wir gehen, bekomme ich dann einen Kürbis?«

»Du warst ja nicht gerade begeistert, daß Brooke noch bleibt«, sagte Paige an diesem Abend, als sie ins Bett gingen. Gary war gegen sechs Uhr gefahren, hatte also noch genügend Zeit, dem Regen davonzufahren, der von New Jersey heraufgezogen war. Jetzt lag Jason auf dem Bett und hatte ihr den Rücken zugewandt, den sie nachdenklich betrachtete.
»Ich wollte nicht, daß es so klingt«, sagte er. »Wenn sie länger bleiben will, schön.«
»Bist du sauer auf sie?«
»Himmel, Paige, mußt du wirklich alle meine Reaktionen gleich analysieren? Ich habe eigentlich nur gedacht, daß du sie vielleicht etwas zu sehr bedrängt hast.«
»Habe ich das? Und ich habe gedacht, sie hat nur gezögert, weil... Glaubst du wirklich, daß ich sie überredet habe?«
»Vergiß es. Sie ist einverstanden, noch zu bleiben, was

heißt, daß sie es sich inzwischen noch mal überlegt hat, falls sie vorher wirklich anderer Meinung war.«
»Glaubst du, daß sie wütend auf mich ist?«
»Warum sollte sie das?«
»Ich weiß nicht, sie schien nur so ... ich weiß nicht, so reserviert.«
»Das bildest du dir doch nur ein.« Er sagte lange nichts, dann: »Paige?«
»Ja, ich höre.«
»Du bist das Allerwichtigste in meinem Leben – das weißt du doch, oder?«
»Ich verlasse mich schon darauf, vielleicht mehr, als ich das Recht dazu habe. Willst du darüber reden?«
»Über was?«
»Über das, was letzte Woche mit dir passiert ist.«
Schweigen.
»Jason, ich muß es wissen.«
»Das war nur Streß, du weißt doch, wie manchmal eins zum anderen kommt.«
»Und das war alles?«
»Genügt dir das nicht?«
Sie lächelte und kuschelte sich fester an seinen Rücken. Plötzlich versetzte ihr das Baby einen Tritt.
»Oh, oh, da ist jemand wach und will spielen. Spürst du ihn, Jason?«
»Willst du mich veralbern? Das fühlt sich an wie eine ganze Elefantenherde. Erinnert mich an die Art, wie du momentan die Treppe hochsteigst.« Sie versetzte ihm einen scherzhaften Klaps, beide lachten, und er drehte sich um und zog sie an sich.
Als sie gerade am Einschlafen war, sagte sie noch: »Jason, hast du gesehen, welches Gesicht Lily aus ihrem Kürbis geschnitzt hat?«

»Nein, eigentlich nicht, wieso?«
»Es war nur so ganz anders, das ist alles, Sehr freundlich, gar nicht so die übliche Fratze; sie hat ihm einen lächelnden Mund gemacht.«
Sie war gerade erst zwanzig Minuten eingeschlafen, als ein Donnerschlag über den Himmel fegte und sie erschrocken hochfahren ließ. Jason, der noch nicht eingeschlafen war, ergriff ihre Arme, mit denen sie wie wild um sich schlug, und hielt sie fest.
»Es ist alles in Ordnung, Liebling, entspann dich, das war nur ein bißchen Donner da draußen.«
Sie schaute ihn verständnislos an, aber als sie wieder zu sich kam, holte sie tief Luft.
»Wieder so ein Traum?«
Sie nickte.
»Wieder derselbe Kerl?«
Wieder nickte sie und sagte: »Nein. Es sah zwar so aus, aber ich glaube nicht, daß er es diesmal war.«

Am nächsten Morgen bestand Lily darauf, etwas früher zur Schule zu gehen, da sie auf dem Schulhof unbedingt allen von ihrer Schildkröte erzählen wollte, die sie Wally getauft hatte. Als Brooke aufwachte, war Paige bereits bei ihrer dritten Tasse koffeinfreien Kaffee und bei ihrem zweiten Brötchen. Sie goß Brooke eine Tasse ein.
»Wie wär's mit einem Brötchen dazu?«
»Nein, nichts.«
»Bist du sicher? Ich habe auch Orangensaft, Müsli, Eier?«
Brooke schüttelte nur den Kopf und schaute zum Fenster hinaus – draußen war es immer noch naß und ungemütlich.
»Keine Sorge«, meinte Paige, »der Wetterbericht hat in ein paar Stunden Sonne versprochen.«

»Okay.«
»Jetzt komm schon, sag's mir«, bat Paige schließlich.
»Was meinst du denn?«
»Du bist einfach nicht so spritzig wie sonst.«
»Na komm, selbst wir spritzigen Wesen brauchen ab und zu eine Verschnaufpause.«
»Bist du wütend auf mich oder auf etwas, was ich gesagt oder getan habe?«
Brooke sagte eine Weile nichts und meinte dann: »Soll ich dir ganz brutal die Wahrheit sagen?«
»Selbstverständlich.«
»Ich glaube, daß du mit dieser Lily einen Fehler machst.«
»So? Für wen soll das falsch sein – für dich oder mich?«
»Für dich und Jason als Paar.«
Paige seufzte und schüttelte den Kopf. »Na, das kommt aber von einer wirklichen Autorität auf diesem Gebiet.«
»Ich will ja gar nicht behaupten, daß meine Ehe perfekt ist, ich sage nur, daß deine Ehe, die in meinen Augen immer so gut zu sein schien, plötzlich einen etwas morschen Eindruck macht. Ich meine, bei euch beiden läuft doch eigentlich alles nach Plan – ihr versteht euch gut, seid beide erfolgreich im Beruf, jetzt kommt sogar noch ein Baby, das Kind, das ihr euch beide so lange gewünscht habt ... Und was hat das jetzt zu bedeuten, daß du gewußt hast, es wird ein Junge, und es Jason nicht erzählt hast?«
»Das war reiner Zufall, ich habe es unbeabsichtigt erfahren.«
»In Ordnung, so etwas kann passieren, schätze ich. Aber warum hast du es ihm dann nicht gleich gesagt?«
»Ich habe es ja versucht... Aber da war immer soviel los.«
»Darf ich annehmen, daß es etwas mit Prinzessin Lily zu tun hatte?«

»Verdammt, hör auf damit! Du klingst ja genauso wie Jason... gibst ihr die Schuld an allem!«

An diesem Nachmittag verspürte Ruthanne ein paar starke Wehen, die so heftig waren, daß sie Paige anrief. Paige eilte sofort zu ihr, aber bis sie bei Ruthanne ankam, hatten die Wehen wieder aufgehört. Sie schaute auf die Uhr – Lily war noch in der Schule und Brooke beim Malen, seit dem frühen Morgen war sie draußen; sie hatte Paige gebeten, mit dem Mittagessen nicht auf sie zu warten. Jetzt machte Paige Tee für Ruthanne und setzte sie in einen Sessel.

»Soll ich den Arzt rufen?« fragte sie. »Oder vielleicht Charlie?«

»Nein, warten wir lieber noch eine Weile, ich glaube, das waren nur Vorwehen. Ich wollte Sie eigentlich nicht bemühen, aber –«

»Seien Sie doch nicht albern, wenn es bei mir soweit ist, wird die Panik noch viel größer sein. Vergessen Sie nicht, es ist mein erstes.«

»Das vergesse ich tatsächlich jedes Mal... wenn ich Sie zusammen mit Lily sehe, na, dann wirken Sie wirklich wie Mutter und Tochter.«

Paige lächelte. »Ich weiß, so fühle ich mich auch, obwohl ich das eigentlich nicht sollte.«

»Wer sagt das?«

»Meine Freundin, die aus der Stadt. Und Jason natürlich. Das reicht doch, oder?«

»Sie werden sich schon daran gewöhnen. Tut mir leid, vielleicht sollte ich das besser nicht sagen. Wo doch eine neue Verhandlung ansteht –«

»Ich habe Lily davon erzählt.«

»Tatsächlich, hat sie sich gefreut?«

»Ja, schon. Aber nicht so, wie ich es mir vorgestellt habe.«
»Vielleicht hat das etwas mit ihren Gefühlen für Sie zu tun. Es ist doch ganz deutlich zu sehen, daß sie Sie mag. Ich bezweifle, daß sie wieder weg möchte.«
»Und ich mag sie auch sehr, bin aber trotzdem nicht ihre Mutter. Tatsache ist, daß Lily eine Menge Wut mit sich herumschleppt, und wie es aussieht, ist viel davon gegen Anna Parks gerichtet.«
»Weil sie ihren Mann nicht früher zum Teufel gejagt hat?«
»Ich bin sicher, daß die zögernde Haltung ihrer Mutter, sich als starker, verläßlicher Elternteil zu erweisen, eine große Rolle dabei spielt. Auch der entsetzliche Mord selbst. Gott, können Sie sich vorstellen, wie entsetzlich es gewesen sein muß, mit anzusehen, wie ein Elternteil den anderen umbringt, und das auch noch auf eine so gräßliche Weise? Aber ich bin der Meinung, daß sie sich Anna gegenüber wieder öffnen und ihr irgendwann einmal auch vergeben wird.«
Ruthanne zuckte mit den Schultern. »Wer weiß schon, was im Kopf eines Kindes vor sich geht? Ich bin die Mutter eines neunjährigen Jungen und habe keine Ahnung, was in diesen kleinen Köpfen kocht und brodelt.« Sie tätschelte ihren dicken Bauch. »Und was die Geburt dieses Babys betrifft – es liegen ja schon so viele Jahre dazwischen –, da bin ich so nervös wie eine Erstgebärende.«
Paige lächelte. »Wieso haben Sie eigentlich so lange damit gewartet?«
»Oh, wir hatten es eigentlich gar nicht so geplant. Als Roger zwei war, haben wir es schon mal versucht, aber ich wurde einfach nicht schwanger. Der Arzt wollte damals, daß Charlie sich auf seine Zeugungsfähigkeit hin untersu-

chen läßt, aber das hat er rundweg abgelehnt. Er sagte, wenn der Herr wirklich will, daß wir mehr Kinder bekommen, dann wird er es schon so einrichten. Eigentlich hatten wir es schon fast aufgegeben und beschlossen, uns mit dem einen abzufinden. Aber wer sagt's denn! Plötzlich stellt es sich heraus, daß wir uns auf ein zweites freuen dürfen.«
»Wissen Sie das Geschlecht Ihres Babys schon?«
»Nein, wir haben jede Untersuchung abgelehnt.«
»Wieso?«
Sie deutete auf ihren Bauch. »Wir brauchen keine Bilder, um zu wissen, daß hier ein Baby drin ist.«
»Auch nicht, um zu überprüfen, ob es normal ist?«
»Und wenn es das nicht wäre, würden wir es dann nicht wollen? Nein, wir sind nicht sehr anspruchsvoll, wir nehmen, was wir bekommen.«

Lily war einem hysterischen Anfall nahe, als Paige Ruthanne den Telefonhörer aus der Hand nahm.
»Beruhige dich und sag mir, was passiert ist.«
»Es ist wegen Brooke. Als ich heimkam, habe ich die Schildkröte zum Spielen mit in den Wald hinausgenommen. Und da sah ich sie am Boden liegen. Ich habe versucht, ihr hochzuhelfen, aber sie hat gar nicht mehr aufgehört zu schreien.«
»Ich komme sofort heim, warte auf mich beim Haus.« Sie schaute Ruthanne besorgt an. »Es geht um meine Freundin, sie ist verletzt. Würden Sie mir einen Gefallen tun und einen Krankenwagen rufen?«
Ruthanne hatte ihr bereits wieder den Hörer aus der Hand genommen. »Aber selbstverständlich.«
Paige war ziemlich außer Atem, als sie mit Lily endlich bei Brooke ankam – Brookes Bein stand unterhalb des Knies

in einem rechten Winkel ab. Neben ihr auf dem Boden lag ein dicker Ast.

»Du gehst besser wieder zum Haus zurück, Lily«, ordnete Paige an. »Dort wartest du auf den Krankenwagen. Sobald er da ist, führst du die Sanitäter hierher.«

Lily rannte davon, und Paige kniete sich hin und strich mit den Fingern über Brookes Wangen, ihre Stirn und schob ihr das verschwitzte Haar aus dem Gesicht. »Tut es sehr weh?«

»Ganz fürchterlich. Hör auf mit dem Geheule, du spritzt mich ja ganz naß.«

»Wie ist das denn passiert?«

»Ich weiß nicht, der Ast schien plötzlich nachzugeben, als ob er mein Gewicht nicht mehr tragen könnte. Noch bevor ich mich in Sicherheit bringen und mich an einem solideren Ast festhalten konnte, ist er direkt unter mir weggebrochen. Paige, ruf Gary an.«

»O Gott... Wann ist das eigentlich passiert, wie lange liegst du schon hier?«

»Ruf Gary an.«

»Ich verspreche es dir, sobald wir im Krankenhaus sind.«

»Wie konnte ich nur so dumm und ungeschickt sein? Ich hätte gleich sehen müssen, daß der Ast zu schwach war. Aber da ich heute früh soviel Zeit verloren hatte, konnte ich es gar nicht mehr erwarten, auf den Baum hinaufzukommen und mit dem Malen anzufangen.«

»Wahrscheinlich war auch ich noch daran schuld, daß du dich so beeilen mußtest, oder? Ich werde es mir nie verzeihen, daß ich erst mit dir gestritten und dann zugelassen habe, daß du auf diesen verflixten Baum kletterst... Gott sei Dank, daß Lily da war. Was wäre, wenn sie nicht zufällig vorbeigekommen wäre und dich gefunden hätte?«

Obwohl Gary sich sofort mit dem orthopädischen Chirurgen im Gesundheitszentrum von Poughkeepsie in Verbindung setzte und mit ihm die Abmachung traf, daß Brooke erst am folgenden Tag transportiert werden sollte, bestand Brooke darauf, daß sie in die Stadt zurückkehren wollte, sobald der Bruch eingerichtet war. Und so gegen zehn Uhr am selben Abend half Paige Jason dabei, Brooke mit einem Dutzend Kissen und Decken auf dem Rücksitz des Geländewagens zu verstauen.

»Sag es mir, wenn es dir zu sehr holpert«, sagte Jason, als er zum Parkplatz der Notaufnahme hinausfuhr; den Volvo hatte er Paige überlasen.

»Der Arzt hat mir eine Spritze mit Percodan gegeben, das sollte eigentlich reichen. Was ist mit Gary –«

»Er wird bei euch in der Wohnung sein, wenn wir ankommen. Aber eines ist mir immer noch nicht klar, wieso hast du nicht bis morgen gewartet? Wenn schon nicht im Krankenhaus, dann wenigstens bei uns zu Hause. Dann wäre dein Zustand vielleicht etwas besser gewesen.«

»Ich muß einfach zurück...« Sie machte eine Pause, aber er spürte, daß da noch mehr war. »Jason, wegen neulich im Wald –«

»Ich habe dir doch gesagt, vergiß es. Das versuche ich die ganze Zeit, und das solltest du besser auch tun.«

Es folgte ein langes Schweigen, nur unterbrochen von dem leisen Motorengeräusch der anderen Wagen auf der Straße, bis Jason sagte: »Brooke, du bist doch sehr beweglich, auch ziemlich kräftig. Ich meine, wie hast du dann von diesem Baum fallen können?«

»Ich weiß es nicht. Der Ast war gestern noch so solide, aber gestern nacht hat es auch geregnet. Es hat gedonnert und geblitzt, der Wind war sehr stark – ich bin davon sogar ein paarmal mitten in der Nacht aufgewacht. Wahrscheinlich war der Ast an einer Stelle, die ich nicht sehen konnte, angebrochen.«

Jason beließ es dabei, und Brooke fiel bald in einen leichten Schlaf. Trotz der mehr als logischen Erklärung plagte ihn ein ungutes Gefühl, das er auch den ganzen Weg bis nach Manhattan nicht mehr los wurde.

Kapitel 10

Wieder kam Lily überpünktlich zu ihrer Sitzung. Hillary begrüßte sie und ließ sie dann kurz im Therapiezimmer warten, während sie in den Keller lief, um eine letzte Trommel mit Wäsche zu füllen. Als sie zurückkam, war Lily nicht mehr da. Erst als Hillary das gesamte Erdgeschoß nach ihr durchsucht hatte, entdeckte sie sie oben in Vaters Schlafzimmer, wo sie seinen alten Pfeifenständer bewunderte. Vater saß aufrecht im Bett und starrte Lily an.

»Was tust du hier, Lily?« wollte Hillary wissen.

»Es hat geläutet – du warst nicht da, also bin ich hoch.«

»Ich verstehe. Nun, danke für deine Aufmerksamkeit, aber Vater mag es nicht, wenn Fremde unangemeldet zu Besuch kommen. Wenn du also das nächste Mal so freundlich sein und mir vorher Bescheid geben könntest, dann kümmere ich mich darum.«

Lily nickte und deutete dann auf Mr. Egan. »Ich glaube, er will rauchen.«

»Das glaube ich weniger, er hat schon vor langer Zeit zu rauchen aufgehört. Ich denke eher, daß er Hilfe bei seiner Zeitung haben will.« Sie griff nach der Zeitung, schlug den Sportteil auf und faltete sie dann so, daß sie auf die Lesevorrichtung gelegt werden konnte.

Anschließend schaltete Hillary den Summer ab, schüttelte die Kissen des alten Mannes neu auf und küßte ihn auf die Wange.

»Verzeih uns unser Eindringen, Vater... Wenn ich wiederkomme, bringe ich Tee und Toast mit.«

Sie lächelte Lily aufmunternd zu. »Wie wär's, wenn du und ich jetzt wieder nach unten gehen und anfangen würden?«

Unten setzte Hillary sich in ihren Schreibtischstuhl, zog die oberste Schublade ein Stück auf, schaltete das Tonbandgerät ein und machte die Schublade wieder zu. Zwar bestand die Möglichkeit, daß Lily die ganze Sitzung hindurch nichts von Bedeutung sagen würde, wie es ihr letztes Treffen bewiesen hatte, aber es war doch wichtig, vorbereitet zu sein. Und es dauerte tatsächlich nur eine Viertelstunde, in der Lily in die Betrachtung des Puppenhauses und seiner verschiedenen Zimmer vertieft war, bis sie von sich aus zu reden begann.

»Einmal haben Mommy und Daddy darüber gestritten, was sie ihm zum Abendessen machen sollte«, sagte Lily.

»Tatsächlich? Möchtest du mir davon erzählen?«

»Da gibt es nicht viel zu erzählen... Daddy hat Mommy gebeten, Spaghetti mit Fleischbällchen zu machen. Als es Zeit zum Abendessen war, hat sie ihm einfach Spaghetti vom Vortag mit Tomatensauce auf den Teller getan. Und er war so wütend!«

»Was hat er getan, um ihr seinen Ärger zu zeigen?«

»Er hat ihr die heiße Sauce über den Kopf gekippt.«

Hillary sagte erst mal nichts und fragte dann: »Wie alt warst du damals, Lily?«

»Ungefähr fünf, vielleicht sechs.«

»Es muß dir doch angst gemacht haben, das mit anzusehen.«

Sie zuckte nur mit den Schultern.

»Kannst du dich noch erinnern, was du dir dabei gedacht hast, als das passiert ist?«

Sie nickte. »Ich weiß noch, daß ich mich gefragt habe, warum Mommy keine Fleischbällchen gemacht hat.«

Im Laufe der nächsten paar Wochen telefonierte Paige fast täglich mit Brooke, deren Knochenbruch komplikationslos abheilte; aber wie sehr Paige sie auch bedrängen mochte – auch Jason erklärte sich wiederholt bereit, sie abzuholen und wieder nach Hause zu fahren –, weigerte Brooke sich, sie ein weiteres Mal auf dem Land zu besuchen.

Lily war ein Thema, das sie und Brooke zu vermeiden suchten, wo es ging: Schließlich waren Kinder nach Brookes Meinung nur lästige und unzivilisierte Wesen, was sie auch jedem, der es hören wolle, bereitwillig erklärte. So war es ihr einfach unmöglich, die Intensität von Paiges Gefühlen für dieses hübsche kleine Mädchen zu begreifen, das sich so nahtlos in ihren Haushalt einfügte.

Falls Jason diese Gefühle auch nicht verstand, so sagte er es nicht. Während er beharrlich an Anna Parks Fall weiterarbeitete, bemühte er sich zu Hause sehr, Lilys Anwesenheit zu akzeptieren. Und dieses Bemühen war es, das seine Verbundenheit mit Paige wieder stärker werden ließ, als sie es seit Monaten gewesen war.

Nicht, daß alles perfekt gewesen wäre: Obwohl sie sich in den Arm nahmen und zärtlich zueinander waren, hatten sie doch beschlossen, das Thema Sex für eine gewisse Zeit beiseite zu schieben. Und dann waren da immer noch diese Alpträume, an die Paige sich teilweise nicht mehr erinnern konnte, oder wenn doch, dann nur als isolierte, unzusammenhängende Traumsequenzen. Sicher waren es Lilys Fragen – jene unschuldigen Fragen, die sie von Zeit zu Zeit über Paiges Kindheit stellte –, die Erinnerungen weckten und Paige zwangen, sich mit diesem oder jenem Aspekt ihrer Vergangenheit auseinanderzusetzen, von dem sie bisher noch nicht einmal gewußt hatte, daß sie ihn überhaupt verdrängt hatte.

Jason und Paige besuchten den Lamaze-Kurs, hatten viel Spaß und waren entsetzlich albern, wenn sie von ihrem kleinen Sohn, der nun bald auf die Welt kommen sollte, sprachen, träumten und Pläne schmiedeten. Aber da Jason wenigstens in diesem Bereich auf etwas Privatsphäre bestand, fanden diese Gespräche normalerweise nur abends im Bett oder an sonst einem Ort statt, an dem die beiden allein waren.
Nicht, daß Lily etwa eifersüchtig darauf gewesen wäre, die beiden über das Baby sprechen zu hören – ganz im Gegenteil, selbst Jason mußte zugeben, daß Lilys Interesse und ihre Begeisterung über die bevorstehende Geburt ehrlich waren. Lily hatte dem Kleinen sogar schon einen reizenden Spitznamen verpaßt: Bübchen.
Und wenn Jason einen Verbündeten brauchte, der Paiges Diät während seiner Abwesenheit überwachte, dann sprang Lily für ihn ein. Ständig übertraf sie sich selbst, indem sie gesunde und dennoch schmackhafte kleine Mahlzeiten zubereitete, sie in Folie wickelte und in den Kühlschrank stellte, wo sie auf Paige warteten. Ständig drängte sie Paige, ihr bei ihren Spaziergängen im Wald Gesellschaft zu leisten. Und das Ergebnis war nicht nur, daß sich Paiges Gewichtszunahme bei ungefähr zwanzig Pfund einpendelte, sie war auch wesentlich besserer Laune, und laut Dr. Barry hätte ihre körperliche Verfassung nicht stabiler sein können.
Roger Beeder wurde zunächst Lilys Halloween-Partner beim Einsammeln der Süßigkeiten, dann ihr bester Freund, mit dem sie die Stunden nach der Schule verbrachte. Und da Paige und Ruthanne sich ebenfalls immer öfter sahen, war es nur bequem und passend, daß sich auch die Kinder anfreundeten. Zweimal bat Hillary Paige, doch mal bei ihr vorbeizukommen – was diese auch tat –,

um sich zu erkundigen, welche Probleme Lily mit der Eingewöhnung hatte. Doch das Bemerkenswerte daran war, daß es keine gab.

Da bisher alles so glatt gelaufen war, fiel Paige aus allen Wolken, als ein paar Wochen vor Thanksgiving die Grundschule von Briarwood bei ihr anrief und sie bat, doch mal vorbeizukommen. Bisher hatten Lilys Hausaufgaben und ihre Mitarbeit im Unterricht nichts zu wünschen übriggelassen. Und das sagte Paige auch den beiden Lehrerinnen und dem Direktor der Schule, denen sie nun gegenübersaß.

»Es ist auch nicht ihre schulische Leistung, die hier zur Debatte steht«, sagte Miss Harris, die rundliche, grauhaarige Klassenlehrerin.

»Nun, was dann?«

»Na, zum einen werden bestimmte Gegenstände aus den Schränken von Schülern vermißt.«

»Was für Gegenstände?«

Miss Harris schaute auf ihre Liste.

»Ein marineblaues Sweatshirt, ein Notizblock, eine rosa Plastikgeldbörse, zwei Armreifen, ein schwarzer, elastischer Gürtel, weiße Turnschuhe. Nichts Wertvolles, aber trotzdem –«

»Warten Sie, hören Sie auf. Zuerst muß ich Ihnen sagen, daß Lily nicht einen Gegenstand, den sie erwähnten, brauchen kann. Bevor ich sie eingeschult habe, bin ich mit ihr ins Einkaufszentrum gefahren, in einen Kleiderladen gegangen und habe ihr praktisch grünes Licht gegeben, sich zu kaufen, was sie will. Was sie auch ganz gut gehandhabt hat. Oh, natürlich haben wir viele hübsche Dinge eingekauft, ich schätze, Dinge, die alle Mädchen ihres Alters kaufen würden, wenn sie Gelegenheit hätten. Aber ein Mädchen, das ein goldenes Armband mit Anhängern hat, braucht keinen simplen Armreif oder eine Geldbörse aus Plastik, wenn sie bereits eine aus Leder besitzt.«

»Da Sie ja selbst Lehrerin sind, ist Ihnen mit Sicherheit klar, daß Bedürftigkeit nicht immer der Grund ist, warum jemand stiehlt«, sagte Miss Harris.

Paige öffnete beide Hände in einer Geste, als wolle sie sich geschlagen geben.

»Okay, in dem Punkt haben Sie selbstverständlich recht.« Plötzlich lächelte sie und schüttelte den Kopf – sie spürte, wie ihr die Hitze in die Wangen stieg. »Jetzt erlebe ich doch tatsächlich am eigenen Leib, wie der Beschützerinstinkt von Müttern funktioniert. Lily ist zwar nicht meine Tochter, aber da sie mir nun mal so am Herzen liegt, vergesse ich das manchmal. Aber sagen Sie mir doch, wieso gerade Lily? Warum beschuldigen Sie nicht einen der anderen Schüler?«

»Ehe Lily zu uns kam, wurde bei uns nichts gestohlen.«

»Ich verstehe. Die Neue ist an allem schuld, richtig?«

Mr. Marcel, der sich bisher im Hintergrund gehalten hatte, schlug damenhaft seine dünnen Beine übereinander.

»Die Sache ist nicht so einfach, wie sie vielleicht erscheinen mag, Mrs. Bennett«, sagte er mit wohlklingender Stimme. »Es gibt in der ganzen sechsten Klasse nicht ein Kind, das nicht seit dem Kindergarten bei uns wäre. Und obwohl ich mich niemals hierhersetzen und behaupten würde, daß diese Kinder untadelig sind, kann ich Ihnen aber durchaus glaubhaft versichern, daß sich kein einziges darunter befindet, das stehlen würde.«

Paige seufzte. »Sagen Sie doch, Mr. Marcel, was wissen Sie über Lily?«

»Nun, selbstverständlich habe ich ihre Akte gelesen –«

»Was ist mit den Zeitungsartikeln, dem Klatsch?«
»Wie bitte?«
»Ganz einfach, kennen Sie ihre Geschichte – was mit ihrem Vater passiert ist, mit ihrer Mutter, wie sie zu uns gekommen ist?«
»Nun, ja, natürlich. Man kann nicht hier leben und nichts davon –«
»Meinen Sie nicht, daß Sie vielleicht etwas unfair sind? Ihre Vermutungen basieren auf Hintergrundinformationen, die Sie über ihre Eltern erfahren haben. Ich werde selbstverständlich nach Hause gehen und Lily über diese Sache befragen, aber – um ganz offen zu sein –, selbst wenn sie schuldig ist, finde ich es nicht gut von Ihnen, daß Sie sich auf sie stürzen, als ob sie die einzige Verdächtige wäre.« Sie stand schon fast, setzte sich aber wieder. »Oh, da ich schon mal hier bin, würde ich mich gern erkundigen, ob es irgendein Fach gibt, in dem Lily Schwierigkeiten hat. Sie hat schließlich ein ganzes Jahr versäumt, falls sie also Nachhilfe bräuchte...«
Miss Harris räusperte sich. »Nein, sie hat keine Schwierigkeiten, dem Unterricht zu folgen. In manchen Fächern – in Mathematik zum Beispiel – ist sie den anderen sogar voraus. Ja, sie lernt sehr schnell.«
»Das freut mich zu hören. Obwohl Sie mich nicht aus diesem Grund angerufen haben.«
Jetzt meldete sich die Sportlehrerin zu Wort.
»Nun, ich weiß zwar nicht, ob Sie das so gern hören werden, aber da Sie nun mal hier sind, denke ich, daß ich es Ihnen sagen sollte.«
»Bitte, nur zu.«
»Ich glaube, daß die Mädchen in Lilys Klasse Angst vor ihr haben.«
Paige schnappte nach Luft. »Wie bitte?«

»Das ist jedenfalls mein Eindruck.«
»Wer hat... und wieso?«
»Die Mädchen in ihrer Sportstunde – zumindest ein großer Teil davon. Und dieselben Mädchen, die gemeinsam mit ihr Miss Harris' Unterricht besuchen. Und obwohl es Miss Harris nicht so aufgefallen ist wie mir, hegt auch sie den Verdacht, daß da etwas Merkwürdiges vor sich geht.«
»Hat sie sich mit jemandem geprügelt?«
»Nein, ich habe nichts gesehen«, erwiderte die Sportlehrerin.
Paige warf erst Miss Harris einen fragenden Blick zu, die ihre Arme vor der Brust verschränkte und verneinend den Kopf schüttelte, um sich dann wieder der Sportlehrerin zuzuwenden. »Nun, hat sie jemanden bedroht... ist es das?«
»Nicht daß ich wüßte.«
»Was bringt Sie dann auf den Gedanken, sie könne den anderen angst machen?«
»Meistens katzbuckeln die anderen Mädchen vor ihr und lassen ihr ihren Willen. Sie schafft es immer, die Position im Team zu erlangen, die sie haben will, gleichgültig, um welche Sportart es sich handelt oder wen ich als Anführerin bestimmt habe.«
Paiges Augen wanderten wieder zu Miss Harris.
»Mir sind ähnliche Dinge aufgefallen. Sie wird oft als erste zu Sachen aufgerufen, die Spaß machen, und ist schon mehrmals ausgewählt worden, eine Aufgabe oder Zusatztätigkeit zu übernehmen, von der ich vorher bereits wußte, daß die anderen Mädchen sie haben wollten.«
Paige lachte achselzuckend. »Ich weiß gar nicht, was ich darauf antworten soll – an meiner Schule nennt man so etwas Popularität.«

»Nein, ich glaube nicht, daß es das ist«, sagte die Sportlehrerin. »Der Fall hier scheint mir ganz anders zu liegen.«
»Inwiefern?«
»Es ist nur... ich bin sicher, daß die anderen Mädchen sie überhaupt nicht mögen.«
»Hat Ihnen das eines der Mädchen gesagt?«
Sie schüttelte verneinend den Kopf.
»Dann lassen Sie mich mit ein paar der Kinder reden, mit jemandem, der Ihren Verdacht bestätigen könnte. Bitte.«
»Selbst wenn Sie sie fragen, es würde keiner zugeben –«
Paige stand auf und ergriff ihre Handtasche.
»Ich glaube, jetzt reicht es – ich bin erstaunt, wie unprofessionell Sie sind. Sie verlassen sich hier auf vage Andeutungen statt auf Beweise. Offen gesagt, Sie sollten sich schämen, sich Pädagogen zu nennen.«

Lily spazierte gerade durch das Therapiezimmer und schaute sich um, als Hillary hereinkam und sich setzte. Noch ehe Hillary den Aufnahmeknopf drücken konnte, fragte Lily: »Warum läßt du den alten Mann nicht heraus?«
»Vater fühlt sich recht wohl in seinem Zimmer.«
»Hat er dir das gesagt?«
»Nein, nicht so direkt. Er kann nicht reden, weißt du. Aber ich glaube, ich kenne ihn gut genug...«
»Gut genug wofür?«
»Lily, wenn man lange mit einem Menschen zusammenlebt, dann lernt man ihn genau kennen und weiß manchmal schon, was er will, ohne daß er es überhaupt sagen muß.«
»Warum weißt du dann nicht, wann er sich in die Hosen machen wird?«
Anstatt sie abzulenken, war Hillary so dumm gewesen,

den Köder zu schlucken. Lily, die keine Antwort auf ihre Frage erwartete, wandte ihre Aufmerksamkeit den Spielsachen zu. Sie setzte sich neben die Handpuppen auf den Boden, nahm jede in die Hand, zerrte roh an ihren Gliedmaßen und warf dann alle, bis auf das kleine Mädchen, in eine Ecke. Dieses Mädchen legte sie sanft auf den Boden und deckte es mit einem bunten Stoffetzen zu.

»Schläft sie?« fragte Hillary schließlich.

»Ich glaube. Sie versucht, das Träumen zu lernen.«

»Ich verstehe nicht ganz, wieso muß sie das lernen?«

»Weil sie es noch nie getan hat. Es ist sehr traurig.« Sie nahm das kleine Mädchen wieder in die Hand und fing an, die Puppe mit übertrieben zärtlichen Gesten zu streicheln. »Armes, armes Baby, weißt nicht mal, wie man träumt. Was *sollen* wir bloß mit dir machen?«

»Willst du damit sagen, daß das Kind nicht einmal hin und wieder einen Alptraum hatte?«

Sie nickte. »Nur Tagträume.«

»Ich verstehe. Nun, das Schöne an Tagträumen ist sicher, daß es keine Regeln gibt, und wenn, dann nur solche, die man sich selbst setzt. Man kann darin tun und lassen, was man will.«

»Hast du manchmal Tagträume?«

»Ab und zu. Aber warum reden wir nicht über die Tagträume des kleinen Mädchens?«

»Hast du dir jemals in einem Tagtraum vorgestellt, der alte Mann wäre tot?«

Kurze Pause, dann: »Nein, nie.«

»Ich hatte mal einen wirklich schönen – hast du schon mal geträumt, du sitzt an einem offenen Fenster, hältst ein Gewehr in der Hand und schaust hinaus? Und dann bekommt jeder, der in der Schußlinie gerät, eine Kugel in den Kopf?«

Aus Hillarys Tonbandaufzeichnungen: *Obwohl die Patientin nicht die Absicht hatte, soviel von sich preiszugeben – daß sie sich in ihren Tagträumen wünschte, ihr eigener Vater wäre tot –, ist es mehr oder weniger aus Zufall geschehen. Als Lily klar wurde, welche Blöße sie sich gegeben hatte, weigerte sie sich, mit dem Rollenspiel fortzufahren. Statt dessen zog sie es vor, den Rest der Stunde schweigend dazusitzen und in die Luft zu starren.*

Es sollte jedoch nicht unerwähnt bleiben, daß ihre Frage über Hillarys Vater mit der Absicht gestellt wurde, diese damit zu schikanieren. Ebenso alle ihre Schlußfolgerungen, die Therapeutin würde ihren Vater mißhandeln. Die Patientin ist offensichtlich in der Lage, die Probleme zu begreifen, die aus der Pflege eines älteren Kranken resultieren, und sieht darin eine Möglichkeit für sich, Kontrolle über die Therapeutin auszuüben.

Sie hat großes Talent, rasch Schwachpunkte und Eigenheiten einer Person zu erkennen und sich diese Schwächen zunutze zu machen, indem es ihr gelingt, den Spieß umzudrehen und ihr Gegenüber in die Defensive zu treiben. Es ist sehr wichtig, daß die Therapeutin sich dieser Tatsache immer bewußt ist und es nicht zuläßt, daß die destruktiven Kommentare der Patientin die Therapie sabotieren.

Aus den mit der Pflegemutter Paige Bennett geführten Unterhaltungen bleibt festzuhalten, daß diese sich der Intrigen und Manipulationen Lilys absolut nicht bewußt ist. Ganz im Gegenteil, sie beschreibt das Kind als hilfsbereit, freundlich, sensibel, fürsorglich, sogar fröhlich ... was nur Beweis dafür ist, wie sehr die Patientin zur Verstellung fähig ist.

Notiz: Eine vollständige Reihe psychologischer und IQ-Tests wäre angebracht. Geschätzter IQ: über 130.

Wie immer nahm Hillary anschließend das Band aus dem Aufnahmegerät, schrieb Namen und Datum darauf und schob es in den steifen schwarzen Umschlag, der immer in der dritten Schublade des stählernen Aktenschrankes lag.

Er hetzte schon den ganzen Tag seinen Terminen hinterher, so daß er erst am späten Nachmittag zum Haus der Bennetts kam. Das kleine Mädchen, das die Haustür öffnete und ihn prüfend musterte, war groß, mager und trug das weißblonde Haar zu zwei Pferdeschwänzen gebunden. Clyde hielt eine rote Laterne in der linken Hand.
»Wer sind Sie?« fragte sie ihn schließlich.
»Mein Name ist Clyde.« Er deutete auf seinen Lieferwagen, der in der Auffahrt stand. »Klondike Kammerjäger. Ist Miss Bennett zu Hause?«
»Das bin ich.«
»Aber klar doch. Hör mal, ist sie jetzt da oder nicht?«
»Nein.«
Er seufzte »Mist... Die Sache ist nämlich die, ich habe vor einer Weile eine Falle oben im Speicher gelassen. Die brauche ich jetzt wieder.«
»Tatsächlich. Ist das schon die ganze Geschichte?«
Pause, dann: »Du kannst einem wirklich helfen, Kleine.«
»Wieso, brauchen Sie Hilfe?«
Er betrachtete sie näher – hatte sie das ernst gemeint? Egal, er beschloß, ihre Bemerkung besser zu ignorieren.
»Hör mal, glaubst du, ich könnte mal kurz reinkommen und mir meine Falle holen? Ich lasse deiner Mom dann einen Zettel da und erkläre ihr die Sache, damit du keinen Ärger bekommst.«
»Oh, Sie können schreiben?«
Clyde spürte, wie sein Gesicht bei dieser Beleidigung rot

anlief, aber er gab ihr keine Antwort. Schließlich öffnete sie doch die Fliegengittertür und ließ ihn ins Haus.

»Woher wollen Sie wissen, daß wir die Falle nicht mehr brauchen?« fragte sie.

Er stieg die Treppe hinauf, sie folgte ihm.

»Wenn ein Eichhörnchen im Haus gewesen wäre, wäre es mittlerweile gefangen worden.«

»Das ist es auch, Sie Schwachkopf. *Ich* war das Eichhörnchen.«

Er warf einen Blick auf sie, bevor sie die schmalen Stufen zum Dachboden erreichten.

»Eigentlich schaust du eher wie eine weiße Ratte als wie ein Eichhörnchen aus.«

»Ich erzähle es meiner Mutter, daß Sie so etwas gesagt haben.«

Er stieß die Tür auf und stieg nach oben.

»So? Es dürfte schwierig sein, das zu beweisen.«

Er ging zu dem Käfig, stellte seine Taschenlampe auf den Tisch und löste die Feder an der Käfigtür. Das Mädchen kam ihm nach, griff sich die Lampe und rannte damit auf die andere Seite des Speichers. Dort bückte sie sich und schob sie unter ein paar alte Gartenmöbel.

»Hey, du, bring das sofort wieder zurück«, rief er.

»Nein, nein, wenn Sie was wiederhaben wollen, müssen Sie es suchen.«

»Scheiße, ich habe keine Zeit für Kinderspielchen.« Sie kam wieder zum Tisch zurück, zeigte ihre leeren Hände vor, und er schaute sie an und dachte, daß er sie am liebsten verprügeln würde.

»Das würde ich an Ihrer Stelle nicht tun«, meinte sie.

»Wahrscheinlich bist du wirklich eine weiße Ratte, ihre bösen kleinen Knopfaugen hast du ja schon. Eng beieinanderstehend, rosa und eklig.« Während er das sagte, ging er zur anderen Seite des Raumes, kniete sich hin und steckte die Hand unter eine Holzliege, wo er seine Taschenlampe hervorholte. Dann kehrte er wieder an den Tisch zurück, hob die Falle hoch...

Päng!

»Aua! Mach das verdammt noch mal los!« schrie er, unfähig, seine Hand zu befreien und den Schmerz zu stoppen... Das Mädchen griff nach dem Käfig, bog die Drahttür auf und hielt sie fest, während er die Hand zurückzog. Dann ließ sie den Käfig auf den Boden fallen, und die Tür schnappte wieder zu.

Er betrachtete seine Finger. »Himmel, die sind gebrochen, ich glaube, die sind gebrochen!«

»Bewegen Sie sie mal.«

»Das tut ja weh, als würde jemand eine offene Flamme darunter halten. Ich muß hier weg!« Mit seiner unverletzten Hand packte er den Eichhörnchenkäfig und lief die Treppe hinunter, zwei Stufen auf einmal nehmend. Vielleicht könnte er gleich noch bei Doc Healy vorbeischauen und ihm seine Finger zeigen. Wie hatte er sich nur so dumm anstellen können? Und trotzdem hätte er einen Wochenlohn darauf verwettet, daß er die Feder gesichert hatte...

»Und wenn Sie sie hypnotisieren?« fragte Jason am Telefon zu W. C. Wendell. »Die ganze elende Geschichte aus ihr herausholen.«

»Das habe ich Anna bereits vorgeschlagen, aber die bloße Vorstellung jagt ihr bereits den größten Schrecken ein, jedenfalls sagt sie das.«

»Aha, wir tun schließlich jeden Tag Dinge, vor denen wir Angst haben. Besonders wenn es darum geht, unsere Haut zu retten.«

»Leider funktioniert das bei ihr so nicht. Wenn sie Angst hat, dann versagt sie in der Hypnose. Ich bin schließlich nicht Svengalis, der die Leute gegen ihren Willen in seinen Bann zieht. Man kann Menschen, die es nicht wollen, nicht hypnotisieren. So einfach ist das.«

»Okay, wieviel weiß sie noch?«

»Genug. Und ihre Erinnerungslücken könnten sich sogar als Vorteil für sie erweisen. Sie weiß noch von dem Streit, der an diesem Nachmittag stattfand. Sie erinnert sich noch daran, wie wütend sie war, als sie sein Abendessen zubereitete – und wie diese Wut, statt im Lauf der Zeit weniger zu werden, immer größer wurde, bis sie einen Zorn empfand, der alles übertraf, was sie jemals gekannt hatte. Sie weiß noch, wie sie die Sichel aus dem Geräteschuppen holte, damit in die Küche zurückkehrte und mit dieser Sichel auf seine Brust zielte. Von diesem Moment an setzt ihr Gedächtnis aus. Das nächste, woran sie sich dann wieder erinnern kann – da liegen jetzt schon ein oder zwei Wochen dazwischen –, ist, daß sie bereits im Gefängnis sitzt und sich schuldig bekannt hat.«

»Ich muß Ihnen zustimmen, das klingt gut. Sicherlich kann man daraus schließen, daß sie für den fraglichen Zeitraum ihr Gedächtnis verloren hat. Also, was können Sie mir für hübsche Sachen sagen, wenn ich Sie in den Zeugenstand rufe?«

»Genau das, was Sie hören wollen. Eine fügsame Frau durchleidet Jahre voller Unterdrückung und Zurückweisung, in denen sie körperlich und seelisch von einem soziopathischen Ehemann mißhandelt wird, der ihr nicht ein Minimum an Würde beläßt. Plötzlich, in einem Augenblick des Wahnsinns und des lange angestauten Zorns, erhebt sich wie ferngesteuert die Hand gegen ihn und schlägt ihn tot.«

»Und wenn Sie das jetzt bitte etwas weniger dramatisch vorbringen könnten. Bloß keine Romantik.«

»Lily!« rief Paige, während sie die beiden Tüten mit Lebensmitteln, die sie im Arm trug, auf den Boden stellte.
»Ich bin hier unten im Keller bei Wally.«
Paige lächelte. »Frag doch deine Schildkröte mal, ob sie dich einen Augenblick entbehren kann.«
Sie kam die Treppe hochgerannt, schlang die Arme um Paige und setzte sich an den Küchentisch.
»Was hat die Lehrerin gewollt?«
»Nun, es hat den Anschein, als würden ein paar Dinge in der Schule fehlen –«
»Ich habe aber keine Turnschuhe oder Sweatshirts oder Armreifen oder sonst was genommen, Paige, ehrlich.«
»Woher weißt du, daß das die Sachen sind?«
»Das ist nicht schwer, Miss Harris redet zur Zeit von nichts anderem. Die meisten Kinder können es schon gar nicht mehr hören.«
»Weißt du, Schätzchen, wenn du wirklich etwas genommen hast, was dir nicht gehört, dann kannst du mir das ruhig sagen. Ich werde nicht wütend werden, ich schwöre es. Aber es ist wichtig, daß du dazu stehst.«
Lily schlug ein Kreuz über ihrem Herzen. »Großes Ehrenwort. Warum sollte ich so etwas überhaupt tun, Paige? Bei den vielen Sachen, die du mir gekauft hast, bin ich bestimmt das glücklichste Kind in der ganzen sechsten Klasse, möchte ich wetten. Ich weiß, daß Miss Harris glaubt, ich habe es getan, aber das liegt nur daran, weil sie mich nicht leiden kann.«
»Ich denke eher, es liegt daran, daß sie dich nicht richtig kennt – wenigstens nicht so wie ich. Sie hat ein paar Dinge über dich gesagt, die nicht sehr fair waren; Erwachsene

reagieren manchmal so. Dadurch wird die Angelegenheit natürlich nicht besser, aber solange wenigstens du weißt, was du getan oder nicht getan hast, ist das das einzige, was zählt.«

»Ich habe noch nie etwas gestohlen, Paige. Auch nicht, als ich noch in Laurel Canyon war und nicht sehr viel hatte. Wenn du mir nicht glaubst, dann frag doch meine Mutter.«

»Das brauche ich gar nicht, ich glaube dir. Also, vergessen wir das Ganze, okay?«

Paige fing an, die Lebensmitteltüten auszupacken. Ohne lange zu überlegen, griff sie nach einem Schokoladenplätzchen, aber Lily holte eine Banane aus dem Kühlschrank und hielt sie ihr hin.

»Iß lieber das, Jason sagt, da ist Kalium drin. Weißt du, ich glaube, wir essen deswegen gern soviel Süßes, weil wir nichts hatten, als wir noch klein waren.«

Paige setzte sich auf einen Hocker und schälte die Banane, während Lily die Lebensmittel verstaute.

»So? Du hast bisher noch nie erzählt, daß du hungern mußtest.«

»Manchmal, wenn Daddy keine Autos zu reparieren hatte. Oder wenn Fastentag war.«

Paige schaute sie fragend an – Lily machte die Schranktür zu und sprang vom Küchenhocker.

»Nun, ab und zu hat Daddy für uns beide einen Tag bestimmt, an dem wir nichts essen durften. Er sagte, das würde unseren Körper reinigen und alles Böse ausschwemmen, das versucht, in uns zu dringen.«

Paige brauchte eigentlich keine weitere Bestätigung, was für ein kranker Mensch Maynard Parks gewesen war, aber als ihr Lily jetzt diese Geschichte erzählte, wurde sie wieder daran erinnert. »Und deine Mutter?« fragte sie.

»Sie nicht. Für sie gab es keine Hoffnung mehr.«

»Das hast du doch nicht geglaubt, oder?«

Schweigen.

»Lily?«

»Weißt du was, Paige? Ich glaube, wenn ich groß bin, werde ich Psychiaterin. Was hältst du davon?«

Das Telefon läutete, und ohne eine Antwort abzuwarten, ging Lily ran, lauschte und reichte dann den Hörer an Paige weiter.

»Es ist Ruthanne für dich.«

Paige nahm den Hörer. »Hallo, was gibt es?«

»Es ist soweit.«

»Was ist... machst du Spaß? Ach du meine Güte, was soll ich nur tun?«

»Mach dir keine Sorgen, Charlie ist hier. Es ist nur so, daß Roger mich ziemlich nervt. Er sollte eigentlich bei meiner Mutter übernachten, aber er ist in Streik getreten und will sich keinen Zentimeter von der Tür fortbewegen. Er will unbedingt bei Lily bleiben.«

Paige lachte. »Das ist doch in Ordnung. Ich habe auch noch ein freies Zimmer, also –«

»Bist du sicher?«

»Ich bin schon am Bettenmachen.«

»Wenn ich noch einmal ein schlechtes Wort über euch Großstadtmenschen zu hören bekomme...«

Paige legte schmunzelnd auf. Lily zupfte sie am Ellbogen.

»Was ist los, Paige?«

»Das Baby kommt.«

»Und ich wette, Roger hat gesagt, daß er nicht zu seiner Großmutter will.«

»Woher weißt du das?«

»Ich kenne ihn einfach. Oh, das hätte ich fast vergessen, Paige. Ein schmutziger, langhaariger Junge namens Clyde

Sowieso war hier, um eine Eichhörnchenfalle abzuholen. Er hat gesagt, du wüßtest schon Bescheid.«
»Oh, Clyde, natürlich. Und?«
»Sonst nichts, ich habe ihn nur hereingelassen, damit er sie mitnehmen konnte.«

Als Jason gegen sieben Uhr nach Hause kam, hatte der erste Schneefall bereits eingesetzt. Paige kam ihm zur Tür entgegen, half ihm, seinen Trenchcoat auszuziehen, und nahm ihm eine Einkaufstüte von Sears und seine schwarze Ledermappe ab, die voller Schneeflocken war. Sie umarmte ihn und sagte: »Rate mal!«
Seine Augen weiteten sich. »Doch nicht das Baby?«
»Nein, nein, nicht ich, es ist Ruthanne. Bei ihr haben heute nachmittag die Wehen eingesetzt.«
»Sie hat Glück, daß sie es noch schafft, bevor es richtig zu schneien anfängt. Die Straßen werden immer tückischer. Es war mein bester Einfall, daß ich auf diesem Kübel mit Vierradantrieb da draußen in der Auffahrt bestanden habe.«
»Roger ist übrigens hier, er bleibt über Nacht. Ich bin so neugierig, ich kann es kaum erwarten, daß Charlie anruft.«
»Das kann noch ein Weilchen dauern.«
»Vielleicht auch nicht, es ist ihr zweites Kind. Die Wehen dauern nach dem ersten normalerweise nicht mehr so lang.« Paige machte die Einkaufstüte auf, holte eine Schachtel und Werkzeug heraus, während Jason zum Herd ging, den Deckel vom Topf nahm und hineinspähte.
»Was ist das alles, Jason?« fragte sie.
Er drehte ihr den Kopf zu. »Ein neuer Riegel für die Speichertür. Ich will den alten rostigen damit ersetzen.«
»Und der Zement?«

»Das ist Gips. Um die Löcher rund ums Haus zuzumachen.«
»Hast du es schon vergessen? Wir hatten gar keine Eichhörnchen.« Er wollte ihr gerade antworten, als sie schnell sagte: »Bitte, Jason, sag nicht –«
»Hey, doch nicht ich, wofür hältst du mich? Ich wollte doch nur sagen – Mäuse. Du weißt doch noch, daß wir Mäuse im Keller haben, oder? Und weil wir gerade von diesen süßen kleinen Nagetieren sprechen, was ist das für ein übles Zeug, das du und Lily da kocht?«

»Wir müssen über Anna reden«, sagte Jason nach dem Abendessen und nachdem die Kinder zum Spielen in den Keller hinuntergegangen waren.
»Warum?«
»Weil es nächste Woche losgeht.«
»Tatsächlich?«
»Tatsächlich.«
»Und ich dachte, bei der vielen unerledigten Arbeit, die das Gericht hat, würde es noch etwas dauern, bis ein Termin festgesetzt wird.«
»Das war vor heute nachmittag auch noch der Fall.«
»Und was ist heute passiert?«
»Man hat mir freundlich zu verstehen gegeben, daß ich mich gar nicht mehr zu bemühen bräuchte. Ich habe dort zwei Anträge eingereicht, den einen, um das Urteil aufzuheben, den anderen, um die Einweisung zu ändern. Heute hat mich der Geschäftsstellenleiter verständigt, daß sich der Richter weder den einen noch den anderen anhören wird. Sie kommen angeblich zu spät.«
»Kann er das sagen?«
»Er kann alles sagen.«
»Ja, und jetzt?«

»Mir blieb keine andere Wahl, ich habe einen Antrag auf Haftprüfungstermin eingereicht.«
»Wie hast du das begründet?«
»Mit der Behauptung, unsere Rechtsprechung halte Anna Parks illegal fest.«
»Aber wie kann es so etwas geben?«
»Das Gesetz verlangt, daß ein Angeklagter, der sich schuldig bekennt, entsprechend befragt wird, um sicherzugehen, daß er oder sie sich der Konsequenzen eines solchen Geständnisses bewußt ist. So etwas nennt man ein *voir dire*. Da Anna Parks nie formal befragt wurde, hat man ihren rechtmäßigen Anspruch nicht erfüllt. Also sage ich ihnen, bringt mir die Angeklagte.«
»Das ist ja verrückt. Aber angenommen, sie... wer sind diese *sie*, Jason?«
»Der Gefängnisaufseher, der Staatsanwalt, ganz egal.«
»Okay, einmal angenommen, sie bringen sie nicht?«
»Ich habe Anna unter Strafandrohung vorladen lassen. Entweder so oder so, die Sache kommt vor Gericht. Wenn ich verliere, dann habe ich wenigstens etwas, um in Berufung zu gehen.«
»Und wenn du gewinnst?«
»Dann wird Annas Anhörung ›nicht schuldig‹ lauten. Und ich werde einen Termin für eine Verhandlung festsetzen.«
»Ist sie bereit dazu?«
»Die Vorstellung gefällt ihr gar nicht, aber sie hat versprochen, es zu tun. Lilys Brief hat sie überzeugt, dazu noch meine Versicherung, daß wir Lily nicht als Zeugin brauchen werden – zumindest nicht bei dieser Verhandlung.«
Das Telefon läutete, und Paige hob ab. »Hallo.«
»Paige... hier ist Charlie...«

»Was ist mit Ruthanne und dem Baby?«
Es dauerte ein paar Minuten – Paige konnte hören, wie er schniefte und sich die Nase schneuzte. Schließlich sagte er: »Ein Mädchen, ein kleines Mädchen, schön wie ein Gemälde. Ganz wie Ruthanne.«

»Achtung, Achtung! Hält sich ein Mr. Roger Beeder hier in diesem Haus auf?«
Roger kam aus dem Keller heraufgerannt, Lily im Schlepptau.
»Du hast eine kleine Schwester, die über acht Pfund wiegt, Roger«, verkündete Paige. »Und sie heißt Carolyn.«
»Oh, toll«, rief er und grinste übers ganze Gesicht. »Kann ich gleich zu ihr?«
»Lieber erst morgen, hat dein Vater gemeint. Er holt dich um halb zehn ab und fährt dann mit dir ins Krankenhaus.«
Nach dieser Neuigkeit war Roger kaum mehr zu halten. Etwas später brachte Paige die beiden ins Bett. Lily – die immer noch auf ihrem Matratzenlager auf dem Fußboden bestand – war ruhiger als üblich.
»Ist irgend etwas?« fragte Paige.
»Roger wollte unser Spiel nicht zu Ende spielen.«
»Was war das für ein Spiel?«
»Nur ein Spiel mit der Schildkröte. Wir haben es gerade gespielt, als du uns gerufen hast.«
»Oh. Nun, ich nehme an, nach der Neuigkeit war er viel zu aufgeregt dafür. Dann spielt ihr es eben ein anderes Mal. Komm schon, bekomme ich keine Umarmung? Nein, nein, nicht so was Lahmes, eine richtig dicke Umarmung.«
Später, als sie in ihrem eigenen Bett lag, wandte Paige sich an Jason. »Ich glaube, sie ist eifersüchtig.«

»Wer?«
»Lily natürlich. Du weißt doch, wegen Rogers neuer Schwester.«
»Du bekommst auch ein Baby.«
»Das ist aber doch nicht ganz dasselbe, oder? Ich meine, natürlich läuft sie herum und nennt ihn Bübchen – weil ihr das eben so gefällt –, aber in Wirklichkeit ist er ja nicht ihr Bruder. Und bald, ehe du dich's versiehst, wird sie auch schon nicht mehr bei uns wohnen.«
»Nun, hoffentlich wird sie dann bei ihrer Mutter sein... das wünschen wir uns doch beide, oder?«
»Ja, sicher. Aber ich werde sie trotzdem sehr vermissen.«
Fünf Minuten später – Jason machte sich gerade eifrig Notizen auf einem Block: »Jason?«
»... ja, was?«
»Ich habe eine Schachtel mit Fanny-Farmer-Pralinen gestohlen.«
Er hielt inne und schaute sie verwirrt an. »Was hast du getan?«
»Nicht jetzt, du Dummer, als ich noch ein Kind war.«
»Oh. Na ja, was ist damit?«
»Nichts. Es ist mir nur wieder eingefallen.« Und wie Jason eben gesagt hatte – na und? Ließen nicht die meisten Kinder irgendwann einmal etwas mitgehen? Wieso mußten diese Lehrer unbedingt Lily für die Diebstähle verantwortlich machen und dabei auch noch so tun, als handelte es sich um ein Kapitalverbrechen? Natürlich wissen sie, daß Diebstahl bei Kindern vorkommen kann...
Sie legte ihre Hand auf den Bauch und dachte daran, daß bald der kleine Joshua – das war der Name, auf den sie sich schließlich geeinigt hatten – auf die Welt kommen würde; es würde an ihr und Jason liegen, ihn den Unterschied zwischen Richtig und Falsch zu lehren und dafür

zu sorgen, daß aus ihm ein anständiges Mitglieder der Gesellschaft würde. In dem einen Augenblick noch süße, unschuldige Kinder – aber kaum läßt man sie zu lange aus den Augen, schon sitzt einem am Frühstückstisch ein Nachwuchsgauner gegenüber. Diese Vorstellung hatte wirklich etwas Beängstigendes.
Paige drehte sich um und stützte einen Arm auf ihr Kissen. Das Schlimmste an dem ganzen Zirkus heute war vielleicht gewesen, daß Lily nicht einmal die gesuchte Diebin war. Und bei allem Respekt vor den Meriten dieser Sportlehrerin: ihre Behauptung war einfach zu albern. Lily kam bestens mit anderen Kindern aus, das hatte Paige an ihrem ersten Schultag selbst beobachten können. Und das hatte sie auch ganz deutlich bei Roger gesehen.

Nach dem Frühstück liefen Lily und Roger hinaus in den Schnee, um dort auf Charlie Beeder zu warten. Es hatte irgendwann in der Nacht zu schneien aufgehört, und jetzt lag der Schnee mehr als zwanzig Zentimeter hoch, und eine klare Sonne schien vom Himmel.
»Gehst du heute zu Ruthanne?« fragte Jason, als er aus dem Keller kam.
»Charlie sagt, daß sie morgen schon nach Hause kommt. Also dachte ich, ich warte lieber mit meinem Besuch. Aber ich will kurz ins Einkaufszentrum fahren und etwas Hübsches für das Baby kaufen. Möchtest du mitkommen?«
»Wie sind die Straßen?«
»Laut Charlie ist heute morgen der Schneepflug durchgefahren. Soll das heißen, daß du nicht mitkommst?«
»Na ja, ich wollte eigentlich diese Reparaturarbeiten erledigen. Außerdem habe ich momentan noch etwas anderes vor.« Er schaute aus dem Fenster zu Lily hinaus, die ganz allein einen Schneemann baute, holte anschließend seine

Wolljacke, Mütze und Handschuhe und ging nach draußen.
»Gefällt er dir?« fragte sie Jason, als sie ihn auf der Veranda sah.
Er setzte sich auf die Stufe, nahm sich eine Handvoll Schnee und formte einen Schneeball daraus.
»Er ist okay. Für einen Schneemann ist er ganz gut.«
»Was ist so schlecht an einem Schneemann?«
»Hey, nichts. Nur, als ich ein Kind war, da habe ich größere und bessere Dinge gebaut. Wie zum Beispiel eine Festung.«
»Eine richtige Festung, in die man hineinkriechen konnte?«
»Das war nicht nur so eine Wand, wie du es dir vielleicht vorstellst – das war ein richtiger Iglu. Ich meine, da hätte ganz bestimmt jemand drin leben können.«
Sie stand da und starrte ihn an.
Er warf den Schneeball, der den Kopf des Schneemannes traf und ihn zur Seite schob.
»Ich meine, wenn du gern wissen möchtest, wie man so etwas baut –« meinte er achselzuckend.
»Zeigst du mir, wie das geht, Jason?«
Er schaute auf seine Uhr. »Wie wär's, wenn wir uns in zwanzig Minuten unten am Fluß treffen?«
»Wieso dort?«
»Weil es dort kälter ist und wir Wasser zum Vereisen brauchen.«

Die Schildkröte hatte sich in ihren Panzer zurückgezogen – es war jetzt das dritte Mal in zwei Wochen, daß Jason unten im Keller gewesen war und sie so vorgefunden hatte. Nachdem er den Drahtschneider und die Drahtrolle gefunden und ein paar Stücke Pappkarton zusammenge-

sucht hatte, die zuerst als Form und später als Isoliermaterial für den Iglu dienen sollten, blieb er vor der Sandkiste stehen und kniete sich hin: Es war genügend frisches Futter und Wasser da, und Lily hielt die große Plastikkiste auch relativ sauber. Er stupste den Kopf der Schildkröte an – sie öffnete die Augen und streckte den Kopf etwas heraus, um ihn gleich darauf wieder zurückzuziehen; der Rest des Tiers blieb weiter unter dem dicken Panzer verborgen.
Als ob sie Angst hätte, unter ihrem Panzer hervorzukommen! War es möglich, daß Lily die Schildkröte irgendwie erschreckte? Jason zuckte mit den Achseln und ging mit seinem Baumaterial zum Fluß hinunter.

Später am Nachmittag, nachdem Paige wieder vom Einkaufen zurück war, zeigte sie Lily in ihrem Schlafzimmer die Spieluhr, die sie für das Beeder-Baby gekauft hatte. Jason war oben auf dem Dachboden, wo er feststellte, daß die Eichhörnchenfalle weg war und statt dessen eine große, rote Plastiklampe auf dem Tisch stand. Er schraubte den rostigen Riegel von der Außentür ab, und während er damit beschäftigt war, hörte er Stimmen, die aus dem Schlafzimmer unter ihm kamen.
Er ging zu der Ecke, wo das Geräusch herzukommen schien, und sah, daß dort ein rundes großes Loch war. Er legte sich flach auf den Boden und schaute hindurch: Unten saß Paige auf ihrem Bett.
»Gefällt sie dir?« wollte Paige gerade von Lily wissen.
»Können wir für Bübchen auch so eine kaufen?«
»Natürlich können wir das. Du mußt Jason nur daran erinnern, daß er eine kauft, wenn ich im Krankenhaus bin. Aber jetzt erzähl mir, wie war dein Tag?«
»Jason und ich haben einen Iglu gebaut, so einen, wie ihn die richtigen Eskimos haben.«

»Tatsächlich? Darf ich ihn mir mal ansehen?«
»Sicher, wenn du brav bist«, lächelte Lily sie an.
Jason zog den Kopf zurück und richtete sich auf; plötzlich traten ihm Schweißperlen auf die Stirn. Die ganze Zeit über, in der sie oben auf dem Speicher gewesen war, hatte sie alles mit anhören können, worüber er und Paige gesprochen hatten. Und das Bett, sie hatte alles aus der Vogelperspektive mit angesehen... Aber es war doch nicht das Kind daran schuld, daß hier ein Loch war, oder? *Jetzt komm aber, Jason, wen willst du denn damit überzeugen?* Verdammt, warum war ihm das nie aufgefallen?
Er dachte wieder daran, was Anna Parks beim ersten Mal zu ihm gesagt hatte – wenn Lily nicht gewollt hätte, daß sie sie fanden, dann hätten sie sie auch nicht gefunden. So klar und so einfach war das. Hatte sie recht damit?
Aber da waren die Eicheln in der Eingangshalle des Hauses gewesen, der erste Hinweis darauf, daß irgend etwas oder irgend jemand im Haus war. Und das ergab auch einen Sinn, sie hatte sich schließlich von Eichhörnchen ernährt, oder nicht? Hatte das aber auch zu bedeuten, daß sie Eicheln gegessen hatte? Das war nicht sehr wahrscheinlich, und ganz sicher hatte sie sie auch nicht dazu benutzt, um irgendwelche Eichhörnchen in einen Drahtkäfig zu locken, nicht, wenn draußen der ganze Waldboden voller Eicheln lag. Seltsam, daß er nicht schon früher darüber nachgedacht hatte...
Konnte es sein, daß sie die Eicheln ausgestreut hatte, um ihn und Paige damit anzulocken?

Kapitel 11

Wie Ruthanne später erzählte, waren ihre Wehen das reinste Kinderspiel gewesen – gerade mal eine Dreiviertelstunde hatten sie gedauert, sie hatte es kaum bis zum Kreißsaal geschafft. Doch wie leicht die Geburt auch gewesen sein mochte, Paige bestand darauf, daß Ruthanne sie ihr haargenau schilderte. Paige hatte jedes Buch gelesen, das sie über die Geburt eines Kindes in die Finger bekommen konnte, und hatte deswegen eine ziemlich genaue Vorstellung von dem, was sie erwartete. Aber sie fand es interessant, wenn auch etwas entmutigend, daß jede Mutter eine andere Version zu berichten hatte.

Obwohl Lily anfänglich gar nicht soviel Interesse an der kleinen Carolyn zeigte, wie Paige eigentlich erwartet hatte, änderte sich dies jedoch dramatisch, als Ruthanne ihren rosafarbenen, flauschigen Morgenmantel aufschlug, ihren Still-BH öffnete und sich das wunderschöne, dunkelhaarige Baby an die Brust legte. Lily saß in einem Stuhl gegenüber von Ruthanne und starrte sie fasziniert an, während Roger rasch das Interesse verlor und lieber in die Küche ging, um Plätzchen zu holen.

»Lily, warum gehst du nicht auch mit?« schlug Paige vor, aber Ruthanne hieß sie schweigen.

»Nein, nein, das ist schon in Ordnung, das macht mich nicht verlegen.«

Schließlich trank die Kleine ihren letzten Schluck und schloß die Augen, während ihre winzigen Fäuste sich am Nachthemd ihrer Mutter festklammerten. Paige

scheuchte Roger und Lily schließlich doch aus dem Zimmer.
»Los, ihr zwei, laßt Carolyn jetzt schlafen.«
Paige hob das Baby hoch, hielt es ein paar Minuten in den Armen und legte es dann in die Wiege zurück; nachdem sie das Kind noch eine Weile bewundert hatte, ging sie zum Sofa und goß Tee aus einer Thermoskanne ein, die auf dem Couchtisch stand. Eine Tasse davon reichte sie Ruthanne.
»Soll ich dir auch etwas zu essen holen?«
Ruthanne schüttelte den Kopf.
Paige setzte sich und deutete auf die Wiege. »Sie ist so schön. Ich bin so froh für dich, ganz aufgeregt.«
»Bald bist du an der Reihe, meine liebe Freundin.«
»Das sage ich mir auch dauernd, und die Vorstellung macht mich ganz nervös. Ich meine, wenn man sich mal die Zeit nimmt, richtig darüber nachzudenken – daß man für ein neues Leben verantwortlich ist –, dann ist das direkt furchteinflößend. Aber ich übertreibe wahrscheinlich, oder?«
»Aber so etwas erwartet man doch von jungen Müttern, dachte ich immer.«
»Vielleicht wird das von den Hormonen ausgelöst. Aber was ich wirklich wissen möchte, ist, warum ich mich als Kind immer so erwachsen fühlte und mir nun plötzlich wie eine Zwölfjährige vorkomme.«
»Ich weiß, was du damit sagen willst. Als Roger anfing, mich Mommy zu rufen, war ich sicher, daß er damit meine Mutter meinte. Und als seine Freunde dann begannen, mich Mrs. Beeder zu nennen… o Gott!«
Paige lachte. »Hör mal, ich muß jetzt leider gehen. Was haben sie uns beim Lamaze-Kurs immer gepredigt – wenn es für das Baby Zeit ist, ein Nickerchen zu machen, dann

ist es auch Zeit für die Mutter, ein Schläfchen zu halten, richtig?«
»So was funktioniert nur beim ersten Kind. Aber Charlie ist heute ja da, also kann ich schlafen, soviel ich will. Bleib doch noch ein paar Minuten«, bat Ruthanne und legte ihre Hand auf die von Paige.
»Ach, übrigens, falls ich es noch nicht oft genug gesagt habe, dann sage ich es jetzt eben noch mal – du siehst umwerfend aus.«
Ruthanne griff sich an die Taille ihres Morgenmantels. »Da sind immer noch zwanzig Pfund Fett zuviel drauf, aber selbst wenn ich es jetzt noch ändern könnte, würde ich nichts anders machen. Und Roger ist kein bißchen wütend oder eifersüchtig auf seine Schwester. Kannst du mir sagen, womit ich dieses Glück verdient habe?«

Lily nahm einen Bleistift und stieß die Spitze in das Bein der Puppe.
»Autsch, das tut weh«, sagte Hillary.
Lily schaute zu ihr auf. »Bist du wütend auf sie?«
»Nein.«
»Warum tust du ihr dann weh?«
»Weil ich dieses Gefühl dabei mag.«
»Wie ist dieses Gefühl?«
»Ich weiß nicht, irgendwie warm.«
Hillary nahm die Puppe und wiegte sie im Arm.
»Was ist mit *ihren* Gefühlen?«
»Sie mag es, wenn man ihr weh tut.«
»Wie kommst du darauf?«
Lily deutete auf die geschürzten roten Lippen. »Schau doch hin, sie lächelt immer noch.«
»Das sieht mir aber gar nicht wie ein Lächeln aus. Was meinst du, wieso sehen wir das so unterschiedlich?«

»Vielleicht weil du eine Schwanzlutscherin bist und ich nicht.«
Wunderbar, Hillary, laß dich nicht von ihr überrumpeln – nicht einmal mit den Augen gezwinkert hast du ... Aber jetzt weiter in dieser Richtung.

Anna Parks saß steif in der ersten Reihe im Gerichtsgebäude von Laurel Canyon, zwei stämmige Wachbeamte wie zwei Buchstützen rechts und links an ihrer Seite; der Gerichtsstenograph – den Jason verlangt hatte – saß am Rand des Saals. In der zweiten Reihe saß der Psychiater M. C. Wendell – effektvolle, silbergraue Strähnen in den buschigen, dunklen Koteletten. Richter Kraft, hoch oben auf seiner Richterbank, war ein kleiner Mann mit Brille und einer tiefen, sonoren Stimme, die – sozusagen als Ausgleich für seine schmächtige Erscheinung – diejenigen einschüchterte, die vor ihm zu erscheinen hatten.
Der Pflichtverteidiger Sam Bender, der Anna Parks beim ersten Mal verteidigt hatte – Jason hatte sowohl ihn als auch den einen Staatsanwalt vorladen lassen, der den heutigen Antrag behandelte –, saß ganz hinten in dem kleinen, fast leeren Gerichtssaal, hielt die Augen gesenkt und nickte hin und wieder mit dem Kopf, als wolle er mit den Göttern verhandeln, daß sie ihn doch bitte nicht in den Zeugenstand rufen möchten. Und wenn es nach Richter Kraft oder den übrigen Angehörigen des Gerichts gegangen wäre, dann würde das auch nicht nötig werden.
»Mr. Bennett, Sie vergessen, ich war ebenfalls im Gerichtssaal anwesend«, sagte der Richter. »Ich weiß also, was sich hier zugetragen hat. Wie heldenhaft Ihre Beweisführung auch sein mag, ich fürchte nur, sie wird nicht standhalten. Eine Anordnung auf Haftprüfung seitens

des Gerichts wird hiermit abgelehnt. Nächster Fall«, sagte er mit Blick auf den Geschäftsstellenleiter.

»Aber ich habe Zeugen...«

»Das hier ist eine Antragssitzung – ich habe nicht die Absicht, mir Zeugen anzuhören. Gerichtsdiener, den nächsten Fall bitte –«

»Meine Mandantin hat das Recht, Beweise vorzulegen. Artikel eins, Abschnitt neun der Verfassung besagt, daß das Habeas Corpus – das Grundrecht auf gerichtliche Anordnung eines Haftprüfungstermins – nicht aufgehoben werden darf, es sei denn in Zeiten von Rebellion oder Invasion. Was die letzten beiden Punkte betrifft, brauchen wir uns wohl keine Sorgen zu machen – zumindest heute nicht. Und in der Tat, in der Geschichte der Vereinigten Staaten hat nur ein Mann, Euer Ehren – Abraham Lincoln – jemals dieses –«

»Mr. Bennett, ich brauche keine Lektion in Geschichte! Und genausowenig kann ich Ihren Sarkasmus gebrauchen. Es ist keineswegs meine Absicht, das Habeas Corpus aufzuheben, aber Sie haben bereits entsprechendes Gehör gefunden. Ich versuche lediglich, eine ermüdende, überlange Prozedur abzukürzen. Ich wiederhole, Haftprüfung abgelehnt.«

»Ist das Ihre endgültige Entscheidung?«

»Was haben Sie denn erwartet – daß ich es Ihnen vorsinge?«

»In diesem Fall«, sagte Jason und warf einen Blick auf den Protokollführer, »werde ich die Beweismittel eben zu Protokoll nehmen lassen, das heißt, das, was meine Zeugen ausgesagt hätten, hätten sie Gelegenheit dazu bekommen.«

»Es besteht keine Notwendigkeit –«

»Euer Ehren, ich möchte lediglich etwas zu Protokoll nehmen lassen.«

»Verlassen Sie sofort meinen Gerichtssaal!«

Jason ließ sich nicht beirren. »Der Staatsanwalt, Mr. Delaney, würde zugeben, daß kein *voir dire* stattgefunden hat – weder der Ehrenwerte Richter Kraft, noch er, noch der Pflichtverteidiger haben der Angeklagten Fragen bezüglich ihrer Verteidigung gestellt, geschweige denn, ob sie deren Konsequenzen verstanden habe –«

Der Richter winkte den Justizwachtmeister zu sich an die Richterbank. »Schaffen Sie diesen Mann hier raus«, sagte er.

Der Justizwachtmeister näherte sich Jason; Jason streckte den Arm aus, um zu verhindern, daß er ihm zu nahe kam ... »Weiterhin würde ich den renommierten Psychiater M. C. Wendell aufrufen, der bezeugen wird, daß, basierend auf Prüfung der medizinischen Krankenblätter, einer gründlichen psychiatrischen Untersuchung und aufgrund seines Fachwissens meine Mandantin zur Tatzeit nicht nur schuldunfähig, sondern bei der Vorführung zum Verhör auch unfähig zu jeglicher rationalen Entscheidung war.«

»Mr. Bennett!« rief der Richter. »Da Sie ja anscheinend über sehr viel Wissen verfügen, kann ich dann annehmen, daß Sie auch schon mal von einer Mißachtung des Gerichts gehört haben?«

»Und schließlich würde Sam Bender, der Pflichtverteidiger meiner Mandantin, bezeugen, daß er erst im Juni vergangenen Jahres, also knappe sechs Monate bevor ihm dieser Fall übertragen wurde, sein Abschlußexamen abgelegt hat. Und daß dies sein fünfter Fall nach seiner Zulassung zum Anwalt im Staate New York war, wobei es sich bei den vorhergehenden vier Fällen um keine schwerwiegenderen als Anzeigen wegen Trunkenheit am Steuer gehandelt hatte. Rechtsanwalt Bender wußte nicht, was ein *voir dire* ist, und noch weniger verfügte er über die Fähigkeit, einen Mandanten bei einem Kapitalverbrechen entsprechend zu vertreten! Ich persönlich mache ihm keinen –«

Richter Kraft stand auf, sein Gesicht ein purpurrotes Spinnennetz aus zuckenden Adern. Er ließ seinen Hammer auf die Bank sausen und schrie: »Halten Sie Ihren Mund!«

Was Jason schließlich auch tat – alle Anwesenden hielten den Atem an.

Der Richter warf einen langen Blick auf Delaney, den Staatsanwalt. »Entspricht es der Wahrheit, daß kein *voir dire* stattgefunden hat?« fragte er schließlich.

Delaney nickte und erhob sich. »Ja, Euer Ehren, das ist richtig.«

»Wie konnte das geschehen?«

Schweigen, dann ein Achselzucken.

»Und ist es richtig, daß bei der Verhandlung dieses Falles der Pflichtverteidiger erst sechs Monate zuvor seine Abschlußexamen abgelegt hatte?«

»Ich weiß nicht...« Er sah sich um und deutete auf ihn. »Er ist hier...«

»Mr. Bender?« sagte der Richter.

»Ja, Euer Ehren, das ist richtig«, ließ sich eine leise Stimme vernehmen, die überhaupt nur deswegen zu hören war, weil tiefes Schweigen im Saal herrschte.

Der Richter setzte sich wieder, holte tief Luft...

»Das Schuldgeständnis wird hiermit aufgehoben. Gerichtsdiener, setzen Sie für nächste Woche einen neuen Termin zur Vorführung zum Untersuchungsverhör fest.«

Jason, der sich ebenfalls gesetzt hatte, schoß in die Höhe. »Euer Ehren, was ist mit einer Kaution?«

»Unter gar keinen Umständen wird hier eine Kaution festgesetzt! Auch wenn in der Verfassung vorgesehen ist, daß ich dies nächste Woche bei der Vorführung in Betracht ziehen kann, würde ich mich nicht darauf verlassen, daß Ihre Mandantin sie auch bekommt, Mr. Bennett!« Er ließ den Hammer auf die Richterbank fallen und sagte dann, ohne in die Gesichter zu schauen, die ihn neugierig musterten: »Zwanzig Minuten Pause.«

»Soll ich es ihr sagen?« fragte Paige und mußte sich sehr bemühen, wenigstens etwas Begeisterung in ihre Stimme zu legen.

Jason hatte den Gerichtssaal verlassen, war in eine Telefonzelle gelaufen und hatte sofort zu Hause angerufen, wobei er sich kaum der vielen Augenpaare bewußt war, die auf ihm ruhten. Er war gut gewesen, das wußte er.

»Besser nicht«, sagte er schließlich zu Paige und fragte sich, wen er hier überhaupt beschützte. Wie es in letzter Zeit öfter der Fall war, fühlte er sich als Außenseiter bei einer Verschwörung, an der alle um ihn herum teilnahmen.

Jason war überzeugt, daß Lily keinen weiteren Gedanken mehr an Anna verschwendet hatte, nachdem sie ihr den Brief geschrieben und sie darin gebeten hatte, doch mit Jason zusammenzuarbeiten, wenn sie wieder freikommen wolle. War sich Anna dessen auch bewußt? Mit Sicherheit nahm sie nicht mit vollem Herzen Anteil an den Geschehnissen um sie herum, nicht einmal an der dramatischen Vorstellung heute, die ihn fast ins Gefängnis gebracht hätte. Doch seit Lilys Brief war Anna eindeutig zur Zusammenarbeit bereit.

Und mit etwas Glück würde in vier oder sechs Wochen eine Verhandlung angesetzt werden; nachdem er sich den Sitzungskalender angeschaut und hier und da seinen Einfluß hatte spielen lassen, würde das bestimmt machbar sein. Terminlich gesehen lief es ohnehin viel besser, als er erwartet hatte. Da er die Absicht hatte, den Fall selbst vorzutragen, würde er diese Zeit auch brauchen, um sich darauf vorzubereiten.

Und gegen Ende März, Anfang April, wenn sie mit ihrem Sohn wieder nach Manhattan zurückkehrten, dann wäre das Verfahren bereits vorbei, und Anna würde entweder freigesprochen worden sein oder aber ein milderes Urteil bekommen haben. In dem einen Fall könnte Lily zu ihrer Mutter nach Hause zurückkehren, während für den anderen Fall noch entsprechende Arrangements getroffen werden müßten.

Obwohl er sich wirklich sehr bemühte, mit dem Mädchen auszukommen, war sein ungutes Gefühl ihr gegenüber nie ganz verschwunden. Im Gegenteil, es war sogar noch stärker geworden. Aber Paige war im achten Monat, und er hatte nicht die geringste Absicht, jetzt mit ihr einen Streit anzufangen. Wozu auch? Damit ihr Blutdruck wieder in die Höhe schoß? Oder noch schlimmer, damit sie sich entfremdeten, wo es doch so wichtig war, daß sie sich nahe waren?

Ihm fiel das Loch im Speicher ein, durch das Lily sie belauscht und beobachtet hatte; er wußte, wenn er Paige damit konfrontierte, würde sie Lily sofort wie eine Tigerin verteidigen.

Eine Woche später zeichnete Hillary die folgenden Notizen auf: *Die Patientin verfügt über keine klare Ausgangsbasis, um zwischen Richtig und Falsch zu unterscheiden. Obwohl sie außerordentlich intelligent ist und sehr schnell begreift, was von ihr erwartet wird, fehlt ihr jegliche Orientierung, die ihr bei ihren Beziehungen zur Außenwelt helfen könnte.*

Bestellt wurden: Wechsler-Intelligenztest für Kinder, verbesserte Ausgabe, Rorschach-Tintenflecktest, Blacky-Test, Apperzeptionstest für Kinder.

Es passierte ungefähr zwei Wochen später, am Abend des Lamaze-Kurses – Roger wollte, daß Lily abends zu ihm kam, da er allein im Haus war. Aber Lily lehnte ab und sagte, sie würde lieber zu Hause bleiben und mit ihrer Schildkröte spielen. Paige stieg bis zur Mitte der Kellertreppe hinunter und setzte sich dort auf die Stufen.
»Okay, was ist los?«
»Nichts.«
»Seit wann hast du denn keine Lust mehr, mit Roger zusammenzusein?«
Sie zuckte mit den Achseln. »Alles dreht sich nur noch um das Baby. Carolyn hier, Carolyn da, ich habe das so satt.«
»Bald werden wir hier auch so ein Baby haben.«
»Mit Bübchen wird das anders sein.«
Paige lächelte. »So, und warum?«
»Er wird eben anders sein, er wird lauter kluge, tolle Sachen machen. Nicht so dumme Dinge wie Carolyn, die dich nicht einmal ansieht, wenn du mit ihr reden willst.«
»Lily! Carolyn ist ein liebes, süßes Baby. Kleinkinder schenken ihrer Umgebung am Anfang nicht sehr viel Aufmerksamkeit, aber das ändert sich bald. Aber ich will auf keinen Fall mehr hören, daß du solche Dinge sagst.«
Schweigen, dann: »Und trotzdem, Bübchen wird ganz anders sein, etwas ganz Besonderes.«
Paige stieg ganz die Treppe hinunter, kniete sich neben Lily hin und nahm sie in die Arme.
»Was soll ich nur mit dir tun? Na, ich habe eine Idee.«

Lily riß sich los. »Was?«
»Wie wäre es, wenn du heute abend mein Lamaze-Partner bist?«
»Meinst du das im Ernst?«
»Das meine ich im Ernst.«
»Was ist mit Jason?«
»Er hat vorhin angerufen und gesagt, daß er nicht vor zehn Uhr kommen kann, und bis dahin ist der Kurs schon fast zu Ende. Ich werde ihn anrufen und ihm sagen, daß er sich nicht zu beeilen braucht und gleich nach Hause fahren kann. Ich bin sicher, daß ihm das nur recht ist. Was aber nicht heißt, daß ich keinen Partner für heute abend brauche.«
Lily rannte nach oben, um sich fertig zu machen. Paige betrachtete die Schildkröte und die vielen Spielsachen, die Lily strategisch um die große Kiste plaziert hatte. Sie tippte auf Wallys Panzer.
»Komm schon und streck deinen müden Kopf raus. Steh auf und spiele.«
Na gut, Roger war nicht eifersüchtig. Aber Lily war es.

Alle fanden es ganz zauberhaft, besonders Paige... sieben erwachsene Paare waren im Raum, und es war Lily, die Dr. Barrys Sprechstundenhilfe Leonore, die den Kurs leitete, die klügsten Fragen stellte. Paige lag auf dem Rükken, Kissen in die Seiten gestopft, und hatte ihre Füße in Lilys Schoß liegen, die sie ihr zärtlich massierte, während Paige ihre Atemübung machte und sich dabei auf einen dicken, runden Kaktus auf dem Fensterbrett konzentrierte.
»Was passiert, wenn sie zu schnell atmet?« fragte Lily.
»Das Blut würde ihr zu Kopf steigen und eine gewisse Benommenheit verursachen. Vielleicht auch Hyperventila-

tion. Kommen Sie, meine Damen, jetzt üben wir das tiefe Atmen... einatmen, halten – eins, zwei, drei – ausatmen.«

»Du mußt ganz genau aufpassen und alles richtig machen«, meinte Lily auf dem Nachhauseweg.

»Komisch, wenn ich die Augen zumache, habe ich das Gefühl, daß Jason neben mir sitzt.«

»Manche Mütter sind eben dumm.«

»O nein, wir wollen hier doch nicht beleidigend werden, oder?« sagte Paige in einem Tonfall, als ob sie das sehr getroffen hätte.

»Aber du doch nicht.«

Paige warf einen schnellen Blick auf Lily, aber in der Dunkelheit war es unmöglich für sie, ihren Gesichtsausdruck zu erkennen. Aber aus ihrer Stimme klang Ernsthaftigkeit, keine Ironie.

»Nun, würdest du mir das vielleicht näher erklären?« fragte sie schließlich.

»Mommy hat einmal ein Baby verloren.«

Paige schnappte kurz nach Luft und meinte dann: »Oh, Lily, wie schrecklich. Das tut mir leid.«

Schweigen.

»Wie alt warst du damals?«

»Ich glaube, drei, vielleicht vier.«

Paige schüttelte den Kopf. »Das muß sehr schmerzlich für dich gewesen sein... und für deine Mutter. So etwas durchzumachen ist bestimmt nicht einfach. Ich weiß, wovon ich rede, Lily, mir ist das auch passiert.«

Sie schaute sie fragend an. »Tatsächlich?«

Paige nickte und dachte über die beleidigende Bemerkung nach, die Lily über ihre Mutter gemacht hatte.

»Es ist eben passiert«, sagte sie. »Alles lief ganz gut, bis eines Tages die Schmerzen auftraten... Ich war erst im dritten Monat; es war noch viel zu früh für den Fötus, als daß er hätte überleben können. Manchmal geschehen eben schreckliche Dinge, und niemand hat Schuld daran.«

»Vielleicht war es ja nicht deine Schuld, aber *ihre* Schuld war es.«

Paige war der ärgerliche Unterton in ihrer Stimme aufgefallen? »Wieso?« fragte sie schließlich.

»Weil sie nicht essen wollte. Immer mußte ich für sie alles aufessen, damit Daddy nichts merkte.«

»Vielleicht kannst du dich nicht mehr so ganz genau erinnern. Du warst ja noch sehr klein.«

»O nein, ich kann mich erinnern.«

Hatte Anna das wirklich getan, oder handelte es sich hier nur um eine vom Schmerz verzerrte Erinnerung eines Kindes? Sie selbst hatte die Erfahrung gemacht, daß die eigenen Erinnerungen nicht immer die verläßlichsten waren. Vorhin, während des Kurses, hatte sie geglaubt, sich an ihre Mutter zu erinnern, wie sie neben ihr saß und ihr die Füße streichelte, wie Lily es tat. Sie wußte nicht, warum das so war, aber es war ein schönes, ein beruhigendes Gefühl.

Da sie nicht sehr viele solcher Erinnerungen an ihre Mutter hatte, wunderte sie sich, warum ihr diese Szene nicht schon früher eingefallen war.

Obwohl Jason der Gedanke gar nicht gefiel, daß Lily ihn bei dem Lamaze-Kurs vertrat, war er doch froh, daß sie Paige an diesem Abend Gesellschaft leistete. Da es schon fast halb zehn war, als er endlich die Ortsgrenze von Briarwood erreichte, war die Aussicht auf weitere zwanzig Meilen Fahrt das letzte, was er sich gewünscht hätte.

Er bemerkte das Kellerlicht, und nachdem er die Vordertür aufgeschlossen hatte, ging er gleich zur rückwärtigen

Treppe. Aber es war nur eine der kleineren Lampen, die im Keller brannte... Seufzend stellte er sich unter die Glühbirne und wollte gerade am Schalter ziehen, als ihm der Pappkarton auffiel, der unter den Tisch geschoben war.
Es war reine Neugierde, die ihn dazu bewog, den Deckel zu heben: zwei Klappmesser, ein Büchsenöffner, ein Streichholzbriefchen, eine Tüte mit Eicheln, verschimmeltes Brot in einer Plastiktüte, Pinienzapfen, verrottete Beeren... und etwas, das aussah wie ein Eichhörnchenschwanz.
Lilys Schätze. Offensichtlich war sie nicht nur auf dem Dachboden zu Hause gewesen...
Er machte den Deckel wieder zu, und als er auf seinem Weg zurück zum Lichtschalter an der Schildkrötenkiste vorbeikam, blieb er stehen und bückte sich.
»Hey, Wally, was hast du für ein Problem, hmm, keine Energie mehr? Zu dickes Blut?« Er hob die Schildkröte hoch, die weit den langen Hals vorstreckte, und untersuchte sie von allen Seiten. Jason fuhr mit den Fingerspitzen über den Rand des Panzers, dort, wo normalerweise ihre Beine... »Jetzt komm schon, streck deine Läufe heraus und –«
Was hatte sie nur getan? Die Schildkröte hatte keine Beine mehr!

Er saß bereits eine halbe Stunde im Keller auf dem Fußboden, bevor er sie heimkommen hörte. Jetzt stand er auf, stellte sich an den Fuß der Treppe und rief sie. Paige kam an den Treppenabsatz.
»Was tust du denn da unten?«
»Wo ist Lily?«
»Hier in der Küche, wir dachten, wir essen noch kurz eine Kleinigkeit, ehe wir –«

»Ich will mit ihr reden.«
»Jason, kann das nicht warten? Es ist schon spät, sie muß morgen in die Schule.«
»Ich will jetzt mit ihr reden.«
Paige trat zur Seite und ließ Lily vorbei.
»Komm runter«, sagte Jason.
Lily warf Paige einen Blick zu und ging hinunter. Paige wollte ihr hinterher. »Darf ich auch dabeisein?«
»Tut mir leid«, erwiderte Jason. »Aber das geht nur Lily und mich etwas an.«
Paige machte einen Schritt zurück.
»Und wenn du bitte die Tür zumachen könntest –«
Paige zuckte mit den Schultern, zog sich endgültig zurück und machte die Tür zur Küche zu.
Jason führte Lily zu der Kiste und sagte: »Nun, ich nehme an, du weißt, warum du hier bist?«
Sie schüttelte den Kopf.
»Lüg mich nicht an. Ich bin nicht Paige.«
Schweigen.
»Warum hast du das getan?«
»Du hast doch gesagt, ich soll es tun.«
»Was?«
»Wally ist immer über die Seitenwände geklettert, und du hast gesagt, ich soll etwas dagegen tun. Also habe ich etwas getan.«
»Indem du ihre Beine abgeschnitten hast? War das das einzige, was dir einfiel?«
»Da konnte ich wenigstens sicher sein, daß es funktionierte.«
»Aber siehst du denn nicht, wie grausam –«
»Jetzt komm aber, Jason, das ist doch nur eine Schildkröte.«
Er mußte schlucken.

»Vielleicht sollten wir mal fragen, was Paige davon hält?«
»Sag es ihr nicht.«
»Und warum nicht?«
»Ich weiß nicht, vielleicht denkt sie, es ist böse.«
»Es *ist* böse.«
Sie sagte einen Augenblick nichts und meinte dann: »Wenn du sie liebst, dann sagst du ihr nichts.«
»So, meinst du?«
Sie nickte. »Es würde sie nur aufregen, sie vielleicht sogar krank machen.«
»Ich denke, sie ist durchaus in der Lage, damit fertig zu werden.«
»Was glaubst du wohl, wie sie damit fertig wird, wenn sie von dir und Brooke erfährt?«
»Ich habe nicht die leiseste Ahnung, wovon –«
»Lüg mich nicht an, ich bin nicht Paige.«
Schweigen.
»Außerdem stand ich praktisch daneben. Ich habe gesehen, wie Brookes Hemd sich geöffnet hat, wie sie ihre kleinen Titten herausgestreckt hat, die nur darauf warteten, daß du an ihnen nuckelst. Ich habe ihre Hände in deiner Jeans gesehen ... Aber das konnte ich mir überhaupt nicht zusammenreimen, Jason, was hat sie denn in deiner Jeans gemacht? Vielleicht weiß Paige es, wenn ich sie frage.«
Jasons zitternde Hände kamen auf sie zu.
»Nein, nicht. Wenn du das tust, dann schreie ich.«

Kapitel 12

Hier ist Hillary Egan«, meldete sie sich am Telefon.

»Hier Jason Bennett, Lily Parks Vormund.«

»O ja, hallo, Mr. Bennett. Wir hatten bisher noch keine Gelegenheit, uns kennenzulernen.«

»Richtig. Ich wüßte gern, ob wir da nicht Abhilfe schaffen und uns vielleicht heute abend treffen könnten. Ich hätte mit Ihnen gern über Lily gesprochen.«

»Gibt es einen besonderen Grund?«

»Sie sind ihre Therapeutin. Um ehrlich zu sein, mich interessiert Ihre Meinung über sie.«

»Nun, für eine psychologische Diagnose ist es noch ein wenig zu früh, die Tests werden erst in ein paar Wochen abgeschlossen sein. Und da sie erst seit so kurzer Zeit bei mir ist... Ich fürchte, ich könnte –«

»Okay, was ist mit ihrer Herkunft? Ich nehme doch an, daß Sie hier bereits gewisse Fortschritte gemacht und angefangen haben, mit ihr über ihre Vergangenheit zu reden, oder?«

»Selbst wenn es so wäre, könnte ich mit Ihnen nicht darüber sprechen.«

»Wieso nicht?«

»Das habe ich bereits alles Ihrer Frau bei unserem ersten Gespräch erklärt. Ich dachte eigentlich, sie hätte das erwähnt. Ich glaube nämlich daran, daß meine Patienten ein Recht auf ihre Intimsphäre und meine absolute Verschwiegenheit haben. Was mir im Therapieraum anvertraut wird, verläßt diesen Raum nicht.«

»Aber sie ist doch noch ein Kind.«

»Bei Ihnen klingt das ja so, als sei sie kein Mensch.«
»So habe ich das ganz bestimmt nicht gemeint. Es ist meiner Meinung nach nur so, daß Eltern und Vormunde auch gewisse Rechte haben. Wie sollen sie denn helfen, wenn sie nicht wissen, was los ist?«
»Es tut mir leid, Mr. Bennett, aber als professionelle Therapeutin, die einen Ruf zu verlieren hat, werde ich meine Meinung in diesem Punkt nicht ändern. Ich kann Lily nur helfen, wenn sie von sich aus auf mich zukommt und mir Vertrauen schenkt. Und sobald sie das tut, werde ich dieses Vertrauen mit Sicherheit nicht mißbrauchen.«
Ich würde ja gern mal sehen, wie sich diese Philosophie angesichts einer gerichtlichen Vorladung hält... Langsam, Jay, reg dich nicht auf. Die Wahrheit sieht wahrscheinlich so aus, daß diese wackere Therapeutin weniger über Lily weiß als du.

Hillary legte auf und blieb noch eine Weile in der Küche sitzen, eine Tasse mit dampfendem Tee in der Hand. Eigentlich tat es ihr nicht leid, daß sie so abweisend zu Mr. Bennett gewesen war, als Profi war ihre Reaktion die einzig richtige. Natürlich hatte sie sich aufgrund ihrer Beobachtungen eine Meinung gebildet, welcher Therapeut, der sein Geld wert war, hätte das nicht getan? Aber Tests waren nun mal ein integraler Bestandteil jeder Diagnose.
Einmal abgesehen von dem Problem der Verschwiegenheit, welchen Nutzen konnten ihre Beobachtungen schon für die Bennetts haben, welchem Zweck würden sie dienen? Die Komplexität einer Psyche verwirrte und schreckte die Menschen oft nur sinnlos. Und es war ja nicht so, daß Lily für chaotische Zustände in ihrem Haus sorgte, ganz im Gegenteil. Die paar Male, die Paige bei ihr gewesen war, um mit ihr über Lily zu reden, hatte sie

das mehr als deutlich zu verstehen gegeben – das Kind benahm sich tadellos und tat, was man vom ihm erwartete. Berücksichtigte man all das, dann verspürte Hillary nicht den geringsten Wunsch, den Bennetts irgendwelche Grundlagen für mögliche Fehlinterpretationen an die Hand zu geben, die wiederum nur zur Folge hätten, daß die Anwesenheit des Kindes in ihrem Haus zuviel und schädliche Aufmerksamkeit erregte. Und je länger Lily unter ihrer kompetenten Obhut und Sorge blieb, desto länger würde sie Hillary als Patientin erhalten bleiben.
Da sie sich des exzessiven Vorhandenseins von Gewalt und Mißhandlung in Lily Parks Vergangenheit bereits in dem Moment, in dem sie sie als Patientin akzeptiert hatte, bewußt war, wußte Hillary auch, daß es ein faszinierender Fall war, vielleicht sogar einer, mit dem sie sich einen Ruf als klinische Therapeutin aufbauen könnte. Jetzt, da sie schon ein paarmal Gelegenheit gehabt hatte, mit dem Kind zu arbeiten, erwartete sie eigentlich nicht mehr, enttäuscht zu werden.
Sie ging zu ihrem Bücherschrank, holte das »Diagnosehandbuch mentaler Störungen« heraus, schlug das Kapitel über *sadistische Persönlichkeitsstörung* auf und las: Muster, bei dem ein grausames, demütigendes und aggressives Verhalten vorliegt, um den anderen einzuschüchtern und die dominante Rolle in einer Beziehung zu übernehmen. Amüsierte und faszinierte Reaktion auf physisches und/oder psychisches Leiden und Erniedrigung bei Mensch und Tier.«

Brooke war wirklich sehr überrascht, als sie Jason vor ihrer Tür stehen sah. Sie bat ihn in die Wohnung. »Paige ruft normalerweise immer um diese Zeit an...« sagte sie. »Was treibst du denn hier?«

»Ich muß mit jemandem reden, und im Augenblick bist du die einzige, die mir bleibt.«
Sie nickte und humpelte zum Sofa zurück – sie hatte einen kurzen Gips, der knapp bis unters Knie reichte.
»Okay, worum geht es?«
»Lily.«
»Lily, Lily, Lily. O Gott, wie sehr habe ich diesen Namen hassen gelernt. Paige und ich haben uns schon darauf geeinigt, sie nicht mehr zu erwähnen, da ich nicht gerade ein Fan von ihr bin. Aber die Mühe könnten wir uns eigentlich sparen, da sie immer zwischen uns steht.«
Jason setzte sich.
»Beantworte mir eine Frage – glaubst du, daß du ihr die Kleine noch vor April entreißen kannst?«
»Glaubst du das nicht?«
Sie zuckte mit den Achseln. »Als das Ganze anfing, waren ihre Sympathien eindeutig auf seiten von Mutter Anna, aber inzwischen bin ich mir da nicht mehr so sicher. Jetzt fällt mir immer mehr ein ganz bestimmter, zweifelnder Unterton in Paiges Stimme auf, als ob diese Dame vielleicht doch nicht ganz so geeignet sei – eben doch nicht die richtige Mutter für unsere Lily.«
Jason starrte, mit hochgezogenen Schultern und rundem Rücken, auf den Teppich, die Hände auf den Knien abgestützt.
»Ich kann gar nicht glauben, daß das tatsächlich alles passiert. Dauernd warte ich darauf, daß mir jemand auf die Schulter klopft und mir erklärt, das sei alles nur ein miserabler surrealistischer Film, bei dem der Kameramann besoffen war.«
»Sie ist doch noch ein Kind, es muß doch einen Weg geben, sie loszuwerden.«
»Es ist noch schlimmer, als du denkst.«

Schweigen.
»Sie war da an dem Tag.«
»An welchem Tag?«
»An dem Tag, an dem wir zwei im Wald waren.«
Sie holte erst mal ganz langsam Luft, sagte eine Weile nichts und fragte dann: »Hat sie es Paige erzählt?«
»Und freiwillig ihren Trumpf hergeschenkt? Nein, nein, dafür ist sie viel zu gerissen. Es ist viel besser, *mir* damit zu drohen.«
»Oh, komm. Du willst doch nicht sagen, daß sie dich erpreßt?«
»Kannst du dich noch an die Schildkröte erinnern?«
Nicken.
»Gestern abend habe ich entdeckt, daß die Schildkröte keine Beine mehr hat. Sie ist doch tatsächlich hergegangen und hat ihr die Beine abgeschnitten, damit sie nicht mehr aus der Kiste steigen kann. Als ich ihr damit drohte, Paige davon zu erzählen –«
Brooke blieb vor Verwunderung der Mund offenstehen, aber plötzlich fing sie hysterisch zu lachen an. Lauter und lauter, bis Jason zu ihr hinging und sie schüttelte.
»Wie kannst du das nur für lustig halten?« fragte er.
»Das tue ich auch nicht, im Gegenteil, es macht mir entsetzliche Angst... Jason?«
»Was?«
»Du glaubst doch auch, daß sie den Ast angesägt hat, oder?«
»Ja, aber was nützt mir das? Ich habe keinen Beweis, genausogut kann es der Sturm gewesen sein. Außerdem, wie kann ich es wagen, Paige mit solchen Theorien zu kommen? Lily braucht doch nur mit den Fingern zu schnippen, und schon ist es wieder vorbei mit Paiges schwer erarbeiteter Ausgeglichenheit.«

Lily hatte seit Beginn der Sitzung mit der Metallkiste und den Handpuppen in Hillarys Büro gespielt. Hillary schaute auf die Uhr – fünfundzwanzig Minuten waren bis jetzt vergangen. Das Kind hatte immer wieder dieselbe Prozedur wiederholt: Sie hatte eine Puppe nach der anderen – jede der vier stellte ein anderes Familienmitglied dar – in die Kiste gelegt, sie zugesperrt und dann mit dem Hammer darauf geschlagen.

»Das muß ja eine sehr traurige Familie sein, wenn sie immer so geschlagen werden«, bemerkte Hillary.

»Nein, nicht geschlagen, bestraft.«

»Ich verstehe. Was haben sie denn so Schreckliches getan?«

»*Ihr* müßt eine sehr traurige Familie sein«, sagte Lily, ohne sich die Mühe zu machen, Hillarys Frage zu beantworten.

»Wieso denkst du das?«

»Der alte Mann oben sabbert sein Hemd voll und pinkelt in seine Hosen, und du würdest ihn am liebsten für immer loswerden.«

Hillary mußte sich beherrschen, damit der beißende Hohn an ihr abprallte. Statt dessen sprach sie endlich das laut aus, was sie seit so vielen Monaten immer nur gedacht hatte.

»Auch wenn Vater manches tut, was mir nicht gefällt, so heißt das noch lange nicht, daß ich ihn nicht liebe. Wenn er in der Lage wäre, seine Situation zu ändern, dann würde er sie ändern, davon bin ich überzeugt. Ein Baby zum Beispiel macht sich regelmäßig in die Windeln... Würde eine Mutter ihr Kind aber deshalb weniger lieben?«

»Ein Baby kann recht nützlich sein. Wenn es ein gutes ist, dann wird es groß und stark und tapfer, vielleicht sogar

klug. Alte Menschen aber werden immer nur schwächer, dümmer, stinken immer mehr und haben immer mehr Angst. Die haben wirklich große Angst.«
»Wovor denn?«
»Ich weiß nicht, vor irgend etwas, vor allem.«
»Hast du schon mal einen alten Menschen gekannt?«
Sie nickte.
»Wen?«
»Meine Mutter.«
»Aber deine Mutter ist doch noch jung, erst Anfang Dreißig, hat mir Paige, glaube ich, erzählt.«
»Nein, so ist das auch nicht. Alt ist der Mann da oben, er hat Angst, ist schwach und verbraucht.«
Schweigen, dann: »Ich glaube, jetzt verstehe ich. Alt hat nichts mit dem Alter, sondern mit Stärke zu tun.«
»Richtig.«
»Nun, was würdest du dann vorschlagen, was mit diesen alten Leuten passieren soll?«
»Sie müssen weg.«
»Ich begreife nicht ganz, was das heißen soll.«
»Umbringen muß man sie, du Miststück. Hast du jetzt kapiert?«
Nachdem Lily an diesem Nachmittag gegangen war, suchte Hillary rasch den Schlüssel zu Vaters Schlafzimmer und befestigte ihn an ihrem Schlüsselring mit dem Silberdollar. Von jetzt an würde sie Vaters Zimmertür immer verschlossen halten, wenn Lily im Haus war. Aber im Grunde genommen hatte sie keine Angst, daß Lily ihn belästigen könnte.
»Die Frage lautet: Ist die Patientin gefährlich für ihre Umgebung oder nicht?« diktierte Hillary in das Mikrophon des Aufnahmegerätes, das sie aus ihrer Schreibtischschublade geholt hatte. »Nein, ich denke nicht, nicht so-

lange das Kind seine Phantasievorstellungen unter professioneller Aufsicht ausagieren kann. Obwohl Gewalt ein grundlegender Bestandteil der sadistischen Persönlichkeitsstörung ist, scheint die Patientin das Stadium der bloßen Faszination noch nicht verlassen zu haben... Meine Schlußfolgerung basiert auf zwei Faktoren: Erstens – das Kind ist noch zu jung, um gewalttätig zu werden. Zweitens – außerhalb der Therapiestunden, in denen Lily die Möglichkeit bekommt und zudem ermutigt wird, ihre dunklen Seiten auszuleben, ist das Mädchen höflich, fröhlich und gut zu haben. Sie ist sogar sehr hilfsbereit. Da sie in der Außenwelt angemessen funktioniert, gibt es keinen Grund zur Annahme, es könnte zu irgendwelchen plötzlichen Veränderungen kommen... Die verschlossene Tür ist eine reine Vorsichtsmaßnahme.«

Es war kurz nach Thanksgiving, und Paige und Lily hatten sich gemeinsam an die Arbeit gemacht und das Zimmer ausgeräumt, das neben dem von Lily lag. Sie putzten es, strichen Wände und Decke und machten ein Kinderzimmer daraus. Lily und Paige hatten sogar gemeinsam die Vorhänge und die Tapete ausgesucht – bedruckt mit Figuren aus der »Sesamstraße«.
»Wie sieht Bübchens Zimmer in der Stadt aus?«
»Hmm, laß mich mal nachdenken... Die Möbel sind weiß, und Jason hat das Zimmer mit lauter Dschungeltieren tapeziert.«
»Glaubst du nicht, daß er sich da fürchten wird?«
»Nein, bestimmt nicht.«
Sie deutete mit dem Arm auf das Zimmer. »Glaubst du, daß ihm dieses Zimmer hier auch gefallen wird?«
»Oh, da bin ich überzeugt. Und wir werden ihm auch gleich sagen, wer dabei so fleißig mitgeholfen hat.«

Lily lächelte und tauchte den Pinsel in die blaßgelbe Farbe.

»Darf ich mich um ihn kümmern, auch wenn er noch ganz klein ist?«

»Machst du Spaß? Ich rechne voll mit deiner Hilfe. Joshua wird eine große Schwester in dir sehen.«

»Tatsächlich?«

Paige nickte. »Mir ist zwar klar, daß du dann nicht mehr hier wohnst, aber du wirst uns oft besuchen kommen. Mädchen und Jungen fahren weg in Feriencamps oder gehen aufs Internat oder aufs College, aber deswegen werden sie von ihren jüngeren Geschwistern nicht vergessen und auch nicht weniger geliebt.«

»Paige, hast du eigentlich Schwestern oder Brüder?«

»Nein ... nein, habe ich nicht, Lily.«

»Bist du sicher?«

»Natürlich bin ich sicher. Warum?«

»Du hast so ein komisches Gesicht gemacht.«

»Wahrscheinlich deshalb, weil ich mir immer welche gewünscht habe. Es kann sehr einsam sein, wenn man ein Einzelkind ist. Aber das muß ich dir doch nicht sagen, oder?«

Sie nickte. »Paige, ich wünschte –«

Paige ging zu ihr, legte ihr den Finger auf den Mund, kniete sich hin und drückte sie an sich.

»Ich weiß, Schätzchen, das wünschte ich mir auch. Aber manche Dinge können einfach nicht sein. Außerdem wäre es nicht recht ... Wenn Jason es schafft, deine Mutter aus dem Gefängnis zu holen, dann braucht sie dich doch.«

»Aber wenn ich Angst habe?«

Paige ließ sie los. »Vor deiner Mutter?«

»Erzählen Sie mir von Lily«, sagte Jason, der bei Anna im Gefängnis war.
»Das ist eine seltsame Bitte.«
»So?«
»Sie lebt doch bei Ihnen, dann müßten Sie sie doch kennen.«
»Tue ich nicht. Erzählen Sie mir von ihr.«
Anna zuckte mit den Schultern. »Mein Baby ist ein gutes Mädchen, sie war immer hilfsbereit und hat mir nie etwas abgeschlagen.«
»Was war mit ihm?«
»Mit wem?«
»Mit Maynard, ihrem Vater.«
»Ich verstehe nicht.«
»Wieso verstehen Sie nicht? Ich werde es Ihnen mal näher erklären... Hat er sie jemals geschlagen, verprügelt oder sie mißbraucht – sexuell, physisch oder psychisch?«
»Ist mir nicht aufgefallen.«
»Aber Sie haben doch mit ihnen zusammengelebt?«
»Sicher.«
»Dann haben Sie doch auch etwas gesehen?«
»Ja, und da war wirklich nichts...« Sie stand auf, trat ans Fenster und starrte auf den Hof hinaus, wo gerade ein Volleyballspiel angefangen hatte. »Sie konnte gut mit ihm umgehen«, sagte Anna schließlich. »Fast instinktiv wußte sie immer das richtige Wort oder wie sie es anstellen mußte, um ihn sich vom Hals zu halten. Fast so, als ob er Teil eines Puzzles wäre, das sie bereits Hunderte von Malen zusammengesetzt hatte.«
Auf der Rückfahrt nach Briarwood dachte Jason über dieses Gespräch nach. Er hätte sich eigentlich ein bißchen mehr erwartet, mehr Gründe dafür, warum ein Kind so verkorkst war. Natürlich war das schon Grund genug,

was Lily bei ihren Eltern beobachtet hatte, aber laut Anna war ihr Schlimmeres erspart geblieben. Und das hatte in erster Linie daran gelegen, weil sie gewußt hatte, mit diesem Ungeheuer umzugehen... Obwohl Lily kein anderes Vorbild gehabt hatte, hatte sie sich kein Beispiel an ihrer verängstigten Mutter genommen. Anna hatte das einfach Instinkt genannt...

War es möglich, daß Lily das Ungeheuer deswegen so gut verstanden hatte, weil sie ihm so ähnlich war?

»Jason?« sagte Paige, die wollte, daß er sich zu ihr umdrehte, aber er las unbeirrt weiter.

Sie versuchte es noch einmal. »Wann wirst du es mir sagen?«

Er warf ihr einen schnellen Blick zu, um gleich wieder auf die Papiere in seiner Hand zu schauen. »Was – es?«

»Das, was dich bedrückt.«

»Ach Paige, ich versuche doch nur, mich durch diese Klageschrift zu arbeiten.«

»Ich rede nicht von jetzt. In der ganzen letzten Woche hast du einen völlig distanzierten Eindruck auf mich gemacht. Und gleichgültig, was ich auch anstelle, ich bekomme dich einfach nicht zu fassen.«

»Mir geht eine Menge durch den Kopf.«

Sie fuhr mit ihren Fingern durch sein Haar. »Erzähl mir davon«, sagte sie.

»Das würde dich nicht interessieren.«

»Doch, selbst wenn es um Anna und die Verhandlung geht.«

»Wie gnädig von dir.«

»Oh, jetzt komm aber, so sollte das nicht klingen.«

Jason legte endlich die Klageschrift beiseite, drehte sich zu ihr um und stützte den Kopf auf die flache Hand.

»Ich fahre morgen nach Laurel Canyon.«
Irgendwie schien die bloße Erwähnung von Lilys Heimatort und die Tatsache, daß Jason einfach so dorthin fahren konnte, allen Ereignissen einen realeren Anstrich zu geben. »Warum?« fragte sie.
»Ich will mit den Nachbarn reden, mit Leuten, die die Parks gekannt haben.«
»Wonach suchst du denn?«
»Nach Zeugen für Maynards Gewalttätigkeiten.«
»Vielleicht erfährst du dabei, daß Anna nicht ganz so unschuldig ist, wie wir dachten.«
Er hob eine Augenbraue. »So?«
»Lily hat da mal etwas angedeutet...«
Paige, die selbst nicht genau wußte, wie verläßlich Lilys Erinnerungsvermögen war, hätte es vorgezogen, Jason gegenüber nicht näher darauf eingehen zu müssen, aber sie hatte nun mal damit angefangen, und jetzt wollte er es hören.
»Sie hat mal durchblicken lassen, daß sie Angst vor ihrer Mutter hat.«
Er sagte nichts – aber seine Körperhaltung sprach Bände.
»Schau, Jason, ich habe ja versucht, mehr aus ihr herauszuholen, aber sie hat richtig dicht gemacht. Das war mir schon vorher aufgefallen, sie sagt nur ungern häßliche Dinge über ihre Eltern. Sobald ihr klar wird, daß sie das tut, ist sie plötzlich zugeknöpft und wechselt das Thema. Sie ist fest entschlossen, sie zu beschützen.«
»Mein Gott, was ist sie doch für eine kleine Märtyrerin.«
»So sehe ich das ganz und gar nicht.«
»Das habe ich auch nicht angenommen.«
»Warum sollte Lily wohl Angst haben, Jason?«
»Du gehst von der Voraussetzung aus, daß das so ist – ich glaube das nicht eine Minute.«

Nach einer langen Pause meinte sie: »Aber wenn es doch stimmt? Was ist, wenn sie wirklich Grund hat, sich vor ihrer Mutter zu fürchten?«

»Weißt du, Paige, im Grunde ist das völlig egal. Was du da vorschlägst – und zwar ziemlich direkt –, ist doch, daß ich Anna Parks einen Fußtritt verpassen soll. Tut mir leid, aber dafür ist es nun zu spät. Sie ist meine Mandantin, und ich werde alles tun, was in meiner Macht steht, um sie rauszuholen. Gleichgültig, was Lily andeuten mag oder was du von Annas Qualitäten als Mutter hältst.«

Paige schüttelte den Kopf. »Das wundert mich jetzt aber sehr – es ist noch keine paar Wochen her, da hast du mit Lily draußen einen Iglu gebaut. Du hast dich wirklich bemüht, mit ihr auszukommen. Wenn ich die Augen schloß, hätte ich fast glauben können, du magst sie.

Und plötzlich machst du einen Rückzieher, und alles geht wieder von vorn los. Und zwar genau zu dem Zeitpunkt, als du mit dem Vorwurf daherkamst. sie würde ihre Schildkröte nicht regelmäßig füttern... Du bist doch deswegen nicht mehr sauer auf sie, oder?« Paige schüttelte den Kopf. »Nein, nein, ich weigere mich zu glauben, daß es nur das ist...

Aber was ist es sonst, Jason, was ist mir entgangen?«

Das Haus, in dem die Parks gewohnt hatten, hatte vier winzige Zimmer und war an einer einsamen Landstraße gelegen; es war die Art Haus, wie es Kindergartenkinder zeichnen oder über das sich Reisende gelegentlich wundern, daß dort tatsächlich jemand wohnt. Viel unbebautes Land, ein Dutzend oder mehr schrottreife Wagen, deren Einzelteile über das graslose Gelände verstreut lagen. Dahinter Bäume und Büsche und viel Wald, jetzt alles von frischem Schnee bedeckt.

Im Augenblick hing ein Schild »Zu vermieten« an der Tür. Meinte das der Makler im Ernst? Jason stellte sich vor ein niedriges Fenster und spähte durch die schmutzige und zerbrochene Scheibe hinein: keine Vorhänge, ein dreckstarrender, billiger Teppich, ein einsames Sofa, dessen gelbes Füllmaterial aus dem Überzug quoll. Er ging auf die Rückseite des Hauses. Dort stand eine Hundehütte, die groß genug für einen Bernhardiner war... Dabei fiel ihm wieder ein, daß Lily gesagt hatte, sie habe noch nie ein Haustier gehabt, als er ihr die Schildkröte schenkte.
Jason stieg wieder in den Wagen, fuhr eine halbe Meile und hielt an, als er an einem Briefkasten vorbeikam, auf dem der Name Greta Sinclair stand. Eine Frau in mittleren Jahren mit schönem Teint und einem geblümten Seidenschal um den Kopf kam zur Tür. »Kann ich Ihnen helfen?« fragte sie.
»Miss Sinclair, mein Name ist Jason Bennett. Ich suche jemanden, mit dem ich mich über die Familie Parks unterhalten könnte. Sie erinnern sich vielleicht, sie haben hier an der Landstraße gewohnt, ungefähr –«
»Ich weiß, wo sie gewohnt haben. Gebt ihr Reporter denn nie Ruhe?«
»Ich bin Rechtsanwalt, Anna Parks Anwalt.«
»Da sind Sie aber ein bißchen spät dran, meinen Sie nicht auch? Ich habe doch irgendwo gelesen, daß sie ein ziemlich hartes Urteil bekommen hat.«
»Glauben Sie, daß es zu hart war?«
»Nun, ich bin kein Richter.«
»Aber Sie kannten sie?«
»Eigentlich nicht, aber –«
Er deutete auf die Tür zwischen ihnen. »Meinen Sie, daß ich vielleicht einen Moment hereinkommen könnte?«
Sie musterte ihn von oben bis unten, sein Gesicht, seinen

Anzug, seine Schuhe – schließlich entriegelte sie die Tür und machte sie auf.

»Nennen Sie mich ruhig Greta. Und Gott bewahre mich vor dem Tag, an dem Massenmörder anfangen, sich in Kaschmir und Importleder zu kleiden.«

»Sie haben ein gutes Auge. Einzelhandel?«

»Herstellung.« Vor dem großen Panoramafenster im Wohnzimmer hing über weißen, luftigen Stores ein drapierter Vorhang aus blaugemustertem Stoff, aus demselben weichen, geblümten Material, mit dem das Sofa und einer der Sessel bezogen waren. Sie deutete ihm an, Platz zu nehmen. »Ich war fünfunddreißig Jahre lang Näherin bei Yves St. Laurent.«

»Dann müssen Sie ja mit zehn Jahren angefangen haben.«

»Langsam fangen Sie an, mir zu gefallen, Junge.«

Jason lächelte. »Wegen Anna Parks –«

»Ja, ja, Anna Parks. Nun, wie ich schon sagte, ich kannte sie nicht persönlich, eigentlich nur vom Hörensagen. Meine Schwester arbeitet in der Notaufnahme des Fielding Hospital. Anna ist dort ein paarmal behandelt worden. Soweit ich verstanden habe, wurde sie regelmäßig verprügelt... Aber das muß ich Ihnen wahrscheinlich nicht erzählen.«

»Warum, glauben Sie, ist sie bei ihrem Mann geblieben?«

»Laut Aussage meiner Schwester hatte er sie hypnotisiert. Sosehr dieser Hundesohn sie auch geschlagen haben mag, auf irgendeine ganz besondere Weise hat sie ihn wohl gebraucht. Ich schätze, es gibt genügend Frauen, die Angst haben, auf eigenen Füßen zu stehen. Und dann – wer weiß?«

»Kann ich mit Ihrer Schwester reden?«

»Natürlich, ich werde Ihnen ihre Adresse geben.« Sie

schrieb sie auf ein Stück Papier und gab es ihm. »Haben Sie Berufung eingelegt?«

»Genau das versuche ich im Augenblick.« Er ging zur Tür, und sie folgte ihm, wobei sie ihn nicht aus den Augen ließ.

»Wie ist ein Typ wie Sie an diesen Fall geraten?«

»Wieso fragen Sie mich das?«

»Weil Sie mir nicht wie ein Anwalt vom Land aussehen, im Gegenteil, Sie machen sogar den Eindruck, als würden Sie eine Menge kosten. Und soweit ich weiß, waren die Parks arm wie die Kirchenmäuse.«

»Wissen Sie, wenn ich einen Menschen wie Sie kennenlerne, der eine so rasche Auffassungsgabe besitzt, dann sage ich mir immer: ›Hey, Jason, geh nicht weg, ehe du nicht etwas von diesem Menschen gelernt hast.‹ Darf ich Sie deshalb fragen, Greta, was Sie machen würden, wenn Sie an meiner Stelle wären und Anna aus dieser üblen Lage holen wollten?«

»Ich würde das Kind suchen und es ausfragen.«

»Warum?«

»Laut Aussage aller hier in der Gegend, einschließlich meiner Schwester, war das Mädchen wirklich erstaunlich: klug, fürsorglich, hilfsbereit, voller Verantwortungsgefühl, ihrem Alter weit voraus, könnte man sagen. Normalerweise war sie es, die ihre Mutter zur Behandlung ins Krankenhaus brachte. Wenn es sein mußte, ist sie auch gefahren. Können Sie sich das vorstellen? Sie wußte von ihrem Vater alles über Autos. Mir scheint, ein Kind wie dieses müßte doch eigentlich in der Lage sein, genau zu beschreiben, was in diesem Haus geschehen ist. Das heißt, falls es so ein Kind tatsächlich gibt.«

»Man hat sie gefunden, müssen Sie wissen.«

»Ja, ich habe davon in der Zeitung gelesen. Meine Anspielung eben hat sich auch auf Lilys tadellosen Ruf bezogen. Wissen Sie, ich hatte selbst nie Kinder, aber ich habe zwölf Nichten und Neffen und siebenundzwanzig Großnichten und -neffen. Alle aus guten, soliden Familien, wo sie viel Liebe, Zuwendung und jede Menge Spielzeug bekommen. Und trotzdem gibt es nicht ein einziges Kind in diesem ganzen Haufen, das so perfekt wäre.«

»Sie wollen damit wohl sagen, daß das Kind viel zu gut ist, um wahr zu sein.«

»Sagen Sie, Sie sind doch derjenige, der sie gefunden hat, nicht wahr?«

Als Ruthanne gegen vier Uhr Paige anrief, war diese gerade dabei, einen Braten in den Ofen zu schieben.

»Paige, kannst du mal herkommen?« fragte sie.

»Hat das nicht noch etwas Zeit? Sagen wir mal bis –«

»Bitte jetzt...«

»Ruthanne, weinst du?«

Sie ließ Lily allein zu Hause und beeilte sich – mittlerweile hatte es zu schneien angefangen. Als sie zu dem Haus kam, fand sie Ruthanne allein im verdunkelten Wohnzimmer. Paige ging zum Sofa, kniete sich vor sie hin und nahm ihre Hand in die ihre.

»Was ist los?«

»Roger«, flüsterte sie.

»Was ist, ist er krank?«

Ruthanne holte tief Luft und sagte dann: »Ich bin vorhin ins Kinderzimmer gegangen... und habe ihn dabei ertappt, wie er ein Kissen... ein Kissen auf das Gesicht des Babys gedrückt hat, Paige.« Dicke Tränen lösten sich aus Ruthannes Augenwinkeln und rannen über ihre vollen Wangen; Paige suchte hastig in ihrer Handtasche, fand einen Stapel Taschentücher und gab ihr ein paar davon.

»Was ist mit dem Kind, geht es ihm gut?«
Ruthanne preßte die Lippen zusammen und nickte.
»Was wäre, wenn ich nicht hineingegangen wäre, was, wenn ich –«
Paige legte den Arm um sie. »Aber du bist hineingegangen, Ruthanne. Und Carolyn ist nichts passiert.«
»Dauernd muß ich denken, einmal angenommen, ich wäre statt dessen in die Waschküche oder in mein Schlafzimmer gegangen, um die zusammengelegte Wäsche wegzuräumen, oder –«
»Quäl dich doch nicht selbst, das hilft jetzt auch nicht weiter. Ruthanne, hast du mit Roger gesprochen, hast du ihn gefragt, warum?«
»Ich konnte einfach nicht. Ich meine, ich habe immerzu geschrien und geweint und war einfach noch nicht in der Lage, mich soweit zusammenzunehmen, um mit ihm zu reden. Und Charlie, mein Charlie ist so gutmütig wie ein Lamm, das Salz der Erde – manchmal glaube ich, er ist schon mit dem Wissen, was richtig und falsch ist, auf die Welt gekommen –, aber wenn er aus einem Kind etwas herausbekommen soll, dann ist er ein hoffnungsloser Fall.«
»Wieso glaubst du, daß Roger –«
»Ich weiß es nicht. Bisher dachte ich ja, alles würde wunderbar laufen, und er schien auch kein bißchen eifersüchtig auf seine kleine Schwester zu sein. Hattest du den Eindruck, daß er eifersüchtig ist, Paige?«
Sie schüttelte verneinend den Kopf. »Aber es muß doch einen Grund geben.«
»Oh, ich weiß, das sage ich mir auch dauernd. Paige, was ist mit dir, könntest du nicht mit ihm reden?«
»Ich, wieso ich?«
»Du hast doch in der Schule mit Kindern zu tun und

kannst wundervoll mit Lily umgehen. Versuch einfach herauszufinden, was in seinem Kopf vor sich geht. Wenn ich Charlie zu ihm schicke, dann stellt er sich einfach vor ihn hin und schaut ihn enttäuscht an...« Sie streckte Paige ihre zitternden Hände entgegen. »Und schau mich doch bloß an, in dem Zustand kann ich mit niemandem reden.«

Sie hatte bereits mehrmals geklopft, ehe Roger an die Tür kam und sie öffnete. Paige ging ins Zimmer, schaltete die Nachttischlampe an und setzte sich auf das Bett. Rogers Gesicht war rot und fleckig.

»Kann ich mit dir reden?«

Er zuckte nur mit den Achseln.

Sie klopfte auf die Matratze. »Komm her, setz dich.«

Roger setzte sich und wartete mit großen Augen, daß sie etwas sagte.

»Deine Mutter macht sich Sorgen um dich, Roger. Sie wollte selbst mit dir sprechen, aber sie ist einfach zu aufgeregt wegen dem, was heute passiert ist.« Nach einer Pause fuhr sie fort: »Roger, ich war oft genug bei euch im Haus, um zu wissen, wie sehr du deine kleine Schwester magst. Deswegen ist es so schwer für mich, zu verstehen, warum du ihr weh tun wolltest...«

»Ich wollte ihr ja gar nicht weh tun, nicht wirklich.«

»Warum dann? Du weißt doch, wenn man einem Menschen ein Kissen auf das Gesicht legt, dann kann er nicht mehr atmen. Wenn du das Kissen zu lange dort gelassen hättest, wäre Carolyn gestorben.«

»So lange hätte ich es nie gehalten.«

»Warum hast du es überhaupt getan, Roger?«

»Um sie zu bestrafen.«

Da fing er zu weinen an, vergrub sein Gesicht im Bettüberwurf und ließ den Tränen freien Lauf. Er fühlte sich offensichtlich schrecklich; wenn Paige doch nur einen Blick in seinen Kopf hätte werfen können, um zu sehen, was darin vor sich ging. Sie streckte den Arm aus, legte die Hand auf seinen Rücken und streichelte ihn, während er sich langsam wieder beruhigte.

»Warum sollte man ein kleines Baby bestrafen wollen?« fragte sie, als die Tränen endlich versiegt waren.

»Carolyn ist nicht perfekt, sie macht nicht alles richtig.«

»Das macht keiner, den ich kenne.«

»Aber ich bin ihr großer Bruder. Wenn ich sehe, daß sie etwas falsch macht, muß ich ihr beibringen, es richtig zu machen.«

»Was macht sie denn falsch?«

»Sie fängt mitten in der Nacht zu schreien an und weckt alle auf.«

»Babys muß man oft die Windeln wechseln, und sie müssen auch oft gefüttert werden. Da sie nicht reden können, müssen sie eben schreien, um sich bemerkbar zu machen.«

»Mommy hat gesagt, daß ich in ihrem Alter schon die ganze Nacht durchgeschlafen habe.«

»Nun, kleine Kinder entwickeln sich verschieden schnell. Aber worauf es hier ankommt, ist doch, daß man Babys nicht bestraft. Sie sind ja noch viel zu klein, um überhaupt zu wissen, was das bedeutet. Aber wenn ein Kind alt genug dafür ist oder wenn es wirklich mal notwendig wird, nun, selbst dann sollte eine Strafe ganz bestimmt keine Schmerzen verursachen... Deswegen überläßt man solche Dinge am besten immer Mommy oder Daddy.«

»Meine Eltern haben doch keine Ahnung von Strafen.«

»Du meinst, du bist noch nie bestraft worden?«

»Nein, nie.«

»Für einen Jungen, der noch nie bestraft wurde, scheinst du mir aber viel darüber nachzudenken. Wer hat mit dir über das Thema gesprochen?«
Schweigen.
Paige legte Roger die Hände auf die Schultern. »Sag es mir, Roger, wer?«
»Lily.«

Sobald sie nach Hause kam, sagte sie zu Lily, daß sie sich hinsetzen solle.
»Heute nachmittag hat Roger ein Kissen auf das Gesicht des Babys gepreßt. Gott sei Dank ist Ruthanne dazugekommen, bevor Carolyn Schlimmeres passieren konnte. Lily, weißt du etwas darüber?«
»Wie sollte ich? Ich war doch oben und habe Hausaufgaben gemacht. Mag er denn das Baby nicht mehr?«
»Natürlich mag er das Baby«, sagte Paige und versuchte krampfhaft, sich zu beruhigen. »Lily, ich habe Roger deswegen gefragt, und er ist sehr verwirrt. Wie es scheint, hat er versucht, das Baby zu bestrafen. Offensichtlich hast du mit ihm über Bestrafung gesprochen, ist das richtig?«
Sie nickte.
»Was hast du ihm denn erzählt?«
»Du hast gesagt, ich müßte nicht darüber reden.«
»Aber mit Roger hast du darüber gesprochen.«
»Das ist etwas anderes, er ist ja nur ein Kind.«
»Lily, es würde mir helfen, besser zu verstehen.«
Schweigen.
»Bitte, Schätzchen.«
»Mommy ist immer bestraft worden, und ich mußte dabeisein und alles mit ansehen...«
»Was mit ansehen?«
Ein Seufzer, dann: »Oh, er hat sie an den Handgelenken

an der Duschstange aufgehängt oder ihren Kopf in einen engen Abfallkorb gesteckt und sie dann vors Haus gestellt, während er mit Bällen auf den Korb gezielt hat. Er hat sie gezwungen, Tiere zu essen, die er im Wald getötet hat. Sie hat das zwar immer wieder erbrochen und wäre fast daran erstickt, aber er hat sie dann gezwungen, es wieder hinunterzuschlucken –«

»O Gott.«

»Also habe ich es manchmal für sie gegessen. Das Fleisch von Waschbären ist ziemlich bitter und hinterläßt einen Belag auf der Zunge, der so dick ist, daß –«

»Hör auf damit!« Paige schloß das Kind in ihre Arme und preßte die Augen zu, als wolle sie die Bilder verbannen, die aufstiegen. »Es tut mir leid, Lily. Du mußt nicht darüber reden, nicht, wenn du nicht willst.«

Paige aß an diesem Abend nur sehr wenig. Sie hatte mit Ruthanne gesprochen und ihr die Sache so weit wie möglich erklärt. Es war schließlich nicht so, daß Lily Roger gesagt hatte, was er tun solle, oder auch nur den Vorschlag gemacht hatte, aber im Kopf eines Kindes können die Dinge eben manchmal etwas durcheinandergeraten... Und aus irgendeinem Grund hatte Roger – vielleicht steckte ja doch etwas geschwisterliche Eifersucht dahinter – beschlossen, es mal selbst mit einer Strafaktion zu versuchen.

Die Art von abartiger Strafe, wie es sich dieses Ungeheuer für Anna ausgedacht hatte, hatte vielleicht die Phantasie des kleinen Jungen angeregt.

Die Krankenschwester hieß Mona, und Jason überraschte sie dabei, als sie gerade ihren Mantel aus Pelzimitat und ihre Stiefel anzog.

»Ich habe nicht viel Zeit, aber Sie können mich zu meinem

Wagen begleiten, wenn Sie wollen. Normalerweise habe ich bis elf Uhr Dienst, aber heute abend tritt meine Enkeltochter als Gans beim Umzug der Erstkläßler auf. Und kein Notfall dieser Welt wird mich abhalten, mir das anzuschauen.«

»Aber doch wohl nicht als Weihnachtsgans, oder?«

Mona lächelte und schaute auf die Visitenkarte, die Jason ihr gegeben hatte. »Meine Schwester hat Ihnen also meinen Namen genannt, hmm? Okay, was kann ich für Sie tun, Jason Bennett, Rechtsanwalt.«

»Ich vertrete Anna Parks.«

»Tatsächlich? Interessant.«

»Wieso?«

»Ich weiß nicht, ich glaube, mir tut die Frau leid, obwohl ich nicht viel Verständnis dafür habe, daß sie nicht schon vor Jahren auf und davon ist und diesen miesen Bastard verlassen hat.«

»Warum, glauben Sie, hat sie das nicht getan?«

»Ich weiß nicht, hatte wahrscheinlich Angst vor ihm, Angst, allein zu bleiben, vielleicht eine Mischung aus beidem. Sie war nämlich ziemlich allein, das heißt, bis auf ihre Schwester natürlich.«

»Sie kannten ihre Schwester?«

»O nein, ich habe sie nie kennengelernt. Aber Anna hat viel von ihr erzählt. Sie hieß Nora, glaube ich, und wohnte im nächsten Ort, hat sie aber offensichtlich viel besucht.«

»Klingt, als seien die beiden ganz gut miteinander ausgekommen.«

»Den Eindruck hatte ich auch.«

Jason schwieg eine Weile und wunderte sich, warum Anna ihn angelogen hatte. Dann fragte er: »Wieso hat sie ihn getötet, was glauben Sie?«

»Ich muß Ihnen sagen, ich habe oft darüber nachgedacht,

und so wie ich es sehe, mußte Anna regelrecht um den Verstand gebracht worden sein, daß sie so etwas überhaupt fertigbrachte.«

»Wieso das?«

»Ich kann mir es anders einfach nicht vorstellen. Es muß schon etwas ganz Ungeheuerliches passiert sein, das eine so unsichere und passive Frau dazu bringt, plötzlich jemanden zu töten. Nicht, daß er es nicht verdient hätte. Aber das schlimmste Verbrechen, das hier begangen wurde, ist das an dem kleinen Mädchen.«

»Wieso?«

»Die Gründe liegen doch auf der Hand. Da war dieses Kind, das sein Bestes tat, um für die Mutter einzuspringen, und das aus diesem Grund einer normalen Kindheit beraubt wurde. Kein Kind kann aus so einem Handel aussteigen. Ja, wenn ich etwas zu sagen hätte, dann würde mir das Kind mehr leid tun. Sie war wirklich lieb. Ab und zu ist mir zwar eine etwas ärgerliche Miene bei ihr aufgefallen, aber wenn Sie an ihrer Stelle gewesen wären, wären Sie da nicht auch wütend gewesen?«

Natürlich, auch er wäre wütend gewesen, aber im Augenblick war er viel mehr mit Mona und mit dem Gedanken beschäftigt, was für eine gute Zeugin sie für Anna abgeben würde, eine Expertin, die mit eigenen Augen die Verletzungen und blauen Flecke gesehen hatte. Sie war intelligent, verfügte über eine gute Beobachtungsgabe und hatte bestimmt keinen Grund, eine Geschichte auszuschmücken. Wenn sie den Geschworenen diese Geschichte so erzählen könnte, wie sie sie ihm erzählt hatte, dann wäre das einfach wunderbar – Anna mußte regelrecht um den Verstand gebracht worden sein, daß sie so etwas überhaupt fertigbrachte.

Und er dachte auch über die Schwester nach. Obwohl er

Anna versprochen hatte, sie nicht zu suchen, war er unter diesen Umständen fast genötigt, sein Wort zu brechen. Er kehrte zum Krankenhaus zurück, suchte sich ein Telefon und rief in seinem Büro an. Aufgrund der nicht sehr gründlichen Nachforschungen, die er bereits früher in die Wege geleitet hatte, wußte er, daß Nora Kalish tatsächlich aus der Gegend weggezogen war, aber weiter war er noch nicht gekommen. Jetzt erklärte er Pat, daß sie noch mal ihre Fühler ausstrecken sollte.

Sobald Paige das Telefonat mit Hillary beendet hatte, fühlte sie sich zutiefst unloyal, aber das lag nur daran, weil ihr Verstand im Augenblick von Emotionen beherrscht wurde. Wie sollte Hillary Lily schließlich helfen können, wenn Paige nicht alles tat, um mit ihr zusammenzuarbeiten? Und ganz sicher sollte ihre Therapeutin von den Strafaktionen wissen, die das Kind mit anzusehen gezwungen war – das heißt, immer vorausgesetzt, sie wußte noch nichts davon.

Paige erwähnte Hillary gegenüber auch die Diskrepanz zwischen den beiden Geschichten, die Lily erzählt hatte: Es war noch nicht lange her, da hatte Lily erzählt, ihre Mutter habe sie gezwungen, etwas zu essen, was sie nicht wollte. Was war nun wirklich der Fall, hatte sie Angst *vor* ihrer Mutter oder *um* sie? Wußte Lily das selbst überhaupt?

Sie stand auf, ging zuerst ins Bad und dann in Lilys Zimmer. Wie immer lag Lily auf der Matratze am Boden und schlief, während ein Bein unter der Decke hervorlugte. Paige bückte sich, zog die Steppdecke nach oben, stopfte sie ihr unter dem Kinn fest und küßte sie auf die Wange. Als sie von unten ein Geräusch hörte, schlich sie auf Zehenspitzen aus dem Zimmer.

»Jason?«
»Hier unten.«
Paige ging hinunter und gab ihm einen Kuß. »Möchtest du etwas zu essen?«
»Danke, ich habe unterwegs mal kurz angehalten.«
»Ich denke, ich habe mich getäuscht, als ich glaubte, Lily habe Angst vor Anna.«
»So?«
»Was ihr viel mehr Angst zu machen scheint, sind die Erinnerungen an die Mißhandlungen, die sie mit ansehen mußte.«
»Anna?«
Paige nickte.
»Hat sie darüber gesprochen?«
»Ein wenig.«
»Dann kann sie das also bezeugen?«
»Ist das das einzige, was dir dabei einfällt?«
»Das ist mein Job, Paige. Und es geht um das Leben ihrer Mutter.«

Sag es, du Feigling. Raus mit der Sprache, sag es: Paige, ich habe ein paarmal mit deiner besten Freundin geschlafen. Keine großartige Sache, überhaupt nicht ... Sobald ich wieder bei Sinnen war – aus, vorbei, Ende. Du willst wissen, wo ich meinen Verstand dabei gelassen habe? Was war das – wie sagt man noch gleich? Der ist mir dabei in die Hose gerutscht. Aber niemals zuvor, hey, ich meine nie in meinem ganzen Leben habe ich auch nur eine andere ... Aber auch diese Sache, das war nichts, ich schwöre es bei meinem Leben, beim Leben meines ungeborenen Sohnes, es war nichts. Weniger als nichts.
Und ich würde mir nicht einmal die Mühe machen, darüber zu reden, wenn es nicht um deinen kleinen verkorksten Liebling ginge. Ob du es glaubst oder nicht, sie ist gar nicht dein Liebling,

auch meiner nicht, sie ist niemandes Liebling. Schau sie dir genau an, laß sie nicht aus den Augen, ständig denkt sie sich ein paar hinterhältige Tricks aus. Wer das sagt? Ich. Hey, kennst du mich noch – ich bin es, dein Ehemann, Liebhaber, bester Freund.

Kennst du die Wörter überhaupt noch?

»Jason!«

Er riß sich aus seiner Versunkenheit. »Was?«

»Wo warst du bloß mit deinen Gedanken?«

Er zuckte mit den Achseln.

»Du hattest einen ganz merkwürdigen Gesichtsausdruck...«

»Ich habe nur überlegt...«

»Was?«

»Wann ist dein nächster Termin beim Arzt?«

»Und deswegen so ein Getue? Am Montag. Da fängt zufälligerweise auch mein neunter Monat an.«

Okay, einmal angenommen, er könne ihr alles gestehen und erzählen, was dann? Sei ehrlich, ganz ehrlich. Sie würde verletzt sein, verärgert, nein, rasend vor Zorn... Das wäre nicht gut für das ungeborene Kind, nicht gut für sie. Ganz bestimmt nicht gut für ihn. Und die Sache mit der beinamputierten Schildkröte? Würde sie ihr nicht ziemlich kindisch erscheinen im Vergleich zu einer Affäre, die er mit ihrer besten Freundin hatte?

Kapitel 13

»Wie ist denn unsere Aufnahme von Klein-Joshua geworden?« wollte Paige von Dr. Barry wissen, neugierig auf die Ultraschallaufnahme, die er eben gemacht hatte.

Er reichte ihr das Bild.

»Sie werden ihn dieses Mal viel leichter erkennen können.«

Verblüfft öffnete sie den Mund. »Oh, du meine Güte, ja!« Sie betrachtete den Kopf, das Profil des Babys. »Was ist das? O nein, das kann doch wohl nicht wahr sein, oder? Er lutscht am Daumen! Bereits im Mutterleib oral fixiert.« Sie lachte. »Warte nur, bis Jason das sieht, dann bekomme ich mein Fett ab für deine kleine Macke.« Sie betrachtete die Aufnahme noch eine Weile und steckte sie dann in den Umschlag, den ihr der Arzt gab.

»Wie geht es denn dem kleinen Mädchen?« fragte der Arzt.

»Lily geht's gut, sie ist schon ganz aufgeregt vor lauter Vorfreude auf Bübchen, wie sie unseren kleinen Joshua nennt. Jason und sie dagegen –« Paige machte eine entsprechende Handbewegung – »nun, es genügt wohl, wenn ich sage, daß sie ihre Hochs und Tiefs haben. Und natürlich gibt es da eine Menge unerfreulicher Erinnerungen, mit denen sie fertig werden muß. Sie scheinen allmählich an die Oberfläche zu kommen, passen aber nicht immer zusammen.«

»Wegen der furchteinflößenden Natur solcher Erinnerungen verfügt das Gedächtnis über die Möglichkeit, sie in unzusammenhängenden Stücken an die Oberfläche zu holen, mal hier eines, mal da eines. Die Psyche besitzt erstaunliche Fähigkeiten, sich zu schützen.«

Paige nickte. »Nun, sie geht zu einer Therapeutin, die hoffentlich in der Lage sein wird, diese Erinnerungsfetzen zu entwirren und diesem rätselhaften Horror auf die Spur zu kommen. Falls so etwas überhaupt möglich ist. Wissen Sie, ich bin fest entschlossen, Weihnachten für Lily ganz besonders feierlich zu gestalten. Ich glaube nicht, daß wir noch einmal...« Paige seufzte und schüttelte den Kopf. »Nein, ich werde jetzt nicht länger darüber nachdenken und mich wieder aufregen.« Sie schlüpfte in ihren pelzgesäumten Mantel, setzte ihre rote Wollmütze auf und nahm den braunen Umschlag mit der Ultraschallaufnahme. »Was meinen Sie, was wäre ein gutes Geschenk für eine Elfjährige?«

Sie schaute auf die Uhr. Da Lily nach der Schule bei Hillary war, hatte sie eine gute Gelegenheit, ihre Einkäufe zu erledigen.

Hillary hatte Vater seine Zeitung gebracht und dabei wie jeden Tag versprochen, gegen Viertel nach vier wieder bei ihm zu sein; in den letzten Wochen hatte sich das immer mehr zu ihrer Teestunde entwickelt. Als sie die Schlafzimmertür hinter sich absperrte und hochblickte, sah sie Lily vor sich stehen. Sie ließ den Schlüsselring mit dem Silberdollar in ihre schwarze Ledertasche gleiten, ging über den Gang und hängte die Tasche an den Türknauf ihrer Schlafzimmertür.

»Was tust du hier oben, Lily?«

»Kann ich auf die Toilette gehen?«

»Selbstverständlich. Geh unten auf die Gästetoilette.«

Sobald sie im Therapieraum waren, steuerte Lily schnurstracks auf die Staffelei zu und malte ein Baby in einem Kreis. »Wozu der Kreis?« fragte Hillary.

»Das ist der Bauch der Mutter.«

»Ich verstehe. Dann ist dieses Baby noch nicht auf der Welt?«

»Nein, und es kommt erst dann auf die Welt, wenn die Beine der Mutter ganz weit gespreizt werden.«

»Hast du schon mal gesehen, wie ein Baby geboren wurde?«

»Nur ein blutiges, aber das zählte nicht. Aber ich werde zusehen, wie mein Bübchen auf die Welt kommt.«

»Bübchen, das muß das Baby von Paige sein, richtig?«

Sie nickte.

»Hat Paige vor, das Kind zu Hause zu entbinden?«

»Ich denke nicht.«

»Wie willst du dann zusehen?«

»Ich weiß nicht, wie willst du zusehen?«

Schweigen, dann: »Lily, hast du nicht gerade gesagt –«

»Nein, gar nichts habe ich gesagt. Manchmal denke ich, du hörst Sachen, die du gar nicht hören sollst. Aber weißt du was, Hillary – ich werde für mein Bübchen sorgen. Paige wird mir das erlauben.«

»Was wirst du denn für ihn tun?«

»Seine Windeln wechseln, ihn wiegen, füttern, ihm das Sprechen und Lesen beibringen. Was hast du denn geglaubt, was ich tun werde, ihm die Füße abschmirgeln?«

»Nein, das habe ich ganz bestimmt nicht gedacht. Erzähl mir doch mal von dem anderen Baby, Lily.«

»Ich habe doch gesagt, das hat nicht gezählt.«

»Alles zählt.«

»Nur wenn ich es erlaube.«

»Nun, irgendwann einmal mußt du erlaubt haben, daß dieses Baby wichtig für dich war.«

»Weißt du was? Bevor ich ihn verpackt, verschnürt und weggeworfen habe, habe ich mir den blutigen Klumpen ganz genau angeschaut. Aber ich konnte nicht sagen, ob es ein Mädchen oder ein Junge war. Ich habe ganz genau nachgeschaut, weil ich dachte, daß Mommy oder Daddy bestimmt danach fragen würden. Aber keiner von beiden hat sich dafür interessiert.«

Hillary hatte bereits einige Zeit das Band besprochen, als sie zum ersten Mal auf ihre Armbanduhr schaute: Teezeit, Vater würde schon auf sie warten. Sie beeilte sich, zum Ende zu kommen. »Der abgetriebene Fötus scheint eine wichtige Rolle in der Entwicklung der Patientin zu spielen. Da sie sich ihrer Mutter und ihrem Vater entfremdet fühlte, erwartete sie offensichtlich von einem Bruder oder einer Schwester, daß er oder sie die entstandene Lücke füllen würde und daß sie von nun an jemanden hätte, den sie mit Zuneigung überschütten könnte.

Dieser Verlust, verbunden mit der Gewalt und Grausamkeit, der sie regelmäßig ausgesetzt war und die sie irgendwie verarbeiten mußte, führte wahrscheinlich zu einer vollständigen Blockade ihrer emotionalen Anlagen, die ohnehin schon unterentwickelt genug waren. Die Gefühle, die sie jetzt empfindet, sind wirr, unzuverlässig, halten nie lange an und lassen sich auch nur über einen beschränkten Zeitraum hinweg beherrschen. Folglich ist sie auch nicht in der Lage, diesen Gefühlen eine auch nur irgendwie positiv geartete Ausrichtung zu geben. Bei diesem Patiententypus eskalieren Wut und Gewaltvorstellungen immer dann, wenn er sich verlassen fühlt. Diese spezielle Patientin hat sich fast ihr ganzes Leben lang verlassen gefühlt.

Es ist unbedingt erforderlich, weiter in dieser Richtung zu

arbeiten, wobei jedoch die prekäre häusliche Situation des Kindes nicht außer acht gelassen werden darf.«

Paige schleppte gerade einen riesigen Pappkarton auf Ruthannes Hintertür zu, als diese ihren Kopf hinaussteckte.

»Was, um alles in der Welt...? Warte, bleib, wo du bist, laß mich dir helfen.« Ruthanne zog eine Jacke an, kam heraus und packte den Karton. »Okay, wo sollen wir hin damit?«

»Das mußt du mir sagen. Da drin ist ein Zehn-Gang-Rad für Lily. Ich möchte nicht, daß sie es vor Weihnachten sieht.«

»Verstehe. Na gut, dann tragen wir es in den Geräteschuppen.«

Als sie den Karton versteckt hatten, bat Ruthanne Paige, doch noch mit ins Haus zu kommen.

»Nur auf eine kurze Tasse Tee. Ich muß dir etwas sagen.«

»Klingt ja geheimnisvoll.«

»Überhaupt nicht, Paige, aber ich weiß trotzdem nicht, wie ich anfangen soll.«

Paige folgte ihr in die Küche und setzte sich. »Um Gottes willen, was immer es ist – raus damit.«

»Es ist wegen Charlie. Ich habe versucht, es ihm auszureden, aber gleichgültig, was ich sage... Paige, er will nicht mehr, daß Roger und Lily zusammen spielen.«

»Du meinst, wegen gestern?«

Ruthanne nickte und seufzte. »Ich weiß, daß es nicht ihre Schuld war, keiner hatte daran schuld...«

»Aber natürlich, immer ist Lily an allem schuld.«

»Na ja, wenn sie nicht über Strafen und solche Sachen gesprochen hätten, wäre Roger von selbst nie auf die Idee gekommen. Paige, mir gefällt das gar nicht, ganz und gar

nicht. Ich weiß, was für ein schreckliches Leben sie vorher hatte und was du versuchst, für sie zu tun. Und in meinen Augen ist das großartig.«
»Bitte, sprich nicht über sie, als ob sie irgendein dahergelaufener Fall für die Wohlfahrt wäre.«
»Das wollte ich doch nicht.«
Paige stand auf, Ruthanne folgte ihr und wollte nach ihrer Hand greifen. Aber Paige schob sie fort und ging zur Hintertür. »Ich hätte nie gedacht, daß du, ausgerechnet du . . . Ich glaube, ich nehme das Fahrrad lieber wieder mit, ich kann es auch bei mir im Keller verstecken.«
»Oh, Paige, bitte nicht. Laß es doch hier.« Aber als sie sah, daß Paige bereits auf den Schuppen zusteuerte, meinte sie: »Gut, wenn du darauf bestehst, es mit zu dir zu nehmen, dann kann Charlie es hinfahren und dir ins Haus tragen . . . Können wir nicht noch mal über die Sache reden? Bitte, hör auf damit, du sollst allein doch keinen so schweren Karton schleppen!« Dabei liefen Ruthanne die Tränen über das Gesicht.

Paige hatte den Karton bereits mit viel Mühe in eine Ecke im Keller gezogen, geschleppt und gezerrt und ihn mit alten Lumpen zugedeckt, ehe sie erschöpft innehielt, nach Luft schnappte, sich an den dreckigen Ölbrenner lehnte und schließlich in Tränen ausbrach.
Sie war wirklich gern mit Ruthanne zusammengewesen und hatte bereits angefangen, in ihr eine Freundin zu sehen – ein Mädchen vom Land, einfach und unverbildet, und doch hatte Paige mit ihr in vielerlei Hinsicht mehr als mit Brooke gemeinsam. Vielleicht lag es an der Schwangerschaft, den Kindern, den ganzen Umständen. Wer weiß? Aber jetzt hatte ihre Beziehung einen ganz deutlichen Knacks abbekommen.

Paige begriff durchaus, wie sehr der gestrige Zwischenfall mit dem Baby Ruthanne erschreckt hatte, aber das war noch lange keine Entschuldigung, Lily dafür verantwortlich zu machen. Die klassischen engstirnigen Eltern, die sich weigerten zu glauben, das eigene Kind könnte an einem solchen Vorfall beteiligt sein. Und in diesem Fall war es nicht einfach nur beteiligt gewesen; was immer Lilys entsetzliche Erinnerungen auch heraufbeschworen haben mochten, es war ganz allein Roger gewesen, der das Kissen auf Carolyns Gesicht gedrückt hatte.

»Paige!«

Es war Lily. »Ich bin hier unten«, sagte sie.

Lily stürmte die Treppe herunter und bog um die Ecke. »Wieso bist du hier unten?«

Sie zuckte wortlos mit den Schultern.

Lily kam näher und berührte ihre Wange.

»Weinst du, Paige?«

Paige wischte sich die Tränen mit dem Jackenärmel fort, schniefte und versuchte ein Lächeln. Wie sollte sie das bloß Lily beibringen?

»Nur ein paar dumme Tränen wegen nichts«, sagte sie schließlich.

»Wenn dir jemand weh getan hat, dann sagst du mir das doch, oder?«

Paige drückte sie und legte den Arm um sie.

»Weißt du was, ich habe backfertigen Plätzchenteig mitgebracht, Formen zum Ausstechen, alle möglichen Süßigkeiten zum Verzieren und Zuckerglasur. Gehen wir doch nach oben und schauen wir mal, wie kreativ wir sind.« Mit einem Blick auf die Sandkiste, an der sie in dem Moment vorbeikamen, meinte sie kopfschüttelnd: »Sag mal, was gibst du deiner Schildkröte eigentlich zu saufen, Wodka?«

Paige und Jason spielten gerade Scrabble, als das Telefon läutete. Da Lily oben zu tun hatte, nahm Jason ab, unterhielt sich einen Moment und wollte den Hörer an Paige weiterreichen. »Es ist Ruthanne.«

Paige stand auf und ging in die Küche, um sich ein Glas Orangensaft zu holen.

»Sag ihr, daß ich nicht mit ihr reden will.«

»Was?«

»Du hast mich schon verstanden.«

Er nahm den Hörer wieder auf. »Ruthanne, kann sie dich zurückrufen?«

Als er ihr in die Küche nachkam, legte er den Arm um sie. »Okay, was ist passiert?«

Sie stellte das leere Saftglas in das Spülbecken. »Nichts, ich will nur nicht mit ihr reden.«

»Habt ihr zwei euch gezankt?«

»Ich bin doch kein Kind, Jason.«

»Na, du hörst dich aber an wie eine Achtjährige. Hör mal, wenn du mir nicht auf der Stelle sagst, was passiert ist, dann rufe ich Ruthanne an und frage sie. Und wenn sie es mir nicht sagt, frage ich eben Charlie. Er scheint mir keiner zu sein, der lange um den heißen Brei herumredet.«

»Okay, ich sage es dir. Aber du mußt mir versprechen, daß du nicht gleich wieder voreilige Schlüsse ziehst.«

Er nickte. »Also, was ist los?«

»Ich habe dir doch gestern erzählt, daß Lily davon gesprochen hat, wie ihr Vater Anna immer bestrafte und sie zwang, dabei zuzusehen.«

»Ja.«

»Nun ja, das hat sie zuerst Roger erzählt. Und ich schätze, sie war dabei ziemlich bildhaft. Auf jeden Fall hat sich in Rogers Kopf die verrückte Idee festgesetzt, daß er vielleicht mal seine kleine Schwester bestrafen sollte.«

»Und wie?«
»Ruthanne hat ihn im Kinderzimmer dabei erwischt, wie er ihr ein Kissen aufs Gesicht drückte.«
»Hat Lily ihm gesagt, daß er das machen soll?«
»Das ist es ja, sie hat es eben nicht. Aber sie hat ihm von den krankhaften Sachen erzählt, die ihr Vater mit ihrer Mutter angestellt hat. Und ich glaube, das hat seine Phantasie angeregt.«
»So ein Kind ist er nicht...«
»Was meinst du damit?«
»Ich meine damit, daß Roger in meinen Augen nicht das Kind ist, das so etwas tut. Im Gegenteil, er scheint mir ein rundlicher, glücklicher und zufriedener Junge zu sein, ein Junge, der keiner Fliege etwas zuleide tun kann.«
»Aber er *hat* es getan, oder hat es zumindest versucht. Ruthanne hat ihn mit dem Kissen in der Hand im Kinderzimmer erwischt.«
»Vielleicht steckte mehr dahinter.«
»Du meinst, vielleicht hat Lily ihm ja wirklich eingeredet, es zu tun, vielleicht hat sie Radarsignale ausgesendet? Sag es ruhig, anstatt dich hierherzustellen und es nur zu denken. Du bist so leicht zu durchschauen.«
Er zuckte mit den Achseln. »Nun, dir mag diese Vorstellung ja nicht gefallen, aber hast du sie wenigstens mal in Betracht gezogen?«
Sie lief nach oben.
Er deutete auf das Scrabble-Spiel. »Was ist mit der Partie? Du hast doch noch nie aufgehört, wenn du vorn lagst.«
»Ich gehe ins Bett.«
»Hör mal, Paige, ich möchte nicht wieder damit anfangen, aber –«
»Jason, ich habe selbst mit Roger gesprochen. Und er hat nur gesagt, daß Lily mit ihm über Bestrafungsaktionen ge-

sprochen hat. Kannst du nicht akzeptieren, daß sie weder etwas Böses noch etwas Verbotenes getan hat? Sie hat nichts getan, außer einem Spielkameraden gegenüber etwas von ihrer erbärmlichen Vergangenheit herauszulassen.«

Die Spur von Annas Schwester erwies sich als Reinfall – Pat hatte sich mit der Kraftfahrzeugzulassungsstelle in Verbindung gesetzt und sogar in dem Frisiersalon nachgefragt, in dem sie dreißig Jahre lang als Maniküre gearbeitet hatte. Keiner ihrer Nachbarn, früheren Freunde oder Kollegen wußte, wo sie sich versteckt hielt; oder wenn sie es wußten, dann sagten sie es nicht. Die Frage war, warum versteckte sie sich überhaupt? Vielleicht würden sie auf diese Frage nie eine Antwort erhalten, zumindest nicht mehr rechtzeitig für die Verhandlung.
Heute war Jason im Frauengefängnis von Albany und bereitete Anna auf ihre Zeugenaussage vor. Er hatte mit ihr schon fast den ganzen Verlauf der sechzehn Jahre dauernden Ehe der Parks besprochen, die Anna mit sechzehn, Maynard mit dreißig Jahren eingegangen war.
»Gut, und jetzt reden wir darüber, was an dem bewußten Tag passiert ist.«
»Ich kann nicht, ich will nicht. Mir wird schon schlecht, wenn ich nur daran denke.«
Jason setzte sich und holte tief Luft. Schließlich schaute er Anna direkt an.
»Hören Sie, ich kann das nicht allein machen. Ich muß zumindest wissen, welche Ereignisse dem Mord vorausgegangen sind. Laut Wendell können Sie sich daran noch erinnern.«
Sie nickte und fuhr sich mit der Zunge über ihre trok-

kenen Lippen. »Manchmal, wenn ich daran denke, komme ich ganz durcheinander, dann vergesse ich...«

»Was würden Sie von Hypnose halten?«

»Nein, o nein, vor so etwas habe ich Angst. Man sollte ein Gehirn nicht so manipulieren.«

»Okay, vergessen Sie es. Ich werde Lily überreden, Ihre Erinnerungslücken zu füllen. Ich bin sicher, daß sie bereit ist, als Zeugin –«

Ihre Augen verengten sich. »Mr. Bennett, Sie haben mir versprochen, daß sie nicht aussagen muß.«

»Bitte verstehen Sie doch, ich muß den Geschworenen die Ereignisse plastisch vor Augen führen, ich muß ihnen die Wut begreiflich machen, die Sie empfanden, als Sie mit dieser Sichel auf Ihren Mann losgingen und auf ihn einschlugen. Sie müssen begreifen, was Sie am Tag des Mordes und in all den Tagen zuvor alles durchgemacht haben; die vielen Schläge, die krankhaften Bestrafungen, Anna. Und Lily war die einzige, die das gesehen hat.«

Sie hob die Augen zur Decke, schloß sie und holte tief Luft. Schließlich sah sie ihn wieder an. »Hat sie Ihnen das gesagt?«

»Nicht mir, meiner Frau. Und auch nur wenig. Aber wichtig ist nur, daß sie uns für den Fall von großem Nutzen sein kann.«

»Nein, ich will sie nicht im Zeugenstand sehen, ich will sie nicht bei der Verhandlung haben. Können Sie nicht begreifen, wie wichtig das ist? Lily hat schon genug durchgemacht, sie muß nicht noch mehr erleiden. Ich werde es nicht zulassen. Bitte, Mr. Bennett, respektieren Sie meinen Wunsch...«

»Sie waren doch zur Zusammenarbeit bereit.«

»Es tut mir leid, wirklich, aber das war nicht Teil unserer Abmachung. Falls Sie versuchen, mein Baby in den Ge-

richtssaal zu bringen, falls mir zu Ohren kommen sollte, daß sie auch nur draußen vor der Tür steht, werde ich mich sofort wieder schuldig bekennen.«
Großartig, ausgerechnet jetzt mußte Anna Parks sich querstellen, gerade rechtzeitig, um sich ihre Chancen vor Gericht zu vermasseln. Lily fiel aus, Hypnose auch, und so wie es aussah, Annas Schwester auch. Jason suchte seine Notizen zusammen.
»Okay, wir machen es auf Ihre Art. Gehen wir noch mal durch, woran Sie sich erinnern.«

Es war fünf vor drei, als Hillary in den Therapieraum kam – Lily war nur ein paar Minuten allein im Zimmer gewesen. Normalerweise setzte sie sich immer in einen der Sessel und wartete dort, aber heute saß sie in dem Stuhl hinter Hillarys Schreibtisch.
»Lily, was tust du da?« fragte Hillary.
Lily schaute hoch, überrascht, sie schon zu sehen. »Du bist zu früh dran.«
»Ja, ein paar Minuten. Was tust du da?«
»Ich tue so, als ob ich du wäre.«
»Ich verstehe, nun, ich fühle mich geschmeichelt. Aber mein Schreibtisch ist privat, das heißt, du hast dort nichts zu suchen, alles klar?«
Lily stand auf und ging zu ihrem Platz.
Hillary setzte sich und zog die unterste Schublade heraus. »Lily, heute fangen wir mit einigen Tests an. Es ist ziemlich einfach – ich stelle dir eine Frage, und du –« Sie hielt inne, beugte sich weiter vor und schaute ein zweites Mal hin. »Na, das ist aber seltsam, ich weiß genau, ich habe sie hierher gelegt.« Sie stand auf, bückte sich und fing an, die Schublade gründlicher zu durchsuchen.
Schließlich stand auch Lily auf, ging zum Abfalleimer und

griff hinein – als sie wieder hochkam, hatte sie einen Stapel zerrissenes Papier in der Hand.

»Ist es das, was du suchst?«

»Nein, was ich suche –« Sie hielt inne, schaute Lily verstört an, streckte die Hand aus und nahm die zerrissenen Testbögen. »Aber Lily, warum hast du das getan?«

»Aber ich dachte, du wolltest sie haben?«

»Du weißt genau, was ich meine.«

»Oink, oink, du weißt genau, was ich meine, du weißt genau, was ich meine«, wiederholte sie wie ein Papagei. »Woher soll ich denn wissen, was du meinst, wenn du nur oink, oink machst wie eine alte Sau. Ach Gott, du wirst allmählich genau wie der arme alte Mann, den du da oben einsperrst – steif und schweinig und nach Scheiße stinkend. Ist diese Krankheit bei euch in der Familie erblich? Denn wenn es so ist, dann werden wir dich auch bald einsperren müssen –«

»Hör auf der Stelle damit auf.«

»Hopsa, das ist es, deswegen bist du so gemein zu ihm, stimmt's? Weil er nicht einmal dein richtiger Daddy ist, richtig?«

Noch ehe sie wußte, was sie tat, holte Hillary zum Schlag aus; ihre Hand stoppte nur wenige Zentimeter vor Lilys Gesicht. Es folgte eine lange Pause, in der sie schweigend ihre Hand zurückzog, ehe sie mit tonloser Stimme sagte: »Es tut mir leid, Lily.«

Schweigen.

Hillary holte tief Luft. »Vielleicht wäre es besser, wenn wir für heute...«

Ein Lächeln. »Willst du, daß ich gehe, Hillary?«

Sobald Lily gegangen war, setzte Hillary sich hin und versuchte, sich wieder in den Griff zu bekommen – was hatte sie da nur getan? Nie in ihrem ganzen Leben hatte sie einen Menschen geschlagen, nicht einmal als Kind hatte sie einen Spielkameraden verprügelt. Gewalt war der falsche Weg, das hatten ihr Mutter und Vater von dem Augenblick, in dem sie sie bei sich aufnahmen, immer wieder eingebleut. Aber jetzt, da sie erwachsen war – und Therapeutin –, hätte sie fast eine elf Jahre alte Patientin geschlagen!

Sie hatte es zugelassen, in den Konflikt hineingezogen zu werden; eigentlich hatte Hillary Strategien erlernt, genau das zu vermeiden. Doch heute hatte Lily sie regelrecht reingelegt und ihr die Zügel aus der Hand genommen; so etwas durfte nie wieder geschehen. Sie schaute in die unterste Schublade des Aktenschrankes – offensichtlich hatte Lily sie durchsucht und Hillarys Adoptionsunterlagen gefunden... Wenn sie die schon gefunden hatte, was hatte sie sonst noch entdeckt?

Sie schaute in der Schublade darüber nach – hatte sie auch den Umschlag mit den Tonbändern gefunden?

Als Paige Lily sagte, Ruthanne wolle nicht mehr, daß sie mit Roger spielte, und ihr auch den Grund dafür nannte, war Lily ein paar Minuten still und verkündete dann – ohne sich jedoch irgendwelche Gefühle der Verärgerung oder Zurückweisung anmerken zu lassen –, daß sie so um so mehr Zeit haben würde, den Schlitten für ihr Bübchen zu bauen.

»Ich wußte gar nicht, daß du so etwas machen willst.«

»Ich erzähle dir nicht alles, Paige.«

»Aber wie willst du ihn denn bauen?«

»Ich habe unten im Keller zwei alte Schlitten entdeckt – sie sind zwar kaputt, aber die Kufen sind noch gut, sie müssen nur etwas abgeschmirgelt und eingefettet werden. Und dann kann ich noch was von dem Sperrholz herneh-

men, das hinten an der Wand lehnt. Ich will es gelb anmalen. Bübchen wird das bestimmt gefallen.«
»Ich wußte gar nicht, daß du so etwas bauen kannst.«
Lily nickte heftig. »Doch, Daddy hat mir das beigebracht, von ihm weiß ich auch alles über Autos. Hast du eigentlich den Eichhörnchenkäfig gesehen, den ich gebastelt habe?«
Paige schüttelte den Kopf und dachte, wie seltsam es war, daß dieses Ungeheuer Maynard offensichtlich auch eine produktive Seite gehabt hatte. Und er hatte eine Beziehung zu seiner Tochter gehabt, die nicht nur negativ gewesen war.
»Nein, den habe ich nie gesehen. Aber soweit ich mich erinnere, hast du ihn Jason gezeigt.«
»Ja. Na, warte lieber, bis du den Schlitten siehst. Ich werde auch Seitenwände und ein Dach bauen, damit ihm der Wind nicht ins Gesichtchen bläst.«
»Für so etwas ist Joshua in diesem Winter aber bestimmt noch zu klein.«
»Das glaube ich nicht, Paige. Warte nur, bis du den Schlitten siehst.«
Lily ging, und Paige blieb noch ein paar Minuten allein sitzen. Sie sah sich im Wohnzimmer um, wo sie ein paar Weihnachtspäckchen gestapelt hatte, die darauf warteten, unter den Baum gelegt zu werden. Heute abend würde Jason einen Baum aus dem Wald holen, und sie würden ihn alle gemeinsam dekorieren. Es waren noch zehn Tage bis Weihnachten, und Anna Parks' Verhandlung sollte am achtzehnten Dezember beginnen.
Obwohl Paige nicht ein Sterbenswörtchen zu Lily gesagt hatte, war es durchaus denkbar, daß Anna Parks schon an Weihnachten wieder ein freier Mensch sein würde. Die Chance war vermutlich nur gering, aber man mußte damit

rechnen... Auf jeden Fall hatte Paige kleine Geschenke für sie ausgesucht, Kleidung, Parfüm – Dinge eben, die eine Frau hinter Gittern vielleicht vermißte.

Dinge, die eine Tochter ihrer Mutter schenken könnte. Es war Zeit, daß Lily ihrer Mutter verzieh – was immer diese auch für Fehler haben mochte; und vor allem war es Zeit – und das fiel Paige am schwersten –, daß sie sich ernsthaft mit der Tatsache auseinandersetzte, ihr neues Heim wieder zu verlassen... Bald würde Paige mit ihr reden und versuchen, so etwas wie Vorfreude in ihr zu wecken, wieder mit ihrer Mutter zusammenzusein.

Unten hörte sie bereits die ersten Hammerschläge. Lily war wirklich ein bemerkenswertes kleines Mädchen.

An diesem Abend nahm Jason – wie er es versprochen hatte – Paige und Lily mit in den Wald hinaus, wo es mittlerweile leicht schneite, um einen geeigneten Baum zu suchen; er trug die Axt, die er kurz zuvor gekauft hatte. Paige hatte einen Fotoapparat dabei, weil sie meinte, daß dies trotz der Dunkelheit bestimmt ein hübscher Schnappschuß werden würde. Während Lily zuschaute, ließ Jason seine Axt auf den großen Nadelbaum niedersausen, und Paige drückte auf den Auslöser.

»Schade, daß uns das nicht schon vor ein paar Wochen eingefallen ist. Dann hätten wir das Foto als Weihnachtskarte verschicken können.«

»Ohne dich darauf?«

»Na, da wäre uns schon etwas eingefallen. Nicht wahr, Lily?«

»Ganz genau, Paige. Vielleicht nächstes –«

Schweigen, dann: »Wie kommst du denn mit deinem Schlitten voran? Jason, warte nur, bis du siehst, was für einen wunderschönen Schlitten Lily für Joshua baut.«

Als sie wieder im Haus waren, mußten sie zu dritt eine Dreiviertelstunde arbeiten, bis der Baum endlich gerade stand und die Lichter an den Ästen hingen und blinkten. Erschöpft ließ Jason sich in einen Sessel fallen.

»Mir reicht's.«

»O nein, erst machen wir den Baum ganz fertig«, sagte Lily und zog ihn wieder auf die Beine.

Sie schmückten den Baum und hängten Kiefernzapfen an die Tür. Und erst sehr viel später, nachdem sie Musik gehört und heiße Schokolade getrunken und selbstgebackene Weihnachtsplätzchen gegessen hatten, ging Lily nach oben, und Paige setzte sich neben Jason.

»Hast du Ruthanne mal wieder gesehen?« fragte Jason und machte damit die schöne Stimmung kaputt.

»Wieso mußt du ausgerechnet jetzt von ihr reden?«

»Weil sie eine Freundin von dir war, so hat es jedenfalls ausgesehen.«

»Du sagst es ganz richtig, *war*. Die Dinge ändern sich.«

»Das muß nicht unbedingt so bleiben. Unternimm was dagegen. Gut, Roger und Lily spielen nicht mehr miteinander, das ist doch kein Beinbruch, sie werden andere Kinder finden. Aber das heißt doch noch lange nicht, daß du nicht ab und zu bei ihr vorbeischauen und sie besuchen kannst, während die Kinder in der Schule sind oder etwas anderes machen.«

»Nehmen wir doch nur einen Augenblick an, es würde bei der ganzen Geschichte nicht um Lily, sondern um Joshua gehen. Würdest du dann auch meinen, wir sollten weiterhin mit Leuten befreundet sein, die unseren Sohn für nicht gut genug halten, mit ihrem Sohn zu spielen?«

Schweigen.

»Das ist einfach nicht möglich, Jason. Die Spannung wäre mit bloßen Händen zu greifen. Und glaub bloß nicht, mir

würde Ruthanne nicht auch fehlen. Ich habe selbst schon daran gedacht.«
Plötzlich fuhr Jason hoch und schaute Richtung Küche.
»Was ist los?«
Er stand auf. »Wo ist die Axt, ich habe sie –«
Sie stellte sich neben ihn. »Keine Panik, ich weiß, wo du sie hingetan hast. Ich habe sie weggenommen und in den Keller hinuntergetragen.«
Er lief zur Kellertür. »Wo dort unten?«
»Neben dem Boiler, warum?«
»Ich möchte sie lieber auf dem Speicher haben.«
»Wo liegt da der Unterschied?«
»Da geht nie jemand hinauf, mir wäre wohler dabei.«
Er lief nach unten. Sie schüttelte ungläubig den Kopf, als ihr klar wurde ... wieso war ihr das nicht schon eher aufgefallen? All die Wärme und Nähe und Feiertagsstimmung war nichts als eine Farce. Jason stand auf derselben Seite wie Ruthanne und Brooke und auch diese Sportlehrerin. Obwohl Lily keinem von ihnen etwas getan hatte, konnte keiner sich über die Sünden ihrer Eltern hinwegsetzen und ihr auch nur etwas Vertrauen schenken. Paige stand Lily näher als irgendeiner von ihnen, sie verbrachten soviel Zeit miteinander, die so intensiv war ...
Das Telefon klingelte, und sie nahm noch fast mit dem ersten Läuten den Hörer ab, was Brooke sehr erschreckte.
»Hallo«, sagte sie.
»Paige, ich ... hat es überhaupt geläutet?«
»Ja, einmal. Was gibt's?«
»Na ja, ich rufe an, um mich mal wieder zu melden. Ist es schon zu spät?«
»Ja, irgendwie schon.«
Wortlos legte sie den Hörer auf und schlug entsetzt beide Hände vor den Mund. *O Gott, was hatte sie nur getan?*

Kapitel 14

An dem Abend vor Annas Verhandlung setzte Paige sich zu Lily. »Wir haben etwas zu besprechen, junge Dame.«

»Was habe ich denn angestellt?«

»Gar nichts.«

»Was dann?«

»Morgen beginnt die Verhandlung deiner Mutter.«

Schweigen, dann: »Aber du hast doch gesagt, das geht nicht so schnell.«

»Ja, wenn Jason in Berufung hätte gehen müssen, aber das wird vielleicht gar nicht mehr nötig sein. Er könnte den Fall gleich jetzt gewinnen.«

»Und, wird er?«

»Ich weiß es nicht, aber er glaubt, daß er eine Chance hat.«

»Ich will nicht, daß er gewinnt.«

»Sag so etwas nicht.«

»Ich meine, ich will bei dir bleiben.«

»Wir sprechen hier über deine Mutter, Lily. Sie liebt dich.«

»Du mich doch auch.«

Paige spürte, wie der Kloß in ihrem Hals immer dicker wurde...

»Oder, das tust du doch?«

Paige schloß sie in die Arme. Sie durfte sich jetzt nicht gehenlassen und Lily ihre Tränen zeigen.

»Natürlich tue ich das«, sagte sie, und ihre Stimme klang dabei heiser und brüchig.

»Und trotzdem ist sie deine Mutter, Lily. Und du gehörst zu ihr, nicht zu mir.«
Lily riß sich los, stand auf und lief in ihr Zimmer. Als sie an diesem Abend im Bad war, hörte Paige wieder das Fluchen aus Lilys Schlafzimmer, wieder die Worte, die sie seit den ersten Tagen von Lilys Ankunft nicht mehr gehört hatte. Paige ging zu ihr hinein und kniete sich neben sie, aber Lily drehte sich zur Wand.
»Ich will doch nur, daß du glücklich bist, Schätzchen. Und wenn deine Mutter entlassen wird... Ich bin ja nicht einmal sicher, daß sie es wird. Aber so oder so, Lily –« Sie seufzte, hielt inne, stand schließlich auf und ging wieder hinaus.
»Was ist los?« fragte Jason, als sie ins Bett kam.
Sie drehte ihm den Rücken zu und tat so, als habe sie nichts gehört. Sie wollte nicht mit Jason diskutieren – wenigstens nicht, solange Lily noch so verletzt und wütend und sie emotional so aufgewühlt war.
»Ich habe den Wecker ein bißchen früher als üblich gestellt. Der Wetterbericht auf Kanal Vier hat fünfzehn Zentimeter Neuschnee vorhergesagt, und dann die Fahrt nach Laurel Canyon.«
»Dann nimm den Geländewagen.«
»Nein, den lasse ich lieber dir.«
»Es sind noch drei Wochen bis zu meinem Termin, Jason.«
»Man kann nie wissen, ich lasse ihn dir hier. Oh, und falls du mich aus irgendwelchen Gründen brauchen solltest –«
»Ich werde schon zurechtkommen.«
»Dann ruf einfach im Büro des Gerichtsdieners an.«
»Jason...«

Es geschah am nächsten Morgen – Jason war bereits weg –, daß Paige einen ziehenden Schmerz in ihrem Rükken verspürte. Sie trat ans Fenster und schaute hinaus: Er hatte den Geländewagen dagelassen, aber dem hellen, sonnigen Himmel nach zu urteilen, hatte der Wetterbericht sich mal wieder geirrt.

Als sie in die Küche ging, kam Lily gerade aus dem Keller herauf und wollte grußlos an ihr vorbeigehen.

»Was machst du so früh schon hier unten?« fragte Paige.

Sie wurde ignoriert.

»Lily?«

»Ich habe an dem Schlitten gearbeitet«, bekam sie schließlich zur Antwort.

Als Lily die Küche verließ, fiel Paige auf, daß sie irgend etwas in der Gesäßtasche ihrer Jeans stecken hatte.

»Hey, warte mal, was ist mit Frühstück?«

»Hab' schon was gegessen«, sagte Lily.

»Was hast du da in deiner Tasche?«

Wieder wurde sie ignoriert.

Paige goß sich Kaffee ein und aß ein Haferbrötchen. Lily verschwand in die Schule, ohne sich von ihr zu verabschieden – heute würde sie hinterher gleich zu ihrer Therapie bei Hillary gehen. Paige nahm sich noch ein Brötchen, dieses Mal eines mit Blaubeeren. Schließlich stand sie auf und ging ins Wohnzimmer, um den Baum zu bewundern. Sie schaute schnell auf das Telefon und dann wieder weg. Keine Freunde, mit Jason verstand sie sich nicht besonders gut, und Lily redete auch nicht mehr mit ihr.

Vielleicht würde sie später nach dem Aufräumen ins Einkaufszentrum fahren, dort zu Mittag essen, ein wenig in den Geschäften herumstöbern und sich die Weihnachtsdekoration anschauen. Sie hatte zwar schon tonnenweise

Geschenke für Jasons Familie in Illinois besorgt, dazu für Jason selbst ein halbes Dutzend Hemden, Pullover, Krawatten, einen Thermoanzug, eine Elektrosäge, zwei Bücher und den gesamten Neil Diamond auf CD, aber vielleicht würde ihm ja noch ein Funktelefon für das Auto gefallen?

Für das Baby hatte sie bereits ein Mobile für das Bettchen und eine Spieluhr gekauft, dazu genügend Stofftiere, um einen ganzen Zoo damit auszustatten... und für Lily Dutzende von Geschenken, unter anderem ein duales Kassettendeck, das sie aber noch nicht eingepackt hatte. Trotzdem wäre eine Jeansjacke nicht schlecht für den Frühling. Als Paige in ihrem Alter war, waren Jeansjacken der letzte Schrei – sie hatte nur davon träumen können, eine zu besitzen.

Sie streckte den Rücken und massierte die Stelle über dem Steißbein.

Der kleine Sitzungssaal sah fast genauso aus wie beim ersten Mal, wieder waren dieselben Akteure anwesend, das heißt bis auf Sam Bender, den Pflichtverteidiger, der nicht mehr gebraucht wurde. Auch bestanden die Zuschauer dieses Mal nur aus den zwölf Männern und Frauen, die Jason und der Staatsanwalt für die Jury ausgewählt hatten.

Jason hatte Annas Krankenberichte aus dem Fieldings Hospital als Beweismittel angegeben, und ein Vertreter des Krankenhauses trat zusätzlich noch auf, bezeugte Annas häufiges Erscheinen in der Notaufnahme und las die entsprechenden Daten, die jeweilige Diagnose, Prognose und Behandlung vor. Erst am späten Vormittag wurde Anna selbst in den Zeugenstand gerufen.

Nachdem sie bereits eine Viertelstunde ausgesagt hatte,

lenkte Jason das Gespräch auf die kleine Holzhütte, die sich hinter dem Haus in Laurel Canyon befand.
»Können Sie dem Gericht genau sagen, was das war und wozu es benutzt wurde?«
»Der Boß hat die Strafbox gebaut...«
»Wie bitte?«
»Der Boß, ich habe meinen Mann immer Boß genannt.«
»Hat er Sie darum gebeten, ihn so zu nennen?«
Sie fuhr sich mit der Zunge über die trockenen Lippen und strich sich das Haar aus dem Gesicht, das ihr in die Stirn gefallen war.
»Das ging los, als wir anfingen, miteinander zu gehen. Ich weiß nicht mehr, ob er es mir gesagt hat oder ob ich ihn so genannt habe, weil er sich immer so herrisch benommen hat. Ist ja egal, es ist so geblieben.«
Jason schaute auf den Gerichtsstenographen. »Ich bitte, im Protokoll festzuhalten, daß die Namen Boß und Maynard abwechselnd von der Angeklagten verwendet werden.« Dann, wieder an Anna gewandt: »Nun, Sie erwähnten eben eine Strafbox. Würden Sie das dem Gericht bitte näher erläutern.«
»Er hat erst eine Skizze gemacht, die er mir auch gezeigt hat. Ganz oben stand dieser Name. Ich habe sogar dabei zugesehen, wie er die Hütte gebaut hat.« Es folgte eine längere Pause, in der sie unruhig auf ihrem Platz hin und her rutschte: »Er hat mich da immer hineingeschickt, und dann mußte ich so lange drin bleiben, bis es Zeit war, wieder herauszukommen.«
»Warum?«
Jetzt flossen die ersten Tränen – Jason reichte ihr ein Taschentuch.
»Weil ich etwas falsch gemacht hatte, sagte er«, fuhr sie fort. »Maynard erlaubte es nicht, daß ich ihm freche Ant-

worten gab oder ihm widersprach. Er hatte bestimmte Regeln aufgestellt – wenn ich mich an die hielt, dann war er lammfromm. Aber wenn ich davon abwich, auch nur ganz wenig... nun, dann mußte er mir eine Lektion erteilen, sagte er.«

»Ich verstehe. Würden Sie so gut sein und dem Gericht diese Box näher beschreiben?«

»Ich kann nicht gut schätzen, aber sie war vielleicht doppelt so groß wie eine Hundehütte. Sie sah auch wie eine Hundehütte aus, mit einem kleinen Loch in der Mitte, durch das ich hinein- oder wieder herauskriechen konnte. Und sie war ohne Fenster.«

»Konnten Sie im Innern aufrecht stehen?«

»Nein, nur knien oder sitzen. Oder beten. Der Boß hat immer gemeint, daß das eine gute Gelegenheit zum Beten für mich sei.«

»Ich kann mir vorstellen, daß es ziemlich stickig –«

»Einspruch«, sagte der Staatsanwalt.

»Stattgegeben«, entschied Richter Kraft.

»Mrs. Parks«, begann Jason von neuem, »würden Sie dem Gericht freundlicherweise beschreiben, wie das war, wie Sie sich fühlten, in dieser Hundehütte eingesperrt zu sein. Pardon, Strafbox.«

»Na, es war dunkel und eng. Manchmal hätte ich am liebsten ganz laut geschrien und gar nicht mehr damit aufgehört, bloß um wieder ins Freie zu kommen, ans Tageslicht, wo man aufrecht stehen und normal atmen konnte. Und ganz egal, wie das Wetter auch war – heiß oder kalt –, dort drinnen war es hundertmal schlimmer als draußen.«

»Ist Maynard in der Nähe gewesen und hat aufgepaßt? Sie wissen schon, damit Sie auch ja nicht davonliefen?«

»O nein, das hat er nie getan. Manchmal war ich tagelang

da drin, wenn er der Meinung war, daß ich besonders büßen müßte.«
»Tagelang?«
Sie nickte.
»Ohne Pause, ohne Sie mal rauszulassen? Als ob Sie darin wohnten?«
»Ja.«
Jason machte eine lange Pause, damit das geschilderte Grauen mehr Zeit hatte, auf die Geschworenen einzuwirken, und fuhr dann fort: »Nun, wenn Maynard nicht aufgepaßt hat, dann hatten Sie vermutlich doch ab und zu Gelegenheit, kurz mal herauszukommen?«
»Nein.«
»Warum nicht? Was hat Sie davon abgehalten?«
Jetzt flossen die Tränen reichlicher – sie senkte den Kopf und versuchte, ihr Gesicht vor der Jury zu verbergen. »Ich war an eine kurze Stahlkette gefesselt ... die führte zu einem Hundehalsband, das um meinen Hals festgemacht war. Ich wurde nur für die Mahlzeiten losgebunden ... und wenn ich auf die Toilette gehen durfte.«
Jason nickte. »Okay«, sagte er. »Beschreiben Sie dem Gericht bitte diese Mahlzeiten.«
»Der Boß brachte mir das Tablett normalerweise immer selbst. Dann machte er mein Halsband los, ließ mich hinauskriechen, und dann mußte ich immer zuschauen, wenn er das Essen abdeckte –«
Jason folgte Annas Blick in den hinteren Teil des Sitzungssaales. Eben war eine dünne Frau mit angegrautem Haar in einem dunkelblauen Kostüm hereingekommen. Sie setzte sich in die letzte Reihe. Er wandte sich wieder Anna zu.
»Bitte fahren Sie fort –«
Anna legte eine Hand über ihren Magen, die andere auf

die Brust. »Ich kann nicht, mir ist übel... Bitte, lassen Sie mich aufhören.«
»Euer Ehren«, sagte Jason, an Kraft gewandt. »Könnten wir vielleicht ein kurze Unterbrechung haben?«
Der Richter schaute auf seine Uhr. »Es ist schon ziemlich spät. Die Sitzung wird bis nach dem Mittagessen vertagt.« Er hob seinen Hammer und klopfte damit laut auf die Richterbank. »Das Gericht tritt um zwei Uhr dreißig wieder zusammen.«
Eine Wachbeamtin kam und brachte Anna fort, und Jason drehte sich zu der Zuschauerin in der letzten Reihe um. Aber sie war nicht mehr da.

Die periodisch auftretenden Rückenschmerzen, die am frühen Morgen angefangen hatten, waren um zwei Uhr immer noch zu spüren, als Paige sich in einer kleinen Cafeteria auf eine Bank sinken ließ und sich Thunfischsalat und Tee bestellte. Sie schaute zum Fenster hinaus und stocherte lustlos in ihrem Essen herum – es schneite, aber es waren nur kleine, leichte Flocken, bestimmt nicht das, was laut Jason vorhergesagt worden war.
Sie aß einen Bissen Thunfisch und ließ die Gabel wieder sinken... Sie hatte die beiden Geschenke gekauft, die sie gesucht hatte, also sollte sie eigentlich guter Laune sein. Ihre Mission war von Erfolg gekrönt gewesen, um es mal so auszudrücken. Aber warum war sie dann plötzlich so nervös und zittrig? Hatte das irgend etwas mit den Rükkenschmerzen zu tun? Oder vielleicht mit Anna Parks Verhandlung, die im Augenblick stattfand?
Sie stand auf, ging zum Telefon, warf ein paar Münzen ein und wählte Dr. Barrys Nummer, die sie vorher in ihrem Adreßbuch nachgeschaut hatte. Seine Sprechstundenhilfe meldete sich.

»Lenore, hier spricht Paige Bennett.«
»Hallo, Paige, was kann ich für Sie tun?«
»Ich habe seit heute morgen Rückenschmerzen und wollte mich nur vergewissern.«
»Beschreiben Sie die Schmerzen.«
»Nun, eigentlich ist es eher lästig als schmerzhaft. Ab und zu zieht es eben.«
»Können Sie mir sagen, wie oft?«
»Eigentlich nicht, das Ziehen kommt und geht.«
»Das klingt nicht so, als müßten Sie sich deswegen Gedanken machen. Aber der Doktor wird um drei Uhr wieder dasein, und ich werde ihm sagen, daß Sie etwas beunruhigt sind. Doch falls es in der Zwischenzeit schlimmer werden sollte oder noch andere Symptome hinzukommen, dann rufen Sie mich gleich wieder an, verstanden? Falls nötig, kann ich den Doktor auch unterwegs erreichen. Aber das klingt mir ganz nach den typischen Beschwerden und Schmerzen, unter denen die meisten werdenden Mütter leiden, vor allem im neunten Monat.«
»Gut, ich fühl' mich auch schon viel besser.«
Sie legte auf und kehrte an ihren Platz zurück. Wieder schaute sie aus dem Fenster auf die wirbelnden Schneeflocken hinaus, die jetzt bereits aber etwas dichter fielen. Sie hatte zwar zu Lenore gesagt, daß sie sich besser fühlte, aber das stimmte nicht so ganz. Eigentlich wäre sie am liebsten aus der Haut gefahren.
Es war dumm, aber sie wünschte sich, Jason wäre zu Hause.

Jason legte den Telefonhörer wieder auf. Das war sein vierter Versuch gewesen; offensichtlich war Paige aus dem Haus gegangen. Auf dem Weg zurück in den Sitzungssaal warf er durch die hohen Fenster im Foyer einen

Blick hinaus auf den Schnee, der bereits liegenblieb, und fragte sich, ob es in Briarwood auch schneite. Zum Glück hatte er Paige den Geländewagen dagelassen.

Er hatte vor Beginn der Pause noch kurz mit Anna gesprochen, aber sie schwor ihm, sie hätte die Frau, die in den Saal gekommen war, noch nie gesehen. Sein erster Gedanke war gewesen, daß es sich um ihre Schwester handelte, und das hatte er auch gesagt, aber Anna hatte dies rundweg als absurd verworfen. Da er sah, wie aufgewühlt sie immer noch war, ließ er sie von der Wachbeamtin in den Gefangenenraum bringen, wo sie etwas essen und sich ausruhen konnte, während er wartete, ob die Frau noch mal auftauchen würde.

Als er jetzt allein im Saal saß – ein Truthahnsandwich in der Hand, das er sich hatte bringen lassen –, ging er noch einmal die Liste der Zeugen durch, die er hoffentlich nach der Mittagspause befragen konnte. Als er die Tür hörte, drehte er sich um und stand genau in dem Moment auf, als die Frau sich wieder zurückzog.

»Hey, warten Sie, gehen Sie nicht weg«, rief er und lief ihr schnell hinterher.

Im Foyer holte er sie schließlich ein und legte ihr die Hand auf die Schulter, damit sie stehenblieb.

»Hören Sie, ich würde mich gern ein paar Minuten mit Ihnen unterhalten. Ich bin Jason Bennett, der Verteidiger der Angeklagten.«

Sie nickte. »Ich weiß, wer Sie sind.«

»Dann haben Sie mir ja einiges voraus. Kommen Sie doch herein, setzen wir uns und unterhalten uns ein bißchen.«

»Ich weiß nicht, ich glaube nicht –«

»Bitte.«

Sie folgte ihm; er führte sie zu dem vorderen Tisch, und

sie setzten sich. Die Frau war klein, dünn und sah aus, als sei sie Mitte vierzig.

»Woher kennen Sie Anna Parks?«

»Wie kommen Sie auf die Idee, ich würde sie kennen?«

»Ihre Reaktion, als Sie hereinkamen. Sie war ziemlich erregt, als sie Sie sah.«

»Ja, das kann ich mir vorstellen. Ich bin Nora Kalish, Annas ältere Schwester.«

Er antwortete nicht gleich, sagte aber dann: »Ich habe die ganze Zeit über versucht, Sie zu finden.«

Sie hob kurz die schmalen Schultern. »Anna wollte mich weg haben, sie flehte mich an, mich nirgends blicken zu lassen. Ich konnte ihr noch nie was abschlagen... Aber jetzt, als ich in der Zeitung von der Verhandlung las, da dachte ich mir, vielleicht ist das ja eine Chance für sie, ein neues Leben anzufangen.«

»Warum wollte sie denn unbedingt, daß Sie gingen?«

»Weil ich über das Kind Bescheid weiß.«

»Lily? Was ist mit Lily?«

»Sie war Teil des Ganzen, ich meine, der Mißhandlungen und all dem. Anna erzählt Ihnen zwar, daß Maynard sie in diese Hütte gesperrt hat, in der sie nur ein winziges Loch zum Atmen hatte, aber sie erzählt Ihnen nicht, daß Lily diejenige war, die das Halsband um ihren Hals befestigt hat.«

Hillary hatte ab und zu mal einen Blick aus dem vorderen Fenster geworfen und bemerkt, wie der Schnee immer dichter wurde... und so sah sie Lily dieses Mal auch draußen an der Gartentür stehen. Während sie die eine Hand wie einen Schutzschild vor die Stirn hielt, winkte sie mit der anderen Hand zu einem Fenster im oberen Stock hinauf.

Hillary schloß die Eingangstür auf, ging trotz der Kälte hinaus und stieg die Stufen hinunter, um zu Vaters Fenster hochzuschauen. Da sie wußte, wie sehr er die Natur liebte – besonders gern sah er es, wenn es schneite –, hatte sie sein Bett bereits näher ans Fenster geschoben. Doch in den Augen, die ihr von dort entgegenstarrten, lag nichts als panische Angst.

Hillary winkte Lily. »Komm lieber rein, ich fürchte, Vater macht es immer noch nervös, einen Fremden in der Nähe des Hauses zu sehen.«

Lily kam ins Haus und streifte sich ihre schneebedeckten Schuhe auf der Fußmatte ab.

»Du meine Güte, das scheint ja ziemlich schlimm zu werden da draußen. Ich war mir gar nicht sicher, ob du kommen würdest.«

»Ich mußte doch.«

»So?«

»Ja, heute ist ein ganz besonderer Tag. Ich muß dir nämlich etwas erzählen.«

Hillary lächelte, froh, daß die katastrophale Sitzung vom letzten Mal die Beziehung, an der sie so hart gearbeitet hatte, nicht zerstört hatte.

»Ich gehe nur kurz nach oben, um Vater zu beruhigen. Ich bin gleich wieder da.«

»Aber natürlich.«

Hillary ging rasch nach oben, und Lily steckte die Hand in die Gesäßtasche ihrer Jeans und holte eine Schachtel Streichhölzer heraus. Sie zündete eines an, hielt es hoch und schaute zu, wie es herunterbrannte, bis der Schwefel ihre Finger verfärbte, und blies es dann erst aus. Als sie Hillarys Schritte näherkommen hörte, ließ sie das abgebrannte Streichholz und die Schachtel wieder in ihrer Tasche verschwinden.

Nora und Jason hatten sich in die Cafeteria des Gerichts gesetzt, wo er sie über Lily befragte. Laut ihrer Aussage war Lily seit ihrem fünften Lebensjahr an den Mißhandlungen beteiligt.

»Es hat wahrscheinlich alles ziemlich harmlos angefangen, vermute ich«, sagte Nora. »Ich meine, das Kind hat nur versucht, die eigene Haut zu retten. Sonst war ja keiner für sie da, am allerwenigsten meine Schwester. Und dann mußte das auch etwas gewesen sein, was ihr Vergnügen bereitete.«

»Woher wissen Sie das?«

»Das tue ich ja gar nicht. Anna und ich haben deswegen viel gestritten, sie haßte mich dafür, wenn ich so etwas zu ihr sagte. Ich glaube, sie hatte vor Lily fast genausoviel Angst wie vor Maynard. Ich weiß, das klingt verrückt, sie ist doch noch ein Kind. Aber einmal habe ich gesehen, wie Lily auf Maynards Anweisungen hin Anna an einen Stuhl fesselte. Sie hat die Fesseln so stark angezogen, daß sie ihr fast das Blut abschnitten... Und dabei war ein Glänzen in ihren Augen... Derselbe Glanz wie in den seinen.«

»Wie konnten Sie dabei nur zusehen und nichts dagegen unternehmen?«

»Wie ich vorher schon sagte, es war nicht leicht für mich, meiner Schwester etwas abzuschlagen. Ich habe sie fast allein großgezogen, da meine Mutter krank war und mein Vater uns verlassen hatte, bevor Anna auf die Welt kam. Als Anna dann durchbrannte und heiratete, da war sie im zweiten Jahr an der High-School, und mich traf fast der Schlag.

Ich mochte Maynard nicht, er war viel zu alt für sie. Welcher Dreißigjährige macht schon mit einem Kind herum, das erst sechzehn ist. Aber meine Schwester war regelrecht hypnotisiert von ihm, alles, was er tat oder sagte, war richtig. Sie hat mir sogar vorgeworfen, ich sei eifersüchtig, weil sie einen Mann hatte und ich nicht. Ich bin nie viel ausgegangen; früher hat mir das, glaube ich, schon etwas ausgemacht, aber als ich dann sah, was für ein Leben Anna nach ihrer Heirat führte, da konnte ich mich nur glücklich schätzen.«

»Das erklärt aber immer noch nicht, wie Sie es zulassen konnten, daß das auch so weiterging.«

»Das ist ganz einfach: Anna hat mich vor die Wahl gestellt, entweder ich hielte meinen Mund über das, was zwischen ihr und ihrem Mann vor sich ging, oder ich könnte vergessen, daß ich eine Schwester hatte. Also habe ich jedesmal, sobald sie wieder zu streiten anfingen, meine Tasche genommen und bin gegangen. Manchmal habe ich allerdings mehr gesehen, als mir lieb war, und dann habe ich den ganzen Weg nach Hause nur noch geheult.« Ihre Stimme war jetzt nur noch ein Flüstern; sie hielt sich die geballte Faust vor den Mund und drehte sie hin und her... »Aber meinen Mund, den habe ich gehalten.«

»Und jetzt, was hat Sie veranlaßt, ausgerechnet jetzt den Mund aufzumachen?«

»Ihre Drohungen bedeuten mir jetzt nicht mehr viel. Sie ist im Gefängnis, ich könnte ebensogut überhaupt keine Schwester haben.«

Jason entschuldigte sich kurz und ging zum Telefon – das war nun der dritte Versuch, seit sie hier saßen, aber immer noch keine Antwort. Paige wußte ja, wie sie ihn erreichen konnte, falls nötig... Er schaute auf seine Uhr: Es war fast Zeit, wieder in den Sitzungssaal zu gehen, also kehrte er zu Nora zurück. Er ließ ein paar Banknoten auf dem Tisch liegen und deutete ihr an, mit ihm zu kommen.

»Wollen Sie, daß ich aussage und dem Gericht bestätige, was ich über Lily weiß?« fragte sie ihn.

»Ich weiß nicht, ob uns das weiterhelfen wird. Brauchen wir unbedingt zwei Sadisten, reicht einer nicht aus? Werden die Tränen deshalb doppelt so reichlich fließen, oder werden die Geschworenen nur zu dem Schluß kommen, daß dies ein Haus voller Wahnsinniger war, und völlig abschalten? Ich weiß es nicht, ich brauche etwas Zeit, um darüber nachzudenken. Um ganz ehrlich zu sein, am liebsten wäre mir für heute ein Aufschub, und dann möchte ich so schnell wie möglich nach Hause.«

»Sie sind derjenige, der das Kind jetzt hat, richtig?«

»Ja, der bin ich.« Er nahm sie am Arm und kehrte mit ihr in den Sitzungssaal zurück.

Jason hatte von Anfang an recht gehabt – der Geländewagen benahm sich wunderbar im Schnee und überholte mühelos andere Autos, deren Räder durchdrehten. Und der Schneefall schien tatsächlich immer dichter zu werden. Die Vorstellung, daß Lily bei dem Wetter zu Fuß von Hillary nach Hause gehen sollte, gefiel ihr gar nicht... Was wäre wohl, wenn Jason Anna freibekäme und diese sich weigerte, Lily über Weihnachten bei ihnen zu lassen? Würde Paige dann alle ihre Geschenke einpacken, sie zusammen mit Lily wegschicken und auf die Gelegenheit verzichten müssen, ihre Aufregung und die Freude auf ihrem Gesicht zu sehen, wenn sie sie auspackte?

Kaum zu Hause angekommen, trank sie ein Glas Milch und versuchte so, ihre wirren Gedanken zu beruhigen, die in alle Richtungen davonflitzten. Sie ging zum Telefon, nahm den Hörer ab, schaute auf die Uhr, legte den Hörer wieder auf die Gabel. Die Therapiesitzung hatte bereits begonnen, sie wollte nur ungern stören. Sie würde um vier Uhr wieder anrufen, sobald die Stunde vorbei war, und Lily sagen, daß sie warten solle, bis sie kam, um sie abzuholen.

Sie stellte sich ans Fenster und schaute zu, wie der Schnee vom Himmel fiel. Es hätte ein schöner Anblick sein können, wenn sie dabei nicht an Jason hätte denken müssen, der diese lange Heimfahrt vor sich hatte.

Nachdem sie lange mit sich gerungen hatte, hatte Hillary beschlossen, die Tonbänder nicht zu erwähnen, es sei denn, Lily käme selbst auf das Thema zu sprechen. Es bestand immerhin die Möglichkeit, daß Lily den braunen Umschlag mit den Mitschnitten der Therapiesitzungen und Hillarys Beurteilungen nicht gesehen hatte. Schließlich war der Umschlag nicht verschlossen, wenn sie ihn also nicht aufgemacht und hineingeschaut hatte, dann konnte sie auch nicht wissen, daß er Bänder enthielt oder daß diese etwas mit ihr zu tun hatten. Und selbst wenn man einmal das Schlimmste annahm und sie sich die Bänder in den fünf oder zehn Minuten, die sie normalerweise vor den Sitzungen allein im Zimmer war, tatsächlich angehört hatte, wieviel konnte sie dann schon gehört oder gar begriffen haben?

Aber Hillary hatte den Aktenschrank abgeschlossen. Wenn es also noch eines aussagekräftigen Hinweises über Lilys Fehlverhalten bei ihrem letzten Treffen bedurfte, dann drückte diese Handlung das mehr als genug aus. Lily wußte das auch, und wenn sie das Wort »Privatsphäre« eingehender diskutieren wollte, dann wäre ihre Therapeutin – wie immer – gern bereit, mit ihr darüber zu diskutieren. Hillary hatte die Testreihen inzwischen neu bestellt, die dieses Mal hoffentlich nicht wieder so lange auf sich warten lassen würden.

Die ersten zehn Minuten saß das Mädchen schweigend da, und obwohl Hillary es kaum erwarten konnte, mehr über das zu erfahren, was Lily vorher angedeutet hatte, wagte sie nicht, sich die Kontrolle der Situation wieder aus der Hand nehmen zu lassen, indem sie zu neugierig erschien. Doch plötzlich – es war das erste Mal – nahm Lily eine der Handpuppen, steckte ihre Hand in den Körper, brachte Arme und Kopf mit den Fingern in Bewegung und sagte mit tiefer, sonorer Stimme: »Hallo, Hillary.« Und Hillary wußte sofort, daß dies die Art war, mit der Lily ihr ihre besondere Neuigkeit erzählen würde.

»Hallo, wie heißt du denn?« fragte Hillary.

»Boß.«

»Nett, dich kennenzulernen, Boß. Bist du ein Freund von Lily?«

»Nein, Lily hat keine Freunde.«

»Tatsächlich? Was ist mit Paige?«

»Die auch nicht. Sie wäre vielleicht ihre Freundin, wenn nicht dauernd dieser doofe alte Jason hinter ihr herschnüffeln und böse Dinge über Lily erzählen würde, damit sie sie hinauswirft.«

»Ich verstehe nicht ganz. Ist denn geplant, daß Lily die Bennetts verläßt?«

»Jetzt noch nicht.«

»Ich verstehe, du machst dir also Sorgen um ihre Zukunft. Vielleicht wäre es besser, wenn sie einfach abwartet – Paige scheint Lily wirklich gern bei sich zu haben. Und sie scheint mir auch eine Frau zu sein, die ihren eigenen Kopf hat.«

»Bestimmt nicht. Er schreit sie immer an, schlägt sie und zwingt sie dazu, das zu tun, was er will.«

»Es fällt mir schwer, das zu glauben.«

»Es ist mir ganz gleich, was du glaubst, du Miststück. Du

mußt mir zuhören, weil ich der Boß bin!« Lily beugte sich vor und preßte die Hände der Handpuppe gegen deren Magen. »Uh, uh.«
»Was ist los?«
»Ich muß scheißen.«
»Wer, Lily oder Boß?«
»Beide.«
Hillary nickte. »Dann geht ihr zwei mal, ich warte hier.«
Lily kam ein paar Minuten später zurück und hielt Boß wieder in die Höhe.
»Auf die Plätze, fertig, los«, sagte die Puppe, und Hillary schenkte ihr wieder ihre ganze Aufmerksamkeit.
Lily betrachtete jedoch nachdenklich die Handpuppe und sagte in ihrer eigenen Stimme, die dabei so traurig klang, wie Hillary sie noch nie gehört hatte: »Mir fehlt mein Daddy.«
Hillary schaute dem Kind in die Augen – sie waren tatsächlich voller Tränen; das war die erste echte Gefühlsregung, die sie miterlebte, aber Hillary wußte, daß sie nicht lange anhalten würde. Und trotzdem empfand Hillary in diesem einen Augenblick das, was Paige Bennett die ganze Zeit über empfunden haben mußte: Sie wünschte sich, sie wäre imstande, das Bewußtsein dieses Kindes auszulöschen, alles Böse auszuradieren und am Tag Null wieder anzufangen – ein neues Leben zu beginnen. Aber so funktionierte das nicht.
Lily legte die Handpuppe weg. »Hillary?«
»Ja, meine Liebe?«
»Ich glaube, hier riecht's nach Rauch.«
Hillary hob den Kopf, sog die Luft ein und sprang aus ihrem Stuhl hoch. Nichts wie hinauf in Vaters Zimmer!

Warum dauerte das nur so lange? Es war schon nach drei Uhr, mehr als eine halbe Stunde war seit Beginn der Sitzung vergangen. Obwohl die Geschworenen wieder auf ihren Plätzen saßen, gelangweilt und genervt vor sich hinschauend, waren der Richter, der Gerichtsdiener und auch Jasons Mandantin immer noch nicht da. Jason wandte sich an den Justizwachtmeister.

»Können Sie mir sagen, was da vor sich geht?«

Der zuckte nur mit den Achseln. »Der Richter ist noch im Richterzimmer. Das letzte, was ich gehört habe, war, daß er jeden Moment kommen kann, aber das ist auch schon wieder zehn Minuten her. Er hat jedoch angeordnet, daß niemand den Saal verlassen darf.«

»Hören Sie, ich geh' nur schnell ins Foyer, um einen Anruf zu erledigen. Geben Sie mir gleich Bescheid, wenn er kommt?« Er nickte, und Jason lief schnell zum Telefon und wählte rasch seine eigene Nummer. Paige meldete sich sofort.

»Wo warst du nur die ganze Zeit?«

»Jason, ist was passiert?«

»Nein, nichts. Ich habe nur ein dutzendmal versucht, dich zu erreichen, und habe mir allmählich Sorgen gemacht, das ist alles.«

»Und ich habe mir deinetwegen Sorgen gemacht. Der Schnee bleibt immer mehr liegen, jetzt sind es schon fast zehn Zentimeter. Und dann der starke Wind. Mir gefällt es gar nicht, daß du bei diesem Wetter unterwegs bist. Ich wünschte, du hättest den Geländewagen genommen.«

»Wo warst du vorhin eigentlich?«

»Im Einkaufszentrum.«

»In dem Fall ist es gut, daß ich ihn nicht genommen habe. Wie bist du mit dem Wagen zurechtgekommen?«

»Wunderbar, obwohl ich das nur ungern zugebe. Jason, wie steht dein Fall?«
»Das erzähle ich dir, wenn ich zu Hause bin. Paige, dir geht es doch gut, oder?«
»Mir geht es gut. Ich habe ein wenig Rückenschmerzen, aber sonst –«
»Rückenschmerzen?«
»Ja, aber es ist nichts. Ich habe deswegen schon beim Arzt angerufen und mit Barrys Sprechstundenhilfe gesprochen. Sie hat mir versichert, daß das ganz normal ist.«
»Ich würde mich trotzdem wohler fühlen, wenn du ins Krankenhaus gingst.«
»Das ist wirklich etwas übertrieben, Jason. So schlimm ist es auch wieder nicht. Im Ernst.«
»Versprichst du mir aber, daß du gleich hinfahren wirst, falls es auch nur ein bißchen schlechter wird? Auch wenn du denkst, es ist umsonst... Dann bleibst du eben die Nacht dort, das ist doch nicht so schlimm, oder? Ich schicke dir einen Strauß gelbe Rosen. Und morgen nehme ich mir einen Tag frei und – Mist!«
»Was ist los, Jason?«
»Er ruft mich.«
»Wer?«
»Der Justizwachtmeister, ich muß wieder zurück. Versprich mir, wenn sich dein Zustand verschlechtert, dann fährst du.«
»Jason, ich bin überzeugt, daß es nicht –«
»Bitte, Paige, das ist wichtig für mich!«
Schweigen, dann: »Okay, ich verspreche es dir.«

Als Hillary den ersten Stock erreichte, drang dicker Qualm unter Vaters Tür hervor. Sie lief zu ihrer Handtasche, zerrte sie vom Knauf ihrer Schlafzimmertür und durchwühlte sie nach dem Schlüsselring. Als sie ihn nicht finden konnte, stülpte sie die Tasche um, schüttelte sie, warf sich auf die Knie und durchwühlte mit zitternden Händen den auf dem Boden verstreuten Inhalt. Da waren keine Schlüssel!

Sie rannte zur Tür, legte die Hand auf den heißen Türknauf und drehte – nichts tat sich. Aber natürlich, was hatte sie erwartet? Sie warf sich mit dem Gewicht ihres ganzen Körpers gegen die Tür, hämmerte mit den Fäusten dagegen…

»Warum machst du die Tür nicht auf?«

Hillary drehte sich um und sah Lily da stehen.

»Sie ist zu.«

»Dann sperr sie auf.«

»Ich kann den Schlüssel nicht finden. Oh, großer Gott«, schrie sie. »Ich kann den Schlüssel nicht finden!«

»Soll ich mal nachsehen?«

»Ja, bitte!« Allmählich fing Hillary sich wieder, überlegte kurz, rannte zum Telefon und rief das Fräulein vom Amt an. »Es brennt in der Hoppington Road 22«, rief sie. »Im Schlafzimmer im ersten Stock ist ein bettlägriger Mann eingeschlossen. Bitte beeilen Sie sich!«

Obwohl der Rauch schon langsam in die anderen Räume vordrang, rutschte Hillary auf Knien vor ihrer Schlafzimmertür hin und her und tastete den Boden ab, als Lily plötzlich angerannt kam.

»Hillary, ich habe sie gefunden!« sagte sie.

Hillary rappelte sich hoch, riß ihr den Schlüsselring aus der Hand und raste zu Vaters Tür. Mit zitternden Händen schloß sie die Tür auf und stürzte hinein in das Inferno… die Augen auf Vater gerichtet, der aufrecht im Bett saß, als ob er immer noch in den Schnee hinausschaute. Nur daß sich an Stelle seiner Augen jetzt leere Höhlen befanden!

Das Telefon klingelte und klingelte... Sie hörte jemanden schreien. War sie das?

Jason schwitzte, als er in den Sitzungssaal zurücklief. Er würde entweder eine Vertagung beantragen, sich krank melden oder aber einfach die Verhandlung verlassen, wenn es sein mußte. Doch so oder so, er würde bald auf dem Nachhauseweg sein.

Aber die Frage war, würde Paige ihm das über Lily überhaupt glauben, oder würde Lily es wieder mal schaffen, sich da herauszureden? Als er seinen Platz im Saal wieder einnahm, fiel ihm der merkwürdige Blick auf, den der Staatsanwalt und Richter Kraft wechselten. Was war jetzt wieder los?

Und wo, zum Teufel, war seine Mandantin? Er stand auf –

»Einen Augenblick, Mr. Bennett«, sagte der Richter. »Wenn Sie bitte noch kurz sitzenbleiben könnten.«

Er setzte sich wieder.

»Meine Damen und Herren, bitte entschuldigen Sie die Verzögerung. Aber ich muß Ihnen leider mitteilen, daß sich hier ein Zwischenfall ereignet hat. Um zwei Uhr fünfundvierzig heute nachmittag konnte der County-Coroner nur noch den Tod von Anna Parks feststellen.«

Jason hielt entsetzt den Atem an, ebenso Nora, die neben ihm saß. Die Geschworenen fingen unruhig zu flüstern an.

»Bitte lassen Sie mich zu Ende sprechen«, sagte der Richter an die Jury gewandt, die auch sofort verstummte.

»Der Tod trat durch Ersticken ein. Man hat sie gegen zwei Uhr zwanzig im Waschraum des Ruheraums der

Angeklagten an einer Duschstange hängend aufgefunden. Um ihren Hals befand sich eine Schlinge, die aus einem zerrissenen Bettlaken geknüpft war.«

Sheriff Bulldoon war der erste am Schauplatz, noch vor der Freiwilligen Feuerwehr. Bis auf eine Brandwunde an der Hand, die bereits versorgt war, hatte Hillary keine Verletzungen davongetragen. Jetzt saß sie auf dem Rücksitz des Polizeiwagens, Lily neben sich, die sie fragend ansah. Hillary schaute sich um; die Erinnerung daran, wie oder wann sie in den Polizeiwagen gekommen war, war so unklar wie ihre Vorstellung, warum ihre Hand plötzlich bandagiert war.
»Warum hast du sie abgesperrt?« fragte Lily und deutete auf den Schlüsselring mit dem Silberdollar, den Hillary immer noch mit ihrer gesunden Hand umklammert hielt.
Hillary sah sie verständnislos an. »Was meinst du damit?«
»Daß du deinen Vater eingesperrt hast. Ich habe dem Sheriff nichts davon erzählt.«
»Hast du nicht?«
»Natürlich nicht. Du willst doch nicht ins Gefängnis, oder?«
Hillary schluckte schwer, und plötzlich löste sich irgendwo tief in ihr ein Schluchzen; sie hielt sich die Hand vor den Mund, um es noch im Keim zu ersticken.
»Was hast du ihm gesagt?« flüsterte sie.
»Nur, daß die Schlafzimmertür geklemmt hat.«
Schweigen, dann: »Die Schlüssel, Lily. Wo hast du sie gefunden?«
»Neben der Waschmaschine im Keller.«
O Gott, sie war *tatsächlich* vor Lilys Ankunft dort gewesen, sie hatte tatsächlich, wie fast jeden Tag um diese Zeit, ge-

waschen. War es wirklich möglich, daß sie die Schlüssel mitgenommen hatte? Aber warum, da sie sie doch immer in ihrer Handtasche aufbewahrte? Sie konnte sich nicht erinnern... Aber was machte das schon für einen Unterschied: Vater war verbrannt, war eines schrecklichen, schmerzhaften, entsetzlichen Todes gestorben, und daran war sie schuld. Sie beugte sich vor und öffnete die Wagentür.

»Wo willst du hin?« fragte Lily.

»Ich muß... allein sein.« Sie verließ den Wagen und stieg, ohne die Aufmerksamkeit des Sheriffs oder der Feuerwehrleute zu erregen, in ihren grünen Kombi. Als sie wegfuhr und dabei an dem Polizeiauto vorbeikam, sah sie aus den Augenwinkeln, daß Lily sie noch immer beobachtete.

Als sie die Route 9 erreichte, wurde sie von heftigem Schluchzen geschüttelt.

Paige hatte es seit vier Uhr bestimmt schon an die fünfzig Mal klingeln lassen, und immer noch meldete sich niemand. Wo, um alles in der Welt, konnten sie nur stecken? War Lily wegen des starken Schneefalls nicht so lange wie sonst geblieben? Aber selbst wenn es so wäre, wo war sie dann jetzt? So lange dauerte ihr Nachhauseweg auch wieder nicht. Außerdem würde Hillary bei diesem Wetter mit ihrem invaliden Vater bestimmt nicht das Haus verlassen... Es sei denn, er war plötzlich krank geworden.

Sie holte Lilys Stiefel aus dem Wandschrank, zog schnell Mantel, Mütze und Handschuhe an und lief aus dem Haus. Als sie zum Auto kam, spürte sie ein weiteres Ziehen – sie machte den Rücken krumm, worauf es sofort nachließ und sie in den Wagen steigen konnte. Plötzlich fiel ihr Lilys Wutausbruch von vergangener Nacht wieder ein, dann ihr Benehmen heute morgen... Sie würde mit ihr reden, es ihr irgendwie verständlich machen müssen. Und wenn die Rückenschmerzen tatsächlich schlimmer wurden, würde sie ins Krankenhaus fahren und Lily eben mitnehmen. Aber sie würde sich an das Versprechen halten, das sie Jason gegeben hatte, auch wenn sie sich noch so albern dabei vorkam.

Eine Sache war ganz bestimmt kein Fehler gewesen – diesen Wagen mit Vierradantrieb zu kaufen; wieder einmal konnte sie sich nur über seine Robustheit wundern, als sie zwei Autos überholte, die nur so über die Straße schlingerten und schlitterten. Vielleicht sollte Jason doch lieber in Laurel Canyon übernachten, statt darauf zu hoffen, daß sich dieses schreckliche Wetter änderte. Wenn sie wieder zu Hause war, würde sie gleich im Gericht anrufen.

Das war ihr letzter Gedanke, bevor sie Hillarys Straße erreichte und den Rauch roch...

Immer noch völlig mitgenommen von der Nachricht von Annas Selbstmord, versuchte Jason erneut, Paige anzurufen. Aber wieder meldete sich niemand. War sie ins Krankenhaus gefahren? Er schaute auf die Uhr – wenn das stimmte, dann konnte sie jetzt noch nicht dort sein. Er ließ sich von der Auskunft Dr. Barrys Nummer geben und rief dort an.

»Lenore, hier ist Jason Bennett. Der Mann von Paige –«

»O ja, natürlich. Wie geht es Paige?«

»Ich dachte mir, daß Sie mir das vielleicht sagen konnten. Ich bin noch unterwegs, und zu Hause meldet sich niemand.«

»Nun, ich habe vor einiger Zeit mit ihr gesprochen, da hatte sie Rückenschmerzen. Nichts Spezifisches, auch nicht in regelmäßigen Abständen, mit anderen Worten, nichts, was nach Wehen klang. Ich habe das auch Dr. Barry erzählt, und er war derselben Meinung wie ich. Vergessen Sie nicht, sie hat schließlich noch drei Wochen bis zu ihrem Termin. Als der Doktor sie das letzte Mal untersucht hat – das ist noch keine Woche her –, war das Kind noch nicht annähernd in der richtigen Position. Normalerweise sind Erstgebärende immer zu spät dran, nicht zu früh.«

»Ja, das habe ich auch gehört.«

»Dann hören Sie auf, sich Sorgen zu machen. Ich bin überzeugt, daß sie sofort hier anrufen wird, wenn die Wehen losgehen. Vielleicht wollte sie bloß nicht allein sein und ist zu einer Freundin oder in den Supermarkt gefahren, um noch ein paar Vorräte einzukaufen. Da draußen sieht es nicht so aus, als ob es bald wieder zu schneien aufhören würde.«

»Wahrscheinlich haben Sie recht. Okay, vielen Dank.« Er legte auf.

Zu einer Freundin wahrscheinlich nicht, aber in den Supermarkt, das war eine Möglichkeit... Ihr Hunger nach Süßem hatte sie wahrscheinlich aus dem Haus getrieben. Er lief zum Wagen, holte die Bürste vom Rücksitz und fegte den Schnee von dem Volvo. Dann schaute er auf die Uhr: Viertel nach vier. Bei normalem Wetter dauerte die Fahrt zwei Stunden. Jetzt lag der Schnee bereits fünfzehn Zentimeter hoch, und hell war es vielleicht noch eine Viertelstunde; aber der Highway sollte eigentlich in einem besseren Zustand sein, es waren bestimmt schon Schneepflüge unterwegs...

Also drei, höchstens vier Stunden, schätzte er.

Als Paige das Haus in Flammen stehen sah – dazu einen Löschzug, ein Dutzend andere Wagen und mindestens

dreißig Leute, die das Feuer bekämpften, unter ihnen auch Charlie Beeder –, wollte sie darauf zu laufen. Doch der Sheriff trat ihr in den Weg und hielt sie auf.
»Lily!« rief Paige, während eine riesige Faust nach ihren Eingeweiden griff und sich um ihren Magen krallte. Sie hätte nicht zu sagen gewußt, was die Ursache dafür war – das Baby oder die Angst.
»Ihr geht es gut, sie sitzt dort drüben in dem Streifenwagen.« Als ihm auffiel, wie gekrümmt sie dastand, fragte er: »Hey, ist mit Ihnen alles in Ordnung?«
Paige seufzte, nickte – Lily war unverletzt, und das unangenehm beklemmende Gefühl war auch schon fast wieder verschwunden, als sie das erfahren hatte. Trotzdem nahm er sie am Arm und führte sie durch den Schnee.
»Ich wollte sie gerade nach Hause fahren«, sagte er. »Aber da der Wind immer heftiger weht, wollte ich zuerst mal sehen, ob wir nicht dieses qualmende Inferno unter Kontrolle bringen.«
»Hillary, ist ihr nichts passiert?«
»Ihr wird es auch bald wieder gutgehen, aber ich fürchte, ihr Vater hat es nicht geschafft.«
»O nein!«
Der Sheriff öffnete die hintere Wagentür, und Lily warf sich weinend in Paiges Arme. Paige drückte sie fest an sich, während der Sheriff sich in den Wagen beugte.
»Wo ist Hillary?« wollte er wissen.
»Ich hatte solche Angst«, schluchzte Lily, und Paige, die viel zu schockiert war, um ein Wort herauszubringen, vergrub ihr Gesicht in Lilys Haaren.
»Wo ist Hillary?« rief der Sheriff.
Paige hob den Kopf und schaute ihn fragend an.
»Soweit ich weiß, war Hillary hier bei Lily. Ich wollte sie in den Ort bringen...«

Paige schaute Lily an.
»Sie ist weg.«
»Wohin?« fragte er.
Lily zuckte nur mit den Achseln. »Ich weiß nicht, sie hat nichts gesagt. Sie ist einfach in ihrem Wagen weggefahren.«
Der Sheriff machte die Fahrertür des Streifenwagens auf, stieg ein und nahm den Hörer seines Funkgerätes, um seinen Deputy zu verständigen.
»Merv, hier ist Bulldoon. Ich brauche die Autonummer von Hillary Egan, es ist ein grüner Kombi. Dann setzt du dich in Bewegung und machst dich auf die Suche nach ihr.«
»Wozu das Ganze?«
»Der alte Mann ist in dem Feuer hier umgekommen. Und sie kurvt irgendwo da draußen in diesem verdammten Schneesturm herum und weiß vor Kummer wahrscheinlich nicht einmal mehr ihren Namen.«

Obwohl tatsächlich Schneepflüge auf dem Highway unterwegs waren, kamen die Autos nur schwer vorwärts, ein paar von ihnen waren liegengeblieben und von ihren Besitzern verlassen worden, so daß ein Durchkommen der Schneepflüge immer schwieriger wurde. Jason bemühte sich, nicht zu schnell zu fahren; in einer Schneewehe steckenzubleiben war das letzte, was er jetzt brauchen konnte...
Immer wieder ging ihm Annas Selbstmord durch den Kopf, er stellte ihn vor ein Rätsel. Sie wäre vielleicht freigekommen, wer weiß? Offensichtlich hatte sie das nicht gewollt. Aber sie war doch einverstanden gewesen, warum hatte sie sich also ausgerechnet jetzt umgebracht? Weil ihre Schwester aufgetaucht war, deswegen.

Besser tot, als daß ihr Geheimnis bekannt wurde, war es das?
Was hatte das zu bedeuten? Was war das für ein Geheimnis? Daß sie ihrem eigenen Kind völlig egal war? Daß er und Paige Lily aus dem Haus werfen würden, wenn sie von Lilys bösartiger Veranlagung erfuhren? Daß die Welt erfahren könnte, sie habe Angst vor ihrem eigenen Kind gehabt?
Angst vor dem eigenen Kind zu haben, das ging schon unter die Haut... Und was sollte man von einem Kind sagen, das die eigene Mutter einsperrt, ihr Schmerzen zufügt? Was mußte man für eine sadistische Ader haben, um so etwas zu tun? Und schlimmer noch: Wozu wäre ein solches Kind wohl sonst noch fähig?
Unvermittelt riß er das Steuer herum, und der Wagen schlingerte nach links; Jason wurde gegen die Tür geschleudert und trat verzweifelt auf die Bremsen; als er spürte, daß sie griffen, riß er das Steuer nach rechts herum – gerade noch rechtzeitig. Nur Zentimeter vor der Leitplanke kam der Wagen zum Stehen. Die Hände zu Fäusten geballt, holte Jason tief Luft, um anschließend erschöpft Oberkörper, Arme und Stirn auf das Steuer sinken zu lassen.
Wieso hatte er so lange dazu gebraucht? Es war nicht Anna gewesen, die Maynard getötet hatte... Es war Lily gewesen!

Hillary! Hillary! Hillary!
Sag das nicht so...
Böses Mädchen, häßliches Mädchen, was hast du getan?
Daddy, sprich nicht so mit mir.
Hast deinen Daddy in ein Zimmer gesperrt, obwohl er sich nicht mehr bewegen konnte.

Oh, Daddy, es tut mir leid, ich wollte doch nicht, daß dir was geschieht, daß du stirbst.
Hast du schon, sonst hättest du es nicht getan.
Nein, nein, ich habe die Tür doch nur abgesperrt, weil ich dich retten wollte.
Vor wem?
Vor wem, vor wem, sie konnte sich nicht mehr erinnern, vor wem. Plötzlich drehte sich ihr ganzer Körper... Herum und herum und herum...
Lily!

»Elf Fahrzeuge sind in den Unfall verwickelt«, erklärte Merv Bulldoon über Funk. »Nie in meinem Leben habe ich so einen Blechhaufen gesehen. Bis jetzt sind drei Ambulanzen aus Poughkeepsie da und transportieren Verletzte ab. Mehr sind unterwegs. Ich würde sagen, ungefähr fünfundzwanzig bis dreißig Verletzte. Angefangen hat das alles mit einem grünen Kombi, der sich dreimal um die eigene Achse gedreht hat, dann quer über die Fahrbahn geschossen ist, direkt in den Gegenverkehr hinein, wo er frontal mit diesem Sattelschlepper zusammengestoßen ist. Die Egan wurde regelrecht zermalmt. Sie war auf der Stelle tot.«

Kapitel 15

Lily zog ihre Schuhe aus und die Wildlederstiefel an, die Paige für sie mitgebracht hatte.

»Ich zittere immer noch am ganzen Körper«, sagte Paige, als sie nach Hause fuhren. »Der arme Mr. Egan, was für eine schreckliche Art zu sterben. Und Hillary, was sie durchmachen muß. Ich hoffe, sie finden sie bald.«

»Ich auch.«

»Wie hat das Feuer angefangen, Lily?«

»Ich weiß nicht, wie, aber es kam aus dem Schlafzimmer des alten Mannes. Vielleicht hat er heimlich geraucht.«

»Wie kommst du darauf?«

»Ich bin einmal hinauf in sein Zimmer, um ihn zu besuchen, und dabei habe ich seinen Pfeifenständer gesehen. Und bevor ich gegangen bin, habe ich noch bemerkt, daß ein Tabaksbeutel unter seiner Matratze steckte.«

»Hast du denn auch gesehen, daß er geraucht hat?«

»Nein, aber ich habe mir dabei gedacht, daß er es vielleicht manchmal getan hat, wenn ihn niemand beobachtet hat.«

»Hast du Hillary davon erzählt?«

»Nein, ich wollte ja nicht petzen. Hätte ich das tun sollen?«

»Ich weiß, Kinder petzen nicht gern. Aber wenn die Umstände es verlangen, wenn es um Dinge geht, die vielleicht gefährlich werden könnten, dann ist es schon wichtig, daß man den Mund aufmacht.«

»Ich wußte doch nicht, daß er sich selbst schaden würde.«

Paige schaute sie zärtlich an, tätschelte Lilys Hand und drückte sie. »Selbstverständlich konntest du das nicht wissen.«
»Bist du wütend auf mich?«
Sie schüttelte den Kopf. »Ich bin heilfroh, daß dir nichts passiert ist. Aber weil wir gerade davon reden, was ist mit dir? Du warst ja heute früh nicht gerade bester Laune, als du in die Schule bist.«
»Das war heute morgen, aber das ist jetzt wieder vorbei.«
»Solche tragischen Ereignisse haben die merkwürdige Angewohnheit, einem vor Augen zu führen, was wirklich wichtig ist und was nicht, findest du nicht auch?« sagte sie und stellte sich erneut vor, welch entsetzliches Ende Mr. Egan genommen hatte...
Lily schaute sie wortlos mit strahlenden Augen an, in denen merkwürdigerweise keine Spur der Angst lag, die sie doch eben erst durchgemacht hatte. »Auf jeden Fall«, fuhr Paige fort, »möchte ich, daß du dich in Zukunft nur noch auf schöne Dinge konzentrierst. Denn gleichgültig, was mit deiner Mutter geschieht oder wo du letztendlich leben wirst, ich werde immer irgendwo im Hintergrund sein und dafür sorgen, daß es noch viel Schönes in deinem Leben geben wird.«
Paige lenkte den Geländewagen in die Auffahrt, und sie blieben schweigend noch einen Augenblick nebeneinander sitzen und schauten sich an.
»Wir zwei, wir sind schon ein Paar, findest du nicht auch?« meinte Paige lächelnd. »Aber jetzt komm rein. Was hältst du davon, wenn wir uns etwas aufwärmen... mit heißer Schokolade und diesen Mini-Marshmallows?«
»Hervorragend«, sagte Lily und stieß die Tür auf. Sie sprang aus dem Wagen, hinein in den Schnee, daß es nur so staubte, als sie voranlief. Gerade als Paige die erste

Stufe zur Veranda hochsteigen wollte, stieß sie ein Keuchen aus. Mit der einen Hand packte sie das Geländer, mit der anderen griff sie sich an den Bauch.
Lily lief zurück zu ihr hin und nahm sie am Arm. »Ist es Bübchen, Paige? Aber ist das nicht noch zu früh?«
»Ja, aber...« Die Intensität des Schmerzes verblüffte Paige, aber nach zwanzig, dreißig Sekunden war alles schon wieder vorbei. »Lily, ich glaube zwar, daß es nur Vorwehen sind, da ich seit heute morgen schon Rückenschmerzen habe. Aber ich habe Jason versprochen, ins Krankenhaus zu gehen, falls es schlimmer wird.«
»Aber wenn es wirklich nur Vorwehen sind...«
»Ich weiß, es klingt lächerlich, aber ich habe es Jason versprochen.«
»Was ist mit der heißen Schokolade?«
»Die wird eben warten müssen.«
»Es ist aber zu früh, Paige. Wir dürfen ihn jetzt noch nicht kommen lassen.«
»Lily, ich glaube eigentlich nicht, daß er jetzt schon kommt, aber wenn ich mich täusche, dann wären das Baby und ich doch am besten in einem Krankenhaus aufgehoben, meinst du nicht auch?«
»Ich will, daß du hierbleibst«, jammerte Lily.
»Das reicht jetzt, Lily. Ich gehe jetzt ins Haus, rufe Dr. Barry an und versuche, Jason zu erreichen. In der Zwischenzeit mach bitte meine Tasche fertig. Pack ein Nachthemd, Bademantel, Hausschuhe und eine Zahnbürste ein. Okay?«
Paige ging ins Haus, wählte die Nummer des Arztes, die jedoch belegt war; sie probierte es noch mehrmals, aber immer mit demselben Resultat. Hatten die denn keine Telefonzentrale? Sie versuchte es bei der Auskunft, aber auch dort war belegt. Schließlich wählte sie die Null, worauf sich das Fräulein vom Amt meldete.

»Die Nummer ist ständig besetzt, obwohl ich weiß, daß es nicht so sein dürfte. Könnten Sie diese Nummer bitte mal überprüfen?« sagte Paige und nannte ihr die Telefonnummer.

»Da brauche ich gar nicht nachzusehen. Das ist das Amt von Briarwood-Waring. Dort oben ist der Teufel los. Entweder ist belegt, oder es rauscht, oder die Leitung ist ganz tot. Sie haben Glück, daß Ihr Telefon überhaupt noch funktioniert.«

»Liegt das an dem Sturm?«

»Eigentlich nicht. Auf der Route 9 hat es einen schweren Unfall gegeben. Einige Telefonleitungen sind –«

Plötzlich war nur noch ein Knacken zu hören.

Er hatte eine halbe Stunde gebraucht, um zur nächsten Tankstelle durchzukommen. Während der Wagen vollgetankt wurde, lief Jason zum nächsten Telefon, wählte Sheriff Bulldoons Nummer und ließ es mindestens zwanzigmal läuten. Niemand meldete sich. Schließlich rief er bei Paige an... dort war besetzt.

Er wartete ein paar Minuten, versuchte es noch mal, dann noch mal. Als immer noch belegt war, rief er das Amt an.

»Hören Sie, das hier ist ein Notfall. Könnten Sie bitte ein Gespräch unterbrechen?«

»Welche Nummer, Sir?«

»914-555-3548.«

»Einen Augenblick.« Die Dame vom Amt war in ein paar Minuten wieder am Apparat. »Tut mir leid, Sir, aber da spricht niemand. Die Leitung ist momentan außer Betrieb.«

»Aber ich habe ständig das Besetzt–«

»Es ist außer Betrieb, Sir.«

Er seufzte und meinte dann: »Liegt das an dem Sturm?«

»Ich vermute. Außerdem haben wir eben von einem schweren Unfall dort oben erfahren, in den sehr viele Fahrzeuge verwickelt sind. Es würde mich nicht überraschen, wenn das die Ursache für die Störung wäre.«
Jason legte den Hörer auf und blieb reglos stehen... Ganz ruhig, Jason, laß deine Phantasie nicht mir dir durchgehen – Paige ist nicht Anna, sie würde sich von dem Kind nichts sagen lassen. Außerdem benimmt sich Lily Paige gegenüber immer korrekt, im Gegenteil, sie überschlägt sich geradezu in ihrer Fürsorge für sie und das Baby... Sie würde ihr nie und nimmer weh tun...
Er bezahlte den Tankwart und stieg wieder in den Wagen. Das beste war, nach Hause zu fahren.

Nachdem sie von dem Unfall auf der Route 9 erfahren hatte, blieb Paige neben dem Telefon in der Küche sitzen und überlegte noch einmal ihren Plan; wenn es dort draußen wirklich so schlimm aussah, wäre es dann nicht ausgesprochen dumm – Vierradantrieb hin oder her –, sich über irgendwelche Nebenstraßen zu wagen? Es sei denn, die Wehen setzten tatsächlich ein, und ihr blieb gar nichts anderes übrig...
Doch diese Unsicherheit fand ein rasches Ende, als sie von einer weiteren Kontraktion überrascht wurde, die dieses Mal noch stärker war als die erste, die noch keine zwölf Minuten zurücklag... Es war doch nicht normal, daß die Wehen am Anfang schon so stark waren, oder? Nicht beim ersten Mal. Aber vielleicht mit der ganzen Anspannung und Aufregung, die sie im Augenblick durchmachte... Die große Frage war jetzt nur, ob sie überhaupt noch fahren sollte?
Ruthanne. Sie könnte sich doch von Charlie hinfahren lassen... aber nein, Charlie half ja beim Löschen des Bran-

des. Sie könnte auch an die Brandstelle zurückfahren und den Sheriff um Hilfe bitten. Paige stand auf, ging zum Treppenabsatz und umklammerte mit beiden Händen das Geländer, da ihr plötzlich schwindlig wurde und Angst in ihr hochstieg. Was machte Lily oben nur so lange?

»Lily«, rief sie.

»Ich komme.« Es dauerte noch fast eine ganze Minute, ehe Lily die Treppen heruntergerannt kam, Paiges Reisetasche in der Hand. Als sie Paiges Gesichtsausdruck sah, blieb sie abrupt stehen. »Was ist los?«

»Ich hatte wieder eine Wehe, dieses Mal eine noch stärkere. Und das Telefon funktioniert auch nicht. Ich habe vor, zu Hillarys Haus zurückzufahren, damit der Sheriff mir jemanden besorgt, der mich ins Krankenhaus fährt. Und dich soll er für kurze Zeit irgendwo im Ort unterbringen. Ich will nicht, daß du bei diesem Sturm allein bist.«

Eigentlich hatte Paige erwartet, daß sie sich über diesen neuen Plan beschweren würde, aber sie hatte sich offensichtlich getäuscht. Lily unterließ es nicht nur, sich zu beklagen, sondern sie machte sich statt dessen gleich an die Arbeit, ergriff Paige am Arm und half ihr durch den Schnee hinaus zu dem Geländewagen. Paige setzte sich hinter das Steuer und schaltete die Zündung ein. Der Motor startete, lief auch ein paar Sekunden, starb dann aber ab. Paige versuchte es erneut – dieses Mal tat sich gar nichts.

»O nein. Nein, nein, bitte nicht.« Sie holte tief und fest Luft und probierte es noch mal. Nichts. Verwirrt schaute sie Lily an. »Ich verstehe das nicht, was kann da nicht in Ordnung sein? Wir sind doch noch vor einer Viertelstunde damit gefahren. Und da war alles in Ordnung.«

»Laß mich mal nachschauen«, sagte Lily. Paige löste die Verriegelung der Motorhaube, und Lily stieg aus, hob die

Haube und betrachtete prüfend den Motor. Nachdem sie sich alles angeschaut hatte, trat sie einen Schritt zurück, kniete sich in den Schnee und schaute unter den Wagen – eine besorgte Miene machte sich auf ihrem Gesicht breit.

Paige öffnete die Tür und beugte sich hinaus, wobei der Schnee ins Wageninnere wehte.

»Was ist los, Lily?«

»Die Benzinleitung, Paige«, rief sie. »Sieht aus, als sei sie gebrochen.«

Evelyn Gear war mit ihren sechsundsechzig Jahren noch so munter wie eine Fünfzigjährige, das heißt, eigentlich war sie noch so munter wie ihre Tochter Ruthanne. Obwohl sie anfangs mit Charlie regelrecht gestritten hatte, als der darauf bestand, daß sie ihr Haus für die Dauer des Schneesturms verließ, war ihr letzten Endes dann doch keine andere Wahl geblieben: Ihr Haus stand zwar weit genug von dem angrenzenden Grundstück der Egans entfernt, so daß die sich ausbreitenden Flammen keine Gefahr darstellten, aber im Zuge der Löscharbeiten war eine der elektrischen Leitungen in Mitleidenschaft gezogen worden, so daß es im ganzen Viertel keinen Strom mehr gab.

Im Augenblick schilderte Charlie – während er sich im Zimmer nebenan trockene Kleidung anzog, um gleich wieder an den Brandherd zu eilen – Ruthanne gerade Hillarys Autounfall in allen schrecklichen Einzelheiten. Als ob das, was dem armen Lester Egan zugestoßen war, nicht schon schlimm genug gewesen wäre. Evelyn blieb unterdessen in der Küche und versuchte, alle Gedanken an die tragischen Ereignisse dieses Tages aus ihrem Kopf zu verbannen, indem sie ein Sandwich nach dem anderen machte, die Charlie den Männern der Freiwilligen Feuerwehr mitbringen sollte.

Ruthanne im Zimmer nebenan umklammerte mit einer Hand den Bettpfosten.

»Ich sage es mir immer und immer wieder und kann es einfach nicht glauben. Hillary tot, Lester tot, all diese unschuldigen Menschen verletzt ... Als ob ein Alptraum Besitz von unserer Stadt ergriffen hätte.«

»Funktioniert unser Telefon eigentlich?« fragte er.

»Im Prinzip ja, aber es rauscht sehr stark, man kann nicht viel damit anfangen. Ich habe schon versucht, Paige anzurufen. Zuerst war besetzt, dann ging niemand ran.«

»Warum kümmerst du dich überhaupt um sie, obwohl sie nicht einmal mit dir sprechen will?«

»Weil ich mir eben Sorgen mache, deshalb.«

»Jetzt sei nicht wieder sauer auf mich, Ruthanne. Wir haben das Richtige getan.«

»Ich weiß, aber das ändert noch lange nichts an meinen Gefühlen für Paige. Außerdem war Lily bis jetzt immer am Montag bei Hillary, und ich wollte mich nur erkundigen, ob ihr auch nichts passiert ist. Gott, ich kann es einfach nicht glauben, daß Hillary tot sein soll ...«

»Das Mädchen hat nicht einen Kratzer abbekommen. Paige war vorhin da und hat sie abgeholt.«

»Woher wußte sie von dem Feuer?«

»Ich glaube nicht, daß sie das gewußt hat. Sie ist einfach gekommen, um Lily abzuholen, damit sie nicht durch den Schneesturm nach Hause laufen muß, schätze ich.«

»Hat Paige sich sehr aufgeregt?«

»Ich nehme an. Wer würde das nicht, wenn er dieses Feuer sieht und von dem Tod des alten Mannes erfährt?«

»Das ist nicht gut für sie, Charlie, ich meine, diese Art von Angst. Als sie hierherzogen, hatte sie einen extrem hohen

Blutdruck und war hypernervös. Sie weiß doch noch nichts von Hillary, oder?«
Er zuckte mit den Achseln. »Ich wüßte nicht, wie sie es hätte erfahren sollen.«
»Gut, das würde sie nur noch mehr aufregen. Ist Jason eigentlich schon zu Hause?«
»Als ich vor einer Weile an ihrem Haus vorbeikam, stand nur ihr Wagen vor der Tür.«
Ruthanne seufzte.
»Du mußt endlich aufhören, dir Sorgen zu machen. Auch wenn du es möchtest, du kannst dich nicht um die ganze Welt kümmern, Ruthanne. Es ist heutzutage schon schwer genug, auf sich selbst aufzupassen.«
»Ich wünschte nur, Jason wäre zu Hause, damit sie nicht so allein ist.«
»Sie hat doch das kleine Mädchen...«
»Sicher.«
Als er ging, nahm Charlie die große braune Tüte mit den Sandwiches und zwei Gallonen Kaffee mit, die Evelyn frisch aufgebrüht hatte.
»Wann kommst du wieder heim?« rief Ruthanne ihm nach.
»Braucht ihr zwei noch irgend etwas? Habt ihr genügend Kerzen, Batterien?«
»Danke, alles in Ordnung, Mom, die Kinder und ich, wir werden schon zurechtkommen.«
»Wenn der Brand gelöscht ist, muß ich vielleicht noch an die Unfallstelle, die werden dort sicher auch noch Helfer benötigen.«
Charlie fuhr davon – es wurde gerade dunkel –, und Ruthanne spähte von der Küchentür hinaus in den Sturm. Im Herbst und im Winter, wenn die Bäume kahl waren, konnte sie den Kamin von Paiges Haus sehen.
Doch heute nicht.

Zwei weitere Male war Paige von Wehen überrascht worden, bis sie es wieder ins Haus zurück geschafft hatte. Lily half ihr nach oben, aus den Kleidern und ins Bett.
»Vielleicht solltest du dich warm einpacken und Ruthanne herüberholen«, sagte Paige.
»Es ist aber draußen schon dunkel, und der Schnee liegt so hoch. Außerdem brauchst du mich hier.«
»Wahrscheinlich hast du recht. Oh, ich wünschte, Jason wäre hier.«
»Keine Angst, Paige, ich werde mich gut um dich kümmern.«
»Aber es gibt Dinge, die du von Babys nicht weißt, Dinge, die du wahrscheinlich nicht tun kannst.«
»Doch, das kann ich alles, ich habe doch den Doktor gefragt, weißt du nicht mehr? Warte nur, du wirst schon sehen.«
»Vielleicht ist es ja gar nicht –« Paige hielt mitten im Satz inne, als eine weitere Wehe sie packte und laut aufschreien ließ.
Lily schob ihr ein Kissen in die Seite, damit sie sich darauf abstützen konnte.
»Konzentriere dich auf den Lampenschirm, Paige. Und atme tief ein, halte die Luft an, atme wieder aus. Komm schon, mach es so, wie du es in deinem Kurs gelernt hast.«
»Ich bin so verkrampft, ich habe Angst.«
Lily massierte ihr die Füße. »Du brauchst keine Angst zu haben, Paige, ich bin doch bei dir. Hilft das?«
»Ein wenig. Danke dir, Lily.«
»Ich bin nicht Lily, ich bin Boß.«
»Was?«
»Du sollst mich Boß nennen.«
»Ich verstehe nicht ganz... Oh!« Wieder eine Wehe, und

von neuem fing sie an... einatmen, ausatmen, einatmen, ausatmen... Langsam, ganz langsam... Sie konzentrierte sich auf den Lampenschirm und fing zu zählen an...

»Siehst du, was ich meine«, sagte Lily. »Ist das nicht viel besser als in irgendeinem dummen Krankenhaus?«

Die Lamaze-Methode funktionierte nicht, jedenfalls bei ihr nicht. Das einzige, was ihr bewußt war, war intensiver Schmerz – als ob irgend jemand immer wieder stählerne Fässer gegen die Innenwände ihres Bauches rollen ließ. Waren das bereits die sogenannten Hauptwehen, oder war das nur der Anfang, auf den noch mehr folgte?

Sie hörte eine Stimme sprechen, ununterbrochen sprechen, die eine Menge dummer Sachen sagte, Worte, die Paige in keinen logischen Zusammenhang bringen konnte. Und starke kleine Hände hörten nicht auf, ihre Füße zu massieren, als ob das den Schmerz vertreiben würde. Sie schrie auf, aber noch in dem Moment, in dem sie den Klang ihrer eigenen Schreie hörte, wußte sie, daß es nichts nützte.

»Hör auf damit, Paige.« Lily schüttelte sie und versuchte, sie dazu zu bringen, mit dem Schreien aufzuhören. »Das macht alles nur noch schlimmer.«

Verblüfft schaute Paige Lily an, und plötzlich brach die volle Realität über sie herein. »O Gott, nein! Bitte hol einen Arzt!«

»Es ist alles okay, Paige, es wird alles gut werden.«

»Wie kannst du da so sicher sein?«

»Boß weiß es.«

Sie versuchte sich aufzusetzen, schaffte es auch fast, fiel dann aber wieder auf das Bett zurück. Sie versuchte es noch einmal – dieses Mal bemerkte sie, daß ihre Hände festgebunden waren. Woher kam das? Lily! Aber warum sollte sie so etwas tun? Streng dich an, Paige, *denke nach*. Was hatte Lily vorher gesagt? Eine ganz verrückte Sache, so verrückt, daß Paige sich nicht mehr erinnern konnte, erinnern wollte. So seltsam, merkwürdig, ausgefallen, bizarr, ha, was für ein Witz... O Gott, aber wenn es ein Witz war, warum tat es dann so weh? Schließlich zwang sie sich, den Mund aufzumachen: »Lily!«

»Ich bin hier, Paige.« Sie stand über einen großen Pappkarton gebeugt. Darin waren ein Strick, Handtücher, Messer, Kerzen, Zündhölzer, eine Taschenlampe, Jasons batteriegetriebenes Radio und Dutzende anderer Dinge.

»Meine Hände«, sagte Paige. Sie schaute rechts und links an sich herunter – um jedes Handgelenk lag ein Strick, und dieser Strick wiederum war straffgezogen und irgendwo unter dem Bett festgezurrt. »Wieso? Binde meine Hände los!«

»Nein, es ist besser so.«

»Ich sagte, du sollst sofort meine Hände losbinden!«

»Ich bin Boß, Paige.«

»Ich will, daß du aufhörst, so zu reden –«

Wieder durchbohrte sie ein so scharfer Schmerz, daß es sie würgte. Würde sie sich übergeben müssen und an ihrem Erbrochenen ersticken? Lily legte eine Hand auf Paiges Bauch und machte kreisende Bewegungen. »Hol mal ganz tief Luft«, wies Lily sie an. »Aber wenn du wirklich brechen mußt, dann dreh den Kopf einfach auf die Seite.«

Die Krämpfe wurden immer stärker... Paige spürte, wie ihr der Schweiß über das Gesicht und in die Augen lief, die juckten und brannten. Was geschah mit ihr, war sie gefangen in einem Alptraum?

Ruthanne hatte ihre Versuche noch nicht aufgegeben. Eine Stunde später bekam sie eine Verbindung und erkannte durch das Rauschen hindurch Lilys Stimme.
»Kann ich bitte mit Paige sprechen, Lily?«
»Was?«
»Bitte hol Paige an den Apparat«, überschrie sie die störenden Nebengeräusche.
»Eine Minute.« Ruthanne wartete ein paar Minuten und glaubte, einmal sogar Paiges Stimme zu hören, aber dann war Lily wieder am Telefon und sagte: »Sie will nicht mit dir reden. Du sollst überhaupt nicht mehr anrufen!«
Ruthanne wollte noch etwas sagen, aber da verstärkte sich das Knacken. Außerdem, wenn Paige so dachte, was konnte sie da schon sagen, um ihre Meinung zu ändern? Sie legte auf. Das Licht flackerte – sie hatte bereits überall Kerzen auf Untertellern verteilt –, aber zum Glück funktionierte der Strom wieder.

Lily legte den Hörer auf. In der einen Hand hielt sie ein kleines, scharfes Gemüsemesser, das sie langsam und zärtlich über Paiges Bauch führte, was eine dünne, weiße Linie auf der Haut hinterließ.
»Erste Lektion, Paige: Wenn ich telefoniere, wird nicht geschrien. Das ist sehr unhöflich, schrecklich unhöflich.«
Paiges Zähne fingen so laut zu klappern an, daß sie das scheppernde Geräusch tatsächlich hören konnte. »Warum«, sagte sie und zwang sich zu sprechen, »warum tust du das?«
»Ich tue dir doch nichts Böses an, Paige, ehrlich. Ich helfe dir doch nur, aber du mußt schon aufpassen und auf mich hören. Wenn mir nicht soviel an dir und meinem Bübchen liegen würde, wäre mir das gleichgültig. Also, wenn das Telefon wieder klingelt, dann verhalte dich brav und ru-

hig. Okay? Und wenn du auf mich hörst, dann muß ich auch nicht mehr das Messer nehmen.«
Ein paar Minuten herrschte Schweigen, dann: »Paige?«
Sie schaute sie an.
»Sei nicht wütend, okay?«
Déjà-vu ... Eine Wiederholung der Szene aus der Stadt – das Kind, das das Messer an ihren Bauch hielt. Aber dieses brutale Wesen war nur ein kleines Mädchen, dasselbe kleine Mädchen, das ihr so ans Herz gewachsen war ... Das letzte Mal hatte Paige um sich getreten, geschrien, sich irgendwie aus dieser mißlichen Lage befreien können und war schließlich davongelaufen. Doch jetzt war sie viel zu schwach, um sich zu wehren, und hatte zuviel Angst, um zu schreien.

Jason vermutete, daß er ungefähr, zehn, fünfzehn Meilen in der vergangenen Stunde zurückgelegt hatte – er kam wesentlich langsamer vorwärts, als er erwartet hatte. Er fuhr an die nächste Tankstelle und ging zum Telefon. Er probierte es bei vier Polizeistationen, ehe er endlich nach Tuckertown durchkam, das ungefähr zwanzig Meilen südöstlich von Briarwood lag. Dort fragte er nach dem diensthabenden Ranghöchsten und versuchte, diesem so knapp wie möglich seine Zwangslage zu schildern.
»Hören Sie«, sagte der Officer schließlich, »klingt mir ganz so, als würden Sie etwas überreagieren. Die Rede ist doch hier von einem Kind, das jetzt schon ein paar Monate bei Ihnen und Ihrer Frau wohnt. Okay, sie macht seltsame Sachen, aber Kinder sind heutzutage nun mal ziemlich seltsam, glauben Sie mir das. Das muß noch lange nicht heißen, daß sie psychotisch sind.«
»Aber meine Frau ist schwanger.«
»Ich verstehe ja, warum Sie so nervös sind. Aber hören Sie auf mich, ihr wird nichts geschehen. Nur, die Sache ist

doch die, Mann, daß ich nicht einmal dorthin könnte, selbst wenn mein Leben davon abhinge. Ich habe alle Hände voll zu tun mit dem Chaos, das hier bei uns herrscht. Drei unserer Schneepflüge sind ausgefallen, und unsere Hauptstraßen sind nicht passierbar. Und zu allem Überfluß bekommen wir auch noch einen Anruf aus Briarwood rein, die uns darum bitten, daß wir ihnen freiwillige Helfer rüberschicken. Es gibt bloß überhaupt keine Möglichkeit, wie wir unsere Leute dorthin –«

»Meinen Sie den Unfall auf der Route 9?«

»Ja, den und den Brand.«

»Welchen Brand?«

»Ich weiß nicht genau, irgendein Haus ist in Flammen aufgegangen, und ein alter Mann war dort eingeschlossen und ist dabei verbrannt. Und wie es sich herausgestellt hat, war es die Tochter von dem alten Knaben, die den Auffahrunfall auf dem Highway verursacht hat – elf Wagen haben sich ineinander verkeilt, können Sie sich so was vorstellen? Ich muß schon sagen, für so ein kleines Nest haben die ganz schöne Probleme.«

Jason wollte schon wieder weiterfahren, als er auf eine vage Hoffnung hin noch einmal bei sich zu Hause anrief. Lily nahm beim elften Läuten ab. Es knackte zwar sehr laut in der Leitung, aber er verstand sie trotzdem.

»Lily, gib mir bitte Paige.«

»Sie schläft.«

»Du mußt etwas lauter reden!«

»Sie schläft!«

»Geht es ihr gut?«

»Ja.«

»Lily, weißt du etwas über das Haus, das abgebrannt ist?«

»Es war Hillarys Haus.«
An seinem Hals fing eine Ader zu pochen an. »Deine Therapeutin Hillary?«
»Ja.«
»Dann ist sie es, die bei dem Unfall auf der Route 9 ums Leben gekommen ist, in den elf Wagen verwickelt sind?«
Schweigen.
»Lily?«
»Ja, ich bin noch da.«
»Weck Paige auf, Lily.«
»Lieber nicht.«
»Warum?«
»Weil sie mich darum gebeten hat.«
»Lily, es ist mir ganz egal, was sie gesagt hat. Ich will, daß du sie weckst!«
»Nein!« Lily legte den Hörer auf.
Jason probierte es noch einmal in Bulldoons Büro, aber dort ging immer noch niemand ran. Wieder versuchte er es zu Hause – jetzt war belegt. Schließlich rief er bei Ruthanne an, und obwohl es auch hier in der Leitung rauschte und knackte, kam er durch.
»Ruthanne, hier ist Jason Bennett.«
»Oh, Jason, hallo! Ist mit Paige alles in Ordnung?«
»Aus diesem Grund rufe ich an, ich weiß es nicht.«
»Was? Sprich lauter!«
»Ich sagte, ich weiß es nicht«, rief er. »Ich bin noch unterwegs... Ich bin einmal nach Hause durchgekommen – Lily hat sich gemeldet und gesagt, daß Paige schläft. Sie wollte mich nicht mit ihr reden lassen.«
»Als ich angerufen habe, hat Lily gesagt, Paige würde sich weigern, mit mir zu reden. Sie hat auch noch gemeint, daß ich nicht mehr anrufen soll.«

»Das gefällt mir ganz und gar nicht. Könnte Charlie vielleicht mal kurz rüberfahren?«
»Er ist nicht hier, Jason. Er ist beim Löschen.«
»Scheiße.«
»Wenn ich den Jeep hätte, dann würde ich –«
»Nein, das verstehe ich doch. Aber hör mal, sobald er kommt –«
»Aber natürlich, ich verspreche es dir, Jason.«

Jetzt, da die Übelkeit fast vorüber war, spürte Paige, daß Lily ihr einen kühlen, feuchten Lappen auf die Stirn drückte. Sie hatte die ganze Zeit über an die Wand gegenüber gestarrt und sich bemüht, jede einzelne Lilie auf der Tapete zu zählen; sie hatte sich bemüht, alles zu tun, um sich von dem abzulenken, was mit ihr geschah. Jeder Muskel ihres Körpers schien so fest angespannt zu sein, daß er schmerzte; sie mußte irgendeine Methode finden, sich zu entspannen.
Jetzt schaute sie zu Lily hinüber, deren Gesicht Besorgnis auszudrücken schien. War das wirklich dasselbe Mädchen, das sie mit Stricken gefesselt und sie noch vor einer halben Stunde mit einem Messer bedroht hatte?
»Hat da eben das Telefon geläutet?« fragte sie Lily.
»Ja, Jason hat angerufen.«
»Warum hast du mich nicht mit ihm reden lassen?«
»Du weißt doch, daß ich das nicht kann.«
»Was hat er denn –« Wieder traf sie eine Schmerzwelle, und ihr Blick wanderte zu den Lilien zurück, um wieder von vorn mit dem Zählen anzufangen. Lily war irgendwo im Zimmer, massierte ihre Arme, ihre Beine, ihre Füße und plapperte irgendwelchen Unsinn. »Jason«, wiederholte Paige, als der Schmerz langsam nachließ, »was hat er gesagt?«

»Nichts Wichtiges, nur etwas über Hillary.«
»Woher wußte er von dem Feuer?«
»Nicht über das Feuer, Paige, über Hillary. Sie war in den Unfall mit den elf Autos auf der Route 9 verwickelt. Sie ist tot.«
Paige hatte das Gefühl, als würde ihr jedes Quentchen Luft aus den Lungen gepreßt. »O mein Gott«, sagte sie mit einer Stimme, die so unnatürlich klang, daß sie nicht sicher war, ob es tatsächlich die ihre war. »Sie muß vor Kummer ganz außer sich gewesen sein. Und dann hat sie nicht mehr gewußt, was sie tat... Und so viele andere sind dabei verletzt worden...«
»Ich möchte wetten, das war alles ihre Schuld.«
Sie starrte Lily ungläubig an – ihre Wangen waren tief gerötet, als wären sie frisch geschrubbt, und ihre Augen glänzten fiebrig, so daß sie fast purpurrot erschienen. War das Erregung?
»Wie kommst du dazu, so etwas zu sagen... oh!«
Wieder eine Wehe; Lily legte ihr die Hand auf die Stirn und strich ihr das Haar zurück, während Paige sich so fest auf die Lippen biß, bis sie den Geschmack von Blut im Mund spürte.
»Wieder besser?« fragte Lily.
»Ich habe Angst, Lily, bitte, ruf den Arzt.«
»Das Telefon funktioniert nicht.«
»Aber Jason hat doch angerufen, Ruthanne auch.«
»Dauernd knackt und rauscht es, man kann kaum etwas verstehen.«
»Bitte, Lily!«
»Nein! Hör endlich auf mit deinem Gejammer!«
Paige schloß den Mund, und Lily strich ihr übers Gesicht.
»Ich versuche doch nur, dir zu helfen. Und je eher du das begreifst, desto besser wird es dir gehen. Uns allen – dir, mir, Bübchen.«

»Was ist mit Jason, der muß bald zu Hause sein. Was wirst du dann tun?«
»Ich weiß es noch nicht, aber ich werde mir etwas einfallen lassen. Doch er wird dir auf keinen Fall jemals wieder weh tun, Paige. Nicht, wenn Boß da ist und auf dich aufpaßt.«
»Jason hat mir noch nie weh getan, das weißt du doch.«
»O doch, das hat er. Du hast nur viel zuviel Angst, um es zuzugeben.«
Paige schluckte hart, ihr Hals war völlig ausgedörrt. »Wovon redest du überhaupt?«
»Als Brooke zu Besuch kam – die vielen schmutzigen Dinge, die sie und Jason getan haben. Und das haben sie direkt vor deiner Nase getrieben.«
Sie starrte Lily an und schüttelte nur den Kopf. »Nein, ich glaube dir nicht, was du da sagst.«
»Du mußt es mir glauben, weil ich es mit eigenen Augen mit angesehen habe. Unten am Fluß. Soll ich dir ihre nackten Brüste beschreiben? Warte mal, sie hat so ein rundes, dunkles Muttermal genau hier.« Lily deutete auf eine Stelle zwischen ihren eigenen, noch unentwickelten Brüsten.
Paige machte den Mund auf...
»Dann hast du Brooke also auch nackt gesehen? Siehst du, und deswegen habe ich diesen Ast durchsägen müssen, damit er bricht, wenn sie hinaufklettert. Um sie dafur zu bestrafen, was sie dir angetan hat...«
Entsetztes Schweigen...
»Paige, wenn Bübchen da ist und es dir wieder besser geht, krieg' ich dann schon mal eines von meinen Weihnachtsgeschenken? Nur eines?«
Paiges Lippen bewegten sich, aber kein Laut kam heraus... Sie hatte das Gefühl, gleich sterben zu müssen, als sich die nächste Wehe ankündigte und ihren Körper über-

rollte... Bitte nicht, sie konnte das Baby jetzt nicht bekommen, noch nicht; nicht, während sie hilflos, mit gefesselten Händen und unfähig, sich zu bewegen, dalag; sie konnte es erst bekommen, wenn endlich jemand kam und ihren Sohn vor *ihr* in Schutz nahm. *Du da, wer immer du auch sein magst, hörst du mein Rufen?*
Jason und Brooke. *Oh, Jason, wie konntest du nur?*

Es war bereits dunkel, und obwohl Ruthanne außer Schnee nichts erkennen konnte, als sie zum Fenster hinaussah, blieb sie zwanzig Minuten reglos am selben Fleck stehen. Schließlich ging sie zum Garderobenschrank und holte entschlossen Stiefel, Mütze, Mantel, Handschuhe und Schal heraus.
»Was, um alles in der Welt, treibst du da, Ruthanne?« fragte Evelyn, als sie von Rogers Hemd aufblickte, das sie gerade flickte.
»Ich gehe zu Paige hinüber.«
»Hat Charlie nicht den Jeep?«
»Hat er, aber ich gehe zu Fuß.«
»Bei diesem Wetter? Das ist doch verrückt.«
Ruthanne schlüpfte in den ersten Stiefel. »Vielleicht ist es das, aber ich gehe trotzdem.«
»Wenn Charlie das wüßte, dann würde er –«
»Würde er was? Er ist nicht mein Aufpasser, weißt du.«
»Da draußen ist es kalt, dunkel und gefährlich. Du läufst mindestens eine Viertelmeile bis zu ihrem Haus. Und ich möchte wetten, daß da draußen bestimmt schon dreißig Zentimeter Neuschnee liegen.«
»Ich gehe trotzdem, Ma.«
»Was ist mit den Kindern?«
»Seit wann kann ich sie dir nicht mehr anvertrauen?«

Evelyn legte das Hemd beiseite und stand auf, als Ruthanne den zweiten Stiefel anzog.
»Warum probierst du nicht noch mal, bei ihr anzurufen?«
»Weil ich dann entweder Lily oder ein Knacken oder ein Besetztzeichen oder gar nichts zu hören bekomme. Und selbst wenn Paige sich meldet, weiß ich noch lange nicht, ob sie mit mir sprechen will. Nein.«
»Warum gehst du dann überhaupt hinüber?«
Ruthanne zog ihren Mantel und die Handschuhe an und wickelte sich den Schal um den Hals.
»Weil ich weiß, daß sie sich ganz allein dort drüben wahrscheinlich zu Tode fürchtet, da es nur noch drei Wochen bis zu ihrem errechneten Termin sind. Und wenn sie wirklich solche Angst hat, dann – wer weiß – bekommt sie vielleicht auch schon Wehen. Außerdem, wenn ich erst mal vor ihrer Tür stehe, kann sie mich auf keinen Fall wieder fortschicken.«
»Du hast einen unglaublichen Sturschädel, Ruthanne. Genau wie dein Vater, ich schwöre es dir.«

Während ihrer letzten schweren Wehe mußte Paige sich übergeben, aber Lily putzte schnell wieder alles weg und wusch ihr Arme, Brust und all die anderen Stellen ab, wohin sich ihr Mageninhalt ergossen hatte. Als sie damit fertig war, holte sie einen Strick aus dem Pappkarton und schlang ihn um Paiges Knöchel.
»Was machst du da?«
»Ich bringe deine Beine in Position.«
»O Gott, du willst sie festbinden?«
»Hab keine Angst, ich werde deine Beine aufstellen, du mußt sie dann nur noch ganz weit spreizen, damit Bübchen da unten leichter herausschlüpfen kann.«

»Aber er ist noch nicht soweit, ich weiß, daß er noch nicht soweit ist.«
»Das ist doch egal. Es tut dir doch nicht weh, wenn du wenigstens bereit bist, oder?«
»Bitte, binde meine Beine nicht fest, Lily. Bitte –«
Doch noch während sie sie anflehte, hatte Lily den Stuhl genommen, den sie an die Wand rückte, und ebenso den Strick, der um das linke Bein geschlungen war. Sie zog an dem Strick, brachte so das Bein in eine – wie es schien – völlig unbewegliche Position und band das Ende des Seiles an der Vorhangstange fest. Von der gegenüberliegenden Wand entfernte sie ein Bild und befestigte an dem nun leeren Bilderhaken den Strick, der um das rechte Bein geschlungen war. Schlagartig verkrampften sich Paiges Beine.
»Ich werde gleich ohnmächtig.«
»Lieber nicht, Paige. Wenn es soweit ist, dann brauche ich deine Hilfe, du mußt pressen. Du kannst dich doch daran erinnern, oder?«
»O Gott, meine Beine...«
»Gib mir eine Antwort, Paige. Weißt du noch, wie man preßt?«
Paige sah das Gesicht näherkommen, sah die grotesken, wie von einem Spiegelkabinett verzerrten Züge. Sie hörte auch die Stimme, die jedoch von weit her zu kommen schien. Sie zwang ihr Gehirn, die Worte aufzunehmen, die diese Stimme sagte, und nickte.
Zufrieden zog sich Lily ans Fußende des Bettes zurück.
»Ich kann seinen Kopf noch nicht sehen... wenn ich ihn sehe, sage ich es dir. In der Zwischenzeit unterhalten wir uns, damit du den Schmerz nicht so spürst.«
Leises Schluchzen.
»Okay, dann rede ich, und du hörst nur zu.«

Keine Antwort.
»Weißt du noch, wie du mir immer gesagt hast, ich soll über mich erzählen und daß du mir zuhören wirst, wenn ich dazu bereit bin? Na, dann rate mal, Paige, jetzt bin ich soweit.«

Ruthanne war schon fast zehn Minuten weg, als Roger in die Küche kam, wo seine Großmutter einen Knopf an sein Hemd nähte. Er kletterte auf die Küchentheke und steckte die Hand in eine Schachtel mit Schokoladenplätzchen.
»Wo ist Mommy, Großmama?«
»Sie macht einen Besuch.«
»Mit Daddy?«
»Ich wünschte, sie wäre mit Daddy unterwegs. Nein, sie ist leider allein weg. Und ich habe den Verdacht, daß dein Daddy nicht sehr froh sein wird über diesen Besuch. Sie hat sich nun mal in den Kopf gesetzt, daß ihre Freundin ihre Hilfe braucht.«
»Welche Freundin?«
»Paige Bennett, eure Nachbarin.«
»Ist sie dorthin gegangen?«
Evelyn nickte, während sie die Nadel durch die Schlinge im Faden schob und einen Knoten machte. Dann nahm sie das Hemd und biß den überstehenden Faden ab.
Roger sprang von der Küchentheke, rannte zur Tür, riß sie auf, legte die Hände wie einen Trichter vor den Mund und schrie:
»Mommy, komm zurück!«
»Du kommst besser selbst wieder ins Haus und machst diese Tür zu, ehe wir noch alle erfrieren!« Evelyn stand auf, zog Roger von der Tür weg und warf sie zu. »Was ist bloß in dich gefahren, junger Mann, der Schnee bläst bis in die Küche herein. Und wenn du mit deinem Geschrei

deine Schwester aufgeweckt hast, dann wirst du mich kennenlernen!«
»Ich muß Mommy unbedingt zurückholen!«
»Es ist zu spät, sie ist schon weg. Hoffentlich ist sie schon drüben.«
»Nein, sag das nicht, ihr wird etwas passieren.«
»Sie ist schon ein großes Mädchen, deine Mutter, und stark ist sie auch. Ihr passiert schon nichts im Schnee.«
»Es ist nicht der Schnee, um den ich mir Sorgen mache, es ist Lily.«
»Von wem redest du überhaupt, von dem hübschen kleinen Mädchen, mit dem du immer spielst?«
»Jetzt nicht mehr. Mommy und Daddy lassen mich nicht mehr mit ihr spielen. Und ich möchte wetten, daß sie fürchterlich wütend auf sie ist, weil sie es mir verboten haben.« Die Tränen schossen ihm in die Augen. »Und wenn sie so wütend ist, Großmama, dann bringt sie Mommy vielleicht um.«
»Roger Beeder, ich sollte dir den Hintern versohlen. So ein nettes kleines Mädchen! Wie kannst du dir nur eine so schreckliche Geschichte ausdenken?«
»Sie hat ihren Vater umgebracht.«
»Wie bitte? Wer hat das gesagt?«
»Sie hat es mir gleich beim ersten Mal erzählt. Sie hat ihn mit einer Sichel in kleine Stücke geschnitten. Und sie hat gesagt, sie würde mit Mommy und Daddy das gleiche tun, wenn ich sie verrate.«

Kapitel 16

Lily hielt die Stoppuhr in der einen Hand, während sie mit der anderen über Paiges Stirn strich.

»Ich habe dir doch gesagt, wie ich bin, Paige, weißt du noch? Aber du hast mir nie geglaubt. Manchmal bist du einfach *so* stur. Was soll ich nur mit dir machen.«

Paige unterdrückte ein Schluchzen. Wieder begann eine Wehe, und Lily unterbrach ihren Monolog fürs erste, um die Zeit zu stoppen, Paige beruhigende Worte zuzuflüstern, sie zu streicheln und sie in ihrer Atmung anzuweisen. In der Stellung, in der sie sich befand, hatte Paige keine andere Wahl, als zu kooperieren.

»Braves Mädchen, Paige. Pah, die letzte hat schon fast zwei Minuten gedauert«, sagte Lily, als der Schmerz wieder abebbte. »Weißt du, manchmal hat Daddy mir erlaubt, Mommy ganz allein zu bestrafen, und da habe ich dann gewußt, daß er mir vertraut. Es ist eine große Verantwortung, der Boß zu sein, besonders bei Leuten, die man mag. Man will ihnen ja nicht weh tun, sondern muß ihnen etwas beibringen.

Daddy hat Mommy geliebt, das hat er *wirklich*. Das sah man, wenn sie Schmerzen hatte und er mit ihr litt. Und sie liebte ihn auch sehr – je mehr Vorschriften er ihr machte, desto mehr liebte sie ihn. Seltsam, hmm? Nun, die Leute sind seltsam. Sogar Kinder.« Mit den Fingerspitzen fuhr sie in kreisenden Bewegungen über Paiges Beine.

»Oh, weißt du noch, dieses Mädchen, Sandy, das aus der Schule, dem ich den Zopf abgeschnitten habe? Nun, nach einer Weile hat sie mich direkt gemocht, und weißt du, warum? Weil sie sich mit ihrem dummen roten Zopf immer so stark gefühlt hat. Aber als ich ihn ihr abgeschnitten hatte, war das nicht mehr so. Und da hat sie dann eine Freundin gebraucht, die auf sie aufpaßt.

Und dann bei dem Barbecue, diese blöden, pickelgesichtigen Jungen, die mich so beschimpft haben? Ich möchte wetten, die werden nie das Geräusch vergessen, als ich diesem Huhn den Hals umdrehte. Wenn sie nicht so schnell davongerannt wären, hätte ich als nächstes vielleicht *ihren* Hals umgedreht.«

Paige holte tief Luft.

Lily nickte. »Und dann dieser alte Egan... ich habe ihm und Hillary den größten Gefallen von allen getan. Immer wenn er versucht hat zu lächeln, hat er gesabbert, und dann hat er gefurzt und sich in die Hosen geschissen und gepinkelt, und die arme alte Hillary, die nur davon träumte, irgendwelche Irren zu behandeln, hatte das Nachsehen. Jeden Tag mußte sie ihn saubermachen und seine stinkenden Hosen wechseln. Was war das schon für ein Leben für eine kluge Frau wie sie? Wer hätte schon so leben wollen?«

Paige schluckte hart. Wer war dieses Ungeheuer, das da sprach? War es jemand, den sie kannte? Lily hielt Jasons Stoppuhr in der einen Hand und streichelte jetzt mit der anderen Paiges Rücken, ihre Stirn, ihren Bauch; wenn der Schmerz gar zu schrecklich wurde, drückte sie ihr sogar aufmunternd die Hand.

Okay, die Schmerzen reichten ihr jetzt, durfte sie jetzt bitte sterben? Nein, nein, da war dieser kleine Junge, der geboren werden wollte, und sie mußte darauf aufpassen, daß dieses streichelnde Ungeheuer ihn nicht in die Finger bekam. Sie konnte jetzt nicht einfach sterben, jetzt noch nicht.

O Gott, Jason, was hast du nur getan? Was habe ich getan?

Jason war nur fünfzehn Meilen weitergekommen, als der Wagen sich zweimal um die eigene Achse drehte und rückwärts in eine Schneewehe schlitterte. Jason stieg aus und versuchte, ihn wieder herauszuschieben; auf Knien rutschend, befreite er mit bloßen Händen die Reifen vom Schnee. Schließlich holte er aus dem Kofferraum ein halbes Dutzend New York Law Journals, riß sie entzwei, schob die einzelnen Seiten unter die Hinterreifen, setzte sich wieder hinter das Steuer...

Und betete.

Langsam, ganz langsam... Zündung, ein bißchen Gas. Die hinteren Reifen griffen, und der Volvo setzte sich in Bewegung.

Für eine Strecke, die sie normalerweise in sieben, höchstens acht Minuten zurückgelegt hätte, hatte sie jetzt schon fast fünfundzwanzig Minuten gebraucht; Ruthannes Füße waren trotz der pelzgefütterten Stiefel schon fast taub, und ihr Gesicht war rot und juckte vor Kälte, aber sie hatte noch knappe dreihundert Meter bis zum Haus der Bennetts. Sie blieb stehen, holte tief Luft und hielt sich dabei ihre behandschuhten Hände vor den Mund, um den stürmischen Wind abzuwehren.

Paiges Wagen stand in der Auffahrt; das war auch nicht weiter verwunderlich, wo hätte sie schon hinfahren sollen? Ruthanne betrachtete das Haus – etwas Merkwürdiges war damit. Obwohl es erst sieben Uhr war, die Zeit, um die Paige normalerweise das Abendessen auf den Tisch stellte, war das Haus dunkel.

Bis auf die hellerleuchteten Fenster im Elternschlafzimmer.

Paige hatte gerade aufgehört, sich auf eine Wehe zu konzentrieren, als sie das Geräusch hörte. Lily hörte es ebenfalls.

Eine Tür ging. Waren das Schritte? Endlich: »Paige, ich bin's, Ruthanne.«

»Ruth –« war alles, was sie hervorbrachte, ehe sich die Hand über ihren Mund legte. Dann wurde ihr ein Frottiertuch in den Mund gestopft. Lily nahm das Messer, ging zur Tür und stellte sich hinter sie.

»Bist du dort oben, Paige?«

Die Schritte kamen näher. *Geh weg, Ruthanne, bitte geh weg!*

»Ich habe mich unter Mühen durch diesen Schneesturm gekämpft, also wirst du mich jetzt nicht wieder wegschikken –« Als sie an der Tür auftauchte, schlug sie die Hände vor den Mund. »Oh, Herr im Himmel!«

Ihr Verstand war unfähig, so schnell zu begreifen und auf den schrecklichen Anblick zu reagieren, der sich ihr bot, und so sah sie nicht, wie Lily sich mit dem Messer auf sie stürzte. Auf Ruthannes Gesicht spiegelte sich der Schock wider, und sie schlug mit den Armen nach Lily, aber diese stieß schnell das Messer in Ruthannes Seite und trat sofort wieder zurück. Ruthanne fiel zu Boden, und eine Blutlache breitete sich unter ihr aus.

Lieber Gott, ich heiße Paige, bitte laß mich auch sterben. Und das Baby, das laß mich bitte auch mitnehmen ...

Aber nein, so einfach ging das nicht – plötzlich verkrampfte sich ihr ganzer Körper. Wie eine Ampel, die am Tunneleingang aufleuchtet und dem Verkehr grünes Licht zur Durchfahrt gibt, so gab ihr Körper diesem Kind zu verstehen, was es zu tun hatte. Und obwohl Paige noch nie zuvor ein Kind geboren hatte, wußte sie sofort, daß es jetzt soweit war.

Lily zog Paige gerade noch rechtzeitig das Handtuch aus dem Mund, um zu hören, wie sie schrie: »Das Baby!«

»Ich bin hier, Paige, hab keine Angst.«

Lily rannte zum Fußende des Bettes, und ihre Augen leuchteten auf.

»Ja, Paige, der Kopf von Bübchen, ich kann ihn sehen!«

Zwanzig Meilen lang war alles gutgegangen... aber er hatte immer noch weitere vierzig zurückzulegen, als der Wagen vor ihm seitwärts ausbrach, eine zwei Meter tiefe Böschung hinunterrutschte, in einer Schneewehe landete und der Volvo ihm folgte.

Jason stieg aus und schaute sich die Bescherung an; es schneite immer noch so stark wie vorher, aber dieses Mal war wirklich nichts mehr zu machen. Er holte die Taschenlampe aus dem Handschuhfach, knallte die Wagentür zu, klappte den Mantelkragen hoch, um den Wind abzuhalten, und fing zu laufen an. Mehrere Wagen kamen hinter ihm her; er versuchte sie anzuhalten, aber sie fuhren vorbei. Auch gut, wenn er schon auf einen fremden Wagen angewiesen war, dann würde er sich auch den richtigen aussuchen.

Als der Schneepflug kam, stellte er sich mitten auf den Highway und schwenkte die Arme. Der Lastwagen hielt an, und der Fahrer kurbelte sein Fenster hinunter.

»Hey Sie, Kumpel, das ist der beste Weg, um über den Haufen gefahren zu werden.«

Jason stellte sich ans Wagenfenster. »Sie müssen mich mitnehmen.«

»Tut mir leid, das ist kein Taxiunternehmen.«

»Meine Frau ist schwanger, sie liegt in den Wehen.«

Der Mann zuckte nur mit den Achseln. »Mein Mitgefühl ist Ihnen sicher, aber wie Sie sehen, habe ich zu tun.«

Jason holte seine Brieftasche heraus und zählte zweihundert Dollar ab.
»Wo soll's denn hingehen?«
»Nach Briarwood.«
Der Mann schüttelte den Kopf. »Wenn man mich außerhalb von meinem Bezirk erwischt, bin ich meine Lizenz los.«
»Wieviel verdienen Sie?«
»Bei einem Sturm wie diesem leicht acht-, neunhundert Dollar.«
»Wie viele pro Winter gibt's?«
»In der Größenordnung vielleicht drei, vier.«
Jason zog sein Scheckbuch und einen Kugelschreiber heraus. »Wie heißen Sie?«
»Syd Crueger, wieso?«
Jason füllte den Scheck aus, nur die Unterschrift ließ er noch weg. Dann klappte er das Heft auf und zeigte es dem Fahrer.
»Fünftausend Dollar, nicht übel für zwei Stunden Arbeit, hmm? In drei Stunden sind Sie schon wieder hier und beackern die Straße, um fünftausend Dollar reicher, und keiner hat was gemerkt.«
Der Mann starrte auf den Scheck. »Woher soll ich wissen, daß der gedeckt ist?«
Jason holte wieder seine Brieftasche heraus und präsentierte seine Kreditkarten in den jeweiligen Fächern.
»Sie können nicht viel falsch machen bei mir. Hey, warten Sie, schauen Sie sich das mal an.« Er zeigte ihm seinen Mitgliedsausweis der New Yorker Anwaltskammer. »Ich bin Anwalt im Staat New York. Wenn mein Scheck platzt, können Sie mich bei der Kammer anzeigen. Die sind schlimmer als der CIA, wenn es jemand schafft, einen kleinzukriegen, dann die.«

»Wie war das noch mal – Briarwood?«
»Skidder Bay Road 44, zwei Meilen ab von der Route 9.«
Der Mann holte tief Luft. »Okay, Kumpel, hüpfen Sie rein. Ich muß verrückt sein, aber Sie auch.«

Gegen acht Uhr an diesem Abend brachte Paige einen Jungen zur Welt – laut Lily acht Pfund, sechsundfünfzig Gramm schwer und fünfundvierzig Zentimeter lang –, der dunkelblaue Augen, jede Menge glatter, brauner Haare und ein rotes Gesicht hatte. Ruhig und präzise schnitt Lily die Nabelschnur durch, band sie ab und drückte sogar noch fest auf Paiges Bauch, damit sie die Nachgeburt leichter ausstoßen konnte. Anschließend brachte sie das Neugeborene sofort ins Badezimmer; als sie wieder herauskam, hatte sie das Baby nicht mehr bei sich.
»Wo ist er?« fragte Paige, halb verrückt vor Angst, ihre Antwort zu hören.
»Keine Angst, Paige, Bübchen geht es gut. Ich passe schon gut auf ihn auf.«
»Ich möchte ihn im Arm halten, bitte bring ihn mir.«
»Selbstverständlich. Aber erst müssen wir dich saubermachen.«
»Ruthanne«, sagte Paige gepreßt. »Willst du ihr nicht helfen, Lily?«
Lily ging zu Ruthanne, kniete sich neben sie, legte ihr Ohr auf ihre Brust, stand wieder auf und kam zurück.
»Sie ist nicht tot.«
»Dann können wir ihr doch helfen.«
Lily schüttelte den Kopf. »Sie verdient, was sie bekommen hat, und wenn sie mit uns reden könnte, würde sie das auch zugeben. Was haben sie sich denn eingebildet,

sie und ihr lausiger Mann Charlie, als sie Roger nicht mehr mit mir spielen ließen?«
»Das war ein Mißverständnis, Lily. Sie haben gedacht, du seist verantwortlich dafür, daß Roger dieses Kissen auf Carolyns Gesicht –«
»Ich weiß ja, daß du dumm bist, Paige, aber selbst du kannst nicht ganz so dämlich sein. Inzwischen weißt du doch, daß ich es war, die Roger das gesagt hat. Aber er sollte das Baby ja nicht umbringen, ihr nur ein bißchen die Luft wegnehmen, damit sie ganz schnell begreift, wem sie diese Luft zum Atmen zu verdanken hat.«
Die Vorstellung war so schrecklich, daß Paige aufstöhnte. Würde sie das auch mit Joshua machen? Aber natürlich würde sie das tun. Lily lächelte – eines jener seltenen Lächeln – und machte sich dann daran, Paiges Beine loszubinden, sie zu waschen, die Bettwäsche zu wechseln – wobei sie die schmutzige auf den Boden warf –, Paige in einen sauberen Pyjama zu helfen und dann endlich einen ihrer Arme loszubinden.
»Was ist mit dem anderen Arm?«
»Willst du dich nicht bei mir bedanken für alles, was ich für dich getan habe? Daß ich dich gewaschen, saubergemacht und mich um Bübchen gekümmert habe?«
»Ja, natürlich... vielen Dank«, sagte sie, und angesichts der großen Erleichterung, die sie verspürte, wieder bequemer zu liegen und relativ schmerzfrei zu sein, glaubte sie fast, was sie sagte. Aber dann dachte sie an Ruthanne auf dem Fußboden, an Joshua – der hoffentlich in seiner Wiege im Kinderzimmer lag – und erschauderte. »Was ist mit meinem anderen Arm?«
»Nein, Paige, du bist mir viel zu aufmüpfig, als daß ich dich freilassen könnte. Eines Tages vielleicht, kommt ganz darauf an, wie schnell du lernst. Aber das kann noch

eine Weile dauern. Mein Daddy hat mich immer aufmüpfig genannt, wenn ich wieder mal nicht folgen wollte.«

»Was hat er damit gemeint?«

»Jemand, der aufmüpfig ist, will selber Boß sein, aber es ist doch logisch, daß es in einer Familie nur einen geben kann, der das ist. Daddy war der Boß in unserer Familie, jedenfalls war er das sehr lange Zeit. Und das war auch gut so, weil er mir alles beigebracht hat, was ich weiß.«

»Und dann?«

Sie fing zu kichern an – das erste Mal, daß Paige sie so lachen hörte. Schließlich holte sie tief Luft: »Und dann wollte ich der Boß sein. Also mußte ich ihn töten.«

Endlich, nach einem minutenlangen Schweigen, fand Paige ihre Stimme wieder.

»Dann hat es also nie einen Streit zwischen Anna und deinem Vater gegeben?«

Sie schüttelte den Kopf.

»Lily, glaubst du, daß ich Boß sein will?«

»Eigentlich nicht. Du möchtest nur manchmal so tun, als ob, und mit meiner Hilfe ist dir das auch ganz ausgezeichnet gelungen. Aber der wirkliche Boß in dieser Familie ist Jason, und deswegen muß er auch sterben.«

»Lily, nein! Du darfst Jason nichts antun!«

Ohne auf ihr Protestgeschrei zu achten, ging Lily aus dem Zimmer, kam aber gleich wieder zurück, das Baby im Arm, das in feuchte Tücher gewickelt war. Sie legte den Jungen in Paiges freien Arm. »Willst du ihn jetzt sehen?«

Paige hielt den Atem an, und Tränen strömten über ihre Wangen; sie legte das Kind neben sich, wischte die Tränen mit dem Ärmel fort und fuhr mit den Fingern die feinen Züge des kleinen Gesichtes nach: Nase, Kinn, Lippen, Kieferknochen. Wie Jason, ganz wie Jason.

Als sie aufblickte, sah sie, wie Lily ihre Stiefel anzog.

»Wo gehst du hin?«
»Ich bringe Bübchen heim.«
»Wohin, was soll das heißen?«
Schweigen.
»Da draußen tobt ein Sturm. Er ist doch noch viel zu klein, um hinauszugehen.«
»Hast du den Schlitten schon ganz vergessen, den ich für ihn gebaut habe?«
»Aber du kannst doch nicht, wo willst du hin –« Sie hielt inne und biß sich auf die Lippen. Schließlich sagte sie: »Kann ich mitkommen, Lily, wenn ich dir verspreche, daß ich nur das tue, was du sagst?«
»Ich weiß nicht, ob du schon kräftig genug bist. Ich wollte eigentlich noch warten und dich später nachholen.«
»Oh, nein, mir geht es gut. Ich will gleich mit dir kommen.«
Lily stand lange da, überlegte und seufzte schließlich. Sie nahm Paige das Kind aus dem Arm, legte es neben sich auf den Boden, sammelte Paiges Stiefel dort ein, wo sie sie vorher hatte fallen lassen, und half ihr hinein. Dann band sie ihre Hand los, und in diesem Augenblick holte Paige aus und schlug Lily voll ins Gesicht.
Den Schmerz ignorierend, hob Lily das Messer, sprang auf Paige zu und stieß es ihr durch den Ärmel des Pyjamas in den Arm. Paige schrie auf, und als das Blut hervorspritzte und ihr plötzlich schwindlig wurde, fiel sie rückwärts wieder auf das Bett zurück. Lily riß die Taschenlampe vom Nachttisch und ließ den Griff mehrere Male auf Paiges Kopf niedersausen. Dann verband sie ihren Arm und zog ihr den Mantel darüber.
Zum Schluß band Lily Paiges Hände an den Handgelenken zusammen.
Nachdem sie sich selbst dick eingepackt hatte, steckte Lily

das Baby in einen hellroten Schneeanzug ohne Beine, den sie im Kinderzimmer gefunden hatte.

»Okay, gehen wir«, sagte sie.

Paige setzte sich auf; sie spürte den Schmerz hinter ihren Lidern pochen, spürte ihre geschwollenen Lippen...

»Wo ist der Schlitten?«

»Wann wirst du endlich lernen, mir keine Fragen zu stellen? Der steht schon fertig gepackt draußen und wartet, wie eine goldene Kutsche.«

Und so war es auch: Da stand er, der gelbe Schlitten mit den vier Kufen, den sie aus einem großen Stück Sperrholz gebaut hatte, mit hölzernen Rücken- und Seitenteilen, die ungefähr dreißig Zentimeter hoch waren. Vier Pfosten dienten als Halterung für eine Plane, die hinten, seitlich und oben den Wind abhielt. Das Innere des Schlittens war durch ein Brett zweigeteilt; die größere Seite, mit Steppdecken ausgepolstert, war gerade groß genug für Paige und das Baby, die kleinere enthielt Vorräte. Obwohl allerhand Dinge dort untergebracht waren, gab es doch einen Gegenstand, der besonders hervorstach: Jasons Axt.

Es waren schon fast zwei Stunden vergangen, seit Ruthanne weg war, und eigentlich war Evelyn darauf eingestellt, daß sie bei Paige bleiben und dort warten würde, bis Charlie kam und sie mit dem Jeep abholte. Aber dann hatte Roger sie mit seiner Aufregung und mit diesem verrückten Gerede über das kleine Mädchen so nervös gemacht, daß Evelyn sich nur noch wünschte, Charlie möge endlich heimkommen und sich um seine eigene Familie kümmern.

Als sie nun endlich den Jeep vorfahren hörte, lief sie ihm schon an die Tür entgegen und ließ ihm gar keine Gelegenheit mehr, erst mal zu Atem zu kommen.

»Was soll dieses Gerede über dieses Mädchen, diese Lily?« fragte sie.
»Hast du vielleicht etwas dagegen, wenn ich erst mal ins Haus komme und meinen Mantel ausziehe?«
»Ja, ich habe etwas dagegen, es wird allmählich höchste Zeit, daß du heimkommst.«
»Was ist denn hier los?«
»Deine Frau ist das Problem. Ruthanne ist nämlich losgezogen, um eure Nachbarin zu besuchen, diese Paige.«
»Ist sie zu Fuß unterwegs?«
»Weißt du vielleicht irgendeinen Wagen hier, den sie hätte benutzen können?«
»Warum hast du sie gehen lassen?«
»Warum ich sie habe gehen lassen? Ich bin nur ihre Mutter, und auf mich hört sie ja nicht. Wenn du dich noch an die High-School erinnern kannst – schon damals hat sie nicht auf mich gehört. Also, was soll diese verrückte Geschichte mit diesem Mädchen Lily, mit der mir mein Enkel seit Stunden in den Ohren liegt?«
»Was hat er denn gesagt?«
»Nur, daß du und Ruthanne den Kindern verboten habt, weiterhin miteinander zu spielen. Und daß Lily sehr wütend ist, so wütend, daß sie Ruthanne etwas antun könnte.«
»Kinder neigen nun mal zu Übertreibungen.«
»Das mag schon sein, aber laut Roger ist das Mädchen fähig dazu.«

»Liegt Ihre Frau wirklich in den Wehen?«
»Ich weiß es nicht, ich weiß nur, daß sie heute im Laufe des Tages schon Rückenschmerzen hatte. Aber am meisten mache ich mir Sorgen, daß sie vielleicht in Gefahr ist.«

»Wer bedroht sie denn?«
»Würden Sie mir glauben, wenn ich sage, ein elfjähriges Mädchen?«
Der Mann zuckte nur mit den Achseln.
»Sie halten mich wohl für verrückt, wie?«
»Hey, Mister, ich weiß doch schon länger, daß Sie verrückt sind. Sie haben mir schließlich fünftausend Dollar für eine zweistündige Rundfahrt bezahlt. Aber das ist Ihre Fahrt und Ihre Zeit, also können Sie auch sagen, was Ihnen in den Kopf kommt. Und ich, ich werde einfach dahinbrausen, brav meinen Mund halten und immer mit dem Kopf nicken.«
Jason schaute auf die Uhr... bei dieser Geschwindigkeit würden sie noch zwanzig Minuten brauchen, schätzte er.

Es war ziemlich schwierig, mit gefesselten Händen in den Iglu zu kriechen, aber Lily half Paige hinein und auf die Plane. Das Baby lag bereits in einem improvisierten Bettchen an einer Seitenwand des über einen Meter hohen Rundbaus, der einen Durchmesser von mehr als zwei Metern hatte. Paige schaute sich um, erstaunt, hier Windeln, Kerzen, Decken und noch viele andere Vorräte zu sehen. In einer Schachtel lagen zwei Armreifen, eine rosa Plastikgeldbörse, ein schwarzer Stretchgurtel – die aus der Schule gestohlenen Gegenstände. Im Eimer daneben ein totes Eichhörnchen und zwei tote Ratten. Plötzlich fing Paige so heftig zu zittern an, daß sie gar nicht mehr aufhören konnte.
»Was ist los, Paige?«
Erstickte Geräusche kamen irgendwo tief aus ihrem Innern...
Lily knöpfte den Mantel für sie auf, legte sie auf ein Kissen und breitete eine Steppdecke über sie. Dann setzte sie sich

daneben und streichelte ihren Nacken. »Es ist alles gut, Paige, hab keine Angst.«
»Bitte, Lily, laß mich das Baby füttern.«
Lily knöpfte Paige das Pyjamaoberteil auf, hob das Baby aus dem Bettchen und legte es Paige an die Brust.
»Meine Hände, willst du meine Hände nicht losbinden?«
»Nein.«
Ein Ungeheuer, eine Mörderin hatte ihr Baby in den Klauen... O Gott, es tat so weh, daß sie spürte, wie sich die Tränen hinter ihren verquollenen Augen sammelten, aber nicht wagten zu fließen. Und so müde war sie. Aber konnte sie es wagen, Joshua allein zu lassen? Ich brauche dich jetzt, Jason, Joshua braucht dich... Und Ruthanne, lag sie immer noch dort und verblutete?

Charlie war fünf Minuten später im Haus, wo er zunächst die Zimmer im Erdgeschoß durchsuchte und laut Ruthannes und Paiges Namen rief. Schließlich ging er nach oben ins Elternschlafzimmer, wo er Ruthanne hinter der Tür auf dem Fußboden fand. Überall auf dem Boden, auf dem Bett war Blut... *Oh, Herr im Himmel, was ist hier passiert?* Er bückte sich, drückte das Ohr auf Ruthannes Brust, und, Gott sei Dank, es schlug noch, ihr Herz... Er lief ans Telefon, rief das Amt an – besetzt. Auch der Notruf 911 war besetzt. Gereizt warf er den Hörer auf die Gabel, bückte sich, hob Ruthanne auf und trug sie nach unten. Gerade als er sie auf die Rückbank des Jeeps legen wollte, fuhr der Schneepflug vor.
Jason kam angerannt und sah, daß es Ruthanne war. »Was ist passiert?«
»Ich weiß es nicht, ich habe sie so auf dem Fußboden gefunden. Man hat sie niedergestochen.« Er sprang auf den Fahrersitz.

»Und Paige, wo ist Paige?«
Charlie schüttelte nur den Kopf, als er den Wagen startete.
»Ich habe sie nicht gesehen. Ich weiß nur, daß dort drinnen eine Menge Blut ist... Ich schicke euch so schnell wie möglich Hilfe.«
Charlie fuhr davon, und Syd, der inzwischen hinter Jason getreten war, legte ihm die Hand auf die Schulter.
»Hey, hören Sie, für das viele Geld, das Sie mir zahlen, ist auch noch mehr Zeit drin.«

Dem blutbesudelten Zustand des Elternschlafzimmers und des Kinderzimmers nach zu schließen, war Jason klar, daß sein Sohn geboren worden war. In dem Augenblick verlor er die Fassung, aber zum Glück war Syd da, der ihn bei den Schultern packte, ihn schüttelte und ihn gegen die Wand schleuderte, damit er wieder zu sich kam.
»Hey, Kumpel, ganz locker, so werden Sie keinem von beiden helfen. Mal der Reihe nach: Also, das Baby ist da, was heißt das für die Kleine?«
Jason starrte ihn an, schluckte und meinte dann: »Ihr gefiel die Vorstellung, ein Baby zu haben, sie hat ihn sogar Bübchen genannt. Sie mochte auch Paige, sie liebte sie richtig, ich war derjenige, den sie nicht ausstehen konnte.«
»Okay, das bringt uns schon einen Schritt weiter. Dann ist ihre Absicht also, sie von Ihnen wegzubringen. Die Frage ist jetzt, wo würde sie sich verstecken?«
Jason und Syd durchsuchten den Keller, die unteren Räume und schließlich noch den Dachboden.
»O Jesus«, sagte Jason.
»Was ist?«

»Ich hatte hier oben eine Axt liegen. Sie ist weg.«
Schweigen, dann: »Denken Sie nach, es muß doch noch einen anderen Ort geben, an den sich das Kind flüchten würde«, drängte Syd.
Es dauerte nur einen Sekundenbruchteil, aber dann fiel es ihm ein.
»Sie haben recht, den gibt es. Eine Art Festung, eigentlich mehr ein Iglu, den ich vor Wochen für sie gebaut habe. Unten am Fluß.« Er schaute sich auf dem Speicher suchend nach Werkzeug um. »Das ist eine ziemlich stabile Angelegenheit, mit Wellpappe als Verstärkung, die mindestens einmal vereist worden ist, soweit ich weiß.«
Er entschied sich für eine schmutzige Schaufel und einen Spaten, der wie ein Eispickel aussah...
»Wie wäre es mit einem Lötkolben?« fragte Crueger.
Jason drehte sich zu ihm um. »Haben Sie vielleicht einen?«
»Ja, mit Propangas. Wenn die Mechanik im Schneepflug einfriert, dann nehme ich ihn immer her, um sie damit wieder aufzutauen.«

Es war überraschend warm, oder hatte sie vielleicht Fieber? Paige schlief ein wenig, und als sie aufwachte, bemerkte sie, daß Lily ihr in der Zwischenzeit die Hände losgebunden und den Mantel ausgezogen hatte; anschließend hatte sie erneut ein Seil um ihr Handgelenk geschlungen und es an einem im Boden festgefrorenen Pflock festgebunden, der aussah wie ein Fleischspieß. Ihr Pyjamaoberteil war zugeknöpft... oh, nein, das Baby!
»Bübchen ist hier«, sagte Lily.
Paige schaute hoch – Lily wiegte ihn in ihren Armen. »Ich sollte ihn jetzt wieder füttern, Lily.«
»Jetzt noch nicht. Du hast eine Weile geschlafen und so

verschwitzt ausgesehen, daß ich dir den Mantel ausgezogen habe.«
Sie hatte wieder zu zittern angefangen. »Mir war auch heiß, aber jetzt wird mir wieder kalt.«
Lily legte das Baby in seine improvisierte Wiege, nahm eine zweite Wolldecke vom Stapel und breitete sie über Paige, was aber nicht gegen das Zittern half.
»Du brauchst etwas zu essen, um neue Kraft zu tanken«, sagte Lily.
»Das ist eine gute Idee. Vielleicht könntest du zum Haus zurück und ein paar Sachen holen...«
Lily steckte die Hand in den Eimer und zog eine Ratte heraus.
Paige wich angeekelt zurück, den Geschmack von fauligem Speichel auf der Zunge.
»Was fürchtest du dich denn davor, Paige, sie ist doch tot.« Sie legte das Nagetier auf ein Brett, schnitt den Kopf ab, warf ihn zur Seite und fing an, das Tier in dünne Scheiben zu schneiden.
»Ich werde das nicht essen, Lily. Ich kann nicht, ich will nicht!«
Lily schnitt ein Stück blasses Fleisch ab, spießte es auf eine Gabel und hielt es an Paiges Lippen.
»Nur ein kleines bißchen«, sagte sie.
Plötzlich war da ein Geräusch... Erst blickte Lily, dann Paige zu der niedrigen Öffnung in der Seitenwand des Iglus. Nur der obere Teil von Jasons Kopf...
Lily griff nach der Axt.
»Nein! Paß auf, Jason!« schrie Paige.
Jason zog den Kopf gerade noch rechtzeitig zurück, als die Axt auf den Schnee herniedersauste.

Sie waren mit dem Schneepflug hinuntergefahren und hatten bei dem mittlerweile einen halben Meter hoch liegenden Schnee einen weiten Umweg machen müssen, um zwischen den Bäumen durchzukommen, aber der Anblick des Iglus, der im Licht der Scheinwerfer auftauchte, war Entschädigung genug. Jason nahm Syd beiseite.
»Ich komme auf keinen Fall dort hinein, ohne daß sie mir vorher den Kopf abschlägt. Wenn Sie sich die Nordwand des Iglus vornehmen und sie mit Ihrem Lötkolben bearbeiten, dann könnten wir dort durchbrechen.«
»Wieso ausgerechnet diese Wand?«
»So wie ich den Iglu gebaut habe, wird die Wand wahrscheinlich genau dort einstürzen, wo das Kind sitzt.«
»Haben Sie sie gesehen?«
»Ich bin nicht weit genug gekommen, um jemanden zu sehen. Aber ich stelle mir vor, wenn der eine da sitzt, kann der andere nicht ebenfalls dort sein ... Paiges Stimme kam von der südlichen Seite, also möchte ich wetten, daß das Kind ihr genau gegenübersitzt.«
»Was passiert, wenn sie den Lötkolben hört?«
»Das glaube ich nicht, nicht bei dem starken Wind. Außerdem werde ich mit ihr reden und sie, so gut es geht, ablenken.«
»Aber stecken Sie Ihren Kopf ja nicht zu weit hinein.«

Lily stand über ihr, die Axt immer noch in der Hand.
»Du hättest ihn nicht warnen sollen, Paige!«
»Ich weiß, du hast recht, und es tut mir auch leid. Die Worte sind einfach so aus mir herausgesprudelt, ohne daß ich es überhaupt wußte.«
»Ich will dich nicht knebeln müssen, aber wenn du mir die Sache schwer machst –«
»Das werde ich nicht, ehrlich, keine Angst. Ich habe nur

gerade überlegt, ob wir ihn wirklich töten müssen. Warum sagen wir ihm nicht einfach, daß er wieder weggehen soll und daß das Baby und ich hier bei dir bleiben wollen?«

»Hältst du mich wirklich für so dumm?«

»Genau, Paige«, ertönte Jasons Stimme von außerhalb der Öffnung, »hältst du sie wirklich für dumm genug, daß sie dir diese Geschichte abkauft? Himmel, sie weiß genau, daß ich hier nicht weggehe, wenigstens nicht ohne meinen Sohn. Du, nun, mit dir ist das was anderes. Es gibt noch andere Frauen. Lily weiß, wovon ich rede, richtig, Lily?«

Ein paar Minuten herrschte Schweigen. »Na ja, so oder so, ich werde Bübchen nicht hergeben.«

»Das habe ich auch gar nicht erwartet. Weißt du, diese Konstellation hier ist eigentlich ziemlich interessant.«

»Wie meinst du das?«

»Ich meine diesen Iglu hier. Ich weiß zwar, daß es meine Idee war, ihn zu bauen, aber du warst es, die mir diese Idee erst in den Kopf gesetzt hat.«

»Wieso?«

»Na, schau dich doch um. Natürlich ist der Iglu aus Eis und so, aber wenn du mich fragst, dann ist er eine ziemlich genaue Kopie der Strafbox.«

Schweigen.

Jason schaute zu Syd hinüber. Syd streckte den Daumen in die Höhe.

»Lily, bist du noch da?« fragte Jason.

»Ja.«

»Ich meine, es ist ein Ort, an dem man ganz leicht jemanden bestrafen kann, jedenfalls im Winter. Ich verstehe nur nicht, was du und das Baby dort drin zu suchen habt. Ich meine, Paige ist eine Sache, sie macht täglich mindestens

ein halbes Dutzend Dinge, die eine Bestrafung verdienen. Und vielleicht war ich in der Beziehung wirklich etwas lasch. Aber ich schätze, du bist ohnehin ein besserer Boß als ich. Oder täusche ich mich?«
Wieder herrschte langes Schweigen, dann: »Nein, tust du nicht.«
»Na, wie wär's dann, wenn wir uns auf einen Handel einigen?«
»Was für einen Handel?«
Syd winkte, bis er Jasons Aufmerksamkeit auf sich gezogen hatte, deutete dann auf den Iglu und nickte heftig.
»Ich weiß nicht«, sagte Jason und zog sich langsam etwas zurück. »Was schlägst du vor?«
»Du solltest Anna klarmachen, daß sie ihren Mund halten soll, sonst komme ich und stopfe ihn ihr.«
»Das kann ich nicht.«
»Warum nicht?«
»Sie ist tot, sie hat sich heute nachmittag erhängt.«
Jason und Syd waren nun zurückgetreten und zum Angriff bereit – die Scheinwerfer des Schneepflugs waren auf den Iglu gerichtet. Jason nahm Anlauf, und gemeinsam stürmten sie vorwärts und warfen ihr ganzes Gewicht gegen die Nordwand.

Paige beobachtete Lily: Ihr Mund öffnete sich, schloß sich, öffnete sich wieder – ihre Mutter hatte sich umgebracht, und *sie* reagierte tatsächlich darauf. Und dann kam eine Wand aus Schnee und Eis auf sie nieder; sie prasselte und regnete auf sie herab wie ein Haufen nasser Sand ... zuerst auf Lilys Schoß, dann auf ihre Brust und Schultern, bis sie sie völlig unter sich begrub ... Paige wollte mit dem freien Arm das Baby zu sich holen, wurde aber nach hinten gerissen, als die Lawine sie ergriff.

Der hellrote Schneeanzug, der Junge! Jason hatte in dem Augenblick, in dem sie durch die Wand brachen, noch kurz gesehen, wo er und Paige lagen. Mit einem Satz sprang er zu seinem Kind, tauchte in den Schnee und kam mit ihm wieder hoch. Er reichte ihn schnell an Syd weiter, damit er ihn in den warmen Lastwagen brachte, und übernahm es an Syds Stelle, nach Paige zu graben. Wie ein Rasender schaufelte er mit bloßen Händen und Armen. Schließlich fand er sie und säuberte zuerst einmal Mund, Nase und den Rest des Gesichtes von Schnee, damit sie wieder Luft bekam, ehe er ihre Schultern und Arme abklopfte und versuchte, sie hochzuheben...

»Meine Hand«, sagte sie.

Mit bebenden Fingern nahm er ein Messer, schnitt den Strick an ihrem Handgelenk durch und hob sie schließlich aus dem tiefen Schnee. Sie schlang ihre Arme um ihn, weinte und zitterte, und ihre Tränen vermischten sich mit den seinen, als sie sich wieder von ihm losriß.

»Lily«, flüsterte sie.

Jason stand da und starrte mit feuchten Augen auf den großen Hügel aus Schnee und Eis.

»Bitte, Jason, sie bekommt keine Luft, sie wird sterben.«

Eine, zwei, drei, vier, fünf, sechs, sieben, acht Sekunden vergingen, der Wind heulte... Schließlich bückte Jason sich, bahnte sich einen Weg durch den Schnee, ging auf die Knie und hob Lily heraus.

Epilog

Es war August, Jason hatte sich ein langes Wochenende freigenommen, und es war das erste Mal, daß Paige und Jason wieder nach Briarwood zurückgekehrt waren, seit sie das Haus nach dem Schneesturm verlassen hatten. Sie hatten an diesem Abend die Beeders auf Käse und Wein zu sich eingeladen; denn obwohl sie Ruthanne seit ihrem zweiwöchigen Aufenthalt im Krankenhaus nicht mehr gesehen hatten, waren sie doch in ständiger Verbindung geblieben. Zuerst war der Zustand von Ruthannes Lunge lange unklar gewesen, aber bis auf eine gelegentliche Kurzatmigkeit heilte die Verletzung nun gut aus.

Alle Verletzungen heilten – zumindest bis zu einem gewissen Grad. Ganz würden sie nie verheilen, wie Paige vermutete. Obwohl die flüchtige Beziehung zwischen Brooke und Jason bereits zu Ende war, ehe Paige überhaupt davon erfahren hatte, hatte ihr Vertrauen in ihn doch großen Schaden genommen, und es würde viel Zeit und Mühe kosten, es wieder aufzubauen. Und was Brooke anging, ihre Freundschaft war vorüber – jetzt bestand sie nur noch aus einem höflichen, knappen »Hallo«, wenn sie sich zufälligerweise auf der Straße begegneten.

»Paige, hast du dich schon entschieden, ob du im Herbst wieder zu unterrichten anfangen willst?« fragte Ruthanne.

»Noch nicht. Das ist so eine Sache mit der Karriere, erst investiert man Unmengen an Zeit, um sie aufzubauen, und wozu das Ganze? Um dann alles wieder zu vernachlässi-

gen? Trotzdem, schon der bloße Gedanke, Joshua allein zu lassen, macht mich ziemlich unglücklich.«
»Siehst du, vielleicht habe ich es doch nicht so dumm angefangen... Vielleicht baue ich mir eine Karriere auf, wenn die Kinder mal aus dem Haus sind.«
»Ich bin deine Karriere«, sagte Charlie schmunzelnd.
»Hört, hört, ganz schön eingebildet«, sagte Jason.
Paige warf ihm von der Seite einen Blick zu und dachte nur: »Du Macho, du.«
Jason legte den Arm um sie. »Was ist, habe ich etwas Falsches gesagt?«
»Nein, nichts. Mir ist nur was Dummes dabei eingefallen...«
An allen Ecken und Enden schienen Erinnerungen aufzutauchen, was mit Sicherheit nicht so schnell vorbei sein würde. Obwohl Lily eine Familie hatte, wollte Nora Kalish keinen Anteil am Leben ihrer Nichte nehmen. Und obwohl es weder Paige noch Jason wollten, fühlten sie sich seltsamerweise doch verpflichtet. Entweder sie erklärten sich bereit, die Rechnung für eine Privatklinik zu übernehmen – sie entschieden sich für die Credemore-Kinderklinik in Buffalo –, wo Lily qualifizierte psychiatrische Hilfe bekäme, oder sie würden mit ansehen müssen, wie sie in einer staatlichen Anstalt dahinvegetierte.
Die Initiative dazu war von Jason ausgegangen, der mit allem Nachdruck darauf bestanden hatte.
»Es ist nämlich so«, erklärte er, »daß ich sie irgendwann einmal verstanden habe. Einen kurzen Augenblick ist es mir gelungen, in ihren Kopf zu sehen, und dabei ist mir angst und bange geworden. Diese unglaubliche Wut, dieser Haß, den ich verspürte, als ich die Möglichkeit hatte, sie in den Schneemassen ersticken zu lassen, sie dort lebendig begraben zu sehen – und was das Schlimmste

daran war, es vielleicht sogar noch zu genießen ... Erst elf Jahre alt zu sein und sich schon so verzweifelt zu wünschen, einem anderen Menschen Schmerzen zuzufügen.«

Und bei all der Sympathie, die Paige für das kleine Mädchen empfunden hatte, hatte sie sich die Sache doch etwas zu einfach gemacht und Lily zu dem phantasiert, was sie in ihr sehen wollte, ohne dabei bereit zu sein oder gar den Mut aufzubringen, die dunklere Seite zu sehen, die in dem Kind existierte. Nein, Paige verstand diese Art von Haß nicht, und wenn sie hundert Jahre alt geworden wäre, hätte sie es nie und nimmer verstanden, davon war sie überzeugt.

Seit Februar befand sich Paige selbst in Therapie. In erster Linie wegen der traumatischen Ereignisse, die so kurz hintereinander ihr Leben erschüttert hatten. Dann, um zu begreifen, warum sie sich so stark zu Lily hingezogen fühlte und woher ihr Bedürfnis kam, einem verletzten Kind zu helfen, es zu bemuttern. Und schließlich wegen des Gedankenkarussells, das mit dem Überfall in Gang gesetzt worden war und durch Lilys Fragen weiteren Auftrieb bekommen hatte. Zweifellos würden noch mehr Erinnerungen an die Oberfläche steigen ...

Auf jeden Fall würden sie und Jason als stille Wohltäter im Hintergrund bleiben. Falls Lily jemals gesunden sollte – wenn so etwas überhaupt möglich war –, würde sie nie erfahren, welchen Anteil die beiden an ihrer Behandlung in Credemore hatten. Daß sie es nicht wollten, lag daran, daß nichts, was ein Arzt ihnen jemals erklären mochte, ihre Angst vor Lily vertreiben konnte – das hatten sie einander gestanden, als sie nachts wach im Bett lagen und sich in den Armen hielten.

Es war am nächsten Morgen, als Joshua, der mittlerweile acht Monate alt war und bereits lief, das Postauto von Briarwood am Straßenrand halten sah. Entschlossen wakkelte er darauf zu. Normalerweise lag die Post der Bennetts – in erster Linie Reklamesendungen – für sie im Postamt bereit, und sie holten sie ab, wenn sie in den Ort kamen.

»Ach Gottchen, bist du aber ein netter kleiner Kerl«, sagte der Postbote. »Du bist doch nicht zufälligerweise Joshua Bennett, oder?« Joshua blähte seine dicken rosa Backen noch mehr auf.

»Höchstpersönlich«, antwortete Paige, die hinter ihrem Sohn herlief.

Der Postbote holte ein kleines, unauffälliges Päckchen ohne Absender aus dem Wagen und gab es ihm.

»Sieht aus wie ein Geschenk, und dabei ist doch noch gar nicht Weihnachten.« Dann, an Paige und Jason gewandt: »Ich dachte mir, ich bringe es gleich vorbei, da ich euch zwei hier gesehen habe.«

»Danke«, sagte Jason, kniete sich neben Joshua und nahm ihm das Päckchen aus der Hand. Das Postauto fuhr weiter, und Jason riß das Packpapier auf, öffnete die Schachtel und holte ein gelbes Holzauto heraus.

»Das ist ja hübsch, sieht handgemacht aus«, sagte Paige. »Ist keine Karte dabei?«

»Vielleicht von meinem Bruder Neil. Der hat früher immer solche Sachen geschnitzt.«

»Das sieht aber gar nicht geschnitzt aus.«

»Nein, aber es ist dieselbe Art Spielzeug... Ich werde ihn gleich heute abend anrufen und danach fragen.« Er untersuchte das Auto nach irgendwelchen losen Teilen und gab es schließlich Joshua, nachdem er sich den Jungen auf die Schultern gesetzt hatte.

»Auf geht's, Sohnemann.«
Glücklich liefen sie auf das Haus zu, während Joshuas starke kleine Hände das Auto hin und her drehten und es schließlich an der Unterseite festhielten, wo winzige Buchstaben in das Holz geritzt waren.
Winzige Buchstaben, die ein Wort bildeten – *Bübchen*.

Gloria Murphy

Verlassene Väter

Roman

Aus dem Amerikanischen von
Gabriele Schönberger-Klar

Zur Erinnerung an
Joseph Stephen und Muriel Wilkes Murphy

Danksagung

Noch einmal danke ich meiner Tochter Laurie Gitelmann. Niemals war sie zu beschäftigt, um sich hinzusetzen und ein Brainstorming zu machen — mir ein wenig von ihrer Kreativität abzugeben.

Einzelband »Verlassene Väter«

Dieser Titel ist auch unter der Bandnummer 60545 erschienen.
Titel der Originalausgabe »Cry of the Mouse«

PROLOG

Es war Lucas aus der Diätküche des Krankenhauses, der Benny als erster die Rechtsberatungsstelle empfohlen hatte. Als Bennys Frau die Scheidung einreichte — sein Sohn war eben zwei Jahre alt—, wandte er sich dorthin, und mit Hilfe seines Anwalts und des Rechtsanwalts seiner Frau wurde eine schlichte, außergerichtliche Einigung erreicht: Claire wurden das Sorgerecht für Adam und fünfundsiebzig Dollar wöchentlich für das Kind zugesprochen, und Benny bekam die Erlaubnis, seinen Sohn sonntags von zwei bis fünf Uhr nachmittags zu besuchen. Er hatte darum gebeten, mehr Zeit mit seinem Sohn verbringen zu können, ihn vielleicht einen ganzen Tag oder sogar über eine Nacht bei sich behalten zu dürfen. Damals hatte er eine billige Dreizimmerwohnung in Cambridge in Aussicht gehabt; sie lag etwas außerhalb von Boston.

Doch Barry Millerman, sein Anwalt, hatte vorgeschlagen, sich mit diesem Kompromiß abzufinden und realistischer zu sein. Denn Claire hatte sein Ansinnen von vornherein abgelehnt. Selbstverständlich war Millerman bereit, vor Gericht zu gehen und Bennys Sache durchzukämpfen, aber es war auch seine Pflicht, ihn darauf hinzuweisen, daß solch ein Rechtsstreit nicht nur mit hohen Kosten verbunden sein würde — vielleicht sogar zu hohen Kosten für Bennys Verhältnisse —, sondern daß es auch noch höchst unwahrscheinlich war, ihn zu gewinnen.

»Wenn der Junge ein paar Jahre älter ist, dann gelingt es

uns vielleicht, die Vereinbarung abändern zu lassen«, hatte Millerman erklärt. »Aber wenn die Kinder noch so klein sind, dann neigen die Richter zu der Annahme, daß sie in der Obhut einer Mutter besser aufgehoben sind.«
Als Benny nun in der Rechtsberatungsstelle angerufen hatte, um den heutigen Termin zu vereinbaren, hatte er ausdrücklich darum gebeten, mit Millerman zu sprechen. Nicht, daß Benny etwa viel für Rechtsanwälte übrig gehabt hätte, aber Millerman war mit seinem Fall bereits vertraut. Wie war gleich noch mal das Wort, das die Anwälte so gerne benutzten? Kontinuität. Ja, Kontinuität war wichtig.
Der Anwalt beugte sich über seinen Schreibtisch, streckte Benny seine feuchte Hand hin und spähte dann durch seine dicke Brille, die tief auf seiner Hakennase saß, auf eine Aktennotiz, die eben auf seinen Schreibtisch gelegt worden war. Schließlich schob er den Aktendeckel beiseite, faltete die Hände auf dem Schreibtisch und wandte seine Aufmerksamkeit wieder Benny zu.
»Nun, das ist ja bereits eine ganze Weile her, nicht wahr? Wie ist es Ihnen in der Zwischenzeit ergangen, Mr. Shandling?«
Benny rutschte unbehaglich auf seinem Stuhl hin und her und versuchte, sich in einer Umgebung wohl zu fühlen, die alles andere als dafür geeignet war. »Nicht so gut«, erwiderte Benny und fuhr sich mit seiner großen Hand über seinen dunklen, sorgfältig gekämmten Hinterkopf. »Wissen Sie, ich habe immer diese Kopfschmerzen.«
Millerman runzelte höflich die Stirn. »Es tut mir leid, das zu hören. Nun, was kann ich heute für Sie tun?«
»Es geht um meinen Jungen . . . Adam.«
»Aha. Wie alt ist er denn jetzt, sechs, sieben? Du meine Güte, sie werden so schnell größer, finden Sie nicht auch?«

»Fünf ist er jetzt, vergangenen Monat hatte er Geburtstag. Die Sache ist die, daß ich ihn nicht mehr sehr oft zu Gesicht bekomme.«

»Der Scheidungsvereinbarung zufolge ...« Der Anwalt beugte sich vor, holte Bennys Akte aus dem Korb auf seinem Schreibtisch, schlug sie auf und blätterte auf die zweite Seite des dreiseitigen Dokumentes. ». . . sollten Sie den Jungen drei Stunden am Sonntag sehen dürfen.«

Benny nickte. »Stimmt, so sind die Vereinbarungen. Aber so läuft es nicht.«

»Nun, warum erzählen Sie mir nicht, was inzwischen passiert ist?«

»Es ist Claire. Ich würde sagen, es ist hauptsächlich ihre Schuld«, begann er. »Sie nutzt jede Chance, die sich ihr bietet, um mich daran zu hindern, den Jungen zu sehen. Wenn nicht aus dem einen, dann aus dem anderen Grund: ein kleiner Schnupfen, Müdigkeit, alles mögliche; oder der Junge darf nicht mit mir kommen, weil es draußen regnet oder weil die Straßen zu rutschig sind.« Benny listete diese Gründe mit demselben heuchlerisch-entschuldigenden Tonfall auf, den Claire immer benutzte. »Nennen Sie irgendeinen Grund, Mr. Millerman — sie hat ihn bestimmt schon vorgebracht.«

»Vielleicht sind die Entschuldigungen ja gerechtfertigt. Schließlich muß man bei Kindern mit diesen Dingen rechnen.«

»Nein, nein, Sie verstehen nicht. Sie lügt. Zuerst hat sie es nur ab und zu getan, aber im Lauf der Zeit immer öfter. Jetzt macht sie das regelmäßig. Nach der Scheidung ist sie an die Nordküste, nach Salem, gezogen, um in der Nähe ihrer Familie zu sein. Ich fahre jedesmal von Boston aus mit dem Zug dahin. Eineinhalb bis zwei Stunden brauche ich, um hinzukommen. Sobald ich dort bin, kommt sie mit einer

dieser billigen Entschuldigungen daher. Es ist wie ein Spiel, das keiner zugibt — ich weiß, daß sie mir ins Gesicht lügt, und sie weiß, daß ich es weiß.«
»Wie reagieren Sie denn dann?«
Benny zuckte mit den Achseln. »Ich gehe wieder. Was soll ich denn sonst tun? Mir den Jungen packen und mit ihm davonlaufen?«
»Nein, nein, selbstverständlich nicht. Es ist immer ratsam, sich an den Rechtsweg zu halten.«
»In sechs Monaten habe ich Adam vielleicht dreimal gesehen, und jetzt schon seit zwei Monaten gar nicht mehr.«
Mr. Millerman nahm einen Kugelschreiber und machte sich ein paar Notizen.
»Welche Art von Mutter ist Mrs. Shandling?«
»Sie heißt jetzt Cranston, das ist ihr Mädchenname.«
»Ich verstehe. Nun, was für eine Mutter ist sie denn?«
»Was wollen Sie damit sagen?«
»Ich meine, kümmert sie sich gut um Adam, sorgt sie dafür, daß er sauber gekleidet ist und gut versorgt wird? Solche Dinge eben.«
Benny nickte. »Ja, ich nehme schon an, daß sie das tut.«
»Dann können wir also keine stichhaltigen Beschwerden vorbringen, was ihre Pflichterfüllung gegenüber dem Kind betrifft?«
Nach einer Pause meinte er: »Nein, ich glaube nicht. Es ist nichts zu beanstanden außer dem, was ich Ihnen erzählt habe. Sehen Sie, ihre Lügen, ihre Weigerung, mich den Jungen sehen zu lassen — das ist es, was mir zu schaffen macht. So etwas sollte eine Mutter doch nicht tun.«
Millerman nickte. »Und Sie — sind Sie mit Ihren wöchentlichen Zahlungen auf dem laufenden?«
»Ja, fast jedenfalls.« Das entsprach nur teilweise der Wahr-

heit, aber Benny wollte jetzt nicht näher darauf eingehen.
Millerman lehnte sich in seinem Stuhl zurück, überlegte und beugte sich dann wieder vor: »Nun, wir haben die Möglichkeit, eine Zwangsvollstreckung gegen sie zu beantragen. Bei Ihrer Scheidung wurde die Vereinbarung, die von Ihnen und der Mutter Ihres Sohnes unterschrieben wurde, vom Gericht zu den Akten genommen. Das heißt, daß sie nicht nur ihren Teil der Abmachung nicht einhält, sondern sich auch noch ganz offensichtlich einem Gerichtsbeschluß widersetzt.«
»Dann können Sie das also wieder in Ordnung bringen?«
»Nun, wir können es versuchen. Doch denken Sie daran, Mr. Shandling, die Gerichte haben nur beschränkte Möglichkeiten. Vielleicht wird sie verwarnt und sogar dazu verurteilt, Ihre Gerichtskosten zu zahlen. Aber grundsätzlich ist zu sagen, daß Urteile bei Familienrechtsangelegenheiten nur sehr schwer durchzusetzen sind. Immer wieder hat man es mit einem Vater oder einer Mutter zu tun, die ständig gegen eine gerichtliche Anordnung verstoßen.«
»Das verstehe ich nicht. Wenn das so funktioniert, was hat das Ganze dann für einen Sinn? Ich meine, ein Richter — soll er denn nicht das letzte Wort haben?«
»Selbstverständlich, und das hat er auch. Er hat die Macht, die schuldige Partei ins Gefängnis zu schicken; er kann sogar das Sorgerecht ändern, wo es ihm angebracht erscheint, aber in den vielen Jahren, in denen ich mich nun mit dem Familienrecht befasse, ist es mir nur selten untergekommen, daß ein Richter so etwas getan hätte. Das ist ein ganz besonderes Rechtsgebiet: Die Interessen des Kindes haben immer Vorrang. Was sollte es da schon nützen, den Elternteil, der das Sorgerecht hat, oder den Verwandten, der sich in erster Linie um das Kind küm-

mert, ins Gefängnis zu stecken? Oder das Sorgerecht zu ändern, wenn nicht gewährleistet ist, daß es auch funktioniert? Die Bestrafung würde nur dazu führen, dem Kind einen weiteren seelischen Schock zuzufügen.« Millerman seufzte. »Nein, normalerweise führt das nur zu einem langen Rechtsstreit, der erst dann endet, wenn das Kind schließlich volljährig ist.«

Ein vertrauter Schmerz durchzuckte plötzlich Bennys Kopf, und nicht zum erstenmal diagnostizierte er an sich selbst einen Gehirntumor. Manchmal wünschte er sich, nicht als Pfleger in einem Krankenhaus zu arbeiten und soviel über Krankheit und Tod zu wissen. Er hielt die Luft an, strich sich mit der Handfläche über den Kopf, wo der Schmerz noch nachpochte, und sah dann Millerman an: Dem Anwalt war nicht anzusehen, ob er etwas bemerkt hatte oder nicht.

»Aus Ihrem Mund klingt das ja so, als sei jeder Versuch hoffnungslos«, sagte Benny, als ihm Millermans Worte wieder ins Bewußtsein drangen.

»Das liegt nicht in meiner Absicht. Nein, es ist ganz und gar nicht hoffnungslos. Zum Glück lassen sich die meisten Leute von einem wütenden Richter einschüchtern. Warten wir doch mal ab, ob das nicht auch in Ihrem Fall passiert.«

Benny nickte. »Da gibt es noch etwas, was ich bisher nicht erwähnt habe.«

»Dann raus mit der Sprache. Es ist besser, ich erfahre es jetzt als im Gerichtssaal, wenn ich nicht darauf vorbereitet bin.«

»Es geht um den Jungen.«

Schweigen.

Benny seufzte. »Nun, sehen Sie, es sind ihre Lügen ... jetzt fangen sie bereits bei ihm zu wirken an. Als ich ihn das letzte Mal abholte, kam Claire nicht mit einer ihrer

Entschuldigungen daher; das mußte sie gar nicht mehr.«
»Ich begreife nicht ganz.«
Benny rieb mit der Fingerspitze über einen imaginären Fleck am Knie seiner Jeans. »Sehen Sie, das letzte Mal war es Adam selbst . . . Als ich ankam, da wollte er nicht zu mir kommen. Es war, als fürchtete er sich. Können Sie das begreifen, sich vor mir, seinem eigenen Vater, zu fürchten?«
Schließlich hob Benny den Kopf und blickte Millerman an. »Also dachte ich mir, ich würde die Situation etwas entkrampfen und ihn zum Lachen bringen, wissen Sie. Eines habe ich fertiggebracht, seit er ein kleines Baby war, ich habe Adam immer zum Lachen gebracht. Wissen Sie, ich kann ganz gut Stimmen imitieren . . . Geräusche nachmachen. Manchmal mache ich das, was ich und Adam unser 'Mäusespiel' nennen. Ich verstelle meine Stimme, die dann ganz hoch und seltsam quietschend klingt, und —« Benny hielt mitten im Satz inne. So, wie der Anwalt ihn jetzt musterte, schien er einen Narren aus sich zu machen.
»Aber das war keine Lösung des Problems, habe ich recht?« sagte Millerman.
Benny nickte.
Der Anwalt setzte die Brille ab und musterte Benny.
»Warum sollte er denn Angst vor Ihnen haben, Mr. Shandling?«
»Ich wüßte keinen Grund. Es sind ihre Lügen, die daran schuld sind. Sie hat ihn dazu gebracht, Dinge über mich zu glauben, Dinge, die nicht stimmen.«
»Was für Dinge denn?«
Benny zuckte mit den Achseln. »Ich weiß nicht, Dinge eben.«
»Und es gibt keinen Grund für die Ängste des Jungen — nicht einen einzigen?«
»Ich schwöre Ihnen, ich habe dem Jungen nie weh getan.

Niemals. Wissen Sie, ich hatte keinen Vater, zumindest erinnere ich mich nicht daran, einen gehabt zu haben ... Aber ich habe mir selbst und meiner Mutter geschworen, daß ich ein guter Vater sein würde, wenn ich jemals selbst ein Kind hätte. Und das war ich auch. Ich habe mit Adam immer viel unternommen — bin mit ihm in den Zoo, ins Kino, in den Park, an den Strand gegangen; Claire wohnt nicht sehr weit vom Meer entfernt. Einmal bin ich mit ihm im Regen zum Beverly-Flughafen gefahren, um mir mit ihm die startenden Flugzeuge anzusehen.«

Der Anwalt lehnte sich in seinem Stuhl zurück, rieb sich die Augen und klemmte sich dann die Bügel seiner Brille hinter die Ohren.

»Das Gericht kann eine Menge Dinge bewerkstelligen, Mr. Shandling, aber einen Fünfjährigen davon zu überzeugen, daß er sich nicht fürchten muß, gehört nicht dazu. Selbstverständlich kann es darauf bestehen, daß er sich mit Ihnen trifft — immer vorausgesetzt natürlich, daß wir dem Gericht beweisen können, daß seine Ängste unbegründet sind. Aber die Frage ist doch, können Sie mit dem Jungen umgehen, wenn er sich weigert, mit Ihnen zu kommen?«

Benny saß mit geschlossenen Augen da und versuchte, sich solch eine Szene vorzustellen. Würde er Adam tatsächlich dazu zwingen können, mit ihm zu gehen? Nicht ein einziges Mal hatte er die Stimme oder die Hand gegen ihn erhoben, selbst in Zeiten, wo er es vielleicht getan haben sollte. Würde er den Jungen mit sich zerren können, obwohl dieser weinte und klagte, daß er zu seiner Mutter zurückwollte? Benny saß schweigend da und kaute auf seiner Unterlippe.

»Das ist es, was mir dabei durch den Kopf geht, Mr. Shandling, ich habe eine solche Situation bereits früher erlebt, öfter sogar. Und sie sind nicht schön. Die Eltern leiden, die Kinder leiden . . . Lassen Sie mich Ihnen einen Vorschlag machen — gehen Sie irgendwann einmal zum Familiengericht und überzeugen Sie sich selbst. Und vergessen Sie nicht — die erbitterten Kämpfe und Beschimpfungen sind nichts im Vergleich zu dem Schmerz, den man den Kindern zufügt. Und alles wird von den Menschen verursacht, die die Kinder doch eigentlich über alles lieben sollten.«

»Dann wollten Sie also sagen, daß ich alles so lassen soll, wie es ist?«

Millerman zuckte mit den Schultern. »Die Entscheidung liegt ganz bei Ihnen. Aber wie Sie sicher wissen dürften, wird die Sache sehr kostspielig werden, wenn Sie sich zur Klage entscheiden. Und selbstverständlich kann ich für einen Erfolg nicht garantieren. Aber wenn Sie sich entscheiden, nicht zu kämpfen, dann heißt das noch lange nicht, daß alles verloren ist. Ich habe es oft genug erlebt — Kinder werden älter, sie begreifen, was geschehen ist, und bestehen dann von sich auf darauf, Kontakt mit dem abwesenden Elternteil zu haben.«

Benny ballte seine Hand zur Faust, fuhr sich mit den Knöcheln über die Lippen und sagte lange Zeit nichts.

»Es ist ziemlich schwer für mich«, meinte er schließlich. »Fast zu schwer. Manchmal habe ich Angst, daß ich wie ein dummer Junge zu heulen anfange, aber es kommen keine Tränen. Und ich fühle mich . . . ich weiß nicht, enttäuscht vielleicht. Wie bei diesen Feuerrettungsübungen in der Schule: Man läuft ganz schnell ohne Mantel und Schal nach draußen und friert sich den Hintern ab. Und dann ist da gar kein Feuer. Man will natürlich gar nicht, daß es wirklich brennt, aber wer weiß, vielleicht will man es doch.« Er sah Millerman an. »Verstehen Sie, was ich meine?«

Der Rechtsanwalt nickte. »Ich glaube schon.«
»Dann kommen mir manchmal diese verrückten, exzentrischen Gedanken.«
»Welche Gedanken?«
Benny zuckte mit den Achseln. »Ach, ich weiß nicht so recht, Gedanken eben, die in meinem Kopf rumoren.«
Millerman warf einen Blick auf seine Uhr, ließ Bennys Akte in den Kasten zurückgleiten, stand auf und erklärte ihr Gespräch damit für beendet.
»Der beste Rat, den ich Ihnen geben kann, Mr. Shandling, ist der, nicht mehr soviel über die Sache nachzugrübeln. Leben Sie Ihr Leben. Eines Tages wird Ihr Junge vor Ihnen stehen — Sie werden schon sehen.«
Auf dem Weg zurück zur Arbeit fragte sich Benny, warum er sich überhaupt die Mühe gemacht hatte, zum Anwalt zu gehen. Sechzig Dollar, um herauszufinden, was er bereits vorher gewußt hatte: Claire hatte es so eingerichtet, daß der Junge nichts mehr mit ihm zu tun haben wollte, und es gab keinen, der das hätte ändern können. Man kann niemanden zur Liebe zwingen, wenn sie nicht vorhanden ist. Genauso, wie es unmöglich ist, die eigene Liebe abzutöten, wie sehr man sich auch anstrengt.
Doch etwas hatte Millerman vorgeschlagen, das einer ernsthaften Überlegung wert sein könnte — ins Gericht zu gehen und sich selbst davon zu überzeugen, was dort vor sich ging; einen Schritt zurückzutreten und sich mit etwas Abstand anzuschauen, was dort den anderen Männern geschah.
Das erschien ihm sinnvoll. Wenn er sich nicht mehr so allein fühlte, dann würde es vielleicht auch nicht mehr so schrecklich weh tun.

1. KAPITEL

Obwohl Benny in Boston geboren und aufgewachsen war, hatte er erst kurz nach seinem Gespräch mit Millerman zum erstenmal die Gerichtsgebäude am Pemberton Square gesehen. In seinem marineblauen Sergeanzug, den er extra für diesen Anlaß günstig bei Filenes erstanden hatte, hatte Benny den Außenfahrstuhl in der Tremont Street genommen und dann den aus Ziegeln erbauten Gerichtshof betreten: Zu seiner Linken lag ein Bürogebäude, Dutzende kleiner Geschäfte und Restaurants säumten die Seite, die sich zur Tremont Street hin erstreckte, und direkt vor ihm lag schließlich das Gerichtsgebäude des Verwaltungsbezirks Suffolk, das einen einschüchternden Anblick bot. Benny kroch ein Schauer über den Rücken. Ein ähnliches Gefühl empfand er sonst nur, wenn er vor einem Spiel der Boston Redsock im Fenway Park der amerikanischen Nationalhymne oder den Klängen einer Blaskapelle lauschte, die hinter einer im Wind flatternden amerikanischen Fahne die Commons hinabmarschierte.

Jetzt, acht Monate später, war Benny wohl vertraut mit den Gerichtsgebäuden — sowohl mit dem alten als auch mit dem neuen Bau —, so, wie er sich auch in den verschachtelten unterirdischen Gängen im Krankenhaus auskannte, wo er fünf Tage in der Woche in der Schicht von drei Uhr nachmittags bis nachts um elf arbeitete. Doch es war das alte Gerichtsgebäude, das, in dem Familienrechtsangelegenheiten verhandelt und verurteilt wurden, in dem Benny den größten Teil seiner Vormittage verbrachte und das er am besten kannte: die höhlenartige, steinerne Eingangshalle, über der sich die drei Stockwerke öffneten, die veralteten Aufzüge, die Sitzungssäle, die Arbeitsräume, das Büro des Geschäftsstellenleiters, Dutzende von kleineren Gerichtszimmern, die Konferenzräume und den Aufenthaltsraum der Richter — ein elegant eingerichteter Raum, in dem sich die Richter jeden Morgen versammelten, bevor sie ihren Tag begannen.

Und dann war da noch Rufus . . . Rufus Choate, die bronzene Statue eines Rechtsanwalts aus dem achtzehnten Jahrhundert, die sich fünf Meter hoch in der Eingangshalle des alten Gerichtsgebäudes erhob. So, wie Benny es sah, war die Statue des großen Streiters für Gerechtigkeit — Benny hatte sich beim Gerichtsbibliothekar über Rufus' Meriten erkundigt — aus dem Grund dort aufgestellt worden, um einen hohen Standard für das gesamte Rechtssystem zu setzen. Doch es dauerte nicht lange, bis Benny dahinterkam, daß das nichts als Makulatur war: Das, was in diesen Gebäuden vor sich ging, hatte nicht sehr viel mit Gerechtigkeit zu tun.

Der kleine Kaffeeausschank, der sich im hinteren Teil der Eingangshalle befand und vom Blindeninstitut geführt wurde, war normalerweise von ungeduldigen Kunden umlagert. Aber Benny, der jetzt ein regelmäßiger Besucher bei Gericht war, kam bereits immer vor dem Ansturm um acht Uhr dreißig dort an. Er bestellte sich jedesmal einen Kaffee, und das pausbäckige schwarze Mädchen hinter der Theke erkannte ihn bald an der Stimme.

»Wieder einmal in der Gegend, Benny, hmm?« fragte Celia und legte ihre Finger vorsichtig um den Pappbecher, um zu ertasten, wie die heiße Flüssigkeit darin aufstieg. »Haben Sie heute eine Verhandlung?«

»Ja, Sie kennen mich doch . . . wieder eine große Sache.«

»Nun, dann wünsche ich Ihnen viel Glück«, sagte sie, als Benny das abgezählte Kleingeld auf den Teller legte, seine Kaffee nahm, mit der freien Hand seine Aktenmappe packte und sich dann auf eine Bank setzte. Er hatte die Aktenmappe in einem Second-hand-Laden für Lederwaren erstanden und sie so lange poliert, bis sie glänzte. Und die kleine blaue Karte, die er in seiner Brieftasche mit sich führte und die besagte, daß Ben Shandling Mitglied der Anwaltskammer von Massachusetts war, die hatte sein Freund Lucas gegen ein kleines Entgelt für ihn drucken lassen.

Benny gab sich nur dann als Anwalt aus, wenn es nicht zu umgehen war—zum Beispiel im Büro des Geschäftsstellenleiters, wenn er eine Akte von dort benötigte. Dann unterschrieb er die Empfangsbestätigung immer mit R. Choate, wobei das R selbstverständlich für Rufus stand — ein kleiner Scherz, den nie jemand verstand. Und was das blinde Mädchen betraf — sie ging einfach davon aus, daß er Anwalt war, und es erschien ihm unnötig, ihr den wahren Sachverhalt zu erklären.

Er sah sich unter den Leuten um, die die Halle betraten; er konnte immer diejenigen darunter erkennen, die wegen einer Verhandlung kamen, konnte die Angst vor dem Unbekannten auf ihren Gesichtern lesen. Und dann die Anwälte . . . wie viele hatte er hier bereits gesehen: so aufgeblasen, so selbstsicher, so wichtigtuerisch.

Heute war Benny mehr als nur ein bißchen aufgeregt wegen der Verhandlung, der er beiwohnen wollte. Es war ein komplizierter Fall, den er verfolgte, seit die erste einstweilige Anordnung auf Sorgerecht vor einigen Monaten eingereicht und abgelehnt worden war; der Vater, Frank Chandler, der mit seiner baldigen Exfrau um das Sorgerecht für den neunjährigen Sohn Andrew stritt, wurde von Rechtsanwältin Margaret Grant vertreten.

Benny hatte fast die gesamten Akten dazu gelesen, und obwohl ein Teil davon nur dummes Geschwätz und der andere nur Lügen enthielt, hatte er ein gutes Gespür für die Situation. Wenn man ein paar Einzelheiten außer acht ließ, dann hätte er sogar so weit gehen und behaupten können, daß das genau sein Fall war, für den Millerman sich nie Mühe gemacht hatte, einen Schriftsatz einzureichen. Der große Unterschied war der, daß Frank Chandler, im Gegensatz zu Benny, immer noch eine Chance hatte, den Jungen zu bekommen: den Aussagen eines Psychologen zufolge hatte dessen Frau bis jetzt noch kein Glück dabei gehabt, den Jungen gegen seinen Vater aufzubringen.

Doch der Fall wurde vor Richter Malcolm Greenspon verhandelt. Von den fünf Vormundschaftsrichtern des Verwaltungsbezirkes Suffolk waren alle — bis auf Campbell, den Oberrichter — eindeutig auf der Seite der Frauen. Aber Greenspon — ein kleingewachsener Mann, dessen Ego aufblühte, wenn er in seine schwarze Robe stieg — war der Schlimmste von allen.

Maggie Grants dickes, schwarzbraunes Haar schwang um ihre Schultern, als sie von den Akten aufblickte und sich ihrem Mandanten zuwandte, der neben ihr saß.

»Entspannen Sie sich, Frank«, sagte sie.

»Wie kommen Sie darauf, daß ich nervös sein könnte?«

Sie deutete auf seine Finger, die auf dem Tisch lagen. »Trommeln Sie immer so mit Ihren Fingern?«

Er zog seine Hand vom Tisch zurück, schaute auf die Uhr und faltete dann seine Hände im Schoß, wobei er es sorgfältig vermied, einen Blick auf den ähnlich aussehenden Mahagonitisch zu werfen, an dem Sondra und ihr Anwalt saßen.

»Wann geht es denn endlich los?«

»Jeden Augenblick. Greenspon soll angeblich bereits im Amtszimmer sein.« Sie drehte sich wieder um und holte einige Dokumente aus den Akten. Die Gerichtsstenographin, um die Maggie gebeten hatte, ging zu ihrem Platz vor der Richterbank und baute flink ihre Transkriptionsmaschine auf.

»Was ist aus Richter Campbell geworden?« fragte Frank. »Ich dachte, er sollte diesen Fall hier verhandeln.«

»Kennen Sie den Satz, daß selbst die besten Pläne schiefgehen können? Campbell scheint wegen einer Grippe auszufallen . . . seit letzter Woche, und Greenspon springt für ihn ein. Ich hatte eigentlich gehofft, er würde rechtzeitig wieder zurücksein.«

»Dann ist der hier nicht so gut?«

»Das habe ich nicht gesagt. Hören Sie, vergessen Sie's, es macht keinen Unterschied. Wir müssen uns darauf konzentrieren, den Fall verständlich und solide zu präsentieren. Und genau das habe ich auch vor.«

»Hören Sie, es tut mir leid, ich will Ihnen nicht auf die Nerven gehen. Ich fühle mich in meinem Maklerbüro, ja vielleicht sogar in einer Küche zu Hause, aber nicht in einem Gerichtssaal. Himmel, ich habe das Gefühl, daß mein Herz gleich stehenbleibt.«

Maggie wandte sich ihm lächelnd wieder zu. Dabei funkelten ihre grünen Augen, was ihre allzu scharfen Gesichtszüge — unter denen sie als schüchterner Teenager gelitten hatte — anziehender machte.

»Ich finde, Sie sehen ganz gesund aus.«
»Ich fühle mich aber nicht so. Ich habe seit fast einer Woche nicht mehr schlafen können. Dauernd geht mir im Kopf herum, daß ich in den Zeugenstand treten und irgend etwas Dummes sagen könnte, etwas, das meinem Fall schadet.«
»Antworten Sie einfach nur auf die Fragen, ohne Reden zu halten oder theatralisch zu werden. Wenn etwas geklärt werden soll, dann erledige ich das im Kreuzverhör. Halten Sie sich in erster Linie an die Wahrheit.«
»Was ist mit Sondras Version der Wahrheit? Und Palmers aufgeblasener Bericht, was machen wir damit?«
»Das überlassen Sie mir.«
»Was ist, wenn —«
»Frank, lassen Sie das.«
Maggie wandte sich wieder ihrer Arbeit zu und ordnete die Dokumente zu vier Stapeln; Frank sah sich im rückwärtigen Teil des kleinen Gerichtssaales um: Ungefähr zwölf Leute saßen auf den Bänken. Ein paar von ihnen kannte er . . . in einer Frau erkannte er Sylvia Palmer, eine nicht mehr ganz junge Psychologin, die als Jugendamtsvertreterin vom Gericht dazu bestellt worden war, die Aussagen beider Parteien zu überprüfen. Frank hatte vom ersten Moment an, als die ältliche Frau in seine Wohnung marschiert war, das Gefühl, daß sie ihm Probleme bereiten würde, so wie eine dieser lästigen Sozialarbeiterinnen, die die Wohnung nach Staub absuchten. Und ihrem Bericht nach zu schließen, mußte sie eine Menge davon entdeckt haben.
Vor der Palmer saß Kevin O'Malley, ein vom Gericht bestellter Rechtsanwalt, der die Interessen seines Sohnes Andy vertrat. Es war Maggie gewesen, die erbittert um dessen Anwesenheit gekämpft hatte; die gegnerische

Seite hatte sich gegen eine Vertretung von Andy mit dem Einwand gewehrt, man könne von einem Neunjährigen nicht verlangen, daß er wisse, was am besten für ihn sei. Andy wollte bei seinem Vater leben, nicht bei seiner Mutter, und das war Frank nur recht. Und wenn jeder Pfennig seines Geldes dafür benötigt werden sollte, er mußte es versuchen. Seine Anwältin war offen zu ihm gewesen, als sie ihm im voraus erklärt hatte, daß die Karten schlecht für ihn standen. Aber wenn er schon kämpfen mußte, dann war er froh, es mit Maggie Grant an der Seite zu tun. Auch wenn sie es herunterspielte: Ihr Ruf, auch für die Väter das Sorgerecht herauszuschlagen, war ausgezeichnet.

Frank warf einen flüchtigen Blick auf den Mann in der letzten Bank . . . er war ihm völlig fremd. Sein schlecht sitzender, marineblauer Anzug und sein blaugestreiftes Hemd paßten überhaupt nicht zu seiner grellgrünen Krawatte. In der Geschäftswelt hättest du nicht die geringste Chance, Freundchen, dachte er. Frank drehte sich wieder um, fixierte die Richterbank und rang seine schweißnassen Hände. Wann, zum Teufel, wollte dieser Richter Greenspon wohl endlich auftauchen?

Plötzlich stieß ein Gerichtsdiener eine Seitentür auf und wies die Anwesenden an, sich zu erheben. Alle standen auf, und der Gerichtsdiener leierte seinen Spruch herunter.

»Zum Aufruf kommt die Sache Chandler gegen Chandler. Jeder, der vor den ehrenwerten Richtern des Vormundschaftsgerichts von Suffolk gehört werden will, der möge näher treten, und er wird gehört werden. Gott segne das Commonwealth von Massachusetts. Bitte setzen Sie sich wieder.«

Gegen Ende des Vormittags stellte Clyde Wentworth, der gegnerische Anwalt, den Antrag, mit dem Bericht der Jugendamtsvertreterin in die Beweisaufnahme einzutreten, damit Sylvia Palmer den Gerichtssaal verlassen könne, um einen beruflichen Termin wahrzunehmen. Maggie legte Einspruch ein, und Greenspon rief beide Anwälte zur Richterbank.

»Ich sehe kein Problem darin. Schließlich spricht der Bericht für sich selbst«, sagte der Richter und fuhr sich über seinen kurzen, stachligen Bart.

»Hohes Gericht«, sagte Maggie, »es ist mein Recht, sowohl den Bericht als auch die Person, die ihn verfaßt hat, in Frage zu stellen.«

»Mit welcher Begründung?«

»Teile des Berichts basieren lediglich auf ungenauen Aussagen, die Miss Palmer gegenüber von Personen geäußert wurden, die ein persönliches Interesse an dem Fall haben.«

»Ja, wie bei jedem Bericht dieser Art, Frau Rechtsanwältin. Und ich bin mir ziemlich sicher, daß es mir nicht schwerfallen wird, diese Teile als solche zu erkennen.«

»Zusätzlich enthält er eine Reihe ungünstiger Schlußfolgerungen über meinen Mandanten, die auf einer falschen und veralteten psychologischen Theorie beruhen.«

»Mit anderen Worten, Sie wollen Miss Palmers Fähigkeiten in Frage stellen?«

»Ja, wenn es notwendig sein sollte.« Maggie drehte sich um, trat ein paar Schritte zurück, nahm einen Stapel Papiere vom Tisch und wandte sich dann wieder der Richterbank zu. »Ich habe hier drei Artikel aus kürzlich erschienenen Ausgaben psychologischer Fachzeitschriften, die in direktem Widerspruch zu —«

Richter Greenspon klopfte mit seinem Hammer auf den

Tisch. »Genug!« Dann, sich zu ihr vorbeugend: »Sagen Sie doch mal, Frau Rechtsanwältin, haben Sie Psychologie studiert?«

»Nein. Aber ich sehe nicht, daß das von Bedeutung sein sollte.«

Die Falten auf Greenspons Stirn vertieften sie zu gezackten Furchen.

»Die Vertreterin des Jugendamtes ist seit mehr als dreißig Jahren als anerkannte Psychologin des Staates Massachusetts zugelassen. Ich würde also vorschlagen, daß wir sie ihre Arbeit machen lassen. Und Sie, Frau Rechtsanwältin, wären besser damit beraten, sich auf Ihr eigenes Fachgebiet zu konzentrieren.«

»Herr Vorsitzender, wir haben es hier mit einem rechtmäßigen Anspruch zu tun! Es ist mein absolutes Recht —«

Greenspon blickte zu dem Gerichtsdiener hinüber. »Einspruch abgelehnt. Mit dem Bericht der Jugendamtsvertreterin wird in die Beweisaufnahme eingetreten. Und Miss Palmer ist umgehend von der Teilnahme an dieser Verhandlung befreit.«

Es dauerte ein paar Sekunden, bis Maggie ihre Fassung wiedererlangt hatte, aber dann sagte sie: »Ich würde gern ein Beweismittel zu Protokoll nehmen lassen, Hohes Gericht.«

»Ich sehe nicht ein, daß das notwendig ist.«

»Im Gegenteil, es ist notwendig.« Ohne seine Zustimmung abzuwarten, wandte Maggie sich an die Gerichtsstenographin und sagte: »Wenn die Anwältin des Klägers die Gelegenheit gehabt hätte, Sylvia Palmer zu befragen, dann hätte sie gezeigt, daß Miss Palmers Meinung nicht auf Tatsachen beruht, die in dieser familiären Situation begründet sind, sondern auf vorgefaßten Meinungen und auf einer veralteten psychologischen Theorie, die davon ausgeht, daß nur eine Mutter dazu in der Lage ist, ein Kind aufzuziehen. Darüber hinaus hätte die Anwältin aufgezeigt, daß Miss Palmers Karriere auf ihrer Auseinandersetzung mit den emotionalen Problemen von Frauen begründet ist und daß sie niemals — ich wiederhole niemals — einen Mann oder ein Kind unter ihren Klienten gehabt hat.«

»Sind Sie fertig?«

Maggie nickte.

Er ließ seinen Hammer auf den Tisch sausen. »Mittagspause. Die Verhandlung wird um zwei Uhr fortgesetzt.«

Maggie ging zu dem Tisch zurück, an dem Frank saß.

»Nicht so gut, hmm?« meinte er.

In der Sitzung am Nachmittag gelang es Maggie, Sondra Chandler als eine kalte, materialistische Frau hinzustellen, die mehr Gedanken an ihr reges Gesellschaftsleben als an ihren neun Jahre alten Sohn verschwendete. Dennoch hatte sich Greenspon nur wenig Notizen von dieser Zeugenbefragung gemacht.

Bis er vor sieben Monaten das eheliche Heim verlassen hatte, war es Frank Chandler gewesen, der regelmäßig die Einkäufe gemacht, das Pausenbrot für seinen Sohn eingepackt, den Jungen ins Bett gebracht, seine Hausaufgaben überwacht und einen großen Teil seiner Abende und Wochenenden zusammen mit Andy verbracht hatte. Es war Frank gewesen, den im letzten Jahr die Schulschwester zweimal verständigt hatte, als Andy krank geworden war. Sondra Chandler war nur selten zu erreichen gewesen.

Doch trotz dieser Zeugenaussage und der Einrede, die am folgenden Tag O'Malley, Andys Anwalt, erheben wollte, würde der Bericht der Jugendamtsvertreterin für

Greenspon der Beweis mit der größten Wirkungskraft sein. Maggie wußte, daß sie keine Chance hatte, wenn es ihr nicht gelang, die überholte Meinung von Miss Palmer zu entkräften. Und obwohl sie Frank Chandler gegenüber nicht ganz so offen gewesen war, so war er doch nicht dumm. Am Ende dieses Tages würde er die Chancen selbst beurteilen können.

Ausgerechnet dieser Greenspon ... Natürlich hatte sie durch das Beweismittel ihr Recht auf Berufung gesichert, aber bei Familienrechtsangelegenheiten bei einem höheren Gericht Berufung einzulegen war oft ein nutzloses Unterfangen. Die Zeit war das Problem. Die Kinder wurden zwangsläufig älter, während der Prozeß sich im Schneckentempo dahinschleppte.

Zu Zeiten wie diesen fragte Maggie sich oft, ob ihr Vater vielleicht nicht recht gehabt hatte, als er versuchte, sie zu überreden, doch in seine Anwaltspraxis in Manhattan einzutreten. »Um auf einem weniger unerfreulichen Rechtsgebiet tätig zu sein«, wie er gesagt hatte. Wie hätte der ehrenwerte Seymour Templeton angesichts eines skrupellosen Richters wie Greenspon wohl reagiert?

Ja, das Familienrecht hatte viele unangenehme Begleiterscheinungen: verbitterte, empörte Eheleute, die sich rächen, ihre schwer angeschlagene Psyche wieder zusammenflicken wollten. Und doch war der unangenehmste Teil der Angelegenheit — die Regelung des Sorgerechts, das, was mit den Kindern geschehen sollte — für Maggie zugleich auch der lohnendste. Zumindest war es so, wenn eine vernünftige Lösung gefunden werden konnte.

In den acht Jahren ihrer Berufserfahrung hatte Maggie nur einmal einen Mandanten angenommen, an den sie nicht wirklich geglaubt hatte. Nach einer schrecklichen Schlacht vor Gericht gewann sie das Sorgerecht für diese Mutter, litt anschließend aber wochenlang Seelenqualen wegen des Urteils und schwor sich dann, nie mehr wissentlich auf der falschen Seite eines Sorgerechtfalls zu stehen.

Obwohl sie versuchte, sich an den Schwur zu halten, bedeutete es keine große Gewissenserleichterung für sie. Zwei Jahre später las sie im *Boston Globe* einen Artikel über eine junge Mutter, die verhaftet worden war, nachdem sie ihren vier Jahre alten Sohn in der Badewanne ertränkt hatte: Die junge Mutter war die Mandantin gewesen, die Maggie vor Gericht vertreten hatte.

Als Maggie an diesem Abend ihr kleines, eineinhalbstöckiges Haus erreichte, das auf einem großen, baumbestandenen Grundstück in Brookline lag und das sie kurz nach ihrer Scheidung erworben hatte, blockierte Pauls gelbe Corvette die breite Auffahrt. Sie schluckte ihren Ärger hinunter und parkte am Straßenrand.

»Du bist spät dran«, rief Paul ihr aus dem Wohnzimmer zu, als sie ins Haus trat. Sie ging durch die Küche und dann zwei Stufen hinunter in das Wohnzimmer, wo ihr Exmann neben der eingebauten Bar stand.

»Hallo, wo ist Richie?« fragte sie.

Mit den Fingerspitzen rührte Paul vorsichtig die Eiswürfel im Glas um und führte dann die bernsteinfarbene Flüssigkeit zum Mund.

»Paul, wo ist Richie?«

»Du bist eine Viertelstunde zu spät zu Hause«, sagte er.

»Tut mir leid, der Verkehr war mörderisch.« Sie zog ihren dunkelblauen Trenchcoat aus, warf ihn zusammen mit ihrer Aktenmappe auf das Sofa und wandte sich wieder den Stufen zu.

»He, wo gehst du hin?«

»Unseren Sohn suchen. Aus dir scheine ich ja keine Antwort herauszubekommen.«
Er deutete mit dem halbvollen Glas in eine Richtung. »Draußen im Hof.«
Sie warf einen Blick aus dem Fenster, entdeckte Richie auf dem verwitterten Abenteuerspielplatz und drehte sich wieder zu Paul um. Er trug einen dicken, weißen Pullover und enge Designer-Jeans ... er war immer noch so jungenhaft schlank wie an dem Tag, an dem sie ihn kennengelernt hatte. Und als hätte er ihre Gedanken gelesen, fragte er: »Sag mal, hast du zugenommen?«
Verlegen strich sie sich mit der Hand über die Hüften. »Ein paar Pfund vielleicht.«
»Steht dir aber nicht schlecht«, meinte er und musterte sie. »Du siehst dadurch sehr sinnlich aus. Aber mehr solltest du nicht zunehmen.«
»Danke für die Warnung. Aber wenn du nichts dagegen hast, Paul, ich muß jetzt das Abendessen machen.«
»Ja bitte, laß dich von mir nicht stören.« Er hob die Flasche mit dem Whiskey und füllte erneut sein Glas.
Maggie ging zu ihm und legte ihre Hand über das Glas. »Ich möchte gern, daß du gehst, Paul. Sofort.«
Er packte sein Glas und verschüttete dabei die Hälfte des Drinks auf der Bar. »Warte, ich wisch es weg«, sagte er, zog ein Taschentuch aus der Hosentasche und beseitigte die Pfütze.
Sie blickte ihm in seine blauen Augen und entdeckte dort die vertraute Glasigkeit.
»Du hast schon getrunken, bevor du hierhergekommen bist, stimmt's?«
»Beruhige dich, Maggie, ich hatte nur ein paar Drinks.«
»Ich möchte nicht, daß du trinkst und dabei mit Richie im Auto fährst.«

»Richie geht es gut, überzeug dich selbst. Würdest du jetzt zur Abwechslung mal von etwas anderem reden? Himmel, hast du schon mal was von dem Wort 'Dankbarkeit' gehört?«

»Das ist mir im Zusammenhang mit dir nicht mehr geläufig.«

»Dankbarkeit. Mir scheint, du solltest wirklich deinem Glücksstern danken, daß ich bereit bin, mich so oft um Richie zu kümmern. Und dürfte ich vielleicht noch erwähnen, daß ich dir damit eine große Last abnehme.«

»Du bist doch derjenige, der eine freizügige Umgangsregelung wollte, und du hast sie auch bekommen . . . sooft du willst. Wenn du jetzt die Verantwortung nicht mehr übernehmen willst oder damit nicht mehr umgehen kannst, dann sag es einfach. Aber ich werde nicht zulassen, daß du unseren Sohn irgendwelchen Gefahren aussetzt . . . verstehst du mich?«

»Mommy, ist das Abendessen schon fertig?«

Maggie drehte sich um und sah, daß Richie auf den Stufen stand. Der Sechsjährige war ein getreues Abbild sowohl von ihr als auch von Paul. Er hatte Pauls sandblondes Haar und seine ebenmäßigen Züge, aber ihre olivdunkle Haut und grünen Augen. Maggie mochte es gar nicht, wenn er ihre Streitereien mitbekam — in den Jahren vor ihrer Scheidung hatte er bereits zu viele davon mit anhören müssen.

»Noch nicht, Liebling«, sagte sie. »Also gut, erzähl mir doch, ob es dir heute in Daddys Wohnung gefallen hat?«

Endlich lächelte er und zeigte dabei seine beiden Zahnlücken. »Und wie. Und weißt du was?«

»Was?«

»Da ist jetzt ein Mann, der den Swimmingpool saubermacht. Mit einer großen, langen Bürste, mit der er überall hinkommt. Im nächsten Monat, meint Daddy, wird der Pool wieder gefüllt, und dann können wir schwimmen gehen.«

Sie lächelte, kniete sich hin und gab ihm einen Kuß auf den Nacken.

»Klingt gut.« Dann, mit dem Kopf in Richtung Paul deutend, sagte sie: »Sag Daddy auf Wiedersehen, er geht jetzt.«

Dann rannte Richie nach oben, um sich die Hände zu waschen, und Maggie schaute vom Vorderfenster aus zu, wie Pauls Sportwagen quietschend aus der Auffahrt fuhr. Er trank wirklich zuviel. Aber vielleicht hätte sie ihn doch nicht so schnell aus dem Haus werfen sollen . . .

Sich vom Fenster abwendend, kehrte sie in die Küche zurück und ging zum Kühlschrank — aufgetaute Ravioli und ein rasch angemachter Salat würden für heute abend genügen müssen. Ihre Gedanken wanderten wieder zu der Verhandlung zurück. Sie hatte sie verpatzt, und Frank Chandler würde das wahrscheinlich teuer zu stehen kommen: Sie hätte versuchen sollen, die Sitzung zu verschieben, sobald sie erfahren hatte, daß Greenspon Campbell vertreten würde.

2. KAPITEL

Wenn sie genauer hätte sagen sollen, was ihr zuerst an ihm aufgefallen war, dann hätte sie geantwortet, daß es die Traurigkeit in seinen Augen war. Natürlich hatte er außerdem auch noch gut ausgesehen — nachdem sie ihn mehr als einmal verstohlen gemustert hatte, war ihr sein kantiges Profil bereits tief ins Gedächtnis eingegraben. Doch als ihr auffiel, wie seine grauen Augen wie zufällig aufblickten und sie in dem Spiegel hinter der Reihe von Whiskeyflaschen ansahen, sich aber sofort wieder auf sein Bierglas senkten, da wußte sie, daß er sie niemals ansprechen würde. Wenn sie ihn kennenlernen wollte, dann mußte sie ihren ganzen Mut aufbringen und die Sache selbst in die Hand nehmen.

Als sie gegen halb zwölf abends in Bennigans Grillbar im Norden Bostons kam, setzte sie sich neben ihn, bestellte sich ein Bier vom Faß, riß umständlich das Papier von einer Packung Marlboroughs und zog eine Zigarette heraus.

»Entschuldigen Sie«, sagte sie und hoffte, man möge ihrer Stimme ihre Unerfahrenheit nicht anmerken, »haben Sie vielleicht Feuer?«

Zuerst dachte sie, er hätte sie nicht gehört oder, schlimmer noch, würde sie ignorieren. Es folgte ein langes Schweigen, aber dann beugte er sich unvermittelt vor und fischte ein Streichholzbriefchen von Bennigans Bar aus einem Korb auf der Theke.

Sie spürte, wie ihr warm im Gesicht wurde. »Daß es mich nicht gebissen hat . . .«

Er brach ein Streichholz ab, zündete es an, schützte die Flamme mit der hohlen Hand und meinte: »Und, wollen Sie sie auch rauchen?« Ihr fiel auf, daß seine grauen Augen mit winzigen schwarzen Punkten gesprenkelt waren.
Sie steckte sich die Zigarette zwischen die Lippen und hielt sie an die Flamme; sie nahm einen Zug, hustete ein paarmal, nahm dann noch einen tiefen Zug, und die Flamme setzte ihre Zigarette in Brand. Sie riß sich die Zigarette aus dem Mund und drückte sie im Aschenbecher aus.
»Vergessen Sie's«, meinte sie.
Er warf das Streichholz weg, wandte sich wieder seinem Bier zu, und sie saß da und versuchte so zu tun, als wäre das Fiasko nicht passiert. Schließlich schaute er sie doch an.
»He, Sie rauchen doch eigentlich gar nicht, stimmt's?«
»Sagen Sie bloß nicht, das haben Sie eben erst bemerkt.«
Er zuckte mit den Achseln und wandte sich wieder ab.
»Hören Sie, es tut mir leid, ich wollte nicht unhöflich sein. Ich habe nur das Gefühl, mich rechtfertigen zu müssen. Sie wissen doch sicher, wie es ist, wenn man bemerkt, daß man sich zum Narren gemacht hat.« Sie lächelte und entblößte dabei einen Schneidezahn, an dem ein Stück fehlte. »Wer weiß, vielleicht wissen Sie es ja auch nicht.«
Ohne auf ihre Bemerkung einzugehen, sagte er: »Ich sehe es nicht gerne, wenn Frauen rauchen.«
Schweigen.
»Wollen Sie damit sagen, Sie haben das alles nur auf sich genommen, um mich kennenzulernen?«
»Reicht es nicht schon, daß ich es getan habe, muß ich es Ihnen auch noch schriftlich geben?«
»Warum?«

»Warum was?«
»Warum wollten Sie mich kennenlernen?«
»Nun, mir ist aufgefallen, daß Sie immer nach elf Uhr hier hereinkommen. Dann sitzen Sie einfach so eine oder zwei Stunden herum und machen dabei einen ziemlich niedergeschlagenen Eindruck. Ich habe nie bemerkt, daß Sie mit jemandem gesprochen hätten.« Sie zögerte und lachte dann verlegen. »Ich weiß nicht, warum will man wohl jemanden kennenlernen?«
Er schien eine Weile über die Frage nachzudenken, als wäre sie von großer Bedeutung.
»Wie heißen Sie?« fragte er schließlich.
»Es ist ein ziemlich alberner Name ... versprechen Sie mir, daß Sie mich nicht auslachen werden, wenn Sie ihn hören?«
Er nickte. Er hatte schmale Lippen, die nicht oft zu lächeln schienen.
»Daisey ... so wie das Gänseblümchen, Daisey Bradley.«
Er nickte ein paarmal und sagte dann: »Ich kannte einmal ein Mädchen namens Rose, und in der siebten Klasse saß ich neben einer Violet. Aber ich habe noch nie eine Daisey kennengelernt. Das ist ein hübscher Name, der ist schon in Ordnung.«
»Sie wollen doch nur höflich sein. Aber trotzdem, vielen Dank.«
Sie schwiegen ein paar Minuten. »Ich heiße Benny Shandling«, sagte er schließlich. »Wo haben Sie sich Ihren Schneidezahn abgebrochen?«
»Beim Rollschuhlaufen ... als ich noch klein war. Sieht fürchterlich aus, stimmt's?«
»Nein. Ich war nur neugierig, das ist alles.«
»Aha.« Nach einer Pause fragte sie: »Sind Sie verheiratet, Benny?«

»Wenn ich es wäre, was würde ich dann hier treiben?«
»Wenn Sie sich ab und zu mal umhörten, dann kämen Sie vielleicht dahinter, daß die Hälfte der Männer, die in solchen Bars verkehren, *verheiratet* ist. Die andere Hälfte ist natürlich geschieden.«
»Ich interessiere mich nicht sehr für Dinge, die außerhalb meines Kreises passieren.«
»Aus welchen Menschen besteht denn Ihr Kreis, Benny?«
»Oh, das ist nicht so wörtlich zu nehmen. Ich versuche einfach nur, meine Nase nicht in Dinge zu stecken, die mich nichts angehen. Natürlich passiert mir das manchmal ohne mein Zutun, aber dann kann ich nichts daran ändern.«
Sie nahm einen Schluck Bier und stellte dann das Glas auf die Theke.
»Ich gehe auch nicht sehr viel unter die Leute. Ab und zu gehen Liz, das ist meine Freundin und Arbeitskollegin, und ich nach der Arbeit zusammen weg. Ich arbeite als Verkäuferin in einem Antiquariat . . . nicht gerade ein sehr aufregender Job.«
Er nickte zustimmend.
»Hierher komme ich natürlich ziemlich regelmäßig. Das ist die einzige Bar, in die ich es wage, alleine zu gehen. In den meisten anderen Kneipen fühle ich mich unwohl. Hier fühle ich mich fast wie zu Hause.« Sie zuckte mit den Achseln. »Vielleicht weil ich daran gewöhnt bin.«
»Als ich noch verheiratet war, da bin ich nicht oft in Bars gegangen. Ich halte eigentlich nicht viel davon. Wenn man verheiratet ist, dann sollte man meiner Meinung nach daheim bei seiner Familie sein. Aber wenn man allein ist, dann bleibt einem natürlich nicht viel anderes übrig, oder?«
»Wann wurden Sie denn geschieden?«

»Es ist jetzt mehr als drei Jahre her.« Ein paar Minuten lang herrschte verlegenes Schweigen, dann fragte Benny: »Wollen Sie ein Foto von meinem Jungen sehen?«
»Sicher — ich habe Kinder sehr gern.«
Benny holte eine abgewetzte Schweinslederbrieftasche aus der Gesäßtasche seiner Jeans und schlug das Bild eines ungefähr dreijährigen Jungen auf: er hatte braunes Haar und dunkle Haut wie er selbst. Dann blätterte er zu einem anderen Foto weiter, das aber so unscharf war, daß sie kaum etwas darauf erkennen konnte.
»Was ist denn damit passiert?« fragte sie.
»Ich stand ziemlich weit weg. Das ist die beste Aufnahme, die ich machen konnte.«
»Warum haben Sie ihn nicht näher vor die Kamera gestellt?«
»Das hätte ich ja auch, aber Adam will mich nicht sehen. Ich habe das Foto heimlich aufgenommen, ohne daß er es bemerkt hat.«
Daisey musterte ein paar Augenblicke Bennys Gesicht und schaute dann wieder auf das erste Foto.
»Wie alt ist Adam jetzt?«
»Fünf. Es ist kaum zu glauben — er geht bereits in die Schule.«
»Er ist ein richtig hübsches Kind. Er sieht Ihnen ähnlich.«
»Ja, finden Sie?«
»Das finde ich nicht nur, das ist so.«
Er nickte und deutete dann auf das Handgelenk des Jungen. »Ich weiß nicht, ob Sie das auf dem Foto erkennen können, aber er hat ein Muttermal. Sehen Sie, es ist wie ein Hammer geformt.« Auf der Innenseite des linken Handgelenks deutete Benny stolz auf sein eigenes rotes, hammerförmiges Muttermal.
Als Daisey schließlich die Bar verließ, hatte sie einiges

über Benny erfahren. Seit seinem sechzehnten Lebensjahr arbeitete er als Krankenpfleger am Massachusetts General Hospital. Er hatte ein schäbiges Zimmer in einer Pension ohne Fahrstuhl im Norden der Stadt, um Geld für seinen Sohn auf die Seite legen zu können; obwohl seine Exfrau ihm immer die Schecks zurücksandte, die er ihr nach der Scheidung für das Kind geschickt hatte, ging er jeden Freitag auf die Shawmut-Bank und zahlte dort fünfundsiebzig Dollar, manchmal auch mehr, auf ein Konto ein, das auf Adams Namen lautete und ihn selbst als Treuhänder auswies.
»Eines Tages wird er eine Menge Geld haben«, erklärte Benny ihr. »Wer weiß, vielleicht macht er sogar sein eigenes Geschäft auf.«
Daisey hatte eine Menge geschiedener Männer in Bars kennengelernt, aber noch nie einen wie Benny. Etwas begriff sie nicht und wagte auch nicht, danach zu fragen — schließlich kannten sie einander kaum —, aber warum sollte sich ein Fünfjähriger weigern, seinen eigenen Vater zu sehen, besonders einen so netten wie Benny?

Benny hatte Daisey gefragt, ob sie sich am nächsten Abend um dieselbe Zeit und am selben Ort mit ihm treffen wolle. Und sie hatte bereitwillig zugestimmt. Normalerweise hatte er zwar Schwierigkeiten mit dem aufgesetzten und oft falschen Gehabe von Frauen, aber Daisey war da ganz anders. Sicher, sie hatte es mit einem Trick erreicht, daß sie sich kennengelernt hatten, aber was war daran so schlimm?
Daisey war bei weitem nicht die schönste Frau, die er jemals kennengelernt hatte: sie hatte dichtes, krauses, karottenrotes Haar, und Dutzende von Sommersprossen überzogen ihre blasse Haut. Und obwohl sie beinahe

vierundzwanzig Jahre alt war — sechs Jahre jünger als er selbst —, so hatte sie immer noch den jungenhaften Körper einer Dreizehnjährigen. Aber das Aussehen spielte für Benny keine so große Rolle. Das Ausschlaggebende war der Charakter.

Wie es zum Beispiel bei seiner Exfrau Claire der Fall war: oberflächliche Schönheit, hinter der nichts steckte, aber er war nicht schlau genug gewesen, das zu durchschauen, bis es zu spät war. Und heute bei der Verhandlung — Sondra Chandler: Mit ihrem langen blonden Haar und ihrem üppigen Körper glich sie einer jener Göttinnen in einem Frauenmagazin. Doch Benny hatte die Art durchschaut, in der sie mit Greenspon gespielt hatte; und dann dieser durchtriebene Ausdruck von Genugtuung auf ihrem Gesicht, wenn er wieder zu ihren Gunsten entschieden hatte.

Der arme Frank, er hatte keine Chance. Und obwohl Franks Rechtsanwältin eine ziemlich geschickte Kämpferin zu sein schien, so konnte sie doch gegen die Verderbtheit, die heute im Gerichtssaal vorgeherrscht hatte, nicht ankommen. Benny hatte lange über den möglichen Ausgang des Chandler-Falles nachgedacht, seit er zum erstenmal begriffen hatte, wie verlogen das ganze System war. Und obwohl er sein Leben lang seine Nase nie in die Angelegenheiten anderer gesteckt und sich von allem Ärger ferngehalten hatte: Dies war einer jener Fälle, die — wie er es Daisey beschrieben hatte — ihn ohne sein eigenes Zutun etwas angingen.

Es war bereits neun Uhr, als Maggie Richie gebadet, zu Bett gebracht und ihm vorgelesen hatte. Dann ließ sie sich auf das Sofa sinken, zog das Telefon auf den Beistelltisch und wählte Pauls Nummer.

Eine Frau antwortete.

»Könnte ich bitte mit Paul sprechen. Sagen Sie ihm, es ist Maggie.«
»Einen Moment bitte«, flüsterte die Stimme.
Maggie wartete einige Augenblicke, dann ließ sich Pauls Stimme vernehmen. »Tut mir leid, daß du warten mußtest, aber ich war unter der Dusche. Ist mit Richie etwas nicht in Ordnung?«
»Nein, nein, ihm geht es gut. Ich habe ihm eben gute Nacht gesagt. Natürlich erst, nachdem ich ihm ausgiebig aus der Brownschen Enzyklopädie vorgelesen hatte. Er wird immer besser im Lösen der Rätsel.«
»Hör mal, das Mädchen am Telefon — sie ist eine der Sekretärinnen. Ich mußte dringend noch etwas aufarbeiten, und so —«
»Paul, wir leben jetzt getrennt, jeder hat sein eigenes Leben. Du mußt mir nichts erklären. Im Ernst.«
»Nun, ich wollte nicht, daß du glaubst —«
»Paul, bitte, versteh doch. Und wenn du dich entschließt, sämtliche Frauen aus deinem Büro ins Bett zu schleifen, dann geht das nur dich etwas an. Ich könnte mir Schlimmeres vorstellen.«
Paul kicherte. »Du hattest immer schon einen etwas verdrehten Sinn für Humor. Warum rufst du mich an?«
»Es ist wegen deiner Trinkerei.«
»Wozu dann das Gerede über persönliche Freiheit?«
»Das gilt nur insofern, als es Richie nicht betrifft. Aber wenn er deinen selbstmörderischen Neigungen ausgeliefert ist, dann geht mich das sehr wohl etwas an.«
»Ich hoffe, du setzt dir nicht irgendwelche dummen Gedanken in den Kopf — wie zum Beispiel zu versuchen, mir meine Umgangsregelung zu kürzen.«
Maggie seufzte. »Das will ich nicht. Und ganz bestimmt will Richie das auch nicht.«

»Was dann?«
»Wenn er dich in Zukunft besucht, dann werde ich es so einrichten, daß er nach der Schule bei dir vorbeigebracht wird. Am Abend werde ich dann nach der Arbeit kommen und ihn holen.«
»Maggie, Maggie — immer tüchtig und auf Draht.«
»Paul, entweder so oder gar nicht.«
»Wer wird ihn denn vorbeibringen, oder geht mich das auch nichts an?«
»Hast du schon mal was von Taxis gehört?«
»Ich nehme an, daß ich die Rechnungen zahlen soll, oder?«
»Das wäre nett. Aber falls du der Meinung bist, daß das deine Finanzen zu sehr belastet . . .«
»Erspar mir deinen Sarkasmus.«
»Schön. Paul, außerdem würde es mich sehr erleichtern, wenn du es dir abgewöhnen würdest, in Richies Gegenwart zu trinken. Wenn du schon trinken mußt, dann mach es allein.«
Ein paar Augenblicke herrschte Schweigen, dann: »He, bist du jetzt fertig, oder willst du mit deiner Gardinenpredigt weitermachen?«
»Ich bin jetzt fertig. Warum gehst du nicht wieder zu deiner Sekretärin zurück?«
Sie legte den Hörer auf und wußte genau, daß ihre letzte Bemerkung überflüssig gewesen war. Sie war dumm und kindisch gewesen. Sie lehnte sich auf dem Sofa zurück. O ja, auch sie hatte ab und zu das Recht . . .

Sie hatte erst eine Viertelstunde geschlafen, als das Telefon klingelte. Sie streckte sich und packte den Hörer. »Hallo«, meldete sie sich.
Eine tiefe Stimme. »Schläfst du?«

»Douglas, hallo. Nein, ich habe nicht richtig geschlafen, nur ein paar Minuten die Augen zugemacht. Einfach so.«
»Wie ist es heute im Gericht gelaufen?«
»Miserabel.«
»Wer hatte den Vorsitz?«
»Greenspon. Ich hätte mich nicht darauf verlassen sollen, daß Campbell bis dahin wieder zurück ist. Ich hätte die Verhandlung verschieben sollen.«
»War es nicht Greenspon gewesen, der einmal einem Anwalt, der zum Begräbnis seines Vaters mußte, eine Vertagung verweigert hat?«
Maggie kicherte. »Himmel, das ist doch einfach fürchterlich, das macht einen ja krank. Aber ich glaube, das war Richter Leeder.«
»Was hat Greenspon denn heute getan?«
»Besser wäre zu fragen, was er nicht getan hat. Er hat sich zu keiner meiner Zeugenbefragungen Notizen gemacht. Er hat es nicht zugelassen, daß ich die Jugendamtsvertreterin befragte. Und ihr Bericht ist tödlich für die Sache.«
»Klingt mir ganz danach, als müßtest du in die Berufung gehen.«
»Das ist nur kostspielig, dauert und bringt am Ende nichts. Ein Jahr vergeht, das Berufungsgericht mischt sich ein, gibt dem Richter des niedrigeren Gerichts was auf die Pfoten und setzt eine Wiederaufnahme an. In der Zwischenzeit wurde ein Präzedenzfall geschaffen, das Kind ist älter geworden und kommt ganz gut zurecht. Und dann sollte man besser auch keine Unruhe mehr schaffen, indem man das Sorgerecht ändert.«
»Ach du meine Güte, so eine junge Frau und schon so pessimistisch.«
»Ich fühle mich nicht so jung.«
»Dann sollte ich vielleicht auf einen Sprung vorbeikom-

men und mal sehen, ob ich nicht ein Mittel dagegen finde. Ich könnte in, sagen wir mal, vierzig Minuten dasein. Mit einem Becher voll Eiscreme in fünfundvierzig Minuten.«

Es war bereits kurz vor Mitternacht, als sie endlich zu der Eiscreme kamen. Douglas Woods, einer von vier Stellvertretern der Staatsanwaltschaft des Bezirks von Suffolk, die von Eric McGivins geleitet wurde, verfügte über Qualitäten, die Paul vermissen ließ — Beständigkeit und Solidarität. In frühester Jugend bereits hatte Douglas die Verantwortung für eine kleinere Schwester und eine kranke Mutter übernommen, und später hatte er abends Jura studiert und tagsüber gearbeitet. Obwohl sie und Douglas sich bereits gekannt hatten, als Maggie ihr Examen an der juristischen Fakultät von Boston ablegte, hatte er erst nach ihrer Scheidung vor einem Jahr begonnen, ihr den Hof zu machen.

»Warum hast du so lange damit gewartet?« hatte sie ihn einmal nach einer leidenschaftlichen Liebesnacht gefragt.

»Ich nahm an, ich könnte mit Paul nicht konkurrieren. Du kennst mich doch, ich bin langsam und brauche Zeit. Bis ich endlich den Mut aufgebracht hatte, etwas zu unternehmen, da war das Rennen bereits gelaufen und entschieden.«

Sie dachte einen Augenblick darüber nach. »So, wie es aussieht, hätte ich dich damals auch nicht zu schätzen gewußt.«

»Wieso das?«

»Die Qualitäten, die ich an dir schätze, deine Verläßlichkeit, Nachdenklichkeit, Nüchternheit — das sind einfach nicht die Eigenschaften, die ein junges Mädchen anziehen.«

»Wenn das ein Kompliment gewesen sein soll, warum habe ich dann das Gefühl, eben einen Schlag ins Gesicht bekommen zu haben?«

Jetzt saßen sie beide auf dem Bett — Maggie mit gekreuzten Beinen und Douglas mit dem breiten Rücken an das Kopfbrett gelehnt — und löffelten Eiscreme. Dunkle, durchdringende Augen, die von dichten Augenbrauen überschattet wurden, bildeten den anziehenden Mittelpunkt in Douglas' sonst eher unauffälligem Gesicht.

»Ich sehe dir doch an, daß du nachdenkst — worüber denn?« fragte sie.

Douglas zuckte mit den Achseln. »Über meine Arbeit. Die Presse macht einen ganz schönen Rummel um diese junge Mutter, die in Beacon Hill in ihrer Wohnung ermordet wurde. McGivins will, daß ich eine Ermittlungsgruppe zusammenstelle und deren Arbeit überwache.«

Maggie nickte. »Ich erinnere mich, darüber gelesen zu haben — sie wurde erwürgt. Wie war gleich noch mal der Name . . . Silvers?«

»Brenda Raycliff Silvers. Die Familie der Ermordeten, das sind *die* Raycliffs, denen das Kaufhaus gehört. Viel Geld und viel Einfluß. Die Ermittlung ist bereits fast einen Monat alt, und nichts tut sich — wir kommen nicht weiter.«

»Gibt es irgendeinen Hinweis darauf, womit sie erwürgt wurde?«

»Der Polizeiarzt tippt auf ein dickes Nylonseil, vielleicht ein Strumpf. Er hat auch Spuren von Seconal, einem starken Beruhigungsmittel, in ihrem Blut gefunden. Soweit wir sagen können, war es ihr nicht verschrieben worden; aber die Leute kommen doch ziemlich einfach an Tabletten heran. Auf jeden Fall war die Todesursache eindeutig Ersticken.«

»Habe ich das richtig im Kopf — zum Zeitpunkt des Mordes war ein Kind in der Wohnung?«

»Richtig, ein kleines Mädchen, zwei Jahre alt. Das Kind wurde Gott sei Dank nicht angerührt. Allen Anzeichen nach zu schließen, hat es die ganze Zeit über geschlafen.«

»Was ist mit einem Motiv?«

»Wer weiß schon, was heutzutage ein Motiv ist? Es könnten lausige zwanzig Dollar für ein Fläschchen Crack sein. Aber in dem Fall hier wurde ihr Geld nicht angerührt. Eigentlich wurde gar nichts angerührt. Kein gewaltsames Eindringen . . . offensichtlich muß es jemand gewesen sein, den sie kannte oder zumindest wiedererkannt hat.«

»Wo war der Ehemann zu der Zeit?«

»Der Exmann, und genau der war unser Tatverdächtiger, zumindest bis gestern, als er uns sein Alibi bestätigen konnte. Es sieht so aus, als sei er übers Wochenende in Maine auf der Entenjagd gewesen. Ist dort oben keiner Menschenseele begegnet — das heißt, bis er sich an einem Metallstück die Hand aufgerissen hat und zu einem Arzt gegangen ist, um sich verbinden zu lassen. Es hat sich herausgestellt, daß der Arzt in Europa auf Urlaub war und erst gestern wieder erreicht werden konnte.«

»Ich würde sagen, das war ein Glückstreffer für Silvers.«

»So könnte man es sehen. Aber unser Hauptverdächtiger scheidet so aus.«

»Wieso Hauptverdächtiger, was habt ihr gegen ihn in der Hand?«

»Ein Motiv, und ein verdammt gutes noch dazu.«

»Welches denn?«

»Nun, er und seine Exfrau stritten sich wie die Weltmeister. Sie lebten seit fast einem Jahr nicht mehr zusammen, aber den Nachbarn zufolge war es nicht ungewöhnlich, daß er sich in der Gegend herumgetrieben, an die Türen gehämmert und gebrüllt hat, er wolle in die Wohnung und das Kind sehen. Vor gar nicht langer Zeit haben sie sich vor Gericht um das Sorgerecht gestritten. Hier am Vormundschaftsgericht in Suffolk, vor Richter Cagney. Als das Urteil gefällt und dem Vater das Umgangsrecht verweigert wurde, da hat er ein paar häßliche Drohungen ausgestoßen.«

»Meinst du nicht, daß du da etwas übertreibst, was ein mögliches Motiv anbelangt? Tausende von Männern machen diese Art von demütigendem Streit durch, und ich behaupte ja nicht, daß er nicht wirklich schrecklich ist. Vielleicht gehen sie in ihrer Wut sogar so weit, ein paar häßliche Dinge anzudrohen. Aber wenn ein Vater sein Kind liebt, welchen Vorteil kann er sich von der Ermordung der Mutter des Kindes dann schon erhoffen?«

»Falls er sauber aus dieser Sache herauskommt — was bei Silvers selbstverständlich der Fall sein wird —, dann wäre das Sorgerecht über das Kind der große Preis, würde ich meinen.«

3. KAPITEL

Obwohl Andys Anwalt die Wünsche des Jungen klar herausstellte, schien sein emotionsloser Vortrag doch nur wenig Eindruck auf Greenspon gemacht zu haben. Als O'Malley sich wieder setzte, stand Maggie auf und hoffte, daß die eiligen Arrangements, die sie an diesem Morgen getroffen hatte, nicht umsonst gewesen seien.

»Herr Vorsitzender, ich möchte bezüglich meines Mandanten eine Anregung geben«, sagte sie.

Greenspon seufzte hörbar auf. »Ja, was gibt es denn, Frau Rechtsanwältin?«

»Obwohl es im allgemeinen besser ist, Kinder vom Gerichtssaal fernzuhalten, bin ich der Meinung, daß es in diesem Fall für Sie nützlich wäre, direkt mit dem Kind, mit Andrew Chandler, zu sprechen.«

Sondras Anwalt, Clyde Wentworth, sprang sofort auf.

»Ich erhebe Einspruch, Hohes Gericht. Das hier ist kein Platz für ein Kind.«

»Kommen Sie zur Bank«, sagte der Richter, und die beiden Anwälte traten vor.

»Wenn Sie mich bitte anhören wollen . . .«, sagte Maggie.

»Reden Sie. Aber machen Sie es kurz.«

»Obwohl Andy erst neun Jahre alt ist, ist er ein kluger, reifer Neunjähriger, ein Junge, der sich über seine eigenen Gefühle durchaus im klaren ist. Er selbst hat sogar den Wunsch geäußert, vor Gericht zu erscheinen. Ich schlage Ihnen deshalb vor, sich doch unter vier Augen und hinter verschlossenen Türen mit ihm zu unterhalten.«

»Der Junge ist in der Schule, Euer Ehren«, sagte Wentworth. »Es würde nicht nur eine gewisse Zeit dauern, ihn hierherzubringen, seine Mutter ist auch noch strikt dagegen, daß er den Unterricht versäumt.«

Der Richter schaute auf die Uhr, dann wieder zu Maggie. »Frau Anwältin, ich habe nicht die Absicht, diese Verhandlung hinauszuzögern. Trotz Ihrer ständigen Bemühungen, dieses Verfahren in die Länge zu ziehen, werden wir diese Angelegenheit heute termingerecht zu Ende bringen.«

»Euer Ehren, ich habe bereits für eine Transportmöglichkeit gesorgt, die vor der Schule wartet, und der psychologische Betreuer der Schule ist bereits über eine solche Eventualität informiert. Ein Anruf, und Andy kann in einer halben Stunde hiersein. Und was das Unterrichtsversäumnis angeht, der Junge hat momentan Sportunterricht, und die beiden nächsten Stunden sind Musik und Kunst. Ich glaube doch wohl nicht, daß die Folgen eines eventuellen Versäumnisses des Musik- und Kunstunterrichtes mit der Entscheidung zu vergleichen sind, die heute über seine Zukunft getroffen wird.«

»Aha ... offensichtlich sind Sie also keine große Kunstliebhaberin, Frau Anwältin.« Wentworth lachte über den schwachen Scherz des Richters, aber Maggie konnte nur mit Mühe den Schein wahren. »Wie auch immer, Frau Anwältin«, sagte Greenspon wieder im selben strengen Tonfall wie zuvor, »eine Unterhaltung mit dem Jungen ist völlig unnötig. Ich habe nicht nur den Bericht der Jugendamtsvertreterin hier vor mir liegen, sondern bin auch noch weitschweifig vom Anwalt des Jungen informiert worden.«

»Aber wenn Sie den Sachverhalt direkt aus dem Mund des Jungen hören, können Sie sich ein weitaus besseres Bild von dieser einmaligen familiären Situation machen.«

»Rechtsanwältin Grant, seit zwei Tagen höre ich mir jetzt Ihr ununterbrochenes Gejammer und Gezeter an. Ich bin ein sehr geduldiger Mensch, aber nicht Sie sind für diese Verhandlung verantwortlich, sondern ich bin es nun mal. Vielleicht sollten Sie sich darüber im klaren sein, wenn Sie das nächste Mal vor meine Richterbank treten. Dieser Fall hier wird nach sorgfältiger Überlegung und nicht auf rein emotionaler Basis entschieden werden, so, wie Sie es gerne hätten. Ersparen Sie mir also bitte Ihre effekthascherischen Auftritte in letzter Minute.«

Maggie konnte fühlen, wie ihr die Wut heiß ins Gesicht stieg.

»Gut, wenn wir damit also fertig wären«, sagte er und schaute erneut auf die Uhr. Dann wandte er sich wieder an sie und Wentworth. »Es ist jetzt elf Uhr. Die Verhandlung wird unterbrochen. Seien Sie bitte um zwei Uhr wieder hier, dann werde ich Ihnen meine Entscheidung mitteilen.«

Maggie eilte an ihren Tisch zurück, und es fiel ihr entsetzlich schwer, sich den Schmerz auf Frank Chandlers Gesicht ansehen zu müssen. Es geschah schon selten genug, daß ein Sorgerechtsfall innerhalb einer Woche entschieden wurde, geschweige denn in drei Stunden. Und die dreistündige Unterbrechung bedeutete nicht mehr, als daß Greenspon in dieser Zeit in aller Ruhe zu Mittag essen oder ein Nickerchen im Richterzimmer machen würde. Ganz offensichtlich hatte der Mistkerl die Entscheidung bereits getroffen, bevor er an diesem Morgen seinen Richtersitz eingenommen hatte.

Als Daisey an diesem Morgen zur Arbeit gekommen war, hatte sie Liz auf der Stelle von Benny, dem Mann, den sie am Abend zuvor kennengelernt hatte, erzählt. Liz, eine mollige junge Frau mit langem, strähnigem Haar und Brille, die normalerweise überschwenglich auf die bloße Erwähnung eines Mannes reagierte, zeigte nur wenig Begeisterung über Daiseys Glück.

»Das ist keine gute Idee, sich mit einem geschiedenen Mann einzulassen. Du kennst doch den Spruch, daß man sich damit nur den Ärger anderer einhandelt.«

»Es ist mir egal, was *man* sagt. Tatsache ist, daß Benny ein wunderbarer Mensch ist. Das konnte ich bereits nach unserer kurzen Unterhaltung sehen. Ich meine, es ist doch ganz klar, so, wie er über sein Kind spricht.«

»Genau das hat dir noch gefehlt — ein Mann, der Probleme mit seiner Exfrau hat.«

»Nun, ich weiß natürlich nicht mit Sicherheit, ob das stimmt. Aber wenn ich mir vorstelle, daß sein Sohn Angst vor ihm haben soll, dann fällt mir automatisch ein, daß das an der Mutter liegen muß.«

»Ich hoffe, du wirst nicht gleich mit ihm ins Bett hüpfen.«

Daisey sah sie an. »Warum bist du nur so verdammt kritisch?«

»Ich sage doch nur, daß du dich hoffentlich nicht mit ihm einlassen wirst, bevor du nicht weißt, wer er ist. Das ist alles, was ich sage. Und warum reagierst du so abwehrend, Daisey? Himmel, du kennst den Mann doch kaum.«

Wann immer es in der Arbeit eine Pause gab, eilte Benny in den vierten Stock, in die Kinderabteilung. Er brachte die Kinder gern zum Lachen, alle . . . aber am liebsten Charlie. Der siebenjährige Charlie Rosetti war ein Straßenkind, so, wie Benny eines gewesen war. Von seinen neun Schwestern und Brüdern — die beengt in einer Fünfzimmerwohnung in einem heruntergekommenen Block in Chelsea hausten — war Charlie der große Pechvogel, der, der sterben würde.

Niemand hatte Benny das gesagt. Nie wurden einem Krankenpfleger solche Dinge anvertraut, aber er konnte sich selbst davon überzeugen: Charlies Ausflüge nach Hause wurden immer weniger, und seine straff gespannte Haut wurde grau und übelriechend wie bei den Leichen, die Benny jeden Morgen in die Leichenhalle hinunterfuhr.

Als die Oberschwester ihren Kopf in das Sechsbettzimmer steckte, war Benny gerade dabei, die verschiedensten Tierstimmen nachzumachen, doch während die restlichen fünf Patienten vor Entzücken quietschten, konnte er Charlie nicht einmal ein Lächeln entlocken.

»Benny«, rief die Schwester, »tut mir leid, euren Spaß unterbrechen zu müssen, aber du wirst in der Notaufnahme gesucht — ein Exitus, Herzstillstand.«

»Geh nicht weg«, sagte Charlie plötzlich und packte Bennys Arm.

»Ich muß, sie rufen mich, und ich muß gehen. Das weißt du doch.«

»Kommst du zurück?«

»Klar komme ich wieder . . . tue ich das nicht immer?«

Benny schob die Rollbahre zum Fahrstuhl. Vielleicht würde er nach dem Mittagessen wieder hochkommen und Charlie eine Tüte mit Doritoes bringen können; das Kind mochte zur Zeit kein Essen, aber es mochte diese besonderen Chips.

Benny dachte wieder an die Verhandlung des heutigen Tages zurück. Er war sofort, nachdem Greenspon unterbrochen hatte, gegangen und hatte nicht einmal mehr das

Urteil abgewartet. Warum sich die Mühe machen, wo er es doch bereits wußte? Die Mutter würde das Sorgerecht bekommen, den Vater würde man mit Brosamen abspeisen ... und die würden immer weniger werden. So langsam, daß Frank vielleicht nicht einmal bemerken würde, daß das der Fall war. Und das Kind ... ja, das war das schlimmste von allem, das Kind. Es würde bei lebendigem Leib aufgefressen werden. So wie der kleine Charlie da oben.

Greenspon sprach die Scheidung aus, übertrug das alleinige Sorgerecht Sondra Chandler und gestand Frank jedes zweite Wochenende (Samstag morgen bis Sonntag nachmittag vier Uhr), den Vatertag, Franks Geburtstag und zwei Wochen während der Sommerferien zu und legte ihm eine Zahlung von dreitausendzweihundert Dollar monatlich für das Kind auf.

»Ziemlich schäbig, aber ich nehme an, das ist momentan die übliche Regelung«, sagte Frank bei einer Tasse Kaffee in Maggies Büro, das zwei Blocks vom Gericht entfernt war.

»Eigentlich übersteigt sie sogar Greenspons Norm; ich habe schon erlebt, daß er grundlos Übernachtbesuche verweigert hat. Deswegen wird es Ihnen wahrscheinlich nicht bessergehen, aber ich bin überzeugt, daß er seine Regelung für ziemlich großzügig hält.«

»Großzügig, daß ich mein Kind zweimal im Monat sehen darf?«

»Viele Richter, die bei solchen Fällen den Vorsitz haben, halten einen Vater schon dann für engagiert, wenn er sein Kind ab und zu mal am Samstagnachmittag ins Sportstadion führt. Einen wirklich engagierten Vater wie Sie erkennen sie nicht an, und die Einstellung, die

dahintersteckt, ist ihnen erst recht fremd. Und Greenspon ist schlimmer als die meisten.«
»Dann war es ein Fehler, vor diesem Kerl zu verhandeln.«
Maggie nickte. »Ja, meiner.«
»Kommen Sie, gönnen Sie sich mal eine Pause. Schließlich waren es nicht Sie, die Campbell außer Gefecht gesetzt hat.«
»Ich hätte versuchen können, die Sache zu verschieben. Ich weiß nicht, ob es mir gelungen wäre, aber ich hätte es versuchen sollen.«
Ein paar Minuten herrschte Schweigen. »Wir haben ein Rechtsmittel in der Hand, Frank«, sagte Maggie. »Eines, das Erfolg haben und eine Wiederaufnahme in Gang setzen dürfte. Doch grundsätzlich ist zu sagen, daß eine echte Chance besteht, eine großzügigere Umgangsregelung herauszuholen, vorausgesetzt, wir bekommen einen anderen Richter; ich kann aber nicht sagen, ob ein erneutes Verfahren uns das Sorgerecht einbringen wird — besonders bei dem bereits vorliegenden Urteil —, es sei denn, wir können Sondra gegenüber stärkere Geschütze auffahren.« Maggie schüttelte den Kopf. »Ich fürchte, Egoismus, materialistische Einstellung und Gefühlskälte allein scheinen die meisten dieser Richter nicht sehr zu beeindrucken. Der Grund ist der, daß sie diese Eigenschaften allen Frauen als Makel zuschreiben.«
»Warum begünstigen sie sie dann?«
»Weil sie Mütter sind. Und in diesem System ist Mutterschaft immer noch ein geheiligtes Wort.«
Wegen einer kurzen Geschäftsreise, die Frank unternehmen mußte und die sich eventuell bis zum folgenden Wochenende hinziehen konnte, bat er Maggie, es so zu arrangieren, daß sein ihm zustehendes Wochenende mit seinem Sohn sofort stattfinden konnte. Kurz danach

verließ er die Kanzlei; er wollte über eine Berufung nachdenken und sie dann seine Entscheidung wissen lassen. Im Augenblick konnte er nur daran denken, wie er die Sache seinem Sohn erklären sollte. Wie sollte man einem Neunjährigen erklären, daß irgend so ein Fremder, der in einem majestätischen Sessel in einem Gerichtssaal sitzt, die Macht hatte, seinen Vater, der ihn sein ganzes Leben geliebt und umsorgt hatte, einfach so zu verbannen?

Maggie schlang sich ihre Tasche um die Schulter und verließ die Kanzlei im siebten Stock, die sie sich mit vier anderen Anwälten teilte. Sie würde früh nach Hause fahren, den Babysitter heimschicken und Richie damit überraschen. Maggie sang keinesfalls ein Hohelied auf alle Väter, aber der hier schien ihr der Mühe wert zu sein. Und Greenspons Urteil stank zum Himmel.

Später an diesem Abend trafen sich Benny und Daisey bei Bennigans; statt sich an die Theke zu setzen, nahmen sie einen Tisch in der Ecke. Und es dauerte nicht lange, bis Benny anfing, seine Geschichte vor ihr auszubreiten. Daisey saß da, hörte ihm aufmerksam zu und schüttelte dann den Kopf.

»Das ist ja schrecklich, Benny. Vielleicht sollten Sie versuchen, Adam wiederzusehen.«

»Ich habe es einmal auf dem Schulhof versucht. Einmal in der Woche gehe ich dorthin, um wenigstens zu sehen, wie es ihm geht. Nun, dieses eine Mal ging ich bis zum Zaun und rief seinen Namen.«

»Wie hat er reagiert?«

»Er ist davongelaufen, als dachte er, ich würde ihm weh tun.«

»Vielleicht sollten Sie noch einmal den Versuch unternehmen, mit Claire darüber zu reden. Sagen Sie ihr, wie Sie sich fühlen.«

»Sie begreifen Frauen wie Claire nicht. Verstehen Sie nicht, das ist es doch genau, was sie will. Je weiter sich der Junge von mir entfernt, desto besser gefällt es ihr.«

»Aber warum, was haben Sie ihr angetan?«

Er zuckte mit den Achseln. »Es ist mehr das, was ich nicht getan habe — ich hatte nie einen großartigen Job, habe nie das große Geld verdient und mich selbst als starker Mann bewiesen. Das einzige, was ich ihren Eltern gezeigt habe, war, daß ich ein Versager bin.«

»Hören Sie auf damit. Sie sind kein Versager, Benny.«

»In ihren Augen war ich das. Ich bin nicht aufs College gegangen, ich habe nicht einmal die High School abgeschlossen.«

»Nun, das ist doch nicht alles.«

»Für diese Art von Menschen ist es das. Auf jeden Fall, sobald Claire mich losgeworden war, ist sie wieder in den Schoß ihrer Familie zurückgekehrt. Sie haben einen Haufen Geld, und Claire ist auf meine magere Unterstützung gar nicht angewiesen. Die wollen alle doch nur, daß ich verschwinde. Und ich glaube, irgendwie haben sie auch bekommen, was sie wollten.«

Daisey wünschte sich, sie könnte ihm etwas sagen, damit er sich besser fühlte, aber es gab nichts.

»Wo haben Sie sich denn kennengelernt?« fragte sie schließlich.

»Im Krankenhaus. Sie war im ersten Semester am College und mußte sich ihren Blinddarm rausnehmen lassen. Ich war derjenige, der sie in die Chirurgie gefahren hat.« Bei der Erinnerung schüttelte Benny den Kopf. »Himmel, hatte die eine Angst. Ich blieb in der Nähe, während sie darauf wartete, in den OP gebracht zu werden. Sie wissen schon, um sie aufzuheitern, damit sie sich besser fühlte. Nach der Operation besuchte ich sie dann öfter und brachte ihr alberne kleine Geschenke.«

»Ich möchte wetten, daß sie sehr hübsch war.«

Benny nickte. »Damals dachte ich das ... große blaue Augen und langes, sandfarbenes Haar. Aber man sieht den Menschen eben nicht immer an, wie sie innerlich sind.«

Ein paar Augenblicke war es still, dann fragte sie: »Lieben Sie sie immer noch?«

Benny nahm einen Schluck Bier und stellte dann das Glas auf das karierte Tischtuch.

»Ich hasse sie. Und das ist das Spaßige daran. Wenn ich jetzt an sie denke, dann sehe ich nur Häßlichkeit. Vermutlich weil ich deutlich sehen konnte, wie es in ihr aussieht.«

Daisey wurde rot, wußte aber nicht einmal, warum das geschah. Sie hoffte, Benny würde sehen können, wie es in ihr aussah.

»Wollen Sie eigentlich wieder zu ihr zurück? Sie wissen schon, um sie dafür zu bestrafen, daß sie Adam gegen Sie aufgehetzt hat?«

»Ich würde sie umbringen, wenn ich könnte.«

»Das meinen Sie doch nicht so.«

»Doch, das tue ich. Glauben Sie ja nicht, ich hätte nicht schon x-mal darüber nachgedacht. Das einzige, was mich davon abhält, ist der Junge. Er haßt mich. Wenn ich jetzt seine Mutter umbringe, was wird dann aus ihm?«

Darüber nachzudenken war eine Sache, es zu tun eine andere, und Daisey glaubte nicht einen Augenblick daran, daß ein Mensch wie Benny fähig sein sollte, einem anderen weh zu tun. Es war der Schmerz, der aus ihm sprach, und das konnte sie verstehen. Als sie gegen ein

Uhr nachts zusammen die Bar verließen und er sich zu ihr umwandte und fast schüchtern fragte: »Wollen Sie mit zu mir kommen? Das Zimmer ist zwar nicht schön, aber das Bett ist bequem«, da nickte sie.
Und es war wirklich nicht schön — zumindest das Zimmer nicht. Aber mehr als einen Mann wie Benny hätte sie sich nie erträumen können: Er sah gut aus, war freundlich und hatte große, sanfte Hände, die ihre Verkrampfung wegstreichelten. Als sie zu zittern begann, da hielt er sie einfach fest und liebkoste sie, und erst als sie dazu bereit war, ging er einen Schritt weiter. Er sagte kein Wort, aber Daisey war sich sicher, daß er inzwischen bemerkt hatte, daß sie eine vierundzwanzigjährige Jungfrau war.

Benny lag noch stundenlang wach, nachdem Daisey eingeschlafen war. Daisey hatte die Gewohnheit, ihre Decke wegzustrampeln, und Benny konnte dann jedesmal ihren Körper ein paar Minuten betrachten, bevor er sie wieder zudeckte. Sie war so mager und zerbrechlich, daß er fast Angst gehabt hatte, sie zu fest zu umarmen. Aber sie schien es gewollt zu haben — zumindest, nachdem sie ihre anfängliche Nervosität überwunden hatte. Und er hatte sich so wohl dabei gefühlt, daß er ganz verwundert war. Obwohl er seit seiner Scheidung gelegentlich mit Frauen ins Bett gegangen war, hatte er sich hinterher immer schmutzig gefühlt. Mit Daisey, die so kindlich und unschuldig war, war es etwas anderes gewesen. Er vermutete, daß das derselben Art von Beschützerinstinkt zuzuschreiben war, den er seiner Mutter gegenüber empfunden hatte.
Er stand auf und ging auf Zehenspitzen zum Fenster; er schlief nie mehr als zwei oder drei Stunden pro Nacht,

aber das war kein Grund, sie wach zu halten. Er starrte nach draußen wie in hundert anderen Nächten auch. Heute nacht dachte er über Frank Chandler nach ... konnte er schlafen, oder starrte er ebenfalls aus dem Fenster seines Schlafzimmers? *He, Frank, wenn du irgendwo da draußen bist, dann hör mir genau zu. Es vergeht nicht ... es wird höchstens immer schlimmer. Es verursacht dir so starke Schmerzen, daß du manchmal das Gefühl hast, eine Batterie von Vorschlaghämmern würde dir dein Gehirn herausmeißeln. Aber mach dir keine Sorgen, mein Freund, Benny ist hier und kümmert sich darum, daß alles wieder in Ordnung kommt.*

Beiläufig kam Douglas an diesem Abend wieder auf den Mordfall Silvers zu sprechen.

»Das Seltsame daran ist, daß ich in einer abgelegten Akte auf einen ähnlichen Fall gestoßen bin. Es war einer jener Fälle, die leicht durch das Netz der polizeilichen Ermittlungen schlüpfen. Eine schwarze Frau aus West Roxbury ist vor drei Monaten erwürgt aufgefunden worden.«

»Besteht die Ähnlichkeit in der Todesursache durch Erwürgen?« fragte Maggie träge, deren Gedanken immer noch stark mit dem Chandler-Fall beschäftigt waren.

»Das ist mir zuerst aufgefallen, aber das ist es nicht allein. Die Frau hatte zwei Kinder, einen Jungen und ein Mädchen von fünf und drei Jahren. Kurz zuvor hatte ihr Exmann wegen des Sorgerechts über die Kinder Klage eingereicht mit der Begründung, sie sei unfähig. Er warf ihr außerdem Prostitution vor. Aber er hat den Fall verloren. Unser eigener Richter Greenspon hatte den Vorsitz.«

»Du willst also sagen, daß der Exmann der Täter war?«

»Nein, im Gegenteil. Die Polizei hat sein Alibi zur fraglichen Zeit überprüft. Er war in dieser Woche in Atlanta und hat seine Familie besucht.«

»Was ist mit Beruhigungsmitteln?«

»Man hat keine Autopsie durchgeführt.«

Maggie zuckte mit den Achseln. »Wenn es eine Verbindung gibt, dann vielleicht die, daß es jemand auf alleinstehende Mütter abgesehen hat.«

»Das ist vermutlich eine Möglichkeit. Aber es ist ein ganz schöner Weg von Beacon Hill nach West Roxbury. Mit anderen Worten, zu viele Abweichungen, was den familiären Hintergrund betrifft. Die eine, eine reiche Angehörige der Oberschicht, die andere, eine Asoziale aus dem Ghetto.«

»Was willst du denn dann damit sagen?«

»Eigentlich nichts. Ich habe nur laut nachgedacht.«

4. KAPITEL

Es war erst kurz vor neun Uhr, als am folgenden Montagmorgen das Telefon bei der Immobilienfirma Chandler läutete. Die rotwangige Empfangssekretärin nahm ab und meldete sich.

»Guten Morgen, Chandler-Immobilien . . . Rita Santelli am Apparat.«

»Ist Mr. Chandler bereits im Haus?« fragte die Stimme.

»Nein, noch nicht. Aber ich erwarte ihn so gegen zehn. Kann ich ihm etwas ausrichten?«

»Mein Name ist Choate, ich bin Landerschließer aus Providence und an einem Dutzend oder mehr Morgen Land in Newton interessiert. Ich dachte mir, daß Sie mir vielleicht helfen könnten.«

»Wir werden unser möglichstes versuchen. Ich verbinde Sie am besten mit einem unserer Grundstücksverkäufer.«

»Halt, warten Sie, lieber nicht. Ich würde gern einen Zeitpunkt ausmachen, um mit Mr. Chandler persönlich zu reden. Warum geben Sie mir nicht einfach einen Termin?«

»Mr. Chandler spricht seine Termine am liebsten selbst ab. Soweit ich weiß, haben wir momentan unerschlossenes Land an der Route 495 zur Verfügung, aber das könnten Ihnen die Verkäufer natürlich genauer erklären.«

»Hören Sie, Miss, ich spreche hier über sehr viel Geld. Ich habe die Absicht, eine Anlage mit Eigentumswohnungen hochzuziehen. Sobald das Projekt abgeschlossen ist, brauche ich jemanden, der die Wohnungen verkauft. Jetzt weiß ich nicht, wie Chandler vorgeht, aber ich mache grundsätzlich keine Geschäfte mit Fremden. Wenn Sie aber nicht der Meinung sein sollten, daß er an einem vorherigen Treffen mit mir interessiert ist, dann sagen Sie das nur.«

»Oh, ich versichere Ihnen, das ist er bestimmt, daran liegt es nicht.« Sie seufzte. »In Ordnung, dann machen wir eben einen unverbindlichen Termin für morgen oder für Mittwoch aus. An einem dieser beiden Tage wird es ihm sicher möglich sein.«

»Das paßt mir allerdings zeitlich nicht. Wann kann er denn danach?«

»Nun, wie wäre es mit nächster Woche? Nennen Sie mir einen Tag, und ich werde nachsehen.«

»Ich dachte eigentlich an einen späten Termin noch in dieser Woche. Wie wäre es mit Donnerstag oder Freitag?«

»Nein, die kommen nicht in Frage, da bin ich sicher. Mr. Chandler muß zu einer dreitägigen Maklerkonferenz, die Donnerstag morgen beginnt.«

»Oh . . . ist das die in Boston?«

»Nein, die in Washington. Oh, warten Sie mal eine Sekunde, ich glaube, ich sehe Mr. Chandlers Wagen eben einparken. Bleiben Sie doch dran, und ich —«

Es wurde aufgelegt.

Obwohl Andy am Wochenende bei seinem Vater zu Besuch gewesen war, hatte sich die übliche Kameradschaft zwischen Vater und Sohn nicht einstellen wollen. Ganz gleich, wie oft Frank den Versuch gemacht hatte, über die Gerichtsverhandlung zu reden, Andy wollte sich mit der angebotenen Erklärung nicht zufriedengeben —

ihre Unterhaltungen endeten alle in grimmigem Schweigen. Andy warf ihm das Urteil vor, und wieso auch nicht? Für einen Neunjährigen war der Vater die Hauptperson, der Mann, der in der Lage sein sollte, alles zu regeln. *Aber diesmal nicht, Andy . . . diesmal nicht.*

Frank stieg aus dem Wagen und ging ins Haus. Er hatte in den letzten Nächten nicht sehr viel geschlafen; seine Gedanken kreisten um die Berufung. Aber je mehr er über die möglichen Aussichten nachdachte, desto weniger gefielen sie ihm — Andy würde nur wieder Hoffnung schöpfen, und wozu das Ganze, wenn doch nur wieder eine Enttäuschung am Ende stand?

Sosehr er es auch haßte, es zugeben zu müssen, aber seine einzige erfolgversprechende Möglichkeit bestand darin, mit Sondra direkt zu verhandeln. Vielleicht würde sie es in Betracht ziehen, das Sorgerecht zu teilen, oder wenigstens zustimmen, daß er ein häufigeres Besuchsrecht bekam. Schließlich war Sondra nicht allzu begeistert über ihre »Mutterrolle« . . . war es nie gewesen. Und das war es, was ihn an der ganzen Sache so verdammt wütend machte — Sondra wollte das Sorgerecht nur aus zwei Gründen: zum einen, um sich ihr gutes Image bei ihren Busenfreundinnen im Country-Club zu sichern, und zum anderen, um es Frank heimzuzahlen, daß er sie verlassen hatte.

»Irgendwas Wichtiges?« fragte Frank, als er an Ritas Schreibtisch vorbeikam.

Rita stand auf und folgte ihm in sein Büro. Sie brachte ihm einen Stapel Unterlagen und sah ihn dann forschend an.

»Wie geht es Andy, oder sollte ich besser nicht fragen?«

Frank holte eine Nickelbrille aus einem Etui, setzte sie auf und ging dann die Nachrichten durch.

»Er kommt schon wieder in Ordnung. Er ist ein zäher Bursche.«

Sie wartete auf mehr, aber es kam nichts. »Möchten Sie einen Kaffee?« fragte sie schließlich.

»Machen Sie sich keine Mühe. Ich werde erst diese Sachen durcharbeiten. Übrigens, heute stehen zwei Abschlußbesprechungen an — mit Sherry bei der Shawmut Bank und mit Kilgallan beim Grundbuchamt. Schauen Sie doch mal, ob Vickie alleine damit fertig wird . . .«

Rita wollte bereits gehen, blieb aber noch mal kurz stehen.

»O ja, das hätte ich beinahe vergessen. Irgend so ein seltsamer Typ namens Choate hat angerufen. Er sagte, er würde ein Baugrundstück suchen, um eine Anlage mit Eigentumswohnungen dort hinzustellen. Aber er wollte mit keinem im Haus sprechen oder darauf warten, daß Sie sich bei ihm melden. Er bestand darauf, daß ich einen Termin mit Ihnen ausmache.«

»Und?«

»Er wollte sich gegen Ende der Woche mit Ihnen treffen . . . ich sagte ihm, daß Sie da nicht da sind. Dann sah ich, wie Sie vorfuhren . . . ich bat ihn, am Telefon zu bleiben, aber da legte er auf.«

Sobald Rita die Bürotür hinter sich geschlossen hatte, wanderten Franks Gedanken wieder zu Sondra und dem Jungen zurück. Doch bevor er endgültig die Nerven verlor, nahm er lieber den Hörer ab und tippte die Nummer ein. Nachdem es ein paarmal geläutet hatte, meldete sich eine verschlafene Stimme. Verdammt, er hätte mit dem Anruf noch etwas warten sollen.

»Habe ich dich aufgeweckt?« fragte er und hoffte, seine Frage würde nicht allzu kritisierend klingen.

»Um die Wahrheit zu sagen, ja. Andy ist in der Schule,

und ich schätze es gar nicht, wenn du in aller Frühe schon hier anrufst«, sagte sie.
»Ich wollte nicht mit ihm, sondern mit dir sprechen.«
»Alles, was du mir zu sagen hast, kannst du meinem Anwalt mitteilen. Willst du seine Nummer?«
»Hör doch, wir haben das mit den Anwälten und den Gerichten schon hinter uns. Warum versuchen wir zur Abwechslung nicht mal, miteinander zu reden? Schließlich sind wir Andys Eltern, sollten wir da nicht auch die Entscheidungen treffen?«
Sondra kicherte. »O Gott, o Gott, wie sind wir doch leicht zu durchschauen. Vielleicht ist es deinem Gedächtnis ja entfallen, aber wenn es um Entscheidungen geht, die Andy betreffen, dann bin ich diejenige, die sie trifft, nicht du. Sag doch mal, Frank, würdest du so nett sein, mich aufzuklären, ob du vielleicht plötzlich das Sorgerecht errungen hast?«
Er seufzte. »Leider nicht. Aber das hier ist doch kein Wettkampf, oder? Es geht um das Wohlergehen unseres Sohnes, das auf dem Spiel steht — er ist wütend und unglücklich, das hast du doch sicher bemerkt. Wenn wir also für eine Zeitlang unsere Differenzen beiseite schieben, uns zusammensetzen und die Sache besprechen könnten . . . Das ist alles, was ich von dir verlange.«
Zum zweitenmal an diesem Vormittag wurde in der Chandler-Agentur unvermittelt aufgelegt.

Es war Montag, als Paul, der von einer seiner Geschäftsreisen zurückgekehrt war, wieder darum bat, daß Richie ihn nach der Schule besuchte. Auf dem Nachhauseweg von der Arbeit hielt Maggie kurz vor Pauls luxuriösem Stadthaus an, das nur wenige Blocks von dem Appartement entfernt lag, das sie einst gemeinsam an der Com-

monwealth Avenue bewohnt hatte. Paul öffnete die Tür und bat sie herein.
»Danke, aber ich habe wirklich keine Zeit«, sagte sie.
»Jetzt komm doch, ich habe dir die Wohnung noch gar nicht gezeigt. Ich habe sie extra deswegen aufgeräumt.«
Maggie zögerte und meinte dann: »Okay, aber nur für eine Minute.« Sie trat ein. »Wo ist Richie?«
Er deutete auf den Nebenraum. »Er sitzt im Arbeitszimmer vor dem Fernseher.« Er ging zu einer Bar in der Ecke des riesengroßen Zimmers, das mit eleganten schwarzen und weißen Möbeln eingerichtet war. Er nahm eine Flasche Scotch und goß sich einen Doppelten ein. »Möchtest du auch?«
»Paul, ich habe dich doch gebeten, es zu lassen.«
»He, he, das ist mein erster Drink heute«, sagte er, das Glas in der Hand. »Ich schwöre es dir. Möchtest du meinen Atem riechen?«
Sie lächelte. »Nein, ich verlaß mich auf dein Wort.« Sie trat näher an die massiven Schiebetüren heran, die zu einer Terrasse führten, von der aus man auf einen Swimmingpool von olympischen Ausmaßen blicken konnte. »Sehr hübsch«, meinte sie.
Paul leerte seinen Drink und sagte dann: »Komm weiter, schau dir das Schlafzimmer an.«
»Nein, das lasse ich lieber aus.«
»Hör doch auf, dich so zu benehmen. Schau dir lieber an, was die Innenarchitekten damit gemacht haben.« Er nahm sie am Ellbogen und schob sie vor sich her. Sie betrat ein weiteres gigantisches Zimmer; dieses hier hatte schwarze Wände, war mit einem weißen, flauschigen Teppich ausgelegt, und ein Spiegel erstreckte sich über die gesamte Decke. In der Mitte des Zimmers stand ein kreisrundes Bett mit roten Seidenlaken und einer Über-

decke aus Leopardenfell. Sie schüttelte grinsend den Kopf.

»He, was gibt es da zu lachen?«

»Nichts. Nur daß du deine Rolle als Junggeselle so überzeugend spielst. Ich würde sogar so weit gehen und sagen, daß dir diese Rolle auf den Leib geschneidert ist.«

»Geh hin, probier die Matratze aus.«

Maggie schüttelte, immer noch lächelnd, den Kopf.

»Paul, wenn das hier zu dem Programm gehören sollte, das die Möbel andeuten, dann solltest du dich besser neu einrichten.«

Er stellte sich hinter sie, umfaßte ihre Schultern und liebkoste mit den Lippen ihren Hals, wobei er sie auf das Bett zu schob.

»Himmel, du bist unmöglich. Hör auf damit«, sagte sie und versuchte sich loßzureißen.

Plötzlich schlüpften seine Hände unter ihre Kostümjacke, dann unter ihre Bluse und in ihren Büstenhalter.

»Paul, hör auf damit!« rief sie und wehrte verbissen seine Hände ab.

»Jetzt komm schon, entspann dich, was sollte es schon schaden? Wir sind doch wirklich keine Fremden, die sich eben erst kennengelernt haben.«

»Zum Teufel mit dir, Paul!« Sie trat nach hinten aus, traf ihn mit ihrem hochhackigen Schuh am Schienbein, und er sprang zurück und ließ sie los.

Sie stürmte an ihm vorbei aus dem Zimmer und stieß dabei auf Richie.

»Mommy, ich wußte gar nicht, daß du hier bist.«

Auf dem Weg nach Hause beugte Richie sich über sie und strich ihr eine Strähne aus der Stirn.

»Wo hast du denn die Beule her?« fragte er.

»Ich wußte gar nicht, daß ich eine habe. Aber wenn, dann

kann ich mir vorstellen, wo ich sie herhabe. Ich bin heute morgen ziemlich schnell zu der Sitzung im Gericht gelaufen und habe dabei wahrscheinlich nicht auf den Weg geachtet. Und irgend jemand ist aus einer Telefonzelle gestürmt und direkt in mich gelaufen.«

»Hat er dich umgerannt?«

»Fast, aber nicht ganz. Ich konnte mich noch einigermaßen würdevoll aus der Affäre ziehen.«

»Wer war der Mann?«

»Ich weiß nicht. Wahrscheinlich ein anderer Rechtsanwalt. Ich habe sein Gesicht schon vorher im Gerichtsgebäude gesehen.«

Richie war ein paar Minuten still und fragte dann: »Warum hast du Daddy angeschrien?«

Sie zögerte einen Moment. »Man könnte vielleicht sagen, daß er versucht hat, ein Spiel mit mir zu spielen«, sagte sie schließlich. »Und ich war dazu nicht in der Stimmung.«

»Welches Spiel?«

»Oh, ich weiß nicht so recht. Nur etwas, das wir früher immer miteinander gespielt haben.«

»Und jetzt gefällt es dir nicht mehr?«

Maggie warf ihm einen Blick zu und zerzauste dann lächelnd sein Haar.

»Nein, jetzt nicht mehr. He, ich will ja nicht das Thema wechseln, aber ich habe schon den ganzen Tag einen Bärenhunger auf einen dieser Big Macs. Ich nehme nicht an, daß ich dich dafür begeistern könnte?«

Es war noch nicht einmal eine Woche her, seit sie sich kennengelernt hatten, aber Benny fühlte bereits, daß sich eine tiefe Zuneigung zwischen ihm und Daisey entwickelte. Er konnte mit ihr reden, und im Gegensatz zu den meisten anderen Leuten, die nie ganz zu verstehen schienen, wie sein Verstand funktionierte, hatte sie großes Verständnis für ihn. Nicht, daß er ihr alles erzählte, das natürlich nicht; er hatte nicht das Recht, sie mit all dem zu belasten. Doch selbst wenn er ihr ein paar seiner merkwürdigen Gedanken gestand, dann versuchte sie immer, sie in die richtige Perspektive zu rücken.

»Was sind das für Gedanken?« hatte sie ihn einmal gefragt.

»Daß ich mir vielleicht gern ein Gewehr besorgen würde. Und mich dann auf das Dach eines Gerichtsgebäudes setzen und ein paar Köpfe wegpusten möchte.«

Sie musterte ihn ein paar Augenblicke lang.

»Wieso ein Gerichtsgebäude?« fragte sie schließlich.

»Weil dort die Dinge eigentlich in Ordnung gebracht werden sollten. Aber so ist das nicht. Niemand kümmert sich dort wirklich darum. Da laufen nur ein Haufen Menschen herum und machen den Dummköpfen, die darauf hereinfallen, etwas vor.«

»Hast du denn ein Gewehr?«

»Nein, aber ich könnte eines bekommen, wenn ich wollte. Ich habe einen Arbeitskollegen — Lucas —, der kann alles besorgen, worum ich ihn bitte. Einmal hat er mir eine gefälschte Mitgliedskarte drucken lassen.«

»Nun, warum hast du ihn nicht gebeten, dir ein Gewehr zu besorgen?«

Benny zuckte mit den Achseln. »Ich weiß nicht, vielleicht bin ich auch nicht richtig im Kopf. Glaubst du, daß ich nicht richtig im Kopf bin?«

»Nein, und ich glaube auch nicht, daß du schlecht bist. Wir haben doch alle solche Gefühle, Benny . . . bis zu einem gewissen Grad zumindest.«

»Ja, du auch?«

»Nun, vielleicht nicht genauso, aber es gab Zeiten, da hätte ich gerne ein paar Leuten eins ausgewischt. In der High School, da war mal eine Gruppe Mädchen, die benahmen sich, als gehörte ihnen die Schule. Sie trafen sich während des Unterrichts immer im Waschraum im ersten Stock. Jedesmal wenn ich zufällig dort hinkam, verstummten sie schlagartig. Anschließend tauschten sie immer verschwörerische Blicke aus und machten sich schweigend daran, ihr Haar und ihr Make-up in Ordnung zu bringen. Aber sobald ich auf die Toilette ging, hörte ich, wie sie flüsterten und kicherten. Ich konnte nicht viel verstehen, nur ein Wort hier und da. Aber es genügte, um zu wissen, daß sie sich über mich lustig machten. Und so hatte ich schließlich diesen Tagtraum, daß ich eines Tages den Waschraum in Brand stecken würde. Selbstverständlich blieb mir in diesem Tagtraum die Zeit, hinauszurennen, die Türen hinter mir zu verriegeln und sie in der Falle sitzenzulassen.«

»Aber du hast es nie getan.«

»Natürlich nicht. Es war verrückt, ich weiß es jetzt, und ich wußte es damals. Genauso, wie du es weißt, wenn du diese häßlichen Gedanken hast. Für mich war es ein Weg, mit meiner Wut fertig zu werden. Und das ist das einzige, was mit dir nicht stimmt, Benny, daß du nämlich so viel Wut in dir aufgestaut hast.«

Er dachte eine Weile darüber nach und kam dann wieder auf ihre Geschichte zu sprechen. »Warum haben diese Mädchen dich ausgelacht?«

»Oh, jetzt komm aber . . . mußt du das noch fragen?«

»Ich halte dich für hübsch«, sagte Benny und dachte zuerst selbst, es sei eine jener gnädigen Lügen, die er ihretwillen vorbrachte; als er aber in ihre warmen blauen Augen schaute, wurde ihm klar, daß er es ehrlich meinte.

Und wann immer Bennys hartnäckiger Gehirntumor sich

entschloß, ihm wieder Qualen zu bereiten — wie er es regelmäßig tat —, da bestand sie darauf, daß er sein Hemd auszog und sich hinlegte, damit sie seinen Körper mit Babyöl massieren konnte. Gott, das fühlte sich so gut an, so, als würde sie zeitweise alles Gift aus ihm herausstreichen. Und vielleicht war es tatsächlich ja nur die Wut, die er loswerden mußte. Denn trotz dieser häßlichen Gedanken hatte er nie in seinem Leben eine grausame oder sinnlose Tat begangen.

Und obwohl er Daisey nicht die Last aufbürden konnte, alles über ihn zu wissen — schließlich war Mord ein Verbrechen —, so hätte selbst sie ihm zugestimmt, daß er das Richtige getan hatte, wenn sie alle diese Ereignisse so genau verfolgt hätte wie er.

Einen Augenblick wanderten Bennys Gedanken zu der Rechtsanwältin ... Es war ein seltsames Zusammentreffen — vielleicht sogar ein Zeichen —, daß sie es gewesen war, mit der er an diesem Morgen vor der Telefonzelle zusammengestoßen war. Was würde Margaret Grant zu dem sagen, was Benny für ihren Mandanten tun wollte? Noch letzte Woche wäre Benny davon überzeugt gewesen, daß sie ihn ermuntert hätte — ja, nur zu, Benny. Aber jetzt war er nicht mehr so sicher ...

Sosehr sie sich in der vergangenen Woche auch für ihren Mandanten mit Greenspon angelegt hatte, heute schien sie — einmal abgesehen von dem unglücklichen Zusammenstoß — überraschend kühl und unbesorgt zu wirken. Sie war bereits mit einem anderen Fall beschäftigt ... so wie der Richter, so wie jeder, der mit dem Fall Chandler gegen Chandler, Verfahrensnummer 74382, zu tun hatte. Die einzigen, denen das alles noch naheging, waren Frank und sein Junge.

Und Benny natürlich.

5. KAPITEL

Als Sondra Frank Chandler das erste Mal sah, da wußte sie, daß sie endlich den Mann getroffen hatte, den sie hatte haben wollen. Nicht, daß sie sich keinen jüngeren oder besser aussehenden Mann aus ihrer eigenen Schicht hätte angeln können: Frank war zehn Jahre älter als sie, sein rotbraunes Haar hatte bereits angefangen, sich zu lichten, und die fünfundzwanzig Pfund Übergewicht, die er jetzt mit sich herumschleppte, waren im Ansatz bereits damals vorhanden gewesen. Aber Frank war gewitzt und geschäftstüchtig, war die Art Mensch, der sich, ohne höhere Bildung und nur mit einer Zulassung als Makler in der Tasche, hochgearbeitet hatte.

Als Sondra ihn kennenlernte, hatte Frank bereits ein schäbiges Ein-Zimmer-Maklerbüro in eine Agentur mit vier einzelnen Büros verwandelt, und in jedem davon arbeiteten mehr als fünfzehn Verkäufer, die im ganzen Staat, mit Ausnahme des westlichen Teils, tätig waren. Außerdem hatte er noch einen der begehrten Sitze in der Standesvereinigung der Makler von Massachusetts inne, was für Sondras Ehrgeiz noch von zusätzlichem Anreiz war.

Als sie sich in einer Imbißstube kennenlernten, in der sie als Kellnerin arbeitete, und eine Verabredung nach der anderen schließlich zur Hochzeit führte, da war Sondra mehr als zufrieden. Jetzt würde sie all die Annehmlichkeiten bekommen, von denen sie in ihrer Kindheit, die sie zu einem großen Teil in Pflegeheimen verbracht hatte, immer geträumt hatte: die Einladungen zum Mittagessen, die Ferien, die Garderobe, den Country Club und den sozialen Status ... Kinder tauchten in diesem Zusammenhang niemals auf, zumindest nicht in Sondras Vorstellung. Aber was das betraf, hatte sie schließlich nachgegeben. Drei Jahre nach ihrer Hochzeit schenkte sie Frank einen Sohn.

Und es war auch nicht so übel, Mutter zu sein — im Gegenteil, Andy verlieh ihrem Leben eine zusätzliche Dimension —, aber gleichsam über Nacht verwandelte Frank sich von einem Ehemann, dem es Spaß machte, mit ihr auszugehen, in einen Langweiler, der am liebsten zu Hause blieb. Doch trotz der andauernden Auseinandersetzungen um ihren schließlich völlig entgegengesetzten Lebensstil, war sie bereit, zum Wohle ihres Sohnes die Ehe aufrechtzuerhalten. Doch Frank war es nicht.

Er war es gewesen, der es sich anders überlegt hatte, nicht sie. Jetzt bekam er, was er verdiente.

Mittwoch abend hatte Benny seinen Plan fertig. Laut Franks Angaben in der Gerichtsakte hielt Sondra sich täglich in der Stadt auf und war nie daheim, wenn der Junge von der Schule nach Hause kam. Obwohl Andrew gegen sieben Uhr morgens in die Schule mußte, stand Sondra normalerweise nie vor zehn Uhr auf und verließ das Haus gewöhnlich erst gegen Mittag.

Obwohl Benny an diesem Abend in Daiseys Wohnung übernachten wollte — er hatte es sich angewöhnt, die meiste Zeit in Daiseys bequemerer Drei-Zimmer-Wohnung in der Nähe seiner Pension zu verbringen —, würde er früh aufstehen, rechtzeitig zum Bahnhof gehen, um den Sieben-Uhr-Zug nach Winthrop und dann den Bus in das wohlhabende Viertel zu nehmen, wo Sondra

Chandler mit ihrem Jungen lebte. Benny hatte die Verbindungen sorgfältig überprüft — er ging davon aus, so gegen acht Uhr morgens beim Haus der Chandlers zu sein. So würde er genügend Spielraum haben — gedrängt zu werden war das, was er am meisten befürchtete.

Er wußte, daß das, was er morgen tun wollte, richtig war — das stand außer Frage. Und doch gab es in jedem Gehirn Strömungen, die sich selbst den tollkühnsten Taten widersetzten. Es war immer einfacher, sich zurückzulehnen und nichts zu tun, aber Bennys Tage des Nichtstuns waren bereits vor Monaten zu Ende gegangen, als er dieser ersten Frau die Kehle zugedrückt hatte.

Das war jetzt der dritte Abend seit Montag, an dem Frank Chandler versuchte, Andy zu erreichen. Heute abend, wie an jedem anderen Abend auch, war Sondra ausgegangen, und der Babysitter, der sich meldete, sagte, daß Andy sich weigere, ans Telefon zu kommen. Frank hatte es mehrmals nach der Schule in der Hoffnung versucht, daß Andy selbst ans Telefon gehen würde, aber es war nie jemand zu Hause. Offensichtlich war der Junge immer noch wütend, aber Frank war sich nicht klar, was er dagegen unternehmen sollte. Er hatte nie erlebt, daß Andy sich so verhalten hatte, insbesondere ihm gegenüber nicht. Und das machte ihm angst. Entsprach dieses Verhalten nicht genau dem, was die Experten andeuteten, wenn sie von der emotionalen Krise sprachen, die von einer Scheidung hervorgerufen wurde? Zuerst der Mangel an Vertrauen in die Eltern — und was kam dann? Und wo, zum Teufel, trieb er sich nach der Schule denn nur herum . . . wußte Sondra das überhaupt?

Morgen früh würde er den Acht-Uhr-Flug nach Washington nehmen, Samstag abend aber wieder zurück sein. Montag morgen, sobald Andy in die Schule gegangen war, würde er hingehen und Sondra zur Rede stellen. Er würde nicht zulassen, daß sie ihm verweigerte, den Jungen zu sehen. Selbst wenn er sie inständig darum bitten mußte, würde er das tun. Doch irgendwie mußte er sie überzeugen, daß Andy in große Schwierigkeiten geraten würde, wenn sie nicht zu einer der Situation angemessenen Einigung kommen würden.

Sondra wurde Donnerstag morgen von der Türklingel geweckt. Sie schlüpfte hastig in einen blauen Morgenmantel aus Seide und ging zu Tür. Dort angekommen, spähte sie durch den Spion — kannte sie das Gesicht? Sie war sich nicht sicher.

»Ja?« sagte sie schließlich.

»Ben Shandling . . . von Grogan, Wentworth und Patalski. Ihre Anwälte.«

»Oh, natürlich.« Sie öffnete die Tür. »Clyde hat nicht erwähnt, daß er jemanden vorbeischicken würde.«

»Er hat gestern abend versucht, Sie zu erreichen. Als er erfuhr, daß ich sowieso in der Gegend bin, dachte er, er könnte Ihnen die Mühe ersparen, extra nach Boston zu fahren.«

»Seltsam, daß der Babysitter seinen Anruf nicht erwähnt hat.«

Er zuckte mit den Schultern. »Sie wissen doch, wie Babysitter so sind.«

Sie lächelte . . . er sah recht nett aus, etwas unkonventionell für einen Rechtsanwalt.

»Kommen Sie doch herein«, sagte sie und entriegelte die Flurtür.

Er trat ein, und sie führte ihn zum Sofa. Sie setzte sich

ihm gegenüber in einen Sessel, schlug die Beine so übereinander, daß der Morgenmantel auseinanderglitt und ihre Schenkel entblößte, und tippte sich dann mit dem Finger an die Stirn.

»Wissen Sie, jetzt erkenne ich Sie. Ich habe Sie im Gericht während der Verhandlung gesehen. Sie saßen in der hintersten Reihe.«

Benny nickte, legte dann seine Aktenmappe auf den Tisch und schlug sie auf.

»Da ich mit dem Fall vertraut bin, ging Clyde davon aus, daß ich keine Schwierigkeiten damit haben dürfte, das hier zu übernehmen.«

»Was . . . Gibt es ein Problem? Ich hatte den Eindruck, daß letzte Woche alles abgeschlossen wurde.«

»He, nichts, worüber Sie sich aufregen müßten. Zum Glück haben wir es hinter uns, aber es besteht immer noch die minimale Möglichkeit, daß die anderen in die Berufung gehen. Wenn Sie mir also eine Weile Gesellschaft leisten würden . . . nur um ein paar Fragen zu beantworten.«

»Geht Frank gegen das Urteil in Berufung?«

»Bis jetzt haben wir noch nichts gehört, er hat noch Zeit, es sich zu überlegen. Aber in der Zwischenzeit ist das Wichtigste, darauf vorbereitet zu sein.« Er schaute hoch, und seine Augen blieben zuerst an ihren Beinen und dann an dem dunklen, pelzigen Schatten weiter oben hängen; dann blickte er ihr ins Gesicht.

Sie lächelte. »Hmm. Das klingt mir sehr nach einem Pfadfindermotto.«

Er nickte, aber ohne Andeutung eines Lächelns . . . Er war schon ein seltsamer Typ, aber seltsam oder nicht, er hatte mehr Anziehungskraft als alle Anwälte von Grogan, Wentworth und Patalski zusammen. Schließlich stand sie auf und beendete vorübergehend die Peep-Show, als der Saum ihres Morgenmantels auf ihre Knöchel fiel.

»Du meine Güte, wo habe ich bloß meine gute Erziehung gelassen?« sagte sie. »Kann ich Ihnen etwas anbieten — Kaffee, Tee oder vielleicht etwas Stärkeres?«

»Ja, Tee. Aber nur, wenn Sie welchen haben.«

Sondra war in fünf Minuten mit einem vollständigen Teeservice aus Silber wieder zurück.

»Sie haben nicht zufälligerweise etwas Milch?« fragte er.

Ihre Augen musterten ihn fragend.

»Auf die englische Art, das habe ich mal im Fernsehen gesehen.«

Als Sondra hinausging, um die Milch zu holen, zog Benny das Fläschchen aus seiner Tasche — das, in das er den Inhalt von drei Seconal-Kapseln aus der Krankenhausapotheke entleert hatte. Er schüttete das Pulver in Sondras Tasse, rührte schnell um, steckte das Fläschchen in seine Tasche zurück und setzte sich wieder auf das Sofa. Es war schon merkwürdig, aber aus irgendeinem Grund war das der schwierigste Teil für ihn — der Anfang. Was in ungefähr zwanzig Minuten folgen würde, würde für sie beide leichter sein.

Frank war einigermaßen gut gelaunt, als er kurz vor sieben Uhr am Schalter der Pan American am Logan-Airport eintraf. Ihm würde genügend Zeit bleiben, sich einen Parkplatz zu suchen, sein Gepäck aufzugeben, sich seine Bordkarte zu besorgen und dann in aller Ruhe vor dem Abflug zu frühstücken. Doch einer dieser sonderbaren jungen Sektenanhänger, der vor der Flughalle bettelte, war schuld daran, daß ihm plötzlich peinigende Gedanken durch den Kopf schossen . . .

Er hatte diese Art von gedankenlosen Aussteigern nie

begreifen können, aber er hatte auch nie viel darüber nachgedacht. Was für Erfahrungen mußte ein Mensch wohl machen, um sich dafür zu entscheiden, zu einem willenlosen Geist zu werden, der alles nachplapperte? Und diese Gedanken führten selbstverständlich wieder zu Andy zurück. Er war klug, ehrgeizig, vernünftig genug, um auf ihn zu hören, aber auch nach Unabhängigkeit strebend, mit einem Anflug von Sturheit, der zu seinen, zu Franks Gunsten genutzt werden konnte. Aber was, wenn er sich nicht zu seinen Gunsten auswirkte, wenn er in die falsche Richtung losging? Frank war bereits bei seinem zweiten Kaffee und seiner vierten Zigarette angelangt, als ihm die Macht seines Geldes bewußt zu werden begann. Sondra hatte das Haus, eine Abfindung in bar und eine mehr als großzügige monatliche Unterstützung bekommen, aber Geld war für Sondra ein Götze . . . ganz gleich, wieviel sie auch hatte, es war nie genug. Hatte er damit nicht eine Waffe, ein Tauschobjekt in der Hand?

Frank schob den Kaffee beiseite und schaute auf die Uhr — sein Flug startete in zehn Minuten, die Konferenz in Washington begann um elf Uhr. Sein Gepäck war vermutlich bereits an Bord . . . Zum Teufel mit der Konferenz — er drückte seine Zigarette aus, hob die Hand und bat die Kellnerin um die Rechnung.

Sondra war bereits etwas schwindlig, als sie sich vorbeugte, Benny den Kugelschreiber aus der Hand nahm und seine Augen zwang, in das tiefe Tal ihres Ausschnittes zu blicken.

»Die Antwort auf Ihre Fragen lautet nein. Ich werde es keinesfalls in Betracht ziehen, auch nur in einem Punkt des Urteils nachzugeben, nur um einer Berufungsverhandlung aus dem Weg zu gehen. Frank hat endlich mal einen Eindruck von Gerechtigkeit bekommen. Und wenn er noch mehr davon sehen will, nur zu.«

Benny blickte auf. »Was ist mit dem Jungen?«

»Oh, Andy, ihm geht es gut. Er ist besser dran, wenn nicht ständig jemand um ihn herumscharwenzelt. Ein Junge muß erwachsen werden, muß sich mit der Realität auseinandersetzen . . . ein Mann werden.« Dann, ihm direkt in die Augen schauend: »Meinen Sie nicht auch . . . wie war gleich der Name . . . o ja, Ben.«

Er nickte, und sie ließ ihre Hand in die seine gleiten. »Könnte ich mich vielleicht einen Moment an Ihnen festhalten, Ben . . . Ich bin plötzlich so schläfrig.«

Benny stand mit ihr auf, und als sie taumelte, packte er sie um die Taille, und zusammen gingen sie ins Schlafzimmer.

»Ich werde Ihnen ein Geheimnis verraten, Ben — das heißt, wenn Sie versprechen, mich nicht zu verpetzen.«

Er nickte.

»Sie sind bei weitem der anziehendste Anwalt in der ganzen Kanzlei von Grogan, Shmogan . . . oh, wie immer das auch heißen mag.« Sie kicherte. »Gütiger Himmel, ich habe noch nie in meinem Leben so viele Brillen, Warzen und kümmerliche Körper in dreiteiligen Anzügen gesehen.«

Er legte sie auf das Bett und stellte sich neben sie. Sie schlug ihren Morgenmantel auf — sie war nackt darunter.

»Streichle mich«, sagte sie mit flehenden Augen. »Du mußt mich streicheln.«

Er steckte seine Hand in die Tasche, und während er sich neben sie auf die Matratze kniete, zog er den Strumpf daraus hervor. Sie schloß voll Erwartung die Augen. »Oh,

gut, ja«, murmelte sie, als seine linke Hand zögernd zwischen ihre feuchten Schenkel fiel.
Mit der rechten Hand fing er an, den Strumpf um ihren Hals zu schlingen.

Frank hatte es viel zu eilig, um sich über die beiden Taschen, die bereits an Bord waren, Gedanken zu machen; er würde später bei Pan Am anrufen und darum bitten, daß man sie zurücksandte und in seine Wohnung schickte. Normalerweise lag das am Meer gelegene Städtchen Winthrop kaum zwanzig Minuten vom Logan-Airport entfernt, aber bei dem morgendlichen Berufsverkehr dauerte die Fahrt fast eine Stunde. Aber als er nur noch eine Viertelmeile vom Haus entfernt war, schaute er auf die Uhr — es war erst neun. Er lenkte den Wagen an den Straßenrand — er wollte auf keinen Fall Sondras Schönheitsschlaf unterbrechen und die Verhandlungen von vornherein gefährden.
Erst gegen zehn Uhr, als er sicher war, daß Sondra mittlerweile wach sein würde, setzte er seine Fahrt fort und parkte den Wagen in der Auffahrt hinter Sondras rotem MG. Er läutete mehrmals, aber niemand antwortete. Hatte sie ihn gesehen und beschlossen, nicht an die Tür zu gehen? Wenn, dann würde das nichts nützen — ganz gleich wie, sie würde ihn wenigstens anhören müssen. Er holte seinen Schlüsselbund heraus, nahm den Haustürschlüssel, den er nie abgemacht hatte, zögerte etwas und schloß dann die Tür auf.
»Sondra«, rief er.
Keine Antwort, aber er wußte, daß sie zu Hause sein mußte. Bis auf Jogger oder Spaziergänger — und Sondra gehörte zu keiner dieser beiden Kategorien — verließen sie Leute in dieser Gegend ihre Häuser nur selten ohne Wagen. Er ließ die Tür offenstehen und durchquerte erst das Wohn-

zimmer, dann die Küche. Bis auf das silberne Teeservice, das normalerweise auf dem Geschirrschrank im Eßzimmer stand, und ein paar Tassen und Untertassen, die zum Abtropfen im Spülbecken standen, war alles an seinem Platz. Erst als er ins Schlafzimmer kam, sah er sie liegen: Ihre geöffneten, jetzt ganz dunklen blauen Augen traten auf groteske Weise aus ihren Höhlen und starrten ihn an. Entsetzt taumelte er zurück, packte einen der Türknaufe, um sich daran festzuhalten, und wandte sich dann würgend ab. *Er mußte weg, mußte hier raus.* Er war erst ein paar Schritte weit auf dem Gang gekommen, als er Andy rufen hörte.

»Das ... he, bist du hier, Dad?«

Dann stand sein Sohn bereits vor ihm.

»Ich habe dein Auto in der Auffahrt gesehen«, sagte der Junge.

»Warum bist du nicht in der Schule?« fragte Frank, der sich wunderte, wie ihm jetzt eine so logische Frage einfallen konnte.

Der Junge zuckte mit den Schultern, und dann füllten sich seine Augen mit Tränen.

Frank legte seinem Sohn eine Hand auf die Schulter.

»Andy, es ist etwas passiert. Etwas Schreckliches.«

»Was?«

Herr im Himmel, wie sollte er es ihm erklären?

»Mit Mom?« fragte er schließlich, und während Frank noch um die rechten Worte rang, riß sich der Junge plötzlich los und lief auf die Schlafzimmertür zu. Frank wirbelte herum und packte ihn, aber zu spät, der Junge hatte den Körper seiner Mutter bereits dort liegen sehen.

Ein Augenblick verstrich, während er den Atem anhielt, dann richteten sich Andys entsetzte Augen auf ihn.

6. KAPITEL

Zuerst dachte Frank, daß es nur ein kurzer Besuch im Polizeirevier sein würde, wo er seine Aussage machen wollte. Aber sobald sie eintrafen, wurde Andy, bleich und mit verweinten Augen, weggeführt.
»Warten Sie mal, wohin bringen Sie ihn?« fragte Frank.
»Man wird sich um ihn kümmern«, sagte der Polizeibeamte, als er Frank in einen anderen Raum, zu einem Stuhl mit hoher Lehne führte. »Bleiben Sie hier ein paar Minuten sitzen und warten Sie. Jemand wird dann kommen, um Ihre Aussage aufzunehmen.«
»Der Junge steht unter Schock, ich sollte bei ihm bleiben.«
»Wir werden einen Arzt zu ihm schicken. Jetzt entspannen Sie sich, und später werden Sie Ihren Jungen dann wiedersehen.« Der Beamte ging zu Tür.
»Warten Sie, brauche ich einen Rechtsanwalt?«
Der Polizeibeamte zuckte mit den Achseln. »Das bezweifle ich, es sei denn, Sie haben etwas zu verbergen.« Mit diesen Worten verließ er das Zimmer und schloß die Tür hinter sich.
Frank stand auf und wanderte in dem Zimmer umher, die Hände nervös immer wieder in die Taschen steckend. Er brachte das grauenvolle Bild von Sondra nicht aus dem Kopf. Sicher, er hatte gesehen, wie sein Vater starb, aber das war etwas anderes. Dies hier war eindeutig ein Mord.
Seit er vor Monaten aus dem Haus ausgezogen war, hatte

Andy immer wieder angedeutet, daß seine Mutter Freunde hätte, aber soweit Frank wußte, war das nichts Ernstes, und sie hatte auch keinen festen Freund. Handelte es sich hier um einen Streit unter Liebenden, oder hatte sich ein Fremder gewaltsam Zutritt ins Haus verschafft? Frank waren keine Anzeichen eines solchen Eindringens aufgefallen, als er die Haustür aufgeschlossen hatte. Er schaute auf die Uhr: elf Uhr. Es war erst eine Stunde her, seit er sie gefunden hatte. Gott, warum schien das schon so lange her zu sein?
Einmal angenommen, Andy wäre früher nach Hause gekommen, wäre dabeigewesen, als man seine Mutter überfallen hatte? Das wäre leicht möglich gewesen, da er doch die Schule geschwänzt hatte. Ein Schaudern lief durch Franks Körper, während immer gleiche Gedanken in seinem Kopf herumwirbelten. Und obwohl er kein einziges Mal mehr auf die Uhr blickte, dauerte es fast bis Mittag, bis zwei Kriminalbeamte endlich den Raum betraten.
Der eine war Lieutenant Casey — ein Mann mit kantigem Kinn und wettergegerbter Haut, der das Sagen zu haben schien. Er stellte ihm den schlanken, hakennasigen zweiten Mann als Detective Dondero vor. Eine Stenographin betrat hinter ihnen das Zimmer und setzte sich diskret in eine Ecke.
»Wie geht es meinem Sohn?« fragte Frank den Lieutenant.
»Ihm geht es gut, eine Beamtin ist jetzt bei ihm.«
»Was ist mit dem Arzt? Der Polizist meinte, Sie würden ihn von einem Arzt untersuchen lassen.«
»Man kümmert sich bereits darum. Aber konzentrieren wir uns doch lieber darauf, Ihre Aussage aufzunehmen, damit Sie zu ihm können.«
Frank erzählte den gesamten Verlauf des Morgens, ange-

fangen bei seiner Ankunft am Flughafen bis hin zu seinem Anruf bei der Polizei um Viertel nach zehn. Als er damit fertig war, nickte Casey bedächtig.

»Da gibt es einen Punkt, der mir noch nicht ganz klar ist ...: Warum parkten Sie Ihren Wagen und warteten eine Stunde, bevor Sie zu Ihrem Haus weiterfuhren?«

»Ich wußte, daß sie normalerweise bis halb zehn, zehn schlief ... Ich wollte sichergehen, daß ich sie nicht aufweckte.«

Casey nickte wieder. »Sie müssen ja wissen, was Sie sagen, Chandler, Sie sind ja ein sehr vernünftiger Mensch. Aber Ihre Situation ist doch folgende: Sie haben gerade eine unangenehme Scheidungssache hinter sich — ist erst eine Woche her, richtig? Und laut der Aussage Ihres Jungen hat Ihre Frau vor Gericht Hackfleisch aus Ihnen gemacht. Himmel, die meisten Männer würden vor Wut kochen, und da kommen Sie daher und haben Angst, sie aus ihrem Schlaf zu reißen.« Casey blickte zu Dondero. »Das hier ist ein ziemlich ungewöhnlicher Typ, meinst du nicht auch?«

»Hören Sie«, sagte Frank, »mir gefallen Ihre Anspielungen überhaupt nicht. Versuchen Sie doch bitte, daran zu denken, daß ich derjenige war, der Sie angerufen hat.«

»Ja, das ist ein weiterer Punkt, den ich gerne klären würde. Sagen Sie doch mal, Chandler, hätten Sie es ebenso eilig gehabt, uns anzurufen, wenn Ihr Sohn nicht so unerwartet nach Hause gekommen wäre? Sie wollten doch eigentlich gerade das Haus verlassen, aber daß Ihr Junge heimgekommen ist, das hat Ihren ganzen Plan vereitelt.«

»Hören Sie, Chandler«, sagte Dondero und zog sich einen Stuhl heran. Er setzte sich und beugte sich vor. »Warum sind Sie uns gegenüber nicht ehrlich, damit wir Ihnen aus diesem Schlamassel heraushelfen können. Wir wissen doch, daß Sie dieses Miststück gehaßt haben ... und auch aus gutem Grund. Eine Menge Jungs hier haben dieselbe schmutzige Wäsche gewaschen, also glauben Sie ja nicht, wir verstünden Ihren Kummer nicht. Und glauben Sie bloß nicht, wir hätten das, was Sie getan haben, nicht ebenfalls machen wollen. Sie sehen also, Sie stehen hier nicht allein.«

Frank blickte von einem zum anderen. Er holte tief Luft und stieß sie dann langsam wieder aus.

»Ich will einen Rechtsanwalt«, sagte er, so ruhig es ihm möglich war.

»Haben Sie etwa den Eindruck, daß man Sie verhaften will?« sagte Casey. »Wir wollen doch nur, daß Sie uns ein paar vernünftige Antworten geben. Wahrscheinlich möchten Sie jetzt Ihren Jungen sehen. Ich meine, Ihr kleiner Junge da draußen ist inzwischen ziemlich durcheinander. Reden Sie mit ihm, und danach werden Sie sicher sein, daß Sie derjenige waren, der seine Mutter getötet hat.«

Frank wollte aufstehen, aber Casey stieß ihn zurück. Frank blickte in Caseys kalte Augen.

»Hören Sie, ich habe das Recht, einen Anwalt anzurufen, und ich werde kein weiteres Wort mehr sagen, bis ich das getan habe.«

Maggies Sekretärin stellte den Anruf in ihr Büro durch.

»Maggie, hier ist Frank Chandler«, sagte die Stimme. »Ich glaube, ich brauche einen Anwalt.«

»Was ist passiert, Frank?«

»Es ist wegen Sondra. Man hat sie umgebracht.«

Sie hielt die Luft an und sagte dann: »O Gott, das tut mir leid.«

»Man hält mich hier fest und befragt mich. Ich bin momentan im Polizeirevier von Winthrop.«
»Ich verstehe nicht ganz, weshalb Sie?«
»Ich war derjenige, der sie gefunden hat. Sie glauben, ich hätte es getan.«
»Frank, ich bin kein Strafverteidiger, aber ich kann Ihnen einen besorgen. Ich denke da an Myer Grailing. Ich kenne seine Arbeit — er ist gut.«
»In Ordnung. Aber ich möchte Sie auch sehen. Ich mache mir Sorgen um Andy. Andy ist hier, aber sie wollen mich nicht zu ihm lassen. Soweit ich begriffen habe, haben sie ihn auch schon befragt. Maggie«, er holte tief Luft, um ein Schluchzen zu unterdrücken, »der Junge steht unter Schock, und diese gottverdammten Arschlöcher machen ihm die Hölle heiß.«
»Okay, Frank, hören Sie mir zu. Sagen Sie kein Wort mehr, bis ich Ihnen einen Anwalt geschickt habe. Haben Sie mich verstanden?«
»Ich verstehe. Maggie, was werden sie mit Andy machen?«
»Man wird sich um ihn kümmern, das verspreche ich. Lassen Sie mich jetzt ein paar Anrufe erledigen und meine Termine für heute nachmittag absagen, dann komme ich sofort.«
Um zwei Uhr erreichte sie Myer Grailing, und er willigte ein, Frank als Mandanten zu übernehmen. Obwohl er erst gegen sechs Uhr nach Winthrop kommen konnte, wollte er vorher schon bei der Polizei anrufen, sie davon in Kenntnis setzen, daß er Frank Chandler vertrat, und sich die näheren Umstände des Falles erläutern lassen. In der Zwischenzeit sollte Maggie nach Winthrop fahren und sich darum kümmern, was mit Andy geschah.
Erst als sie in den Summer-Tunnel fuhr, der aus Boston

hinausführte, fiel ihr ihre Unterhaltung mit Douglas wieder ein: der Mordfall Silvers, die Frau aus dem Ghetto ... und jetzt dieser — alles Frauen, die erst kürzlich einen Prozeß gewonnen hatten, in dem es um das Sorgerecht ging. Douglas hatte einen Zusammenhang nur angedeutet ... hatte er möglicherweise recht gehabt?

Auf der Zugfahrt zurück in die Stadt saß Benny mit geschlossenen Augen auf seinem Platz. Es war erledigt ... vorbei. Und obwohl er wußte, daß er gerade eben eine völlig selbstlose Tat begangen hatte, so war es doch nicht leicht für ihn gewesen. Sosehr er sich auch bemühte, die Konditionierung abzuschütteln, die er als Kind erfahren hatte, sie saß tief in ihm fest. Vor den Großen, vor denen, die das Sagen hatten, da mußte man immer buckeln.
Aber all das war eine gottverdammte Lüge, eine Lüge, die von denen da oben verbreitet wurde, um auf den Kleinen herumtrampeln zu können. Doch Benny war derjenige, der auserwählt war, deren Geheimnisse zu lüften. Warum gerade er und nicht irgendein anderer armer Hund, das wußte er nicht. Und die Wahrheit war, daß er es vielleicht niemals erfahren würde ...
Stopf deinen Kopf nicht mit Dingen voll, die eine Nummer zu groß für dich sind, Benny.
Benny schlug die Augen nicht auf, um zu sehen, wo die Worte herkamen — das war nicht nötig. Er hätte die Stimme seiner Mutter überall erkannt.
Führ dein Leben und tu, was du tun mußt.
Ja, Mom, ich versuche es ja. Ich schwöre bei Gott, ich versuche es ja.
Und zum Glück wollte sie diesmal nichts über Adam wissen. Er wußte nie, was er ihr antworten sollte, wenn sie ihn beschuldigte, Adam verlassen zu haben.

Genau wie dein Vater, genau wie dein Vater, schalt sie ihn, und ganz gleich, wie oft er versuchte, ihr zu erklären, daß es ja ganz anders war, sie wollte nicht auf ihn hören.

Als Maggie eintraf, hatte man Frank Chandler wegen des Mordes an Sondra Chandler verhaftet. Man hatte ihn fotografiert, seine Fingerabdrücke genommen und ihn in einer Arrestzelle im örtlichen Gefängnis eingesperrt. Laut Aussage der Kriminalbeamten würde er am folgenden Morgen einem Untersuchungsrichter am Bezirksgericht zur Vernehmung vorgeführt werden. Dann könnte er auch Antrag auf Haftverschonung gegen Kaution stellen. Andy sollte zeitweilig in die Obhut des Jugendamtes überstellt werden, das hatte man bereits arrangiert.

»Ich will nicht, daß der Junge irgendwohin gebracht wird«, sagte Maggie. »Geben Sie mir etwas Zeit mit meinem Mandanten, dann werde ich für eine andere Unterbringungsmöglichkeit für den Jungen sorgen.«

Frank brauchte ein paar Minuten, um seine Gefühle soweit unter Kontrolle zu bringen, daß er mit Maggie sprechen konnte. Schließlich schaute er sie an und meinte mit gespielter Leichtigkeit: »Wahrscheinlich bin ich in einer Zelle ebenso gut aufgehoben wie in einem Gerichtssaal.«

Maggie legte ihre Hand auf die seine. »Es wird nur für eine Nacht sein, morgen werden Sie wegen der Kaution Ihren Antrag stellen. Übrigens, ich habe Myer Grailing erreicht. Er wird später kommen, um mit Ihnen zu sprechen.«

»Ja, er hat angerufen, das hat man mir ausgerichtet. Vielen Dank. Ich wollte entweder Sie oder meinen Steuerberater anrufen . . . ich habe eine Münze geworfen, und Sie sind es geworden.«

Sie lächelte. »Wollen Sie mir kurz erzählen, was passiert ist?«

Als er mit seiner Geschichte zu Ende war, schüttelte sie den Kopf.

»Sie sagten, es habe ausgesehen, als hätte man sie stranguliert . . . was ist mit der Mordwaffe, hat man sie gefunden?«

»Ich weiß nicht. Ich selbst habe nichts gesehen, aber ich hatte auch wirklich nicht die Nerven, danach zu suchen. Was ist mit Andy, Maggie? Er hat sie dort liegen gesehen, wissen Sie. Ich wollte ihn noch davon abhalten, dort hineinzugehen, aber es war zu spät.«

Sie seufzte und nahm dann Block und Kugelschreiber aus ihrer Tasche.

»Hören Sie, Frank, wir müssen ihn irgendwo unterbringen, zumindest für heute nacht. Sonst wird sich das Jugendamt einschalten.«

»Himmel, nein, ich will nicht, daß er dorthin kommt. Aber ich wüßte nicht, wer . . .«

»Was ist mit Familienangehörigen?«

»Ich habe nur noch meine Mutter, aber die lebt in einem Altersheim. Sondra ist bei Pflegefamilien aufgewachsen.«

Schließlich fielen Frank doch drei Namen ein. Zwei davon konnte Maggie nicht erreichen . . . der dritte, der sich immer wieder wortreich entschuldigte, hatte zwei Kinder mit Masern zu Hause. Schließlich bat Frank Maggie, Rita Santelli, seine Empfangssekretärin, anzurufen und zu fragen, ob jemand aus dem Büro Andy für eine Nacht unterbringen könne.

Maggie sah auf die Uhr und steckte dann den Block in ihre Schultertasche zurück.

»Wissen Sie was, es ist doch nur für eine Nacht. In Richies Zimmer stehen zwei Betten. Ich könnte ihn doch nehmen.«

Es war bereits fast neun Uhr, als Benny endlich ein paar Minuten Zeit fand, Charlie Rosetti zu besuchen. Er schlich sich auf Zehenspitzen ins Zimmer, und als er sah, daß Charlie wach war, gab er ihm eine Tüte mit Doritoes. Charlie aß ein paar davon, verschloß die Tüte, schob sie unter sein Kissen und sagte dann flüsternd, damit die anderen Kinder nicht aufwachten:
»Benny, was glaubst du, wo kommt man eigentlich hin, wenn man stirbt?«
Benny zuckte mit den Achseln. »He, was redest du hier über Sterben?«
»Ich werde sterben, das weißt du. Bald.«
»Aber seit wann bist du denn ein Arzt?«
Schweigen.
»Also, was glaubst du, Benny . . . wo kommt man hin?«
»Wo möchtest du denn hin?«
»Darüber habe ich schon nachgedacht. Weißt du noch, wie du mir erzählt hast, daß du dich einmal in den Fenway Park geschmuggelt hast, als du noch klein warst? Und daß du einen Baseball oben in den Rängen aufgefangen hast?«
»Sicher.«
»Nun, ich glaube, dort möchte ich hin, wenn ich tot bin.«
Benny nickte. »Nun, ich glaube nicht, daß du eine Eintrittskarte brauchst, um hineinzukommen.«
Charlie lächelte.
»Außerdem nehme ich an, daß du dir einen Logenplatz leisten kannst . . . und so viele Hot dogs, Popcorn und geröstete Erdnüsse, wie du möchtest. Ich meine,

wer wird sich schon mit einem toten Kind herumstreiten?«
Benny konnte trotz der Dunkelheit im Zimmer sehen, wie Charlies Lächeln immer breiter wurde.
»Ja, niemand, den ich kenne«, stimmte Charlie ihm zu.

Maggie hatte Andy mehrmals während der Vorbereitungen auf das Sorgerechtsverfahren gesehen. Als sie nun in das Büro ging, in das man ihn gebracht hatte, und ihm erklärte, daß er die Nacht bei ihr zu Hause verbringen würde, hatte er nichts dagegen. Das heißt, er sagte eigentlich gar nichts, bis sie im Wagen waren.
»Ist mein Dad verhaftet?« fragte er schließlich.
»Ja, das ist er. Aber ich nehme an, daß man ihn morgen gegen Kaution wieder entlassen wird.«
»Werden Sie sein Anwalt sein?«
»Nein, ich bin kein Strafverteidiger, Andy. Aber dein Dad hat einen sehr guten, der ihn vertritt.«
»Gut, ich bin froh, daß es nicht Sie sind.«
Verblüfft sah Maggie ihn an. Offensichtlich machte er ihr das zum Vorwurf, was bei der Sorgerechtsverhandlung geschehen war. Sie lenkte den Wagen auf den Highway.
»Es tut mir leid wegen deiner Mutter, Andy.«
Er preßte fest seine Lippen zusammen und krauste seine sommersprossige Stupsnase.
»Weißt du, meine Mutter ist auch gestorben, als ich noch sehr klein war«, sagte Maggie. »Ich kann mich erinnern, wie weh das getan hat. Ich weiß auch noch, daß ich dachte, ich würde sterben. Aber das tat ich natürlich nicht. Und obwohl das jetzt unbegreiflich für dich klingen mag, aber die Zeit heilt alle Wunden, Andy.«
»Ist *Ihre* Mutter ermordet worden?«
Maggie schluckte schwer und schüttelte dann den Kopf.

Nach einem grimmigen und schweigsamen Abendessen und einiger Zeit vor dem Fernsehapparat wuschen Richie und Andy sich, zogen sich aus und gingen ins Bett. Als Maggie die Lichter löschte und das Zimmer verließ, hörte sie, wie Richie zu Andy sagte: »Wenn meine Mom sterben würde, dann würde ich weinen. Warum weinst du nicht?«
»Warum hältst du nicht deinen Mund?« sagte Andy.
»Das muß ich nicht, das ist mein Zimmer.«
»Du wirst müssen, wenn ich zu dir komme und dir die Fresse poliere.«
Richie schien die Gefährlichkeit der Drohung des älteren Jungen abzuwägen.
»Nun, dann vielleicht. Aber ich würde immer noch weinen, wenn meine Mom tot wäre.«
Schließlich war alles ruhig . . . Maggie schlich sich auf Zehenspitzen fort.

Am Telefon erzählte sie Douglas von dem Mord an Sondra Chandler und deutete auf die Parallelen zu den anderen ermordeten Frauen hin.
»Mit einer wichtigen Ausnahme natürlich, dieser Exmann hier hat kein Alibi. Eigentlich klingt es ganz so, als hätte man ihn auf frischer Tat ertappt.«
»Wie kannst du so etwas nur sagen — er hat selbst die Polizei angerufen.«
»Aber das erst, nachdem der Junge ihn durch sein Auftauchen überrascht hat. In gewisser Weise wurde er dazu gezwungen, die Polizei zu verständigen.«
»Douglas, du klingst ja wie ein Polizist.«
»Ich arbeite mit der Polizei zusammen, weißt du. Sieh doch mal, Maggie, ganz gleich, was du in dieser Situation empfindest, Tatsache ist doch, daß der Mann sowohl Motiv als auch Gelegenheit hatte.«

»Aus Zufall.«

»Mag ja sein, aber es könnte für eine Verurteilung reichen. Seine Geschichte ist schwach. Da will er wegfahren, ändert dann aber plötzlich seine Meinung. Und nicht nur das, er wartet angeblich auch noch eine volle Stunde in seinem Wagen, bevor er zum Haus seiner Exfrau fährt. Nein, das klingt nicht sehr plausibel. Du sagst, er hat sogar noch seine Bordkarte von der Pan American behalten. Wenn es ihm also gelungen wäre, ungesehen aus dem Haus zu kommen, zum Flughafen zurückzufahren und unter einem falschen Namen ein Flugzeug nach Washington zu nehmen, dann hätte kein Mensch etwas ahnen können. Richtig?«

»Nicht ganz. Anfangs hätte man bei der Pan Am vielleicht geglaubt, daß er an Bord ist, aber bei der Ankunft in Washington hätte die andere Hälfte der Bordkarte gefehlt.«

»Jetzt komm aber, Maggie, da bastelst du dir etwas zurecht. Bei Fluggesellschaften kommt es regelmäßig zu Verwechslungen, gehen oft Dinge verloren. Wichtig ist doch, daß Chandler zu seiner Konferenz in Washington eingetroffen wäre und ein hieb- und stichfestes Alibi gehabt hätte.«

»So ist es nicht gewesen, Douglas.«

»Aber du kannst meiner Logik folgen?«

»Ich habe Frank Chandler während der Scheidung recht gut kennengelernt . . . Und sosehr er auch das Sorgerecht über seinen Sohn hatte haben wollen, so wäre er doch nie gewalttätig geworden. Mir ist es egal, wie logisch deine Geschichte auch klingen mag, ich bin einfach davon überzeugt.«

Sie hatte erst ein paar Minuten den Hörer aufgelegt, da kam Andy ins Arbeitszimmer. Er stand reglos einige Augenblicke da und starrte sie an.

»Was ist los, Andy?« fragte sie.
Er schluckte schwer. »Es war nicht Ihr Fehler, es war mein Fehler«, sagte er schließlich.
»Was war dein Fehler?«
»Was heute passiert ist . . . mit meiner Mutter.«
»Warum glaubst du, daß du daran schuld bist?«
»Weil ich auf meinen Dad wütend war. Er hat die ganze Woche versucht, mich anzurufen, aber ich wollte nicht mit ihm reden.«
»Warum nicht?«
Er zuckte mit den Schultern. »Ich weiß nicht. Wahrscheinlich habe ich ihm die Schuld daran gegeben, daß ich nicht bei ihm wohnen kann.«
»Ich verstehe. Aber was hat das mit deiner Mutter zu tun, Andy?«
»Verstehen Sie nicht . . . wenn ich ihm die Schuld nicht gegeben hätte, dann hätte er es nicht getan, dann hätte er sie nicht getötet.«
»Glaubst du, daß dein Dad deine Mutter umgebracht hat?«
Er starrte sie einen Moment lang an. »Sie nicht?«
Sie schüttelte den Kopf. »Nein, ich nicht.«
»Wer dann?«
»Ich weiß es nicht. Das werden wir wahrscheinlich herausfinden müssen.«
Plötzlich strömten Tränen über seine Wangen, und sie ging zu ihm hin und schlang ihre Arme um ihn. Er klammerte sich an sie, schluchzte an ihrer Brust, und sie strich ihm das rostbraune Haar aus seiner feuchten Stirn. Richie hatte recht gehabt, Andy hätte weinen sollen. Erleichtert, daß sein Vater vielleicht unschuldig war, konnte er es endlich.
Hatte Andy der Polizei ebenfalls von seinem Verdacht

erzählt? Aber natürlich ... und die Anklage würde das gegen Frank verwenden. Ein weiteres Motiv, ein stärkeres sogar noch. Und wenn ein neunjähriger Junge, der seinen Vater anbetete, bereit gewesen war, an seine Schuld zu glauben, was würden dann die Geschworenen denken?

Wie geplant kam Benny nach der Arbeit direkt zu Daisey in die Wohnung. Den ganzen Tag über hatte sie überlegt, wie sie ihn fragen sollte, aber als er schließlich vor ihr stand, da verließ sie der Mut. Doch Benny hatte — wie immer — bemerkt, daß etwas nicht stimmte.

»Was ist los?« fragte er.

Sie schüttelte den Kopf.

»Komm schon, sag es mir«, drängte er.

»Es geht mich nichts an, und es ist auch nicht wirklich wichtig.«

»Nein, jetzt sag schon, raus damit.«

Sie holte tief Luft. »Okay«, meinte sie schließlich, »du wolltest es wissen. Benny, wo gehst du jeden Morgen hin? Ich weiß, daß du einmal in der Woche zu Adam fährst, um ihn zu sehen, aber was ist mit den anderen Vormittagen? Du ziehst dich immer fein an und gehst dann mit dieser Aktenmappe aus dem Haus ... nun, ich wunderte mich eben. Aber wenn du es mir nicht sagen willst, dann mußt du auch nicht.«

Er saß ein paar Sekunden schweigend da. »Wenn ich es dir sage, dann wirst du mich für verrückt halten.«

Sie wartete.

»Ich gehe zum Gericht. Zu dem Gericht am Pemberton Square, wo die Familienrechtsangelegenheiten verhandelt werden.«

»Warum?«

»Ich höre mir die Verhandlungen über die Kinder an. Du weißt schon, Sorgerechtsfälle.«

»Wegen Adam?«

»Wahrscheinlich.«

»Wozu dann die Aktenmappe?«

Er zuckte mit den Achseln. »Das ist nur, damit niemand mißtrauisch wird, weil ich mich dort so oft aufhalte. Ich meine, ich belästige ja niemanden, ich höre nur zu.«

Plötzlich schlang sie beide Arme um ihn und küßte ihn auf die Wange.

»He, wofür ist das?«

»Weil du der liebste, netteste, sensibelste Mann bist, den ich jemals kennengelernt habe. Und es tut mir so weh, wenn ich den Schmerz sehe, der dich quält. Ich wünschte mir nur, ich könnte dir dabei helfen, ihn zu vertreiben.«

Später, als sie neben ihm im Bett lag und hörte, wie er sich hin und her warf — sie hatte bereits begriffen, daß Benny nicht sehr viel schlief —, da dachte sie intensiver darüber nach. Wenn sie doch nur etwas tun könnte, um Adam zu ihm zurückzubringen. Angenommen, sie ginge zu Claire und versuchte, mit ihr zu reden, würde sie sie überhaupt anhören? Wahrscheinlich nicht, und außerdem, hatte sie denn das Recht, sich so einzumischen? Vielleicht nicht. Aber einmal angenommen, nur angenommen, es würde funktionieren . . .

Gott, es würde Benny so glücklich machen. So nett und liebevoll Benny auch war, sie hatte ihn nie richtig glücklich erlebt . . .

7. KAPITEL

Myer Grailing, ein schmaler, strenger Mann mit graumeliertem Haar und einem borstigen Schnurrbart, war am Abend zuvor gekommen, um sich Franks Geschichte in allen Einzelheiten anzuhören. Daraufhin wies er ihn an, der Polizei keine weiteren Fragen mehr zu beantworten. Am Morgen darauf erklärte sich Frank — mit Grailing an seiner Seite — vor dem Untersuchungsrichter von Winthrop für »nichtschuldig« des Mordes ersten Grades. Der Richter überstellte Frank an die nächsthöhere Instanz, an das Suffolk-Gericht in Boston, und ordnete an, daß man ihn in das Gefängnis an der Charles Street brachte.

»Euer Ehren«, sagte Grailing und stand auf, »ich möchte einen Antrag auf Haftverschonung gegen Stellung einer Kaution beantragen. Mein Mandant ist bisher weder vorbestraft noch verurteilt worden. Er stellt absolut keine Gefahr für die Allgemeinheit dar.«

Der Staatsanwalt erhob sich. »Ich lege Widerspruch gegen Freilassung auf Kaution ein, Euer Ehren. Wir reden hier über ein schweres Verbrechen, ein Verbrechen, das mit lebenslänglicher Haft bestraft wird. Aus der mir vorliegenden Information muß ich schließen, daß der Angeklagte über ausreichende Mittel verfügt, außer Landes zu fliehen. Selbst mit einer sehr hohen Kautionssumme haben wir keine Garantie, daß er für die Verhandlung hierbleiben wird.«

»Sein untadeliger Ruf spricht für sich selbst«, sagte Grailing. »Er ist ein unbescholtenes Mitglied der Maklerinnung, besitzt und betreibt vier Maklerbüros in Massachusetts und hat einen Sitz in der Standesvereinigung der Makler. Mit Ausnahme des letzten Jahres, das er in Boston verbracht hat, war er zehn Jahre lang ein angesehener Bürger von Winthrop. Dazu kommt, daß er es als besorgter Vater keinesfalls in Betracht ziehen würde, einen Schritt zu unternehmen, der die Zukunft seines Kindes gefährden könnte.«

Der Richter schüttelte den Kopf.

»Weder kann ich mich darauf verlassen, daß er sich vernünftig verhalten wird, noch kann ich die Tatsache außer acht lassen, daß er reichlich Gelegenheit zur Flucht haben wird.«

»Mit allem nötigen Respekt, Euer Ehren, der geschäftliche Erfolg oder die Vermögenswerte meines Mandanten sollten doch wohl nicht gegen ihn verwendet werden. Auch Männer mit Erfolg sollten dieselbe Behandlung wie ihre weniger erfolgreichen Brüder verdienen. Wäre es Ihnen vielleicht lieber, ich würde Sie mit einem heruntergekommenen Subjekt konfrontieren?«

»Ein guter Versuch, Herr Anwalt, aber ich fürchte, ich werde den Köder nicht schlucken.« Er ließ seinen Hammer auf die Richterbank sausen. »Antrag auf Freilassung gegen Kaution abgelehnt.«

Grailing stand auf und führte Frank am Ellbogen aus dem Gerichtssaal. Ein Polizeibeamter folgte ihnen.

»Himmel, soll das heißen —« setzte Frank an.

»Ganz ruhig«, sagte Grailing, »das hat nichts zu bedeuten. Wir werden Sie am höheren Gericht gegen Kaution freibekommen. Für zwei Uhr ist bereits eine Anhörung festgesetzt.«

»Sie meinen, Sie haben mit der Ablehnung gerechnet?«

Grailing nickte, während er dem Beamten ein Zeichen

gab. »Die unteren Chargen machen sich die Hände lieber nicht mit wichtigen Entscheidungen schmutzig.«
»Warum haben Sie es dann überhaupt versucht?«
»Das kann ja nie schaden.« Sich an den Beamten wendend: »Ich möchte, daß mein Mandant um zwei Uhr am höheren Gericht von Suffolk ist. Haben Sie verstanden?«
Mit diesen Worten war Grailing bereits zur Tür hinaus und hinterließ einen Frank, der nur allzu gerne daran geglaubt hätte, daß Grailings forsches Auftreten auch begründet war.

Um elf Uhr machte Daisey eine Pause, ging zum Telefon im Hinterzimmer des Buchladens, schaltete den kleinen Schwarzweiß-Fernseher aus, den sie und Liz benützten, wenn sie nichts zu tun hatten, wählte die Nummer, die sie aus Bennys Adreßbuch hatte, und rief Claire an.
»Ist dort Mrs. Shandling?« fragte sie.
Nach einer langen Pause meldete sich eine kehlige Stimme: »Hier spricht Claire Cranston. Wer ist bitte am Apparat?«
Daisey blieben die Worte fast im Hals stecken, aber Bennys Bild vor ihrem geistigen Auge trieb sie vorwärts.
»Hier spricht Daisey Bradley«, sagte sie. »Sie sind doch die Claire, die mit Benny Shandling verheiratet war, oder?«
»Worum geht es denn?«
»Nun, ich bin eine Freundin von Benny.«
»Ich sehe nicht, was mich das angeht.«
»Ich dachte mir, ich könnte mich vielleicht mal mit Ihnen unterhalten. Ich würde jederzeit zu Ihnen kommen. Es ist wichtig.«
»Hat Benny Sie gebeten, mich anzurufen?«
»O nein. Er weiß nicht einmal, daß ich Sie anrufe.«
»Dann verstehe ich auch nicht, warum Sie das tun.«

»Es geht um Ihren Sohn, Adam. Benny vermißt ihn schrecklich. Ich weiß, daß Adam sich geweigert hat, ihn zu sehen, als Benny das letzte Mal bei Ihnen war, aber ich dachte mir, da sie doch seine Mutter sind und den größten Einfluß auf ihn haben . . . Nun, vielleicht könnten Sie mit ihm reden, ihn überzeugen, daß —«
Plötzlich war die Leitung tot, und Daisey ließ langsam den Hörer auf die Gabel gleiten. Mist, sie hatte nichts von dem gesagt, was sie sich zurechtgelegt hatte . . . sie war gar nicht dazu gekommen. *Nun, was jetzt, Daisey, willst du es einfach dabei belassen?*

Grailing hatte außer Maggie noch zwei weitere Zeugen über den Charakter seines Mandanten aufgeboten. »Ich glaube nicht, daß ich Sie brauchen werde«, erklärte er Maggie am Telefon, »aber es kann ja nie schaden, noch zusätzliche Munition zu haben.«
»Ich stehe Ihnen zur Verfügung, kein Problem. Franks Sohn, Andy, sitzt momentan gerade mit einem Stapel Comic-Hefte in der Bibliothek, während wir hier reden. Sagen Sie doch mal, Myer, was halten Sie denn generell von dem Fall?«
»Das sollte ich besser Sie fragen. Hat unser Mann es getan?«
»Mit anderen Worten, Sie glauben ihm seine Geschichte nicht.«
»Wir Strafverteidiger sind ein seltsamer Haufen. Unserer Meinung nach ist es nicht unser Problem, unseren Mandanten zu glauben oder nicht zu glauben. Es ist einfach unser Job, den Fall im bestmöglichen Licht zu präsentieren.«
»Nun, ich glaube, daß er unschuldig ist.«
»Okay. Um jetzt Ihre Frage zu beantworten —mir gefal-

lendie Umstände überhaupt nicht. So, wie ich es sehe, ist unser Mann, einmal angenommen, er ist so unschuldig, wie Sie sagen — der Kandidat Nummer eins, um als Opferlamm herhalten zu müssen; es sei denn, wir finden mindestens noch eine Person mit Motiv und Gelegenheit, um etwas Zweifel an Chandlers Schuld aufkommen zu lassen.«

»Und wie wollen Sie vorgehen, diese Person zu finden?«

»Indem ich das Privatleben des Opfers überprüfe.«

»Angenommen, das Opfer kannte den Mörder überhaupt nicht?«

»Das glaube ich nicht. Laut der Information, die ich von der Polizei bekommen habe, waren keine Anzeichen eines gewaltsamen Eindringens in das Haus festzustellen. Und nach Aussage des Untersuchungsbeamten war die Dame heftig in ein Vorspiel verwickelt; man hat zwar kein Sperma gefunden, aber jede Menge Scheidenflüssigkeit.«

»Wie wurde sie stranguliert?«

»Wahrscheinlich mit einem Nylonstrumpf. Vielleicht mit ihrem eigenen . . . was natürlich typisch ist.«

»Was ist mit Tabletten?«

»Seconal. Warum fragen Sie danach?«

Maggie erzählte ihm von den Umständen, unter denen die anderen beiden Opfer den Tod gefunden hatten.

»Tut mit leid, ich glaube es immer noch nicht. Heutzutage schlucken Frauen Beruhigungsmittel und Tranquilizer doch anstelle von Aspirin. Außerdem waren in keinem der Fälle die Tabletten als Todesursache ausschlaggebend. Warum sollte ein Mann eine Frau bewußtlos machen, um sie anschließend zu erwürgen, besonders eine Frau, die sich so bereitwillig — wie im hier vorliegenden Fall — in eine kompromittierende Lage begeben hat.«

»Dann glauben Sie nicht, daß die Tatsache, daß alle diese Frauen geschieden waren, erst vor kurzem um ihre Kinder gekämpft hatten . . .«

Grailing kicherte. »Fast das halbe Land ist geschieden. Und ich würde sagen, daß die Hälfte davon vor Gericht um die jeweiligen Kinder gekämpft hat. Warum scheffelt ihr Scheidungsanwälte wohl sonst soviel Geld?«

Maggie legte den Hörer auf. Das Wissen, daß Grailing mehr als fünfundzwanzig Jahre Gerichtserfahrung vorzuweisen hatte, half ihr plötzlich gar nicht mehr: Müßte sie die Geschworenen jetzt abstimmen lassen, sie würde sicher mit einem Schuldspruch konfrontiert werden.

War sie diejenige, die naiv war, war Frank Chandler vielleicht doch schuldig?

Obwohl sie zuerst gerne mit Liz darüber gesprochen hätte, behielt sie die Idee, zu Claire zu fahren, doch für sich, nachdem Liz in den letzten Tagen Daiseys Verhältnis zu Benny sehr kritisiert hatte.

Den ganzen restlichen Vormittag und den Nachmittag über versuchte Daisey, sich die Folgen jeder weiteren Einmischung in Bennys Leben auszumalen. Aber die Wahrheit war, daß es nicht viel zu verlieren gab. Benny würde es nie herausfinden — daß heißt, nicht bevor sie Claire hatte überzeugen können. Und dann würde es Benny bestimmt nicht viel ausmachen. Ihm war einzig und allein wichtig, Adam endlich wiedersehen zu können. Was Claire betraf, das Schlimmste, was sie machen konnte, war, Daisey aus dem Haus zu werfen. Doch Daisey war entschlossen, das nicht eher zuzulassen, bis man sie angehört hatte.

So überließ sie es Liz, um fünf Uhr den Laden abzusperren, stieg in ihren alten 74er-Nova und fuhr zum Storrow

Drive, in nördlicher Richtung nach Salem, zu der Adresse, die in Bennys Buch stand.
Der kleine Junge, der die Tür öffnete, war ein Ebenbild von Benny: dieselben robusten Züge, dieselbe dunkle Haut, sogar dieselben warmen grauen Augen mit den schwarzen Punkten. Sie kniete sich zu ihm hinunter und bemerkte das rote, hammerförmige Muttermal an der Innenseite seines Handgelenks.
»Hallo du, ich bin Daisey«, sagte sie.
»Daisey, wie das Gänseblümchen?« fragte er und entblößte eine große Zahnlücke.
Sie lächelte.
»Ich bin Adam«, sagte er, streckte die Hand aus und berührte ihr gekraustes Haar. »Junge, dein Haar ist ja richtig orangerot.«
»Ja, das ist es, nicht wahr? Mir gefällt es gar nicht.«
»Mir schon, ich mag es.«
»Tatsächlich?«
»Ja, es hat dieselbe Farbe wie mein Fahrrad.« Dann: »Bist du eine Freundin von meiner Mommy?«
Sie nickte und stand dann auf. »Ist sie zu Hause?«
»Warte eine Minute«, sagte er und hielt einen kleinen Finger mit zerkauten Nägeln hoch. »Ich geh hinein und sag ihr, daß du da bist.«
Als er weg war, trat Daisey ein. Plötzlich war die Gelassenheit, die sie während ihrer Unterhaltung mit Adam empfunden hatte, wie weggeblasen, und sie spürte, wie ihre Hände zu schwitzen anfingen, als eine Frau mit kurzem, fedrig geschnittenem, aschblondem Haar hereinkam. Sie war wirklich sehr hübsch . . . Daisey konnte gut verstehen, daß Benny sich in sie verliebt hatte. Sie holte tief Luft und sagte dann: »Guten Tag, ich bin Daisey Bradley.«

Claire warf einen Blick auf ihren Sohn, der hinter ihr stand.

»Geh hinaus zum Spielen«, sagte sie.

»Aber ich möchte hierbleiben und zuhören.«

»Du hast gehört, was ich gesagt habe!« fuhr sie ihn an. Und der Junge drehte sich um und lief davon. Ihre Augen auf Daisey heftend, sagte sie:

»Ich dachte, ich hätte es heute morgen deutlich gemacht, daß wir uns nichts zu sagen haben.«

»Ich möchte Sie nur um fünf Minuten Ihrer Zeit bitten, sonst will ich nichts. Dann werde ich gehen, das verspreche ich.«

»Und wenn nicht?«

Daisey schluckte schwer und sagte dann mit einer Bestimmtheit, die sie nicht empfand: »Ich werde nicht eher gehen, bis Sie mich angehört haben.«

Claire schüttelte den Kopf und sagte dann, während sie Daisey musterte: »Sie sehen genauso aus wie eine Frau, die Benny sich als Freundin aussuchen würde.«

Doch Daisey, die auf diese offensichtliche Beleidigung nicht eingehen wollte, um ihr Anliegen nicht zu gefährden, sagte: »Ich bin hier, weil ich Benny liebe und sehe, wie sehr er leidet.«

»Ich würde sagen, es ist Ihre Aufgabe, den Kummer von ihm fernzuhalten.«

»Ich würde, wenn ich könnte, aber die einzige, die das kann, sind Sie.«

»So?«

»Reden Sie mit Adam, er wird auf Sie hören. Machen Sie ihm klar, daß sein Vater ihn liebt, daß er ihm niemals weh tun würde.«

»Was macht Sie so sicher in dem Glauben, daß er ihm nicht weh tun würde?«

»Ich kenne Benny noch nicht sehr lange, aber ich kenne ihn gut genug. Er ist einer der nettesten, sanftesten Menschen, die ich jemals getroffen habe.«
Claire lächelte höhnisch. »Das sind die Typen, die am leichtesten durchdrehen. Wenn Sie etwas von der menschlichen Psyche verstünden, dann wüßten Sie das vielleicht.«
»Sie sagen das so, als hätten Sie das gerne.«
»Daisey, Petunia . . . wie immer Sie auch heißen, es ist mir wirklich völlig egal, was aus Benny wird. Was mich angeht, so ist er verrückt. Er macht mir sogar angst.«
»Er scheint Ihnen keine Angst eingejagt zu haben, als Sie ihn heirateten.«
»Nein, aber damals war ich jung und wild darauf, mich in meiner Selbständigkeit zu beweisen; wahrscheinlich machte ich damals eine latente Trotzphase durch. Benny sah wirklich gut aus, und dann seine jungenhafte Art — er zog mich einfach an. Ein ziemlicher Unterschied zu den College-Typen, mit denen ich sonst immer ausging. Ein paar Wochen nach unserem Kennenlernen heirateten wir.«
»Was hat Sie veranlaßt, Ihre Meinung über ihn zu ändern?«
»Viel Dinge, nicht zuletzt sein Mangel an Intelligenz oder an dem Willen, etwas aus sich zu machen. Aber wie ich vorher schon erwähnte, er machte mir angst. Wissen Sie, als ich ihn kennenlernte, lebte seine Mutter noch. Ich glaube, er hat sie seit seinem sechzehnten Lebensjahr, als er die High School verließ, finanziell immer sehr unterstützt; wie ich die wenigen Male mitbekam, in denen ich mit ihrem Besuch bei uns einverstanden war, klammerte sie sich sehr an ihn und hatte großen Einfluß. Sie war sehr von ihm abhängig. Natürlich war, sobald wir verheiratet waren, von seinem Krankenhauslohn nicht mehr viel übrig, das er ihr hätte geben können.«

Daisey wartete.
»Und so hat sie Gelegenheitsarbeiten angenommen, um zu dem kleinen Betrag, den Benny ihr gab, noch etwas dazuzuverdienen. Sie hat Büros geputzt, glaube ich. Eines Abends ist sie dabei eine Treppe hinuntergestürzt und daran gestorben.«
»O Gott, wie schrecklich für Benny.«
»Von dem Zeitpunkt an hat er angefangen, sich so verrückt zu benehmen. Er hatte immer diese Alpträume und wachte schreiend davon auf, sie um Verzeihung bittend. Als ob es seine Schuld gewesen wäre, daß sie tödlich verunglückt ist.«
»Wahrscheinlich hat er das gedacht.«
Claire zuckte mit den Achseln. »Wissen Sie, ich konnte damit einfach nicht umgehen. Es war schon schlimm genug, daß ich in Armut leben mußte. Da hat es mir gerade noch gefehlt, auch noch neben einem tobenden Wahnsinnigen aufwachen zu müssen.«
Daisey schwieg ein paar Minuten und sagte dann: »An Benny ist gar nichts seltsam, außer vielleicht, daß ihm alles sehr nahe geht, bestimmt mehr als den meisten anderen Leuten. Bitte, reden Sie mit Adam, Claire, geben Sie ihm Gelegenheit zu erfahren, was es heißt, einen Vater zu haben, der ihn liebt. Benny hat das nie erleben dürfen, und deshalb ist es so wichtig für ihn, daß Adam das kann. Ohne einen Vater aufzuwachsen, hinterläßt ein Gefühl der Leere. Auch ich habe das erlebt — mein Vater ist in Vietnam umgekommen, als ich erst sechs Jahre alt war.«
Claire schüttelte den Kopf.
»Benny würde ihm nie weh tun. Warum auch, er liebt Adam mehr als sein Leben.«
Claire ging langsam auf die Tür zu; offensichtlich war Daisey damit entlassen.

»Vielleicht tut er das ja. Aber als Adams Vormund muß ich mich an das Urteil halten. Und ich glaube nicht, daß es im Interesse meines Sohnes ist, Benny als Vater zu haben.«

»Aber das ist er. Begreifen Sie denn nicht, Benny *ist* Adams Vater. Ganz gleich, was Sie denken oder sagen oder tun, diese Tatsache wird sich niemals ändern lassen! Und eines Tages wird Adam über Benny Bescheid wissen wollen! Was wollen Sie dann machen?«

Claire stand an der Tür, das Gesicht plötzlich versteinert. »Sagen Sie mir, was sehen Sie in Benny, daß Sie sich so für ihn einsetzen? Als Liebhaber ist er doch drittklassig.«

Daisey wurde noch wütender. »Das ist eine Lüge, er ist ein wunderbarer Liebhaber!«

Claire schüttelte den Kopf. »Ich konnte eigentlich nie sagen, ob er nun gerade anfing oder schon fertig war. Aber, wer weiß, vielleicht hatten Sie noch nicht sehr viele Vergleichsmöglichkeiten.«

Daisey starrte sie an — sprachlos.

»Ich glaube, fünf Minuten haben Sie gesagt?« meinte Claire. »Entweder Sie gehen jetzt, oder ich rufe die Polizei.«

Daisey fing erst zu weinen an, als sie die Mystic River Bridge, die nach Boston zurückführte, erreicht hatte. Ihre Wut war bis dahin verraucht, und sie empfand nur noch den Kummer, den Benny mit sich herumtrug. Man beraubte ihn nicht allein der Möglichkeit, seinen Erstgeborenen aufwachsen zu sehen, zusätzlich litt er zweifellos immer noch unter dem Tod seiner Mutter. Und schleppte deswegen ein Schuldgefühl mit sich herum.

Benny sprach nur selten von seiner Mutter. Jetzt wußte Daisey, warum.

8. KAPITEL

Vor dem nächsthöheren Gerichtshof gelang es Myer, Frank Chandler gegen eine Kaution von hunderttausend Dollar freizubekommen; die Verhandlung sollte sechs Monate nach dem Zeitpunkt seiner Verhaftung stattfinden. In den folgenden Wochen wurde Maggie mit Arbeit überhäuft, und erst an einem Sonntagmorgen, als Douglas bei ihr zu Hause war, schob sie ihren Teil des *Boston Globe* beiseite und sagte:

»Douglas, erinnerst du dich noch daran, wie du die Parallelen zwischen dem Mordfall Chandler und den anderen beiden Strangulationen aufgezeichnet hast?«

Er blickte von seiner Lektüre auf und nickte.

»Und, kannst du dich noch erinnern, was du gesagt hast?«

Er lächelte, faltete seine Zeitung zusammen und legte sie zur Seite.

»Nein, aber du wirst es mir sicher gleich sagen. Stimmt's?«

»Du sagtest, 'mit einer wichtigen Ausnahme stimmte alles überein, aber dieser hier — nämlich Chandler — hatte kein Alibi'.«

»Okay, so ähnlich war es.«

»Nun, genau das ist es, Douglas. Begreifst du nicht, Frank Chandler hatte fast ein Alibi. Ich meine, wenn er wie geplant nach Washington geflogen wäre . . .«

»Ich kann dir nicht ganz folgen.«

»Nur als Theorie, aber laß uns mal annehmen, daß Frank genauso unschuldig ist, wie es dieser Silvers war, und dieser — wie heißt der Schwarze aus West Roxbury?«

»Sylvestor Bacon.«
»Okay, Bacon. Und laß uns weiter annehmen, daß eine Person für alle drei Morde verantwortlich ist. Eine Person, die jedesmal nach derselben Methode gemordet hat, eine Person, die aus den Häusern der Opfer nichts mitgenommen hat. Eine Person, die sich als jemand ausgab, von dem keine Bedrohung ausging — vielleicht als Postbote, Lieferant oder was auch immer —, so daß alle drei Frauen ihn eventuell in ihre Häuser gelassen haben.«
»Fahr fort, ich kann dir folgen.«
»Frank hatte die erklärte Absicht, zu dieser Konferenz nach Washington zu fliegen. Er hatte es sogar vorher bereits geplant, ich weiß noch, wie er mich darum bat, den Besuchstermin bei Andy auf das Wochenende vor seiner Reise festzulegen, damit es keine Überschneidungen gab. Douglas, was macht dieser Silvers beruflich?«
»Er ist Friseur, ihm gehört ein schicker Salon am Kenmore Square. Warum?«
»Hmm, das paßt gut zu meiner Theorie.«
»Willst du mich hier sitzen und im dunklen tappen lassen, oder hast du die Absicht, mich aufzuklären?«
»Douglas, der Tag, an dem ein Friseur am meisten zu tun hat, das ist der Samstag. Wenn Silvers also vorhatte, einen Jagdausflug übers Wochenende nach Maine zu machen, dann mußte er den wahrscheinlich bereits einige Zeit im voraus planen. Was ist mit Bacons Reise nach Atlanta?«
»Wenn du meinst, ob sie geplant war — das war sie. Er arbeitet als Chauffeur, und laut seiner Aussage hatte er bereits Monate vorher auf diese Reise gespart. Aber ich verstehe immer noch nicht, worauf du hinauswillst.«
»Es ist doch ganz einfach: Wenn etwas geplant wird, dann wissen andere Leute normalerweise davon. Auf jeden

Fall könnten sie es herausfinden, wenn sie wollten. Wie sich bei Mr. Silvers herausstellte, hätte er dieses Alibi nicht gehabt, wenn er sich nicht verletzt und in ärztliche Behandlung hätte begeben müssen.«

»Weiter.«

»Da nun alle drei Ehemänner bei einem Mord an ihren Exfrauen wegen der vorausgegangenen Streitereien vor Gericht als Verdächtige sofort in Frage gekommen wären, erscheint es da nicht logisch, daß jemand, der diese Frauen ermorden will, es zu einem Zeitpunkt versucht, wenn der jeweilige Ehemann am ehesten zu kompromittieren ist, mit anderen Worten, wenn er kein Alibi hat?«

»Nicht unbedingt. Unser hypothetischer Mörder hat vielleicht nicht gewußt, daß der Mann überhaupt verdächtigt wird — oder es war ihm egal.«

»Dann hör dir mal das an. Ist es nicht seltsam, daß alle drei zum Zeitpunkt des Mordes *zufälligerweise* solch wasserdichte Alibis hatten? Immer vorausgesetzt natürlich, daß Frank, wie geplant, geflogen wäre.«

»Willst du damit andeuten, daß diese Männer sich einen Killer gekauft haben? Aber das würde natürlich nicht auf Frank zutreffen, oder? Er hat den Flug doch mit Absicht versäumt.«

»Ich will auf einen gekauften Killer hinaus, der in Wirklichkeit aber niemals gekauft wurde.«

»Was, zum Teufel, soll das heißen?«

»Auf jemanden, der aus irgendeinem persönlichen Grund wollte, daß die Männer aus dem Schneider sind.«

»Warum?«

Maggie zuckte mit den Schultern — sie dachte eine Weile darüber nach.

»Damit die Väter das Sorgerecht über ihre Kinder bekommen konnten?«

»Warum sollte das unseren Mörder überhaupt interessieren?«
Nach einer weiteren Pause meinte sie: »Weil er vielleicht dachte, daß die Gerichtsurteile falsch waren?«
Douglas starrte sie an. »Waren sie es?«
»In Chandlers Fall war es so. Über die anderen weiß ich nichts, aber ich könnte mir die Akten ansehen . . .«
»Dir ist doch klar, daß du hier auf einen möglichen Psychopathen anspielst . . . auf jemanden, dessen Gedankengänge von seiner eigenen Realität verzerrt sind.«
Douglas beugte sich vor. »Du weißt, wenn du recht hättest, Maggie — und ich behaupte nicht, daß es so ist —, dann müßte man deiner Theorie nach schließen, daß derjenige, wer immer es auch ist, über die Vorgänge bei Gericht Bescheid wissen muß. Er könnte dort arbeiten, aber vielleicht auch nicht . . . Maggie, würde dir ein Fremder auffallen, der sich bei Gericht herumtreibt?«

Kurz nachdem Douglas weg war, hörte Maggie, wie die Vordertür zugeschlagen wurde. »Wer ist da?« rief sie.
»Ich bin es, Richie.«
Maggie stand auf und ging zur Tür.
»Was machst du so früh schon zu Hause? Ich sollte dich doch um sechs bei Daddy abholen.«
»Er mußte zu einem Kunden wegen eines großen Vertrages.«
»Warum hat er mich nicht angerufen, damit ich dich abhole?«
»Ich weiß nicht«, sagte Richie und verschwand schnell in seinem Schlafzimmer.
Maggie ging ihm nach. »Warum so eilig?«
»Bobby und Craig spielen Baseball nebenan, ich werde auch rausgehen.« Er nahm seinen Handschuh, Ball und

Schläger und stülpte seine Mütze von den Red Socks über sein blondes Haar. In dem Moment fiel ihr die gerötete Stelle an seinem Kinn auf.
»Was ist das?« fragte sie und nahm sein Kinn in die Hand.
»Ach, nichts, ich habe mich nur angeschlagen.«
»Wo?«
Schweigen.
»Gib mir eine Antwort, Richie.«
»Bei Daddy im Wagen, am Armaturenbrett.«
»Wie ist das passiert?«
»Daddy hat gemeint, ich soll es nicht sagen.«
»Nun, ich bin anderer Meinung. Erzähl's mir.«
Richie schaute zu ihr auf und seufzte dann. »Es ist nur passiert, weil er es nicht gesehen hat.«
»Was war es, das er nicht gesehen hat?«
»Das Stoppschild. Daddy hat es überfahren und mußte dann ganz scharf bremsen.«
»Wo war dein —«
Doch bevor sie die Frage zu Ende stellen konnte, rannte Richie aus dem Zimmer, durch die Diele und zur Hintertür hinaus. Aber Maggie konnte sich das übrige zusammenreimen. So, wie es klang, hatte Paul einen dringenden Anruf bekommen, und um die Sache noch schlimmer zu machen, hatte Richie seinen Sicherheitsgurt nicht angelegt. Und da sie Paul kannte, konnte sie nur vermuten, daß er auch getrunken hatte.

Eines Tages, als Daisey in Bennys Armen lag, fragte sie: »Wie steht es mit uns — mit mir und dir —, wollen wir ein Baby haben, Benny?«
Er fuhr abrupt hoch und schaute sie an. »Du bist doch nicht schwanger, oder?«
»Nein, noch nicht. Aber wenn du willst, daß ich —«

»Ich will es nicht.«
Er stand auf, ging zum Fenster und starrte nach draußen. Daisey stand ebenfalls auf und folgte ihm. Sie legte ihre Hände auf seine Schultern: Er zitterte.
»Warum, Benny?« fragte sie.
»Weil ich bereits ein Kind habe. Ein anderes zu bekommen wäre so, als würde ich das erste für tot erklären.«
»Das ist doch albern, eine Menge Leute haben mehr als ein Kind. Und bei diesem Kind wäre es ganz anders — du könntest es selbst großziehen. Es wäre nicht so wie bei Adam.«
Er schüttelte den Kopf. »Eines ist genug. Schau mich doch nur an, ich kann ja nicht einmal damit fertig werden.«
»Aber das ist nicht deine Schuld.«
»Natürlich ist es das, ein Vater sollte wissen, was er tun muß, um sein eigenes Kind zu beschützen. Sehe ich so aus, als wüßte ich das?« Plötzlich faßte er sich an den Kopf.
»Wieder einmal deine Kopfschmerzen, Benny?« fragte sie, während sie ihn zum Bett zurückbegleitete. Als er sich hingelegt hatte, fing sie an, seine Hals- und Rückenmuskeln zu massieren. Sie waren so verkrampft, daß sie das Gefühl hatte, sie würden ihr unter den Händen brechen.
»Es wird alles gut werden, Benny . . . alles gut«, sagte sie leise und wünschte sich mit aller Kraft, sie könnte selbst daran glauben.

Benny lag mit geschlossenen Augen da und überließ seine Muskeln Daiseys kühlen, sachverständigen Händen. Aber morgen hatte er eine weitere Arbeit zu erledigen. Warum lastete die Verantwortung nur immer auf seinen Schultern? Zuerst seine Mutter und nun das. *Nicht, das ich mich beklagen würde, Mom, das tue ich nicht. Als mein Vater weggegangen war, auf wen hättest du dich sonst verlassen sollen? Und ich wollte mich ja auch um dich kümmern . . . das wollte ich wirklich. Doch manchmal, da war es so schwer . . . so schwer für einen kleinen Jungen zu wissen, was zu tun war . . . was zu tun war, was zu tun war . . .*

Mom weinte, als der zehn Jahre alte Junge aufwachte, um ins Bad zu gehen. Er tappte barfuß in ihr Schlafzimmer.

»He, was ist los, Mom?«

Sie schüttelte den Kopf: ihr selbstgeschnittenes Haar fiel in unregelmäßigen Strähnen um ihr hageres Gesicht.

»Sag es mir, ich gehe erst dann wieder ins Bett, wenn du es mir gesagt hast.«

»Es ist nur so hart, Benny. Du weißt, ohne einen Mann . . .«

»Du meinst, ohne Geld?«

»Das . . . und die Einsamkeit.«

»Du hast doch mich, Mom. Und was das Geld angeht, noch ehe du dich versiehst, werde ich einen Haufen Geld verdienen können.«

Sie nickte, wischte sich mit einem Stück Toilettenpapier über die Augen, aber die Tränen wollten nicht versiegen.

Mehr als alles andere haßte er es, wenn er mit ansehen mußte, wie sie weinte, und nichts dagegen machen konnte. Er holte tief Luft und fragte dann: »Soll ich mich zu dir ins Bett legen, so, wie du es gerne hast?«

»Oh, würdest du das tun, Benny? Wenn du neben mir bist, dann fühle ich mich viel sicherer.«

Benny kroch neben sie und wandte ihrem Gesicht den Rücken zu; er wußte, daß sie ihren kleinen, nackten Körper an seinen Rücken schmiegen und mit den Fingerspitzen über seine Brust streicheln würde. Aber immer noch besser, als wenn er ihr das Gesicht zuwandte und

seine Nase zwischen ihre dicken, breiten Brüste stecken und diese merkwürdigen Gerüche, die von ihr ausgingen, einatmen würde.
»Eines Tages wirst du ein guter Ehemann und auch ein guter Vater werden«, flüsterten ihre warmen Lippen in sein Ohr.
Er nickte.
»Versprich mir, daß du ein guter Vater sein wirst. Nicht so wie dein Daddy. Versprich mir, daß du dein Kind nie im Stich lassen würdest.«
»Sicher, Mom . . . ich verspreche es dir«, sagte er, während er über seinen Vater nachdachte, von dem er nur wenig gehört hatte. Verdammt, wo war er . . . war er nicht derjenige, der das hier tun sollte?

Es war bereits Dienstag morgen, als Maggie in das Büro des Geschäftsstellenleiters am Familiengericht kam und sich die Akten über Silvers und Bacon auslieh. Sie trug die Akten zu dem neuen Gebäude und fuhr dann mit dem Aufzug in den obersten Stock, in die Gerichtsbibliothek. Sie wollte die Fälle vollständig durchgehen und dabei so objektiv wie möglich die Feststellungen der Richter bewerten.
Als sie am frühen Nachmittag in ihr Büro zurückkam, legte sie ihre Notizen vor sich auf den Schreibtisch und rief Douglas an.
»Okay, bereit für meine Schlußfolgerungen?«
»Wenn Euer Ehren so freundlich wären.«
»Okay, wir fangen mit Bacon an . . . wie du weißt, wurde der Fall vor Greenspon verhandelt. Um mit dem Nächstliegenden zu beginnen — ich war natürlich bei der Zeugenvernehmung nicht dabei. Aber der Anwalt der Beklagten — der Mutter in diesem Fall — hat einen irrsinnigen Papier-

krieg veranstaltet. Wir haben alles, eidliche Aussagen, Kreuzverhöre über die Dreißig-Fragen-Grenze hinaus, Dokumentenvorlage, Aktennotizen, Rechtsstandpunkte, eine Flut von Anträgen und eine weitere Flut von eidesstattlichen Erklärungen und Gutachten von Psychologen, Jugendamtsvertretern, Lehrern etcetera.«

»Klingt ja ganz so, als hätte sich da ein Anwalt eine goldene Nase verdient.«

Maggie kicherte. »Die Mutter hat Mittellosigkeit geltend gemacht, sie wurde kostenlos von der Rechtshilfe vertreten. Der Kläger, Sylvestor Bacon, muß nicht wenige seiner Monatslöhne hingeblättert haben, damit sein Anwalt bei dieser Papierflut den Kopf noch über Wasser hatte halten können.«

»Das ist die Taktik der Anwälte von der Rechtshilfe. Man muß die andere Seite so überrollen, daß sie nicht mehr weiß, wo es langgeht. Ganz zu schweigen davon, daß man den gegnerischen Mandanten aus dem Rennen drängt.«

»Nun, offensichtlich hat das in diesem Fall funktioniert, auch wenn die Fakten dagegen sprachen. Okay, jetzt komme ich zum springenden Punkt . . .«

»Ich bin noch da.«

»Sylvestors Anwalt hat zwei Nachbarn herbeigeschafft, die aussagten, daß Mrs. Bacon zu allen Tages- und Nachtzeiten diverse Männer in und außerhalb ihrer Wohnung hatte. Greenspon hat das als Gerücht abgetan — schließlich hat keiner der Nachbarn sie beim Beischlaf beobachtet oder gesehen, daß sie Geld dafür genommen hat. Zusätzlich hat Sylvestors Anwalt versucht, eine bestätigte und beglaubigte Kopie einer Verurteilung wegen Prostitution, ausgestellt von einem Bezirksgericht, als Beweis zugelassen zu bekommen.«

»Und die hat Greenspon auch nicht zugelassen.«

»Richtig. Mit der Begründung, daß eine vorherige Verurteilung, bei der die Verurteilte nicht von einem Anwalt vertreten wurde, nicht zulässig ist. Unnötig zu sagen, daß Mrs. Bacon in dem Fall vor dem Bezirksgericht von keinem Anwalt vertreten wurde. Nun, ist das nicht mehr als lächerlich . . .?«

»Der Präzedenzfall Staat Massachusetts gegen Cook, 1977. Aber ich stimme dir zu, das ist schlechte Rechtsprechung. Trotzdem, in dem Präzedenzfall ging es um ein schwerwiegendes Verbrechen, nicht etwa um ein minderes Delikt oder ähnliches, und außerdem ging es dabei um eine Nichtzulassung bei einem Strafrechtsverfahren und nicht bei einem Zivilverfahren um das Sorgerecht. Und es gibt sogar ein Fallrecht, das besagt, daß es zweifelhaft ist, ob dieser Fall überhaupt auf etwas anderes als ein Strafrechtsverfahren anwendbar ist. Greenspon hätte es ruhig als Beweismittel zulassen können. Besonders, da der Charakter und die Moral der Mutter von größter Wichtigkeit für ihre Fähigkeit, Kinder großzuziehen, sind.«

»Dann stimmst du mir also zu, daß das eine schlechte Entscheidung war.«

»Ganz sicher.«

»Nun, um die Sache noch schlimmer zu machen, hat eine Psychologin, die sich beide Kinder angesehen hat, ausgesagt, daß das dreijährige Mädchen deutlichste Anzeichen eines Traumas aufwies. Obwohl sie dem Kind nicht viel entlocken konnte, hat sie doch stark den Eindruck gewonnen, daß es sexuell mißbraucht worden war.«

»Gab es irgendwelche physischen Anzeichen?«

»Ein fehlendes Hymen, aber das ist noch kein Beweis. Und selbst wenn das Mädchen mißbraucht wurde, so ist das noch lange kein Beweis dafür, daß es einer der zahlenden Kunden ihrer Mutter gewesen ist. Aber es zeigt doch deutlich, unter welchen Umständen dieses Kind aufwächst.«

»Wie sind die Lebensumstände des Vaters?«

»Er ist wieder verheiratet und hat ein weiteres Kind mit seiner gegenwärtigen Frau. Obwohl sie alles andere als wohlhabend sind, so leben sie doch in einer sauberen, ordentlichen Wohnung — soweit die Aussage der Vertreterin des Jugendamtes. Die neue Frau ist eine ehemalige Lehrerin, die ihrer schriftlichen Stellungnahme zufolge sich sehr dafür eingesetzt hat, die beiden Kinder ihres Mannes für immer bei sich behalten zu können.«

Maggie seufzte. »Man braucht, glaube ich, nicht sehr viel juristischen Sachverstand, um zu wissen, daß die Kinder bei dem Vater und seiner neuen Familie besser aufgehoben gewesen wären.«

»Nun, dort sind sie jetzt ja.«

»Ja, vermutlich, oder? Okay, der nächste Fall ... Silvers gegen Silvers, Vorsitz Richter Cagney. Hier haben wir einen Fall, bei dem die Mutter im dritten Schwangerschaftsmonat fast abgetrieben hätte — sie mochte keine Kinder und wollte auch keine. Offensichtlich ist es dem Mann gelungen, ihr die Abtreibung auszureden, indem er ihr versprach, daß dies die letzte Schwangerschaft sein würde. Um seinen guten Willen zu beweisen, hat er sogar einer Vasektomie zugestimmt.«

»Himmel.«

»Das ist aber noch nicht alles. Als das Kind auf die Welt kam, hat die Mutter sich kaum um die Kleine gekümmert, bis das Kind drei Wochen alt war. Sie hat sich mit Wochenbettdepressionen entschuldigt. Dann hat sich tagsüber eine Kinderschwester um das Baby gekümmert

und abends der Mann. Die Scheidung wurde aufgrund der üblichen Zerrüttung ausgesprochen, aber der Ehemann, der einen Detektiv auf sie ansetzte, erbrachte den Beweis, daß seine Frau einen Geliebten hatte.
Jedenfalls kam der Mann eines Tages nach Hause und mußte feststellen, daß seine Sachen im Hausgang standen. Von diesem Tag an machte seine Frau es ihm fast unmöglich, das kleine Mädchen zu sehen. Jetzt hat jede Geschichte natürlich immer zwei Seiten, Douglas, aber in den vielen Unterlagen, die ich mir angesehen habe, konnte ich nirgends einen Hinweis darauf finden, daß der Vater in diesem Fall unfähig gewesen wäre.«
»Hat er Besuchs- und Umgangsrecht bekommen?«
»Jedes zweite Wochenende, aber seine Frau hat das ebenfalls hintertrieben. Bereits nach wenigen Wochen stand er wieder vor Gericht und reichte die Zwangsvollstreckung gegen seine Frau ein.«
»Wie ist die Sache ausgegangen?«
»Cagney hat sie rechtskräftig ermahnt, aber das hat offensichtlich nichts genützt. Ein erneuter Antrag auf Zwangsvollstreckung wurde von Mr. Silvers Anwalt nur wenige Tage vor dem Mord gestellt.«
Ein paar Sekunden Schweigen, und dann: »Man fragt sich manchmal, was in den Köpfen dieser Richter vor sich geht.«
»Genau das ist es, das Gesetz scheint nur selten auf Familienrechtsprobleme anwendbar zu sein oder ihnen zu entsprechen. Sorgerechtsfälle werden häufig von älteren, voreingenommenen Richtern entschieden, die nur wenig darüber wissen, wie Beziehungen funktionieren, ganz zu schweigen von Kindern.« Maggie seufzte. »Hör mal, ich muß jetzt Schluß machen. Ich habe fast den

ganzen Tag damit verbracht, in diesen Akten zu suchen. Reden wir heute abend weiter.«

»Okay. Aber wärest du vielleicht bereit, noch eine weitere Akte durchzusehen?«

»Ich dachte, das wären alle?«

»So war es auch, bis heute morgen.«

Maggie hielt den Atem an. »Noch ein Mord, Douglas?«

»So sieht es aus. Eine Frau namens Catherine O' Brien ... erwürgt, Schlaftabletten im Blut. Der Sorgerechtsfall wurde vor knapp zwei Wochen vor Richter Farswick verhandelt. Und man glaubt es kaum — der Ehemann, Sean, befindet sich auf einer dreitägigen Geschäftsreise an der Westküste.«

9. KAPITEL

Maggie hatte Paul seit Sonntag nicht mehr erreichen können, aber Dienstag abend rief er selbst an, um zu fragen, ob er Richie am folgenden Nachmittag sehen könne.

»Keine großen Besprechungen morgen?« fragte sie.

»Okay . . . worum handelt es sich?«

»Kannst du dich an Sonntag erinnern?«

»Ich hatte einen Verkaufstermin, der unerwartet entstanden war. Du hast doch sicher nichts dagegen, daß ich mir meinen Lebensunterhalt verdiene.«

»Ich habe etwas dagegen, daß du dich nicht an unsere Abmachungen hältst. Du hättest mich anrufen sollen, damit ich Richie abhole.«

»Himmel, da tue ich dir etwas Gutes, und das einzige, was ich davon habe, sind ein Haufen Vorwürfe.«

»Paul, du hattest am Sonntag doch etwas getrunken, nicht wahr?«

»Wer sagt das?«

»Mir ist die gerötete Stelle aufgefallen, wo Richie sich am Kinn angeschlagen hat.«

»Ich habe ein Stoppschild übersehen, mußte schnell bremsen — das stempelt mich natürlich automatisch zu einem torkelnden Alkoholiker ab, stimmt's?«

Kurze Pause, dann: »Warum war er nicht angeschnallt?«

»Ich sagte ihm, er sollte den Gurt anlegen. Offensichtlich hat er nicht auf mich gehört. Aber ich kann mich noch gut daran erinnern, daß Richie einmal aus seinem Kinderstuhl gefallen ist und mit ein paar Stichen an der Lippe genäht werden mußte. Und das nur, weil du nicht darauf geachtet hast, das Brett richtig zu befestigen. Habe ich dir das je unter die Nase gerieben?«

»Das war etwas anderes, Paul.«

»Aha, und warum ... weil du diejenige warst, die nicht aufgepaßt hat, und nicht ich?«

Schweigen.

»Wirst du dich also darum kümmern, daß er morgen nach der Schule bei mir vorbeigebracht wird?«

Maggie seufzte. »In Ordnung. Aber bitte, Paul, versprich mir, daß du nichts trinken wirst, wenn er bei dir ist.«

Frank hatte das Schlafzimmer abgeschlossen und war in das Haus in Winthrop gezogen, wo er die restlichen Wochen bis zu Andys Sommerferien verbringen würde. Dann hatte er vor, das Haus zum Verkauf auszuschreiben und mit seinem Sohn in seine Wohnung nach Boston zurückzuziehen. Seit dem Mord hatte Andy sich ihm gegenüber nicht mehr richtig geöffnet, zumindest nicht so, wie es vorher immer der Fall gewesen war.

Als er an diesem Abend heimkam, entdeckte er Andy, der in der offenen Tür zum Schlafzimmer seiner Mutter stand. Frank stellte sich hinter ihn und legte eine Hand auf die Schulter des Jungen.

»Vielleicht wäre es besser, schon jetzt in die Wohnung umzuziehen. Ich könnte dich in die Schule fahren und dich am Nachmittag wieder abholen. So bräuchtest du das Ende des Schuljahres nicht zu versäumen.«

Andy zuckte mit den Schultern. »Es ist schon in Ordnung, daß wir hierbleiben, es macht mir nichts aus.«

»Ich mag es nicht, wenn du in ihrem Zimmer bist. Das bringt nur die Erinnerungen zurück.«

»Die werden sowieso nie wieder weggehen.«
»Das braucht seine Zeit. Aber wahrscheinlich klingt das ziemlich klischeehaft, hmm?«
Schweigen.
»Du glaubst doch nicht immer noch, daß ich es getan habe, oder?«
Andy schüttelte den Kopf, seine Augen wurden feucht, und eine Träne tropfte unerwartet über seine Backe. Er wischte sie mit dem Handrücken weg.
»Sag mir, Andy, was hast du?«
»Die Kinder. In der Schule sagen die Kinder, daß du ins Gefängnis mußt. Mußt du?«
»Ich habe einen guten Anwalt, Andy. Das weißt du doch.«
»Vorher hattest du auch eine gute Anwältin. Als es um das Sorgerecht ging, erinnerst du dich? Das hatte aber nicht viel zu sagen.«
»He, ich hoffe doch, daß das Rechtssystem wenigstens zu fünfzig Prozent funktioniert, oder?«
»Was, wenn nicht ... was wird dann aus dir? Und, Dad, wenn du ins Gefängnis mußt, was wird dann aus mir?«
Das war eine Frage, die Frank bewußt aus seinen Gedanken verdrängt hatte. Was wird aus Andy werden, wenn er für schuldig befunden und zu einer Haftstrafe verurteilt werden sollte?
Er würde sich darüber bald Gedanken machen, bald Pläne schmieden müssen. Nur für den Fall.

Als Douglas nach dem Abendessen zu Maggie kam, hatte er eine Menge auf dem Herzen, was er mit ihr besprechen wollte; aber erst als Richie im Bett war, kamen sie dazu.

»Du siehst aus, als würdest du gleich platzen«, sagte Maggie.
»Sieh mal, je mehr ich darüber nachdenke ... und dann noch die Informationen, die du mir heute nachmittag gegeben hast ... nun, ich bin zu dem Schluß gekommen, deine Theorie als Möglichkeit in Betracht zu ziehen. Ich hatte mich sogar schon mit Chandlers Anwalt unterhalten und meine Ermittlungsgruppe angewiesen, Silvers, Bacon und O'Brien erneut zu verhören, noch bevor ich deine Beurteilung der Familienrechtssache O'Brien überhaupt kannte. Eine der Fragen, die ich beantwortet haben möchte, ist die, ob man sich bei irgendeinem der Männer vor ihrer jeweiligen Reise über ihre Pläne erkundigt hat.«
»Und?«
»Chandler konnte sich an eine Unterhaltung erinnern, die seine Empfangssekretärin führte. Ein Mann, der dringend einen Termin mit ihm vereinbaren wollte, legte auf, als er erfuhr, daß Chandler nicht in der Stadt sein würde. Der Mann benutzte den Namen Choate — ich habe das überprüfen lassen, zweifle aber, daß es von Bedeutung ist. Wenn er mit dem Mord etwas zu tun hätte, dann hätte er sicher nicht seinen richtigen Namen benutzt. Silvers meinte, daß er solche Anrufe zu Dutzenden von seinen Stammkunden im Salon erhalten hatte.«
»Was ist mit den anderen?«
»Keiner von ihnen wußte von irgendwelchen Anrufen. Aber ich war mir dieser Sache so sicher, daß ich bereits mit McGivins darüber sprach.«
»Tatsächlich? Was hat er gemeint?«
»Nun, zuerst hielt er es für etwas abwegig, aber er konnte schlecht die Parallelen ignorieren. Doch er hat mich auf das größte Problem hingewiesen, das sich uns stellen wird, wenn wir annehmen, daß ein einzelner Mann

verantwortlich ist. Und wir gehen davon aus, daß es ein Mann ist, da Erwürgen eine fast ausschließlich männliche Mordmethode ist.«

»Und was ist das Problem?«

»Wer immer es gewesen ist, er hat es geschafft, in die jeweiligen Wohnungen eingelassen zu werden. Im Fall Chandler ist er sogar ins Schlafzimmer gebeten worden. Ich habe nun bereits veranlaßt, daß die betreffenden Ehemänner von der Polizei befragt wurden, ob vielleicht eine der Ehefrauen eine der anderen Frauen gekannt hatte. Ich weiß, das war unwahrscheinlich, aber ich dachte mir, vielleicht hatten sie tatsächlich einen gemeinsamen Bekannten.«

»Ich vermute, die Möglichkeit hast du inzwischen gestrichen.«

»Richtig. Jetzt bleibt uns wahrscheinlich nur noch die Annahme, daß er sich als Handwerker, Installateur, Gasableser, Postbote oder ähnliches ausgegeben hat.«

»Ist das so unwahrscheinlich?«

»Würdest du einen Gasableser so ohne weiteres ins Haus lassen?«

Maggie dachte einen Augenblick darüber nach. »Vermutlich nicht, zumindest nicht, wenn ich allein wäre.«

»Heutzutage reagieren die meisten Frauen so. Es sei denn, es ist jemand gewesen, der etwas Bestimmtes über sie wußte, etwas, das ein Außenstehender normalerweise nicht wissen konnte.«

»Er könnte etwas über den Sorgerechtsfall gewußt haben.«

»Sicher, aber wer, außer ihrem Anwalt — den die Frau mit Sicherheit erkannt hätte —, sollte sonst schon vor ihrer Tür auftauchen? Besonders, das darfst du nicht vergessen, da der Fall ja bereits entschieden und vorüber war.«

»Ich weiß nicht recht. Vielleicht jemand, der bei Gericht arbeitet?«

»Ich lasse das gesamte Personal gerade von meiner Ermittlungsgruppe überprüfen, aber ich weiß nicht so recht. Jeder, der bei Gericht arbeitet, hätte Schwierigkeiten gehabt, diese Verbrechen zu begehen. Du darfst nicht vergessen, daß sich das alles am Morgen abgespielt hat . . . wenn diese Leute eigentlich bei der Arbeit sind.«

»Sag doch mal, was schlägt McGivins vor, was sollst du jetzt unternehmen?«

»Nun, selbstverständlich werden wir die Sicherheitsmaßnahmen bei Gericht verschärfen. Alle Leute, die das Gebäude betreten, werden sich ausweisen und in eine Liste eintragen müssen. Wir werden zusätzlich die obersten Richter und die Justizbeamten verständigen. Aber solange wir keinen Verdächtigen unter dem Personal vorzuweisen haben, werden wir die Fragen auf ein Minimum beschränken müssen. Wir wollen weder die Leute unnötig ängstigen noch unseren Mann warnen.«

Maggie erschauderte. »Es ist seltsam, Douglas . . . es kommt mir jetzt erst so richtig zu Bewußtsein. Aber wenn da ein Verrückter im Gericht herumläuft, dann bin ich vielleicht schon ein dutzendmal an ihm vorbeigegangen, ohne es zu wissen.«

Als Maggie am folgenden Nachmittag ins Gerichtsgebäude kam, bemerkte sie sofort die zusätzlichen Sicherheitsvorkehrungen. Um dem Gedränge zu entgehen, betrat sie das Gericht durch eine verborgene kleine Tür im Untergeschoß, die nur den Anwälten und Leuten, die im Hause arbeiteten, bekannt war. Sie nahm den antiquierten Aufzug in den zweiten Stock und steuerte dann das Büro des Geschäftsstellenleiters an, um sich die Akte

O'Brien zu holen. Von dort aus ging sie in die Bibliothek weiter.

Als sie auf dem Rückweg von dort am Richterzimmer vorbeikam, erkannte sie Gerard Campbell an seinem lebhaften Gang. Er wollte gerade um die Ecke biegen, als sie ihn sah.

»Schön, daß Sie wieder da sind, Herr Richter«, sagte sie lächelnd. »Wir haben Sie hier sehr vermißt.«

Er blieb stehen und wartete auf sie; seine ebenmäßigen Gesichtszüge wurden von genau der richtigen Menge grauer Strähnen an den Schläfen veredelt.

»Maggie. Das ist genau die Art von Begrüßung, die mir gefällt. Bis jetzt habe ich mir nur Beschwerden über mein langes Wegbleiben anhören müssen und stapelweise unerledigte Arbeit auf meinem Schreibtisch vorgefunden.«

Sie unterhielten sich zwanglos ein paar Minuten, dann sagte Campbell: »Maggie, soweit ich informiert bin, haben Sie mit diesen schrecklichen Dingen, die momentan im Haus vor sich gehen, näher zu tun . . . mit dieser Untersuchung bezüglich der ermordeten Frauen, die kürzlich erst einen Familienrechtsprozeß gewonnen haben.«

»Nur insofern, als einer der Verdächtigen ein Mann ist, den ich hier bei einem Sorgerechtsfall vertreten habe. Und dann habe ich mir auch noch die anderen Fälle etwas näher angesehen«, sagte sie, zögernd auf die Akte in ihrem Arm deutend. »Nur um herauszufinden, ob man die Entscheidungen unter Umständen auch für . . . na sagen wir mal, schlecht befinden könnte.«

»Aha, wir spielen also Zweitrichter. Ich würde sagen, das ist eine gefährliche Beschäftigung, die man meinen berüchtigten Kollegen besser verschweigen sollte. Sie würden es nicht sehr freundlich aufnehmen. Wie Ihnen ja wohl bekannt sein dürfte, gibt es dafür die Möglichkeit der Berufung, die eben zu diesem Zweck geschaffen wurde.«

Maggie lächelte trotz seiner strengen Verwarnung. Sie hatte ihren allerersten Fall vor Campbell verhandelt und wußte, daß er ein anständiger Kerl war. Nie hatte sie mit ihm Schwierigkeiten gehabt.

»Was das betrifft, ich werde es ihnen nicht erzählen, wenn Sie ebenfalls den Mund halten.«

Er nickte. »Auf jeden Fall macht mir die Sache Sorgen. Wenn das stimmt, was der Vertreter der Staatsanwaltschaft vermutet, dann werden wir uns schließlich wohl drastischere Maßnahmen überlegen müssen. Die Gerichtsverhandlungen sind allen zugänglich, das ist die einzige uns zur Verfügung stehende Möglichkeit, um uns gegen Machtmißbrauch abzusichern. Der Gedanke, wir müßten wegen irgend so eines Verrückten gänzlich die Öffentlichkeit ausschließen, würde mir gar nicht behagen.«

Maggie nickte. »Nun, hoffen wir, daß es nicht so weit kommt.«

Campbell wandte sich bereits zum Gehen, meinte dann aber noch: »Werden Sie den Vertreter der Staatsanwaltschaft . . . diesen Woods, noch sprechen, Maggie?«

Sie nickte. »Wahrscheinlich heute abend.«

»Gut. Schlagen Sie ihm doch mal vor, sich bei der Union der Väter umzuhören. Es handelt sich dabei zwar um eine legitime Gruppierung, die solchen Vätern in Notlagen sowohl als Ansprechpartner als auch als funktionierendes Hilfswerk dient, aber einige der Mitglieder neigen doch zu gefühlsmäßiger Instabilität. Und es ist nicht ungewöhnlich, daß einige dieser Mitglieder sich Verhandlungen über Sorgerechtsfälle anhören.«

Maggie dachte über Campbells Vorschlag nach — er war gut. Sie würde ihn Douglas gegenüber heute abend bestimmt erwähnen. Sie hatte eben die Akte dem Geschäftsstellenleiter zurückgegeben, als sie hörte, wie ihr Name über das Lautsprechersystem ausgerufen wurde.

»Kann ich das Gespräch hier annehmen, George?« fragte sie den Beamten.

Er schob ihr ein Telefon hin, das auf der Theke vor ihr stand, und sie nahm den Hörer ab.

»Hier Maggie Grant«, meldete sie sich.

Die Verbindung kam zustande. »Maggie, hier ist Veronica«, sagte ihre Sekretärin.

»Was gibt es?«

»Versprich mir zuerst, daß du dich nicht aufregen wirst. Er wird wieder in Ordnung kommen —«

Maggies Herz fühlte sich plötzlich bleischwer an. »Richie . . . ist irgend etwas mit Richie passiert?«

»Man hat ihn ins Beth-Israel-Krankenhaus gebracht.«

»Mein Gott, was ist passiert?«

»Da bin ich mir nicht so ganz sicher, Maggie. Paul hat irgendwas darüber gesagt, daß Richie im Pool schwimmen war — der wurde erst letzte Woche gefüllt. Zum Glück hat ihn der Hausmeister dort gefunden, bevor er zu lange unter Wasser war. Er hat ihn mit Mund-zu-Mund-Beatmung wiederbelebt, bis der Krankenwagen kam.«

»Wo war Paul in dieser Zeit?«

»Ich weiß es nicht, Maggie. Aber meiner Unterhaltung mit ihm nach zu schließen, offensichtlich nicht bei Richie.«

Benny war überrascht gewesen, als er an diesem Morgen die strengen Sicherheitsvorkehrungen am Eingang des Gerichtsgebäudes bemerkte. Vielleicht eine Bombendrohung, dachte er . . . so etwas passiert gelegentlich. Um der Durchsuchung zu entgehen, steuerte er die kleine Tür im Untergeschoß an, die, die von den Anwälten benutzt wurde. Er hatte heute den ersten Tag eines weiteren Falles gehört, bei dem wieder Greenspon den Vorsitz hatte. Und obwohl er nur ungern so tat, als wüßte er alles — oder als würde er nicht wirklich sorgfältig die Lage analysieren —, so wurde es doch immer weniger schwierig, die richtige Entscheidung zu fällen.

Heute hatte er es so eingerichtet, früher von der Arbeit wegzukommen. Das hatte er nie zuvor getan, aber heute war auch ein besonderer Tag: Es war Daiseys Geburtstag. Also ging er mit seiner Tüte Doritoes etwas früher zu Charlie, und so gegen fünf Uhr wartete er vor dem Antiquariat, das grüne Papier umklammernd, in dem der Strauß aus Gänseblümchen und Narzissen steckte, den er für diese Gelegenheit gekauft hatte.

»Benny, was machst du denn hier?« fragte Daisey, als sie sich umgedreht und ihn entdeckt hatte, nachdem sie sich von Liz verabschiedet hatte.

»Das ist vielleicht eine Begrüßung.«

»Aber was ist mit der Arbeit, bist du nicht im Krankenhaus?«

»Heute ist doch dein Geburtstag, oder?«

»Nun, ja, aber —«

Er drückte ihr die Blumen in die Hand; sie nahm sie und blickte dann zu ihm auf. Er konnte Tränen in ihren Augen sehen.

»He, was habe ich angestellt?« fragte er.

Sie zuckte mit den Achseln. »Ich bin nur so glücklich. Warum bist du so gut zu mir?«

Er steckte seine Hände in die Taschen, schaute zuerst auf seine Füße und sah dann schließlich sie wieder an.

»Magst du chinesisches Essen, Daisey?« fragte er.

Sie nickte. »Sicher.«

»Gut, ich habe in einem netten Restaurant in Chinatown einen Tisch reservieren lassen.«

»Aber ich sehe schrecklich aus. Ich müßte erst einmal heimgehen und mich umziehen.«
»Du bist ganz in Ordnung — du siehst hübsch aus.«
»Meinst du wirklich?« fragte sie und fuhr sich mit der Hand durch ihr krauses rotes Haar.
»Wenn ich es nicht dächte, würde ich es dann sagen?«
Sie lächelte und hakte sich dann bei ihm unter. »Nein, wahrscheinlich nicht. Sollen wir meinen Wagen nehmen?«
»Nein, es ist ein so schöner Tag, gehen wir zu Fuß.«
Sie spazierten eine Weile nebeneinanderher, dann sagte er: »Es geschehen eine Menge schlimmer Dinge in diesen Tagen, Daisey. Du würdest nicht glauben, was für Dinge ich in den Gerichtssälen mit ansehen muß. Das macht mich wütend, richtig wütend.«
»Wenn es dich so aufregt, dann solltest du vielleicht nicht mehr hingehen, Benny.«
»Ich habe keine andere Wahl mehr, Daisey. Weißt du, wenn man so etwas einmal anfängt, dann kann man nicht plötzlich damit aufhören. Manchmal wünscht man sich, man könnte, aber es geht nicht.«
»Warum nicht?«
»Weil man davon betroffen ist, weil es zu deinem Fall wird . . . fast wie eine Rechtfertigung, daß man existiert. Und ganz gleich, wieviel du tust oder versuchst zu tun, es bleibt immer noch etwas übrig, das getan werden muß.«
Daisey schaute zu ihm hoch und musterte sein gutgeschnittenes Profil, während sie Arm in Arm weitergingen. Benny trug immer so bereitwillig die ganze Last der Welt auf seinen Schultern. Das war nicht richtig. Ein Mensch wie er hatte doch ein Anrecht auf echtes Glück. Wenn doch nur sie — Daisey — wüßte, wie sie es ihm verschaffen könnte . . .

10. KAPITEL

Maggie ging direkt zu ihrem Tiefgaragenstellplatz, der auf halbem Weg zwischen ihrer Kanzlei und dem Gerichtsgebäude lag, und innerhalb von zwanzig Minuten war sie im Beth-Israel-Krankenhaus in Brookline. Kaum hatte sie den Warteraum der Notaufnahme betreten, entdeckte sie Paul, der vornübergebeugt in seinem Stuhl saß und den Fliesenboden anstarrte.

»Wo ist er?« fragte sie.

Er blickte hoch und stand auf. »Behandlungsraum sechs. Er ist in Ordnung, Maggie . . . ehrlich. Sie wollen ihn nur aus Vorsicht über Nacht hierbehalten. Aber sonst —«

»Wo warst du, als es passierte?«

Paul biß sich auf die Lippen. »Oben, in der Wohnung.«

»Du hattest getrunken, stimmt's?«

Ein kurzes Zögern, dann: »Einen, vielleicht zwei Drinks. Aber ich war nicht betrunken. Das mußt du mir glauben, Maggie, ich war nicht betrunken. Ich war im Schlafzimmer . . . im Bad . . . wer weiß. Kinder sind so schnell. Er muß sich an mir vorbeigeschlichen haben, als ich nicht aufpaßte.«

»Er hätte sterben können, Paul. Zum Teufel mit dir — er hätte sterben können! Und alles, was du kannst, ist, hier herumzustehen und Entschuldigungen vorzubringen, warum es nicht deine Schuld war.«

Schweigen. Seine Augen waren feucht.

»Versuch nicht, mich wiederzusehen, Paul. Tu uns diesen Gefallen, uns allen.«

»Warte, was sagst du da?«
»Ich sage, daß ich kein Risiko mehr eingehen werde, was Richies Sicherheit anbelangt. Ich habe bereits zuviel riskiert. Ich will nicht, daß du ihn wiedersiehst.«
»Er ist mein Sohn . . . Solche Unfälle passieren. Es kommt gar nicht in Frage, daß ich die Rechte an meinem Sohn aufgebe.«
»Dann schätze ich, daß wir das vor Gericht klären müssen, oder? Ich setze dich hiermit in Kenntnis, daß ich mich morgen früh um ein Unterlassungsurteil bemühen werde, in dem ich das Gericht bitte, dir jeden weiteren Umgang mit Richie zu verbieten. Innerhalb der nächsten zehn Tage wird dann eine Anhörung über eine einstweilige Verfügung anberaumt werden. Wenn du dort erscheinst, wirst du reichlich Gelegenheit haben, deine Sicht der Dinge darzulegen.«
Mit diesen Worten drehte sie sich um und eilte zum Behandlungsraum Nummer sechs.
»Damit wirst du nicht so ohne weiteres durchkommen! Hörst du mich, du Miststück?« schrie Paul ihr nach.

Als sie nach Hause kamen, stellte Daisey den Blumenstrauß in einen Saftkrug, der mit Wasser gefüllt war.
»Weißt du«, sagte sie, die Blumen betrachtend und dann Benny anlächelnd, »daß mir noch nie zuvor von jemandem Blumen geschenkt worden sind?«
»Als ich noch ein Kind war, da kaufte ich meiner Mutter an besonderen Tagen, wie zum Beispiel am Valentinstag, immer Blumen. Natürlich nicht so viele Blumen wie diese hier . . . vielleicht eine oder zwei, das hing davon ab, wieviel Geld ich in der Tasche hatte und ausgeben konnte.«
Daisey sah ihn an, überrascht und zufrieden, daß er endlich die Sprache auf seine Mutter brachte.

»Sie hatte Glück, einen Sohn wie dich zu haben. Die meisten Jungen, die ich kannte, gaben ihr Geld für ihre Freundinnen aus.«

»Ja, vermutlich . . .«

Mom, die ihr bestes Kleid anhatte, stellte eine der Blumen, die er ihr geschenkt hatte, in eine kleine, weiße Vase, die sie dann mitten auf dem Tisch plazierte . . . die andere hatte sie wie ein junges Mädchen in ihrem Haar befestigt. Wie immer hatte sie zum Valentinstag ein besonderes Essen vorbereitet. Der Tisch war mit roten Kerzen gedeckt, und es gab Wein und Schokoladenherzen als Nachspeise. Servietten, Gabeln und Messer waren an diesem speziellen Tag ordentlich neben den Tellern aufgelegt.

Der zwölfjährige Junge setzte sich gegenüber seiner Mutter hin, und sie goß ihm ein halbes Glas Wein ein. »Laß es dir nicht zu Kopf steigen, Benny«, meinte sie lächelnd und füllte dann ihr eigenes Glas bis zum Rand.

Er nahm einen Schluck, obwohl er den Geschmack von Wein haßte.

»Deine Serviette, Benny . . .«

Er breitete sie hastig auf seinem Schoß aus.

»Du wirst allmählich richtig groß, Benny, fast schon ein Mann.«

»Bald werde ich einen Haufen Geld verdienen. Dann werde ich dir jeden Tag Blumen kaufen können.«

Sie lächelte, nahm einen Schluck Wein und setzte dann das Glas ab. »Das denkst du vielleicht jetzt, aber wenn du älter wirst, dann wirst du eine Frau haben und die Blumen für sie kaufen, Benny, nicht für mich.«

»Ich werde sie euch beiden kaufen. Wie wär's damit?«

Später war Mom angeheitert und müde von dem Wein, den sie getrunken hatte, so daß Benny ihr ins Bett helfen und sie wie immer, wenn sie zuviel Wein getrunken hatte,

ausziehen mußte. Aber diesesmal, als sie die Augen schloß und einschlief, deckte er sie nicht zu ... statt dessen betrachtete er ihren Körper, sah sich ihren Körper zum erstenmal richtig an. Dann, als seine Hand sich von selbst bewegte, streckte er sie aus und erkundete die feuchte Stelle zwischen ihren Beinen.
Schließlich zog er die Hand wieder zurück ... zum Glück war sie nicht aufgewacht. Als er ans Waschbecken eilte, um sich die Hand zu waschen, war ihm klar, daß er eben etwas getan hatte, das er nie jemandem erzählen würde. Nicht seiner Mutter, keinem.
»Benny.«
Er schaute zu Daisey auf.
»Woran hast du gerade gedacht, Benny?«
Er zuckte mit den Achseln. »Ich habe nur an meine Mom gedacht. Es hat ihr wirklich ein Mann gefehlt, der sich um sie gekümmert hätte.«
»Aber sie hatte doch dich, Benny.«
»Sicher ... aber schließlich habe ich auch geheiratet und sie allein gelassen.«
»Aber das hat sie sich doch für dich gewünscht; mehr als alles andere wollte sie doch, daß du glücklich bist und eine eigene Familie hast.«
Er sah sie an. »Ja, das hat sie immer gesagt ... Aber woher weißt du das?«
Daisey ging zu ihm hin und schlang ihre Arme um ihn. »Das ist etwas, was alle Mütter für ihre Söhne wollen, Benny, weil sie sie lieben. Weißt du das nicht?«

Maggie sprach mit dem Arzt — offensichtlich war Richie ungefähr drei oder vier Minuten unter Wasser gewesen. Ein paar Minuten länger, und er wäre gestorben. Den Tests nach zu urteilen, die bereits gemacht worden waren, würde Richie keinen Gehirn- oder Lungenschaden davontragen, aber als Vorsichtsmaßnahme hielt der Arzt es für das beste, daß der Junge über Nacht im Krankenhaus blieb.

Um zehn Uhr schlief Richie ein, und Maggie hinterließ ihm eine kurze Nachricht, daß sie ihn am nächsten Tag kurz vor Mittag abholen würde. Sie steckte den Zettel ein Stück unter das Kissen, küßte Richie auf die Wange und ging dann leise aus dem Zimmer. Erst als sie in die Dunkelheit des Parkplatzes trat, fingen die Tränen an zu fließen, die sich so lange in ihr angesammelt hatten.

Schließlich wischte sie sich über die Augen, schneuzte sich, holte tief Luft und ging zu ihrem Wagen. Sie mußte nach Hause. Es war eine Menge zu erledigen heute abend. Zusätzlich zu ihrem Antrag auf einstweiligen Ausschluß vom Umgangsrecht, der Pauls Besuchsrechte einschränken sollte, würde sie zur Unterstützung ihrer Forderung noch eine eidesstattliche Erklärung niederschreiben. Und morgen würde sie damit in eigener Sache zur Parteienanhörung gehen. Obwohl sie jetzt in Brookline lebte, das zum Bezirk Middlesex gehörte, hatte die Scheidung von Paul in Suffolk stattgefunden, so daß sie die neue Klage dort einbringen mußte.

Das Problem war nur, wie sollte sie Richie beibringen, daß er seinen Vater nicht mehr sehen konnte? Erwachsene kann man normalerweise durch ein bestimmtes Verhaltensmuster überzeugen ... der Beklagte ist ein gewohnheitsmäßiger Trinker, der Beklagte ist unfähig, unter Alkoholeinfluß verantwortlich zu handeln, deshalb kann dem Beklagten die Obhut eines Kindes nicht anvertraut werden. Aber was hatte all das einem Kind zu sagen? Nichts.

Für ein Kind steht die Liebe im Vordergrund; und obwohl

Paul sich ständig als verantwortungslos erwies, glaubte selbst Maggie, daß Paul Richie von Herzen liebte. *Aber Liebe ist nicht genug, Paul. Jetzt muß ich deinen Sohn — zum Teufel mit dir, daß du mich in diese Lage gebracht hast — irgendwie davon überzeugen.*

Auf dem Anrufbeantworter waren drei Nachrichten von Douglas, in denen er sie bat, ihn sofort zurückzurufen, ganz gleich, zu welcher Zeit sie nach Hause kommen würde.

»Ich komme gleich bei dir vorbei«, sagte Douglas, als sie ihm die Einzelheiten von Richies Unfall erzählt hatte.

»Nein, mir geht es gut, ehrlich.«

»Bist du sicher?«

»Ganz sicher. Ich möchte mit diesen Unterlagen fertig werden.«

»Willst du den Antrag selbst stellen?«

»Ich habe keine andere Wahl, da ich will, daß schnell verhandelt wird. Zur Anhörung werde ich jedoch Joyce Whitestone bitten, sie hat meine Scheidung geregelt. Morgen erwarte ich keinen Widerspruch, aber bei der Verhandlung . . . nun, das ist etwas anderes. Ich nehme an, daß Paul dabeisein wird.«

»Wo wirst du morgen sein?«

»Nach dem Gericht werde ich Richie abholen. Dann werde ich den Tag mit ihm verbringen. Wenn er Lust hat, gehen wir vielleicht zum Mittagessen und danach zur Nachmittagsvorstellung ins Kino.«

»Schön. Versprich mir, daß du mich anrufen wirst, falls du mich brauchst.«

»Ich verspreche es dir.« Aber gerade, als sie auflegen wollte, fiel ihr noch etwas ein: »Oh, zwei Dinge noch, Douglas . . . zum einen habe ich mir O'Briens Akte angesehen; obwohl ich glaube, daß Farswick eine schlechte Entscheidung getroffen hat, war es doch in diesem Fall nicht so eindeutig wie in den anderen Fällen. Ich kann dir ja morgen abend Näheres darüber erzählen. Außerdem habe ich heute nachmittag Richter Campbell getroffen. Er war gerade wieder zurück. Er bat mich, dir vorzuschlagen, dir die Union der Väter anzusehen. Viele dieser Männer haben einiges mitgemacht, als es um ihren Sorgerechtsfall und ihre Umgangsregelung ging.«

»Bedank dich an meiner Stelle bei ihm, Maggie . . . Das ist ein guter Vorschlag, aber ich habe bereits daran gedacht. Während wir uns hier unterhalten, wird gerade eine Liste mit Daten und Versammlungsorten zusammengestellt.«

Sobald Maggie das Gespräch mit Douglas beendet hatte, trug sie die transportable Schreibmaschine zum Couchtisch, spannte Papier ein und fing an, den Antrag auszuarbeiten. Sie hatte noch keine fünf Minuten geschrieben, als das Telefon klingelte. Sie nahm den Hörer ab.

»Hallo.«

»Maggie . . . hier ist Paul.«

Sie zögerte. »Was willst du?«

»Ich möchte nur sagen . . . ich will dir sagen, daß es keine Entschuldigung gibt. Keine. Du hast gehört, ich sagte, keine. Aber du mußt verstehen, daß ich das Kind liebe . . . das weißt du doch, Maggie, oder?«

»Du bist betrunken.«

»Nein, nein, nein . . .«

»Gott, siehst du nicht, was du dir selbst — und Richie antust? Wenn du schon auf dich selbst nicht aufpassen kannst, kannst du dann nicht wenigstens auf ihn aufpassen?«

»Morgen . . . ich werde ihn morgen holen.«

Maggie legte auf. Wieder läutete das Telefon, viermal

hintereinander, aber Maggie tippte weiter. Gegen ein Uhr, als sie die Unterlagen fertig hatte, rief sie im Beth-Israel, in der Schwesternstation der Kinderabteilung an: Richie ging es gut, er schlief immer noch.

Benny hatte eigentlich die Absicht gehabt, sich den zweiten Tag der Verhandlung, die gestern angefangen hatte, anzuhören — das heißt, bis er Margaret Grants Name auf der Liste mit den Parteienanhörungen entdeckte. Heute, wie an jedem anderen Tag auch, ging er zu dem großen Verhandlungssaal im zweiten Stock, um sich die Listen anzusehen, die auf dem Schreibtisch des Justizbeamten auslagen, damit die Anwälte sich dort eintragen konnten. Doch er war sehr erstaunt, als er las: Margaret Grant gegen Paul Grant ... Margaret Grant, in eigener Sache. Diesmal war es nicht ein fremder, sondern ihr eigener Fall. Und sie hatte die Absicht, ihn selbst vorzutragen.

Er saß bereits mit zweiunddreißig anderen Anwälten im Gerichtssaal — Benny zählte sie immer —, als er Maggie Platz nehmen sah. Der Protokollführer verlas die Anwesenheitsliste, und die Anwälte meldeten sich. Doch als ihr Name aufgerufen wurde, stand sie auf, ging zum Protokollführer und sprach leise auf ihn ein. Dann ging sie auf ihren Platz zurück.

Obwohl Benny nicht gehört hatte, was sie zu dem Beamten gesagt hatte, so konnte er es sich doch gut vorstellen. Nun trat Richter Campbell ein, und der Protokollführer rief Margaret Grants Namen als ersten auf. Sie ging zur Richterbank und händigte dem Richter mehrere Papiere aus. Er las sie und blickte dann auf sie hinunter.

»Liegt kein Widerspruch vor?« fragte der Richter.

»Nein, Euer Ehren.«

»Haben Sie die andere Seite in Kenntnis gesetzt?«

»Gestern abend habe ich den Beklagten mündlich in Kenntnis gesetzt.«
Er nickte. »Gut, ich werde diesem Antrag auf einstweiligen Ausschluß vom Umgangsrecht zustimmen. Paul Grant ist hiermit jeder weitere Kontakt mit dem Kind Richard verboten, bis dieses Gericht hier die Gelegenheit hatte, beide Parteien anzuhören.« An den Protokollführer gewandt, der zu Füßen der Bank an einem Schreibtisch saß, meinte er: »Die Verhandlung über eine einstweilige Verfügung soll innerhalb von zehn Tagen angesetzt werden.«
»In der nächsten Woche ginge es«, sagte der Beamte. »Am Mittwoch, den 14. Juni.«
Der Richter sah zu Maggie. »Ist der Termin akzeptabel für Sie, Maggie?«
Sie nickte.
»Und Sie werden sich darum kümmern, daß Sie gut vorbereitet sind?«
»Ja, Euer Ehren. Ich danke Ihnen.«
Margaret unterhielt sich noch ein paar Minuten mit dem Protokollführer und ging dann. Benny blieb sitzen, in seinem Kopf hallte noch immer das wider, was er eben mit angehört hatte. Bei drei Gelegenheiten war er Zeuge gewesen, wie Margaret Grant bei einer Auseinandersetzung die Partei des Vaters ergriffen hatte, und als es dann zur Verhandlung gekommen war, schien sie es auch ernst gemeint zu haben. Einmal hatte sie sogar das Sorgerecht für den Vater erkämpft.
Aber jetzt stand sie da und erzählte Lügen wie alle anderen dieser Frauen auch. Genauso wie die anderen, die versuchten, die Rechte der Väter ihrer eigenen Kinder mit Füßen zu treten. Und um die Sache noch schlimmer zu machen, hatte Richter Campbell, der Richter, den Benny bis jetzt für fair gehalten hatte, sie »Maggie« ge-

nannt. Nicht Frau Anwältin, nicht Mrs. Grant, nicht einmal Margaret, sondern Maggie. Als ob sie Freunde wären. Der 14. Juni . . . ja, diese Verhandlung würde Benny sich bestimmt in seinem Kalender notieren.

Maggie holte Richie um halb elf ab. Zum Glück hatte der Protokollführer zugestimmt, ihren Namen als ersten auf die Liste zu setzen, nachdem er gehört hatte, daß sie ihren Sohn aus dem Krankenhaus abholen mußte. Und wie sie erwartet hatte, war Paul nicht aufgetaucht, um gegen die einstweilige Verfügung Widerspruch einzulegen.

»Bist du denn gar nicht müde?« fragte sie Richie, als er ins Auto stieg und sie ihm zusah, wie er den Sicherheitsgurt anlegte.

»Nein. Ich bin doch nicht krank, weißt du. Das hat der Arzt gesagt.«

»Ich weiß, aber wenn man einen Unfall gehabt hat, dann will der Körper sich manchmal ausruhen.«

»Meiner nicht.«

Sie lächelte. »Nun, was hältst du dann in diesem Fall von einem Mittagessen am Quincy Market?«

»Ist das das große Restaurant in der Nähe von deinem Büro . . . das Restaurant, wo man draußen essen kann?«

»Das ist es. Dort bekommt man auch diese ellenlangen Hot dogs mit der hausgemachten Sauce.«

Richie grinste. »Ja, dort möchte ich hin.«

»Und später dann, dachte ich mir, könnten wir ins Kino gehen, das heißt, wenn du noch Lust dazu hast. Im Cinema VII läuft ein neuer Weltraumfilm.«

»O wie toll!«

Lange sagte niemand ein Wort, während Maggie Richtung Boston fuhr, aber dann fragte Richie:

»Hast du etwas Böses getan, Mommy?«
Maggie warf einen Blick auf ihren Sohn. »Etwas Böses ... wie kommst du auf so eine Idee?«
Er zuckte mit den Achseln. »Ich weiß nicht. Nur weil du so nett zu mir bist.«
»Ah, ich Dummkopf! Und ich dachte, ich wäre immer nett zu dir.«
Er lächelte. »Nun, das bist du auch. Aber heute bist du ganz besonders nett. Du weißt schon, wie. Manchmal benehmen sich die Leute so gut, daß man auf die Idee kommt, sie haben vielleicht etwas Falsches gemacht. Etwas, was sie wieder gutmachen müssen.«
»Ich weiß, was du sagen willst. Aber das ist nicht immer der Grund dafür, warum sie sich so benehmen.«
»Was gibt es sonst noch für einen Grund?«
»Nun, nehmen wir mal an, jemandem ist etwas passiert ... ein Unfall, der vielleicht übel hätte ausgehen können. Und dann bekommen die Leute, die diesen Menschen sehr gern haben, große Angst, wenn sie nur daran denken, daß sie diesen Menschen vielleicht hätten verlieren können ... Wahrscheinlich drehen sie dann ein bißchen durch, wenn ihnen plötzlich klar wird, wieviel Glück sie hatten, daß nichts Ernsthaftes passiert ist.«
»Du meinst, so wie bei mir, als ich im Pool unterging?«
»Ja, genau so.«
»Ist Daddy auch durchgedreht? Will er mich auch groß ausführen?«
Maggie sah ihn an. »Richie, sprechen wir jetzt nicht über Daddy, okay?«
»Warum nicht?«
»Oh, weil ich es so sage. Wir werden später über Daddy reden — wenn wir zu Hause sind.«

11. KAPITEL

Der Nachmittag war sehr lustig — nur sie beide, die ihren Lunch, den Film und ihre gegenseitige Gesellschaft genossen ... etwas, wofür Maggie bei ihrer überlasteten Anwaltskanzlei sonst nie die Zeit fand. Als sie nach Hause kamen, redete Richie über den Film, während er Maggie dabei half, die Käseomeletts und die Muffins herzurichten. In dem Augenblick, in dem sie die beiden Teller auf den Tisch stellten, schlug die Stimmung um.

»Ich möchte wetten, Daddy würde den Film auch gerne sehen. Vielleicht frage ich ihn, ob er mich ein zweites Mal mitnimmt.«

»Warum willst du ihn denn noch einmal sehen?«

»Weil ich dann Daddys Gesicht beobachten könnte, wenn er von dem, was da passiert, überrascht wird.«

»Aha.« Maggie breitete ihre Serviette über ihren Schoß. »Es gibt da etwas, worüber wir beide uns unterhalten müßten, Richie.«

Er nahm seine Gabel in die Hand.

»Okay. Worüber willst du denn reden?«

»Daddy wird weder ins Kino noch sonstwohin mit dir gehen. Zumindest für eine Weile nicht.«

Er schaute zu ihr hoch. »Warum nicht?«

Sie holte tief Luft. O Gott, wie soll man so etwas nur erklären?

»Nun, heute morgen, bevor ich dich aus dem Krankenhaus abholte, war ich bei Gericht. Und ich bat den Richter um eine Verfügung, die deinem Vater seine Besuche bei

dir verbietet. Er hat mir diese Verfügung gegeben — das heißt, für eine bestimmte Zeit. Nächste Woche werden dein Vater und ich vor den Richter gehen, und nachdem er sich Daddys und meine Meinung angehört hat, wird er eine endgültige Entscheidung treffen.«
Richies Augen suchten die ihren. »Du machst dich doch lustig über mich, oder?«
»Nein, Richie, ich meine es sehr ernst.«
»Nun, warum ... warum willst du das?«
»Weil dein Vater sich nicht sehr verantwortungsvoll benimmt, wenn du bei ihm bist.«
»Du meinst, wegen des Unfalls?«
»Nun ja, genau das. Es hat aber auch andere Dinge gegeben. Zum Beispiel damals, als du dir dein Kinn am Armaturenbrett in seinem Wagen angeschlagen hast. Weil du deinen Sicherheitsgurt nicht getragen hast.«
»Aber daran war ich doch schuld, nicht er.«
»Richie, du bist doch erst sechs Jahre alt, und —«
»Fast sieben«, korrigierte er.
»Okay, fast sieben. Und obwohl ich von dir eigentlich erwarte, daß du weißt, daß du ohne einen Erwachsenen nicht an einen Swimmingpool gehen sollst — oder daß du immer erst deinen Sicherheitsgurt richtig anlegst, bevor du in einem Auto fährst —, so vergessen kleine Jungen das manchmal. Und Eltern müssen deswegen bei ihnen sein, um sie daran zu erinnern — bis zu dem Tag, an dem sie diese Dinge ganz allein wissen.«
»Aber ich tue so etwas ganz bestimmt nicht mehr. Ich verspreche dir, daß ich es nicht mehr tue.«
»Darum geht es nicht, Richie. Es könnte andere Dinge geben, Dinge, an die du nicht denkst oder von denen du dir gar nicht vorstellen kannst, daß sie gefährlich sind.«
Sie seufzte, Gott, wie dumm stellte sie sich an. Sie fing

noch mal von vorne an. »Richie, weißt du noch, wie viele junge Mädchen ich mir angesehen habe, bevor ich Jenny einstellte, damit sie nach der Schule bei dir bleibt?«
Er nickte.
»Das war deshalb, weil ich einen verläßlichen Menschen bei dir haben wollte. Jemanden, der aufgeweckt ist und auf dich aufpaßt, nicht jemanden, der nur am Telefon oder vor dem Fernsehapparat sitzt.«
Richie schluckte schwer.
»Daddy sitzt aber nicht immer am Telefon. Und er sieht fast nie fern.«
»Aber er trinkt Alkohol, Richie. Das tut er doch, oder?«
Schweigen.
»Du mußt mir darauf keine Antwort geben, die kenne ich bereits. Es ist zwar in Ordnung, mit Freunden gelegentlich mal Alkohol zu trinken — wenn man danach nicht Auto fährt oder etwas macht, wofür man konzentriert sein muß —, aber dein Vater übertreibt in dieser Hinsicht. Alkohol verändert das Verhalten eines Menschen, Richie, er läßt ihn Dinge tun, die er normalerweise nie tun würde, und er benimmt sich so, wie er es normalerweise auch nicht tun würde. Wenn dein Vater zuviel trinkt, dann handelt er verantwortungslos, und verantwortungslosen Menschen kann man das Wohlergehen von Kindern nicht anvertrauen.«
»He, das weiß ich . . . und wenn ich ihm sage, daß er nicht mehr trinken soll?«
»Das habe ich bereits versucht, und es hat nichts genützt. Alkohol zu trinken, das ist für manche Menschen eine Angewohnheit, die sie nur schwer ablegen können. Ich schätze, dein Daddy ist einer dieser Menschen. Das heißt aber nun nicht, daß er nicht damit aufhören könnte. Aber es bedeutet, daß er es wirklich wollen muß.«

»Und er will es nicht?«
»Noch nicht. Er liebt dich sehr, Richie, da bin ich mir ganz sicher. Wer weiß, wenn er dich eine Zeitlang nicht sehen kann, vielleicht ändert er dann seine Meinung. Vielleicht beschließt er dann, daß er die Mühe auf sich nimmt, die es bedeutet, damit aufzuhören.«
»Wie lange wird das dauern?«
Maggie zuckte mit den Achseln. »Das weiß ich wirklich nicht, Richie. Vielleicht Monate, vielleicht auch länger.«
»Vielleicht schon nächste Woche?«
»Nein, nächste Woche nicht. Nächste Woche ganz bestimmt nicht.«
Richie stand vom Tisch auf — in seinen Augen glitzerten bereits Tränen.
»Wenn es Jahre dauert, dann bin ich ja alt. Und ich will nicht alt werden, ohne meinen Daddy sehen zu können. Mir ist egal, was du sagst, und mir ist auch egal, was der dumme alte Richter sagt. Ich will meinen Vater sehen, und keiner von euch kann mich davon abhalten!«
Richie rannte in sein Schlafzimmer, und Maggie saß da und starrte auf das kalte Omelett. Gott, tat sie hier wirklich das Richtige?
Sie ging zum Telefon, und zehn Minuten später war sie mit dem Verwalter von Pauls Haus verbunden. Zuerst dankte sie ihm dafür, daß er Richies Leben gerettet hatte, und dann erkundigte sie sich bei ihm über Paul.
»Nun, er macht keine großen Probleme. Er ist ein guter Mieter, ist nicht laut oder streitet herum wie viele der anderen Mieter.«
»Aber war er betrunken, als Sie ihn holten?«
»Nun, am Anfang vielleicht, aber Sie wissen ja, wie das so geht . . . Solche Ereignisse machen einen ziemlich schnell wieder nüchtern. Ich meine, als er mit dem Jungen im

Krankenwagen weggefahren ist, da war er wieder in Ordnung. Ich vermute, daß der Vorfall eine Lehre für ihn sein wird. Ich habe einen Cousin, der hat getrunken wie ein Bürstenbinder, aber nachdem sich seine kleine Tochter auf dem Spielplatz fast erhängt hätte, da hat er die Flasche weit weggeworfen und nie mehr einen Tropfen angerührt.«

Maggie legte auf.

Ja, sie tat ganz bestimmt das Richtige.

Später, in Douglas' Armen, erzählte Maggie von Richies Reaktion auf ihren Entschluß.

»So etwas zu verstehen ist hart für ein Kind«, meinte Douglas.

»Manchmal glaube ich, daß es einfacher für ihn wäre, einen Vater zu haben, dem er völlig egal ist.«

»Ich weiß nicht recht. Da gibt es dann wieder andere Probleme zu bewältigen. Mein Vater hat sich nicht um mich gekümmert. Als sich meine Eltern scheiden ließen, hat er die übliche Umgangsregelung bekommen. Aber anschließend hat er sich sieben Jahre lang nicht blicken lassen und auch nicht angerufen. Als er es dann endlich getan hat, hatte ich kein Interesse mehr. Meine Schwester hat ihm verziehen, ich nie.«

»Meinst du, daß du es jemals kannst?«

»Das ist nicht sehr wahrscheinlich, er starb, als ich bereits Jura studierte.«

»Das tut mir leid, ich wußte das nicht.«

»Macht nichts. Wie ich sagte, er hatte in meinem Leben keine große Bedeutung. Wahrscheinlich bin ich nicht der Typ, der verzeihen kann, wie es von manchen Leuten erwartet wird. Aber manchmal frage ich mich, ob ich nicht mehr als meine Schwester darunter gelitten habe.

Sie hat ihm verziehen, für sie war damit alles vorbei und vergessen. Ich dagegen habe ihn weiterhin gehaßt.«

»Die Frage ist also, was ist schlimmer — das oder Eltern zu haben, die beide an dem Kind zerren.«

Douglas küßte sie auf die Nase. »Nun, bestimmt ist die zweite Möglichkeit für dich profitabler, geschäftlich gesehen.«

»Vielen Dank, diese Aufmunterung konnte ich wirklich gebrauchen.«

»Jetzt hör mal, du hast doch die Scheidung mit all ihrem Elend nicht erfunden, du versuchst doch nur, das Beste daraus zu machen.«

Schließlich kehrte ihre Unterhaltung wieder zu dem Fall O'Brien zurück.

»Es sieht so aus, als hätte Sean mehrere außereheliche Affären gehabt«, sagte Maggie. »Bei der letzten ist die Frau mit den beiden Kindern aus dem Urlaub zurückgekommen und hat ihn in ihrem Bett überrascht. Aber auf der anderen Seite gab es sehr viele Beweise dafür, daß die Ehefrau eine zwanghafte Persönlichkeit war. Sie war der Typ Frau, der Tag und Nacht am Putzen ist, der normale Sauberkeitsmaßstäbe nicht genügen. Ich kannte einmal eine solche Frau: sie hat ihre Familie verrückt gemacht. Und das meine ich wörtlich. Alle drei Kinder benötigten eine jahrelange Therapie, als sie erwachsen waren.«

»Dann sind die Kinder also deiner Meinung nach mit dem Schürzenjäger besser dran«, sagte Douglas.

»Das glaube ich schon. Aber wie ich sagte, dieser Fall hier ist weniger eindeutig als die anderen.«

»Das überrascht mich nicht. Eigentlich habe ich so etwas erwartet.«

»Wieso das?«

»Weil unser Mann schließlich jegliches Maß verlieren

wird. Als er anfing, nach Recht und Unrecht zu urteilen, lag er mit seinen instinktiven Entscheidungen vielleicht noch richtig — obwohl dem kaum eine gesunde Reaktion zugrunde liegen kann. Aber sein Urteilsvermögen wird eines Tages getrübt, und jeder Fall sieht für ihn aus wie der andere. Das einzige, was die Oberhand behalten wird, ist sein anfängliches Motiv.«

»Und das wäre?«

»So, wie ich es sehe — die Rechte der Väter.«

Maggie sah ihn an. »Was ist mit der Union der Väter, hast du dich näher damit befaßt?«

»Ich habe ein paar Leute darauf angesetzt. Es gibt in einem Umkreis von fünfzig Meilen ungefähr fünfzehn Treffen in der Woche. Jedes Treffen wird überwacht. Zusätzlich sehe ich mir alle Scheidungsakten aus den letzten zehn Jahren an. Ich werde mir die schlimmsten Fälle herauspicken ... die Fälle, bei denen der Vater alles versucht hat, aber ohne Erfolg. Dann wird meine Ermittlungsgruppe diese Väter überprüfen.«

»Ist dir klar, was für eine Menge Arbeit das ist?«

»Hast du einen besseren Vorschlag? Falls du einen hast, dann höre ich ihn mir gerne an.«

Sie schüttelte den Kopf ... wieder fragte sie sich, ob sie dem Mörder auf den Gerichtsfluren nicht bereits ahnungslos über den Weg gelaufen war.

Auch wenn damit zu rechnen ist, so ist doch niemand auf den Tod vorbereitet. Insbesondere wenn es sich um den Tod eines Kindes handelt. Als Benny für fünf Uhr in die Kinderabteilung im vierten Stock bestellt wurde, war er sehr betroffen, als die Oberschwester ihn zu Charlie Rosettis Zimmer führte.

»Sieh zu, daß die anderen Kinder den toten Körper nicht

sehen, Benny«, sagte sie, als sie in eine andere Richtung davoneilte.
Benny rollte die Bahre hinein, und als die anderen Kinder ihn riefen, wollte er antworten, aber ihm versagte die Stimme. Der weiße Vorhang war bereits wie ein Kokon um Charlies Bett gezogen worden. Benny schlüpfte hinter den Vorhang, zog die Bahre nach und legte den mageren, in eine Decke gehüllten Körper darauf.
Plötzlich fiel Benny die Tüte mit Doritoes für Charlie ein, die in seinem Spind lag — als er an diesem Nachmittag kam, hatte er gleich seinen täglichen Einkauf am Automaten erledigt. *So, als wäre das etwas Besonderes, Benny . . . Wen kümmert das schon, zum Teufel . . . und warum machst du dir überhaupt so blöde Gedanken?*
Erst als er auf den düster erleuchteten, verlassenen Korridoren des Untergeschosses war, blieb er stehen und zog das weiße Laken zurück, das das Gesicht des Jungen bedeckte: Ganz egal, was die Leute auch sagten, Benny hatte noch nie eine friedlich aussehende Leiche gesehen. Später vielleicht, wenn die Männer in den schwarzen Mänteln Gelegenheit gehabt hatten, ihre Arbeit zu tun, aber nicht jetzt. Charlies Lippen waren fest aufeinandergepreßt, als kämpfte er immer noch gegen den Feind an, der seinen Körper auffraß.
He, Charlie, jetzt ist alles vorbei . . . hörst du mich, Charlie? Kein heimtückisch schleichender Krebs wühlt mehr in deinen Eingeweiden . . . Kannst du dich noch an den Fenway Park erinnern, an diese Logenplätze, die du dir aussuchen wolltest, und an diese dampfenden Würstchen? Und an die Erdnüsse? Ja . . . komm und hol sie dir, komm und hol sie dir, Charlie, diese heißen, gerösteten Erdnüsse . . .
Mach dir keine Sorgen, ich lasse es nicht zu, daß sie dich in eine dieser kalten Stahlschubladen schieben, bis du

dort angekommen bist, Charlie. Und wenn ich hier sitzen und warten muß, ich werde es tun . . . He, wo bist du jetzt — was hast du gesagt? — kurz vor dem Storrow Drive? Kein Problem, laß dir nur Zeit. Aber denk daran, am Kenmore Square mußt du raus.

Wurde Charlies Gesicht in der einen Stunde, in der Benny bei ihm saß, bevor er ihn in die Leichenhalle brachte, tatsächlich heiterer? Vielleicht . . . vielleicht auch nicht. Doch Benny mußte unbedingt daran glauben, sonst wäre die Hand, die sein Gehirn zusammenpreßte, niemals fortgezogen worden.

»Was ist das?« fragte Daisey und schaute die Tüte an, die in Bennys Hosentasche steckte.

Benny zog sie heraus und warf sie auf den Tisch neben den Teller, den Daisey für ihn bereitgestellt hatte.

»Nur eine Tüte mit Doritoes.«

»Soll ich sie zu deinem Hackfleisch auf den Teller legen?«

»Nein, ich mag sie nicht.«

Sie schaute lächelnd zu ihm auf. »Warum hast du sie dann gekauft?«

Er zuckte mit den Achseln. »Ich habe sie für eines der Kinder im Krankenhaus gekauft. Für ein Kind namens Charlie.«

»Aha. Warum hast du sie Charlie dann nicht gegeben?«

Benny setzte sich und nahm seine Gabel.

»Ich konnte nicht, er ist heute gestorben.«

Daisey griff sich mit der Hand an die Brust. »O Gott, das tut mir so leid, Benny.«

Er starrte sie ein paar Sekunden lang an. »Warum sollte es dir leid tun?« sagte er schließlich. »Du kanntest ihn ja nicht einmal.«

»Weil ich weiß, daß es dir weh tut, deshalb. Ich meine,

du mußt Charlie sehr gemocht haben. Ich nehme doch nicht an, daß du für alle Kinder Geschenke kaufst.«
Er aß zu Abend, ohne ein weiteres Wort zu sagen. Als er fertig war, schaute er zu ihr auf.
»Ich werde mir morgen von der Shawmut Bank eine Unterschriftenkarte holen«, sagte er. »Und ich möchte, daß du darauf unterschreibst. Okay?«
»Natürlich, aber warum?«
»Weil ich möchte, daß dein Name auf Adams Sparkonto ist. Zusammen mit meinem Namen. Nur als Vorsichtsmaßnahme.«
»Wogegen denn?«
Er zuckte mit den Achseln. »Man kann nie wissen, es kann einem etwas zustoßen. Wer weiß, ich könnte auch sterben. Und wenn ich es tue, dann ist Claire die Treuhänderin für das Geld. Sie wird es wahrscheinlich irgendeinem Wohltätigkeitsverein spenden. Adam wird sie es ganz sicher nicht geben. Ich will sichergehen, daß er es mit achtzehn Jahren bekommt. Und ich will, daß er weiß, daß es von mir stammt. Eines Tages wird ihm das wichtig sein . . . daß er weiß, daß ich ihn geliebt habe.«
Daisey stand auf, stellte sich hinter ihn, schlang die Arme um ihn und legte ihre Lippen auf seinen Hals.
»Du machst mir angst, wenn du solche Dinge sagst, Benny.«
Er stand auf, drehte sich um und schloß sie in seine Arme.
»Du mußt keine Angst haben, ich will nicht, daß du Angst hast.«
»Dann rede nicht mehr übers Sterben.«
»Okay. Aber du wirst das doch für mich tun, oder? Du wirst dafür sorgen, daß Adam das alles erfährt, falls ich nicht mehr dasein sollte?«

Die Anrufe kamen, kurz nachdem Douglas Maggies Haus so gegen ein Uhr verlassen hatte. Es war zwar jemand in der Leitung, aber es meldete sich niemand. Obwohl sie wußte, daß es Paul war, der versuchte, ihr Angst einzujagen, dachte ein winziger Teil ihres Gehirns an den Würger vom Gericht.

Der Würger vom Gericht. Das klang nach den Beinamen, die die Presse Verbrechern verleiht — der Würger von Boston, der Mörder von Hillside . . . und jetzt der Würger vom Gericht. Die Öffentlichkeit würde in Panik verfallen, sobald die Presseleute von der Sache Wind bekommen hatten. Und obwohl das Büro des Bezirksstaatsanwaltes alles in seiner Macht Stehende tat, daß das nicht geschah, erwartete Maggie, daß es jeden Tag der Fall sein würde. Bereits jetzt erkundigte man sich wegen der verschärften Sicherheitsmaßnahmen bei Gericht.

Ja, die Öffentlichkeit würde bestimmt in Panik verfallen, besonders die Frauen, die mit ihren Scheidungsfällen vor Gericht gingen. Wozu sie natürlich nicht gehörte . . .

Wieder läutete das Telefon. Diesmal nahm sie ab und drückte auf die Gabel. Dann legte sie den Hörer zur Seite. Sie schaltete die Lampe neben dem Bett an und schaute auf die Uhr: Es war drei Uhr nachts. So ein Mist! Wenn das so weiterging, würde sie morgen zu nichts zu gebrauchen sein. Ein Schlafmittel vielleicht, dachte sie, verwarf den Gedanken aber sofort wieder.

Oh, bitte, Paul, hör auf damit, ich habe jetzt wirklich keine Nerven dafür.

12. KAPITEL

Am nächsten Morgen verschlief Maggie. Obwohl sie sich bemühte, die Unterhaltung beim Frühstück und auf dem Weg zur Schule in Gang zu halten, blieb Richie weiterhin wütend und verstockt und winkte Maggie nur kurz zu, als sie ihn beim letzten Läuten bei der Schule herausließ. Als sie in nicht allerbester Laune ins Büro kam, brachte Veronica ihr die Post.

»Wie geht es deinem Jungen?« fragte die Sekretärin.

»Was den Unfall angeht, gut, aber was die Verhandlung gegen seinen Vater betrifft, nicht so gut.«

»Er ist noch zu klein, um das zu verstehen. Eines Tages wird er es.«

»Ich hoffe es. Irgendwelche Anrufe?«

»Drei.« Sie legte ihr die Zettel mit der Bitte um Rückruf auf den Schreibtisch. »Möchtest du einen Kaffee? Ich habe gerade eine frische Kanne aufgebrüht.«

»Jetzt nicht, danke.« Maggie schaute sich die Nachrichten an: Paul, Frank Chandler und ein neuer Mandant. Sie legte Paul und den neuen Mandanten beiseite und rief sofort bei Frank an.

»Was habe ich da gehört . . . Sie haben verschlafen?« sagte Frank, als sie ihn erreichte.

»Glauben Sie mir, wenn ich Ihnen sage, daß mir das sonst nie passiert? Aber ich bin froh, daß Sie angerufen haben. Ich wollte mit Ihnen etwas besprechen. Aber das Thema ist sehr delikat, damit meine ich, daß es bisher noch nicht von den Zeitungen aufgegriffen wurde.«

»Etwas über mich, über Sondra?«
»Könnte sein, aber ich will nicht, daß Sie sich irgendwelche falschen Hoffnungen machen. Doch ich denke, daß Sie auf jeden Fall das Recht haben, es zu erfahren. Wann könnten Sie denn kommen?«
»Wann immer Sie wollen. Ich muß sowieso wegen Andy noch etwas mit Ihnen besprechen. Ich habe Pläne gemacht. Zumindest habe ich es versucht.«
Als Frank ins Büro kam, erzählte Maggie ihm von den Nachforschungen, die von der Staatsanwaltschaft angestellt wurden.
»Es betrifft also die Frage, die Grailing mir stellte, ob irgend jemand über meine Geschäftsreisen Bescheid wußte?«
»Richtig. Grailing denkt vermutlich, daß es das beste ist, sich nicht allzusehr darauf zu verlassen. Und wahrscheinlich hat er damit auch recht, da der Staat Massachusetts ja nicht beschlossen hat, die Anklage gegen Sie fallenzulassen.«
»Aber in diesem Stadium würde mir alles hoffnungsvoll erscheinen. Besonders eine Spur, von der die Staatsanwaltschaft glaubt, daß sie der Mühe wert ist, verfolgt zu werden. Mit anderen Worten, Sie wollen also sagen, daß man von der Vermutung ausgeht, daß die Verbrechen von *einer* Person verübt wurden — alle Morde?«
»Es ist immer noch eine Theorie. Aber sie scheint zu passen . . . besonders, da die betroffenen Väter alle ein Alibi haben. Oder, in Ihrem Fall, beinahe ein Alibi hatten.«
»Aber woher sollte jemand alle diese Informationen haben?«
Maggie zuckte mit den Achseln. »Er könnte die Akten im Gerichtshof gelesen haben, es ist nicht schwer, an sie heranzukommen. Er hätte auch im Gerichtssaal anwesend sein können. Ab und zu kommen Leute zum

Vormundschaftsgericht, nur um sich die Fälle anzuhören. Natürlich nicht mit der Häufigkeit, mit der sie vielleicht zu Strafgerichtsverhandlungen gehen.«

»Hmm«, murmelte Frank und nickte.

»Was?«

»Nun, am ersten Tag der Verhandlung, da habe ich mich im Saal umgesehen, in erster Linie, um mich zu beruhigen. Ich habe jedenfalls fast alle Leute gekannt. So viele waren es ja auch nicht. Bis auf diesen einen Mann, der ganz hinten saß. Ich kann mich kaum mehr an ihn erinnern, nur noch an seine Kleidung. Ich weiß noch, daß ich dachte, daß er es in der Geschäftswelt nie zu etwas bringen würde. Er trug Hemd, Krawatte, Anzug, all das Drum und Dran, aber er sah irgendwie schäbig aus. Die Farben paßten nicht zusammen.«

»Das könnte wichtig sein, Frank. Fällt Ihnen sonst noch etwas zu diesem Mann ein?«

Frank dachte einige Augenblicke darüber nach.

»Ich weiß nicht so recht, dunkles Haar, glaube ich, jungenhaftes Aussehen. Ich würde sagen, so Ende Zwanzig, Anfang Dreißig. Aber die Beschreibung paßt auf viele. Ich weiß nicht einmal, ob er lange geblieben ist. Als die Verhandlung anfing, war ich viel zu sehr damit beschäftigt, mich über Greenspon zu ärgern.«

»Okay. Aber tun Sie mir einen Gefallen.« Sie schrieb Douglas' Namen und Telefonnummer auf einen Zettel. »Wenn Sie in Ihr Büro zurückkommen, rufen Sie diesen Mann hier an und sagen ihm, was Sie mir erzählt haben. Er ist der Vertreter der Staatsanwaltschaft und leitet diese Untersuchung.«

Bevor Frank ging, bat er Maggie noch, eine neue Bestimmung in sein Testament aufzunehmen. Er hatte mit einem Cousin zweiten Grades in Los Angeles, Ralph

Geering, gesprochen, der eingewilligt hatte, Andrew zu sich zu nehmen, falls nötig.

»Ich habe meinen Cousin nicht mehr gesehen, seit ich ein Kind war, aber damals mochte ich ihn. Er hatte so etwas Ernsthaftes an sich, das die meisten Kinder nicht haben. Aber auf jeden Fall möchte ich, daß ein separates Treuhandvermögen für Richie mit Ralph als Verwalter eingerichtet wird.«

»Haben Sie darüber schon mit Andy gesprochen?«

»Nein, aber ich werde. Der Fall mag ja vielleicht nie eintreten — wer weiß —, ich bete darum, daß es nie passieren wird, aber ich muß ihn einfach darauf vorbereiten.«

Als Frank das Büro verlassen hatte, dachte er über die Untersuchung der Staatsanwaltschaft nach. Es war zwar eine seltsame Theorie, aber einmal angenommen, sie stimmte? Irgendwo da draußen war ein Fremder, der tötete, der Frauen umbrachte, die er nicht einmal kannte, und mit einem Motiv, das ziemlich selbstlos war. In Franks Fall, damit er das Sorgerecht über Andy bekam, weil der Mörder offensichtlich dachte, daß Andy bei ihm besser aufgehoben sei als bei Sondra. Der Kerl mußte ganz bestimmt verrückt sein, aber das Seltsame war, daß sein Instinkt, auch wenn er verrückt war, weitaus besser als der von Greenspon war.

Da kam Frank ein Gedanke: Was wäre gewesen, wenn er gewußt hätte, was der Kerl vorhatte? Hätte er versucht, den Mord zu verhindern, oder hätte er, wie geplant, dieses Flugzeug bestiegen? Schuldbewußt schob er den Gedanken beiseite.

Nachdem Frank weg war, rief Douglas bei Maggie an.

»Es hat sich etwas ergeben, von dem ich mir denke,

daß es dich interessiert. Wir haben nicht nur einen weiteren Hinweis auf den Mord, der ganz deutlich beweist, daß wir auf der richtigen Spur sind, sondern es scheint auch so, als hätte unser Mörder einen ziemlich ausgefallenen Sinn für Humor.«

»Wie meinst du das?«

»Als ich heute morgen im Büro des Geschäftsstellenleiters am Vormundschaftsgericht war, habe ich mir die Ausleihzettel auf den Akten der Mordopfer angesehen. Ich habe fast ein Jahr zurückverfolgt.«

»Und?«

»Ich bin auf einen Namen gestoßen, auf den Namen eines Mannes, der auf allen Ausleihlisten auftaucht, in den meisten Fällen sogar mehr als einmal. Leider ist es nicht der Name unseres Mannes. Maggie, sagt dir der Name R. Choate irgend etwas?«

Sie dachte eine Minute nach. »Warte mal, Choate . . . war das nicht der Name des Mannes, der in Chandlers Maklerbüro anrief, um sich über dessen Terminkalender zu erkundigen?«

»Erraten. Jetzt überleg noch mal, Maggie, überleg dir mal, für welchen Vornamen das 'R' stehen könnte.«

Nach kurzer Überlegung meinte sie: »Doch nicht die Statue — Rufus?«

»Ganz genau das denke ich.«

»Aber — ich meine, wie kannst du sicher sein, daß dieser R. Choate nicht ein ganz normaler Name ist?«

»Das kann ich auch nicht. Ich werde selbstverständlich den Namen überprüfen lassen. Aber ich möchte wetten, der Name sollte eine Anspielung auf unseren renommierten Anwalt und Politiker Rufus Choate sein.«

In den nächsten paar Tagen sickerte die Nachricht über die Untersuchung durch, und die Presse brachte die Geschichte des Würgers vom Gericht. Daisey, die nur selten zur Zeitung griff — wenn, dann nur, um die Kummerkastentante und Artikel über Modetrends zu lesen —, kaufte sich an diesem Tag die Zeitung. Als Benny nach Hause kam, zeigte sie ihm die Schlagzeilen.
»Du weißt doch, daß ich so ein Zeug nicht lesen mag«, sagte er.
»Ich auch nicht, aber das hier ist etwas anderes. Sie glauben, daß es einen Mann im Gerichtsgebäude gibt, der herumläuft und die Leute umbringt.«
Benny schaute sich den Artikel an. »Direkt dort im Gerichtssaal?« fragte er, und die verschärften Sicherheitsvorkehrungen fielen ihm wieder ein.
»Nein, das glaube ich nicht, aber ich habe auch nicht alles gelesen.«
Erst als er fast die Hälfte gelesen hatte, wurde Benny bewußt, daß es sich in dem Artikel um ihn handelte. Er legte die Zeitung weg.
»Es gibt eine Menge Verrückte auf der Welt«, sagte er.
Daisey drehte sich von der Küchentheke weg, wo sie saubermachte.
»Vielleicht solltest du dort nicht mehr hingehen, Benny. Ich meine, es könnte doch gefährlich sein.«
»Jetzt komm aber, wer soll mich schon belästigen?«
»Niemand vielleicht, aber man weiß nie. Geh dort nicht mehr hin, Benny. Bitte.«
Benny stand auf. »Hör mal, setz mich bitte nicht unter Druck und sag mir, was ich tun oder lassen soll, Daisey.«
Daisey ging zu ihm, schlang ihre Arme um ihn und zwang ihn, sie fest an sich zu drücken.
»Das sollte nicht so klingen.« Sie zuckte mit den Achseln.

»Ich liebe dich eben, das ist alles. Es macht mir angst, wenn ich denke, daß du vielleicht in Gefahr sein könntest.«
Später massierte Daisey Bennys Rücken. Sie hatte nicht mehr als die Schlagzeilen gelesen . . . sie wollte nicht mehr lesen. Sie wußte, daß Benny nie jemandem weh tun konnte, aber sie kannte auch die Wut, die in ihm schlummerte. Und außerdem, warum sollte Benny jemandem weh tun, den er nicht einmal kannte? Wenn er vielleicht gegen jemanden losschlagen würde, ginge es dann nicht gegen Claire, gegen den Menschen, der ihm das Wertvollste in seinem Leben gestohlen hatte? Aber nein, Benny dachte zuallererst immer an das Wohlergehen seines Sohnes — trotz seiner Wut. Und ein Mann, der die Stärke und die Disziplin hatte, so etwas zu tun, mußte ganz und gar gefestigt sein. Das war jedenfalls Daiseys Ansicht.
Ihr war Claires Aussage über Bennys Geisteszustand egal . . . sie kannte Benny eben nicht so gut, wie sie selbst es tat.

War er verrückt — er glaubte nicht. Wenn er verrückt wäre, müßte er es dann nicht als erster wissen? Er bezweifelte zum Beispiel, daß Verrückte überhaupt wußten, was sie taten — Gedächtnisschwund, wie diese Nervenärzte das nannten. Oder wenn sie es doch wußten, dann begriffen sie die Folgen ihrer Handlungen nicht. Außerdem hatten Verrückte weder ein Motiv noch ein bestimmtes Anliegen, meistens stürzten sie sich doch nur Hals über Kopf in eine Sache — was dann passierte, das passierte eben.
Doch Benny wußte genau, was er tat . . . zu jeder Minute und zu jeder Stunde eines jeden Tages. Vielleicht wäre er besser dran, wenn er durchgedreht wäre. *He, Mom, hörst du das? Laß mich durchdrehen, laß mich durchdrehen,*

ich will nichts mehr wissen. Bitte mach, daß ich mich nicht mehr erinnere.

Benny hatte bei dem Bürohaus angehalten, wo sie saubermachte, um das Geld abzuliefern. »Es ist nicht sehr viel«, sagte er und drückte es ihr in die Hand, wobei er sie auf die Wange küßte. »Aber Claire und ich, wir sind ziemlich blank. Und dann das Baby . . . na, du weißt ja, was Babys kosten.«

»Du mußt müde sein, Benny, all diese Überstunden im Krankenhaus.«

»Nein, mir geht es gut, Mom. Du bist es, um die ich mir Sorgen mache.« Er schaute sich in dem leeren Büro um — sah sich die Putzutensilien seiner Mutter an, die am Fuß der Treppe in einem Wägelchen steckten.

»Mach dir um mich keine Gedanken. Kümmere dich lieber um deine Familie, besonders um deinen kleinen Jungen. Aber du fehlst mir trotzdem, Benny.«

»Vielleicht kannst du ja am Sonntag zum Essen kommen . . . ich werde mit Claire reden.«

Sie reckte sich und schlang ihre Arme um ihn, und dann wanderte ihre Hand zu seinem Hemd. Sie streckte ihre Hand hinein und berührte seine nackte Haut, und ihre schwieligen Finger versuchten, in seinen Hosenbund zu dringen. »Mach, daß deine Mom sich gut fühlt, Benny«, sagte sie.

»Komm, Mommy, hör auf damit«, sagte er, schob ihre Hände weg und entdeckte dann die Tränen, die über ihre eingefallenen Wangen liefen. O Gott, wie er diese Tränen haßte. Und in diesem Augenblick wußte er plötzlich, daß sie tot besser dran wäre. Daß das besser für sie wäre, als Putzfrau zu sein und anderen Leuten den Dreck wegzuwischen. Besser, als ein ungebetener Eindringling in Bennys neuer Familie zu sein und darauf zu warten, am Sonntag zum Essen

eingeladen zu werden, obwohl Benny doch genau wußte, daß Claire immer etwas dagegen haben würde.
Besser als die Tränen . . .

Jetzt, da die Geschichte des Würgers vom Gericht in der Öffentlichkeit bekannt war, wurden die Sicherheitsmaßnahmen nochmals verstärkt. Konnte jemand nicht beweisen, daß er direkt oder indirekt mit einem Verfahren zu tun hatte — abgesehen von den Anwälten, den Richtern und dem bei Gericht beschäftigten Personal, einem Personenkreis, dessen Hintergrund von der Ermittlungsgruppe der Staatsanwaltschaft sorgfältig überprüft worden war —, so wurde ihm oder ihr der Zutritt zum Gerichtsgebäude verwehrt.
Obwohl Frank Chandler sein Bestes tat, so war er doch nicht in der Lage, eine aussagekräftigere Beschreibung des Fremden, der bei seiner Verhandlung präsent gewesen war, zu liefern. Douglas befragte die Anwesenden bei den anderen Verfahren, aber bis auf einen Zeugen, der sich an einen gutaussehenden, dunkelhaarigen jungen Mann erinnerte, erfuhr er nichts Neues. Dazu kam, daß, bis auf den Bezirk Suffolk, nirgends im Staat Massachusetts andere Morde mit derselben Handschrift gemeldet worden waren.
»Es wird allmählich unheimlich«, sagte Maggie eines Abends, wenige Tage vor ihrer eigenen Verhandlung. »Es kommt noch soweit, daß ich mich zehnmal vergewissere, bevor ich einen leeren Raum betrete.«
»Es hat einen weiteren Mord gegeben, weißt du — eine Frau in Dorchester.«
»Wann?«
»Vorgestern.«
»Warum hast du mir das nicht gesagt?«
Er zuckte mit den Achseln. »Ich bekomme langsam das Gefühl, daß du die Sache zu persönlich nimmst.«

»Machst du mir das zum Vorwurf?«
»Nein, eigentlich nicht. Aber denk daran, was immer vor Gericht zwischen Paul und dir auch passieren wird, die Öffentlichkeit wird nicht anwesend sein. Und die Frau, die eben ermordet wurde, hatte ihren Fall vor mehr als zwei Wochen vor Greenspon verhandelt. Bevor die Sicherheitsmaßnahmen ergriffen wurden.«
»Du hast recht. Es ist nur ... nun, in letzter Zeit passiert eben alles auf einmal. Richie ist immer noch wütend, und Paul belästigt mich mit Anrufen.«
»Legt er einfach wieder auf?«
»Manchmal, manchmal aber nicht. Manchmal fleht er mich an, Richie holen zu dürfen. Wenn das Telefon nur klingelt, dann habe ich bereits Angst, mich zu melden.«
»Hast du ihm mal vorgeschlagen, sich an die Anonymen Alkoholiker zu wenden?«
»Als ich ihm das zum letztenmal vorgeschlagen habe, da waren wir noch verheiratet. Und er hat mir fast den Kopf abgerissen.«
»Soll ich versuchen, mit ihm zu reden?«
»Nein. Du bist im Augenblick bestimmt der letzte, von dem er sich das anhören will, da bin ich sicher. Schließlich siehst du Richie ... er nicht. Ich bin wirklich der Meinung, daß Menschen mit dieser Art von Problem es selbst schaffen müssen. Andere können da wirklich nicht helfen. Wenn sie sich darauf einlassen, dann werden sie nur ausgenützt als zusätzliche Stützen, die dem Abhängigen dabei helfen, die Illusion aufrechtzuerhalten, daß er ein ganz normales Leben führt.«
»Du bist aber eine harte Frau.«
»Bin ich das? Das Gefühl habe ich nicht.«
»Warte, laß mich mal testen.« Er nahm sie in die Arme und

ließ seine Hand über ihre nackte Haut wandern. »Du hast recht . . . du fühlst dich auch gar nicht so an.«

Benny saß an einem Tisch vor einem der Restaurants im Hof, trank eine Limonade und betrachtete das gegenüberliegende Gerichtsgebäude. Zweimal hatte man ihn, trotz der verschärften Sicherheitsmaßnahmen, ins Gebäude gelassen. Einmal hatte er seinen Mitgliedsausweis der Anwaltskammer vorzeigen müssen. Aber er war nicht dumm . . . Obwohl sie keine sehr genaue Beschreibung von ihm hatten — er hatte das in der Zeitung gelesen —, wurden alle eintretenden Personen gründlich überprüft. Es war also besser, sich rar zu machen.

Er wußte nicht genau, warum er jetzt hier saß. Vielleicht nur, um in der Nähe des Geschehens zu sein. Es war so, wie er es Daisey einmal erklärt hatte: Zu diesem Zeitpunkt konnte er nicht mehr so leicht damit aufhören; und wenn er richtig darüber nachdachte, dann wußte er, daß er es eigentlich gar nicht wollte. Gerade wenn er dachte, eine schreckliche Ungerechtigkeit aus der Welt geschafft zu haben, wurde bereits die nächste begangen. Wie sollte er da aufhören können, bei dem Wissen?

Was sollte aus diesen Vätern werden, aus diesen Vätern, die sich um ihre Kinder sorgten . . . konnte er sie so einfach dem System ausliefern? Himmel, was war überhaupt mit Paul Grant?

Quälende Fragen brannten in seinem Gehirn: Konnte er — Benny Shandling — bei den jetzt so verschärften Sicherheitsvorkehrungen überhaupt weitermachen, und wenn er dann *tatsächlich* mit allem fertig war, würde er dann wirklich etwas geändert haben? Und obwohl er in seinen Handlungen — in dem Kampf um Gerechtigkeit — nie mehr gesehen hatte als das, was es war, so dachte er jetzt, daß es vielleicht an der Zeit war, in größeren Dimensionen zu denken. Es war wichtig, daß seine Anwesenheit hier etwas verändert hatte, wenn er, Benny Shandling, einmal nicht mehr sein würde.

Douglas Woods Büro befand sich außerhalb des Gerichtshofes, im neunten Stock des neuen Gebäudes. Bis jetzt hatte er insgesamt fünfzehn Mitglieder der Union der Väter vernommen. Jeder einzelne von ihnen hegte nach Ansicht der Ermittlungsgruppe einen tiefen Groll gegen das Justizsystem. Heute saß Chester Markham vor ihm. Er war dunkelhaarig, zweiunddreißig und paßte womöglich auf die Beschreibung, die Frank Chandler von dem Mann bei seiner Verhandlung gegeben hatte. Markham trug einen billigen, schlecht sitzenden Anzug und eine schmale Krawatte, die über den Kragen seines Hemdes hing.

»Erzählen Sie mir doch mal etwas über Ihre Sorgerechtsverhandlung«, sagte Douglas.

»Warum, wollen Sie Berufung für mich einlegen?«

»Sie wollen doch, daß sich etwas ändert, oder? Geht es nicht in Ihrem Fall genau darum?«

»Hören Sie, ersparen Sie mir diesen Unsinn ... nichts wird dieses System ändern können. Es sei denn natürlich, Sie sind bereit, diese verdammten Richter hinauszuwerfen, die nicht mehr jung genug oder fähig sind, einen hochzukriegen, geschweige denn in der Lage sind, einem Kind ein Vater zu sein.«

»Wie viele Kinder haben Sie, Mr. Markham?«

»Zwei, sechs und vier Jahre alt. Und beiden ist es scheißegal, ob ich lebe oder tot bin. Das ist das Resultat Ihres so hohen und mächtigen Gerichtssystems.«

»Haben Sie das Recht, Ihre Kinder zu sehen?«

»Na sicher, das haben wir doch alle, oder?«

»Was soll das heißen?«
»Das soll heißen, daß neun von zehn Vätern die Besuchserlaubnis zugesprochen wird. Einige sind nicht das Schwarze unterm Nagel wert, die andern sind vielleicht etwas besser. Das Gift in der Suppe ist die Exfrau, die, die das Sagen hat. Und genau darum geht es bei diesem Spiel, Kumpel — um das Sagen. Sie ist diejenige, die die Grenzen absteckt — wo das Kind hin kann, wo es nicht hin darf. Wen es sehen darf, wen es nicht sehen darf. Die Väter dürfen nur das Geld bei der Oberaufseherin abliefern, das ist alles.
Ich hatte einen Freund, der hat es sogar durchgesetzt, daß sein Kind bei ihm übernachten durfte. Wissen Sie, was passiert ist? Dieses Miststück von Exfrau bombardiert das Kind mit so viel Fragen, wenn es heimkommt, daß es jedesmal krank davon wird. Als ob sie ein Buch darüber schreiben wollte. Hattest du Stuhlgang . . . o ja, wie oft? Was hat er dir zu essen gegeben, wie hat er es zubereitet? Zucker . . . du meinst, du willst mir damit sagen, daß er dich mit Zucker vergiftet hat? Mußtest du niesen, als du bei ihm warst . . . oh, vielleicht ist es zu staubig bei ihm.
Das Kind mußte über jede Körperfunktion Rechenschaft ablegen, bis es schließlich mit der weißen Fahne winkte. Vater hin oder her, das waren einfach zuviel Umstände. Was sollte mein Kumpel also tun, eine Zwangsvollstreckung gegen seine Exfrau beantragen? Wozu die Mühe, es ist doch nicht die Schuld dieses Miststückes — das Kind ist doch schuld, das ihn jetzt nicht mehr besuchen will.
So, wie ich es sehe, lernen die meisten Kinder zu lügen. Zuerst lügen sie ihre Mütter an, damit sie nicht jeden Sonntagabend einem Verhör ausgesetzt sind. Dann wird es zur Gewohnheit, sie lügen jeden an, jedesmal, wenn sie meinen, das macht weniger Mühe.«
»Sie zeichnen da aber kein schönes Bild.«

»Mit Scheiße am Pinsel kann man eben nicht so schön zeichnen.«
»Sie glauben also, daß sei bei allen geschiedenen Vätern der Fall?«
»Wollen Sie mich veralbern? Sicher gibt es Ausnahmen, es gibt miserable Väter und wirklich liebevolle Mütter. Aber glauben Sie mir, genau darum handelt es sich, nämlich um Ausnahmen. Verstehen Sie mich nicht falsch, natürlich ist es nicht überall gleich schlimm. Aber eines sage ich Ihnen, es gibt nicht viele Frauen, die widerstehen können, es ihrem Alten mal so richtig zu zeigen. Sie hocken wie Spinnen in ihrem Loch und warten nur darauf, herauszukriechen und ihre Netze zu spinnen.«
»Glauben Sie, daß diese Frauen den Tod verdienen?«
Chester lächelte. »Ich dachte mir doch, daß es sich hier nicht nur um einen kurzen Schwatz über die Gerechtigkeit handelt, Woods. Es geht um diesen Würger vom Gericht, stimmt's? Hören Sie, ich will Ihnen mal etwas sagen ... wenn mir dieser Kerl über den Weg liefe, ich würde ihm hocherfreut die Hand schütteln. Aber wenn Sie glauben, daß ich das bin, dann sind Sie auf dem Holzweg. Wissen Sie, ich bin nun mal so ein Egoist. Wenn ich jemanden umbringen würde, dann meine Exfrau. Nicht die Exfrau von irgend jemand anderem.«
Später wurde Douglas von den Männern der Ermittlungsgruppe informiert, daß Chester Markham sauber war. Er hatte Alibis für zwei der Morde — eines stammte von dem Chef des Maschinenladens, in dem er arbeitete. Und das andere von einem Polizisten: Er hatte Chester Markham wegen unerlaubter Demonstration und öffentlicher Ruhestörung auf den Boston Commons festgenommen.
Er hatte auf die Union der Väter aufmerksam machen wollen.

13. KAPITEL

Lucas Dennison, ein untersetzter, muskulöser Schwarzer mit eckigem, kahlem Schädel arbeitete seit mehr als vierzig Jahren in der Diätküche am Massachusetts General. Obwohl er nur untergeordnete Tätigkeiten verrichtet — in erster Linie spülte er das Geschirr und die Tabletts und wischte die Böden —, so hatte er sich doch den Respekt derjenigen, die mit ihm zusammenarbeiteten, erworben. Keiner der Angestellten am Massachusetts General Hospital wagte es, sich über Lucas lustig zu machen, und dafür gab es zwei Gründe: zum einen seine mächtigen Pranken, die mit Leichtigkeit die Rippen eines Mannes brechen konnten, und zum anderen seine Fähigkeit, alles, was nicht leicht zu beschaffen war, aufzutreiben.

Als Lucas Benny auf sich zukommen sah, wrang er seinen Putzlumpen aus, klemmte sich den Stiel des Schrubbers unter den Arm und fragte: »Wie geht es dir, Benny?«

»Okay, Lucas, und dir?«

Lucas nickte und musterte Bennys Gesichtsausdruck.

»Du bist doch nicht nur hier, um mir mal kurz guten Tag zu sagen, oder?«

»Woher willst du das wissen?«

Lucas lächelte, und sein Grinsen legte sein breites Gesicht in Falten.

»In meinem Geschäft lernt man die Leute kennen, Benny. Also los, was kann der alte Lucas für dich tun?«

Benny holte tief Luft und sagte dann: »Ich dachte daran, mir eine Waffe zu beschaffen.«

»Eine Waffe — was für eine Waffe?«
»Ich weiß nicht, was meinst du?«
»Das hängt davon ab, wozu du sie brauchst. Es gibt Handfeuerwaffen, Revolver, 22er, 45er, 25er; dann gibt es noch diese billigen, kleinkalibrigen Dinger und dann —«
»Nein, eine große, eine, die die Leute beeindruckt, keine, die sie sich nur ansehen und dann nicht ernst nehmen und lachen.«
»Ich kenne nicht allzu viele Leute, die noch lachen, wenn der Lauf einer Waffe auf ihren Kopf gerichtet ist, ganz gleich, welche.«
»Du weißt doch, wie es ist, wenn man etwas anders machen will, Lucas, ich meine, etwas, das wirklich anders ist. Es passiert ja nicht so oft, daß kleine Leute — du weißt schon, so jemand wie ich — sich Gehör verschaffen. Die Leute versuchen es — das habe ich erlebt —, aber in dieser Gesellschaft ist das, was sie sagen oder tun, normalerweise keinen Pfifferling wert. Verstehst du, was ich versuche, dir zu sagen, Lucas?«
Lucas legte eine Hand auf Bennys Schulter.
»Sicher. Du willst etwas, das einschüchtert, das den Leuten eine Riesenangst einjagt, wenn sie es sehen.« Er massierte seine Stirn mit seiner dicken Fingerkuppe. »Ich glaube, ich weiß genau das Richtige für dich, Benny. Das ist heutzutage eine ganz heiße Ware. Hast du schon mal was von einer Uzi gehört?«
»Nein, noch nie. Was ist das?«
»Also, das ist ein kurzes Gewehr — nur vierundzwanzig Zoll lang, halbautomatisch. So ähnlich wie ein Maschinengewehr. Es feuert sehr schnell, und auf einem Ladestreifen sind dreißig Schuß. Man kann einen Mann damit in Stücke reißen.«

»Wie geht man mit ihr um? Ist es schwer?«
»Ein paar Stunden an einem einsamen Ort dürften reichen. Man muß ein paar Kniffe kennen: Du mußt die Waffe ganz fest an deine Schulter pressen, um den Rückstoß abzufangen, das Ziel anvisieren und dann den Atem anhalten, wenn du ganz langsam den Abzug drückst.«
Benny nickte. »Wieviel zahlt man dafür, Lucas?«
»Hmm, es gibt zwei Preise, Benny, das weißt du doch — Lucas' Standardpreis und dann den Spezialpreis für die Freunde von Lucas. Himmel, wie lange kennen wir uns jetzt eigentlich schon? Wenn ich mich recht erinnere, dann warst du noch ein halbes Kind, als du hierherkamst. Wie lange ist das her, fünfzehn Jahre?«
Benny nickte. »Ja, so lange ist es ungefähr her.«
»Der Preis für dich wäre zweihundertfünfzig. Auf der Straße zahlst du das Doppelte dafür. Und in dem Preis sind sechs Ladestreifen und ein Schulterriemen eingeschlossen.«
»Ich glaube, ich werde mehr Munition brauchen.«
Lucas zuckte mit den Achseln. »Kein Problem, ich besorge dir mehr.«
Benny nickte. »Okay, ich will sie haben. Und vielen Dank, Lucas.«
»Kannst du das Geld bis Montag besorgen?«
Benny nickte, obwohl er wußte, daß er momentan kaum mehr als fünfzig Dollar auftreiben konnte.
»He, sag mir doch mal, Benny, werde ich deinen Namen als Schlagzeile in der Zeitung lesen, oder was?«
Benny konnte ihm keine Antwort geben, da er es wirklich selbst noch nicht wissen konnte. Er wußte nur, daß ein Beruhigungsmittel und ein Nylonstrumpf bei einer so raffinierten Lady wie Maggie Grant nichts ausrichten

würden. Obwohl ihr Fall erst noch vor Gericht verhandelt werden mußte, wußte Benny bereits, wie die Entscheidung ausfallen würde.
Der erste Schritt würde das Geld sein. Wie sehr er es auch haßte, Daisey darum zu bitten, ihm zweihundert Dollar zu leihen, er hatte keine andere Wahl. Er könnte natürlich hingehen und es stehlen, aber Benny hatte noch nie in seinem Leben auch nur einen Cent gestohlen. Und er wollte jetzt nicht damit anfangen.

»Zweihundert Dollar, wozu brauchst du das Geld, Benny?« fragte Daisey.
»Ich kann nicht darüber sprechen, Daisey. Ich brauche es eben.«
»Bist du in Schwierigkeiten?«
»Nein, nichts dergleichen.« Er stand vom Tisch auf, ging zum Wohnzimmerfenster und starrte nach draußen, die Hände in die Taschen gestopft wie ein kleiner Junge, den man abgewiesen hatte. »Hör mal, Daisey, wenn du es mir nicht leihen willst, wenn du glaubst, das ist zuviel —«
Daisey stellte sich neben ihn. »Das ist es nicht, Benny. Du weißt doch, daß alles, was mir gehört, auch dir gehört. Es ist nur so, daß ich möchte, daß du dich mir anvertraust. Das ist alles.«
»Nun, ich kann nicht, Daisey. Diesmal nicht.«
Sie nickte. »Okay, Benny, du kannst das Geld haben. Ich werde es morgen in der Mittagspause von der Bank holen. Ist das in Ordnung?«
Benny drehte sich zu ihr um. Seine Augen waren feucht. Es war das erste Mal, daß Daisey ihn den Tränen so nahe sah.
»Ich liebe dich, Daisey«, sagte er. »Das weißt du doch, oder?«

Ja, das wußte sie, natürlich wußte sie das. Doch es war das erste Mal, daß er es tatsächlich ausgesprochen hatte.

Douglas hatte den größten Teil des Freitagmorgens damit verbracht, sich mit Justizwachbeamten, Protokollführern und Richtern zu unterhalten. Wenn der Mann wirklich so oft in dem Gebäude gewesen war, wie er vermutete, dann mußte ihn jemand gesehen haben, jemand, der Douglas eine vollständigere Beschreibung geben könnte. Wenn er doch nur ein Phantombild hätte, mit dem er arbeiten könnte. Aber bis jetzt hatte er nichts in der Hand.

Schließlich landete er am Kaffeeausschank.

»Wie geht es Ihnen, Celia?« sagte er zu der blinden jungen Frau.

»Mister Woods, richtig?« sagte sie, und ihre glatten braunen Wangen verzogen sich zu einem Lächeln, als sie ihm Kaffee einschenkte.

»Sie erstaunen mich immer wieder, junge Dame.«

Sie zuckte mit den Achseln. »Man gewöhnt sich an die Stimmen und an die Art, wie die Leute reden. Sie, Mr. Woods, klingen zum Beispiel immer bedächtig, geduldig.«

Er lachte. »Wie ist es denn bei den anderen?«

»Nun, manche Leute klingen erschrocken, andere gehetzt und verwirrt oder schüchtern . . . von Stimmen kann man auf viele Dinge schließen. Und dann gibt es natürlich noch andere Anhaltspunkte.« Sie reichte ihm den Kaffee. »Ich weiß zum Beispiel, daß Sie über einen Meter achtzig groß sind und dunkles Haar haben, wahrscheinlich sehr viel davon.«

»Sie haben recht. Woher können Sie das wissen?«

»Das ist leicht. Ich kann normalerweise einschätzen, aus

welcher Höhe die Stimme kommt. Bei Ihnen kommt sie von ziemlich weit oben.«

»Was ist mit der Haarfarbe?«

»Nun, da habe ich geschätzt. Als ich Ihnen eines Tages Ihren Kaffee gab, habe ich Haare auf Ihrem Handgelenk und auf Ihrem Unterarm gespürt. Normalerweise sind Leute mit starker Körperbehaarung dunkel.«

»Ich würde sagen, Sie sind ganz schön clever.«

»Wenn man blind ist, dann achtet man auf andere Dinge. Wenn die Leute etwas sagen, dann achte ich nicht nur auf das, was sie sagen, sondern auch darauf, wie sie es sagen. Mit anderen Worten, darauf, ob sie auch das meinen, was sie sagen.«

»Ich vermute, Sie treffen viele Leute, bei denen das nicht der Fall ist.«

Sie lachte. »Das kann man wohl sagen. Aber Sie nicht, Mr. Woods, Sie klingen so, als würden Sie sich Zeit lassen, bevor Sie etwas sagen, aber wenn, dann meinen Sie es auch so. Es hat beispielsweise sehr lange gedauert, bevor Sie mir Ihren Namen nannten und mich fragten, wie ich heiße. Aber als Sie es taten, da wußte ich, daß Sie mich mögen.«

Douglas musterte sie und meinte dann: »Wissen Sie, das stimmt auch. Es dauert bei mir eine Weile, bevor ich auf jemanden zugehe, um ihn kennenzulernen. Wenn ich es dann mache, dann bin ich mir ziemlich sicher, daß ich es auch will. Natürlich hat so ein Verhalten auch seine Nachteile; manchmal wartet man zu lange und versäumt vielleicht eine Gelegenheit, die es wert gewesen wäre ...«

»Ich weiß, was Sie sagen wollen. Da ist dieser eine Rechtsanwalt, der sehr oft vorbeikommt, fast täglich sogar. Nun, er spricht nie sehr viel, aber ich hatte so ein Gefühl, als sei er einsam, vielleicht sogar traurig. Eines Tages habe ich ihn angesprochen und ihn um seinen

Namen gebeten. Jetzt unterhalten wir uns jedesmal, wenn er vorbeikommt. Nicht lange, aber immerhin.«

»Hatten Sie recht, ist er einsam?«

Sie preßte ihre Lippen zusammen. »Das weiß ich nicht, aber ich weiß, daß er unglücklich ist, und ich glaube auch, daß er Angst hat. Das zeigt sich an der eindringlichen Art, mit der er spricht. Manchmal glaube ich, daß er übertreibt. Sie wissen schon — daß er sich vor mir aufspielt.«

»Wieso denken Sie das?«

»Nun, wenn man ihm glaubt, dann hat er immer einen sehr wichtigen Fall laufen. Ich kenne keinen anderen Anwalt, der so viele Scheidungs- und Sorgerechtsfälle hat. Ich meine, was Verhandlungen betrifft, da hat man einen, vielleicht zwei oder drei im Monat, aber —«

»Celia, wie heißt dieser Mann?«

»Ich kenne ihn nur als Benny. Das ist eigentlich ungewöhnlich — die meisten Anwälte nenne ich nicht bei ihren Vornamen. Aber mehr hat er mir nicht gesagt.«

»Wie sieht er aus, können Sie mir darüber etwas sagen?«

»Nun, das ist auch seltsam. Wenn jemand mitteilsam ist, dann nehme ich normalerweise an, daß er gut aussieht. Jetzt ist Benny überhaupt nicht mitteilsam, aber einmal, als er den Ausschank verlassen hatte, hörte ich zwei Frauen flüstern, daß er sehr gut aussehen würde.«

»Wissen Sie irgend etwas Konkreteres?«

»Nein, das war alles.«

»Wie groß ist er denn?«

Sie überlegte einen Augenblick. »Ein Meter und fünfundsiebzig . . . einsachtzig vielleicht. Warum stellen Sie mir all diese Fragen über Benny, Mr. Woods?«

»Celia, Sie haben doch sicher schon von dem Würger am Gericht gehört.«

»Natürlich, wer nicht? Mir wird ganz anders, wenn ich mir vorstelle . . . Sie meinen doch nicht — denken Sie dabei an Benny?«
»Nicht direkt. Aber das klingt alles etwas eigenartig. Wir haben bisher das gesamte Personal überprüft, selbst die Anwälte. Sagen Sie doch mal, wann ist Benny das letzte Mal hiergewesen?«
»Jetzt, wo Sie es erwähnen, fällt es mir auf. Ich habe ihn seit ein paar Tagen nicht mehr gesehen. Aber ich vermute, daß er bald wieder auftauchen wird.«
»Um welche Zeit trinkt er denn normalerweise seinen Kaffee?«
»Oh, früh . . . er ist normalerweise einer der ersten Kunden. Wir machen hier bereits vor acht Uhr auf.«
»Celia, ich werde einen der Wachbeamten anweisen, Montag morgen in der Nähe zu sein. Er wird sich Ihnen gegenüber ausweisen. Wenn Benny den Ausschank verläßt, dann geben Sie dem Beamten ein Zeichen. Werden Sie das tun?«
»Sicher, aber ich will nicht, daß Benny Schwierigkeiten bekommt.«
»Wahrscheinlich ist er nur einer der Anwälte, die häufig hier bei Gericht sind. Doch ich möchte sichergehen.«
Als Douglas den Kaffeeausschank verließ, ging er zu einem der Wachbeamten, der dafür verantwortlich war, daß sich die Leute am Eingang in Listen eintrugen.
»Ich möchte, daß Sie die Listen der vergangenen Woche durchgehen. Ich suche jemanden, der Ben, Benjamin oder Benny heißt. Ein Rechtsanwalt vielleicht, vielleicht aber auch nicht. Bringen Sie die Namen dann in mein Büro.«

Dummerweise hatte Daisey Liz erzählt, daß sie Geld von ihrem Konto abheben wollte, um es Benny zu geben.

»Ich denke, das war dumm von dir«, meinte die Freundin. »Er nutzt dich doch nur aus.«
»Du bist doch nur sauer, weil ich mit dir nicht zum Mittagessen gehe«, erwiderte Daisey.
»Wenn du das denkst, dann bist du sogar noch dümmer, als ich dachte. Männer, zumindest anständige Männer, bitten Frauen nicht um Geld. Sieh ihn dir doch nur an, er lebt praktisch in deiner Wohnung, ißt die Lebensmittel, die du kaufst, und verbraucht den Strom, den du bezahlst.«
»Benny zahlt immer noch seine eigene Miete und legt jede Woche Geld für Adam auf die Seite. Außerdem verdient er nicht soviel.«
»Aber du, oder?«
»Benny hat Verpflichtungen, ich nicht. Und ich mag es gar nicht, wenn du über ihn sprichst, als sei er irgend so ein schäbiger Schnorrer. Er hat mich in den vergangenen paar Monaten glücklicher gemacht, als ich es je zuvor in meinem ganzen Leben war. Ich weiß endlich, was es heißt, bedingungslos zu lieben.«
»Oh, jetzt mach aber mal 'nen Punkt — nur weil er gut aussieht?«
»Nein, so siehst du das, Liz, ich nicht. Meine Liebe zu Benny hat nichts mit seinem Aussehen zu tun. Das, was in ihm steckt, ist wichtig. Er ist sensibel, liebevoll und freundlich. Er verfügt über all die wunderbaren Eigenschaften, die ich mir bei einem Mann immer gewünscht habe. Und wenn es etwas gibt, das ich tun kann, um ihm das Glück zu schenken, das er mir gibt, dann tue ich das auch. Einschließlich, ihm Geld zu leihen.«
»Ich schätze, du bist bereit, ihm dein ganzes Bankkonto zu überschreiben, wenn er dich darum bittet.«
»Ich habe zweitausend Dollar gespart, und Benny weiß

das. Und ja, wenn er es ganz haben wollte, ich würde es ihm geben.«
Daisey knallte die Tür des Buchladens zu und eilte zur Bank. Sie hatte Liz' ständige Eifersucht satt!

Bevor sie nach Hause fuhr, ging Maggie noch auf einen Sprung zu Joyce Whitestone, deren Büro zwei Stockwerke unter dem ihren lag. Joyce war eine stämmig gebaute Frau, die ihr braungelocktes Haar nüchtern kurz geschnitten trug.
»Setz dich doch«, sagte sie zu Maggie, als sie ihre Kaffeetasse erneut füllte. »Leistest du mir Gesellschaft?«
Maggie schüttelte den Kopf.
»Danke dir. Hast du etwas von Pauls Anwalt gehört?«
»Das habe ich, sie werden Montag beide hier auftauchen. Aber sag mal, hast du versucht, mit Paul über die Sache zu reden? Vielleicht kannst du ihn überreden, daß er sich für eine gewisse Zeit mit diesem Zustand abfindet. Überzeuge ihn, daß er Hilfe braucht.«
»Das habe ich bereits mehrmals versucht. Aber meistens endet das damit, daß wir uns anschreien und daß einer von uns beiden auflegt.«
Joyce schüttelte den Kopf. »Ich wußte doch, das war zu schön, um wahr zu sein.«
»Was meinst du?«
»Nun, eure Scheidung generell. Alles war so vernünftig und zivilisiert. So etwas passiert nicht oft, wie du ja wohl weißt. Besonders dann nicht, wenn es um ein Kind geht. Ich meine, ihr beide seid so zuvorkommend miteinander umgegangen. — Manchmal dachte ich, jetzt wird mir gleich übel.«
Maggie lachte. »Dann bekomme ich jetzt also auch mein Fett ab, meinst du das?«

»Nein, das habe ich nicht gesagt. Ich bin einfach nur mißtrauisch, wenn etwas im oder außerhalb des Gerichtes zu glatt läuft. Oh, übrigens, unsere Verhandlung findet unter dem Vorsitz von Campbell statt.«
»Gut, er ist ein Schatz.«
»Nicht unbedingt für Frauen, das weißt du.«
»Für keinen, wie ich es sehe. Aber er ist fair oder versucht wenigstens, es zu sein, das ist das Wichtigste. Und das ist alles, was ich will. Du weißt, daß ich an seinem Urteil kaum zweifeln würde. Ich vertraue ihm, daß er sich ein vollständiges Bild der Sachlage macht und dann, so ehrlich er kann, entscheidet, was im vorliegenden Fall das beste ist.«
»Meine Güte, du hast aber viel Vertrauen in einen einzigen Richter.«
»Das kommt daher, daß ich genügend Fälle vor Greenspon, Leeder, Cagney und Farswick vertreten habe. Ein paar von diesen Typen genügen, und man weiß jeden zu schätzen, der die Fähigkeit zur Anteilnahme und halbwegs Intelligenz besitzt.«
Joyce lächelte. »Übrigens, ich weiß, daß du mit Douglas Kontakt hast. Gibt es etwas Neues über den Würger vom Gericht?«
»Nicht, daß ich wüßte.«
»Ich mußte seit drei Wochen nicht mehr ins Gericht, und bei dem, was da so läuft, hätte ich eigentlich gehofft, noch etwas länger nicht mehr dorthin zu müssen.«
»Mach dir keine Sorgen, Joyce, er hat es nicht auf Anwälte abgesehen — das heißt, solange sie keine geschiedenen Frauen oder Mütter sind.«

Nach dem Abendessen versuchte Maggie mit Richie über die Verhandlung am Montag zu reden.

»Während du in der Schule bist, wird sich der Richter anhören, was dein Vater und ich zu sagen haben, dann wird er entscheiden, was er für das beste hält. Er ist ein sehr weiser Richter, Richie. Ich vertraue darauf, daß er das Richtige machen wird.«
»Du meinst, daß er sich für dich entscheidet.«
»Nicht unbedingt. Wir werden abwarten müssen, nicht wahr?«
»Er kennt dich wahrscheinlich.«
»Das tut er tatsächlich, aber wieso? Das wird seine Entscheidung bestimmt nicht beeinflussen.«
Er starrte sie an und schaute dann wieder weg.
»Was ist los, Richie?«
»Nichts.«
»Du verschweigst mir doch was, oder?«
Er stand auf. »Nein, nichts . . . du hast doch gehört, ich sagte, nichts. Warum hörst du nicht auf, mir zu sagen, was ich denken soll!« Mit diesen Worten rannte er in sein Zimmer.
Maggie saß wie betäubt da. Das waren nicht seine eigenen Worte, das waren Pauls Worte. Ihr hatte es nie zuvor etwas ausgemacht, daß Paul fast jeden Nachmittag mit Richie telefonierte, aber plötzlich hatte sie etwas dagegen.
Einfach großartig! Was waren das nur für Gerüchte, die Paul in die Welt setzte?

14. KAPITEL

Obwohl Maggie es sich verkniffen hatte, Paul anzurufen, um herauszufinden, was er Richie erzählt hatte, hielt ihr Ärger das ganze Wochenende an, auch wenn Douglas alles versucht hatte, sie abzulenken. Als sie am Montagmorgen schließlich nach einer weiteren unerfreulichen Episode mit Richie im Gericht ankam, war sie erschöpft und angespannt. Am Eingang legte sie ihren Anwaltsausweis auf den Tisch. Der Wachbeamte schob ihn in einen kleinen Apparat, wo er fotografiert wurde, und händigte ihn ihr dann mit einem verlegenen Lächeln wieder aus.

»Tut mir leid, Maggie«, sagte er.

Sie nickte nur und sah sich dann nach Joyce um. Plötzlich fühlte sie sich genauso deplaziert und verstört, wie ihre Mandanten sich vermutlich fühlen mußten. Sie entdeckte Joyce, die auf einer Bank saß und zwei Becher mit Kaffee neben sich stehen hatte.

»Nervös?« wollte Joyce von Maggie wissen, als sie ihr einen Becher gab.

»Ich bin ein Wrack. Ich habe ein Gefühl, als müßte ich gleich aus meiner Haut fahren.«

»Entspann dich. Du wirst wahrscheinlich gar nicht viel sagen müssen. Bei diesen mündlichen Verhandlungen um eine einstweilige Verfügung werden kaum Zeugen vernommen.«

Maggie nickte und schaute sich dann um.

»Ist Paul schon hier?«

»Nicht, das ich wüßte, aber sein Anwalt ist hier.« Joyce

griff in ihre Aktenmappe, holte ein fünfseitiges Dokument heraus und gab es Maggie. »Hier, Pauls eidesstattliche Erklärung.«

Maggie las sie durch und blickte dann hoch.

»So ein Unsinn! Hast du diese Lügen gelesen?«

»Alle eidesstattlichen Erklärungen sind doch erlogen.«

»Wie bitte?«

»Jeder sieht die Sache nur von seinem ganz persönlichen Standpunkt aus. Das weißt du doch, Maggie.«

»Herrgott, auf wessen Seite bist du überhaupt?«

»Auf deiner natürlich. Aber du weißt doch, daß ein und dieselbe Geschichte ganz verschieden klingen kann, je nachdem, wer sie erzählt. Und jeder schwört alle Eide, daß sie wahr ist.«

»Dann willst du damit wohl sagen, daß ich deiner Meinung nach nicht objektiv bin?«

»Nein, das habe ich nicht gesagt. Ich bin sogar überzeugt, daß du wesentlich objektiver als Paul bist. Und ich weiß, ich würde an deiner Stelle genauso empfinden. Ich weiß eben nur nicht, ob ich den Mut hätte, diesen Schritt zu tun. Paul und Richie haben ein sehr enges Verhältnis . . . du könntest am Ende mit einem Sohn dastehen, der sich weigert, mit dir zu sprechen.«

»Nun, das Risiko muß ich wahrscheinlich eingehen, oder?« Da Maggie diese Unterhaltung beenden wollte, schaute sie sich unter den Leuten um, die in die Halle strömten, und ihr Blick blieb auf einem Mann hängen.

Joyce beugte sich näher zu Maggie, und ihre Augen folgten Maggies Blick.

»Wer ist das?« flüsterte sie.

Maggie schreckte zusammen, und Joyce zog, ebenfalls erschrocken, den Kopf zurück.

»Du bist aber wirklich nervös.« Dann: »Also, wer ist das?«

Maggie zuckte mit den Achseln, als der Mann an ihr vorbei und die Treppen hoch zu den Arbeitsräumen ging.
»Ich weiß nicht«, sagte sie und wandte ihre Aufmerksamkeit schließlich wieder Joyce zu. »Es ist nur so, er war dunkelhaarig und um die Dreißig . . . das ist die allgemeine Beschreibung, die wir von dem Mörder haben.«

Benny hatte am Abend zuvor beschlossen, daß es zu gefährlich wäre, im Verhandlungsraum anwesend zu sein; in dieser Hinsicht hatte Daisey recht. Statt dessen würde er sich in den Hof des Gerichtsgebäudes setzen und dort abwarten. Er hatte vorher bereits gesehen, wie sie hineingegangen war — allein. Er nahm an, daß auch Paul bereits dort war.
Einen Augenblick versetzte er sich an Pauls Stelle, aber es tat zu weh. Also dachte er statt dessen über die Waffe nach, die er heute in der Arbeit abholen würde — er hatte, zusammen mit seinen eigenen fünfzig, Daiseys zweihundert Dollar schon in der Brieftasche stecken. Daß Lucas das Geld heute schon haben wollte, hatte ihn überrascht. Aber das war etwas, was er an Lucas bewunderte . . . er fackelte nicht lange herum. Benny neigte eher dazu, lange über den Dingen zu brüten, bevor er eine Entscheidung traf.
Hatte er nicht bereits zu lange gezögert, sich endlich eine Waffe zu beschaffen?

Bis sie schließlich in den ihnen zugewiesenen Verhandlungsraum zu Richter Campbell kamen, war es fast zehn Uhr. Maggie sah sich um — außer den beiden Anwälten und ihr selbst war niemand da.
»Ich sehe Paul nicht«, flüsterte Maggie Joyce zu.

Die zuckte nur mit den Achseln. »Er muß ja nicht kommen, nehme ich an.«
»Das ist aber nicht sehr klug von ihm.«
Campbell benötigte zehn Minuten, um sich die Unterlagen durchzulesen. Dann wandte er sich an Gustafson, Pauls Anwalt.
»Wie üblich haben wir es hier mit zwei widersprüchlichen Auffassungen zu tun. Ihr Mandant beschreibt seine Trinkgewohnheiten als im Rahmen des Üblichen liegend, wohingegen Mrs. Grant darlegt, er habe Probleme mit dem Alkohol. Sie weist auf mehrere Vorfälle hin, die in direktem Zusammenhang mit seinem Alkoholproblem standen, wie sie behauptet. Bei dem letzten Vorfall dieser Art handelt es sich darum, daß der sechsjährige Richard beinahe ertrunken wäre.«
»Euer Ehren, mein Mandant ist im Vertrieb von Serviceleistungen an große Firmen tätig. Im vergangenen Jahr wurde er zum besten Verkäufer der Ostküste gewählt. Jetzt kann mir aber niemand erzählen, daß ein Alkoholiker — der er nach Mrs. Grants Behauptung ja sein soll — in der Lage ist, auf regelmäßiger Basis mit Managern größerer Firmen zu verhandeln und dabei ständig so ausgezeichnete Beziehungen zu pflegen, die für einen derartigen Verkaufserfolg notwendig sind. Mr. Grant ist darauf angewiesen, sich zu verkaufen — und für einen hohen Preis, wie ich hinzufügen darf. Wenn er nicht in der Lage wäre, das Vertrauen und den Respekt seiner Kunden zu gewinnen, könnte er genausogut zu Hause bleiben. Alkoholiker, Euer Ehren, arbeiten weder auf diese Weise, noch haben sie die Fähigkeit, ausgefuchste Führungskräfte mit ihrer Geschäftstüchtigkeit zu beeindrucken.«
»Das ist nicht unbedingt immer der Fall«, sagte Joyce. »Es

gibt verschiedene Ausprägungen und Stadien von Alkoholismus, Euer Ehren, wie Ihnen ja wohl bekannt sein dürfte. Manche trinken täglich, andere sind nur Gelegenheitstrinker. Manche werden bösartig, sogar gewalttätig, wenn sie betrunken sind, andere wiederum schlafen einfach ein. Doch alle haben eines gemeinsam: Sie sind unzuverlässig, und man kann im Notfall nicht mit ihnen rechnen, was aber unabdingbar ist, wenn es um das Wohl eines Kindes geht.«

Maggie mußte unwillkürlich nicken. *Gut so, Joyce, das hätte ich selbst nicht besser formulieren können.*

»Und ich möchte hinzufügen«, fuhr Joyce fort, »daß es so scheint, als hätte Mr. Grant genau den idealen Job, hinter dem er ein ernsthaftes Alkoholproblem verstecken kann. Er legt seine Termine selbst fest. Zwischen seinen geschäftlichen Verabredungen ist er zu Hause und für niemanden zu sprechen . . . Ich würde sagen, daß so ein Lebensstil sich als ideal erweist, eine Abhängigkeit zu verbergen.«

»Euer Ehren«, sagte Gustafson, »mein Mandant ist ein Mann, der ein sehr enges Verhältnis zu seinem Sohn hat. Und diese Frau hier«, er deutete auf Maggie, die allein an einem Tisch saß, »versucht nichts anderes, als ihre Macht zu mißbrauchen und dieses enge Band zu zerstören. Sehen Sie denn nicht, Euer Ehren, Mrs. Grant ist eifersüchtig — eifersüchtig darauf, daß sie selbst nicht dasselbe liebevolle Verhältnis zu ihrem Sohn hat, wie es zwischen ihrem Kind und ihrem Exmann besteht.«

Maggie legte im Geist Widerspruch ein, als Joyce rief: »Einspruch, Euer Ehren!«

Ich danke dir, Joyce.

»Mein Kollege hier hat offensichtlich zu viele Fälle gelesen und beschlossen, meine Mandantin willkürlich in

irgendeine Schublade zu stecken. Meine Mandantin ist eine ausgezeichnete Mutter und hat ein enges, liebevolles Verhältnis zu ihrem Sohn. Und weil sie ihn liebt, liegt ihr nichts ferner, als das enge Verhältnis ihres Sohnes zu seinem Vater zu zerstören. Im Gegenteil, hier steht eine Frau, die bei ihrer Scheidung unzähligen Forderungen ihres ehemaligen Mannes nachgegeben hat.
Obwohl ihr das Sorgerecht zugesprochen wurde, bestand sie darauf, daß Mr. Grant den Jungen uneingeschränkt, d. h., so oft er wollte, sehen konnte. Damit will ich ausdrücken, daß der Beklagte — der, wie ich hinzufügen darf«, meinte Joyce mit einer Geste zu den Bänken, »es nicht für nötig befunden hat, zu dieser Verhandlung heute morgen zu erscheinen —, daß es dem Beklagten nie abgeschlagen wurde, den Jungen zu sehen, sei es während der Woche oder am Wochenende gewesen. Ganz gleich, was in der Zeit ihrer Ehe auch passiert ist, meine Mandantin war entschlossen, davon nicht die Beziehung zwischen Vater und Sohn beeinträchtigen zu lassen.«
»Dann fragen Sie sie doch mal, Euer Ehren, was geschehen ist, daß sie ihre Meinung zu diesem Thema geändert hat?« sagte Gustafson.
»Ich denke«, erwiderte Joyce, »das geht doch eindeutig aus ihrer Klage, der eidesstattlichen Erklärung und dem Bericht des Arztes über das Beinahe-Ertrinken des Jungen hervor. Die mangelnde Aufsicht, wenn das Kind bei seinem Vater ist, spricht doch Bände. Er weigert sich, oder vielleicht sollte ich besser sagen, er ist unfähig, darauf zu verzichten, sich 'mal einen zu genehmigen', wenn das Kind unter seiner Obhut steht.«
»Vielleicht steckt aber in Wirklichkeit auch etwas ganz anderes dahinter, nämlich eine radikale Änderung von

Mrs. Grants Lebensumständen«, konterte Gustafson. »Es ist allgemein bekannt, daß sie einen neuen Liebhaber hat, der in ihrer Vorstellung vielleicht dem Jungen ein neuer Vater sein soll. Soweit ich informiert bin, bin ich geneigt zu sagen, daß ihr Liebhaber bei mehr als einer Gelegenheit bereits eine ganze Nacht —«

Eine Lüge, das ist eine Lüge.

»Das reicht!« meinte Campbell. »Ich bin am Sexualleben dieser Leute nicht interessiert, es sei denn, es hat seine Auswirkungen auf den Jungen. Sind Sie auch geneigt zu sagen, daß die klägerische Partei in Anwesenheit des Jungen Geschlechtsverkehr hatte?«

»Das nicht, aber —«

»Sind Sie geneigt zu sagen, daß der Junge zu irgendeiner Zeit in sexuelle Handlungen verwickelt war?«

Gustafson schüttelte den Kopf und machte, zu Maggies Erleichterung, einen Rückzieher.

In diesem Augenblick wurde die Tür des Gerichtssaales aufgestoßen: Richies Augen blickten erschrocken, als Paul ihn hineinführte.

Maggie hielt die Luft an. *Dieser Mistkerl, dieser stinkende, lausige Mistkerl!*

»Ich denke, es ist mehr als angebracht, daß das Kind Gelegenheit hat, seine Wünsche vorzubringen«, sagte Gustafson, der diese Unterbrechung eindeutig erwartet hatte.

Maggie sprang auf.

»Einspruch, Euer Ehren!«

Douglas hatte die Liste mit zwölf Namen am Montagmorgen bereits vor zwölf Uhr auf seinem Schreibtisch liegen. Vier der Männer mit Namen Ben oder Benjamin — Bennys waren keine darunter —, die in der vergangenen

Woche ins Gerichtsgebäude gelassen wurden, waren Anwälte, der Rest Personen, die vermutlich in irgendwelche Rechtsstreitigkeiten verwickelt waren. Er übergab Peterson, einem der Männer der Ermittlungsgruppe, die Liste und bat darum, daß man die Telefonnummer und die Adresse jedes Rechtsanwaltes feststellen und den Hintergrund der anderen Personen überprüfen möge.

Dann ging er nach unten, ins alte Gebäude hinüber, um mit Celia zu sprechen. Laut Aussage des Wachbeamten, der sich bereits früher am Tag bei ihm gemeldet hatte, war der Mann namens Benny heute nicht am Kaffeestand aufgetaucht.

»Tut mir leid, daß ich keine Hilfe sein konnte«, sagte Celia, als sie erkannte, daß es Douglas war.

»Das ist nicht Ihre Schuld. Ich fürchte, die verstärkten Sicherheitsmaßnahmen haben ihn vielleicht abgeschreckt. Ganz zu schweigen von den Geschichten in der Zeitung.«

»Nun, einerseits ist das doch ganz gut, oder?«

»Wenn er dadurch gewarnt wird, nicht.«

Sie seufzte. »Nein, wahrscheinlich nicht.«

»Hören Sie, wir werden aber weiterhin täglich einen Mann hierherstellen, um sicherzugehen. In der Zwischenzeit versuchen wir, über seinen Namen etwas herauszufinden. Vielleicht ist er sogar auf der Liste derer aufgeführt, die ins Gebäude gelassen wurden. Sie waren uns auf jeden Fall eine große Hilfe, Celia.«

Douglas ging dann nach oben zu den Sälen, in denen Familienrechtssachen verhandelt wurden. Er fragte sich, ob Maggies Verhandlung wohl schon vorüber war. Als er auf die Uhr sah, beeilte er sich, zu den Aufzügen im neuen Gebäude zu kommen. Er mußte selbst zur Vernehmung eines Angeklagten, eines Mannes, der bereits zum zweitenmal wegen Kindesmißbrauchs vor Gericht stand und der ein Gesuch um Freilassung gegen Kaution stellen wollte. Wenn es nach ihm ginge, dann würde der Kerl für immer hinter Gittern verschwinden.

»Es reicht!« rief Richter Campbell und schlug mit dem Hammer auf die Richterbank, um die plötzlich entstandene Unruhe einzudämmen. Dann, an Paul und Richie gewandt: »Mr. Grant, bringen Sie den Jungen nach draußen.«
»Aber Hohes Gericht«, setzte Paul an.
»Unverzüglich!«
Als Richie neben Paul den Gerichtssaal verließ, warf er einen schnellen Blick auf Maggie und drehte sich dann weg.
Campbells rauchblaue Augen blieben auf Gustafson ruhen.
»Dieser Gerichtssaal hier ist kein Zirkus, Mr. Gustafson. Kinder haben zu Zeugenaussagen keinen Zutritt, es sei denn, ein dementsprechender Antrag wurde gestellt. Ich bin überzeugt, daß Sie das durchaus wissen. Wenn Sie glauben, theatralische Auftritte würden sich zu Ihren Gunsten auswirken, dann haben Sie sich getäuscht, Sir. Und falls Sie noch einmal zu solchen Mitteln greifen, dann werde ich Sie wegen Mißachtung des Gerichts einsperren lassen — zusammen mit Ihrem Mandanten. Haben Sie mich verstanden?«
Gustafson lief rot an. »Ja, Euer Ehren.«
»Wenden wir uns nun wieder dem vorliegenden Problem zu.« Er schaute Maggie an. »Maggie, würden Sie Ihre Einwilligung dazu geben, daß Ihr geschiedener Mann ... nun, sagen wir mal, zwei Stunden pro Woche zu Ihnen kommt und den Jungen sehen darf?

Sie oder eine zuverlässige Aufsichtsperson würden selbstverständlich dabei anwesend sein.«
Maggie dachte einen Augenblick darüber nach und nickte dann.
»Ja, Euer Ehren«, sagte sie mit zitternder Stimme.
»Glauben Sie, daß Sie und Mr. Grant in der Lage sein würden, so zivilisiert miteinander umzugehen und einen Zeitpunkt pro Woche festzulegen, der beiden Parteien paßt — und diesen Besuch dann natürlich ohne größere Feindseligkeiten über die Bühne zu bringen?«
Maggie holte tief Luft. »Der Zeitpunkt dafür ist nicht gerade sehr günstig, fürchte ich. Aber ich bin sicher bereit, es zu versuchen.«
Der Richter schaute Gustafson an. »Ich nehme an, Sie sind in der Lage, für Ihren Mandanten zu sprechen.«
»Ich glaube, daß mein Mandant dem zustimmen wird, Euer Ehren. Aber —«
»Das reicht, Mr. Gustafson. Ich habe Ihnen Gelegenheit gegeben zu sagen, was Sie wollten, mehr will ich nicht hören.«
Der Anwalt nickte.
»Ich werde für diesen Fall einen Jugendamtsvertreter bestellen, der die heute vorgebrachten Einlassungen überprüfen wird. Und ich werde den Jugendamtsvertreter anweisen, mir innerhalb eines Monats seinen Bericht zu übergeben, und dann werde ich mir den Fall erneut ansehen. Ich möchte es noch einmal in aller Deutlichkeit zum Ausdruck bringen — ich habe nicht die Absicht, eine Vater-Sohn-Beziehung zu zerstören. Weiß der Himmel, es sind wenige genug, die eine gute Beziehung haben. Aber ich werde nicht zulassen, daß die Sicherheit eines Kindes gefährdet wird — weder von der Mutter noch vom Vater. Vergessen Sie nicht, wir sprechen hier von

einem Kind, das fast gestorben wäre, das aber Gott sei Dank heute hier steht.

Und Sie, Mr. Gustafson«, sagte Campbell und wandte sich an Pauls Anwalt, »sollten es als Ihre erste Pflicht ansehen, sich darum zu kümmern, daß Ihr Mandant adäquate Hilfe bekommt, und zwar sowohl zu seinem als auch zum Wohl des Jungen.«

Er schlug mit dem Hammer auf die Richterbank. »Die Sitzung ist beendet.«

Als sie den Sitzungssaal verließen, nahm Gustafson Paul auf dem Gang sofort beiseite, und Maggie ging zu Richie, der allein auf einer Bank saß. Sie setzte sich neben ihn.

»Es ist vorbei, Richie«, sagte sie.

Er nickte, Tränen schimmerten in seinen Augen. Er schluckte schwer.

»Bist du wütend auf mich, weil ich gekommen bin?«

»In erster Linie bin ich auf Daddy wütend. Er hätte dich nicht hierherbringen dürfen. Er hätte vernünftiger sein sollen.«

»Sei nicht wütend, bitte nicht. Ich wollte doch nur, daß der Richter weiß, daß ich Daddy sehen muß. Daß es schlecht wäre, wenn ich es nicht könnte.«

Sie nickte.

»Ich glaube, der Richter hat mich nicht gemocht.«

»Der Richter hat dich sehr gemocht, Richie. Aber er ist nicht der Meinung, daß Sechsjährige in einem Gerichtssaal sein sollten, zumindest nicht in einer solchen Situation.«

»Was hat er gesagt?«

»Er möchte, daß dein Vater einmal in der Woche zu uns kommt, um dich zu besuchen. Zu einem Zeitpunkt, wenn entweder Jenny oder ich dabeisein können. Und er möchte, daß man Daddy bei seinem Alkoholproblem hilft, damit er dich öfter sehen kann.«

Plötzlich quollen Tränen aus Richies Augen, und Maggie schloß ihn in die Arme und drückte ihn an sich. Nach einer Weile ließ sie ihn wieder los.
»Jetzt komm aber, gehen wir«, sagte sie.
Er wischte sich mit beiden Handrücken über sein Gesicht.
»Kann ich mich von Daddy verabschieden?«
Sie nickte.
Maggie und Paul verließen zusammen mit Richie das Gerichtsgebäude; keiner von beiden sagte viel, nur Richies wegen tauschten sie Belanglosigkeiten aus. Als sie nach draußen in den einsetzenden Sprühregen traten, nahm Paul Richie auf den Arm, drückte ihn an sich, setzte ihn dann wieder ab und eilte davon.
Maggie bückte sich und wischte mit einem Papiertaschentuch die Tränen von Richies Gesicht, während er seinem Vater hinterherblickte. Niemals, nicht einmal bei ihrer Scheidung war ihr Paul so fremd erschienen. Plötzlich, zum erstenmal in ihrem Leben, empfand sie ein brennendes Verlangen, sich zu betrinken.
Auch sie sah ihm nach, als er den Hof des Gebäudes verließ: War es das, was Paul jetzt tun würde?

Benny beobachtete das alles vom gegenüberliegenden Ende des Hofes, wo er nicht naß werden konnte, da er unter der Markise eines der kleinen Geschäfte stand. Er hatte von seinem Platz aus alles mit angesehen . . . den in Tränen aufgelösten Jungen, den Vater, der allein wegging, bevor er in Gegenwart seines Kindes zu weinen anfing. Benny konnte die vertraute Schwere hinter seinen eigenen Augenlidern aufsteigen spüren.
Er hätte auch geweint . . . wenn er nur gekonnt hätte.

15. KAPITEL

Maggie rief Douglas an und schilderte ihm kurz, was sich bei Gericht abgespielt hatte. Aber sie bat ihn, erst dann zu ihr zu kommen, wenn Richie im Bett war.

»Was ist los, will Richie mich nicht mehr sehen?« fragte Douglas, nachdem er bei ihr war.

»Das ist es nicht. Es war nur so ein aufwühlender Tag für ihn. Ich hielt es für besser . . .«

»Du machst dir immer noch Gedanken über Gustafsons Anspielung, richtig?«

»Das war mehr als nur eine Anspielung. Aber Campbell kam gleich auf den Kern der Sache und hat ihn gebremst. Ich kann mir nicht vorstellen, daß Paul dachte, diese Holzhammermethode würde funktionieren. Er ist doch die ganze Zeit mit anderen Frauen ins Bett gehüpft, während wir noch verheiratet waren.«

»He . . . steck uns nicht in dieselbe Kategorie — ins Bett hüpfen. Ich bin sehr sensibel.«

Sie lächelte. »Aber das tun wir doch, oder?«

»Nicht nur, ich jedenfalls nicht . . . und ich hoffe, du auch nicht.«

Sie schmiegte sich in seine warme, beschützende Umarmung. Später kamen sie auf die Richter am Vormundschaftsgericht zu sprechen, besonders auf Campbell.

»Es ist seltsam«, meinte Maggie, »alle diese Richter, mit Ausnahme von Campbell, haben Kinder und Enkelkinder — Greenspon hat sogar Urenkel —, und doch ist keiner davon in der Lage, sich so die Interessen eines Kindes zu vergegenwärtigen, wie Campbell das tut. Bei jedem Fall, in dem ich ihn erlebt habe, hat er alles getan, um das Kind in den Vordergrund zu stellen. Zum Beispiel sein Vorschlag, daß Paul Richie hier besuchen soll . . . Vielleicht hätte ich selbst daran denken sollen.«

»Manche Frauen würden vielleicht Schwierigkeiten haben, mit so einer Situation umzugehen.«

»Obwohl ich Paul momentan umbringen könnte, glaube ich nicht, daß mir diese zwei Stunden in der Woche sehr weh tun werden. Und außerdem, falls ich feststelle, daß es mir wirklich auf die Nerven geht, dann kann ich ihn immer noch kommen lassen, wenn Jenny nach der Schule hier ist. Aber um wieder auf Campbell zu sprechen zu kommen, ich habe den Eindruck, als müßte er einen Haufen eigene Kinder haben.«

»Warum, weil er sie mag? Ich mag Kinder auch, aber manchmal jagen sie mir eine Heidenangst ein.«

Maggie schaute ihn an. »Dir?«

»Sie sind für alles so empfänglich, so zart. Man kann jetzt etwas sagen oder tun, das noch zwanzig Jahre später Auswirkungen auf sie haben wird. Kinder großzuziehen, das scheint mir eine ziemlich schwierige Angelegenheit zu sein. Aber ich glaube, meine Scheu davor hat sich bis jetzt noch nicht bemerkbar gemacht, hmm?«

»Nun, mir ist aufgefallen, daß du dich bei Richie zurückgehalten hast, vor allem am Anfang, aber ich dachte mir, das sei deine Art, Paul nicht in die Quere zu kommen. Aber da du dich ihm nicht aufgedrängt hast — was viele Männer in einer solchen Situation tun —, hast du bei Richie einige Pluspunkte gesammelt.«

»Nun, das höre ich gern. Er ist ein ganz besonderes Kind,

und das nicht nur, weil er dein Sohn ist.« Douglas lächelte und strich mit den Fingern über ihr Kinn. »Natürlich hilft es, Maggie Grant zur Mutter zu haben.«
Maggie saß eine Weile nachdenklich da, und dann, als ihr einfiel, wie jämmerlich Paul beim Verlassen des Gerichtshofes ausgesehen hatte, sagte sie:
»Vielleicht wird Paul wieder zur Besinnung kommen, wenn er eine Zeitlang auf Richie verzichten muß.«
»He, wie hat denn der sich wieder in unsere Unterhaltung geschmuggelt?«
Sie zuckte mit den Achseln. »Ich habe dich, ich habe Richie. Wen hat Paul denn schon?«
»Nun, vielleicht wird er zu gegebener Zeit ein neues Leben beginnen, aber damit würde ich momentan noch nicht rechnen.«
Maggie sah ihn fragend an.
»Er hat doch eben erst eine größere Umstellung hinter sich, vergiß das nicht. Es wird eine Weile dauern, bis er das verdaut hat.«
»Du hast ihn irgendwo gesehen, stimmt's?«
Douglas zuckte mit den Schultern. »McGivins und ich haben in der Pizzeria neben dem Gericht kurz gegessen. Paul sah aus, als wäre er schon eine Weile dort gewesen.«

Benny sollte Lucas in einem der Lagerräume im Keller treffen, bevor er das Krankenhaus verließ. Er zahlte ihm das Geld, und Lucas händigte ihm einen braunen Jutesack aus, in dem die Waffe, Munition und ein Schulterriemen waren. Dann gab er ihm noch einige Tips, wie er damit umgehen sollte.
»Geh irgendwohin und übe zuerst mal eine Weile, du wirst es schnell kapieren«, meinte Lucas schließlich.

Statt sofort in Daiseys Wohnung zu fahren, ging Benny kurz in sein Zimmer, um dort den Jutesack zu verstauen, und so kam er erst gegen Mitternacht zu Daisey.
»Ich mußte noch kurz bei mir vorbei, um die Miete zu zahlen«, erklärte er ihr.
Sie nickte. »Ich habe mir überlegt, daß es eine Geldverschwendung ist, für dein Zimmer zu bezahlen, Benny. Du bist ja praktisch nie dort. Und außerdem sind fast deine ganzen Kleidungsstücke und anderen Sachen hier.«
»Was willst du damit sagen, willst du, daß ich hier bei dir einziehe?«
Statt ihm eine Antwort zu geben, ging sie zu ihm und gab ihm kleine Küsse auf den Hals, und er lachte eines seiner seltenen Lachen, das nur Daisey bei ihm hervorrufen konnte. Er packte sie und drückte ihren schmalen Körper an sich; es wäre schön, wenn er in Daiseys gemütliche kleine Wohnung ziehen könnte und sie und Daisey nie mehr verlassen müßte. Noch schöner wäre es, wenn Adam hier bei ihnen leben könnte. Aber das war reines Wunschdenken . . .
»Laß mich darüber nachdenken, okay?« antwortete er schließlich. Sie nickte, und dann fragte er: »Hast du etwas dagegen, wenn ich mir morgen deinen Wagen ausleihe?«
»Nein, überhaupt nicht. Du mußt mich morgens nur zur Arbeit fahren. Warum, wo willst du hin?«
»Ich will mir mal wieder Adam ansehen.«
Daisey war froh — obwohl sie wußte, daß er nach diesen Besuchen immer nachdenklich und in sich gekehrt war, war es ihr lieber, daß er zu Adam ging, als sich bei Gericht aufzuhalten. Besonders jetzt, da es dort soviel Ärger gab.

Er hatte nicht gelogen, er hatte die Absicht, zuerst bei Adam vorbeizufahren. Aber der kalte Sprühregen, der seit dem Vortag nicht mehr aufgehört hatte, war schuld daran, daß die Kinder der Grundschule von Salem während der Pause im Haus blieben. Benny wartete eine Weile und beobachtete die Fenster des roten Ziegelbaus — er konnte undeutlich Gesichter erkennen, aber keines, das Adam hätte sein können. Schließlich fuhr er, ohne seinen Jungen gesehen zu haben, in Richtung Red-River-Reservat, das zwischen Boston und Salem lag.

Er fuhr durch die offenstehende, eiserne Einfahrt und legte dann auf kurvigen, schmutzigen Straßen ein paar Meilen zurück. Schließlich hielt er an, holte den braunen Jutesack vom Rücksitz und trug ihn ungefähr fünfzehn Meter in den Wald. Dort löste er die Verschnürung des Sackes und holte den Schulterriemen, das Gewehr und die Munition heraus.

Während er den Riemen um Rücken und Schulter schnallte, dachte er an das, was in diesem Augenblick bei Gericht vor sich ging. Er konnte sogar eine flüsternde Stimme aus einem der Sitzungssäle hören.

Aber nein, es war die Stimme seiner Mutter, die er hörte.

Du hast deinen Jungen im Stich gelassen, genau wie dein Vater, Benny. Das hätte ich nie von dir erwartet. Ausgerechnet du . . .

Nein, Mom, ich habe es dir doch immer und immer wieder erklärt . . . Hör doch, wenn ich es dir sage . . . es ist nicht so, wie du denkst.

Wie ist es denn dann?

Er will mich nicht sehen, er haßt mich . . . Claire ist schuld, daß er mich haßt.

Und — hättest du daran nichts ändern können?

Was sagst du da?

Vielleicht haßt er dich, weil du dich nie gewehrt hast. Du bist nie wie die anderen Väter vor Gericht gegangen.
Was hätte das schon bewirkt? Sie haben doch verloren. Siehst du denn nicht, wie sie sich vor dem Richter bloßstellen, nur um dann abgewiesen zu werden. Sie verlieren, Mom, sie verlieren doch immer.
Aber sie haben wenigstens den Mumm, es durchzukämpfen. Was hast du getan, Benny?
Schließlich nahm er die Uzi, schob den Ladestreifen hinein, wie Lucas ihm gezeigt hatte, nahm einen dicken Ast ins Visier und feuerte . . .

Gegen elf Uhr an diesem Morgen rief Maggie Paul an; seine Stimme klang distanziert und desinteressiert.
»Ich dachte mir, wir könnten vielleicht einen Besuchstermin für diese Woche vereinbaren«, sagte sie.
»Aha.« Dann Schweigen.
»Nun, wann würde es dir passen?«
»Du bist doch am Drücker, warum sagst du es mir nicht?«
Sie holte tief Luft. »Nun, morgen paßt es nicht — Richie ist beim Fußballtraining. Aber Donnerstag oder Freitag wäre gut . . . nach der Schule. Jenny wird dasein. Oder später natürlich, wenn ich zu Hause bin, falls dir das lieber ist.«
»Ich habe Verkaufstermine außerhalb. Ich werde vor Freitag abend nicht zurück sein.«
»Nun, dann vielleicht . . . Auch Samstag oder Sonntag würde passen —«
»Wie wäre es mit Montag nach der Schule?« schnitt er ihr das Wort ab.
Zögernd meinte sie: »In Ordnung, wie du meinst. Ich werde Richie und Jenny Bescheid geben, daß du kommst. Oh, Paul, bevor du auflegst . . .«
»Was?«

»Richie freut sich wirklich schon auf deinen Besuch.«
Er legte ohne eine Antwort auf. Maggie seufzte . . . Okay, dann erst am Montag . . . Richie würde enttäuscht sein.

Von den fünfundsiebzig Namen, die Douglas aus den Akten über Scheidungs- und Vormundschaftsfälle herausgesucht hatte — die schlimmsten Fälle der letzten fünf Jahre, in denen immer die Mütter gesiegt hatten —, waren bis jetzt nur dreißig überprüft worden. Viele der Väter hatten aufgegeben, waren weggezogen und hatten auf jegliches Umgangsrecht verzichtet, das man ihnen zugestanden hatte. Andere waren geblieben und sahen ihre Kinder nur gelegentlich. Ein dritter Teil kämpfte weiter den wöchentlichen Machtkampf. Von den dreißig Fällen schienen nur drei zu einer Art gegenseitigem Übereinkommen mit ihren geschiedenen Frauen zum Wohl der Kinder gekommen zu sein.
Mit Ausnahme von sechs Fällen waren die monatlichen Schecks für die Kinder zu einem strittigen Punkt geworden, und das Geld wurde als Druckmittel eingesetzt. Einen Augenblick wanderten Douglas' Gedanken zu seinem Vater — etwas, das nur selten geschah. Hatte sein Vater auch zu irgendeiner dieser Kategorien gehört?
Er beugte sich vor, studierte die Berichte, die vor ihm lagen, und zwang sich, sich wieder auf das vorrangige Problem zu konzentrieren. Bis jetzt hatte man noch keinen der Männer befragt, die in das Schema gepaßt und die fünf bisherigen Morde hätten ausführen können. Die Ben/Benjamin-Liste wurde von der polizeilichen Ermittlungsgruppe immer noch überprüft. Und die Person namens Benny war an Celias Kaffeestand auch nicht mehr aufgetaucht. Vielleicht hatte die Tatsache, daß der Fall öffentlich bekannt war, den Mörder dazu getrieben,

irgendwo unterzutauchen. Und wenn das so war, für wie lange? Wartete er nur darauf, daß die Sicherheitsvorkehrungen wieder verringert wurden, bevor er erneut zuschlug?
Douglas hatte sich mit einem Polizeipsychiater unterhalten, der gemeint hatte, daß ein psychopathischer Mörder von sich aus nie aufhören würde; selbst wenn er wollte, so könnte er nicht. Sobald die Phantasievorstellungen eines solchen Menschen einmal in Gang gesetzt sind, werden sie immer ausufernder, und er wird tiefer und tiefer in die Sache hineingezogen. Hindernisse — wie zum Beispiel die momentane Unmöglichkeit, Zutritt zum Gericht zu erlangen —werden ihn nur für eine gewisse Zeit abhalten. Er wird es schließlich fertigbringen, das Szenario zu verändern, um es den neuen Gegebenheiten anzupassen.
Douglas dachte an Maggie. Ihr Fall mit Paul lag ganz anders als die anderen Fälle. Zum einen hatte es keinen endlos langen Rechtsstreit gegeben, nur einen simplen Antrag und dann die mündliche Verhandlung in der Woche darauf. Und die ganze Zeit über waren verschärfte Sicherheitsmaßnahmen angeordnet gewesen. Der Mörder konnte nichts davon gewußt haben.
In der vergangenen Nacht hatte er bei ihr bleiben wollen, aber sie wollte nichts davon wissen. Größtenteils wegen der Anschuldigungen, die bei Gericht gegen sie vorgebracht worden waren; und obwohl Campbell nicht auf den gegnerischen Anwalt hatte hören wollen, hatte er dennoch einen Jugendamtsvertreter bestellt. Das letzte, was Maggie jetzt gebrauchen konnte, war ein vom Gericht bestellter Untersuchungsbeamter, der sich in ihr Leben einmischte und das eigentliche Problem verschleierte.

Doch trotz allem würde er sich besser fühlen, wenn sie mit Richie nicht allein wäre. Zumindest nicht, bis sie diesen Kerl geschnappt hatten.

Es war gegen halb acht abends, als der scheidende Tag in gänzliche Dunkelheit überging. Und Benny war die ganze Zeit über draußen gewesen, hatte nicht ein einziges Mal an seine Arbeit, an Mom oder an Daisey gedacht, nicht einmal an Adam. So etwas war ihm nie zuvor passiert.

Er ging zum Wagen, ließ zuerst den Motor an und schaltete dann die Scheinwerfer ein — er mußte aufpassen, daß die Batterie sich nicht zu sehr abnutzte. Allmählich begriff er, wie er mit dieser Waffe umzugehen hatte. Eine Stunde vielleicht noch, dann wäre er perfekt.

Er hob die Uzi erneut hoch und streichelte sie wie eine Geliebte. Zum erstenmal in seinem Leben wußte er, wie es war, wenn man Macht fühlte . . .

Paul ging abends normalerweise aus oder hatte zumindest ein Mädchen über Nacht bei sich. Aber heute abend, wie schon am Abend zuvor, fühlte er sich nicht danach. Er wollte nur daliegen und versuchen, den Ärger loszuwerden, den er immer noch spürte. Bis jetzt hatte Maggie sich nicht dazu erniedrigt, das Spiel mit ihm zu spielen, das ihm andere geschiedene Männer beschrieben hatten. Eigentlich hatten Maggie und er es fertiggebracht, mehr als ein Jahr lang eine ziemlich anständige Beziehung nach ihrer Scheidung aufrechtzuerhalten. Doch plötzlich, wie aus heiterem Himmel, hatte sie sich selbst übertroffen. *He, Kumpels, wartet, bis ihr die Geschichte meines Miststückes hört . . . Sie überbietet alles.*

Und es war kaum zu glauben: Sie war doch tatsächlich

überrascht, daß er lieber ins Haus kam, wenn sie nicht da war — das hatte er ihrer Stimme angemerkt. Obwohl er sich im Augenblick schmerzlichst danach sehnte, seinen Sohn zu sehen, würde er es bis Montag nachmittag aushalten. Das hieß natürlich auch, daß Richie warten mußte. Obwohl er ihn bestimmt nicht für das bestrafen wollte, was zwischen ihm und Maggie stand, so war es vielleicht doch an der Zeit, daß auch sie sich etwas schuldig fühlte.

Paul trank den Rest seines Scotchs, nahm die Flasche und goß sich mit zitternder Hand von neuem ein.

16. KAPITEL

Obwohl Benny am Abend zuvor nicht mehr zur Arbeit gegangen war — er hatte seine neu erworbenen Schießkünste weiter vervollkommnet —, kam er wie üblich gegen halb zwölf zu Daisey in die Wohnung.

»Hast du Adam gesehen?« fragte sie ihn, als er nach Hause kam.

Er schüttelte den Kopf. »Sie sind während der Pause drinnen geblieben.«

»Oh, das tut mir leid, Benny. Fahr noch mal hin, wenn das Wetter besser ist. Du kannst jederzeit meinen Wagen nehmen.«

Er nickte und stützte dann seinen Kopf in beide Hände.

»Schon wieder Kopfschmerzen?« fragte sie.

»Nein, ich denke nur nach.«

»Worüber denn?«

»Ich denke über die Zukunft nach, über unsere Zukunft. Eines Tages werde ich dich heiraten, Daisey.«

Daisey schluckte schwer.

»Sprich nicht vom Heiraten, solange du es nicht wirklich so meinst, Benny.«

»Aber ich meine es so. Es wird nur eine Weile dauern, es gibt da ein paar Sachen, die ich zuerst klären muß.«

»Was für Sachen denn?«

»Nur ein paar Dinge, um die ich mich kümmern muß. Außer mir kann die niemand erledigen.«

»Warum erzählst du mir nicht davon? Wer weiß, vielleicht kann ich dir helfen.«

»Nein, niemand kann mir helfen. Und ich will auch kein Geheimnis daraus machen. Ich habe nur manchmal Schwierigkeiten, die richtigen Worte zu finden. Es hat damit zu tun, daß ich in meinem Kopf klarkommen muß. Du weißt doch, mein kranker Kopf ist nicht immer richtig aufgeschraubt, wie er es eigentlich sein sollte.«
Sie schüttelte den Kopf und verschränkte die Arme vor der Brust.
»Und was glaubst du, wie lange dieser Prozeß dauert?«
Er musterte sie ein paar Augenblicke lang.
»Ich hoffe, nicht allzu lange«, sagte er schließlich.
Normalerweise bekam Daisey es nicht mit, wenn Benny nachts wach war, da sie einen festen Schlaf hatte, aber heute nacht war sie ebenfalls wach und hörte, wie er leise in der Wohnung umherging — typisch für ihn, daß er versuchte, sie nicht zu stören. Sie fragte sich, ob das Geld, das sie Benny gegeben hatte, irgend etwas mit dem zu tun hatte, was er erledigen mußte.
Heiraten ... Benny heiraten. Eigentlich hätte sie vor Freude ganz aus dem Häuschen sein müssen. War es denn nicht genau das, was sie mehr als alles andere wollte? Doch statt dessen war das Glück, das er ihr für diesen einen, seltenen Augenblick geschenkt hatte, ein wenig getrübt.
Und daran waren diese geheimnisvollen Dinge schuld, die Benny hinter sich bringen mußte.

Mittwoch morgen rief Benny von einer Telefonzelle in der Summer Street im Krankenhaus an, um sich dafür zu entschuldigen, daß er in der Nacht zuvor nicht zu seiner Schicht erschienen war.
»Sie hätten gestern schon anrufen sollen«, tadelte ihn die Oberschwester von der Tagesschicht.

»Das hätte ich auch getan, aber ich konnte nicht ans Telefon.«
»Und, wie geht es Ihnen jetzt?«
»Das kann ich noch nicht sicher sagen. Das wird sich noch herausstellen.«
Nachdem Benny eingehängt hatte, ging er zur Bushaltestelle. Er nahm heute die Straßenbahn bis zur Commonwealth Avenue, um sich die luxuriöse Stadtwohnung von Paul Grant anzusehen. Wie er den früheren Akten des Falles Grant gegen Grant entnommen hatte, war Paul Handelsvertreter. Da er regelmäßig geschäftlich unterwegs war, würde Benny warten, bis er ihn mit seinen Koffern wegfahren sah.
Dann würde er zurückgehen und das Gewehr holen. Auch diesmal hatte er den braunen Jutesack in seinem Zimmer gelassen. Sobald die Sache vorüber wäre ... sobald alles vorüber wäre, würde er sein Zimmer aufgeben, wie Daisey es gewollt hatte.
Und dann würde er sie heiraten.

Nachdem sie an der Protokollierung einer eidesstattlichen Aussage in der Tremont Street teilgenommen hatte, die den ganzen Morgen dauerte, traf Maggie sich mit Douglas zu einem späten Mittagessen. Sie erzählte ihm von ihrem gestrigen Gespräch mit Paul.
»Das klingt mir so, als versuchte er, auch dir einen Teil des Schwarzen Peters zuzuspielen«, sagte Douglas.
»Ich weiß nicht, er ist einfach so wütend. Nicht, daß ich etwas anderes erwartet hätte. Aber ich hoffte, er würde sich Richies wegen zusammenreißen. Richie hat natürlich erwartet, daß Pauls erster Besuch gleich nach der Verhandlung stattfinden würde. Ganz sicher aber am Wochenende.«

»Vielleicht können wir Samstag oder Sonntag zusammen etwas unternehmen. Wie wäre es mit einem Picknick, das heißt, wenn das Wetter besser wird.«

»Das klingt gut, Douglas, ich werde es Richie erzählen. Vielleicht läßt ihn das eher über seine Enttäuschung hinwegkommen.«

Douglas sagte eine Weile nichts und meinte dann: »Eine Geschäftsreise morgen, hmm . . . wo, hast du gesagt, fährt Paul hin?«

»Ich weiß es nicht, er hat nichts gesagt.« Sie holte tief Luft. »Hör auf damit, Douglas, ich weiß, was du denkst, und es ist verrückt. Du hast mich überzeugt, daß ich nichts zu befürchten habe, also erzähl mir jetzt nicht das Gegenteil.«

»Versteh doch, ich versuche bestimmt nicht, dir Angst einzujagen. Aber tu mir einen simplen Gefallen: zum einen, setz dich mit Paul und seinem Büro in Verbindung und vergewissere dich, daß sich niemand nach seinen Terminen erkundigt hat.«

»In Ordnung, das klingt annehmbar. Ist das alles?«

»Nein. Ich möchte, daß du mich bei dir übernachten läßt . . . heute abend und morgen.«

»Douglas, ich würde dem Gericht lieber keinen Grund geben —«

»Das ist doch Unsinn, und das weißt du. Aber wenn du dich dadurch besser fühlst, dann übernachte ich auf dem Sofa.«

Sie schüttelte den Kopf.

»Soll ich daraus schließen, daß du 'nein' meinst?«

»Nur was das Sofa betrifft. Wenn du schon kommst, um mich zu beschützen, dann will ich dich auch in meinem Bett haben.«

Benny sah Paul einmal herauskommen und ihn dann fünfzehn Minuten später mit einer braunen Lebensmitteltüte unterm Arm wieder hineingehen. Er hatte offensichtlich nicht die Absicht, jetzt wegzufahren, aber Benny konnte ja bleiben und abwarten. Benny hatte einen bequemen Platz hinter Büschen, die den Gebäudekomplex umgaben . . . und obwohl es kein sonniger Tag war, so war es doch entschieden schöner als am Tag zuvor.

Er entdeckte eine Zigarrenbinde, die um einen Zweig geschlungen war. Er streckte die Hand aus, holte sie herunter und betrachtete sie. Bald würde er sich Gedanken über einen Ring für Daisey machen müssen. Claire hatte er nur einen billigen Goldreif geschenkt, aber für Daisey wollte er etwas Beeindruckenderes haben. Gedankenverloren zerknüllte er das Papier. Solange er die Sache noch nicht erledigt hatte, gab es nicht den geringsten Anlaß, Zukunftspläne zu schmieden.

Obwohl Maggie Douglas' Bedenken zuerst auf die leichte Schulter genommen hatte, fing sie im Laufe des Tages doch an, sich Sorgen zu machen. Sie nahm den Telefonhörer und rief in Pauls Wohnung an.

»Ja«, meldete er sich.

Verdammt, er hatte wieder getrunken . . . »Paul«, setzte sie an.

»Laß mich raten, wer«, sagte er. »Mal sehen . . . Madeline, Sheila, Gretchen, Cathy.«

»Bitte, Paul, kann ich einen Moment mit dir reden.«

»Nur zu, rede. Himmel, in der letzten Zeit rufst du aber oft an. Du mußt ja 'ne ziemliche Telefonrechnung haben.«

»Paul, hast du irgend jemandem von deiner Geschäftsreise erzählt?«

»Hoffentlich habe ich es dem Kerl gesagt, den ich treffen soll. Warum, hast du etwas anderes gehört?«

»Vergiß es, Paul.« Sie legte auf und rief bei Acreage Consultants an, der Firma, für die er arbeitete. Laut Aussage des Verkaufsleiters hatte Paul zwei Termine selbst festgelegt, und seines Wissens kannte kein Außenstehender Pauls Terminplan.

»Es wäre sehr ungewöhnlich, wenn jemand nachfragen würde«, sagte er. »Abgesehen vom Büropersonal würde auch niemand diese Information brauchen.«

Obwohl die Antwort ihre Befürchtungen eigentlich zerstreut haben sollte, war das aus irgendeinem Grund nicht der Fall. Den restlichen Nachmittag verbrachte sie damit, sich einen Wahnsinnigen vorzustellen, der ungehindert im Gerichtsgebäude herumlief. Nachdem sie schließlich mehrere Anläufe gemacht hatte, einen Schriftsatz anzufertigen, der in einer knappen Woche fällig war, warf sie die Seiten mit den Entwürfen in einen Aktendeckel, zusammen mit einer Liste von Vorladungen, steckte ihn dann in ihre Aktentasche und fuhr nach Hause.

Vielleicht lag es an dem trüben Wetter. Auf dem Nachhauseweg kam ihr ein Gedanke: Wenn Paul soviel trank, wie es momentan der Fall war, wie konnte er dann diese Geschäftsreise überhaupt machen?

Aber ist das deine Angelegenheit, Maggie? Nein. Also halte dich da raus.

Erst kurz nach fünf Uhr, als er bereits zum Gehen fertig war, landete die Ben/Benjamin-Liste, zusammen mit weiterem Informationsmaterial, auf Douglas' Schreibtisch. Er überflog die Angaben und hakte jeden Namen ab, wenn er die dazugehörige kurze Biographie gelesen hatte.

Schließlich entdeckte er eine Lücke. Er läutete nach seiner Sekretärin, und sie kam herein.
»Wer hat das gebracht?« fragte er Peg.
»Peterson, warum?«
»Da fehlt ein Lebenslauf.«
Sie trat an den Schreibtisch und neigte den Kopf, um sich den Namen anzusehen.
»Oh, der — laut Peterson ist das einer der Rechtsanwälte.«
»Und, was ist mit der Adresse und der Telefonnummer, um die ich gebeten habe?«
»Er hat es versucht, aber er konnte keinen Eintrag finden.«
»Warum nicht?«
Sie zuckte mit den Schultern. »Er hat sich sogar die Liste der Anwälte im Roten Buch angesehen.«
»Woher wissen wir dann, daß er Anwalt ist?«
»Er hat seine Karte der Anwaltskammer beim Betreten des Gebäudes vorgezeigt.«
Douglas schaute auf die Uhr, stand dann auf und schlüpfte in seinen Trenchcoat.
»Jetzt ist es zu spät, aber sagen Sie Peterson, er soll morgen als erstes bei der Anwaltskammer anrufen. Ich möchte Näheres über diesen Ben Shandling wissen.«

Obwohl Daisey sich den ganzen Tag Liz gegenüber sehr kühl verhalten hatte, begleitete die Freundin sie zum Parkplatz, nachdem Daisey um Viertel nach fünf den Laden abgeschlossen hatte.
»Hör mal«, sagte Liz, »ich wollte es dir schon den ganzen Tag sagen, eigentlich hätte ich es dir bereits vor Wochen sagen sollen. Aber wahrscheinlich hatte ich nicht den Mut dazu . . .«
Daisey schaute sie an.

Liz seufzte. »Es tut mir leid, Daisey. Ich will mich nicht so mies benehmen, was Benny und dich betrifft.«

»Warum tust du es dann?«

»Das habe ich mich selbst auch schon gefragt. Aber nachdem ich mich das lang genug gefragt habe, bin ich schließlich dahintergekommen. Du fehlst mir. Die Sache ist ganz klar, einfach und egoistisch.«

»Ich fehle dir? Jetzt mach aber mal halblang ... wir sind acht, neun Stunden täglich zusammen.«

»Du weißt schon, was ich meine. Vor Benny, da gab es nur uns beide, ein echt trauriges Pärchen vermutlich, aber wir haben auch schöne Zeiten zusammen erlebt. Jetzt ... nun jetzt ist das anders. Natürlich arbeiten wir zusammen, aber wenn die Arbeit vorüber ist, dann gehst du und kaufst ein, kochst und bäckst und was weiß ich ... bereitest alles für deinen Mann vor, der zu dir heimkommt. Und ich stehe da ... die dicke, fette Liz, die jeden Abend allein zu Hause ist.«

»Sag so etwas nicht.«

»Aber so ist es ... warum soll ich es nicht aussprechen?« Liz lächelte. »Weißt du noch, wie wir uns immer darüber unterhalten haben, was für einen Mann wir gerne kennengelernt hätten? Dann haben wir uns immer einen netten Kerl herausgepickt und uns ausgemalt, wie er wohl sein würde.«

Daisey nickte.

»Ich weiß, was du jetzt denkst ... das war lange, bevor du deinen Mann dann tatsächlich gefunden hast. Das mag dir jetzt wahrscheinlich dumm und albern erscheinen. Eigentlich sollte ich mich für dich freuen — Daisey, meine beste Freundin, hat ihren Mann gefunden ... und einen gutaussehenden noch dazu. Aber statt mich mit dir zu freuen, benehme ich mich wie ein eifersüchtiges, verzogenes Gör.«

Daisey lächelte. »Nun, ein bißchen vielleicht. Weißt du, Liz, das Schlimmste daran ist, daß du mir auch fehlst.«
»Ich dir auch?«
»Sicher. Wir hatten doch so vieles gemeinsam. Nur weil ich verliebt bin, heißt das noch lange nicht, daß wir uns nicht immer noch nahe sein können.«
»Bist du wirklich verliebt?«
Daisey lachte. »Jetzt komm aber ... glaubst du denn, ich würde mit einem Mann, in den ich nicht verliebt bin, buchstäblich zusammenleben?«
»Nein, wahrscheinlich nicht. Wie ist das so, Daisey? Ich meine, verliebt zu sein. Ist es so, wie wir uns das immer vorgestellt haben?«
»In vieler Hinsicht sogar noch besser. Ich meine, es gibt nichts, was ich für Benny nicht tun würde. Er ist ein Teil von mir, ich würde sterben, wenn ich diesen Teil aufgeben müßte. Natürlich gibt es auch negative Aspekte.«
»Negative ... oh, verschone mich damit, was könnte daran negativ sein?«
»Wenn man jemanden gern hat, dann macht man sich leicht Sorgen. Das liegt in der menschlichen Natur, nehme ich an. Wenn es Benny zum Beispiel schlechtgeht, dann bin auch ich niedergeschlagen.«
»Weshalb geht es ihm schlecht ... weil er seinen Sohn nicht sehen kann?«
»Meistens deswegen. Ich glaube, er vermißt auch seine Mutter. Sie ist vor ein paar Jahren gestorben ... bei einem Arbeitsunfall. Ich glaube, er hat Schuldgefühle, weil er zuließ, daß sie arbeitete.«
»Nun, eines seiner Probleme kannst du ja lösen ... zumindest kannst du es versuchen. Ihr zwei könnt doch ein eigenes Kind haben.«
»Glaub ja nicht, daß ich das nicht bereits angesprochen

habe. Ich hätte sehr gern ein Kind von ihm, Liz. Aber Benny glaubt, ein anderes Kind zu bekommen, würde soviel bedeuten, wie der ganzen Welt zu verkünden, daß Adam tot ist.«
»Das ist doch verrückt.«
»Das weiß ich. Aber Benny sieht die Dinge wahrscheinlich etwas anders als wir.«
»Ist das eines der Dinge, die dir an ihm Sorgen machen?«
Daisey starrte Liz an. Nie zuvor hatte sie die Sache unter diesem Gesichtspunkt betrachtet, aber vermutlich war es so.

Mommy und Daddy zogen sich aus . . . Mommy schlug Daddy auf die Nase. Welche Farbe hatte das Blut? Mommy und Daddy legten sich auf das Bett . . . Mommy stand auf, aber Daddy war tot. Der kleine Junge saß da und versuchte einfach, seinen Spaß zu haben . . . dann sah er es — er hielt die Waffe in der Hand! Oh, wie traurig, oh, wie traurig . . . der kleine Junge ist böse.
Geduld, Geduld, Geduld, Benny. Den ganzen Tag über und fast den ganzen Abend hatte er bereits dagesessen, als er schließlich zu dem Schluß kam, daß Paul doch nicht wegfahren würde, zumindest heute abend nicht. Aber Benny würde morgen zurückkommen, und wenn er mußte, den folgenden Tag und den Tag darauf . . .
Er würde alles machen, um sein Werk zu vollenden . . .

17. KAPITEL

An diesem Abend hatte Douglas Richie auf seinen Schultern ins Bett getragen. Als er dann in die Küche zurückkam, nahm er sich ein Geschirrtuch und holte den gespülten Topf aus dem Abtropfbecken.

»Maggie, hast du schon mal was von einem Ben Shandling gehört?« fragte er.

Sie fuhr mit einem Schwamm über die Küchentheke, warf ihn ins Spülbecken und steuerte das Sofa im Arbeitszimmer an, nachdem sie die doppelten Verriegelungen an beiden Türen überprüft hatte.

»Nein, Douglas, nicht, daß ich wüßte. Warum fragst du das?«

Er stellte den trockenen Topf auf den Geschirrständer und folgte ihr ins Arbeitszimmer.

»Kannst du dich noch an die Unterhaltung erinnern, die ich mit Celia hatte?«

»Sicher . . . über diesen Anwalt namens Benny.«

»Nun, offensichtlich hat dieser Ben Shandling Zutritt zum Gerichtsgebäude erlangt, indem er eine Karte der Anwaltskammer als Ausweis vorlegte. Peterson, einer der Männer, die den Namen überprüfen, konnte ihn im Roten Buch aber nicht finden. Ich dachte mir, vielleicht würde dir der Name etwas sagen.«

»Nein, tut mir leid. Vielleicht ist er ja kein Anwalt.«

»Vielleicht. Peterson soll sich deswegen morgen mit der Kammer in Verbindung setzen.«

»Es hat doch keine weiteren Morde mehr gegeben, oder?«

Er schüttelte den Kopf.
»Schön, vielleicht hat er aufgehört.«
Douglas hatte bisher die Prophezeiung des Psychiaters Maggie gegenüber nicht erwähnt; und er sah keine Veranlassung, dies jetzt zu tun.

»Ich mache mir Sorgen um Benny«, gestand Daisey Liz am nächsten Morgen.
»Was gibt es denn jetzt?«
»Das wird wahrscheinlich albern klingen, aber . . . nun, die letzten beiden Abende, als er heimkam, da waren seine Kleider naß.«
»Du hast recht, das klingt albern. Draußen hat es geregnet, und er war naß . . . was ist daran so schlimm?«
»Ich weiß nicht, nur in der letzten Zeit scheint er in Rätseln zu sprechen. Über irgendwelche Dinge, die er zuerst noch erledigen muß. Und dann seine nassen Kleider. Gestern war seine Hose hinten voller Grasflecken.«
»Was soll das heißen . . . Dinge, die er erst noch erledigen muß?«
Mit einem Lächeln, das sich langsam über ihre sorgenvolle Miene legte, sagte sie: »Benny will mich heiraten, Liz. Er hat es mir gestern gesagt.«
Liz bekam ganz große Augen. »Du lügst mich an.«
»Nein, im Ernst.«
»Verheiratet . . . er hat dich gestern gebeten, ihn zu heiraten, und du hast mir das nicht gesagt?«
»Nun, da warst du noch so kritisch.«
»Aber verheiratet. Das hätte ich bestimmt nicht kritisiert.«
»Nun, bis jetzt ist noch kein bestimmter Termin ausgemacht.«
»Was soll's, er hat dich doch gefragt, oder?« Plötzlich schlang Liz ihre Arme um Daisey und tanzte mit ihr im

Laden herum, bis beide schließlich wieder wie in alten Zeiten zu kichern anfingen.
Und die nassen Kleider waren vergessen . . . und ebenso die Dinge, die Benny noch zu erledigen hatte.

Paul wachte um sechs Uhr früh, als der Wecker klingelte, mit stechenden Kopfschmerzen und einem rebellierenden Magen auf. Als erstes mixte er sich einen steifen Wodka mit einem Schuß Limonensaft und einem Teelöffel Vitamin C, zusätzlich schluckte er noch drei Tranquilizer. Als sein Kreislauf nicht mehr ganz so wackelte, duschte er sich, zog sich an und warf ein paar Sachen in seine Reisetasche. Er packte Schlüssel, Trenchcoat und Aktentasche, ging zur Tür und blieb dort noch einmal kurz stehen, um zu überlegen, ob er auch alles hatte. Nein, er hatte nichts vergessen.
Er würde eine kurze Kaffeepause einlegen, dann bis Connecticut durchfahren und so zeitig in Hartford ankommen, daß er sich noch im Hotel Statler einschreiben und dann um zwei Uhr seinen ersten Termin mit dem Leiter der Hartford National Bank wahrnehmen konnte. Morgen — Freitag — hatte er noch zwei weitere Termine, einen in West Hartford und den anderen im nahe gelegenen New Britain.
Zum Glück war Benny sehr früh zu Pauls Appartementhaus gefahren . . . gerade noch rechtzeitig genug, um zu sehen, wie dieser mit seiner schwarzen Lederreisetasche und der Aktenmappe herauskam und in seine gelbe Corvette stieg. Obwohl Paul exquisit gekleidet war — er trug einen leichten, silbergrauen Anzug und eine burgunderrote Seidenkrawatte mit dem Streifenmotiv seines Hemdes —, sah er genauso niedergeschlagen aus wie am Tag zuvor im Hof des Gerichtsgebäudes.
Ein scharfer Stich durchfuhr Benny und ließ ihn richtig-

gehend zusammenzucken, als er den Sportwagen zurücksetzen, anhalten, wieder vorfahren und dann in die Straße einschwenken sah.

Ganz langsam, Paul ... es wird nicht mehr lange weh tun ...

Da Maggie an diesem Morgen sehr früh zu einer Besprechung der anstehenden Verhandlungen mußte, bot Douglas sich an, Richie zur Schule zu bringen.

»Kennst du meinen Daddy?« fragte Richie, als sie von der Auffahrt in die Straße einbogen.

»Nicht sehr gut, Rich ... warum?«

Eine Pause, dann: »Ich glaube, er kennt dich.«

»Aha ... warum glaubst du das?«

»Manchmal sagt er was über dich.«

»Was denn?«

Richie zuckte mit den Achseln. »Oh, so Sachen eben.«

Douglas nickte.

»Meine Mommy hat es fertiggebracht, daß er mich nicht mehr sehr oft sehen kann.«

»Das habe ich gehört ... sie ist eine ziemlich mutige Frau.«

»Warum sagst du das?«

»Weil es nicht leicht ist, einem Menschen, den man liebt, Dinge zu sagen, die er nicht hören will.«

»Du meinst, so, wie sie es mir sagen mußte?«

Er nickte. Richie war eine Weile still und meinte dann: »Wirst du meine Mommy heiraten?«

Douglas warf ihm von der Seite einen Blick zu und lächelte dann: »Das würde ich gerne. Aber sag doch mal, hättest du etwas dagegen, wenn ich es täte?«

»Du kannst nicht mein Vater sein, weißt du. Selbst wenn du sie heiratest.«

»Das verstehe ich. Aber ich sehe keinen Grund, warum wir deshalb nicht Freunde bleiben sollten, oder?«
Richie dachte einen Augenblick darüber nach und nickte dann.
»Ja, das wäre in Ordnung, glaube ich.« Nach einer langen Pause wandte er sich wieder an Douglas. »He, Douglas, warum, glaubst du, ist mein Daddy wütend auf mich?«
»Er ist nicht wütend auf dich, Richie, er ist wütend auf sich selbst. Und ich möchte wetten, irgendwann einmal wird er dir das auch sagen.«
Als Douglas in sein Büro kam, holte er sich die Liste mit den Fällen, und bevor er in den Sitzungsraum ging — er hatte ein Dutzend Anklagevernehmungen angesetzt —, erkundigte er sich bei seiner Sekretärin, ob sie mit Peterson gesprochen habe.
»Bis jetzt noch nicht, er ist erst gegen Mittag wieder zu erreichen.«
»Okay. Sagen Sie ihm, er soll diesen Benny Shandling nicht vergessen.«

Benny war vor zehn Uhr wieder in seinem Zimmer. Er holte den braunen Jutesack mit seiner Waffe und der Munition, ging — mit einem kurzen Zwischenstopp — zur Haltestelle des Trolleybusses zurück, fuhr dann zwanzig Minuten bis nach Brookline — und alles in allem benötigte er dafür nur eineinviertel Stunden. Die drei Blocks bis zu der Adresse, die er in seinem Gedächtnis gespeichert hatte, ging er zu Fuß: zu Margaret Grants Haus.
Die Häuser des Blocks waren weit auseinandergesetzt, und eine großzügige Bepflanzung mit Büschen sorgte für ausreichend Privatsphäre . . . das jeweilige Nachbarhaus lag mindestens in hundert Meter Entfernung. In der

langgestreckten, breiten Auffahrt zum Haus stand kein Auto. Aber das hatte er erwartet. Die Situation, in der er sich hier befand, war völlig anders als bisher, und das war ihm auch bewußt. Er würde sich erst einmal umsehen und dann die leichteste Art, ins Haus zu kommen, herausfinden müssen; einmal drinnen, würde er warten, bis sie nach Hause kam.

Nie zuvor war er in ein Haus eingebrochen, aber er hatte es oft genug im Fernsehen gesehen, um zu wissen, wie er vorzugehen hatte; bevor er in Boston losgefahren war, hatte er bei einer Eisenwarenhandlung angehalten und einen Glasschneider gekauft. Er nahm nicht an, daß sie der Typ war, der aus dem Haus ging und die Türen tagsüber unverschlossen ließ. Aber da er sich dieser Dinge nicht so sicher war, probierte er als erstes die Knäufe beider Türen aus: Verschlossen ... du hattest wieder mal recht, Benny.

Als er seine Inspektionsrunde hinter dem Haus drehte, fiel sein Blick nach unten — das Kellerfenster war eines jener Halbfenster, die zwar eng waren, aber doch breit genug, damit sich ein Mann seiner Größe hindurchzwängen könnte.

Die Fahrt nach Hartford dauerte höchstens drei Stunden, selbst wenn man oft Pausen einlegte und so langsam fuhr, wie Paul das mit Absicht tat. Den ganzen Weg über hatte er seine Stereolautsprecher voll aufgedreht; normalerweise hörte er lieber Musik, aber an diesem Morgen hatte er fast die ganze Zeit über diverse Unterhaltungssendungen eingeschaltet, um sich so weit wie möglich von seinem persönlichen Kummer abzulenken.

Kurz vor elf näherte Paul sich der Buckley Bridge, die über den Connecticut River von East Hartford nach

Hartford selbst führte. Man konnte es drehen und wenden, wie man wollte; selbst wenn er sich vorher noch in seinem Hotel eintrug, es würden immer noch ein paar Stunden übrigbleiben, die er vor seinem Termin totzuschlagen hatte.
Ein leichtes Mittagessen vielleicht und ein Cocktail . . .

Douglas kam erst nach seinen Gerichtsterminen und dem Mittagessen ins Büro zurück. Es war inzwischen kurz nach zwei.
»Haben Sie mit Peterson gesprochen?« fragte er Peg, als er bei ihr vorbeikam.
Sie folgte ihm in sein Zimmer, legte einen Stapel Telefonnotizen auf seinen Schreibtisch und nahm sich die Akten, die er eben darauf gelegt hatte.
»Kann ich die mitnehmen?« fragte sie, und er nickte.
»Peterson ist aufgehalten worden. Er mußte noch ein paar Befragungen bezüglich des Falles durchführen. Aber ich schätze, daß er jede Minute zurück sein muß.«
»Tun Sie mir einen Gefallen, Peg, und verbinden Sie mich mit jemandem von der Anwaltskammer.«
Sie ließ es bei ihm läuten, als sie die Verbindung hatte. Douglas nahm den Hörer ab.
»Hier spricht Douglas Woods, Stellvertreter der Staatsanwaltschaft in Suffolk. Ich benötige Informationen über einen Rechtsanwalt. Könnte ich die von Ihnen bekommen?«
Es dauerte ganze fünf Minuten, bis die Frau wieder ans Telefon kam. »Tut mir leid, Mr. Woods, Ben Shandling ist in den Unterlagen der Anwaltskammer nicht eingetragen.«
»Soll das heißen, daß Sie ihn auf der Liste nicht finden können?«

»Das soll heißen, daß er kein praktizierender Anwalt ist, soweit es den Staat Massachusetts betrifft. Und es auch nie war. Ich weiß natürlich nicht, ob er in einem der anderen Staaten . . .«

»Wie kam er dann an eine Karte, die ihn als solchen ausweist?«

»Sie sind von der Staatsanwaltschaft, nicht ich. Was glauben *Sie* denn, wie er an die Karte gekommen ist?«

Douglas legte auf, überlegte ein paar Minuten und läutete dann bei Peg.

»Geben Sie meinen Männern von der Ermittlungsgruppe Bescheid. Sagen Sie ihnen, daß ich sie sofort hier sehen will.«

Es war einfacher, als selbst Benny es sich vorgestellt hatte. Vorsichtig hatte er die scharfe Kante des Glasschneiders angesetzt, hatte damit die Ränder des Glases umrundet, die Scheibe in einem Stück herausgenommen, sich auf den Boden gesetzt, die Beine durchs Fenster geschoben und sich hineingleiten lassen.

Drinnen war er hochgesprungen und hatte den Jutesack und den Glasschneider gepackt, die draußen vor dem Fenster lagen. Er hatte sie zu sich heruntergezogen und in den leeren Rahmen ein Stück Pappkarton gesteckt, das er von einer der Schachteln im Keller abgerissen hatte. Ein Eichhörnchen oder eine schmutzige Feldmaus, die sich in den Keller schlichen und sich dort ein Nest bauten, das hätte der Rechtsanwältin gerade noch gefehlt.

Er betrachtete seine Umgebung — ein ganz gewöhnlicher Keller . . . staubig und voller Spinnweben und Schachteln, die unnützes Zeug enthielten; in einer davon waren alte Babyspielsachen. Er fischte einen glänzenden Plastikclown heraus — Adam hatte auch so einen gehabt. Benny stellte ihn auf den Zementfußboden, gab ihm einen Schubs und sah zu, wie der Clown über den Boden wackelte und dann aufrecht stehenblieb. Schließlich legte er ihn in die Schachtel zurück, klemmte sich seinen Jutesack unter den Arm und ging nach oben.

Er hatte eine Menge Zeit totzuschlagen . . . er nahm nicht an, daß sie etwas dagegen hatte, wenn er sich ein bißchen umsah.

Es hatte damit angefangen, daß er beim Zimmerservice eine Bestellung aufgegeben hatte: ein Vollkornsandwich mit Truthahnfleisch und einen Martini. Jetzt befanden sich auf dem Tisch vor ihm ein Kübel mit Eis, das schon fast geschmolzen war, eine Flasche mit White Label, in der bereits zwei Drittel fehlten, und ein Truthahnsandwich, von dem er erst einmal abgebissen hatte.

Er schaute auf die Uhr — halb drei. Jetzt sollte er gerade sagen: Sie sehen also, Mr. Bushwick, was wir für Sie tun können, haben wir für eine Vielzahl anderer Finanzinstitute im ganzen Land getan . . . und uns damit selbstverständlich eine Reihe zufriedener Kunden erworben.

Wir kommen zu Ihnen, analysieren jede Abteilung, sprechen mit Ihren Abteilungsleitern, machen uns ein Bild von Ihren Geschäften und erstellen dann einen Überblick, aus dem Sie ersehen können . . . Und dann, mit einem festen Händedruck . . . es geht hier um beträchtliche Einsparungen, Mr. Bushwick.

Unsere erprobten Methoden verbinden Unternehmensführung mit höchster Leistungskraft. Unsere Leute helfen Ihren besten Mitarbeitern, deren jeweilige Arbeitsbereiche neu zu strukturieren, so daß jeder Bereich sich harmonisch, aber unabhängig in die anderen einfügt. Mit

dem Resultat, daß aus den einzelnen Teilen ein Ganzes wird, in dem die tägliche Arbeit reibungslos und wie ein frisch geölter Mechanismus abläuft. Unser Konzept, das Ziel, Mr. Bushwick, ist maximale Produktivität bei minimalen Kosten.
Paul kippte seinen Scotch hinunter. Und wenn Sie diesen Schwachsinn glauben, Mr. Bushwick, dann können Esel fliegen und Hühner sprechen . . . und ich, Paul Grant, bin kein verdammter Alkoholiker. Plötzlich schleuderte er das Glas gegen die Wand; klirrend zerbrach es in tausend Stücke und rollte dann geräuschlos auf den dicken grünen Teppich.
Warum, zum Teufel, hast du das getan, Paul . . . Bushwick hat deiner Analyse doch noch gar nicht zugestimmt . . . Tränen fingen an, über seine Wangen zu laufen . . . er wollte Richie sehen . . . er wollte seinen Sohn sehen.
Zur Hölle mit Maggie . . . zur Hölle mit ihm selbst.

Erst kurz nach drei Uhr saßen die beiden Männer in Douglas' Büro und hörten sich seinen Bericht an.
»Ihr versteht also«, sagte Douglas, »daß ich dieser Sache nachgehen will. Ich habe da so ein Gefühl. Findet heraus, wer dieser Kerl ist und wo er sich aufhält, und dann will ich, daß ihr seine Wohnung durchsucht — wie ihr das macht, ist mir egal — und ihn anschließend zur Befragung ins Präsidium bringt.«
»Was ist, wenn er uns nicht hineinläßt? Solange wir keinen stichhaltigen Grund haben, kann es passieren, daß wir diesen Kerl herbringen, und Sie sagen uns dann, daß wir ihn widerrechtlich in Haft genommen haben. Und was die Ermittlungsgruppe auch immer herausgefunden haben mag, das war dann alles umsonst.«

»Jetzt kommt aber, Leute, würde ich das von euch verlangen? Ihr findet mir diesen Kerl, und ich besorge euch einen Haftbefehl.«

»Welche Anklage stellen Sie sich denn da vor?«

»Wie gefällt euch 'unbefugtes Auftreten als Anwalt?«

»Herr im Himmel«, meinte einer der Männer. »Welcher Paragraph ist das denn?«

»Ich weiß nicht, aber zweifellos ein alter. Vertraut mir, ich werde ihn ausgraben.«

Sobald sie weg waren, rief Douglas Maggie an.

»Es wird heute abend etwas später werden.«

»Bei mir wird es auch spät werden ... ich muß noch einen Schriftsatz aufsetzen, der ist in ein paar Tagen fällig. Ich habe eben mit Jenny telefoniert und sie gebeten, Richie das Abendessen herzurichten. Ich glaube nicht, daß ich vor sieben Uhr zu Hause bin. Wird es bei dir später werden?«

»Wahrscheinlich.«

»Wieso, was ist los?«

»Ich glaube, wir haben eventuell einen Hinweis auf den Mann. Und ich will sichergehen, daß auch alles ordentlich abläuft.«

Maggie hielt den Atem an.

»Erzähl mir mehr, Douglas.«

»Der Name, den ich gestern erwähnt habe — Ben Shandling. Laut Auskunft der Anwaltskammer ist er kein Anwalt aus Massachusetts. Das ist natürlich nicht viel, aber es kommt mir seltsam vor. Besonders, wenn er zufälligerweise derselbe 'Benny' sein sollte, den Celia erwähnt hat. Der, der angeblich alle diese Sorgerechtsfälle zu verhandeln hatte.«

»O Gott, Douglas. Das ist ja erschreckend.«

»Wirst du allein zurechtkommen?«

»Mach dir keine Sorgen, es wird schon gutgehen.«
»Wenn du mich brauchst, ruf mich hier an. Falls ich länger als eine Viertelstunde vom Büro weg sein werde, dann rufe ich dich an.«
»Hör auf damit, Douglas, behandle mich nicht wie ein Kind. Ich sagte es dir doch, ich werde schon zurechtkommen.«

Benny hatte sich alle Zimmer angesehen und sich dann in Richies Schlafzimmer gesetzt . . . war darin herumgelaufen, hatte seine Kleider, seine Bücher und die Souvenirs berührt, die auf einem Bücherregal über dem Schreibtisch aufgereiht waren, und war schließlich vor einer Schachtel mit Spielsachen stehengeblieben. Er holte einen Baseballhandschuh und einen Ball heraus und stopfte den Ball in die Handfläche des halb abgetragenen Handschuhs. Er fragte sich, ob Adam wohl auch so einen hatte. Nicht sehr wahrscheinlich, daß Claire ihm einen kaufen würde.
Als er hörte, wie vor dem Haus eine Wagentür zugeschlagen wurde, packte er seinen Jutesack, eilte damit aus dem Schlafzimmer, zur Kellertür und die Treppen hinunter . . . Von unten hörte er, wie klirrend ein Schlüssel ins Schloß gesteckt wurde, dann Schritte und gedämpfte Worte. Es war der Junge . . . und jemand war bei ihm. Es klang nach einem Babysitter.
Er hörte das Telefon läuten, später dann die Stimme des Jungen in der Küche.
»He, Jenny, hast du meinen Baseballhandschuh genommen?«
»Oh, du hast mich ertappt.«
»Jetzt komm schon, hast du?«
»Nun mach aber 'nen Punkt, Richie, glaubst du wirklich, daß mich dein Baseballhandschuh interessiert?«

»Aber jemand hat ihn aus meiner Spielzeugschachtel genommen.«
»Frag deine Mutter, wenn sie heimkommt.«
»Sie rührt meine Spielsachen nie an.«
»Nun, ich auch nicht, also laß mich in Ruhe.«
Ein paar Minuten war es still, dann: »Was machst du jetzt?«
»Was mache ich hier wohl — kochen. Nudeln mit Käse.«
»Für wen?«
»Für dich natürlich.«
»Wieso machst du das Abendessen?«
»Weil mich deine Mutter gerade angerufen und gesagt hat, daß sie vor sieben Uhr nicht heimkommen wird. Also muß ich dir was zum Essen machen, Kerlchen. Beantwortet das deine Frage?«
»Ich hasse Nudeln mit Käse. Besonders diese Art.«
»Tut mir leid, mehr kann ich nicht. Aber Dosen kann ich noch aufwärmen.«
Benny saß unter der Kellertreppe und lauschte der unerfreulichen Unterhaltung zwischen dem Jungen und dem Babysitter. Was für eine Mutter war Margaret nur, daß sie ihn mit so einem Mädchen allein ließ? Ein weiterer negativer Beweis gegen die klagende Partei in dem Fall Grant gegen Grant. Aber wer — außer Benny — interessierte sich denn schon für Beweise?
Bei Gericht hatten sie ihre Chance bekommen, ihre Arbeit zu erledigen. Aber wie immer hatten sie es verpfuscht. Jetzt war er an der Reihe . . . Er legte den Baseballhandschuh auf den Boden, zog seine Windjacke aus und öffnete den Jutesack. Es war Zeit, daß er seinen Schulterriemen umlegte und sein Gewehr vor die Brust schnallte, wo es hingehörte.

18. KAPITEL

Paul schlug die Augen auf ... wo, zum Teufel, war er? Als er die Glasscherben auf dem Teppich entdeckte, fiel es ihm wieder ein. Er ließ die Beine über den Rand des Doppelbettes baumeln, richtete sich auf und legte seine Stirn auf die Knie; mit einer Hand massierte er seinen Nacken. Schließlich sah er auf die Uhr: sechs Uhr — er hatte mehr als drei Stunden geschlafen.

Nun, einen Termin hatte er versäumt ... morgen gab es noch andere Termine. Aber die konnte er verschieben. Wenn er jetzt losführe, dann wäre er in zwei, zweieinhalb Stunden in Boston. Und dann? Dann würde er zu Richie gehen.

Er griff zum Telefon, das neben dem Bett stand.

»Rezeption«, meldete sich eine Stimme.

»Oh, ja ... hier ist Paul Grant, Zimmer ... äh ...« Er verstummte, während er in seinen Hosentaschen nach dem Zimmerschlüssel suchte, ihn dann neben dem vertrockneten Truthahnsandwich auf dem Tisch entdeckte, ihn aufhob und auf den Anhänger schaute. »Zimmer 416. Machen Sie mir bitte die Rechnung fertig. Ich werde abreisen.«

»Oh, das tut mir leid. Ist irgend etwas mit Ihrem Zimmer nicht in Ordnung, Mr. Grant?«

»Nein, nein. Machen Sie mir nur die Rechnung fertig.«

Inzwischen war das Gerichtsgebäude abgesperrt worden. Bis auf ein paar Nachzügler und eine Handvoll Reinigungspersonal war Douglas allein im Gebäude, als er den Korridor entlanggging, der in den alten Bau hinüberführte. Oben im Büro des Geschäftsstellenleiters angekommen, trat er unverzüglich an den Schrank mit den Karteikarten und blätterte den Buchstaben S durch, bis er zu dem Namen kam: Shandling. Unter sieben Shandlings gab es nur einen Ben . . . Ben und Claire. Er nahm die Karte heraus: Die Scheidungspapiere waren vor fast vier Jahren ausgestellt worden. Aber im Gegensatz zu den meisten anderen Karten war auf dieser hier keine Eintragung zu finden . . . diese Karte wies keine Unterschriften auf, daß man sie ausgeliehen hätte.

Er suchte die entsprechende Prozeßnummer im Aktenschrank und holte die dünne, unbenutzte Akte heraus. Dann setzte er sich an einen der leeren Schreibtische und las sie durch: Eine Scheidungsklage, eine Vorladung und eine knappe, dreiseitige Vereinbarung. Sauber und einfach, fast zu einfach. Douglas nahm sich die Vereinbarung vor: nur zwei Stunden wöchentlich Besuchszeit für den Vater.

Er schaute sich die Scheidungsklage an. Sie war aufgrund unüberwindlicher Differenzen eingereicht worden — die übliche Klage, die von den meisten Anwälten vorgebracht wurde. Aber warum sollte sich ein Vater mit lausigen zwei Stunden in der Woche zufriedengeben, ohne um mehr zu kämpfen? Douglas fielen nur drei Gründe ein: Erstens, es war ihm egal; zweitens, er wußte, daß er vor Gericht schlecht aussehen würde, wozu also die Mühe; und drittens, er hatte einen miserablen Anwalt.

Falls dieser Mann derjenige war, den sie suchten, falls er tatsächlich das Motiv hatte, das Maggie und Douglas vermuteten, dann konnte die erste Begründung sofort gestri-

chen werden. War es möglich, daß Douglas auf der falschen Fährte gewesen war? Er hatte nach einem Vater gesucht, der einen zermürbenden Kampf vor Gericht verloren hatte. Doch Ben Shandling hatte den Kampf bereits verloren, ehe dieser überhaupt begonnen hatte . . .
Er hatte nicht einmal Gelegenheit gehabt, vor Gericht sein Glück zu versuchen.
Douglas kopierte die wenigen Unterlagen, steckte die Akte zurück und ging mit den Papieren wieder in sein Büro.

Obwohl es draußen immer noch hell war, rief die unheimliche Stille in dem leeren Büro ein angespanntes und unbehagliches Gefühl in Maggie hervor. Zwar bemühte sie sich, sich auf den Schriftsatz zu konzentrieren, aber Gedanken an den Würger vom Gericht lenkten sie immer wieder ab. Dieser Ben Shandling, den Douglas momentan überprüfte . . . war es möglich, daß er der Täter war?
Plötzlich hörte sie ein Geräusch vor dem Büro.
»Wer ist da?« rief sie.
Keine Antwort.
Da war jemand . . . sie war sicher. Sie holte tief Luft, stand auf und trat auf die Tür zu. Sie ging in das äußere Büro . . .
»Ma'am?« sagte die Frau, deren zahnloses, verrunzeltes Gesicht nur Zentimeter von Maggie entfernt war.
Maggie wich erschrocken und um Luft schnappend einen Schritt zurück.
»Ich wollte Sie nicht erschrecken, Ma'am. Ich kann ja später noch mal kommen.«
Maggie schaute auf den Wagen mit den Putzsachen, dann auf die Frau. Irgendwie erschien es ihr absurd, daß sie sie »Ma'am« nannte.

»Maggie ... Maggie Grant«, sagte sie. »Es war nicht ihre Schuld«, fügte sie mit einem zaghaften Lächeln hinzu. »Ich bin nur etwas nervös heute abend.«
Die Frau grinste, entblößte dabei ihr eingefallenes Zahnfleisch und deutete auf das Büro: »Ich kann ja wiederkommen ... kein Problem.«
Maggie schaute auf die Uhr, es war schon nach sieben, sie war später dran als erwartet.
»Ein paar Minuten noch, ich muß noch kurz telefonieren und alles zusammenpacken, und dann bin ich Ihnen aus dem Weg.«
Maggie holte ihren Schriftsatz ... sie war vorangekommen, aber nicht weit genug. Sie würde Jenny Bescheid geben, daß sie auf dem Weg nach Hause war.

Nach dem letzten Anruf machte Benny sich auf die Suche nach der Telefonleitung, obwohl er nicht genau wußte, wozu das gut sein sollte. Aber er erinnerte sich an eine Reihe von Filmen und Fernsehspielen, in denen der Einbrecher die Telefonleitung gekappt hatte. Und obwohl er sich nur ungern als Einbrecher sah, nahm er doch an, daß andere Leute das in ihm sehen würden — ob es nun stimmte oder nicht.
Schließlich fand er die Kabel. Aber er würde noch eine Weile warten — zumindest bis sie nach Hause kam. Es war bereits sieben Uhr, und sie war immer noch nicht zu Hause, wo sie hingehörte. *Ein weiterer Beweis gegen die Klägerin, Hohes Gericht* ... Ein Gedanke kam ihm — Richter sollten sich ab und zu in Kellern verstecken, vielleicht würden sie dann dahinterkommen, was tatsächlich vor sich ging.
Benny tastete nach seiner Windjacke, um die Waffe zu spüren, die sich an seine Brust schmiegte. Plötzlich

knurrte sein Magen. Ausgerechnet jetzt bekam er Hunger. Das war so unpassend, daß er eigentlich hätte lachen müssen.
Ihm fiel ein, daß er den ganzen Tag noch nichts gegessen hatte. Er fragte sich, was Daisey wohl zum Abendessen kochte . . .

Obwohl die Ermittlungsgruppe einen Lebenslauf von Ben Shandling zusammengestellt hatte, war nicht viel dabei herausgekommen. Er hatte keinen Wagen angemeldet, hatte keinen Führerschein und keine Kreditkarten; man wußte nur, daß er die Boston High School abgebrochen hatte, und kannte die fünfzehn Jahre alte Adresse einer Wohnung, die an seine Mutter, Ruth Tompson Shandling, vermietet war. Seit damals war das Haus renoviert und die einzelnen Wohnungen als Eigentumswohnungen verkauft worden. Und die Mutter war inzwischen verstorben.
Offensichtlich war Shandling einer jener Menschen, die es irgendwic schaffen, durch die Maschen der Bürokratie zu schlüpfen. Douglas gab Peterson die Adresse, die er auf der drei Jahre alten Scheidungsklage gefunden hatte. Und dann hatte er das Glück, Barry Millerman bei sich zu Hause in Peabody, vierzig Meilen nördlich von Boston, zu erreichen. Douglas erklärte ihm, daß das Büro der Staatsanwaltschaft in einer Sachc crmitteln würde und daß dcr Name eines seiner Mandanten dabei aufgetaucht wäre. Mehr nicht.
»Nun, wenn Sie mich vielleicht morgen wieder anrufen, dann habe ich meine Akten vor mir und kann nachsehen«, sagte Millerman.
»Ich habe es leider etwas eilig. Ich dachte mir, Sie könnten sich vielleicht an den Mann erinnern. Sie haben

ihn vor vier Jahren vertreten, eine simple Scheidungssache. Es handelt sich um Ben Shandling.«
Kurze Pause, dann: »O ja, Benny, wie er sich selbst nennt. Ich kann mich tatsächlich an ihn erinnern.«
»Er ist zufälligerweise nicht Rechtsanwalt, oder?«
»Anwalt, wie kommen Sie auf die Idee?«
»Es wäre um vieles leichter, wenn Sie mir einfach meine Fragen beantworten würden.«
»O ja, selbstverständlich. Nein, nein, er ist ganz bestimmt kein Anwalt. Ich glaube, er arbeitet in irgendeinem Krankenhaus in Boston. Vielleicht beim Pflegepersonal, irgendeine untergeordnete Arbeit jedenfalls.«
»Können Sie sich an die näheren Umstände der Scheidung erinnern?«
»Sicher, wie Sie ja sagten, es war ein einfacher Fall. Die beiden Parteien einigten sich auf die Bedingungen, und die Scheidungsvereinbarung wurde zu den Akten genommen.«
»War er mit der Besuchsregelung zufrieden?«
»Nein, eigentlich nicht. Aber welcher geschiedene Vater ist das schon? Das Kind war damals erst zwei Jahre alt. Ich erklärte ihm, daß er keine große Chance hätte, mehr zu bekommen.«
»Weshalb nicht, war mit dem Mann irgend etwas nicht in Ordnung?«
»Nein, eigentlich nicht. Er war vielleicht ein bißchen seltsam, aber eigentlich war mit ihm alles in Ordnung. Ich meine, ich weiß, daß er an dem Kind hing. Aber meiner Erfahrung nach sind die Richter solchen Leuten gegenüber nicht allzu großzügig.«
»Erklären Sie mir doch mal, was meinen Sie mit 'solchen Leuten'?«
»Nun, Leute ohne Auftreten, ohne Erziehung, ohne rhe-

torische Fähigkeiten eben. Ohne nennenswertes Geld. Ich denke, ich habe einen guten Handel herausgeschlagen, was die Unterhaltszahlungen für das Kind betraf. Fünfundsiebzig Dollar wöchentlich waren es, glaube ich ... das ist doch gar nichts heutzutage.«

»Hatte die Frau Geld?«

»Ihre Familie. Sie hätte mich von ihrem Anwalt in einen Papierkrieg verwickeln lassen können, wenn sie gewollt hätte. Nicht, daß mir der Papierkram etwas ausmacht, aber wenn schon, dann will ich ein Ergebnis sehen.«

»Ich verstehe. Dann waren Sie vermutlich der Ansicht, daß er es sich nicht hätte leisten können, vor Gericht zu gehen.«

»Nun, das lag meinen Überlegungen vermutlich auch zugrunde. Schließlich hat jedes Problem auch seine praktischen Seiten.«

»Sagen Sie doch mal, haben Sie ihn nach der Scheidung jemals wiedergesehen?«

»Nein ... Warten Sie, das stimmt nicht ganz, einmal noch. Das ist jetzt fast ein Jahr her, glaube ich. Er kam zu mir und hat sich beschwert, daß sein Besuchsrecht sabotiert würde. Erst hat die Frau angefangen, dann hat sich das Kind auf die Seite der Mutter gestellt. Sie wissen doch, die alte Geschichte ... das Kind bricht die Verbindung lieber ab.«

»Was haben Sie ihm denn geraten?«

»Ich erklärte ihm, daß er darum kämpfen könne, wenn er wolle, daß ein Richter aber nicht viel tun könne, um Kinder zu zwingen, irgendwohin zu gehen, wo sie nicht hin wollten. Es sei denn, es handelt sich dabei um eine starke Persönlichkeit, um einen Vater, der entschlossen genug ist, diese Hindernisse zu überwinden. Aber Benny ist alles andere als eine starke Persönlichkeit. Ich würde

ihn schon eher als schwach bezeichnen, als einen Menschen, der sich alles gefallen läßt.«
»Dann haben Sie ihn also nach Hause geschickt?«
»Natürlich nicht ohne ein paar Ratschläge. Ich riet ihm, ans Familienrechtsgericht zu gehen ... sich dort etwas umzusehen. Er sollte selbst sehen, was Eltern ihren Kindern antun, wenn sie darauf bestehen, diese wüsten Schlachten um das Sorgerecht zu schlagen. Das ist kein schöner Anblick. Wenn mehr Eltern vielleicht —«
»Ich muß Sie leider kurz unterbrechen. Wissen Sie, wo ich diesen Benny Shandling finden kann?«
»Nein, aber wenn Sie mich morgen früh im Büro anrufen, dann kann ich Ihnen sagen, was in meinen Unterlagen steht.«
»Könnte die Adresse eventuell dieselbe wie die auf der Scheidungsklage sein?«
»Das ist sehr wahrscheinlich, aber das kann ich nicht mit Sicherheit sagen.«
Douglas legte auf. Vor fast einem Jahr hatte Millerman Benny geraten, sich am Gerichtshof umzusehen ... die Morde hatten exakt vor zehn Monaten angefangen. Er warf einen Blick auf die Kopie des Paragraphen, den er nach einer Stunde Suchen in der juristischen Bibliothek der Staatsanwaltschaft gefunden hatte ... das Strafmaß für unberechtigtes Auftreten als Anwalt. So wie die Dinge sich entwickelten, würde er darauf vielleicht nicht zurückgreifen müssen, um seinen Haftbefehl zu bekommen. Doch erst mußten sie Shandling finden.
Von den Informationen, die ihm dieser Anwalt, der sehr von sich überzeugt zu sein schien, gegeben hatte, waren für Douglas nur zwei verwertbar: Claire, Bennys geschiedene Frau, und ein Krankenhaus in Boston, wo Benny

vielleicht noch arbeitete. Er nahm den Telefonhörer, um Peterson zu verständigen.
Während er das erste Läuten abwartete, dachte er an Millermans Beschreibung von Benny: Schwach, jemand, der sich alles gefallen läßt, hatte er gesagt.
Ich weiß ja nicht, wie er damals war, als Sie mit ihm zu tun hatten, Millerman. Aber schwach? Jetzt? Nein, das denke ich nicht.

Wieder drehte Paul die Lautstärke voll auf. Obwohl die Nacht kühl war, kurbelte er beide Fenster herunter und ließ sich von dem frischen Wind durchblasen. Seit fast einer dreiviertel Stunde fuhr er siebzig Meilen schnell — nur einmal hatte er kurz an einer Howard-Johnson-Raststätte angehalten, um zu tanken und sich ein Thunfischsandwich, eine Büchse Pepsi und zwei Schokoladenriegel für unterwegs zu besorgen.
Immer wieder überlegte er, was er Richie sagen würde. Was mochte das Kind jetzt denken — daß seinem Vater alles egal war, daß sein Vater ihn für die schreckliche Szene gestern vor Gericht verantwortlich machte?
He, Richie, es tut mir leid. Ich werde es wiedergutmachen. Irgendwie werde ich es wiedergutmachen. Das verspreche ich.
Paul blickte auf die Straße vor sich. Die Mautstellen von Massachusetts tauchten vor ihm auf.

Es war schon beinahe acht Uhr, und es wurde langsam dunkel, als Maggie in die Auffahrt einbog und neben Jennys Wagen parkte. Sie schaute auf das Haus, fast alle Fenster waren hell erleuchtet, bis auf das in ihrem Schlafzimmer . . . und natürlich das Kellerfenster.
Sie machte die Wagentür auf, holte ihre Aktenmappe

heraus, schlug die Tür zu und ging auf den Vordereingang zu. Sie seufzte tief auf. Was für eine Erleichterung, zu Hause zu sein ... Zum Glück würde Douglas seinen Fall bald abschließen können, so daß niemand — besonders Frank Chandler und sein Sohn — sich deswegen mehr Sorgen zu machen brauchte.

Als sie sich umdrehte, um die Stufen zur Eingangstür hinaufzusteigen, sah sie aus den Augenwinkeln einen schmalen Schatten ... irgendwo aus dem Gebüsch neben dem Kellerfenster. Wahrscheinlich nur eine Feldmaus.

Trotzdem beschleunigte sie ihre Schritte.

19. KAPITEL

Sobald Benny das Schlagen der Autotür hörte und dann vom Kellerfenster aus sah, wie sie auf die Eingangstür zuging, rannte er schnell zu den Telefonleitungen zurück, aber noch bevor er sie durchschneiden konnte, läutete das Telefon. Er nahm seinen Posten unter der Kellertreppe wieder ein.

»Ich bin wieder zu Hause, Kinder«, hörte er die Rechtsanwältin sagen.

»Gerade zur rechten Zeit, Mrs. Grant«, rief der Babysitter. »Ein Anruf für Sie, Mr. Woods, glaube ich.«

Er hörte, wie Schritte ins Arbeitszimmer eilten. Ein paar Minuten lang unterhielt sie sich, dann legte sie auf. In diesem Augenblick schnitt Benny die Leitungen durch.

Zehn Minuten später war der Babysitter weg — Benny hörte, wie der Wagen wegfuhr. Es war bereits dunkel. Doch er mußte noch warten, bis der Junge im Bett war. *Das vorrangige Interesse des Kindes*. Der Satz, den er von diesen Anwälten immer wieder gehört hatte, schoß ihm durch den Kopf. Und in diesem Punkt hatten sie recht — der Junge sollte auf keinen Fall Zeuge werden, wie seine Mutter starb.

Paul war noch ungefähr eine Viertelstunde von Brookline entfernt, als er an einer Tankstelle bei einer Telefonzelle anhielt. Er würde Maggie bitten, Richie etwas länger aufbleiben zu lassen, bis er zu ihnen kam. Das würde ihr sicher nicht gefallen, aber zum Teufel damit! Er wollte nur

eine Weile mit seinem Sohn reden. Nicht einmal *sie* konnte ihm das abschlagen.
Er steckte die Münze in den Schlitz, wählte und wartete. Er ließ es zehn, fünfzehn Mal klingeln, bevor er wieder einhängte. Sie mußte mit Richie zum Essen gegangen sein, was bedeutete — da morgen wieder Schule war —, daß die beiden inzwischen zurück sein mußten, bis er zu ihnen kam. Wenigstens brauchte er keine Angst zu haben, daß Richie bei seiner Ankunft bereits schlafen würde.
Er stieg wieder in seine Corvette. Vielleicht wäre ein Überraschungsbesuch sogar noch besser, sie würde nicht darauf vorbereitet sein . . .

Maggie hatte eben damit aufgehört, Richie eine Gute-Nacht-Geschichte vorzulesen.
»Okay, ins Bett mit dir«, sagte sie, küßte ihn auf die Nase, zog die Bettdecke nach oben und stopfte sie unter seinem Kinn fest.
Richie beugte sich vor und stützte sich auf dem Ellbogen ab.
»Mommy, hast du meinen Baseballhandschuh genommen?«
»Warum sollte ich deinen Baseballhandschuh nehmen?«
Er zuckte mit den Achseln. »Irgend jemand hat ihn genommen. Er war in meiner Schachtel, aber jetzt ist er weg.«
»Du hast ihn bestimmt irgendwo im Haus herumliegen lassen.«
»Nein, habe ich nicht.«
»Okay. Dann werden wir ihn morgen suchen.«
»Kann ich nicht jetzt danach suchen?«
Sie ging zur Tür und schaltete das Licht aus.

»Du hast gehört, was ich gesagt habe. Morgen.«

Als Maggie das Schlafzimmer verlassen hatte, ging sie zu beiden Türen, überprüfte die doppelten Schlösser, nahm dann die Zeitung vom Wohnzimmersofa, wo sie sie beim Hereinkommen hatte liegenlassen, und ging damit ins Arbeitszimmer. Sie hatte Douglas gesagt, daß sie sich den Luxus einer dampfend heißen Badewanne leisten würde, sobald sie Richie ins Bett gebracht hätte, aber jetzt war sie dafür zu unruhig. Statt dessen würde sie zu lesen versuchen.

Als sie an der Tür vorbeikam, die in den Keller führte, bemerkte sie, daß diese einen Spalt offenstand, und machte sie zu.

»Ist dort Claire Shandling?«

Nach einer Pause: »Wer spricht da?«

»Douglas Woods, ich arbeite im Büro der Staatsanwaltschaft von Suffolk.«

Eine weitere Pause: »Hier spricht Claire Cranston, geschiedene Shandling.«

»Ich verstehe. Der Name Ihres Exmannes ist doch Ben ... Benny?«

»Ja, das stimmt. Würden Sie mir bitte sagen, worum es geht?«

»Wir führen im Augenblick eine Untersuchung durch, und dabei ist Bennys Name aufgetaucht. Ich würde Ihnen gerne ein paar Fragen über ihn stellen.«

»Nun — was hat er getan?«

»Wie kommen Sie darauf, daß er etwas getan haben könnte?«

»Hören Sie, Mr. Woods, ich wäre Ihnen sehr dankbar, wenn Sie mit mir nicht Katz und Maus spielen würden. Ich nehme doch nicht an, daß Sie um diese Zeit hier

anriefen, wenn Benny nicht irgendwie unter Verdacht stehen würde.«
»Nun, mir wäre es wirklich lieber, jetzt nicht ins Detail zu gehen. Es wäre hilfreicher, wenn Sie einfach nur meine Fragen beantworten würden.«
Ein Seufzer. »Okay, was möchten Sie denn wissen?«
»Als erstes, wie kamen Sie sofort auf die Idee, daß Benny in Schwierigkeiten stecken könnte? Hat er schon einmal Schwierigkeiten gehabt?«
»Nun, nein . . . zumindest nicht, soweit mir bekannt ist. Aber Benny ist ein seltsamer Typ.«
»Wie meinen Sie das?«
»Ich weiß nicht so recht, es ist schwer in Worte zu fassen. Sie müßten ihn schon kennen, um das zu verstehen. Er hat merkwürdige Ansichten, sehr engstirnige Ansichten. Er ist nicht der Typ, der viel darüber spricht oder den Leuten seine Meinung aufdrängt, das nicht. Er ist eher der Typ, der die Dinge in sich hineinfrißt. Ich dachte mir schon, daß er eines Tages explodieren würde.«
»Gibt es irgendeinen bestimmten Grund, warum Sie so dachten?«
Sie seufzte. »Nun, als seine Mutter starb, da hatte er Alpträume, quälte sich mit Selbstvorwürfen . . . solche Sachen eben. Aber es gibt keinen konkreten Anlaß, auf den ich mich beziehen könnte, ich hatte nur ein schlechtes Gefühl bei ihm. In der letzten Phase unserer Ehe hat es mich direkt nervös gemacht, mit ihm zusammenzusein.«
»Ich verstehe. Und deswegen haben Sie die Scheidung eingereicht?«
»Deswegen und aus anderen Gründen. Er war — vom finanziellen Standpunkt aus betrachtet — nicht gerade der beste Familienvater im Staat Massachusetts, wenn Sie

verstehen, was ich meine. Nicht, daß er nicht brav zur Arbeit gegangen wäre — er arbeitete als Pfleger am Massachusetts General, und ich vermute, daß er immer noch dort ist und es auch den Rest seines Lebens sein wird. Aber er ist einfach nicht der Typ, der Karriere macht.«

»Sie halten also nicht viel von ihm, sehe ich das richtig?«

»Ja, ich fürchte, das stimmt. Benny ist ziemlich ungebildet, ungeschickt, und ich vermute, sein I.Q. läßt auch zu wünschen übrig. Ganz zu schweigen von seinem mangelnden Ehrgeiz.«

Douglas zögerte, meinte aber dann: »Ich hoffe, ich bin nicht zu persönlich mit meiner Frage, aber warum haben Sie ihn dann überhaupt geheiratet?«

Claire kicherte. »Weil er gut aussah, charmant war . . . auf eine sehr jungenhafte Art. Und ich weiß, es muß lächerlich klingen, nachdem ich Ihnen das alles gesagt habe, aber Benny ist ein sehr liebevoller Mensch.«

»Ich verstehe«, sagte Douglas, obwohl er sich dessen nicht sicher war. »Sagen Sie doch mal, Miss Cranston, wie oft kommt Benny, um seinen Sohn zu sehen?«

»Er kommt überhaupt nicht.«

»Können Sie mir sagen, warum?«

»Adam hat sich geweigert, ihn wiederzusehen.«

»Und warum, hat er etwas getan, das dem Jungen Angst eingejagt hat?«

Claire zögerte, meinte aber dann: »Nein, eigentlich nicht.«

»Dann begreife ich nicht ganz.«

»Nun, ich sagte Ihnen doch, daß Benny mich nervös macht . . .«

»Richtig.«

Ein tiefer Seufzer. »Ich vermute, meine Einstellung hat auf meinen Sohn abgefärbt. Ich meine, so etwas kommt oft vor. Adam lebt bei mir, nicht bei ihm. Wenn ich einer Sache gegenüber zurückhaltend eingestellt bin, dann ist es nur natürlich, daß er eine ähnliche Haltung einnimmt.«

»Und Sie haben nichts unternommen, um diese Angst zu vertreiben?«

»Mr. Woods, wenn Sie mich fragen, ob ich Adam mit Absicht irgendwelche Ideen über Benny in den Kopf gesetzt habe, dann lautet die Antwort wahrscheinlich 'ja'. Und ich schäme mich nicht, das zuzugeben. Ich habe es bereits seiner Freundin gesagt, ich habe das Sorgerecht über Adam, und die Entscheidung, was das beste für ihn ist, liegt ausschließlich bei mir.«

»Sie haben eben eine Freundin erwähnt . . . Bennys Freundin?«

»Ja. Bennys Freundin ist vor nicht allzu langer Zeit zu mir gekommen, um mit mir zu reden.«

»Warum?«

»Um mich zu bitten, daß Benny Adam sehen darf.«

»Und Sie haben ihr diese Bitte abgeschlagen?«

»Ja, das habe ich.«

»Können Sie mir sagen, wie diese Frau heißt?«

»Warten Sie mal . . . ich glaube, es war irgend etwas mit Blumen. O ja, sie hieß Daisey.«

»Und ihr Familienname?«

Sie überlegte einen Moment. »Fängt mit B an, glaube ich. Klingt fast wie ein Vorname. Vielleicht Brad, Brady, Brook . . . aber ich bin mir wirklich nicht sicher.«

»Wissen Sie sonst etwas über sie? Ihre Adresse, wo sie arbeitet?«

»Tut mir leid, nichts.«

»Können Sie sie beschreiben?«

»Nun, an ihr Gesicht kann ich mich nicht mehr sehr gut

erinnern, aber ein paar Dinge sind mir an ihr aufgefallen.«
»Nur zu.«
»Sie war mager, flachbrüstig, klein, hatte krauses, orangerotes Haar und eine Menge Sommersprossen. O ja, ein Schneidezahn war angeschlagen. Wie Sie schon aus der Beschreibung bemerken, nicht sehr ansehnlich.«
»Und ihr Alter?«
»Sie sah aus wie achtzehn, aber aus der Unterhaltung würde ich schließen, daß sie schon etwas älter war.«
»Okay, wie steht es mit Bennys Adresse?«
»Ich weiß, daß er sich nach der Scheidung ein Zimmer irgendwo in Boston genommen hat. Das ist alles.«
»Besitzen Sie vielleicht ein Bild von ihm, das wir haben könnten?«
»Sie scherzen wohl. Die Bilder habe ich bereits vor langer Zeit mit dem übrigen Plunder weggeworfen.«
Gleich nachdem Douglas aufgelegt hatte, rief Peterson an.
»Bei dem Krankenhaus handelt es sich um das Massachusetts General«, sagte Peterson. »Er arbeitet dort als Pfleger, wahrscheinlich in der Schicht von drei bis elf Uhr, was heißt, daß er jetzt eigentlich dort sein müßte. Haben Sie den Haftbefehl?«
»Ich habe vor einer halben Stunde mit Richter Andrews gesprochen. Ich habe eine schriftliche Stellungnahme verfaßt, daß ausreichender Haftgrund besteht, und sie ihm durch Boten zuschicken lassen. Während wir hier reden, müßte er eigentlich gerade den Haftbefehl unterschreiben. Rufen Sie mich an, sobald Sie den Kerl haben.«
Douglas legte auf. Er spürte, wie ihn eine Woge der Erregung durchlief. Aber so war es immer, wenn man der

Sache so nahe kam. Jetzt konnte er nur noch dasitzen und abwarten — sobald Peterson Benny aufgegriffen hatte, würde er sich mit ihnen im Präsidium zum Verhör treffen.

Er hob wieder ab und wählte Maggies Nummer. Während er das tat, schaute er auf den Block vor sich. Dort hatte er den Namen notiert, Daisey ... Brad, Brady, Brook ... Darunter stand die Beschreibung.

Er ließ es ungefähr viermal klingeln, dann fiel es ihm wieder ein: Maggie war wahrscheinlich in der Badewanne. Er legte auf, er würde es später noch einmal versuchen.

Maggie hatte sich die Zeitung genommen, sie dann aber wieder weggelegt. Immer noch nervös, war sie unfähig, sich zu konzentrieren. Sie fragte sich, wie weit Douglas wohl seit seinem letzten Anruf gekommen war. Sie hätte ihn gerne angerufen, aber wahrscheinlich hatte er zu tun — sie wollte ihm nicht zur Last fallen. Statt dessen dachte sie über Frank Chandler nach. Sie hatte seit ein paar Tagen nicht mehr mit ihm gesprochen, nicht mehr, seit er bei ihr vorbeigekommen war, um den Testamentsnachtrag zu unterschreiben. Würde es ihn nicht freuen zu hören, welche Fortschritte die Staatsanwaltschaft gemacht hatte?

Sie holte sich ihre Adreßkartei, suchte seine Nummer und nahm den Telefonhörer ab ... kein Freizeichen. Sie drückte mehrmals auf die Gabel und versuchte es noch einmal. Nichts ... die Leitung war tot. Plötzlich hatte sie ein Gefühl, als würden ihre Magenmuskeln von einer eisernen Faust gepackt. Sie schluckte ein paarmal heftig, um die merkwürdige Beklemmung in ihrer Kehle loszuwerden, und stand dann langsam auf. Als sie sich

umdrehte, sah sie sich einem Mann gegenüber. Und der hielt ein Maschinengewehr in der Hand!
Sie hielt die Luft an.
»Haben Sie keine Angst«, sagte er.
Sag irgend etwas . . . Aber sie brachte kein Wort heraus.
»Es muß einfach getan werden.«
Sie kannte ihn . . . sie kannte ihn . . . woher, woher kannte sie ihn?
»Es ist besser für den Jungen, verstehen Sie.«
Aus dem Gerichtsgebäude . . . der Mann, der sie über den Haufen gerannt hatte. O Gott, aus dem Gerichtsgebäude.
Er entsicherte die Waffe.
Sag irgend etwas, Maggie, um Himmels willen, sag was!
»Mommy . . . kann ich in der Garage nach meinem Handschuh —«
»Richie«, rief Maggie, deren Stimme ihr plötzlich wieder gehorchte. »Geh in dein Zimmer zurück!«
Richie stand da, seine nackten Füße wie in Zement im Teppich verwurzelt, und starrte den Mann an.
»Geh, Richie!«
»Wer ist das?« fragte Richie.
»Benny«, sagte der Mann, als würde er sich wie selbstverständlich vorstellen. Ein Stöhnen entrang sich ihr, als sie den Namen erkannte.
»Was wollen Sie?« fragte Richie.
»Tu, was deine Mutter dir sagt, geh in dein Zimmer zurück. Das hier ist nichts für kleine Jungs.«
»Was haben Sie vor?«
»Ich werde dafür sorgen, daß du zu deinem Daddy kommst.«
»Das glaube ich Ihnen nicht.«
»Nein, nein, im Ernst. Ich bin ein Freund von ihm.«
»Daddy hat keine Freunde mit Gewehren.«

Und in diesem Augenblick läutete es an der Tür. Maggie zuckte zusammen und schaute Benny fragend an.
»Wer immer das auch ist«, sagte sie und versuchte, ihre Stimme nicht zittern zu lassen, »der weiß, daß ich zu Hause bin. Der Wagen ... ich fahre nie ohne Wagen weg.«
Bennys Augen irrten durch den Raum.
»Sie können gehen ...« sie deutete in Richtung Küche. »Die Hintertür, Sie können dort hinaus, und niemand wird etwas erfahren.«
Wieder läutete es an der Tür ... jetzt wurde auch geklopft.
»Nein. Gehen Sie hin. Sagen Sie ihm, er soll gehen.«
Maggie holte tief Luft und ging dann an Benny vorbei zu Richie. Sie legte die Hände auf die Schultern ihres Sohnes, um ihn zur Tür zu führen.
»Nein, der bleibt hier. Bei mir.«
»Aber —«
»Lassen Sie ihn hier!«
»Sie verstehen nicht ... er könnte rufen. Wenn ich ihn mitnehme —«
Benny sah Richie an. »Das wirst du doch nicht tun, oder?«
Richie starrte ihn an.
»Weißt du, wenn du das tust, dann muß ich sie vor deinen Augen erschießen. Das willst du doch nicht, oder? Ich will es jedenfalls nicht, das weiß ich. Du siehst doch diese Waffe hier«, er deutete auf die Uzi. »Die ist wirklich gefährlich, ich könnte damit auf hundertfünfzig Meter einen Menschen treffen. Verstehst du, was ich sage?«
Richie nickte, verwirrt, die Augen weit aufgerissen, und Benny kam zu ihm und klopfte dem Jungen auf die Schulter.

»Hab keine Angst«, sagte er. »Es wird alles gut werden.«
Wieder läutete es, nur diesmal etwas länger. Benny deutete zur Tür. »Gehen Sie hin«, sagte er zu Maggie.
Sie zögerte, drehte sich dann um und ging zur Tür.
Sie öffnete sie. Paul . . . es war Paul.
»Warum hat das so lange gedauert?« fragte er.
»Ich . . . äh.« Sie zuckte mit den Achseln.
»Was ist los mit dir?«
Sie holte tief Luft und fragte dann: »Was willst du, Paul?«
»Ich will Richie sehen. Ich weiß, daß es spät ist, aber ich muß mit ihm reden, ihm erklären, warum ich nicht eher gekommen bin.«
»Er schläft schon, Paul.«
»Laß diesen Unsinn, Maggie. Ich habe vor einer Viertelstunde angerufen, und da warst du noch nicht einmal zu Hause. Du kannst mir nicht erzählen, daß er jetzt schon schlafen soll.«
»Aber das tut er. Er schläft.«
Er sagte nichts, sondern starrte sie nur an . . . »Okay, dann weck ihn auf«, meinte er schließlich. »Dieses eine Mal wird es ihm schon nicht schaden. Komm schon, tu mir den Gefallen, Maggie.«
Sie schüttelte den Kopf. »Nein, komm morgen wieder. Dann kannst du mit ihm reden.«
»Ich bin jetzt hier, und ich will nicht bis morgen warten. Zum Teufel, die paar Minuten . . . was soll dieses Getue?«
»Ich sagte, nein.« Sie wollte die Tür zumachen.
Er drückte dagegen. »Verdammt, laß mich rein!«
»Nein, Paul!« schrie sie, als sie von der sich wieder öffnenden Tür nach innen gedrängt wurde. Sie stieß gegen einen Stuhl.
Und Paul kam herein.
»Ach, du meine Güte«, flüsterte er heiser, als er die Szene,

die sich ihm darbot, überblickte. »Was ist denn hier los?«
Maggie schaute zu Benny und dann zu Paul.
»Er ist hier, um mich zu töten«, sagte sie, und ihre Stimme sackte zu einem Flüstern ab. »Nimm Richie mit, Paul ... bitte, nimm ihn mit und geh.«
»Was ... was sagst du da?«
Paul fixierte Benny und fuhr sich dann mit der Zunge über die Lippen.
»He, Kumpel, warum legst du das Ding nicht weg? Reden wir miteinander ... was immer dir auch Sorgen machen muß, Himmel, was immer es auch sein mag, mir geht es noch schlechter. Das solltest du unbedingt wissen.«
»Ich weiß es auch«, sagte Benny.
»Tatsächlich?«
»Deswegen bin ich doch hier.«
Paul fing an, sich langsam auf ihn zuzubewegen.
O Gott, unternimm nichts, Paul. Bitte nicht.
»Du sagst, du weißt es?« meinte Paul. »Himmel, vielleicht bin ich ja wirklich so blöd. Aber im Ernst, es tut mir leid ... ich begreife immer noch nichts. Kannst du es mir vielleicht erklären?«
»Ich habe gesehen, wie Sie am Tag der Verhandlung aus dem Gericht kamen. Ich habe gesehen, wie sehr Sie gelitten haben.«
Paul nickte. »Und?«
»Also, wenn sie tot ist, dann bekommen Sie doch den Jungen.«
Paul war jetzt näher gerückt, war vielleicht noch drei Meter von der Waffe entfernt. Versuch nichts, Paul. Bleib da stehen, Paul, und als hätte er ihr Flehen gehört, blieb er stehen.
Paul holte tief Luft und sagte dann: »He, aber so geht das nicht ... begreifst du das nicht? Du siehst doch auf wie

ein cleverer Bursche. Ich meine, wenn sie getötet wird, wen haben sie dann zuerst am Wickel? Mich natürlich, ich bin der Hauptverdächtige. Und wo bringt mich das hin ... ins Gefängnis? Und noch eine Frage, die viel wichtiger ist: Wo bringt das meinen Jungen hin?« Er schaute auf Richie hinunter, dessen glasige Augen auf ihn geheftet waren.

»Sie sollten eigentlich weg sein, ich habe gesehen, wie Sie wegfuhren. Ich dachte mir, Sie würden über Nacht fortbleiben«, sagte Benny.

Es war eine Weile still, dann meinte Paul: »Das wäre ich auch ... ganz sicher wäre ich das, wenn ich etwas gewußt hätte. Ich meine, wenn du mir deine Pläne eher gesagt hättest. Aber so, wie es jetzt aussieht, wird das nicht funktionieren. Wenn du sie jetzt umbringst, dann werde ich verhaftet, und mein Junge wird sehr leiden müssen.« Paul machte eine kleine Pause, als er sah, daß Benny überlegte. »Ich wette, du verstehst das. Du hast doch ganz bestimmt selbst Kinder. Habe ich recht?«

Du hast recht, Paul. Und er ist gefährlich ... du weißt nicht, wie gefährlich. Bitte, spiel nicht mit ihm.

»Ein Kind«, sagte Benny.

»Junge oder Mädchen?«

»Einen Jungen ... fünf Jahre alt.«

»Ich möchte wetten, das Luder macht dir das Leben zur Hölle, hmm?«

Benny schaute zu ihm auf ...

»Du weißt schon, deine Ehemalige. Das sind doch alles dieselben Luder. Die kämpfen doch nur, um ihre Macht zu demonstrieren, und das arme Kind sitzt zwischen allen Stühlen.«

Benny zielte mit der Waffe auf Maggie.

Maggie sank zu Boden.

Paul hob die Hände. »He, warte! Denk daran, was wir eben gesagt haben, es kann nicht funktionieren. Versuchen wir doch, einen anderen Weg zu finden, wie wir das hier erledigen können.«

»Sie versuchen doch nur, mich zu verwirren«, sagte Benny, der die Mündung des Maschinengewehrs immer noch auf Maggie gerichtet hatte.

»Nein, warum sollte ich das tun? Ich meine, du bist doch hier, weil du meine Probleme lösen willst und dir mein Kummer am Herzen liegt.«

»Ich weiß nicht. Ich weiß nur, daß ich das hier erledigen muß. Dann wird Ihr Junge wieder bei Ihnen sein, wo er auch hingehört.«

»So ist das also, du begreifst immer noch nichts, oder? Hierher gehört der Junge. Meine Ehemalige hatte die ganze Zeit über recht. Was, zum Teufel, soll Richie schon mit einem besoffenen Vater anfangen? Vielleicht war das in deinem Fall ja anders. Aber wir reden hier über —«

Benny zielte und holte dann tief Luft, wie Lucas ihm beigebracht hatte. Gerade als er den Abzug drückte, stürzte Paul vorwärts, packte die Mündung der Waffe und wurde von einem Kugelhagel, der seinen Magen durchsiebte, fünf Meter zurück an die Wand geschleudert.

»O Gott, nein!« schrie Maggie.

20. KAPITEL

Seit Petersons letztem Anruf waren fast vierzig Minuten vergangen. In der Zwischenzeit hatte Douglas im Telefonverzeichnis von Boston alle Eintragungen unter B, vor allem aber unter BR durchgesehen. Er hatte eine Liste mit sieben Nachnamen, die auch als Vornamen verwendet werden konnten, zusammengestellt: D. Brady, D. Brooks, Daisey Bridget, D. Brian, D. Brett, D. Bradley, D. Brenden. Und er wollte eben anfangen, die Nummern zu überprüfen, als das Telefon klingelte.

Er griff schnell nach dem Hörer. »Woods hier.«

»Douglas ... hier Peterson.«

»Was gibt es?«

»Shandling arbeitet seit fünfzehn Jahren am Massachusetts General. Fünf Tage in der Woche, in der Schicht von drei bis elf Uhr. Wir haben mit der leitenden Nachtschwester gesprochen, die bereits länger als Shandling dort ist. Ihrer Aussage nach ist Shandling ein guter Angestellter ... zuverlässig und flink, der keine Arbeit scheut ... Bei den Patienten ist er sehr beliebt.«

»Aber?«

»Bis Dienstag abend hat er noch nie gefehlt. Aber an dem Tag ist er nicht erschienen. Er hat anscheinend Mittwoch morgen angerufen, um zu sagen, daß er sich nicht wohl fühlte. Als man wissen wollte, ob er an diesem Abend zur Arbeit kommen würde, hat er gemeint, daß sich das erst noch herausstellen müsse.

Man muß wohl nicht extra hinzufügen, daß er seither nicht mehr aufgetaucht ist.«
»Haben die im Personalbüro ein Foto von ihm?«
»Nein, das habe ich bereits überprüft.«
»Wie steht es mit einer Adresse?«
»Ich rufe vom Wagen aus an. Wir sind gerade auf dem Weg dorthin. East Forth Street 221 — im Norden der Stadt. Es ist so eine Art Pension. Kein Telefon.«
»Okay. Rufen Sie mich wieder an, sobald Sie etwas wissen.«
Nachdem Douglas aufgelegt hatte, blieb er noch ein paar Minuten reglos sitzen, und seine Gedanken wanderten zu Maggie. Dann schaute er wieder auf die Namen auf seinem Schreibtisch.
Sobald er diese Namen überprüft hatte, würde er Maggie anrufen.

In den ersten paar Minuten waren nur seltsame Laute zu hören . . . schluchzende, weinende Geräusche, die so weit weg waren, daß sie wie durch Watte an sein Ohr zu dringen schienen. Es war, als hätte die Welt um Benny sich von ihm zurückgezogen und vergessen, ihn mit sich zu nehmen. Er hatte das nicht gewollt, das wußte er. Paul Grant hatte nichts Falsches gemacht . . . nichts. Aber der Mann, der mit einem Loch im Magen an der Wand lag, war Paul Grant, und er war tot, und er, Benny, hatte die Waffe abgefeuert, die ihn getötet hatte.
Jetzt, da der Junge außer ihr keinen Menschen mehr hatte, wie konnte er sie da noch töten? Er konnte es nicht. Plötzlich war in seinem Kopf ein Riesendurcheinander, alles war außer Rand und Band. Wenn er doch nur sein Gehirn so lange schütteln könnte, bis alles wieder an seinen Platz fiel, so, wie es mit den Schneeflocken in

diesen Glaskugeln war. Er mußte nachdenken ... ja, er mußte überlegen, was er als nächstes tun sollte.
Wenn doch Daisey nur hier wäre, seinen Nacken massieren und in ihrer beruhigenden Art, die seine Kopfschmerzen vertrieb, auf ihn einsprechen würde — dann würde alles besser aussehen, als es in Wirklichkeit war. Doch selbst Daisey würde das hier, das Chaos, das er angerichtet hatte, nie verstehen ...
O Gott, was für ein entsetzliches Chaos.

Ihr Körper zitterte so stark, daß es ihr schwerfiel, den Strom heißer Tränen wegzuwischen, die ihr lautlos übers Gesicht liefen. Sie schaute zu Richie hinüber ... er saß da, starrte auf Pauls Körper und sah zu, wie das Blut unaufhörlich sich in einem dunkelroten Kreis auf dem Teppich ausbreitete. Benny, der seine Waffe immer noch krampfhaft angelegt hatte, als wäre er in dieser Position erstarrt, kniete auf dem Küchenfußboden, ungefähr eineinhalb Meter von Richie entfernt.
Maggie, die nur knappe zwei Meter von der Eingangstür weg war, versuchte Richie mit Gesten anzudeuten, zu ihr zu kommen, aber er achtete nicht auf sie. Konnte sie es wagen, den Mund aufzumachen — würde es Benny aus seinem Trancezustand reißen, wenn sie es tat? Sie kniete sich hin und fing an, langsam in Richies Richtung zu kriechen. Sie schaute verstohlen zu Benny hinüber, als sie näher kam. Aber zum Glück nahm sein starrer Blick sie nicht wahr. Endlich hatte sie es bis zu Richie geschafft ... sie bedeckte sein Gesicht mit ihren Händen. Keine Reaktion.
Sie mußte aufstehen, sie mußte ... wenn ihre Beine sich nur nicht so schwach angefühlt hätten. Sie stützte sich mit einer Hand an der Küchenwand ab, zog sich hinauf und

zwang ihre Beine, mit dem Zittern aufzuhören; dann beugte sie sich vor und nahm Richie in die Arme. Langsam und ohne ein Geräusch von sich zu geben, steuerte sie die Tür an. Ein Schritt, zwei Schritte, drei Schritte . . .

»Stehenbleiben«, sagte er.

Sie blieb stehen. »Bitte«, sagte sie.

»Ich kann Sie nicht gehen lassen.«

Sie wandte sich um und deutete auf Richie, und ihre Stimme fing zu zittern an und ebenso Hände und Beine.

»Er braucht Hilfe. Sehen Sie nicht, er braucht Hilfe.«

Er stand auf, schaute Richie an, schluckte so hart, daß sie hörte, wie der Speichel sich seinen Weg die Kehle hinunterbahnte, und sagte schließlich:

»Geben Sie Adam mir.«

Peterson hatte sich eine Viertelstunde später wieder bei Douglas gemeldet, und inzwischen hatte dieser auch mit der letzten Person auf seiner Liste gesprochen — alles Sackgassen: drei ältere Frauen, zwei Männer und zwei jungverheiratete Frauen, die noch nie den Namen Benny Shandling gehört hatten.

Peterson hatte auch nichts Besseres zu berichten. »Er hat dort ein Zimmer gemietet, das stimmt, aber seine Vermieterin sagt, daß er in den letzten Monaten dort nicht mehr gewohnt hat. Ab und zu kommt er und zahlt seine Miete, aber die meiste Zeit ist er bei einer Freundin. Das vermutet sie jedenfalls.«

»Ich nehme an, sie konnte Ihnen keinen Namen nennen.«

»Sie meinte, sie würde ihre Nase nicht in Angelegenheiten stecken, die sie nichts angehen. Aber wir haben sein Zimmer durchsucht. Die meisten Sachen hat er wahr-

scheinlich mit zu seiner Freundin genommen, aber etwas haben wir trotzdem gefunden: eine große Flasche mit Seconal ... Ein Volltreffer, würde ich sagen, ungefähr zwanzig, fünfundzwanzig Tabletten fehlen. Auf der Flasche war kein Rezeptabschnitt zu entdecken, nur ein handgeschriebener Zettel. Ich habe die Flasche als Beweismittel konfisziert. Was sollen wir jetzt machen?«
Douglas schaute auf die Uhr: halb elf.
»Fahren Sie heim, heute abend können wir doch nichts mehr tun. Ich stehe mit seiner Exfrau in Verbindung ... morgen werde ich einen Beamten vorbeischicken, der ein Porträt von Benny anfertigen soll. Und wir brauchen natürlich auch jemanden, der sich morgen um das Krankenhaus kümmert. Schließlich hat er sich krank gemeldet ... das heißt doch, daß er nicht die Absicht hat, seinen Job aufzugeben, oder?«
Sobald Douglas das Gespräch beendet hatte, wählte er Maggies Nummer. Dabei dachte er über das nach, was Benny bei seiner Krankmeldung zur Oberschwester gesagt hatte ... »Es würde sich erst noch herausstellen müssen.« Was hatte das nur zu bedeuten ... konnte das heißen, daß er hinter einem weiteren Opfer her war? Weshalb jetzt, wo er doch vorher noch nie seine Arbeit versäumt hatte? Zum Glück hatte Maggies Verhandlung eine gute Woche nach Shandlings letztem Auftauchen bei Gericht stattgefunden. Douglas hatte sich die Mühe gemacht, dies anhand der vorgezeigten Ausweiskarten zu überprüfen.
Er wartete, während das Telefon läutete ... und läutete ... und läutete. Plötzlich wurde ihm das Herz schwer in der Brust. Douglas legte den Hörer auf und stand langsam auf. Der Antrag, der Antrag auf Ausschluß vom Umgangsrecht, den Maggie eine Woche früher gestellt hatte ... war es

möglich? Nein, Gott, bitte nicht! Er rannte aus dem Büro und wartete nicht lange auf den Aufzug, sondern stürmte die beiden Treppen hinunter in den zweiten Stock des alten Gebäudes.
Als er in das Büro des Geschäftsstellenleiters kam, holte er sofort die Karteikarte Grant gegen Grant heraus. Joyce Whitestone lautete die letzte Eintragung. Aber es war der Name davor, der Douglas' Aufmerksamkeit fesselte: R. Choate!

Benny hatte das Kissen und die Steppdecke aus dem Bett des Jungen geholt — die Nachtluft war kühl — und dann den Jungen, dessen Augen weit aufgerissen waren, vorsichtig auf den Rücksitz von Margarets Wagen gelegt. Eines mußte er sich immer wieder ins Gedächtnis rufen — eigentlich wußte er es ganz genau, aber aus irgendeinem Grund hatte er Mühe, es in seinem Kopf nicht durcheinanderzubringen: Der Junge war Richard, nicht Adam. Aber so oder so, es war nur ein kleiner Junge, und man hatte ihm weh getan, und es war Bennys Schuld, daß das geschehen war. Als er nun den Wagen aus Brookline hinaussteuerte, redete Benny auf ihn ein und versuchte, ihn zu beruhigen.
»Du mußt keine Angst haben, Benny wird dir nicht weh tun. Er würde dir nie weh tun, daran mußt du ganz fest glauben«, erklärte er ihm gleich zu Anfang.
Später versuchte er sich zu rechtfertigen: »Ich wollte das nicht, weißt du«, sagte er. »Wenn er sich nur nicht vor die Waffe geworfen hätte. Hätte er doch nicht versucht, sie mir wegzunehmen. Verstehst du, ich wollte ihm doch da nur raushelfen, dafür sorgen, daß du zu ihm zurückkommst, wo du auch hingehörst. Ich weiß genau, was sich dort bei Gericht und mit diesen Richtern abspielt.

Die Väter haben dort keine Chance. Ich meine, ich habe sie doch alle erlebt: Greenspon, Leeder, Cagney, Farswick, Campbell. Sie sind schlecht, wirklich schlecht. Wir müssen jetzt diese Richter dazu zwingen, uns anzuhören, damit sie begreifen, was sie angestellt haben. Wer weiß, vielleicht hätte das schon längst geschehen müssen. Es ist schon seltsam, daß es immer die kleinen Leute sind, die es erwischt. Und die ganze Zeit über sitzen die großen Tiere in ihren prächtigen Wolkenkratzern und tun so, als ginge sie der ganze Schmutz nichts an. Ich meine, warum soll man hinter dem kleinen Mann her sein, wo die großen Herren doch einfach weiter ihren niederträchtigen Geschäften nachgehen? Verstehst du, was ich versuche, dir begreiflich zu machen, Richard?«

Benny wußte nicht, ob der Junge ihn verstand — kein einziges Mal sagte er etwas, das Benny einen Hinweis gegeben hätte —, aber er hoffte es. Er warf einen Blick über seine Schulter, um zu sehen, ob der Junge noch wach war — er war es. Vielleicht sollte er eine Weile ruhig sein, damit der Junge schlafen konnte.

Ja, das sollte er besser machen, der Junge sollte seine bösen Erlebnisse überschlafen.

Douglas hatte die Polizei verständigt, war dann zu seinem eigenen Wagen gelaufen und mit quietschenden Reifen nach Brookline gefahren. Er schlug mit der Faust auf das Steuer — verdammt, wie hatte er nur so dumm sein und nicht daran denken können, Maggies Karteikarte zu überprüfen? Himmel, wenn irgend etwas passiert war! Nein, er durfte nicht einmal daran denken, es sich nicht vorstellen . . . Als er um die Ecke Tremont und Staate Street bog, kam er an einem burgunderfarbenen Honda Civic, Baujahr 89, vorbei: Draußen war es dunkel,

und außerdem achtete er nicht darauf. Sonst hätte er vielleicht Maggies Wagen erkannt.
Als er zu Maggies Haus kam, parkten bereits drei Streifenwagen am Straßenrand. Er sprang aus dem Wagen und rannte auf das Haus zu. Ein Lieutenant hielt ihn an der Tür auf. Douglas kramte in seiner Tasche, fand schließlich seine Brieftasche und zeigte seinen Ausweis vor.
Der Lieutenant musterte ihn prüfend und nickte dann. »Aber rühren Sie nichts an, der Polizeiarzt ist auf dem Weg hierher. Ich hoffe nur, Sie haben einen starken Magen, Woods.«
Die Luft anhaltend, trat Douglas ins Haus. Pauls Körper saß teilweise aufrecht an die Wand gelehnt; sein Magen war aufgerissen, das Loch darin groß genug, um eine Faust hindurchzustecken, und die Eingeweide hingen grotesk verschlungen in seinem Schoß. Weiter oben, wo der Körper gegen die Wand geprallt war, war der Putz gesprungen und abgeblättert.
»Das war kein kleines Kaliber, das diesen Kerl hier umgeblasen hat«, sagte der Lieutenant.
Douglas sah ihn an. »Die Frau, das Kind . . . sind sie —«
»Die Frau ist mit einer unser Beamtinnen in dem Zimmer neben der Küche. Wir haben sie im Badezimmer gefunden, eingesperrt. Sie versuchte gerade, aus dem Fenster zu klettern. Haben Sie uns verständigt?«
»Der Junge . . . was ist mit dem Jungen?«
»Da sieht es nicht allzu gut aus. Man hat den Jungen mitgenommen, wahrscheinlich im Wagen der Frau. Die Fahndung danach ist bereits raus. Können Sie uns irgend etwas über die Sache sagen?«
Ohne eine Antwort zu geben, eilte Douglas ins Arbeitszimmer . . . er schaute auf Maggie, auf ihr tränenver-

schmiertes Gesicht, ihre zerrissene Kleidung, ihre dunklen, entsetzten Augen ...

O Gott, Maggie, verzeih mir ...

Als sie ihn sah, beugte sie sich vor.

»Er hat mich gezwungen ... er hat mich ins Bad gezwungen. Mit einer Waffe. Douglas, er hat Richie mitgenommen!«

Es war halb ein Uhr nachts, als Daisey anfing, sich ernsthafte Sorgen zu machen. Obwohl er bereits vor zwei Nächten zum allerersten Mal später als sonst nach Hause gekommen war, so spät war es noch nie geworden. Sie hatte ihm Kartoffelpuffer mit Apfelmus — eines seiner Lieblingsgerichte — machen wollen, sobald er von der Arbeit nach Hause kam. Die geriebenen, rohen Kartoffeln standen fertig in einer Schüssel auf dem Herd und verfärbten sich allmählich. Benny mochte es gar nicht, wenn die Stärke die Kartoffeln grau färbte.

Sie ging zum hundertsten Mal zum Fenster und schaute hinaus. Dadurch würde er zwar auch nicht schneller kommen, aber sie konnte nicht anders, sie mußte einfach ans Fenster. Sie sehnte sich danach, Benny um die Ecke kommen, ihn den steilen Hügel hochgehen zu sehen und dann seine Schritte im Hausgang zu hören, wenn er die beiden Stockwerke zu ihrer Wohnung hinaufeilte.

Und er beeilte sich immer, oder nicht? Wann immer sie diese verrückten Einfälle hatte, daß er sie nicht mehr lieben würde, dann wurde ihr schnell klar, daß das nicht stimmen konnte. Außerdem war es erst eine Woche her, daß er vorgeschlagen hatte zu heiraten. Das hätte er ganz sicher nicht getan, wenn es jemand anderen, eine andere Frau, geben würde.

Hör auf damit, Daisey ... du kennst Benny besser,

wahrscheinlich kennst du ihn besser als jeder andere Mensch auf der ganzen Welt. Und Benny ist nicht so, er ist nicht der Typ, der erst seine Liebe gibt und sie dann wieder wegnimmt. Da kam ihr augenblicklich der Gedanke an einen Unfall ... wenn Benny einen Unfall hätte, würde man sie überhaupt verständigen können?
Normalerweise machte es Daisey nicht viel aus, kein Telefon zu haben ... aber das war eine jener Gelegenheiten, bei der sie sich wünschte, sie hätte eines. Vielleicht könnten sie sich eines installieren lassen, sobald Benny und sie verheiratet wären. Mit ihren beiden Löhnen könnten sie es sich bestimmt leisten. Sie blickte auf die Skyline von Boston ... irgendwo da draußen war Benny.
Aber die Frage war, wo.

21. KAPITEL

Der Teil der Garage unter dem Gerichtsgebäude, der von den Richtern und anderen Personen benutzt wurde, deren Tätigkeit eine solche Vergünstigung rechtfertigte, war über Nacht geschlossen. Benny fuhr zu der Ausfahrt, die sich in einer der Seitenstraßen befand, stieg aus dem Wagen und hakte die Kette aus, die die Autos von der Durchfahrt abhalten sollte. Als er hineingefahren war, legte er die Kette wieder vor und fuhr den dunklen Gang entlang, der in einer sanften Kurve unter der Straße verlief. Als er die Aufzüge passiert hatte, hielt er neben einem abgeschlossenen Treppenschacht an und parkte.
Zuerst kletterte er auf den Rücksitz, um sich zu vergewissern, daß es der Junge auch bequem hatte. Er stopfte die Steppdecke unter seinem Kinn fest und schaltete die Innenbeleuchtung ein, da er die Augen des Jungen nicht sehen konnte: Benny seufzte — zum Glück schlief der Junge jetzt.
Leise stieg Benny aus, ging zum Kofferraum und sah nach, ob er etwas Passendes finden konnte, wie zum Beispiel einen Schraubenzieher oder ein anderes geeignetes Werkzeug. Als er eine kurze Eisenstange mit spitz zulaufendem Ende entdeckte, entschied er sich dafür. Damit würde er die Tür zum Kellergeschoß des Gebäudes doch wohl aufbekommen.
Es war schon merkwürdig, wie sich plötzlich alles so für ihn entwickelt hatte, seit er vor ungefähr einer Stunde im Haus der Anwältin gewesen war. Jetzt hatte er gräßliche

Angst — ja, wenn er ehrlich war, dann mußte er zugeben, daß er Angst hatte —, aber vielleicht stand er auch kurz davor, die größte Tat seines Lebens zu vollbringen. Und zum Glück war Adam da, um ihm zu helfen.

Ihre Hände waren eiskalt, und Douglas umschloß sie mit seinen und versuchte, sie zu wärmen.
»Ich weiß, es ist schwer für dich, Maggie, aber du mußt dich zusammenreißen, damit du diese Fragen beantworten kannst.« Der Lieutenant, der inzwischen begriffen hatte, daß sie es mit dem Fall des Würgers vom Gericht zu tun hatten, hielt sich im Hintergrund, da der Fall in der Zuständigkeit der Staatsanwaltschaft von Suffolk lag.
»Nein, nein, ich will ja, Douglas«, sagte sie. »Frag mich ruhig, frag alles, was du willst.«
»Okay, zum ersten, hast du gehört, wie er ins Haus gekommen ist?«
»Nein, ich bin ganz sicher. Ich habe erst etwas gehört, als er schon im Zimmer stand. Und selbst da war es mehr eine Ahnung, die mich plötzlich überfiel. Ich hatte eben entdeckt, daß das Telefon nicht mehr funktionierte.«
»War Richie da bereits im Zimmer?«
»Nein. Nein, er ist ein paar Minuten später gekommen. Er kam, weil er mich etwas fragen wollte.«
Douglas nickte. »Wie ist Paul in die Sache verwickelt worden?«
Tränen strömten über ihre Wangen — sie wischte sie weg.
»Ich weiß nicht . . . plötzlich stand Paul vor der Tür. Ich weiß nicht, warum er von seiner Geschäftsreise zurückgekommen ist, aber er war da. Ich wollte ihn noch abhalten, ins Haus zu kommen. Du mußt wissen, als ich an der Tür war, stand Richie mit ihm in der Küche. Mit Benny.«

»Aber Paul ist trotzdem hereingekommen.«
»Er war wütend, er wollte mit Richie reden. Also hat er mit Gewalt die Tür aufgestoßen.«
»Und dann?«
Maggie zuckte mit den Achseln. »Er . . . Benny . . . versuchte, Paul die Sache zu erklären, ihm klarzumachen, weshalb er da sei, warum er mich um Pauls willen, um Richies willen töten müsse. Dann versuchte Paul mit ihm zu reden. Er war gut, Douglas, so gut, daß ich an einem Punkt dachte, es würde funktionieren.« Sie holte tief Luft und wischte weitere Tränen fort. »Aber dann . . . dann zielte er mit der Waffe auf mich . . . und Paul stürzte nach vorn. O Gott, Douglas, ich hätte sterben sollen, nicht Paul.«
Douglas wartete ein paar Minuten ab, bis sie sich wieder beruhigt hatte.
»Maggie, wenn hinter der ganzen Sache die Absicht steckte, dich zu töten, warum hat er es dann nicht mehr getan, was glaubst du?«
Sie zuckte mit den Achseln. »Ich weiß nicht . . . er war durcheinander, erschüttert, als er begriff, was er getan hatte. Eine Zeitlang glaubte ich, er würde vielleicht zulassen, daß ich Richie nehme und einfach weggehe, aber als ich mich der Tür näherte, hielt er mich auf.«
»Das beantwortet immer noch nicht meine Frage, warum er beschlossen hat, dir nichts zu tun.«
»Vielleicht weil ich als einzige für Richie übrig war, da Paul ja tot war. Aber ganz begreife ich es nicht, denn als er mir Richie wegnahm, da nannte er ihn Adam. Als ob er ihn plötzlich mit jemandem verwechselte.« Sie hielt inne, schluckte schwer und fragte dann: »Douglas, ist Adam der Name seines Jungen?«
Douglas nickte.

»O Gott. Wird er ihn töten?«
»Wenn es etwas gibt, was ich über ihn weiß, dann das, daß er sein Kind liebt. Ich habe mit seiner geschiedenen Frau telefoniert. Und schließlich wissen wir beide auch, daß er es bisher nie auf die Kinder abgesehen hatte. Ich vermute sogar, daß seine Sorge um die Kinder hinter all dem hier steckt. Zumindest in seiner Vorstellung ist das so.«
»Warum hat er dann Richie mitgenommen?« fragte Maggie.
Douglas schüttelte den Kopf. »Ich weiß nicht, vielleicht war es tatsächlich so, wie du sagtest, er war verwirrt und dachte, Richie sei Adam. Aber wir werden ihn finden. Ich verspreche dir, Maggie, wir werden ihn finden.«
Douglas stand auf und ging zu dem Lieutenant, der jetzt in der Küche stand und die letzten Worte mit angehört hatte.
»Gibt es etwas Neues?« fragte er ihn.
»Was den Wagen betrifft, nein. Einer meiner Leute hat entdeckt, wo im Keller die Telefonleitungen durchgeschnitten wurden. Unten wurde auch ein Fenster herausgenommen und durch ein Stück Pappkarton ersetzt. Die Glasscheibe hat man draußen im Gras gefunden. Außerdem einen Glasschneider und einen leeren braunen Jutesack unter der Kellertreppe, wo er wahrscheinlich Posten bezogen hatte. Das hier haben wir auch noch gefunden ...« Ihn vorsichtig an einer Ecke anfassend, hielt er Richies Baseballhandschuh in die Höhe. »Hat das Kind ihn dort unten gelassen oder was?«
Douglas nahm dem Lieutenant vorsichtig den Handschuh aus der Hand und ging damit ins Arbeitszimmer zurück.
»Maggie, was ist damit? Hat Richie —«
In dem Augenblick, als Maggie sah, was Douglas in der Hand hielt, hielt sie die Luft an und schlug sich die Hände vor den Mund.

Douglas gab den Handschuh dem Lieutenant zurück. »Ich schätze, das beantwortet unsere Frage ... lassen Sie davon Fingerabdrücke nehmen. Und schicken Sie jemanden her, der ein Telefon für mich installiert. Ich brauche zwei Leitungen.«

Douglas ging zum Fenster. Warum hatte er Richie mitgenommen ... aber natürlich, wenn er wirklich dachte, es sei Adam ... Und wo ... wo würde er ihn wohl hinbringen? Er würde seine Leute noch einmal zu Bennys Pension schicken, aber er bezweifelte, daß er dort sein würde. Vielleicht in der Wohnung seiner Freundin? Er dachte an die Beschreibung, die ihm die Exfrau von Daisey gegeben hatte; sah aus wie achtzehn, schien aber älter zu sein. Klein, orangerotes, krauses Haar, Sommersprossen, mager, flachbrüstig ... mit einem Schneidezahn, an dem ein Stück fehlte.

Er würde von einem der Streifenwagen aus Peterson verständigen ... der sollte dann sofort dem Rest der Ermittlungsgruppe Bescheid geben. Und wenn sie den ganzen nördlichen Bezirk überprüfen mußten, die Leute aufwecken und jeden fragen, ob er ein Mädchen, auf das diese Beschreibung zutraf, gesehen hätte, sie würden es tun. Und er würde einen Polizeizeichner kommen lassen, damit Maggie ihm helfen konnte, ein einigermaßen aussagekräftiges Porträt von Benny Shandling anzufertigen.

In der Zwischenzeit — er ging in die Küche und räumte den Küchentisch für die Telefone ab — würde er sein Quartier hier beziehen. Er konnte Maggie nicht allein lassen, nicht jetzt. Paul hatte sein Leben geopfert, um sie und Richie zu beschützen ...

Jetzt lag es an ihm.

Benny hatte keine großen Schwierigkeiten, die Tür zum Kellergeschoß aufzubrechen. Als er es geschafft hatte, ging er zum Wagen zurück, schaltete die Scheinwerfer aus, hob dann sanft den in die Decke gewickelten Jungen heraus und trug ihn und die Eisenstange die eiserne Treppe ins Parterre hoch . . . eine weitere Treppe in den ersten Stock, dann noch eine Treppe . . .

Er machte die Tür nur einen Spalt auf und sah sich dann um; vielleicht waren da Wachbeamte . . . aber kein Mensch war zu sehen. Er trat auf den Korridor im zweiten Stock, ging dann zwei Türen weiter und schlüpfte mit Richie in den Aufenthaltsraum der Richter. Er schaltete eine Lampe an und trug den Jungen zu einem der Ruhesofas.

Erst legte er die Eisenstange auf den Boden und dann den Jungen, der immer noch fest schlief, aufs Sofa.

Er zog seine Jacke aus, so daß sein Schulterriemen und die Uzi sichtbar wurden, und verhüllte dann mit der Windjacke den Lampenschirm, damit dieser gerade noch soviel Licht wie nötig spendete. Dann schaute er auf die Uhr: drei Uhr nachts. Eigentlich sollte er selbst noch etwas schlafen, aber zunächst mußten noch ein paar Dinge erledigt werden.

Zuerst mußte er die fünf Akten aus dem Büro des Geschäftsstellenleiters holen — Bacon, Silvers, Chandler, O'Brien und Grant —, dann wollte er sie noch einmal durchlesen, um sicherzugehen, daß er mit den Fällen vertraut war, wenn er die Männer, die für die schrecklichen Verwicklungen verantwortlich waren, befragen würde. Jeder Mensch, so vermutete Benny, mußte sich früher oder später vor einem höheren Gericht verantworten.

Jetzt waren endlich die Richter an der Reihe.

Plötzlich schrie der Junge auf, und Benny eilte zu ihm, und ihm fielen wieder all die entsetzlichen Dinge ein, die am Abend zuvor geschehen waren. Er fuhr mit den Fingern durch das seidige, blonde Haar des Jungen.
»Es wird alles wieder in Ordnung kommen«, flüsterte er beruhigend. »Warte nur, du wirst schon sehen. Benny wird mit den Männern reden, die für alles verantwortlich sind. Und wir werden dafür sorgen, daß so etwas nie mehr geschieht.«
»Daddy«, rief Richie, ohne die Augen aufzuschlagen.
»Ja, Adam, hab keine Angst, dein Daddy ist doch hier. Und er wird dich nie mehr allein lassen, das verspreche ich.«
Er verharrte zwanzig Minuten in der Stellung, bis keine Schreckgespenster mehr den Jungen heimsuchten und er in einen tiefen, friedvollen Schlaf zurückgesunken war. Benny schaute auf das Telefon ... er wünschte sich, er könnte Daisey anrufen, damit sie sich keine Sorgen um ihn machte. Sobald sie verheiratet wären, würde er dafür sorgen, daß sie ein Telefon bekamen. Benny ging leise zur Tür. Er drehte sich noch einmal zu dem Jungen um. Der schlief so ruhig, daß er es wagen konnte, rasch die Akten zu holen.

Erst in den frühen Morgenstunden zog sich Daisey, die kein Auge zugetan hatte, an und ging hinunter zum Hauseingang. Bis auf einen Betrunkenen, der zusammengerollt in einer Gasse nebenan schlief, waren die Straßen menschenleer. Nachdem sie eine Viertelstunde dort gestanden hatte, stieg Daisey in ihren Wagen und fuhr die wenigen Blocks zu einer öffentlichen Telefonzelle. Sie suchte sich die Nummer des Massachusetts General heraus.

Die Telefonistin der Nachtschicht meldete sich.
»Ich suche jemanden, der bei Ihnen arbeitet«, setzte Daisey an.
»Welche Abteilung bitte?«
»Auf der Pflegestation . . . er ist Pfleger.«
»Einen Moment bitte.«
Es klingelte zehnmal, bevor sich eine Frau meldete. »Mrs. Walters, Pflegestation.«
»Sie kennen mich nicht, ich bin Daisey . . . Daisey Bradley.«
»Schön. Was kann ich für Sie tun, Miss Bradley?«
»Ich suche Benny Shandling, er arbeitet bei Ihnen als Pfleger. Seine Schicht endet um elf Uhr, aber ich dachte mir, vielleicht . . . Sehen Sie, ich bin seine Freundin.«
Die Frau seufzte. »Schon wieder Benny Shandling. Miss Bradley, Benny ist jetzt seit drei Tagen nicht mehr zur Arbeit erschienen. Er hat Dienstag bereits gefehlt und sich erst am Mittwochmorgen entschuldigt. Seitdem hat niemand mehr etwas von ihm gehört. Falls Sie Mr. Shandling vor mir sehen sollten, dann richten Sie ihm doch bitte aus, daß er sich sofort mit mir in Verbindung setzen soll.«
Ein paar Sekunden herrschte Schweigen, dann fragte Daisey: »Entschuldigen Sie . . . aber welche Entschuldigung hat er denn vorgebracht?«
»Er sagte, er sei krank, würde sich nicht wohl fühlen.«
Sie schluckte. »Sie sagten eben, 'schon wieder Benny Shandling', Mrs. Walters. Was meinten Sie damit?«
»Ich verstehe nicht ganz.«
»Als ich gleich zu Anfang unseres Gesprächs nach Benny fragte. Sie klangen genervt, so, als hätten sich bereits andere Leute nach ihm erkundigt.«
»O ja, das stimmt auch.«

»Dürfte ich wissen, wer?«
»Nun, ich nehme an, das ist kein Geheimnis. Ich meine, wenn Sie wirklich seine Freundin sind, dann sollten Sie es auch wissen. Die Polizei war bereits einmal hier, um sich nach Benny zu erkundigen. Fragen Sie mich aber nur nicht, um was es geht, ich weiß es nicht. Ich weiß nur, daß Benny, wenn er seine Arbeit hier im Krankenhaus behalten will, sich ein paar gute Entschuldigungen einfallen lassen muß.«
Daisey hängte ein. Plötzlich war ihr ganz übel; sie legte ihre Hand vor den Mund, als sie unkontrolliert zu würgen anfing. *Tief einatmen, Daisey, du mußt tief und fest einatmen. O Gott, die Polizei sucht nach Benny ... Weshalb, Benny, was hast du getan?*

Anita Perez, eine der sechs Personen, aus denen die kleine Gruppe Reinigungs- und Wartungspersonal bestand, die um sechs Uhr morgens ihren Arbeitstag begann, betrat das Gerichtsgebäude durch die kleine Pforte im Untergeschoß, die der Portier bereits für sie geöffnet hatte.
Sie hatte eine marineblaue Einkaufstasche aus Jeansstoff bei sich, in der sie ihre Schuhe, ihren Pullover, einen Schirm und die vielen kleinen Tüten mit ihrem Imbiß aufbewahrte. Da sie nur einhundertundsieben Pfund wog — und einen niedrigen Blutzuckerspiegel hatte —, mußte sie regelmäßig ihren Energiehaushalt auffüllen, indem sie ab und zu etwas aß. Natürlich gab es Automaten im Gerichtsgebäude, aber die meisten waren voller Delikatessen, die für Anitas Geldbeutel zu teuer waren.
Sie öffnete ihren Spind, zog ihren roten Kittel über, setzte sich daneben auf eine Bank und zog ihre Straßenschuhe aus und ein Paar Laufschuhe mit dicken Gummiprofilsoh-

len an. Ihre erste Aufgabe bestand darin nachzusehen, daß die acht Toilettenräume in der Vormundschaftsabteilung, die am Abend zuvor gereinigt worden waren, ausreichend mit Toilettenpapier, Papierhandtüchern und — bei den Damen — mit Hygienebinden ausgestattet waren. Danach würde sie in den Aufenthaltsraum der Richter gehen, den großen Kaffeebehälter aus rostfreiem Stahl ausspülen und frischen Kaffee aufbrühen.

Wenn die fünf Richter zwischen halb acht und acht Uhr kamen, verlangten sie, daß ihr Kaffee und die Hörnchen bereits auf sie warteten. Natürlich, wer konnte ihnen das verübeln? Würde sie nicht auch solche Ansprüche stellen, wenn sie das Glück hätte, ein so großes Tier zu sein?

Sie holte aus ihrer Einkaufstasche eine Tüte heraus, in der vier Erdnußbutterbrötchen eingeschweißt waren, und steckte sie in die Tasche ihres Kittels; dann küßte sie die schwarzen Perlen ihres Rosenkranzes, der an einem Haken in ihrem Spind hing.

Nach einer Stunde Arbeit hatte der Polizeizeichner — unter Maggies Anleitung — ein Porträt zustande gebracht, das Benny Shandling annähernd ähnlich sah.

»Bekommen wir das nicht noch besser hin?« wollte Douglas von ihr wissen.

Maggie musterte erneut die Zeichnung. »Nein, ich glaube nicht ... Es ist schon ganz gut, soweit ich mich erinnern kann.«

Douglas begleitete den Beamten zur Tür.

»Lassen Sie mindestens hundert Kopien anfertigen, und geben Sie sie dann Sergeant Peterson. Er wird sich darum kümmern, daß sie verteilt werden.«

Als er gegangen war, kam Maggie ins Wohnzimmer.

»Maggie, warum bleibst du nicht im Arbeitszimmer?«

Maggie spähte zu dem jetzt leeren Platz hinüber, wo Pauls Körper erst vor ein paar Stunden noch gelegen hatte. An seiner Stelle markierte jetzt eine Kreidezeichnung die Lage des Körpers. Daneben auf dem Teppich war ein großer Blutfleck zu sehen, der sich dunkelbraun verfärbt hatte.

Douglas ergriff sie am Ellbogen und führte sie ins Arbeitszimmer zurück.

»Hör mal, Maggie, warum legst du dich nicht etwas hin ... wenn du nur eine Weile zur Ruhe kommen könntest —«

Sie schob seinen Arm fort. »Was dann ... werden wir Richie dann finden?«

»Wir werden ihn finden, Maggie.«

»Verdammt, Douglas, hör auf, mich wie einen Idioten zu behandeln. Wir haben keine Ahnung, wo Benny hingefahren ist. Inzwischen sind Stunden vergangen, und der Wagen ist immer noch nicht gefunden worden. Er ist ein Psychopath, Douglas! Dieser Mann, der Richie in seiner Gewalt hat, ist ein Psychopath! Wie können logisch denkende Menschen überhaupt versuchen, sich vorzustellen, was so einer als nächstes wohl tun wird?«

Douglas setzte sie auf das Sofa und kniete sich dann vor sie hin auf den Fußboden.

»Maggie, wollen wir es nicht so machen, wie wir es beim letzten Mal getan haben?«

»Was meinst du?«

»Ich meine, daß wir gemeinsam nachdenken und uns ein Verhaltensmuster überlegen, ein Verhaltensmuster, das Benny Shandlings Charakter entsprechen könnte. Soweit ich mit erinnere, warst du das letzte Mal gar nicht so schlecht.«

»Wer sind Sie?« fragte Anita, als sie zuerst den Jungen und dann den Mann sah.
Der Mann zog ein Maschinengewehr und zielte damit auf sie.
»Jesus, Maria und Josef«, murmelte sie, und ihre Hand schlug vor ihrer Brust das Kreuzzeichen.
»Kommen Sie herein und machen Sie die Tür zu«, sagte Benny.
Anita sah sich um ... nirgendwo konnte sie hinlaufen und sich verstecken. Sie ging hinein und machte die Tür zu; ihre Augen blickten gebannt auf den hölzernen Türknauf, den sie berührte ... Langsam zog sie ihre Hand zurück ... Würde sie jemals wieder diesen Türknauf berühren? fragte sie sich. Dann wunderte sie sich, wie sie nur auf so einen dummen Einfall kommen konnte.
Der Mann deutete auf den kleinen Jungen, der auf dem Sofa lag.
»Er schläft, wecken Sie ihn nicht auf«, sagte er.
Sie nickte ... warum sollte sie ihn aufwecken?
»Ich mache nichts, ich sehe nichts«, flehte sie ihn an. »Lassen Sie mich gehen, bitte, lassen Sie mich gehen.«
»Ich werde Ihnen nicht weh tun, tun Sie nur, was ich Ihnen sage.«
Im Kino sagen sie das auch immer ... kurz bevor sie den Abzug drücken.
»Knien Sie sich in die Ecke«, befahl er ihr.
Sie hastete in die Ecke, kniete sich hin und vergrub ihr Gesicht tief zwischen ihren Armen. Falls er schießen sollte, dann war es besser, wenn sie es nicht mit ansah. In Zeiten wie diesen fehlte ihr am allermeisten ihr Rosenkranz, aber alles, was sie bei sich hatte, waren ihre Erdnußbutterbrötchen.

Richie schrie auf, und Benny eilte zu ihm.
»Es ist ja alles in Ordnung«, sagte er und streichelte seinen Rücken.
Richie schaute sich in dem fremden Zimmer um und nahm dann Benny wahr. Er wich vor ihm zurück.
»Weißt du noch, ich bin Benny.«
Richie starrte ihn an.
»Keine Angst, du mußt nichts sagen, wenn du nicht willst. Benny wird dich nicht dazu zwingen. Überlaß mir das Reden, wenn wir vor Gericht sind. Warst du schon mal vor Gericht, Richie?«
Der Junge konnte sich nicht mehr erinnern, ob er schon mal vor Gericht gewesen war oder nicht. Aber es war ein übler Ort . . . aus irgendeinem Grund wußte er das noch. Er schloß die Augen, und das Gesicht des Mannes verschwand wie hinter einem heruntergelassenen Rolladen . . .

22. KAPITEL

Malcolm Greenspon war der erste an diesem Morgen; er steuerte seinen marineblauen Lincoln auf den Parkplatz, der dem Aufzug am nächsten lag, und Harold Leeder parkte seinen Wagen daneben. Sie nickten sich freundschaftlich zu und betraten gemeinsam den wartenden Privataufzug. Greenspon, der fast einen Kopf kleiner als Leeder war, benutzte seinen Schlüssel, um den Aufzug in Gang zu setzten, drückte auf den zweiten Stock, und mit einem Surren schlossen sich die Türen.

»Na, Malcolm, es sieht so aus, als bekämen wir zum Wochenende schönes Wetter«, bemerkte Leeder.

»Und das werde ich auch ausnützen. Da der Boden allmählich abtrocknet, hab ich mir gedacht, daß ich heute etwas eher Schluß machen und auf ein paar Runden Golf in den Club fahren werde. Kommen Sie doch mit, warum nicht?«

»Ich würde gern, aber ich habe für heute nachmittag eine Anhörung angesetzt. Mit zwei streitbaren Anwältinnen, die beide — na, wie soll ich mich ausdrücken — nicht gerade dazu neigen, sich kurz zu fassen. Ich kann mich glücklich schätzen, wenn ich es bis fünf Uhr schaffe. Ganz zu schweigen von der Höhe, die mein Blutdruck dann erreicht haben wird.«

Beide kicherten, und dann meinte Leeder: »Sagen Sie doch mal, Malcolm, gibt es irgend etwas Neues über diesen Würger, der sich hier herumtreiben soll?«

»Nein, soweit ich weiß, nicht. Die ergriffenen Sicherheitsvorkehrungen scheinen das Problem eingedämmt zu haben, zumindest was eine akute Gefährdung hier im Gebäude betrifft. Ich persönlich bin der Meinung, daß wir uns überlegen sollten, ob wir die Zuschauer nicht auf unbestimmte Frist ausschließen. Heutzutage treibt sich viel zuviel Gesindel herum, man sollte diesen Leuten nicht erlauben, einfach so hier hereinzustolzieren und überall herumzulaufen.«

Leeder nickte. »Das stimmt, die Zeiten haben sich geändert. Es ist zwar einerseits eine sehr nette Vorstellung, die Gerichte einer Überprüfung durch die Öffentlichkeit zugänglich zu halten, aber andrerseits scheint das nicht mehr länger durchführbar zu sein.«

Die Tür des Aufzugs öffnete sich, und beide Männer traten auf den Gang.

»Es freut mich, daß wir diesbezüglich einer Meinung sind, Harold«, sagte Greenspon, als sie auf das Richterzimmer zugingen. »Dann kann ich also mit Ihrer Unterstützung rechnen, wenn ich diesen Punkt bei unserer nächsten Besprechung anschneiden werde?«

»Zählen Sie auf mich, Malcolm.«

Greenspon öffnete die Tür zum Aufenthaltsraum, hielt in der Bewegung inne, als seine schmalen Augen entsetzt die Szene aufnahmen, die sich ihnen bot, und machte wieder einen unsicheren Schritt zurück, wobei er Malcolm auf die Füße trat.

»Nein, nein, meinetwegen müssen Sie nicht gleich wieder gehen«, sagte Benny, der seine Uzi bereits im Anschlag hielt. »Kommen Sie doch herein und leisten Sie uns Gesellschaft.«

»Okay«, sagte Douglas und machte sich weitere Notizen auf seinem Block. »Wir wissen, daß er eine Freundin hat. Vielleicht ist er tatsächlich so durchgedreht, daß er Richie

für Adam hält. Die drei können sich doch zusammen in einer Wohnung aufhalten . . . richtig?«
Maggie nickte. »Aber er war ganz außer Fassung, Douglas, als er Paul erschoß, man hat es ihm richtig angesehen. Er war völlig niedergeschmettert. Ich weiß nicht, ob das alles so einfach für ihn sein dürfte.«
»Was steckt denn dann für ein Gedankenmuster dahinter? Er hatte einen Plan — in seinen Augen einen sehr ehrenwerten Plan. Aber wegen unvorhergesehener Umstände geht dieser schief. Die falsche Person wird erschossen, und er ist letztendlich dafür verantwortlich. Was macht er jetzt?«
»Er läuft davon.«
»Warum?«
»Weil er natürlich Angst hat, daß man ihn erwischt.«
»Warum hat er dann so lange gewartet . . . warum ist er nicht sofort geflohen? Und in diesem Zusammenhang, warum hat er nicht dafür gesorgt, daß ihm nichts passieren kann, indem er dich ebenfalls erschießt? Du kannst ihn identifizieren. Außer Richie bist du sogar die einzige.«
Maggie seufzte. »Willst du damit ausdrücken, daß er gar keine Angst hatte, gefaßt zu werden?«
»Es scheint mir jedenfalls nicht seine Hauptsorge zu sein. Überlegen wir doch mal . . . warum läuft er schließlich dann doch davon? Ich würde sagen, weil er Zeit braucht, um nachzudenken, um zu verdauen, was passiert ist, und um einen Weg zu finden, seine Pläne den neuen Umständen anzupassen.«
Maggie fuhr sich mit den Fingern durchs Haar und schaute ihn fragend an.
»Meinst du damit, daß er noch etwas anderes zu erledigen hat, etwas, das seiner Sache dienlich ist?«
»Genau.«

»Führt uns das denn nicht wieder zu der Vorstellung zurück, daß er zusammen mit seiner Freundin und Richie bei sich zu Hause sitzt? Natürlich in der Annahme, dieser sei Adam.«

»Vielleicht, aber ich weiß nicht, inwiefern dies ein ehrenwertes Vorhaben ist ... Außerdem, wenn er sich noch so weit in der Gewalt hatte, einen weiteren Plan auszuhecken ... Ist es möglich, daß er jeglichen Überblick verloren hat? Kann er wirklich glauben, daß Richie Adam ist?«

»Ich weiß es nicht, Douglas. Vielleicht hat er ja nur kurzzeitig den Bezug zur Realität verloren, aber trotzdem —«

»Gut, dann gehen wir mal davon aus, daß er immer noch irgendeinen Bezug zur Realität hat. Wir haben es hier mit einem Mann zu tun, der ohne egoistische Hintergedanken zum Wohle anderer gemordet hat. Was würde er wohl als nächstes tun?«

»Hinter anderen Frauen hersein.«

»Nein, er ist kein Killer, der wahllos zuschlägt. Denk daran, jede Frau wurde speziell ausgewählt. Und außerdem, wozu würde er Richie dabei brauchen?«

Maggie seufzte. »Wie wäre es damit — er ist einfach wütend, kann nicht mehr logisch denken. Um Himmels willen, wir reden hier über jemanden, dessen logisches Denkvermögen nicht gerade sehr entwickelt ist!«

Douglas schaute sie an. »Wütend ... Warum ist er wütend?«

»Weil sein Plan mißlungen ist natürlich.«

»Und wer war daran schuld?«

»Ich weiß nicht, Paul wahrscheinlich.«

Douglas zögerte und meinte dann: »Und wem, außer Paul, können wir noch die Schuld geben?«

»Ich verstehe nicht ganz, Douglas. Außerdem habe ich das hier langsam satt, wir drehen uns nur im Kreis und kommen Richie damit keinen Schritt näher.«

»Nur noch eine kleine Weile, Maggie, mir kommt da eine Idee.«

Sie schaute ihn fragend an.

»Okay, ich bin wütend. Warum mußte das hier überhaupt geschehen? Verdammt, warum war ich derjenige, der auserwählt wurde, alles wieder in Ordnung zu bringen? Wessen Schuld ist es, daß ich in diesem gottverdammten Schlamassel sitze?«

Sie überlegte einen Moment und sagte dann: »Die Schuld des Gerichtswesens, der Gesetze ... der Richter?« Sie hielt die Luft an und schaute Douglas an. »Aber wieso Richie, warum mußte er unbedingt Richie mitnehmen?«

»Um ihnen allen — den skrupellosen Richtern — zu zeigen, was sie diesem Jungen mit ihrer Entscheidung angetan haben.«

»Aber er würde doch nie dort hineinkommen, nicht bei all den Sicherheitsvorkehrungen.«

»Jetzt vielleicht nicht, aber in der vergangenen Nacht? Vielleicht konnte die Polizei den Wagen deshalb nicht ausfindig machen, weil er gar nicht mehr auf der Straße unterwegs war. Vielleicht ist er damit nur bis zum Pemberton Square gefahren.«

Innerhalb der nächsten Viertelstunde trafen die anderen drei Richter im Aufenthaltsraum ein. Jetzt saßen sie alle in einer Reihe an die Wand gelehnt und starrten Benny an. Anita — die immer noch zusammengekauert in der Ecke kniete — leierte murmelnd ihre »Ave Maria« ohne die tröstliche Sicherheit eines Rosenkranzes in Händen herunter.

»Was wollen Sie denn eigentlich?« fragte Campbell schließlich, der als letzter seinen Platz eingenommen hatte.
»Ich habe ein paar Anklagen vorzubringen, und Sie haben eine Menge Fragen zu beantworten. Hier geht eine Menge schief, und das muß endlich aufhören.« Er deutete auf Richie, der jetzt auf dem Sofa saß und Benny ebenfalls anstarrte. »Der Junge hier hat auch etwas zu sagen.«
»Ist das Ihr Sohn?« fragte Campbell, dem das Gesicht des Jungen bekannt vorkam. *Herr im Himmel . . . ist das nicht Maggie Grants Kleiner?*
»Ja . . . nein«, sagte Benny.
»Was jetzt?« fragte Greenspon.
Benny schluckte schwer, er haßte es, wenn Greenspon versuchte, alles an sich zu reißen. Er zielte mit der Mündung der Waffe auf ihn, und der Mann kauerte sich wieder an die Wand zurück.
»Ich stelle hier die Fragen«, sagte Benny.
»Warum sagen Sie uns nicht, was Ihnen Sorgen macht«, meinte Campbell mit leiser, einschmeichelnder Stimme. »Vielleicht können wir Ihnen helfen.«
Benny schaute sich um, und seine Augen schossen pfeilschnell durch den Raum.
»Nein, nicht hier. Ich will in den Verhandlungsraum. So etwas gehört in einen Verhandlungsraum.«
Cagney warf einen Blick auf seine Uhr — seine Hand zitterte.
»Es ist noch nicht acht Uhr, vielleicht sollten wir besser warten, bis die Gerichtsdiener eintreffen. Damit es einen offizielleren Anstrich bekommt.«
Benny schüttelte den Kopf; sie versuchten, ihn durcheinanderzubringen — das hatte er erwartet —, aber er würde es nicht zulassen.
»Nein, wir machen es jetzt«, sagte er, mit seiner Waffe

gestikulierend. »Stehen Sie auf und stellen Sie sich in einer Reihe vor der Tür auf. Vergessen Sie nicht, Richie und ich, wir werden die ganze Zeit über hinter Ihnen sein.«

Alle standen auf. Anita rief unter Tränen: »Was ist mit mir? Ich habe doch nichts getan, ich habe nichts falsch gemacht.«

»Nein, Sie bleiben«, sagte Benny, dem ihr Flehen ihre Anwesenheit erst wieder in Erinnerung rief. »Aber rühren Sie sich nicht vom Fleck, gehen Sie nicht aus dem Zimmer.«

»O nein, das werde ich bestimmt nicht. Und vielen Dank, Sir, ich bin Ihnen so dankbar.«

Benny holte die Eisenstange, mit der er die Tür aufgebrochen hatte, klemmte sich den Stapel Akten unter den Arm, nahm Richie bei der Hand und forderte ihn auf, mit ihm zu kommen, indem er leicht an seinem Arm zog.

»Nein, du mußt keine Angst haben«, sagte er sanft zu dem Jungen, »überlaß das alles nur mir.«

»Wo gehen wir hin?« fragte Campbell, als er sich in der bereits formierten Schlange hinten anstellte.

»In den Raum zwei Türen weiter . . . Sitzungssaal D.«

Daisey war bereits vor sieben Uhr im Geschäft, in erster Linie deshalb, weil sie es nicht mehr aushalten konnte, länger allein in der Wohnung zu sein. Zunächst war sie zu Bennys Pension gefahren — aber auch hier erfuhr sie, daß die Polizei nach Benny gefragt hatte.

Sie mußte ganz dringend mit jemandem reden. Liz kam normalerweise immer sehr früh, wie sie wußte, und brachte sich ihr Frühstück mit. Fast eine Stunde saß Daisey allein im Büro vor dem kleinen Schwarzweiß-

Fernsehapparat, ohne überhaupt zu registrieren, was sie da sah. Als Liz mit einer großen Tüte von McDonalds unter dem Arm in den Laden kam, stand Daisey hastig auf und steckte ihren Kopf durch die Tür.

»Oh, Liz«, sagte sie. »Bin ich froh, daß du da bist!«

»Was machst du denn so früh schon hier?« fragte Liz.

»Ich muß mit dir reden.«

»Natürlich, aber warte, ich bin schon unterwegs«, sagte Liz, während sie in das hintere Zimmer ging. Sie holte sich ihr Frühstück aus der Tüte, legte es auf eine Kiste und packte es aus. Dann sah sie Daisey an, die ihr inzwischen gegenüber saß.

»Okay, schieß los, ich bin soweit, rede.«

»Es geht um Benny, Liz. Er ist gestern abend nicht nach Hause gekommen.«

»So, aha.« Dann: »Nun, vielleicht ist ihm irgend etwas Wichtiges dazwischengekommen. Er hätte dich ganz bestimmt angerufen, wenn du ein Telefon hättest.«

Daisey schüttelte den Kopf. »Das ist noch nicht alles. Ich konnte die ganze Nacht nicht schlafen, und so habe ich mich heute morgen angezogen und bin zu einer Telefonzelle gefahren. Ich habe in dem Krankenhaus, in dem er arbeitet, angerufen.«

»Hört er normalerweise nicht um elf Uhr auf?«

»Ja, aber ich dachte mir, vielleicht wissen die ja, wo er ist. Wer weiß, manchmal werden die Angestellten gebeten, eine Doppelschicht einzulegen.«

»Und, war es so?«

»Nein.« Daisey holte tief Luft. »Liz, Benny hat seit drei Tagen nicht mehr gearbeitet ... nach seinem ersten Fehlen hat er sich telefonisch krank gemeldet, aber danach nicht mehr. Und um die Sache noch schlimmer zu machen, die Oberschwester hat mir erzählt, daß

sich gestern abend die Polizei nach Benny erkundigt hat.«
Liz legte ihr Frühstück zur Seite. »Die Polizei, warum sollte sich die Polizei nach Benny erkundigen?«
»Ich weiß nicht. Heute morgen bin ich schon bei Bennys Pension vorbeigefahren . . . die Vermieterin hat auch erwähnt, daß die Polizei bei ihr war. Mir ist klar, daß du Benny nicht so wie ich kennst, Liz, aber du mußt mir glauben, wenn ich dir sage, daß er ein guter Mensch ist. Er könnte nie etwas Böses oder Kriminelles tun. O Gott, ich drehe gleich durch, was soll ich nur machen?«
»Ich glaube, du kannst gar nichts tun außer warten.«
»Vielleicht sollte ich die Polizei anrufen.«
»Wozu? Du könntest ihm dadurch noch größere Schwierigkeiten bereiten, als er ohnehin schon hat. Nein, so, wie ich es sehe, kannst du dich nur hinsetzen und warten. Er weiß ja, wo er dich zu suchen hat.«

Bis sie endlich alle in dem Sitzungssaal waren, dröhnte Bennys Kopf, aber er konnte jetzt nichts daran ändern. Er schob die Eisenstange durch die Griffe beider Doppeltüren, um sie nach außen hin abzusperren, und wies dann die Richter an, sich in die erste Zuschauerreihe zu setzen. Mit Richie an der Hand ging er in das anliegende kleine Zimmer und holte eine schwarze Robe vom Wandhaken.
Ohne die Waffe abzulegen, schlüpfte er in die Robe und trug dann Richie und die fünf Akten hinaus. Er setzte Richie zusammen mit der Waffe und den Akten auf die Richterbank und nahm selbst Platz. Plötzlich zuckte er zusammen und griff sich an den Kopf . . . es konnte kein Zweifel daran bestehen, der Schmerz wurde immer schlimmer.

Schließlich ebbte er wieder ab, und Benny nahm den Hammer und ließ ihn hart auf die Bank niedersausen. »Achtung, Achtung«, rief er. »Die Sitzung ist eröffnet!«

Genau in diesem Augenblick erhielt Max, der Leiter der Sicherheitsabteilung, den Anruf von Douglas. Er gab die Nachricht an einige seiner Männer weiter, und sofort wurden die Zuschauer, die bereits ins Gerichtsgebäude strömten, und das Personal aus dem Gebäude geführt. Die Alarmglocke schrillte, und die Sicherheitsleute und die Justizwachbeamten aus beiden Häusern versammelten sich in der Halle des alten Gebäudes zu Füßen der Statue von Rufus Choate.

»Ich bitte um Ihre Aufmerksamkeit!« rief Max in ein Megaphon, worauf sofort jeglicher Lärm verstummte, der in der Gruppe entstanden war. »Ich bin eben darüber informiert worden, daß ein Mann, der mit einem Maschinengewehr bewaffnet ist und einen kleinen Jungen als Geisel bei sich hat, sich möglicherweise irgendwo in diesem Gebäude versteckt hält.«

Alle hielten wie ein Mann den Atem an.

»Ich will, daß bis auf die Sicherheitsleute und die Polizei, die jeden Augenblick hier eintreffen kann, beide Gebäude geräumt werden. Man geht davon aus, daß diese Person einen Racheakt gegen die Richter am Vormundschaftsgericht plant. Es ist deshalb unerläßlich, daß alle Richter verständigt und auf der Stelle zu ihrer eigenen Sicherheit aus dem Gebäude geleitet werden.«

»Handelt es sich dabei um den Würger vom Gericht?« meldete sich eine Stimme aus der Gruppe.

»Es scheint so. Stellen Sie sich jetzt bitte dort an«, sagte er mit einer Geste auf den Wachtisch am Eingang, »dort werden Sie Ihre Einsatzbefehle empfangen. Außerdem eine Phantomzeichnung des betreffenden Mannes. Er muß gefaßt werden, tot oder lebendig, aber das Kind — ich betone es noch einmal —, das Kind darf nicht in Gefahr gebracht werden.«

Plötzlich hallte ein Schrei zwischen den hohen Wänden wider, und hastige Schritte eilten auf die Halle zu. Alle Blicke wandten sich der Balustrade im zweiten Stock zu, wo die Frau stand und wild mit den Armen fuchtelte.

»Nein, nein, es ist zu spät. Er hat sie schon, er hat sie alle da drinnen, um sie fertigzumachen!«

»Wo?« fragte der Leiter.

»Dort drinnen, dort drinnen!« Anita deutete auf den Sitzungssaal D.

23. KAPITEL

Innerhalb von zwanzig Minuten bekam die Presse Wind von der Geschichte. Bis Douglas und Maggie den Gerichtshof betraten, waren vor dem Gebäude bereits Fernsehkameras aufgebaut, und Reporter hatten ihre Stellung bezogen; unter ihnen befanden sich ein Teil des Personals, das nicht nach Hause hatte gehen wollen, und ein paar Dutzend Schaulustige, die auf Sensationen aus waren. Einer der Reporter, der Anita interviewt hatte, erkannte Douglas und kam, ein Mikrofon in der Hand, auf ihn zugerannt.

»Leute, hier ist der Stellvertreter der Staatsanwaltschaft, Douglas Woods«, und dann, ihm das Mikrofon unter die Nase haltend, »Mr. Woods, unseren Informationen nach hält der Würger vom Gericht dort drinnen einen kleinen Jungen als Geisel gefangen. Können Sie uns sagen, wer der Junge ist und wie es zu dieser Entführung kam?«

Douglas schob das Mikrofon auf die Seite, packte Maggie am Arm und drängte sich mit ihr zusammen durch die Menge, die sich plötzlich um sie gebildet hatte. Fernsehkameras waren nun auf sie gerichtet.

»Ist das die Mutter des Kindes, Mr. Woods?« fragte der Reporter, auf Maggie deutend.

Keine Antwort.

»Wie lange hat das Büro der Staatsanwaltschaft Benny Shandling bereits überwacht, Mr. Woods?«

Douglas schob Maggie die Stufen zum Gerichtsgebäude hinauf.

»Können Sie uns sagen, weshalb, Mr. Woods? Was steckt hinter diesem Rachefeldzug, den Benny Shandling gegen die Richter am Vormundschaftsgericht führt?«
Der Leiter der Sicherheitsabteilung, der an der Tür stand, trat einen Schritt zurück, ließ Maggie und Douglas ins Haus und schloß die Tür hinter ihnen. Douglas, der die Nachricht über das Autoradio gehört hatte, wandte sich an den Wachbeamten.
»Wo ist er, Max?« fragte er.
»Er hat sich im Sitzungssaal D verschanzt. Mit den Richtern und dem Kind.«
Beide rannten die Treppen hoch . . . ein Seil sperrte den betreffenden Teil des Korridors vor dem Eingang zum Sitzungssaal ab. Ungefähr zwanzig Wachbeamte und die Männer von Douglas' Ermittlungsgruppe befanden sich dort. Douglas hielt Peterson fest.
»Hören Sie, ich kann Sie hier nicht gebrauchen«, sagte er. »Sie sollten lieber diese Daisey, seine Freundin, suchen. Sie könnte uns eine große Hilfe sein. Finden Sie sie, und bringen Sie sie hierher.«
Die vier Männer gingen, und der Lieutenant der Polizei — ein Mann mit einem müden, grauen Gesicht — kam auf sie zu.
»Woods, ich bin Lieutenant Thomas, ich leite die Operation hier.«
»Was geht dort drinnen vor sich?« fragte Douglas und deutete auf den Raum.
»Soweit ich es sagen kann, liest er den Richtern gerade die Leviten. Wir haben versucht, von hier draußen mit ihm in Kontakt zu treten — wir haben ein Mikrofon installiert —, aber er hat sich sofort mächtig aufgeregt und wollte in Ruhe gelassen werden. Er hört sich nach einem Kerl an, der eine Bombe zwischen den Zähnen hat, die jeden Augenblick

explodieren kann. Soweit wir das beurteilen können, hat er die Türgriffe mit einer Art Eisenstange verbarrikadiert, so daß man nicht hinein kann.«

»Gibt es irgendwelche anderen Zugänge?«

»Keine . . . da ist noch ein kleines Zimmer, aber der einzige Zugang führt durch den Sitzungssaal. Um ehrlich zu sein, wenn wir nicht das ganze Gebäude hier in die Luft sprengen wollen —«

»Nein!« rief Maggie.

Douglas warf Maggie einen Blick zu und wandte sich dann wieder an Thomas. »Das hier ist Maggie Grant, die Mutter des kleinen Jungen.«

»Ich verstehe. Nun, ich wollte eben sagen, Mrs. Grant, ich würde nicht dazu raten. Soweit ich informiert bin, hat der Mann dort drinnen so etwas Ähnliches wie ein Maschinengewehr. Und diese Türen sind sehr solide, kein billiges Zeug, wie man es heutzutage einbaut. Es gibt keine Möglichkeit, zu ihm zu gelangen, ohne daß vorher ein paar Menschen getötet werden.«

»Was ist mit den Fenstern?«

»Wir überprüfen diese Möglichkeit momentan, aber sehr vielversprechend sieht das nicht aus. Es gibt nur zwei Fenster — beide liegen an derselben Wand, direkt nebeneinander. Aber beide bieten eine schlechte Ausgangsposition . . . das heißt, wenn er dort sitzt, wo wir glauben; uns steht nämlich eine zwei Meter breite Wand im Weg, die uns daran hindert, ihn ins Visier zu nehmen.«

»Wo ist das genau?« fragte Douglas.

»Nun, dem Klang seiner Stimme nach zu schließen, sitzt er auf dem Platz des Richters. Und nach Aussage eines der Wachbeamten hier ist der gesamte Ausschnitt — der Zeugenstand und die Richterbank — von den Fenstern aus unmöglich einzusehen.«

Maggie holte tief Luft. »Und mein Sohn, wo ist er?«
»Man hat bis jetzt nichts von ihm gehört, aber ich würde annehmen, daß er dort oben bei ihm sitzt.«
»Aber ihm geht es doch gut?« fragte sie.
Thomas nickte. »Die Putzfrau hat ausgesagt, daß er aus freien Stücken und unverletzt hineingegangen ist. Ihren Worten nach zu schließen, klingt es mir ganz so, als stünde er unter Schock.«
»Ich will dort hinein«, sagte Maggie.
»Was erzählst du da?« meinte Douglas.
»Begreifst du nicht, Douglas, der Mann will eine Gerichtsverhandlung. Was er wirklich will, ist doch, das Sorgerecht über seinen Sohn zu bekommen. Einmal angenommen, ich biete mich an, ihn zu vertreten, als seine Anwältin.«
»Das ist doch verrückt. Nein, das ist das Verrückteste, was ich jemals gehört habe.«
»Nein, das ist es nicht. Wenn ich ihn überreden kann, mich hineinzulassen, um seinen Fall zu vertreten, dann kann ich ihn dazu bewegen, sich neben mich an den Tisch auf den Platz des Klägers zu setzen.« Sie schaute Thomas an. »Könnten Ihre Männer ihn da gut genug sehen?«
Thomas schaute sie verwundert an.
»Antworten Sie mir, bitte. Das ist mein Kind da drinnen!«
Er nickte. »Ja, soweit ich weiß, könnten sie das.«
Sie sah Douglas an. »Okay?«
»Nein, es ist nicht okay. Verdammt, du weißt doch gar nicht, ob er sich dort hinsetzt, wo du willst. Himmel, Maggie, du weißt doch genau, mit wem wir es hier zu tun haben. Du könntest das Faß zum Überlaufen bringen. Außerdem möchte ich zuerst noch etwas überprüfen.«
»Was denn?« wollte Thomas wissen.
»Ich möchte vorher noch einmal anrufen, um herauszu-

finden, ob ich die frühere Mrs. Shandling dazu überreden kann, Bennys Sohn hierherzubringen.«

»Jesus, das könnte gefährlich für das Kind werden.«

»Nein, nicht, wenn wir es richtig anstellen. Du bleibst hier, Maggie, während ich telefoniere.«

Maggie packte ihn am Arm und hielt ihn fest.

»Warte, Douglas. Wenn es nicht funktioniert, dann möchte ich, daß du mir versprichst, über meinen Vorschlag nachzudenken.«

»Hör mal, hast du es schon vergessen . . . vor nicht einmal vierundzwanzig Stunden hatte Benny Shandling dich im Visier.«

»Aber jetzt nicht mehr, Douglas. Jetzt bin ich einfach eine Anwältin, jemand, der ihm helfen kann, das Sorgerecht für sein Kind zu bekommen.«

»Sie sehen also, was Sie angerichtet haben?« sagte Benny, dessen Hände Richies Rücken streichelten. »Dieser Junge hier . . . Sie haben ihm den Vater weggenommen. Sie haben ihn getötet, als hätten Sie selbst den Abzug gedrückt. Und draußen laufen noch Hunderte von anderen Kindern herum, denen es genau wie diesem hier geht; Kinder, die ihre Väter sehen wollen und nicht können, weil solche gedankenlosen Menschen wie Sie daran schuld sind. Aber wir sind jetzt alle hier, um dafür zu sorgen, daß so etwas nie mehr passiert.«

Benny nahm die oberste Akte von dem Stapel und las den Namen vor.

»Frank Chandler gegen Sondra Chandler. Malcolm Greenspon, bitte in den Zeugenstand.«

Greenspon rührte sich nicht, und Benny hob die Waffe.

»He, haben Sie mich vielleicht nicht gehört?« sagte er.

Greenspon erhob sich. »Aber das ist doch verrückt . . . Sie haben kein Recht —«

»Das hier ist ein Gerichtssaal, Mr. Greenspon, mein Gerichtssaal. Ich erwarte von Ihnen, daß Sie sich dementsprechend benehmen.«

»Und wenn nicht?«

»Wenn nicht . . . warten Sie, wenn nicht? O ja, Mr. Greenspon, dann werde ich Sie ohne Verhandlung töten. He, kommen Sie schon, ich glaube an die Gerechtigkeit, ich will nicht gezwungen sein, so etwas tun zu müssen.«

Greenspon lief rot an — an seiner Schläfe fing eine Ader zu pochen an. Er trat in den Zeugenstand, und Benny wies Farswick an, die Bibel zu nehmen und ihn zu vereidigen. Als Greenspon ordnungsgemäß vereidigt war, ergriff Benny das Wort.

»Mr. Greenspon, können Sie sich an den Fall Chandler gegen Chandler erinnern?«

Greenspon nickte, während Benny die dicke Akte aufschlug.

»Warten Sie«, rief Campbell. »Vielleicht können wir ja darüber reden. Ich habe den Eindruck, als hätten Sie eine berechtigte Klage vorzubringen, da Ihnen ein ordentliches Verfahren verweigert wurde. Es gibt einen Weg, das wieder in Ordnung zu bringen, einen richtigen Weg.«

»He, seien Sie still«, sagte Benny. »Ich habe hier einen Fall zu verhandeln, und Sie stören mich in meiner Konzentration. Es ist nicht immer leicht für mich, Mr. Campbell, die richtigen Gedanken zu fassen. Sie müssen wissen, ich habe einen Gehirntumor.«

Douglas saß im leeren Büro des Geschäftsstellenleiters, den Telefonhörer in der Hand. Er hatte Claire Cranston Shandling eben die Situation erklärt.

»Und, was erwarten Sie jetzt von mir?« fragte sie.
»Ich möchte Ihre Erlaubnis, Adam hierherzuholen.«
»Was, sind Sie verrückt?«
»Mrs. Cranston, wir haben nicht die Absicht, Adam irgendeiner Gefahr auszusetzen. Aber wenn Adam über Mikrofon mit ihm reden könnte, damit Benny weiß, daß er da ist, dann hätten wir vielleicht eine Chance, alle unverletzt aus diesem Sitzungssaal zu bekommen.«
»Und was ist mit meinem Sohn?«
»Benny liebt das Kind, er wird ihm nicht weh tun. Außerdem würden wir ihn nie einer so gefährlichen Situation ausliefern. Wenn wir sehen, daß es nicht funktioniert, daß Benny nicht positiv darauf reagiert, mit Adam zu reden, dann werden wir den Jungen keinesfalls in die Nähe des Sitzungssaales lassen. Vergessen Sie nicht, Benny hat sechs Geiseln, eine davon ist ein Junge in Adams Alter.«
Claire war aufgebracht. »Sie müssen ja glauben, daß ich genauso verrückt wie er bin. Sie verlangen doch wohl nicht von mir, daß ich meinen Sohn in ein Gerichtsgebäude zu einem Wahnsinnigen schicke, oder?«
»Wie ich bereits sagte, er würde nicht in seine Nähe kommen. Sie können natürlich mitkommen und alles überwachen.«
»Mr. Woods, Sie verlangen nichts Geringeres von mir, als daß ich mein Kind der Gefahr aussetze, einen Schock zu erleiden. Adam hat seit über einem Jahr seinen sogenannten Vater weder gesehen noch mit ihm gesprochen. Er erkundigt sich überhaupt nicht mehr nach ihm. Wissen Sie, wie lange es gedauert hat, das zu erreichen?«
Nach einer Pause meinte er: »Wollen Sie damit sagen, daß es Zeiten gegeben hat, zu denen er seinen Vater sehen wollte ... nachdem dieser ihn nicht mehr regelmäßig besuchte?«

»Sie wissen doch, wie Kinder sind, mal so, mal so. Aber wichtig ist doch, daß Adam jetzt nicht mehr will. Und ich habe nicht die Absicht, diesen Zustand wieder zu ändern, weder so noch so.«
»Gibt es nichts mehr, womit ich Sie überzeugen kann —«
»Nichts. Und lassen Sie mich Ihnen eines klarmachen, Mr. Woods, für den Fall, daß Sie mich nicht richtig verstanden haben. Sie haben nicht das geringste Recht, meinen Sohn irgendwohin zu bringen ... wenn Sie das täten, würde das einer Entführung gleichkommen ... und glauben Sie mir, ich würde Sie verklagen.«
»Mrs. Shandling, vielen Dank, aber ich kenne die Gesetze.«
Douglas knallte den Hörer auf die Gabel.
So ein Mist! Jetzt mußte er sich mit Maggie auseinandersetzen. Er konnte es doch nicht zulassen, daß sie sich als lebende Zielscheibe dort drinnen neben ihn setzte. Was war denn mit ihm ... warum sollte er Benny eigentlich nicht vertreten können?

Daisey hatte eben einen Kunden zu Ende bedient, als Liz aus dem Hinterzimmer nach ihr rief: »Daisey, komm sofort hierher!«
Daisey rannte zu ihr. »Was ist los?«
Liz deutete auf den Fernsehapparat.
»Sie haben gerade das Programm unterbrochen ... für eine spezielle Durchsage, und dabei wurde Bennys Name erwähnt. Hör zu.«
Eine Reporterin, ein Mikrofon in der Hand, war auf dem Bildschirm zu sehen.
»Wir befinden uns hier auf dem Pemberton Square, im Hof des Bezirksgerichts von Suffolk. Die Geschichte, die sich hier abspielt, übersteigt jede Vorstellungskraft. In diesem

Gebäude«, die Kamera schwenkte auf das Gerichtsgebäude, »befindet sich ein Mann . . . ein Vater, der verzweifelt danach ruft, gehört zu werden. Er fordert Gerechtigkeit — nicht für sich selbst, meine Damen und Herren, nein, für alle Väter, die von dieser Justiz schlecht behandelt wurden. In seinem verzweifelten Kampf hat dieser Mann einen sechsjährigen Jungen namens Richard Grant — einen Jungen, dem erst letzte Woche verboten wurde, seinen Vater zu sehen — und fünf Richter, alle am Vormundschaftsgericht tätig, als Geiseln genommen. Dieser Mann, Benny Shandling, der davon überzeugt ist, daß die Rechte der Männer in unserem Justizsystem mit Füßen getreten werden, ist derselbe Mann, von dem man nun annimmt, der Würger vom Gericht zu sein. Der Mann, der im vergangenen Jahr fünf Frauen ermordet hat . . . Frauen, die in ihrem Kampf um das Sorgerecht überlegen waren —«
Daisey beugte sich vor und schaltete den Apparat aus.
»Warum hast du das getan?«
»Ich habe genug gehört. Das ist ein Irrtum, das ist nicht Benny!«
»Sei doch vernünftig, Daisey. So häufig ist der Name auch nicht.«
Daisey schüttelte den Kopf; sie spürte, wie ihr Tränen des Zorns in die Augen stiegen.
»Ich kenne ihn, Liz, ich weiß, was für ein Mensch er ist . . . Ich könnte doch keinen Mann lieben, wenn ich nicht wüßte, was für ein Mensch er ist.«
Liz zuckte mit den Schultern. »Vielleicht ist er durchgedreht. Du hast mir doch erzählt, wie sehr er darunter leidet, seinen Sohn nicht mehr sehen zu können . . .«
Tränen fingen an, ihr über die Wangen zu laufen, und sie wischte sie mit geballten Fäusten fort.
»Ich muß ihm helfen, Liz«, sagte sie schließlich. »Irgend-

wie muß ich ihm helfen. Wenn er wirklich dort ist und das tut, was die Leute behaupten, dann nur deshalb, weil er nicht anders kann.«

»Wenn er nicht anders kann, wieso solltest du dann seine Meinung ändern können? Ich sage ja nicht, daß er dich nicht liebt, aber trotzdem, wenn ein Mensch so weit geht ... Daisey — du hast doch gehört, was sie in den Nachrichten gesagt haben —, sie glauben, daß er der Würger vom Gericht ist!«

Daisey sagte ein paar Minuten gar nichts und meinte dann: »Ich kann das nicht glauben, ich kann einfach nicht. Und selbst wenn, ich glaube, selbst das würde nichts ändern. Liz, er braucht meine Hilfe, er braucht jemanden, der ihn zur Besinnung bringt, bevor er noch etwas anrichtet, was so schrecklich sein würde, daß er sich das nie verzeihen könnte. Falls Benny die Kontrolle über sich verloren hat ... falls er wirklich durchgedreht ist, dann muß ich ihn wieder auf die Erde zurückholen.«

»Aber wie?«

Sie nahm ihre Tasche. »Spring du hier für mich ein, Liz.«

»Was ... wo gehst du hin?«

»Ich hole Adam und bringe ihn zu Benny.«

»Aber das kannst du nicht, seine Mutter wird es nicht zulassen, daß du einfach hergehst und den Jungen mitnimmst.«

»Ich habe nicht vor, seine Mutter zu fragen. Adam ist momentan in der Schule.«

»Daisey, du überlegst nicht mehr richtig, was du da vorhast, das ist ein Verbrechen ... man könnte dich wegen Entführung einsperren!«

»Das ist mir egal.«

»Außerdem werden die Lehrer dich nicht so einfach in die Schule spazieren und ihn herausholen lassen. So einfach ist das nicht.«

»Das werden sie, wenn ich ihnen erzähle, daß ich eine Freundin seiner Mutter bin und daß sie mich gebeten hat, ihn abzuholen.«

»Also einmal angenommen, du schaffst es, sie davon zu überzeugen, was dann? Dann kommt Adam heraus, sieht dich und sagt: 'Tut mir leid, diese Dame kenne ich nicht', und weigert sich, mit dir zu gehen. Hast du dir das schon mal überlegt?«

»Das wird er nicht, er wird sich an mich erinnern«, sagte sie. »Adam wird sich an mich erinnern.«

Mit diesen Worten nahm sie ihre Autoschlüssel und rannte davon.

Benny hatte Greenspon mehr als eine Viertelstunde lang befragt. Trotz der stechenden Schmerzen, die durch seinen Kopf schossen, war er den Fall sorgfältig durchgegangen und hatte Greenspon nach den Gründen für die Entscheidungen befragt, die dieser während der Verhandlung gefällt hatte. Und Greenspon hatte sein Vorgehen mit seiner trockenen, förmlichen Stimme verteidigt.

»Sagen Sie doch mal, Mr. Greenspon«, meinte Benny schließlich, »warum wollten Sie nicht mit Andrew reden und sich anhören, was er wollte?«

»Weil es ganz gleich war, was er wollte. Der Junge war noch so klein . . . neun, zehn Jahre alt oder so ähnlich. Kinder verfügen nicht über die Erfahrung oder das Wissen, um beurteilen zu können, was für sie am besten ist.«

»Woher wollen Sie das wissen?«

»Es ist meine Aufgabe, das zu wissen.«

Benny nickte. Er konnte es ganz deutlich hören, ein undeutlich brausendes Geräusch in seinen Ohren, als würde jeden Moment ein Orkan in seinem Kopf losbre-

chen. Er blickte von einem Richter zum anderen, dann wieder auf Greenspon.
»Erheben Sie sich und gehen Sie auf Ihren Platz zurück«, forderte Benny ihn auf.
Greenspon verließ den Zeugenstand und wollte zur Zuschauerbank zurück.
»Nicht hinsetzen«, sagte Benny laut genug, um den Sturm in seinem Kopf zu übertönen.
Greenspon wandte sich um und sah ihn an. »Warum nicht?«
»Ich habe mein Urteil jetzt gefällt«, sagte Benny und hob die Waffe. »Ich habe Sie für schuldig befunden . . . Sie haben die Todesstrafe verdient.«
Greenspons Augen traten aus ihren Höhlen. »Nein, warten Sie. Tun Sie das nicht, Sir, bitte, tun Sie das nicht! Wenn Sie mich töten, werde ich keine Gelegenheit mehr haben, meine Verfehlungen wiedergutzumachen. Ich meine, ich möchte mir alles noch einmal überlegen. Ja, ich muß alles noch einmal überdenken. Es sind Fehler gemacht worden, Sir, und ich hätte gern die Chance, das wieder in Ordnung zu bringen . . . Bitte —«
Benny blickte zu Boden, stemmte sich in seinen Sitz, holte tief Luft . . .
Plötzlich ging die Uzi los, und die Wände des Sitzungssaales erbebten — die Gewalt der Geschosse warf Greenspon in die Luft. Seine Brust klaffte auf wie ein kaputter Kopfkissenbezug, und sein Körper wirbelte in die Höhe und landete schließlich mit einem dumpfen Laut in der vierten Bankreihe.
Campbell schloß seine feuchten Augen. Leeder, Cagney und Farswick senkten die Köpfe und fingen leise zu beten an.

24. KAPITEL

Stille ... Eine Stille, die endlos zu sein schien.

Schließlich schaute Maggie zu Douglas hinüber, der im Augenblick des Gewehrfeuers aus dem Büro des Geschäftsstellenleiters gelaufen war.

»Greenspon«, flüsterte sie ihm zu, »er hat eben Greenspon exekutiert.«

Douglas sah Lieutenant Thomas an. »Geben Sie mir das Mikrofon.«

Er reichte es ihm hinüber.

Douglas holte tief Luft ... er konnte hören, wie Benny Gerard Campbell in den Zeugenstand rief. Herr im Himmel ... was sollte er nur sagen?

»Benny«, setzte er schließlich an.

Benny sah sich um ... woher kam diese Stimme?

»Kein Grund, nervös zu werden, Benny, ich bin hier draußen, auf dem Korridor. Und ich habe ein Mikrofon, damit Sie mich besser hören können.«

»Wer sind Sie?«

»Mein Name ist Douglas Woods, ich bin Rechtsanwalt. Ich will mit Ihnen sprechen, das ist alles. Sie müssen nicht viel sagen, wenn Sie nicht wollen, hören Sie einfach zu, was ich Ihnen zu sagen habe. Werden Sie das machen, Benny?«

Benny nickte.

»Ich habe Sie nicht verstanden, Benny.«

»Ja«, sagte er schließlich.

»Möchten Sie nicht den Jungen gehen lassen? Sie brauchen ihn dort drinnen doch gar nicht, oder?«

»Nein, nein, das geht nicht. Sehen Sie, der Junge gehört hierher zu mir. Adam hilft mir beim Nachdenken. Ich kann ihn nicht weglassen . . . verstehen Sie das nicht?«
»Okay, okay, ich habe verstanden. Sie fühlen sich wohler, wenn er bei Ihnen ist, richtig?«
Nach einer Pause: »Ja, ich glaube, so ist es.«
»Dann muß er bei Ihnen bleiben, nehme ich an. Aber darüber wollte ich eigentlich gar nicht mit Ihnen sprechen. Sehen Sie, Benny, als diese ganze Sache angefangen hat, habe ich mir die Mühe gemacht und mir Ihre Akte angesehen, Ihre Scheidungsakte. Und ich habe mich über diese jämmerliche Scheidungs- und Umgangsvereinbarung informiert, die Sie mit Ihrer Frau getroffen haben. Himmel, was für eine schlechte Vereinbarung. Wer hat Sie denn dazu überredet, solch einem Handel zuzustimmen?«
Eine weitere Pause, länger diesmal. »Mein Anwalt, Millerman.«
»Barry Millerman?«
»Sie kennen ihn?«
»Ich habe von ihm gehört. Sagen Sie das nicht weiter, Benny, aber dieser Bursche sollte überhaupt keinen Menschen vor Gericht vertreten. Als Rechtsanwalt taugt er nicht viel. Wenn Sie mein Mandant gewesen wären, dann hätte ich Ihnen geraten, um Ihr Recht zu kämpfen. Mit all Ihrer Kraft.«
»Haben Sie ein Kind?«
»Nein, Benny, aber ich hätte gerne eines. Es muß einem Mann ein gutes Gefühl geben, wenn er weiß, daß er einen Sohn hat, der zu ihm aufsieht. Wie alt ist Ihr Junge, Benny?«
Benny sah Richie an und sagte dann: »Fast sechs Jahre.«
»Ah, das ist ein gutes Alter. Sie hätten es bestimmt gerne, wenn der Junge bei Ihnen leben könnte.«

»Er ist ja bei mir, hier neben mir.«
»Sicher. Aber ich meine nicht hier im Gericht ... ich meine, zu Hause bei Ihnen. Ich meine, daß er für immer bei Ihnen und Daisey leben könnte. Das würde Ihnen doch noch besser gefallen, oder nicht?«
Er kannte Daisey ... woher wußte er von Daisey?
»Sind Sie noch da, Benny?«
»Sie wollen mich doch nur austricksen, stimmt's?«
»Warum sollte ich das tun?« Als er keine Antwort erhielt, fuhr er fort ... »Hören Sie, Benny, ich frage doch nur, ob Sie um Ihren Jungen kämpfen wollen, ich meine, hier im Gericht, wo es zählt.«
»Es hat keinen großen Sinn, vor Gericht etwas zu erkämpfen«, sagte Benny. »Ein Vater hat doch gar keine Chance.«
»Ich verstehe, was Sie meinen, Benny, und Sie haben gar nicht so unrecht. Einige der Richter hier am Gericht kneifen, wenn es um die Rechte der Väter geht. Es ist fast so, als hätten sie bis jetzt noch nicht begriffen, daß ein Vater ein Kind ebenso gut wie eine Mutter erziehen kann. Als würden sie noch im vorigen Jahrhundert leben. Aber es gibt auch eine Ausnahme hier, ich weiß nicht, ob Sie schon bemerkt haben ...«
Schweigen.
»Ich werde Ihnen jetzt mal etwas sagen — und das weiß wirklich nicht jeder, aber jeder Scheidungsanwalt, der sein Geld wert ist, ist darüber im Bilde; nur, es gehört nun mal zu jenen Dingen, über die man nur ungerne spricht. Wann immer ein Anwalt einen Vater vor Gericht zu vertreten hat und eine faire Behandlung seines Mandanten erreichen möchte, dann setzt er Himmel und Hölle in Bewegung, um es so hinzudrehen, daß sein Fall vor Campbell verhandelt wird ... Richter Gerard Campbell.

Das ist der Mann mit dem dunklen Haar und den grauen Schläfen. Der, den Sie gerade in den Zeugenstand gerufen haben.«

Benny schaute auf Campbell, der neben ihm saß, und schaute dann wieder weg.

»Ja, das dachte ich mir auch, als ich ihn zum erstenmal bei einer Verhandlung gesehen habe. Aber dann habe ich ihn in einem anderen Fall erlebt. Ich weiß nicht mehr, welcher das war . . . Aber da hat er sich nicht so angestrengt.«

»Ich glaube, ich weiß, welchen Fall Sie meinen. Aber bei der eigentlichen Verhandlung waren Sie doch gar nicht, oder?«

Nein, der Typ mit der tiefen Stimme da hatte recht — er war nicht bei der Verhandlung gewesen.

»Ich habe den Vater draußen im Gerichtshof gesehen«, sagte Benny. »Hinterher.«

»Ja, und er war ziemlich enttäuscht, möchte ich wetten . . . nicht, daß ich ihm das zum Vorwurf mache. Aber die Sache ging so aus, daß er, obwohl er ein ziemlich großes Alkoholproblem hatte, wie sich herausstellte, dennoch die Erlaubnis bekam, seinen Sohn einmal wöchentlich zu sehen. Unter Aufsicht zwar, aber auch das war nur vorübergehend so geregelt. Campbell hat einen Jugendamtsvertreter für den Jungen bestellt . . . Wissen Sie, was das ist, Benny?«

Benny nickte. »Ja, das weiß ich«, sagte er schließlich.

»Das überrascht mich nicht. Ich kann mir vorstellen, daß Sie sich inzwischen ziemlich gut in unserer Rechtssprache auskennen. Nun, auf jeden Fall wurde ein Jugendamtsvertreter bestellt, der die Aussagen der beiden Parteien überprüfen sollte. Und nach Ablauf eines Monats wollte Campbell die Sache noch einmal beurteilen.«

Benny gab keine Antwort.

»Sie sehen also, so schlecht ist der Vater gar nicht weggekommen. Wenn man die Umstände berücksichtigt, natürlich. Aber ich garantiere Ihnen, wenn er so ein Vater gewesen wäre, wie ich sie mir vorstelle, dann wäre er als Sieger hervorgegangen. Campbell hat einen guten Ruf, was zwei Dinge anbelangt: Er kann zuhören, und er hat Einfühlungsvermögen. Ich will gar nicht versuchen, Ihnen etwas vorzumachen, Benny, das sind heutzutage Qualitäten, die man bei Richtern nur selten antrifft. So, wie ich es sehe, werden sie immer tauber, je länger sie da oben auf ihrer Richterbank sitzen. Und sie halten an ihren puritanischen Vorstellungen fest und weigern sich, mit der Zeit zu gehen.«

Hatte er in diesem Fall einen Fehler gemacht . . . hatte er die Waffe vorschnell besorgt? Der Kerl da draußen konnte ja auch lügen, aber er wußte von Daisey und daß er — Benny — nicht bei der Verhandlung gewesen war. Im Moment konnte er sich nicht erinnern . . . warum war er nicht dort gewesen?

»Hören Sie mir noch zu, Benny?«

Nach einigen Momenten des Zögerns meinte er: »Ja, ich höre Ihnen noch zu.«

»Okay, dann mache ich Ihnen mal einen Vorschlag, Benny. Der Gedanke, der mich beim Lesen Ihres lausigen Scheidungsurteils nicht mehr losgelassen hat, war folgender: 'Dieser arme Kerl hatte ja nicht einmal Gelegenheit gehabt, vor Gericht sein Glück zu versuchen.' Ich möchte Ihnen jetzt vorschlagen, daß Sie das nachholen. Und zwar sofort. Campbell steht vor Ihnen und ist bereit, sich Ihren Fall anzuhören.

Und Sie haben ja auch noch diese anderen Richter da, die vielleicht etwas lernen können, wenn sie sehen, wie man es richtig macht. Und das ist sehr wichtig, Benny, diese Richter müssen das lernen, damit sie beim nächsten Mal, wenn sie wieder ein Urteil fällen, wissen, was sie tun. Natürlich können Sie so weitermachen, wie Sie angefangen haben — das liegt ganz bei Ihnen. Aber ich würde sagen, so ist es besser — Sie bekommen eine Chance, um Ihr Kind zu kämpfen, und gleichzeitig können Sie diesen Leuten da zeigen, wie man es richtig macht.«

Keine Antwort.

»Also, was sagen Sie dazu, Benny. Wollen Sie, daß man Sie anhört?«

Wieder war es still, absolut still . . . bis auf das Tosen in Bennys Kopf, wo der Sturm weiter wütete.

Die Vorstellung von Benny, wie er in diesem Gerichtssaal stand und diese Geiseln festhielt, ging Daisey nicht mehr aus dem Kopf, als sie auf der Schnellstraße entlangraste. Wie war es dazu gekommen, und warum hatte sie das nicht kommen sehen? Doch wenn er tatsächlich der Würger vom Gericht war, dann hatte das eine lange Vorgeschichte, die vor ihrer Zeit angefangen hatte. Die Tränen, die sie weinte, galten ihr selbst . . . sosehr sie Benny auch liebte, sie hatte ihn zu spät kennengelernt. Keiner war fähig gewesen, ihm das zu geben, was er am meisten brauchte und was sie ihm nun geben würde: seinen Sohn.

O bitte, lieber Gott, laß es klappen.

Es waren ganze fünf Minuten vergangen, bevor Douglas wieder in das Mikrofon sprach.

»Okay, Benny, wir warten, um Ihre Antwort zu hören. Haben Sie Ihre Entscheidung getroffen?«

»Ich weiß nicht, ich kann meine Gedanken nicht immer so gut ordnen. Manchmal fällt mir das schwer.«

»Das geht uns doch allen so, Benny. Deswegen gibt es ja Rechtsanwälte, damit sie einem Mandanten helfen, sich richtig auszudrücken, wenn ihm seine Gefühle im Weg stehen. Sicher, Sie brauchen jemanden, der Sie vertritt, und ich werde mich darum kümmern, daß Sie jemanden bekommen.«

»Einen Anwalt ... wen?«

»He, wie wär's mit mir?«

»Nein, nein, Sie nicht. Sie will ich nicht.«

»Warum nicht, ich bin Anwalt, und noch dazu ein guter.«

»Es gibt da eine Anwältin, die kenne ich, mir fällt nur der Name momentan nicht ein. Sie hat dunkles Haar, glatt, ziemlich lang. Die will ich.«

Maggie ergriff Douglas' Hand und versuchte, ihn dazu zu zwingen, sie anzusehen, aber er schob sie fort.

»Hören Sie, Benny«, sagte er, »ich verspreche Ihnen, daß ich mich für Sie einsetzen werde.«

»Nein«, sagte Benny, »ich will die Frau. Ich habe sie vor Gericht erlebt, ich weiß, wie sie kämpfen kann. Sie will ich und sonst niemanden.«

»Geben Sie mir eine Minute Zeit, damit ich sehen kann, was sich machen läßt ... okay?« Douglas schaltete das Mikrofon aus und sah Maggie an.

»Douglas, ich muß es tun«, sagte sie. »Er will mich, und ich werde gehen. Jetzt schaltest du das Mikrofon wieder an und sagst ihm, daß ich einverstanden bin, bevor er es sich anders überlegt und die ganze Sache abbläst.«

Douglas seufzte. »Er hat noch einmal getötet, Maggie, da ist nicht mehr sehr viel Logik übrig, auf die man zählen könnte.«

»Das weiß ich, um so dringender ist es, daß ich jetzt hineingehe. Ich muß Richie da herausholen, bevor Benny alle anderen auch noch ermordet oder sich entschließt, sich selbst umzubringen und Richie vielleicht mitzunehmen.«

Douglas nickte. »Wenn du dort drinnen bist, dann will ich, daß du dich vom Anwaltstisch fernhältst — das ist sein Platz. Du stellst dich vor die Richterbank und befragst ihn von dort aus. Hast du verstanden?«

Maggie nickte, und er streckte die Hand aus und berührte ihr Gesicht. »Sag, daß du mich morgen heiraten wirst.«

»Morgen . . . ich werde dich morgen heiraten.«

Er nickte und schaltete das Mikrofon wieder ein.

»He, Sie haben Glück, Benny. Die Dame, von der Sie gesprochen haben . . . nun, sie heißt Maggie. Sie ist wirklich eine gute Anwältin, Benny, ich kann verstehen, warum Sie nach ihr fragten. Und Sie hat zugestimmt, Sie zu vertreten. Aber auf einer Sache besteht sie.«

»Was ist das?«

»Daß Sie ihre Position als Ihre Anwältin respektieren und ihr gegenüber ehrlich sind. Maggie muß an ihre Mandanten glauben können. Wenn Sie einer davon sein wollen, dann müssen Sie tun, was sie sagt, und sich an die Wahrheit halten. Hören Sie mich, Benny?«

»Ich höre Sie.«

»In Ordnung. Ich vermute, daß die Tür verriegelt ist . . . Jetzt sagen Sie uns noch, wie soll Maggie hineinkommen?«

Die Scharfschützen — Phillips und Sinclair —, die mit Gewehren bewaffnet auf den Fensterbrettern vor dem Aufenthaltsraum der Richter hockten, stiegen in die Ledergurte, die an einer Seilrolle vom Dach des Gebäudes herabgelassen wurden, und schnallten sie um ihre Hüften.

Die Betonvorsprünge vor den Fenstern waren ungefähr

zwanzig Zentimeter breit und boten kaum Platz zum Stehen. Der Plan sah vor, daß die beiden sich so weit außen am Gebäude abseilten, bis sie vor den Fenstern des Sitzungssaales D angelangt waren. Von dort aus sollten sie auf ihre Gelegenheit warten . . .
An ihren Ledergurten waren auch zwei Walkie-talkies befestigt.

Benny gab folgende Anweisungen: Richter Campbell sollte zur Tür gehen, die Eisenstange aus den Türgriffen ziehen und dann warten, bis Maggie drinnen war. Dann sollte er die Stange wieder befestigen und ebenfalls zurückgehen.
Als die Tür aufging, konnte Douglas nur einen kurzen Blick auf Benny Shandling erhaschen, der auf der Richterbank saß und etwas in der Hand hielt, das wie eine Uzi aussah, eine der tödlichsten Waffen überhaupt.
Richie saß direkt neben Benny auf der Bank, und seine Augen erwachten plötzlich zum Leben, als Maggie den Raum betrat.

Als Daisey den Parkplatz der Grundschule von Salem erreicht hatte, zitterten ihre Hände. Sie mußte sich erst beruhigen, sonst würde ihr niemand ein Wort glauben. Auf dem Weg hierher hatte sie sich mehrere Geschichten überlegt und versucht, die beste, die überzeugendste auszuwählen.
Sie hatte vorher an einem Drugstore angehalten und einen Kugelschreiber und einen Schreibblock gekauft. Auf den Block kritzelte sie nun ein paar Zeilen und unterschrieb sie mit Claire Cranston. Damit ermächtigte sie die Schulleitung, Adam in Daisey Bradleys Obhut zu entlassen. Der Benachrichtigung war weiter zu entneh-

men, daß Adams Großmutter gestorben sei und daß Claire ihn deshalb bei sich haben wolle.
Nachdem Daisey die Nachricht zu Ende geschrieben hatte, las sie sie noch einmal durch. Sie konnte nicht glauben, da sie tatsächlich so etwas machte . . . aber sie tat es. Und sie tat es für Benny. Sie steckte die Benachrichtigung in einen Umschlag, klebte ihn zu und steckte ihn in ihre Tasche. Dann stieg sie aus dem Wagen und ging zum Eingang der Schule.
Als sie vor dem Sekretariat stand, holte sie tief Luft und trat ein.
»Ich hätte gerne mit der Rektorin gesprochen«, sagte sie.
»Wie ist bitte Ihr Name?« fragte die Sekretärin.
»Daisey . . . Daisey Bradley.«
»Einen Moment bitte.« Die Sekretärin drückte auf die Leitung zum Büro der Rektorin. »Hier ist eine Dame, die Sie sprechen möchte, Mrs. Altman.«
Die Sekretärin lauschte einen Augenblick und schaute dann Daisey an.
»Um welchen Schüler handelt es sich denn?«
»Um Adam —« Sie wollte schon Shandling sagen, hielt aber inne, denn plötzlich war ihr eingefallen, daß sie ja nicht wußte, unter welchem Nachnamen Adam hier eingeschrieben war. Sie räusperte sich und sagte: »Claire Cranston hat mich gebeten, Adam abzuholen.«
Die Sekretärin lächelte und sagte dann in das Sprechgerät: »Es geht um Adam Cranston.«
Die Sekretärin deutete auf Mrs. Altmans Büro, und Daisey stand auf. Die Erkenntnis, wie nahe sie daran gewesen war, alles zu ruinieren, war ihr auf den Magen geschlagen. Sie schöpfte ein paarmal tief Luft, betrat das Büro der Rektorin und zwang sich zu einem Lächeln, als sie den Brief aus ihrer Tasche holte.

»Ich bin Daisey Bradley«, stellte sie sich vor. »Claire Cranston hat eben erfahren, daß ihre Mutter gestorben ist . . . sie bat mich, Adam abzuholen.« Sie überreichte ihr den Brief. »Ich glaube, das hier wird Ihnen alles Nähere erklären.«

Die Rektorin öffnete den Umschlag, las die Zeilen und schaute dann Daisey an.

»Vielleicht sollte ich besser bei Mrs. Cranston anrufen, um mich selbst zu überzeugen. Nicht, daß ich Ihnen nicht glauben würde, es ist nur so, daß man heutzutage nie wissen kann.« Sie wollte nach ihrer Sekretärin läuten.

»Das ist schon in Ordnung, aber wenn Sie mit ihr reden wollen, dann müssen Sie im Massachusetts General anrufen, dort ist ihre Mutter. Sie ist wahrscheinlich dort, um alle nötigen Formalitäten zu erledigen.«

Daisey wagte kaum zu atmen, und schließlich zog Mrs. Altman ihre Hand von dem Knopf zurück.

»Nein, wenn ich es mir genau überlege, dann lieber nicht. Ich würde sie nur ungern in einem solchen Moment belästigen. Hören Sie, können Sie sich vielleicht irgendwie ausweisen?«

»Selbstverständlich.« Daisey zog schnell ihre Brieftasche hervor und zeigte ihr ihren Führerschein. »Kein sehr gutes Foto, fürchte ich.«

Mrs. Altman lächelte. »Die Fotos, die man in diesen Meldestellen bekommt, sind doch nie besonders gut, oder? Das ist schon in Ordnung, Miss Bradley«, sagte sie mit einem kurzen Blick auf das Foto und dann auf den Namen, »ich bin nur ungern so hartnäckig, aber wir müssen in solchen Dingen vorsichtig sein.«

Daisey steckte ihre Brieftasche wieder fort. »Das verstehe ich. Ich bin sicher, daß Claire Ihre Umsicht zu schätzen weiß. Ich würde das.«

Mrs. Altman bat die Sekretärin, Adam und all die Sachen, die er übers Wochenende mit nach Hause nehmen sollte, ins Büro zu bringen. Daisey setzte sich in einen Stuhl und wartete; sie überlegte, wie leichthin Claire den rechtmäßigen Nachnamen ihres Sohnes aufgegeben hatte.
»Richten Sie Mrs. Cranston doch aus, wie sehr wir alle hier Ihren Verlust betrauern.«
Schweigen. »Miss Bradley —«
Daisey schaute die Rektorin an. »O ja, selbstverständlich«, meinte sie.
Plötzlich hörte sie Adam in dem Büro nebenan. Sollte sie hinausgehen? Nein, sie würde lieber warten. Sie war so sicher gewesen, daß er sich an sie erinnern würde . . . war sie zu sicher gewesen? *Bitte, Adam, bitte erinnere dich an mich.*
Dann wurde der Junge — so dunkelhaarig und hübsch — ins Büro geführt, und zunächst schaute er die Rektorin an.
»Adam, deine Mutter hat darum gebeten, daß du heute eher gehen kannst. Sie hat eine Freundin geschickt, die dich heimbringen wird«, sagte die Schulleiterin und deutete dann mit einer Kopfbewegung auf Daisey . . .
Adam schaute sie an, lächelte und zeigte seine Zahnlücke, in der zwei Zähne fehlten. »Oh, ich kenne dich doch«, sagte er zu ihr. »Hallo, Daisey.«

25. KAPITEL

Maggie war langsam den Gang hinuntergegangen, auf die Richterbank zu — sie hatte sich zusammengerissen, damit das Zittern ihrer Knie nicht allzu deutlich auffiel. Sie sah, daß Richie nicht mehr wie am Abend zuvor leer vor sich hinstarrte, sondern sie beobachtete. *Es wird alles wieder in Ordnung kommen, Richie, Mommy ist jetzt da. Und bald wird dieser Alptraum ein Ende haben ...*

Als sie den Gang hinunterging, rutschte sie aus — sie fing sich gerade noch und schaute auf den Boden. Sie war in Greenspons Blut getreten. Einen Augenblick stand sie da, unfähig, sich zu rühren ... aber sie konnte sehen, wie Benny sie beobachtete. Sie schluckte schwer, trat aus der klebrigen Pfütze voll Blut und ging weiter.

Sie war jetzt direkt vor der Richterbank.

»Hallo, Benny«, sagte sie, das Zittern in ihrer Stimme unterdrückend.

Er nickte.

»Ich denke, wir setzen uns und fangen sofort an. Geben Sie die Robe doch Richter Campbell.« In diesem Augenblick trat Richter Campbell neben sie. »Und Sie und ich, wir beide setzen uns an den Tisch des Klägers«, meinte sie, auf den Tisch hinter sich deutend.

Benny stand auf, schlüpfte aus der Robe und reichte sie Campbell hinunter. Er nahm sein Gewehr und zog Richie an sich.

»Mein Junge und ich werden zusammen in den Zeugenstand treten«, sagte er.

Sie deutete auf den Tisch hinter sich.
»Es wäre mir lieber, wenn Sie sich zuerst an den Tisch setzen würden. Sie können den Jungen ja da oben lassen, wenn Ihnen das lieber ist.«
»Nein, ich habe die anderen Verhandlungen gesehen ... Ich weiß, wie das vor sich geht. Ich will mit Adam zusammen in den Zeugenstand.«
Maggie musterte seinen Gesichtsausdruck ... die Anspannung, die sich darauf abzeichnete, nahm merklich zu. Sie sollte lieber nicht mit ihm streiten, jetzt noch nicht. Zuerst mußte sie sein Vertrauen gewinnen. *O Gott, würde sie dazu fähig sein?*
»In Ordnung«, sagte sie, und plötzlich bebte ihre Stimme. Sie atmete tief ein und wieder aus.
Benny wartete, bis Campbell die Robe übergestreift hatte, und trat dann zurück, als Campbell seinen rechtmäßigen Platz auf der Bank einnahm. Dann ging Benny zum Zeugenstand und setzte sich dorthin, das Gewehr unter dem Arm und Richie auf dem Schoß.
Maggie sah ihrem Sohn in die Augen. Er war vielleicht einen Meter von ihr entfernt und doch so unerreichbar ...
Halte durch, Richie ... nur noch ein kleines Weilchen.

Erst als Adam sicher angegurtet auf seinem Platz saß und Daisey den Wagen aus dem Parkplatz der Schule lenkte, da wurde ihr in vollem Ausmaß bewußt, was sie eben getan hatte. Sie schaute zu Adam hinüber, der sie ebenfalls ansah.
»Wo fahren wir hin?« fragte er.
Sie hatte nicht darüber nachgedacht, wie sie ihm die Situation erklären sollte, aber jetzt blieb ihr nichts anderes übrig. Sie holte tief Luft und fragte dann:

»Adam, kannst du dich überhaupt noch an deinen Vater erinnern?«
Er neigte den Kopf, sah sie von unten her an und schüttelte ihn dann verneinend.
»Meine Mommy mag es nicht, wenn ich über ihn rede.«
»Warum nicht?«
Er zuckte mit den Achseln. »Ich glaube, er ist böse.«
»Ich kenne ihn, Adam. Ich bin sogar seine Freundin. Und er ist nicht böse . . . er ist ein sanfter, netter, wunderbarer Mensch.«
Er schaute sie weiter unverwandt an, und sie fuhr fort. »Weißt du, seit ich ihn das erste Mal gesehen habe, hat er mir immer von dir erzählt. Er hat mir sogar ein Foto von dir gezeigt . . . er trägt es in seiner Brieftasche. Er ist so stolz auf dich.«
»Warum?«
»Weil du sein Sohn bist, weil er dich liebt.«
»Warum besucht er mich dann nicht?«
»Oh, das will er doch, Adam. Er will dich ja besuchen, mehr als alles andere auf der Welt. Aber eines Tages, als er kam, um dich zu sehen, da wolltest du nicht mit ihm gehen. Du schienst Angst zu haben. Kannst du dich erinnern, daß du Angst hattest?«
Er schüttelte den Kopf.
»Nun, ich glaube, das hatte eine Menge mit deiner Mutter zu tun. Du weißt doch, was eine Scheidung ist, oder?«
»Ja, sicher . . . neun Kinder in meiner Klasse haben eine.«
»Nun, manchmal, wenn zwei Menschen sich scheiden lassen — so, wie deine Mommy und dein Daddy es getan haben —, dann können sie ihre Kinder nicht teilen.«
Adam schaute sie verwirrt an, und sie begann von vorne. »Was ich damit sagen will, Adam, ist, daß manchmal ein

Elternteil versucht, das Kind gegen den anderen Elternteil aufzubringen.«

»Du meinst, daß das Kind ihn dann nicht mehr mag?«

»Ja, so ähnlich. Und siehst du, das, glaube ich, hat deine Mommy getan. Vielleicht wollte sie es ja gar nicht, ich weiß es nicht. Aber weil sie deinen Daddy nicht mehr mag, wollte sie, daß du ihn auch nicht mehr magst.«

Adam dachte eine Weile darüber nach und sagte dann: »Wie sieht mein Daddy denn aus?«

Daisey deutete auf ihre Tasche.

»Ich habe ein Bild von ihm in meiner Brieftasche, Adam. Mach meine Tasche auf und hol es heraus.«

Adam durchsuchte die Handtasche, zog die Brieftasche heraus und schaute hinein. Er entdeckte das Foto.

»Das hier?« fragte er und hielt es hoch.

Sie nickte; am liebsten hätte sie geweint, aber sie konnte nicht, nicht vor Adam.

»Ja, das ist er.«

Adam musterte das Foto eine Weile und meinte dann: »Ich kenne ihn.«

»Tatsächlich?«

»Ja . . . er hat mich einmal zu einem Platz mitgenommen, wo ich Flugzeuge sehen konnte.« Dann schaute er sie an. »Bringst du mich zu ihm?«

»Ja, das tue ich. Ist das in Ordnung?«

»Weiß meine Mommy, wo ich hingehe?«

»Nein, sie weiß es nicht.«

Er seufzte. »Okay, dann sagst du es ihr besser nicht.«

Maggie hatte Benny vereidigt — die eine Hand lag dabei auf der Bibel, während er mit der anderen immer noch sein Gewehr festhielt — und dann mit dem Verhör begonnen. Sie hatte Benny bereits über den Verlauf seiner Ehe befragt und wollte nun wissen:

»Mr. Shandling, wie alt war Ihr Junge, als Sie das eheliche Heim verließen?«

»Zwei Jahre. Claire hat mich davongejagt, als er zwei Jahre alt war.«

»Warum wollte sie, daß Sie gehen?«

Er zuckte mit den Achseln. »Ich weiß nicht, sie hat es mir nicht gesagt. Eines Tages hat sie gemeint, das war's . . . geh jetzt.«

Maggie nickte. »Okay. Bis zu diesem Zeitpunkt, bis Sie das Haus verließen, was haben Sie da für Ihren Jungen alles getan?«

»Ich verstehe nicht ganz.«

»Zum Beispiel, haben Sie Adam mal die Windeln gewechselt, Mr. Shandling?«

Er nickte. »Natürlich, wenn ich von der Arbeit nach Hause kam. Claire hat immer lange geschlafen, also habe ich ihn gefüttert und gewickelt. Und ich bin jeden Tag mit ihm spazierengefahren. Manchmal sind wir die Commons hinuntergegangen . . . wir haben auf dem Weg immer bei Kurtzners Bäckerei angehalten, und ich habe dort zwei Weißbrote gekauft. Eines für Adam, das andere für mich, und dann haben wir damit die Enten im Teich gefüttert.«

Benny sah Richie an. »He, kannst du dich noch erinnern?«

Richie hörte nicht auf, sie anzustarren, und sie sagte:

»Bitte, Mr. Shandling, richten Sie Ihre Antworten bitte an mich.«

»Ja, natürlich.«

»Sie erzählen dem Gericht also, daß Sie ein enges Verhältnis zu Ihrem Sohn hatten, Mr. Shandling. Daß Sie ein liebender Vater waren, der sich um ihn gekümmert hat. Warum glauben Sie dann —«

»Ich hatte selbst nie einen Vater«, unterbrach Benny sie.
»Ich verstehe. Und deshalb wollten Sie, daß Adam seinen Vater kennt . . . ist das richtig?«
»Meine Mom wollte mich nicht gehen lassen.«
»Wie bitte?«
»Er wollte mich doch nur ein paar Stunden mitnehmen. Nur ein paar Stunden, das war alles. Vielleicht, um in den Park zu den Schaukeln zu gehen . . . die mochte ich so.«
Maggie musterte Benny; obwohl seine glasigen Augen auf sie fixiert waren, schienen sie sie nicht wahrzunehmen.
Der Mann hatte dunkles Haar, so wie der kleine Junge, und er war viele Male gekommen, um sie zu besuchen. Diesmal stand er vor der Tür der Wohnung im zweiten Stock, und als die Dame mit ihm sprach, konnte der Junge das hammerförmige Muttermal an seinem Handgelenk sehen . . . dieselbe Art von Muttermal, wie es der Junge an seinem eigenen Handgelenk hatte.
»Ich will mitkommen«, sagte der kleine Junge, aber die Dame stieß ihn zurück und sagte ihm, er solle ruhig sein. Dann waren da Schreie, viele, entsetzliche Schreie, so daß der Junge sich die Ohren mit beiden Händen zuhielt. Trotzdem konnte er die haßerfüllten Worte hören und die wütenden Gesichter sehen.
Der Mann streckte seinen Arm aus und griff nach dem Jungen . . . Der Junge schaute zu der Dame hoch, in ihr rotes, wütendes Gesicht, und drückte sich an sie. Aber die Dame hatte immer noch die Hände ausgestreckt und schob den Mann . . . schob ihn in den Gang hinaus. »Laß dich hier ja nie mehr blicken«, schrie sie.
Der Mann bückte sich, um sich von dem Jungen zu verabschieden . . . er weinte, Tränen kullerten über seine Wangen. Der Junge rannte zu ihm, streckte die Hand aus

— er wollte doch nur die Tränen wegwischen, das war alles, was er wollte —, und in diesem Augenblick stürzte der Mann. Rückwärts die nächste Treppe hinunter. Dann die nächste Treppe, dann die nächste, dann die nächste . . . bis er am Fuß der Treppe lag . . . Der Mann war fort. Als die Polizisten kamen, saß der Junge da und nickte zu ihren Fragen. Er mußte, weil die Dame ihn ansah, ihn beobachtete. Die Dame wußte, daß er böse war, so, wie er es wußte . . . aber sie sagte es nie, und er sagte es auch nie.

»Ich habe Daddy umgebracht!« schrie Benny.

Maggie starrte ihn an.

»Mommy . . . sie schrie ihn an, sie brachte ihn zum Weinen, dann streckte ich die Hand aus, und er stürzte. Ich wollte es nicht, ich schwöre, daß ich es nicht wollte!«

Douglas hatte all das nicht gehört . . . aber jetzt hörte er Bennys Schreie. So wie alle anderen auch, die mit ihm da draußen standen. Verdammt, das funktionierte gar nicht so, wie sie es geplant hatten. Phillips und Sinclair hatten sich gemeldet und gesagt, daß weder Benny noch Richie in die Nähe des Tisches oder sonstwie in Sichtweite gekommen seien.

Sollte er ihnen die Anweisung geben, durchs Fenster zu stürmen und das Feuer zu eröffnen? Doch wo war Richic . . . saß er neben Benny? Douglas konnte seinen Herzschlag spüren, als cr darauf wartete, mehr zu hören. Würde Maggie in der Lage sein, ihn zu beruhigen? Würde sie fähig sein, in ihm ein letztes Quentchen an geistiger Gesundheit zu mobilisieren?

Sie hatten gerade die Mystic River Bridge überquert, als Adam Daisey fragte:

»Wo ist er jetzt?«

»Dein Daddy ist zur Zeit im Gerichtsgebäude.«
»Ist das so etwas wie ein Gefängnis?«
»Nein, Adam. Das ist ein Ort, wo Leute ihre Streitigkeiten regeln.«
»Ist mein Daddy böse auf jemanden?«
»Nun, so könnte man das sagen. Er ist böse, weil er dich nicht mehr bei sich hat. Aber eigentlich ist er eher traurig. Und er sitzt jetzt im Gerichtssaal und erzählt den Richtern vielleicht gerade, daß er dich sehen will.«
»Muß ich auch dorthin?«
»Nur, wenn du möchtest, Adam. Aber ich weiß, daß es deinem Daddy eine Menge bedeuten würde, wenn du kämst.«
»Wirst du auch zu ihm gehen?«
»O ja. Ich liebe ihn, Adam. Und wenn man jemanden liebt, dann hält man zu ihm, wenn er einen braucht.«

Bennys Gesicht war puterrot angelaufen, und seine Muskeln waren so verkrampft, daß Maggie dachte — hoffte, darum betete —, er würde gleich ohnmächtig werden. Aber es geschah nichts . . . Mit seinem freien Arm drückte er Richie nur noch fester an sich. Sie bemerkte, wie der Junge zusammenzuckte. Gerade als sie den Arm nach Richie ausstrecken wollte, wurde sie von dem Klang des Hammers aufgeschreckt . . .
Sie blickte zu Campbell hoch.
»Hören Sie auf damit!« schrie er Benny an.
Endlich hob auch Benny die Augen.
»Das hier ist ein Gerichtshof, Mr. Shandling, solche Ausbrüche können wir hier nicht dulden. Sie müssen diesen anderen Fall vergessen. Der hat zu einer anderen Zeit und an einem anderen Ort stattgefunden, wir werden später darauf zurückkommen und uns damit befassen. Aber zuallererst

müssen wir uns hier auf diesen Fall konzentrieren . . . damit Sie das Sorgerecht über Ihren Sohn bekommen.«
Benny biß sich auf die Lippe, und eine dünne, blutige Linie zeichnete sich ab.
»Haben Sie mich verstanden, Mr. Shandling?« fragte der Richter.
Ein paar Augenblicke lang herrschte Schweigen, dann nickte er endlich.
»Ja, Euer Ehren, okay . . .«
Campbell wandte sich an Maggie. »Frau Anwältin, die Aussage Ihres Mandanten hat mich sehr beeindruckt. Es klingt, als sei er ein vorbildlicher Vater gewesen, ein Vater, der im Leben seines Kindes eine wichtige Rolle spielen sollte. Aber das würde ich gerne direkt von dem Jungen hören. Vielleicht kann Mr. Shandling am Tisch des Klägers Platz nehmen, während der Junge sitzen bleibt und seine Aussage macht.«
Maggie sah Benny an, ihre Augen flehten ihn an . . .
»Nein, nein. Ich werde mich nicht mehr so aufführen. Das verspreche ich. Aber ich muß hier bei Adam bleiben.«

Daisey parkte in einer der Seitenstraßen, und dann stiegen sie und Adam aus.
»Komm«, sagte sie, nahm ihn an der Hand und rannte mit ihm auf den Gerichtshof zu. Ein paar Dutzend Personen liefen davor hin und her, in erster Linie Reporter. Ungefähr fünfzehn Meter vor dem Haupteingang war dieser mit Seilen abgesperrt. Ein Wachbeamter stand daneben.
»Ich muß dort hinein«, erklärte Daisey ihm.
»Tut mir leid, Lady, aber da kann niemand hinein.«
»Aber Sie verstehen nicht ganz.«
»Nein, Sie sind diejenige, die nicht versteht. Das Gericht kann von keinem Menschen betreten werden.«

»Dann muß ich mit einem Verantwortlichen reden.«
»Hören Sie, Lady, wenn Sie schlau sind, dann nehmen Sie das kleine Kind und machen sich so weit wie möglich aus dem Staub. Es ist ziemlich gefährlich, was da drinnen vor sich geht.«
»Nein, ich kann nicht. Ich muß Benny sehen!«
Ein paar der Reporter, die den Streit mit angehört hatten, kamen zu ihnen.
»Vielleicht kann ich Ihnen helfen«, sagte eine Frau.
Daisey blickte hoch, es war dieselbe Frau, die sie in der Sondersendung gesehen hatte. Sie schaute dem Wachmann hinterher, der ihr bereits den Rücken zugekehrt hatte, und sah dann wieder die Reporterin an.
»Ich muß dort hinein, um Benny Shandling zu sehen«, sagte sie schließlich.
»Warten Sie eine Minute«, meinte die Frau, während sie ihr Mikrofon einschaltete, es Daisey unter die Nase hielt und ihrem Kameramann ein Zeichen gab. »Okay, wie ist Ihr Name, Miss?«
»Daisey Bradley. Ich muß mit einem Verantwortlichen sprechen, um diese Barrikade zu überwinden.«
»Wie kommen Sie auf die Idee, daß Sie dort drinnen von Nutzen sein könnten?«
Daisey schaute in die Kamera . . . O Gott, so wollte sie eigentlich nicht ans Ziel kommen, aber was blieb ihr sonst übrig? Sie konnte entweder eine Szene machen oder aber hier draußen bleiben und nicht weiterkommen. Sie schaute in die Kamera und sagte:
»Ich bin Bennys Freundin, und das hier«, sie blickte auf den Jungen hinunter, dessen große, dunkle Augen sie vertrauensvoll ansahen, »das hier ist Adam, Benny Shandlings Sohn.«

26. KAPITEL

»Nur zu«, sagte Benny und deutete auf den Jungen, der immer noch auf seinem Schoß saß. »Fragen Sie ihn nur, das macht ihm nichts aus.«

»Ich halte das nicht für eine gute Idee«, sagte Maggie.

»Warum nicht? Der Richter möchte es von ihm selbst hören, das hat er doch gesagt.«

Richter Campbell blickte zu Boden. »Ich habe meine Meinung geändert, Mr. Shandling. Es wird nicht nötig sein, den Jungen zu befragen.«

»Doch, ich glaube schon.« Er sah Maggie an. »Machen Sie schon, fragen Sie ihn.«

Maggie blickte in Richies grüne Augen. *Achte einfach nicht darauf, Richie . . . ganz gleich, was ich dich frage, achte nicht darauf.*

»Wie dein Vater ausgesagt hat«, begann sie, »hattet ihr immer ein sehr enges, liebevolles Verhältnis. Wie würdest du selbst das Verhältnis zu deinem Vater beschreiben?«

Richie machte den Mund auf, schloß ihn wieder und sagte dann mit einer sehr kleinen, dünnen Stimme: »Als gut . . . wirklich gut. Ich liebe ihn.«

Maggie starrte ihn an . . . überrascht von seiner Antwort. Sie konnte spüren, wie Tränen in ihren Augen brannten. Er hatte so auf die Frage geantwortet, als hätte sie ihn über Paul befragt.

»Fragen Sie ihn, bei wem er leben will«, sagte Benny.

»Ich bin der Anwalt, Benny. Ich weiß, daß Sie unter

großem Druck stehen, aber lassen Sie mich die Sache bitte so angehen, wie ich es für richtig halte.«

»Aber das ist wichtig, ich will, daß Sie das fragen.«

»Wir kommen später noch einmal darauf zurück, Benny. Nach den anderen Fragen.«

Würde sie später noch dazu kommen? Sie hatte Richie oder einem anderen Kind in diesem Alter nie eine solche Frage gestellt ... das war nichts, was ein Sechsjähriger entscheiden sollte, er sollte sich nicht zwischen Vater oder Mutter entscheiden müssen. Und obwohl das alles nur eine Farce war, antwortete Richie auf die Fragen, als ob sie ernst gemeint wären.

Sie sah sich im Sitzungssaal um, von ihrem Platz am Tisch aus konnte sie die Fenster sehen. Sie konnte sogar den Umriß des Gewehrs ausmachen, das nur darauf wartete, abgefeuert zu werden ... wenn sie Benny nur an den Tisch bekommen würde. Und zwar ohne Richie ...

Douglas erfuhr vom Leiter der Sicherheitsabteilung von Daiseys Anwesenheit im Gerichtshof. Er verließ auf der Stelle seinen Posten im Korridor und rannte nach unten, um sie zu sehen.

»Mr. Woods«, näherte sich ihm einer der Reporter, »stimmt es, daß einer der Richter erschossen wurde?«

»Gehen Sie mir aus dem Weg«, sagte er und hob das Absperrseil, um Daisey und Adam durchzulassen. Unmengen von Fragen prasselten auf sie nieder, bis sie endlich in der Halle des Gebäudes waren und die Tür geschlossen hatten.

»Sind Sie Daisey, Bennys Freundin?« fragte Douglas.

Sie nickte. »Daisey Bradley, und das ist Adam, sein Junge. Wir wollen mit Ihnen sprechen, Mr. Woods.«

Douglas legte seine Hand auf die Schulter des Jungen

und sagte dann zum Leiter der Sicherheitsabteilung: »Max, bringen Sie Adam zum Kaffeeausschank. Vielleicht möchte er ein Glas Milch und Kekse.« Sobald Adam weg war, fragte Douglas: »Haben Sie die Erlaubnis seiner Mutter, ihn hierherzubringen?«
»Ich kann mir eigentlich nicht vorstellen, daß Sie noch auf irgendwelche Formalitäten Wert legen. Benny ist da drinnen und hat Geiseln genommen, und ich will sie herausbekommen. Nicht so sehr um ihretwillen, sondern Bennys wegen. Ich will nicht, daß er noch etwas anrichtet, was er später bereuen wird.«
»Glauben Sie mir, das wollen wir auch.«
»Aber die erste Frage, die Sie mir stellen, ist die: 'Haben Sie die Erlaubnis seiner Mutter?' Nun, ich habe sie nicht, also was? Ich bin bereit, die Konsequenzen zu tragen, und Sie? Vergessen Sie nicht — ob Ihnen das nun gefällt oder nicht —, daß Benny der Vater dieses Jungen ist. Tun wir doch einfach so, als dürfte Benny ihn heute sehen, was ihm vorher immer verweigert wurde.«
Douglas nickte. »Sind Sie bereit, in den Sitzungssaal zu gehen und mit Benny zu reden?«
»Aber natürlich, was glauben Sie denn, warum ich hier bin? Und Adam auch.«
»Warten Sie, bevor Sie weiterreden, lassen sie mich noch etwas erklären. Im Augenblick befindet sich Benny dort mit einem sechs Jahre alten Jungen, dessen Mutter und vier Richtern. Anfangs waren es noch fünf Richter ... vor ungefähr einer Stunde hat Benny einen erschossen.«
»O Gott.«
»Wir reden hier also über eine sehr gefährliche Mission. Ich weiß nun nicht, wie gut Sie Benny vor diesen Ereignissen kannten, aber momentan ist er ziemlich ver-

wirrt. Er glaubt, daß der Junge dort drinnen Adam ist. Er glaubt, daß die Frau eine Anwältin ist, die ihn in seinem Sorgerechtsfall um Adam vertritt.
Sie sind vielleicht bereit, Ihr Leben aufs Spiel zu setzen, und dafür danke ich Ihnen. Falls es Ihnen gelingen sollte, ihn durch Reden da herauszubringen, dann wäre ich Ihnen für immer zu Dank verpflichtet. Aber ich kann Ihnen nicht erlauben, Adam dieser Gefahr auszusetzen.«
»Sie begreifen nicht ganz . . . wenn er Adam sieht, dann ist alles vorbei. Das ist doch das einzige, was Benny immer wollte: seinen Sohn sehen. Er hat doch nur sowenig gefordert und noch weniger bekommen.«
»Nun, er glaubt ja bereits, daß er Adam dort drinnen hat, und es ist keineswegs vorbei, Miss Bradley. Ich wünschte wirklich, es wäre so.«
»Das liegt nur daran, weil er weiß, daß es in Wirklichkeit gar nicht Adam ist. Mir ist egal, was er Ihnen oder den anderen sagt, aber er weiß, daß der Junge, den er da bei sich hat, nicht sein Sohn ist.«
Douglas schüttelte den Kopf.
»Ich kann nicht . . . tut mir leid, ich kann es nicht riskieren, daß Sie den Jungen mit hineinnehmen. Wenn Sie dort hineingehen und ihn überreden, herauszukommen und sich zu stellen, dann verspreche ich Ihnen, daß er seinen Sohn sehen wird. Aber zuerst muß er entwaffnet und unter Bewachung gestellt werden.«
Daisey überlegte einen Augenblick.
»Okay«, sagte sie schließlich. »Wo ist er?«

»Erzähl mir von den anderen Dingen, die du zusammen mit deinem Vater unternommen hast«, fragte Maggie.
»Einmal hat er mich zum Fischen auf einem großen Boot

mitgenommen«, sagte der Junge. »Wir haben drei Thunfische und einen Katzenfisch gefangen.«

Wann war das gewesen . . . warum konnte Benny sich nicht daran erinnern? Und warum konnte er sich an all die anderen Dinge nicht mehr erinnern, die Adam noch so genau zu wissen schien? Hatten sie nicht dieselben Erinnerungen?

Allmählich fühlte er sich ziemlich benommen . . . sein Hemdkragen war naß, und er spürte die Schweißtropfen über seinen Rücken laufen.

»Fragen Sie ihn, bei wem er leben will«, wiederholte Benny, der versuchte, sich auf etwas anderes als die vergessenen Erinnerungen zu konzentrieren.

»Jetzt noch nicht.«

Benny richtete sein Gewehr auf Maggie. »Jetzt . . . ich will es jetzt hören!«

Plötzlich hörte er eine Stimme: »Benny . . .«

Benny sah sich im Raum um. »Wer ist da?«

»Ich bin es, Benny, Daisey. So was Dummes . . . erkennst du meine Stimme nicht mehr?«

Er stand langsam auf und ließ den Jungen vorsichtig zu Boden. Maggie streckte sofort den Arm aus und zog Richie an sich. Benny sah es, reagierte aber nicht.

»Wo bist du, Daisey? Es tut mir leid, ich hätte dich angerufen, als ich wußte, daß es spät werden würde, aber wir haben ja kein Telefon. Ich habe mir überlegt, daß wir uns eines besorgen sollen.«

»Ich habe mir genau dasselbe überlegt, als ich daheim auf dich wartete und mir Sorgen machte.«

»Woher wußtest du, wo ich bin?«

»Das habe ich mir gedacht . . . ich weiß doch, wie gerne du dich hier aufhältst. Benny, willst du mich nicht hereinlassen, damit wir reden können?«

»Ich weiß nicht, ob du hier sein solltest, Daisey. Es ist gefährlich. Vielleicht solltest du besser heimgehen und dort auf mich warten.«
»Das kann ich nicht, Benny. Wie könnte ich jetzt daheim sitzen, während du hier allein bist und dich wahrscheinlich ganz miserabel fühlst, so, wie ich dich kenne. Hast du Kopfschmerzen?«
»Ich glaube, mein Gehirntumor platzt gleich . . . ich höre so seltsame Geräusche in meinem Kopf.«
»Dann ist es um so wichtiger, daß ich bei dir bin.«
Benny sah Richter Cagney an, der die ganze Zeit über wie erstarrt auf seinem Platz zusammengesunken war.
»He, Sie, wie heißen Sie?«
»Äh, Cagney«, sagte er, und sein Körper schnellte plötzlich in die Höhe. »Oscar Cagney.«
»Okay, gehen Sie und machen Sie Daisey die Tür auf.«

Adam deutete Daisey an, sich zu ihm hinunterzubücken. Sie bückte sich, und er flüsterte ihr ins Ohr:
»Ich will mit dir dort hineingehen.«
Sie schaute erst ihn, dann Douglas und die anderen Männer, die hinter Adam standen, an und nickte.
Schließlich ging die Tür auf, und bevor noch jemand reagieren konnte, nahm Daisey Adam an die Hand und zog ihn mit sich nach drinnen. Douglas stürzte in den Sitzungssaal, Adam am Arm packend.
»Tür zu!« rief Benny, und Cagney knallte die Tür hinter Douglas zu, der jetzt ebenfalls im Raum war.
»Verriegeln Sie sie«, sagte Benny.
Cagney steckte die Eisenstange zwischen die Türgriffe.
Daisey stand da, Adam immer noch an der Hand haltend.
»Schau mal, wen ich hier habe, Benny«, sagte sie.

Benny sah den Jungen und dann verwirrt Richie an, der bei Maggie stand und seine Arme um ihre Hüften geschlungen hatte. Schließlich kehrten seine Augen wieder zu dem dunkelhaarigen Jungen zurück, der neben Daisey stand.
»Ich habe ihn von der Schule abgeholt. Und weißt du was — er sagte mir, daß er dich sehen wollte.«
Benny richtete den Lauf der Uzi zu Boden . . . er konnte die Augen nicht abwenden.
Daisey schaute Adam an. »Adam, warum erzählst du deinem Daddy nicht, was dir eingefallen ist, als ich dir sein Bild zeigte?«
Adam schluckte. Er betrachtete die Leute, die ihn schweigend musterten, und schließlich blieben seine Augen auf seinem Vater ruhen.
»Ich weiß noch, wie du mich mitgenommen hast, um die Flugzeuge anzuschauen. Es hat geregnet, und wir standen im Regen und winkten den Piloten zu.«
Immer noch hielt das Schweigen an.
Daisey ergriff Adams Handgelenk und hielt es in die Höhe.
»Sieh mal, Benny . . . der Hammer. Genau wie der Hammer seines Vaters.« Daisey wartete ab. Als Benny nichts erwiderte, sagte sie: »Benny, Adam hat den weiten Weg nur gemacht, um dich zu sehen . . . willst du ihm denn nichts sagen?«
Benny nickte und räusperte sich dann.
»He, kannst du dich daran noch erinnern?« fragte Benny, verzog seinen Mund und produzierte erst kurz, dann länger laute, quietschende Geräusche.
Adam lächelte.
Benny gab noch mehr Geräusche von sich, und Adam fing zu lachen an. »Ja, daran kann ich mich auch erinnern.«

»Ja ... weißt du noch, wie es heißt?«
»Natürlich ... das ist der Schrei der Maus.«
Lautlos rollten Tränen — als würde ein Staudamm brechen — über Bennys Wangen. Er ließ die Waffe zu Boden fallen, und die nassen Augen auf den Jungen gerichtet, als fürchtete er, das Bild könne plötzlich verschwinden, fing er an, auf ihn zuzugehen.
»Du hast mir so gefehlt, Adam. Himmel ... wie hast du mir gefehlt.«
Genau in dem Augenblick, als Benny am Tisch des Klägers vorbeikam, ging das Gewehr los, durchschlug die Glasscheibe und dann Bennys Brust. Benny faßte sich an die Brust, und sein Körper glitt, von Zuckungen geschüttelt, zu Boden.
»Warum?« schrie Daisey Douglas an. »Warum mußten Sie das tun?« Sie rannte zu Benny und ließ sich neben ihm zu Boden fallen. Sie bettete seinen Kopf in ihre Arme, und ihre Tränen fielen auf sein Gesicht, während sie ihn hin und her wiegte.
»O Benny, nein. Stirb nicht, bitte, stirb nicht.«
Er blickte zu ihr hoch, hob die Hand zu ihrem Gesicht, streichelte es und lächelte dann. Sein Arm sank zu Boden, und seine Augen schlossen sich. Durch einen Tränenschleier konnte Daisey sehen, wie Adam sich neben sie kniete — sie nahm seine Hand und drückte sie.
Vor der Richterbank standen Douglas, Maggie und Richie Arm in Arm.
Die vier Richter erhoben sich und verließen schweigend den Raum.
Es war vorbei ...